*Kind van de oceaan*

Van Tamara McKinley verschenen eveneens bij Uitgeverij De Kern:

*Matilda's laatste dans*
*Storm over Jacaranda*
*Windbloemen*
*Zomerstorm*
*Onderstromen*
*Droomvlucht*
*Het land achter de horizon*
*De verre kolonie*
*De erfgenamen van het land*

Tamara McKinley

*Kind van de oceaan*

 DE KERN

Oorspronkelijke titel: *The Ocean Child*
Copyright © 2010 by Tamara McKinley
Copyright © 2011 voor deze uitgave:
Uitgeverij De Kern, een imprint van De Fontein|Tirion,
onderdeel van VBK|media, Utrecht
Vertaling: Jolanda te Lindert
Omslagontwerp: Wil Immink Design
Omslagillustratie: Na Gen Imaging / Getty Images
Auteursfoto omslag: Jerry Bauer
Opmaak binnenwerk: V3-Services, Baarn
ISBN 978 90 325 1514 0
NUR 302

www.defonteintirion.nl

Alle personen in dit boek zijn door de auteur bedacht. Enige gelijkenis met bestaande
– overleden of nog in leven zijnde – personen berust op puur toeval.

Er zijn allerlei soorten liefde – elke soort is op zijn eigen manier loyaal en wordt gekleurd door de omstandigheden, ervaringen en verwachtingen.

Maar oprechte en standvastige liefde verlangt het mooist mogelijke cadeau: te worden beantwoord.

# Woord vooraf

Terugkeren naar Tasmanië en hernieuwd kennismaken met de indrukwekkende natuur in deze meest zuidelijke punt van Australië: het is altijd weer hartverwarmend. Dat ik als kind mijn eiland moest verlaten, heeft mijn liefde ervoor niet doen afnemen. Ik beschouw het als een voorrecht dat ik vaak terug kan keren en mezelf kan onderdompelen in de bevolking, de natuur en de geschiedenis.

Dit is mijn eerste boek dat op Tasmanië speelt; de inspiratie hiervoor was het bord boven een kleine pub buiten Hobart. Mijn fantasie sloeg op hol door de intrigerende, magische naam *The Ocean Child* en ik kon geen betere locatie voor mijn verhaal bedenken dan dit intrigerende, magische eiland!

# I

## Engeland, februari 1920

De zachte, donzige warmte werd steeds drukkender. Lulu Pearson bewoog zich onrustig in een poging eraan te ontsnappen, maar de zachte, verstikkende hitte leek zwaarder te worden en haar ogen, neus en mond te bedekken. Ze merkte dat ze niet de kracht had de warme deken van zich af te duwen en zuchtte gefrustreerd. Haar zieke hart zwoegde, Lulu haalde moeizaam adem en wist dat ze zou sterven.

Nu werd de druk zelfs nog groter, het bloed klopte in haar oren en de angst gaf haar de kracht dit afschuwelijke monster te bevechten. Ze zwaaide met haar armen en wilde het uitschreeuwen, maar haar hart vocht door, bonsde en verzwakte haar met elke kwellende slag.

Ze hoorde stemmen, was zich bewust van een sprankje licht. En opeens was ze vrij!

Met een enorme teug zuivere, levenschenkende lucht schoot ze overeind. Ze opende haar ogen en zag dat het donker was in de kamer. Dit was niet het kleine huis in Tasmanië. Haar hart zwoegde door, terwijl zij haar best deed haar ademhaling onder controle te krijgen en de verschrikkelijke angstgevoelens die deze steeds terugkerende nachtmerrie altijd veroorzaakte, van zich af te schudden. Ze was geen kind meer, ze was veilig.

Met zijn stevige tred, zijn gespierde lichaam en zijn wandelstok, die hij meer voor de sier dan als hulpmiddel gebruikte, zou niemand hem vijfenzestig geven. Hij was helemaal op zijn plek op het platteland en alsof hij deze rol al jaren speelde, voelde hij zich op zijn gemak in zijn tweedjasje, knickerbockers en wandellaarzen. Dat was niet altijd zo geweest, want eigenlijk was hij een echt stadsmens. Hij was echter als een goede acteur in deze rol gegroeid en genoot van zijn jaarlijkse bezoek aan Sussex.

In de beschutting van de donkere schaduwen van de bomen at hij zijn laatste boterham op en hij keek naar de amazone die in de verte langzaam de heuvel af reed in de richting van de stalhouderij. Ze was ruim een uur geleden vertrokken, maar hij vond het niet erg om te wachten. Het weer was aangenaam, hoewel een beetje kil, en hij werd er goed voor betaald. Hij stopte het boterhamzakje in zijn canvastas, veegde de kruimels van zijn snor en richtte zijn verrekijker.

Hij kende Lulu Pearson heel goed, hoewel ze elkaar nog nooit hadden gesproken, en als alles volgens plan verliep, zou dat ook zo blijven. Zijn incidentele surveillance was vele jaren geleden begonnen en in die tijd had hij haar van een levendig kind zien veranderen in de prachtige jonge vrouw die nu met soepele elegantie over het stalerf liep. Meestal reikten haar prachtige krullen tot aan haar taille en als de zon scheen hadden ze een gouden en kastanjekleurige glans, maar vandaag droeg ze haar haar in een dikke wrong.

Toen ze de stal verliet en heuvelopwaarts aan de lange wandeling naar huis begon, stond hij op. Hij zwaaide zijn canvastas en verrekijker over zijn schouder en liep terug naar het dorp voor een lekker biertje.

De gevolgen van Lulu's nachtmerrie waren tijdens haar rustige rit verdreven en hoewel de vreemde brief van die ochtend haar uit haar evenwicht had gebracht, was ze opgevrolijkt. Ze vond het heerlijk om buiten te zijn na al die uren in haar atelier, maar nu had ze echt zin weer aan de slag te gaan. Het kleimodel was bijna klaar en voordat ze het naar de gieterij zou brengen, wilde ze controleren of ze de kracht en de beweging goed had getroffen. Haar oudtante Clarice verwachtte haar echter die middag op de thee en hoewel ze heel graag weer aan het werk wilde, waren een fel brandend haardvuur, beboterde pannenkoekjes en Earl Grey ook bijzonder aanlokkelijk. Ze verdrong elke gedachte aan Tasmanië en de geheimzinnige brief.

Het was een perfecte Engelse wintermiddag: de zon stond aan een wolkeloze hemel, de vorst glinsterde in de schaduwen onder de bomen en de frisse lucht beloofde sneeuw. Op een dag als deze was ze blij dat ze geen modieus kort kapsel had en dat haar haren over haar schouders en op haar rug hingen.

Clarice zou wel veel drukte maken over het feit dat ze zo lang buiten was geweest, maar haar hart klopte regelmatig en bovendien vond
ze de blauwe hemel en het stille landschap een bevrijding na alle smog
en lawaai van Londen. Ze had tijdens de donkere dagen van de Eerste
Wereldoorlog genoten van het onafhankelijke gevoel dat het besturen
van de autobus haar had gegeven én van de sensatie dat ze haar eigen
geld verdiende en met een paar andere meisjes een flat deelde, maar
de Downs kalmeerden haar.

Ze glimlachte bij die gedachte, omdat ze ooit had gedacht dat ze
zich buiten Tasmanië nergens thuis zou voelen. Toen ze hier kwam,
was ze nog ontzettend jong geweest. Door haar accent en haar achtergrond verschilde ze totaal van de andere meisjes op het internaat,
en door haar hartkwaal kon ze maar moeilijk meedoen met hun ruwe spelletjes. Ze had zich als een vreemdeling in een vreemd land
verward en verloren gevoeld. Blindelings had ze zich door die eerste
emotionele jaren geworsteld, tot ze vrienden had gemaakt en zich in
haar nieuwe leven meer op haar gemak begon te voelen. Het landschap had haar hierbij geholpen, want hoewel de bomen anders, de
heuvels glooiender en de rivieren minder woest waren, vertegenwoor-
digden ze wél de essentie van het Australische eiland dat ze nog altijd
'thuis' noemde.

Ze klauterde op het overstapje over het hek en ging erop zitten. Ze
moest even op adem komen na de klim. Het licht was heel bijzonder
en met haar artistieke kijk op het landschap dronk ze de schoonheid
van het tafereel in alsof ze was uitgedroogd. De South Downs golfden
om haar heen en boden af en toe een blik op kerktorens en gehuchtjes,
en op het tapijt van geploegde akkers, heggen en zwartkopschapen.
Een eenzame wandelaar daalde een nabijgelegen heuvel af, zijn stevige
lichaam stak als een silhouet tegen de lucht af tot hij langzaam uit zicht
verdween. Nu was ze echt alleen in deze schitterende omgeving.

Een straal zonlicht verlichtte het huis in het dal in de verte. Met
een liefdevolle blik keek ze ernaar. Wealden House leek totaal niet
op de houten cottage met het zinken dak in Tasmanië. Het huis was
onregelmatig van vorm en ouderwets, en de tekenen van ouderdom
en verwaarlozing werden verdoezeld door de afstand en door de be-
schermende wisteria en wilde wingerd. Er kringelde rook uit een paar
van de hoge schoorstenen en de vele ramen onder het dak van tegel-
pannen reflecteerden het zonlicht. De formele tuinen werden door

hagen van elkaar gescheiden en waren met elkaar verbonden door een keitjespad dat was bezaaid met geurige kruiden. Er waren prieeltjes, overwoekerd met kamperfoelie en rozen, een croquetveld en een tennisbaan, en een vijver waarin de treurwilgen en de sluimerende rododendrons werden weerspiegeld. Langs de zuidgrens bevonden zich de keuken en de kassen en in het noorden liep een brede oprijlaan van kiezels vanaf de indrukwekkende hekken langs perken met azalea's naar een grote veranda en een eiken voordeur.

Lulu klauterde van het overstapje af en toen ze bij het rasterhek onder aan de heuvel kwam, dacht ze opeens aan haar eerste lente hier, zestien jaar geleden. Toen hadden de Engelse blauwe klokjes gebloeid en het kleine meisje dat ze toen was vond dat prachtige blauwe tapijt vanaf de oude eiken en essen een nieuwe sprookjeswereld. Daarna bloeiden de viooltjes, wilde anemonen en boterbloemen, een nieuw tapijt van geel en wit onder het delicate en luchtige kleed van de appel- en kersenbloesem.

Lulu deed het hek dicht en terwijl ze in de schaduw over de onverzorgde oprijlaan liep, trok ze haar kraag op. De vorst fonkelde als kristallen in het gras, maar de belofte van nieuw leven was zichtbaar in de nieuwe groene scheuten van de sneeuwklokjes en krokussen die hun kopjes al door het onkruid staken. Elk seizoen had zijn eigen schoonheid en als ze niet zo koud en hongerig was geweest, zou ze haar schetsboek zijn gaan halen om dit tafereel vast te leggen.

Lulu liep de keuken in, schopte haar laarzen uit en streelde de oude labrador die languit voor het fornuis lag. Dit was het warmste vertrek in het huis, want zelfs het grote vuur in de salon kon niet de tocht verdrijven die vanonder elke deur en van de trap af kwam.

De huishoudster beende de keuken binnen en sloeg haar armen onder haar enorme boezem over elkaar. 'Dat zou tijd worden,' mopperde Vera Cornish chagrijnig. 'Ik heb echt wel iets anders te doen dan mijn pannenkoekjes warm houden!'

Lulu beet op haar lip om niet te grinniken en bleef de hond aaien. 'Het spijt me, Vera,' zei ze. 'Ben ik heel erg laat?'

Vera snoof en trok aan haar gebloemde wikkelschort, maar zoals altijd verzachtte haar strenge blik toen ze naar Lulu keek. Ze zuchtte en zei: 'Vier uur is theetijd en dat weet je heel goed, *missy*, en zonder een huis vol bedienden is het een hele klus om alles voor elkaar te boksen.'

Nadat Lulu zich nog eens had verontschuldigd, heerste er een ontspannen stilte in de donkere keuken die daardoor nog leger leek en hen herinnerde aan de tijd waarin de kokkin en de dienstmeisjes aan de geboende tafel met de tuinlieden zaten te kletsen. De verrukkelijke geur van het bakken hing er nog, maar het gekletter van pannen en het geluid van vele voetstappen op de tegelvloer waren verdwenen. Alleen de spookachtige herinneringen waren gebleven. De oorlog had alles veranderd.

Vera klakte geïrriteerd met haar tong en greep het theewagentje. 'Ga je handen wassen,' beval ze. 'Dat paardrijden is helemaal niet goed voor je, met dat hart van jou en zo...' De rest van de zin werd overstemd door het geknars van de wieltjes en het gekletter van het porselein toen ze het theewagentje de gang in duwde.

Nog steeds glimlachend waste Lulu haar handen onder de keukenkraan, waarna ze op haar dikke sokken de koude gang door liep. Onder Vera's chagrijnige buitenkant zat een klein hartje en zonder haar zou Wealden House niet hetzelfde zijn.

Lulu bekeek de post die tijdens de tweede postronde was bezorgd en liep de salon binnen. Er was een brief van Maurice gekomen, maar ze had er geen behoefte aan die meteen te lezen.

'Hoe vaak heb ik je niet gevraagd je om te kleden voordat je hier binnenkomt, Lorelei? Er hangt nog steeds een vieze stalgeur om je heen.' Clarice rook zelf naar Franse parfum en keek streng toe terwijl Vera het theewagentje op de juiste plek duwde, waarna ze Vera met een gebiedend knikje wegstuurde.

Lulu en Vera waren wel gewend aan dit nogal hooghartige gedrag en negeerden het. Clarice vond het fijn de *grande dame* te spelen, maar deed dat zonder kwade bedoelingen.

Omdat Clarice een afkeer had van uitingen van genegenheid zag Lulu ervan af haar te zoenen. Ze ging op de bank zitten die het dichtst bij het vuur stond. 'Sorry,' mompelde ze en ze kamde met haar vingers een knoop uit haar haren, 'maar ik had zo'n zin in thee. Ik ben uitgehongerd!'

Clarice pakte de sierlijke zilveren theepot en schonk thee in. Lulu pakte een pannenkoekje met hete boter van de rechaud en nam een hap.

'Bord, Lorelei, en servet.'

Lulu pakte beide en kauwde op het heerlijke eten terwijl ze langzaam ontdooide dankzij de warmte van het vuur. Clarice had altijd geweigerd haar naam in te korten – ze vond die nogal gewoontjes – en hoewel ze graag net deed alsof ze heel streng was, had Lulu deze pose al lang geleden doorzien. Maar als Clarice echt boos werd, kon ze een dolle stier op een afstand van vijftig meter met haar ogen tot staan brengen. Vandaag had ze echter een vrolijke blik in haar blauwe ogen.

Clarice was zeventig, of daaromtrent – dat was een goed bewaard geheim en Lulu had nooit geprobeerd erachter te komen – maar ze bezat het voorkomen, de vitaliteit en de scherpzinnigheid van een veel jongere vrouw. Haar korte zilvergrijze haar was pas gepermanent, ze had parels in haar oren en droeg een parelketting die tot haar taille reikte. Aan haar vingers glansden ringen en om haar slanke polsen droeg ze armbanden. Clarice was al heel lang de weduwe van een diplomaat en hield zich nog steeds aan zijn strenge regels ten aanzien van gedrag en uiterlijk. Zolang ze nog in staat was adem te halen, was ze niet van plan haar normen aan te passen.

'Staren is heel onbeleefd, Lorelei.'

'Ik dacht alleen maar dat u er vanmiddag zo mooi uitziet,' zei Lulu welgemeend. 'Die lichtgrijze kleur staat u heel goed.'

Clarice streek haar jurk met de lage taille strak over haar knieën, maar uit de blos op haar wangen bleek dat ze blij was met het compliment. 'Dank je wel, liefje. Ik wilde dat ik dat ook van jou kon zeggen, maar in die kleren zie je eruit als een schooier.'

Lulu keek naar haar vieze rijbroek, de door motten aangevreten trui en het versleten tweedjasje. 'De paarden vinden het niet erg en ze zitten heel comfortabel.' Ze streek haar krullen uit haar ogen en pakte nog een pannenkoekje.

'Ik ben erg jaloers op je jeugdige eetlust,' verzuchtte Clarice, 'en op het feit dat je nooit lijkt aan te komen. Als ik half zoveel at als jij, zou ik zo groot zijn als een huis.'

Lulu verbeet een glimlach. Clarice was zo slank als een den en als de oude foto's klopten was dat altijd zo geweest, maar desondanks had ze een flinke eetlust.

'Maar toch,' voegde Clarice eraan toe, 'is het fijn te zien dat je weer eet, omdat dit betekent dat je goed gezond bent. Ik ben wel bang dat je te veel probeert te doen.'

'Ik kan de rest van mijn leven niet op een stoel blijven zitten en medelijden met mezelf hebben,' antwoordde Lulu met volle mond. 'Ik word juist heel blij van beweging en frisse lucht.'

'Dat is allemaal goed en wel, maar je weet wat de dokter heeft gezegd. Je hart is niet sterk en overbelasting is echt niet goed.'

'Ik weet wanneer ik te veel heb gedaan,' probeerde Lulu haar gerust te stellen, 'en ook al word ik snel moe, toch heb ik geleerd ermee te leven.'

Clarice keek haar aan en begon over iets anders. 'Heb je de brief van Maurice gezien?'

Lulu knikte, maar dacht weer aan de andere brief die deze ochtend was gekomen. Omdat hij uit Tasmanië kwam en de inhoud onbegrijpelijk was, had het geen zin er met haar oudtante over te praten. Clarice had namelijk heel duidelijk laten weten dat ze het niet over Australië wilde hebben, noch over iets wat daarmee te maken had.

'Maurice moet zich wel heel eenzaam voelen dat hij je elke dag schrijft. Hoe kán hij toch steeds iets verzinnen om over te schrijven?'

Lulu dwong zichzelf weer aan het heden te denken en nam een slokje van de geurige thee. Ze had geen zin om over Maurice te praten en haar stemming te laten bederven, maar Clarice wachtte op een reactie. 'Hij schrijft over zijn laatste schilderij, de mensen die hij in de galerie ontmoet en zijn gezondheid.' Ze vertelde niets over de eindeloze bladzijden zelfbeschouwingen en over zijn onvermogen zich lange tijd met hetzelfde bezig te houden. Deprimerend vond ze dat.

'Ik realiseer me heel goed dat hij in Frankrijk een nare tijd heeft gehad, maar dat is geen excuus om niets te doen. Het wordt tijd dat hij wat actiever wordt.'

Ditzelfde gesprek hadden ze al eens gevoerd en zoals gewoonlijk schoot Lulu in de verdediging. 'Maurice doet zijn best,' mompelde ze, 'maar het is moeilijk voor hem om werk te vinden nu hij mensenmenigtes en lawaai niet meer kan verdragen.'

Ze dacht aan de keer dat Maurice tijdens een heftige onweersbui in een hoekje had gezeten, jammerend van angst bij elke bliksemflits die hun huis in Londen fel verlichtte. Ze wist dat hij nog steeds werd gekweld door herinneringen aan het slagveld en toen de verschrikkelijke storm bleef woeden, had ze hem mee naar haar bed genomen. Ze hadden elkaar woest bemind en zich min of meer wanhopig aan elkaar vastgeklampt alsof de warmte en de aanraking van een ander lichaam troost en genezing boden en de herinneringen konden uitwissen. Maar het was natuurlijk slechts een kortstondige bevrijding geweest, omdat de herinneringen nog heel vers waren.

'Ik hoop dat je niet al te dol op hem bent. Hij is duidelijk afhankelijk van jou en hoewel jullie je kunst gemeen hebben, is er niet veel anders dat voor hem pleit.'

Lulu bloosde onder de kritiek. Er was geen twijfel aan dat Clarice vermoedde dat ze een intieme relatie had met Maurice, maar ze hoefde zich geen zorgen te maken. Hun verhouding had niet lang geduurd, omdat ze zich allebei al snel hadden gerealiseerd dat het een vergissing was geweest. 'We hebben afgesproken dat we vrienden zijn, meer niet,' antwoordde ze. 'Na Jimmy heb ik nooit meer een speciaal iemand gehad.'

Even was het stil, op het gesis van de vochtige houtblokken in de open haard na. Lulu keek naar de foto op de piano. Jimmy zag er in zijn uniform knap uit, en vreselijk jong, met zijn brede glimlach en eerlijke bruine ogen. Ze kenden elkaar al jaren en hadden net besloten te trouwen toen de oorlog uitbrak en hij gemobiliseerd werd. Een paar weken na aankomst in Frankrijk was hij gesneuveld.

Lulu drukte haar verdrietige herinneringen weg, zette alle spullen op het theewagentje en liep ermee naar de deur. 'Ik ga een lekker lang bad nemen en daarna eens kijken hoe het met mijn beeld is.'

'Vergeet niet dat de brigadegeneraal ons vanavond heeft uitgenodigd voor cocktails en het diner om het paasfeest te bespreken. Als je niet met me meekomt, moet je je maar zien te redden met Vera's koude vlees en soep. Het is haar vrije avond.'

De brigadegeneraal was een openhartige oude man met een rood gezicht die Clarice al jaren zonder succes achternaliep. Lulu had al lang geleden besloten dat er leukere manieren waren om een avond door te brengen en sloeg de uitnodiging af.

Nadat ze het vuile theeservies had afgewassen en in het afdruiprek had gezet, gaf ze de hond te eten en liep ze langzaam naar boven. Na het bad trok ze haar wollen kamerjas aan waarna ze aan haar toilettafel ging zitten. Daar kon ze een klein beetje warmte opvangen van het vuur dat de strijd had aangebonden met de tocht uit het slecht sluitende raam.

De geheimzinnige brief lag naast haar borstel en ook al kende ze de inhoud bijna uit haar hoofd doordat ze hem die ochtend een paar keer had gelezen, intrigeerde de brief haar wel en werd ze er onrustig van. Ze haalde het velletje papier uit de envelop en vouwde het open. Het handschrift was krachtig en mannelijk, en de inhoud verbijsterend.

*Geachte juffrouw Pearson,*

*Omdat ik uw hengstveulen, Ocean Child, nu al meer dan een jaar train en nog niets van u heb gehoord, dacht ik dat ik u nu maar eens op de hoogte moest stellen van zijn vorderingen. Maar misschien heeft uw agent, meneer Carmichael, dit al gedaan en in dat geval bied ik u mijn excuses aan voor het feit dat ik u heb benaderd.*

*Ocean Child blijkt een uitzonderlijke tweejarige hengst die de meeste trials heeft gewonnen. Een trial is een race waarbij jonge paarden op verschillende afstanden worden getest, zonder weddenschappen of handicaps. Hoewel hij nog tijdens langere races moet worden getest, heb ik goede hoop dat hij een blijvertje zal blijken te zijn. Hij is temperamentvol, laat zich niet afleiden door een lawaaierige menigte en is inmiddels de lieveling van de stal, vooral van Bob Fuller, de jonge knecht die ik heb aangenomen om hem te berijden.*

*Ocean Child is nog te jong om aan belangrijkere races mee te doen, maar hij is al aardig sterk. Ik laat hem goed werken, afgewisseld met regelmatige rustpauzes. Over een maand of zes wil ik hem inschrijven voor een paar kleinere steeplechases om te zien hoe hij het doet.*

*Ik hoop dat u het niet erg vindt dat ik u schrijf, maar omdat ik nog niets van u had gehoord, vond ik het mijn plicht als trainer u op de hoogte te houden.*

*Hoogachtend,*
*Joe Reilly*

Lulu fronste haar voorhoofd. 'Ik weet niet wie u denkt dat ik ben, meneer Reilly,' mompelde ze, 'maar kennelijk verwart u me met iemand anders.'

Met een wrange glimlach stopte ze de brief in de envelop. Het enige paard dat zij ooit zou bezitten, was het beeld in het atelier. Wat een vreemde vergissing van een man die verder kennelijk wél wist wat hij deed. Hij zou zich toch moeten realiseren dat zij onmogelijk de eigenaar kon zijn? Ze woonde immers aan de andere kant van de wereld, dus waarom zou zij een paard in vredesnaam zover weg laten trainen?

'Belachelijk,' zei ze terwijl ze de ceintuur van haar kamerjas aantrok en haar schrijfblok pakte. Haar antwoord was beleefd maar kort en nadat ze de envelop had dichtgeplakt, kleedde ze zich aan en liep naar het postkantoor in het dorp.

Hij zat in de dorpspub en had een heerlijk glas bier gedronken. Het was bijna avond en hij zat net genietend een pijp te roken toen hij haar zag aankomen. Hij liep achter haar aan naar het kleine winkeltje dat alles leek te verkopen en bleef bij de open deur staan zodat hij haar gesprek met de dikke, praatzieke vrouw achter de toonbank kon afluisteren.

Toen hij genoeg had gehoord, liep hij tevreden naar het station en nam de laatste trein naar huis. Kennelijk was de brief uit Australië gearriveerd. Het enige wat hij nu nog moest doen, was zijn werkgever informeren en op nieuwe instructies wachten.

Toen ze terugliep naar huis vroeg Lulu zich af wat meneer Reilly's reactie op haar brief zou zijn. Gêne, waarschijnlijk.

Ze liep over het pad naast het huis naar het halfronde zomerhuis waar zij haar atelier van had gemaakt. Het stond in de beschutting van de hoge stenen grensmuur en de hoge ramen keken uit op het gazon. Zelfs op de koudste dagen was het een fijne plek waar ze meteen verliefd op was geworden toen Clarice haar had meegenomen naar Sussex. Ze was toen tien jaar oud en moest nog wennen aan de plotselinge veranderingen in haar leven. Het zomerhuis was haar toevluchtsoord geworden.

Haar oudtante had begrip gehad voor haar behoefte aan afzondering, waarbij ze tekende en schilderde of kleibeelden maakte. Die eerste jaren zou je eenzaam kunnen noemen. Toch had Lulu zich in die tijd langzaam maar zeker gerealiseerd dat ze nu mócht dromen en dat ze zich onder Clarice' liefdevolle, oplettende toezicht mócht ontplooien. Dat was het mooiste cadeau dat je iemand kon geven en daarom hield ze van haar.

Ze liep naar binnen en stak de gaslampen aan. Het was zo koud dat ze haar kin in de kraag van haar jas drukte. Ze wikkelde de vochtige doeken los die de klei kneedbaar hielden, zodat ze haar bijna één meter hoge beeld kon bekijken. Ze glimlachte omdat ze het ironisch vond dat haar laatste beeld een hengstveulen was: een ongetemd wezen op hoge benen, met een gedrongen staart en korte manen. Het leek alsof hij op het punt stond zich los te maken van het belemmerende voetstuk waarmee hij aan de houten draaitafel vastzat. Ze keek naar zijn lijnen en welvingen, naar de belofte van spierkracht die ze goed had gevangen en de ingehouden energie en beweging die ze met zo veel moeite had getroffen. Het was een mooi beeld, misschien wel het beste wat ze ooit had gemaakt.

Toen ze naar het veulen keek, dwaalden haar gedachten weer naar de vreemde brief. Misschien was het een voorteken, een teken dat dit veulen op de een of andere manier een relatie had met het hengstveulen in Tasmanië. Het was natuurlijk een belachelijke gedachte en Clarice zou haar erom uitlachen, maar toch... Terwijl ze naar het veulen van klei keek, realiseerde ze zich dat dit een veelbelovend moment was. Het beeld had nog geen naam, maar doordat Joe Reilly haar die brief per ongeluk had gestuurd, wist ze nu hoe ze hem wilde noemen.

Haar verbeelding sloeg op hol en ze pakte vlug een brok klei die ze begon te kneden en te vormen. Misschien zou het heel moeilijk zijn, maar het was wel een kans haar mogelijkheden te vergroten en van de uitdaging te genieten. De echte Ocean Child zou op Tasmaanse renbanen racen, oud worden en zijn leven in een weiland eindigen, maar háár Ocean Child zou altijd jong blijven en dansen in de ondiepe groeven en golven van een bronzen kustlijn.

## Galway House Renstal, Tasmanië, april 1920

Joe Reilly had de stallen uitgemest en de binnenplaats geveegd en schoongespoten. Bob Fuller, de nieuwe knecht, was net met Ocean Child naar de trainingsbaan vertrokken. Het was nog vroeg, maar de kookaburra's in de bomen vlakbij lachten al en Joe hoorde de spookachtige eentonige kreet van een klokvogel.

Hij stopte zijn handen in de zakken van zijn leren broek en keek trots om zich heen. Zijn renpaardenstal zag er totaal anders uit dan toen hij uit Europa was teruggekomen en hoewel het veel tijd, energie en het grootste deel van zijn spaargeld had gekost, was het de moeite waard geweest.

Toen hij terugkwam, waren de stallen vervallen geweest en het had er gewemeld van de ratten. Nu stonden de gerenoveerde stallen aan weerszijden van de bestrate binnenplaats en de nieuwe dakpannen en de verse verf glansden in de herfstzon. De reparaties aan de schuur, de tuigkamer en de voorraadkamer waren bijna klaar, de hekken waren gerepareerd en het giftige onkruid in de paddocks was weggehaald.

Ooit waren er meer dan dertig paarden op Galway House geweest, verzorgd door stalknechten en *jackaroos*, groentjes. Maar dat was in de goede jaren, voordat de oorlog en de griep roet in het eten hadden gegooid. Toch bleef Joe optimistisch, want er waren al vijf nieuwe paarden gekomen, er was informatie ingewonnen voor nog eens twee en hij had al een paar mannen moeten inhuren om hem te helpen. De aandelenkoersen waren nog steeds onzeker, maar de wereld was al begonnen de somberheid van de afgelopen jaren van zich af te schudden. Het was het begin van een nieuw decennium, er hing een gevoel van opwinding in de lucht die werd weerspiegeld in de jazzmuziek die steeds populairder werd, en de mensen waren weer bereid hun geld aan pleziertjes uit te geven.

Zijn blik dwaalde naar de omringende heuvels met op hun top de vier mijl lange trainingsbaan. Hij had Tasmanië wel eens met Engeland horen vergelijken en hij begreep nu wel waarom. Dit hoekje van het eiland was even groen en welig als het platteland van Sussex waar hij in een militair ziekenhuis was hersteld.

Het twee verdiepingen hoge woonhuis stond onder de bomen met de voorzijde naar de korte oprijlaan en de dubbele hekken. De achterzijde keek uit op de drie takken van de snelstromende rivier beneden in het dal. De veranda die om het hele huis liep, stond zoals altijd vol stoelen en tafels en met de bloembakken van zijn moeder. De luiken en zonneschermen waren gerepareerd, het gazon was gemaaid en de bomen stonden vol in blad. Dit was het huis waarvan hij ooit had gedacht dat hij het nooit terug zou zien en hij werd overmand door een gevoel van waardering en liefde voor deze oude plek.

De Reilly's woonden al vier generaties in Galway House en hun naam was synoniem met goedgetrainde en succesvolle renpaarden. Joe was graag in zijn vaders voetsporen getreden en had verlangend uitgezien naar het huwelijk met zijn jeugdvriendinnetje Penny. Het plan was om, nadat zijn vader met pensioen was gegaan, de zaak samen over te nemen. Maar toen was de oorlog ertussen gekomen. Zijn vader was kort nadat Joe zich had ingescheept overleden. Toen de herinneringen aan Gallipoli en Fromelles ongevraagd naar boven kwamen, streek hij onbewust over de littekens die de huid boven zijn linkeroog samentrokken en een warrig lijnenspel op zijn wang vormden.

Penny had hem in haar brieven beloofd dat ze van hem zou blijven houden, hoe ernstig hij ook gewond was, dat ze zouden trouwen en volgens plan het bedrijf zouden overnemen. Maar toen hij was thuisgekomen, had hij haar zien terugdeinzen als hij haar kuste en gemerkt dat ze vermeed naar hem te kijken. Ze had geprobeerd haar afkeer te verbergen, maar het meisje van wie hij sinds zijn jeugd had gehouden, kon de veranderingen in hem niet accepteren. Omdat hij wist dat ze daar zelf te zachtaardig voor was, had hij hun verloving verbroken. Hij had zich verscheurd gevoeld door haar opluchting en zijn littekens waren een pijnlijke herinnering – als hij die al nodig had – aan het feit dat de oorlog alles had veranderd.

Hij schudde zijn sombere gedachten van zich af, floot de beide honden, slingerde zijn pick-up aan en reed naar de trainingsbaan. Hij was een van de gelukkigen die thuis waren gekomen. Hij was nu dertig, fit en gezond en zijn bedrijf ging erop vooruit. Hij hield van zijn huis en van zijn werk, had de eenzaamheid en rust die ze hem schonken geaccepteerd, en was tevreden.

Bob Fuller liet Ocean Child aftappen om hem te laten uitrusten, maar zelfs van een afstand kon Joe wel zien dat de jongen verschrikkelijk opgewonden was. Hij was de truck nog niet uit of Bob begon al tegen hem te roepen.

'Hij is geweldig, Joe. Vond het geen enkel probleem toen ik meer van hem eiste.'

'Ik hoop maar dat je niet te veel van hem hebt gevraagd.'

'Toe nou toch, Joe. Kijk hem dan! Hij hijgt niet eens!'

Het enthousiasme van de jongen was aanstekelijk. Joe grijnsde toen hij naar het hengstveulen keek en zag dat het dier nog lang niet moe was. Ocean Child was een vos met lichte manen, een lichte staart en een witte bles. Ondanks zijn jeugdige lange benen had hij een air van zelfvertrouwen dat veel goeds voorspelde. Bovendien had hij het afgelopen jaar laten zien dat hij zich niets aantrok van lawaai of een onbekende omgeving.

Joe streek met zijn hand over de goedgevormde achterhand en de stevige benen. De jonge hengst had daar goede spieren en beenderen, en zijn koten hadden precies de juiste lengte. Zijn borstkas had perfecte proporties en zou als hij volwassen werd breder en gespierder worden, en hij had een intelligente blik in zijn ogen.

'Je bent een juweeltje, echt waar,' mompelde hij terwijl hij de hals streelde en in de goudkleurige ogen keek. 'Laat hem nog even rennen zodat ik kan zien hoe hij zich beweegt. Daarna moet je hem laten uitrusten. Hij heeft genoeg gehad voor vandaag.'

Tegen de reling geleund, met zijn hoed in de hand en zijn donkere haar verfomfaaid door de wind, zag hij het paard en zijn ruiter langs de renbaan in handgalop wegrijden. Child bewoog zich echt goed en leek zin te hebben in de training, maar de ongevormde spieren en groeiende beenderen hadden tijd en geduld nodig om tot volle wasdom te komen. Joe had de tragische resultaten gezien als andere trainers te veel van een jong dier hadden gevraagd.

Hij keek aandachtig toe toen Bob op Ocean Child naar hem toe kwam galopperen. Het veulen galoppeerde met gestrekte hals en gespitste oren, en zette elk been vol zelfvertrouwen op de grond. Joe's hartslag versnelde: Ocean Child was een fantastisch paard en als hij zijn jeugdige belofte zou waarmaken, had Galway House misschien een echte winnaar in huis.

De ochtend ging snel voorbij. Iedereen was met zijn eigen werkzaamheden bezig en Joe wilde net aan de boekhouding beginnen toen zijn moeder hem stoorde. 'Onze bezoekers zijn er,' zei ze ademloos. 'Ik durf te wedden dat je was vergeten dat ze zouden komen.'

Dat was inderdaad zo, maar hij vergat de meeste dingen zodra hij bij de paarden was. 'Sorry,' mompelde hij en hij sloeg met tegenzin het grootboek dicht. Met een glimlach streek hij met zijn vingers door zijn haar. 'Ik neem aan dat jij je niet met hen kunt bezighouden, ma? Ik heb het heel druk vanochtend.'

Molly Reilly was klein en mollig, had een drukke manier van doen en een warrige bos grijzend haar. Ze had haar best gedaan om de stal in bedrijf te houden na de dood van zijn vader, maar was daar ondanks haar vastberadenheid en haar energie niet in geslaagd. Hij begreep heel goed dat haar opluchting dat hij het had overleefd werd getemperd door de wetenschap dat hij het nu bijzonder vermoeiend vond om met mensen om te gaan.

'Je kunt je hier niet eeuwig verstoppen,' zei ze op een bruuske toon die in tegenspraak was met haar bezorgde blik. 'Dit zijn zaken.'

Hij zag dat ze haar kin vastberaden in de lucht stak en wist dat het geen zin had ertegenin te gaan. Hij torende hoog boven haar uit nadat hij was opgestaan. Hij pakte zijn versleten hoed van de spijker in de muur, zette hem op zijn hoofd en trok de rand naar beneden zodat deze de beschadigde kant van zijn gezicht enigszins bedekte.

'Wat zijn het voor mensen?' vroeg hij toen hij naast haar liep.

'Rijk.'

'Dat is een goed begin.' Zijn mond vertrok tot een glimlach. Zijn moeder had zo haar eigen vertederende manier om recht op het doel af te gaan. 'Nog iets?'

'Ze hebben twee paarden bij Len Simpson in Melbourne staan, maar hebben ruzie met hem gehad. Nu willen ze de paarden ergens anders onderbrengen.'

'Klinkt alsof ze problemen kunnen veroorzaken. Len is een goede vent.'

'Dacht ik ook, maar we kunnen het ons niet veroorloven om kieskeurig te zijn.'

Joe was opgegroeid met verhalen over lastige eigenaren en hun hoge, soms onmogelijke verwachtingen van hun paarden. Het leek wel alsof ze vreemder werden naarmate ze meer geld hadden. Hij trok de rand van zijn hoed verder naar beneden en zette zich schrap voor de bespreking. Zijn moeder had gelijk, ze hadden het geld nodig.

De opzichtige zwarte auto stond op de oprijlaan, de chromen koplampen en brede treeplanken glansden in de zon. Joe keek naar de twee mensen die op de veranda op hen wachtten. De man droeg een tweedbroek en had een sigaar tussen zijn tanden geklemd. De jonge vrouw was gekleed in een bontjas tegen de kille wind en Joe vond dat het woord 'glossy' precies op haar van toepassing was.

'Alan Frobisher,' zei de man en hij gaf hem een hand. 'En dit is mijn dochter, Eliza.'

Joe keek naar het meisje dat hem met openlijke nieuwsgierigheid aankeek. Hij sloeg zijn ogen neer en schudde haar koele, slanke hand. Daarna stapte hij achteruit en begon hij gefrustreerd aan zijn hoed te trekken. Terwijl ze naar de stallen liepen, was hij zich bewust van haar kritische blik en hij voelde zich zo ongemakkelijk dat hij geen woord meer kon uitbrengen. Zijn moeder had nergens last van en kletste honderduit terwijl ze de stallen bezichtigden.

Nadat ze alles geïnspecteerd hadden, bleven ze staan bij het hek van de paddock. Toen de vrouwen naar het huis liepen en hij alleen achterbleef met Alan ontspande Joe zich. 'Je woont toch in Queensland, Alan, wie heeft je over ons verteld? Dat is behoorlijk ver hiervandaan.'

'Een agent in volbloeds, ene Carmichael,' antwoordde Alan. 'Ik begreep dat hij je al eerder heeft aanbevolen.'

Joe werd nieuwsgierig. 'Hij heeft me Ocean Child gestuurd, maar we hebben elkaar nooit ontmoet, alleen via de mail contact gehad. Wat is hij voor iemand?'

Alan haalde zijn schouders op. 'Ik heb alleen maar via de *two-way* met hem gepraat, maar de Victorian Breeders Association heeft hem aanbevolen.'

Joe knikte. De ongrijpbare Carmichael scheen al zijn zaken op afstand af te handelen, want niemand had ooit toegegeven dat hij hem had gezien. 'Mag ik vragen waarom je je paarden wilt verplaatsen?'

De andere man ontweek zijn blik. 'We hadden een meningsverschil,' mompelde hij. 'Alles werd een beetje vervelend.'

Joe wachtte of hij meer zou zeggen, maar kennelijk vond Alan dat hij genoeg had verteld. Wát zo vervelend was geworden zou tussen Alan en zijn vorige trainer blijven, en toch stond Len Simpson in de racewereld bekend als een man die gemakkelijk was in de omgang. Joe kon zich niet voorstellen wat er mis was gegaan. 'Len heeft een goede reputatie,' zei hij, 'dus als hij ze heeft geaccepteerd, doe ik dat ook graag. Maar ik zal contact met hem moeten opnemen om te vragen of hij er geen bezwaar tegen heeft.'

'Geen probleem, maar hij vindt het prima. Is erg lovend over je, daarom heb ik Carmichaels advies ook opgevolgd.' Alan wendde zijn ogen af van de grazende paarden en glimlachte. 'Volgens mij heb ik wel genoeg gezien, Joe. Laten we tot zaken komen.' Met een onderzoekende blik op Joe's gezicht vroeg hij: 'Frankrijk, neem ik aan?'

Joe knikte.

'Jij bent tenminste thuisgekomen,' mompelde de oudere man. 'Veel anderen niet.' Ze liepen in de richting van het huis. 'Trek je maar niets aan van Eliza, *mate*, ze is nog jong en zonder een leidende moederhand heeft ze de kunst van discretie nog niet onder de knie.' Hij keek even naar Joe. 'Ik zag dat ze naar je staarde en daar bied ik mijn excuses voor aan.'

'Ik ben eraan gewend,' loog Joe tactisch.

'Als zij je beter kent, ziet ze de littekens niet meer, geloof me. Eliza is soms een beetje koppig. Dat krijg je denk ik als iemand al op zo jonge leeftijd haar moeder verliest, maar ze is een geboren paardenvrouw en als ze al haar aandacht bij haar dieren heeft, is ze een totaal ander mens.'

Joe kreeg een angstig voorgevoel en bleef staan. Misschien waren het meningsverschil en het feit dat alles een beetje vervelend werd, wel veroorzaakt door het feit dat Eliza zich overal mee bemoeide. Als dat het geval was, kon hij geen zaken doen met Alan, hoe dringend hij het geld ook nodig had. 'Ik leid dit bedrijf met strakke hand,' zei hij waarschuwend. 'De eigenaren zijn altijd welkom als we niet met de voorbereidingen voor een race bezig zijn, maar ik vind het niet prettig als ze zich met de paarden bemoeien. Dat verstoort de regelmaat van de renstal.'

'Je hebt helemaal gelijk, *mate*. Zodra je het gevoel hebt dat we in de weg lopen, hoef je het maar te zeggen. Jij bent de baas.'

'Zolang je dat maar begrijpt?' Hij keek de andere man strak aan.

Alan zei terwijl hij Joe ernstig aankeek: 'Je hebt mijn woord en ik zal ervoor zorgen dat Eliza ook afstand houdt.'

'Ik dacht dat jullie in Queensland woonden?'

'Nu nog wel, maar ik overweeg iets in Deloraine te kopen.' Kennelijk zag hij dat Joe schrok van dit nieuws, want hij grinnikte. '*No worries, mate.* We lopen je echt niet voor de voeten. Als jij ons af en toe een winnaar geeft, zijn wij al tevreden.'

Joe stond hen op de veranda na te kijken en had nog steeds twijfels over de contracten die hij zojuist had ondertekend. 'Len liet niet veel los toen ik met hem sprak, maar hij heeft me verzekerd dat de paarden veelbelovend zijn en dat Alan zijn rekeningen altijd stipt op tijd betaalt.' Hij beet op zijn lip. 'Alan lijkt best aardig, maar dat meisje kon nog wel eens een lastpak blijken als ze hiernaartoe zijn verhuisd.'

'Ze is gewoon jong en helemaal vol van zichzelf. Ik zou me geen zorgen maken over haar.' Molly zwaaide de cheque voor zijn neus heen en weer. 'Ze betalen veel geld, Joe, en Eliza suggereerde dat ze je misschien bij hun vrienden zullen aanbevelen. Ik begrijp wel dat je haar een beetje intimiderend vindt, maar zolang je niet vergeet dat jij de baas bent, komt het allemaal wel goed. Je weet maar nooit, misschien staat de stal volgend jaar om deze tijd wel helemaal vol.'

Joe wilde haar niet ontmoedigen en zei daarom maar niet wat hij dacht. 'Is de post er al? Ik verwacht die postwissel uit Hobart.'

Molly haalde een envelop uit haar zak. 'Sorry, door alle opwinding helemaal niet meer aan gedacht. Niets uit Hobart, maar wel antwoord uit Engeland.'

Hij scheurde de envelop open en las de brief snel door. Even later trok hij bleek weg en ging met een plof zitten.

'Wat is er aan de hand?'

'Problemen,' zei hij kortaf, en hij gaf haar de brief. 'Ik wíst wel dat ik die Carmichael nooit had moeten vertrouwen!'

'Maar dit slaat nergens op,' zei Molly verbijsterd nadat ze de brief had gelezen.

'Het is nog veel erger, we hebben een paard zonder eigenaar. Een veelbelovende tweejarige waar ik niet mee kan racen en die ik niet kan verkopen tot dit is opgelost. Wat moet ik in vredesnaam doen?'

'Gelukkig zijn de kosten voor de komende twee jaar vooruitbetaald, zodat we niet zonder geld komen te zitten,' zei Molly. Ze schoof de brief terug in de envelop. 'Probeer of je Carmichael te pakken kunt krijgen en laat hem dit maar eens uitleggen. Daarna kun je haar de papieren en een kwade brief sturen waarin je haar duidelijk maakt dat ze geen spelletjes met je moet spelen.'

Joe pakte de brief die verfrommeld dreigde te worden en stopte hem in zijn zak. Met een woedende blik in de verte zei hij: 'Dat zal ik doen, maar die Carmichael krijg je niet zo gemakkelijk te pakken. Er zit een luchtje aan dit hele gedoe, ma, maar ik ga dit tot op de bodem uitzoeken. Niemand kan me voor de gek houden en ermee wegkomen.'

## 2

De mannen van de bronsgieterij waren inmiddels weggereden en in de daaropvolgende stilte bewonderde Lulu het bronzen beeld. Ocean Child stond op een zwartmarmeren voetstuk, met zijn hoofd opgericht alsof hij de geur van de zee aan zijn voeten opsnoof. Zijn gedrongen staart en manen wapperden in de zoute zeewind. Hij was precies zoals ze had gehoopt en hoewel ze wist dat dit het beste was wat ze ooit had gemaakt, hoopte ze dat Maurice en Clarice hem ook mooi vonden.

'Hij is heel mooi,' zei Maurice, 'maar ik moet er niet aan denken hoeveel je hebt moeten betalen om hem in brons te laten gieten.'

'Bertie heeft het betaald,' vertelde ze. 'Hij krijgt het geld terug als hij hem heeft verkocht.'

Maurice' uitgemergelde gezicht vertrok van afschuw. 'Agenten zijn bloedzuigers. Nemen altijd als eerste het geld. Geen wonder dat wij kunstenaars zo arm zijn.'

'Dat is niet eerlijk,' zei ze. 'Bertie is een weldoener, geen agent. Hij rekent geen commissie, zoals je heel goed weet, en ik ben blij dat hij mijn werk wil sponsoren.'

Maurice snoof en trok zijn sjaal steviger om zijn hals. Het was weliswaar april, maar toch was het koud in het zomerhuis en zijn jas was veel te dun. Hij haalde zijn magere schouders op en begroef zijn grote handen in zijn zakken. Zijn donkere ogen dwaalden met onverholen bewondering over het beeld. 'Het zou me niets verbazen als hij al een koper heeft,' mompelde hij. 'Jij bent altijd zijn lievelingetje geweest.'

Lulu was uitgeput. Dit was een oude klacht van Maurice en ze had geen zin meer er steeds weer naar te moeten luisteren. Bertie Hathaway was nogal afschrikwekkend, want hij was een ontzettend rijke man die eraan gewend was zijn zin te krijgen, en Maurice' relatie met hem was op z'n zachtst uitgedrukt niet geweldig. Ze had ook het idee dat Maurice een beetje jaloers was op het feit dat Bertie haar steunde. Daar kwam bij dat Bertie nog nooit enig enthousiasme had getoond voor het werk van Maurice. 'Hij heeft je ruimte aangeboden voor de tentoonstelling in juni,' zei ze tegen hem.

Hij slaakte een diepe zucht en begroef zijn lange neus in zijn sjaal. 'Dat zou hij nooit gedaan hebben als jij hem niet had overgehaald.'

Ze wilde zeggen dat hij moest ophouden met zich als een chagrijnig kind te gedragen, maar ze wist uit ervaring dat hij na dergelijke kritische opmerkingen dagenlang depressief bleef. 'Hij heeft je aangeboden om je schilderijen in Londen tentoon te stellen,' zei ze daarom. 'Dat zou een prachtig debuut kunnen zijn.'

'Ik weet niet of ik al klaar ben voor een tentoonstelling. Al dat lawaai en gedoe, je weet toch wat voor invloed dat op me heeft.'

Toen ze zijn trieste blik zag, beheerste ze zich. Ze hadden elkaar op de kunstacademie leren kennen en waren meteen bevriend geraakt. Na hun afstuderen had het logisch geleken dat hij de bovenste flat in Clarice' huis in Londen betrok en dat ze het atelier op zolder deelden. Maar de Maurice die nu bij haar was, was mentaal beschadigd geraakt door de beproevingen die hij als oorlogskunstenaar had doorstaan, en er was bijna geen spoor meer over van de sociabele man die hij vroeger was. 'Waarom ga je niet naar binnen om warm te worden?' vroeg ze zacht.

'Kom je ook?' vroeg hij met een smekende blik in zijn donkere ogen.

Ze schudde haar hoofd. 'Ik wacht op Clarice en ze zal zo wel komen.' Toen ze hem naar het huis zag lopen, realiseerde ze zich hoe mager hij de afgelopen maanden was geworden en dat hij liep als een veel oudere man. Hij wenste haar zoveel goeds toe en hij zou haar medelijden verschrikkelijk vinden, al werd zelfs dat steeds minder door zijn voortdurende behoefte aan haar.

'Goed, je bent alleen.' Clarice kwam het atelier binnen en trok de deur stevig achter zich dicht. Ze trok haar bontjas iets steviger om haar slanke lichaam en rilde. 'Maurice deprimeert me als hij in een van zijn slechte buien is.'

Het leek niet nodig hierop te reageren en daarom wees Lulu naar het beeld. 'Wat vindt u ervan?'

Clarice bekeek het paard zwijgend vanuit verschillende hoeken. Daarna stak ze haar hand uit en streek met haar vingers over de gespierde achterhand. 'Hij is perfect,' zei ze ademloos. 'Je hebt zijn jeugd, de belofte van wat hij zal worden en zijn energie goed getroffen.' Ze draaide zich om naar Lulu en keek haar met een geëmotioneerde blik aan. 'Ik heb me nooit gerealiseerd hoeveel talent je hebt, liefje. Gefeliciteerd.'

Lulu was helemaal van slag. Ze had nooit durven hopen dat ze Clarice zo geëmotioneerd zou zien. Ze sloeg haar armen om haar oudtante heen en omhelsde haar.

Clarice bleef stokstijf staan tijdens deze omhelzing en wapperde met haar handen alsof ze niet wist wat ze ermee moest doen. 'Ik vind het geweldig dat je zo blij bent, liefje, maar let alsjeblieft een beetje op mijn jas. Dit is mijn enige nertsmantel en hoewel hij al een beetje door de motten is aangevreten, wil ik niet dat hij onder de make-up komt te zitten.'

Het was alsof ze een klap in haar gezicht had gekregen en ze stapte naar achteren. De reprimande was vrij zachtaardig geweest, maar toch sprongen de tranen haar in de ogen.

De zachte hand gaf een klopje op haar wang. 'Je bent een slimme meid en ik ben heel trots op je, Lorelei. Maar het feit dat ik mijn emoties niet wil tonen, betekent niet dat ik niet van je hou.'

Lulu knikte, want door haar ingehouden tranen kon ze geen woord uitbrengen. Natuurlijk hield Clarice van haar, dat bleek uit alles in het thuis dat Clarice haar had geboden: in het atelier, de kleren in haar kledingkast en de flat in Londen. Toch verlangde Lulu naar iets wat ze kon voelen. Af en toe had ze alleen maar behoefte aan een knuffel, een zoen, een uiterlijk vertoon van genegenheid van haar tante, maar ze wist dat het geen zin had en gaf zichzelf zwijgend een standje omdat ze zich net zo zielig voelde als Maurice.

Clarice leek zich bewust te zijn van Lulu's innerlijke strijd en begon over iets anders. 'Ik hou van de manier waarop hij in de golven danst. Heb je dat om een bepaalde reden gedaan?'

'Hij heet Ocean Child.'

'Wat een intrigerende naam,' mompelde Clarice. 'Hoe kom je daarbij?'

Lulu herinnerde zich dat ze Clarice nog niets over de brief had verteld. 'Dat was eigenlijk wel vreemd,' begon ze. 'Ik kreeg een bijzonder vreemde brief uit Tasmanië en –'

Clarice viel haar op scherpe toon in de rede. 'Een brief uit Tasmanië? Daar heb je me niets over verteld.'

'Het is al heel lang geleden en ik was zo verdiept in mijn werk dat ik het ben vergeten.'

'Wie was de afzender?'

'Joe Reilly van Galway House. Hij is een –'

'Ik weet wel wie Reilly is,' viel Clarice haar weer in de rede. 'Waarom schrijft hij jou?'

Lulu zag dat Clarice opeens alert werd, een strakke blik kreeg en haar schouders rechttrok. Ze verbaasde zich over deze vreemde reactie. Ze vertelde Clarice wat er in de brief stond. 'Het was duidelijk een vergissing,' zei ze ten slotte, 'en ik heb hem teruggeschreven en hem dat verteld. Daarna heb ik niets meer van hem gehoord.'

'Prima.' Heel delicaat snoot Clarice haar neus in een met kant afgezet zakdoekje.

Nieuwsgierig vroeg Lulu: 'Hoe komt het dat u de Reilly's kent?'

Clarice serveerde de Reilly's met een minachtend gebaar van haar elegante hand af. 'Jaren geleden heb ik hen leren kennen doordat wijlen mijn man zich voor de paardenrennen interesseerde.'

'Zou u nooit terug willen gaan?'

Clarice trok haar bontkraag op tot aan haar kin en zei vol overtuiging: 'Ik kan niets bedenken wat ik minder graag zou doen.'

'Misschien heb ik ooit nog eens genoeg geld om terug te gaan,' zei Lulu verlangend. 'Ik zou het fijn vinden mijn oude geliefde plekjes weer te zien en de vrienden die ik daar had weer op te zoeken.'

'Je hebt helemaal niets meer in Tasmanië,' snauwde Clarice.

'Nee, misschien niet, maar het zou fijn zijn –'

'Begin niet weer met die onzin, Lorelei. Je was nog maar een kind toen je daar vertrok en je weet helemaal niets van Tasmanië.'

Lulu schoot meteen in de verdediging. 'Ik herinner me het strand, de steile rotswand, de pijnbomen en acacia's. Ik herinner me Primmy en de paarden en honden, en mijn vrienden van school.'

'Je leven is nu hier,' zei Clarice kortaf. 'Dankzij je goede Engelse opvoeding ben je af van dat wálgelijke koloniale accent en als je daar was, zou je tot de ontdekking komen dat je daar net zomin past als ik vroeger.'

Lulu beet op haar lip toen ze terugdacht aan die verschrikkelijke spraaklessen. Haar accent was het laatste stukje Tasmanië waar ze zich aan had vastgeklampt, maar ook dat had kennelijk verwijderd moeten worden.

Alsof Clarice haar gedachten kon lezen, keek ze Lulu bijna beschuldigend aan. 'Jeugdherinneringen kunnen heel onbetrouwbaar zijn. Ongeveer net zoals je opvoeding voordat ik die overnam,' voegde ze er mompelend aan toe. Ze rilde en liep naar de deur. 'Ik heb het steenkoud hier. Ik ga naar binnen.'

Lulu draaide de lampen uit en deed de deur achter hen op slot. Daarna liep ze achter Clarice aan over het pad naar het huis. Lulu vond Clarice' weigering om haar verlangen te onderkennen ooit nog eens naar huis terug te kunnen keren, ontzettend frustrerend. Het was immers niet zo dat ze er wilde gaan wónen, maar in de afgelopen jaren was het verlangen niet minder geworden, en Joe Reilly's brief had dat verlangen alleen maar versterkt.

Clarice vermeed de woonkamer waar Maurice zich ongetwijfeld voor het vuur had genesteld en haar krant zat te lezen. Daarom liep ze langzaam de trap op naar haar slaapkamer. Ze was niet in de stemming voor een beleefd gesprek en ze had al helemaal geen zin om weer met Lorelei over Tasmanië te moeten praten.

Ze keek naar het armoedige vuurtje in de openhaard en pakte de pook om het eens flink op te porren. Met de zware fluwelen gordijnen dichtgetrokken tegen de tocht, schonk ze zich een glas zoete sherry in, liet zich in de leunstoel voor het vuur zakken en liet de gebeurtenissen van die avond de revue passeren.

Ze was verschrikkelijk geschrokken toen ze van die brief van Reilly hoorde en ook al leek het erop dat Lorelei het verstandig had afgehandeld, had Clarice toch het vervelende gevoel dat het nog niet voorbij was.

Ze trok de kasjmieren sjaal om haar schouders, nam een slokje sherry en zette het glas neer. Hoewel het al heel lang geleden was en ze zich had ingespannen om Lulu te ontmoedigen, leek het erop dat Lorelei nog altijd naar Tasmanië hunkerde. Reilly's brief had niet alleen Lorelei's verlangen nieuw leven ingeblazen, maar ook bij Clarice herinneringen opgeroepen die ze allang begraven dacht te hebben.

Ze staarde in de flikkerende vlammen en probeerde zich de gezichten weer voor de geest te halen van de mensen van wie ze ooit had gehouden. De tijd had hun gelaatstrekken vervaagd en hun stemmen tot zwijgen gebracht – het waren vluchtige, ongrijpbare schaduwen geworden – maar ze achtervolgden haar nog altijd.

Het was allemaal begonnen in januari 1886 toen zij en haar man Algernon in Sydney waren aangekomen. Ze kon zich die dag zo goed herinneren – zelfs nu nog – omdat ze er zo tegenop had gezien, en toen de kustlijn dichterbij kwam, was haar emotionele verwarring erger geworden. Ze had fanatiek gebeden dat het huwelijk met Algernon en de verstrijkende jaren de verboden liefde die haar eens had verteerd hadden onderdrukt en dat het een kortstondige jeugdliefde zou blijken te zijn, maar al een paar uur nadat het schip voor anker was gegaan, was ze op de proef gesteld en was ze tekortgeschoten.

## Sydney, 1886

Toen de matrozen in het want klommen om de zeilen te strijken, moest Clarice wel accepteren dat haar verwachtingen voor deze lange reis te hooggespannen waren geweest. Ze had gehoopt dat de exotische plaatsen die ze zouden bezoeken en de nachtelijke sterrenhemel haar liefde voor Algernon zouden aanwakkeren en hen dichter tot elkaar zouden brengen. Maar Algernon scheen ongevoelig voor haar behoeften, blind voor haar verlangens en vastbesloten een afstandelijke hoffelijkheid te handhaven die intimiteit onmogelijk maakte. Haar huwelijk was een schijnvertoning en op haar zesendertigste was haar toekomst deprimerend.

Het nieuws dat Algernon naar Australië werd overgeplaatst was een vreselijke schok geweest. Ook al zou dat betekenen dat ze Eunice, haar oudere zus, zou terugzien, toch begreep Clarice heel goed dat het gevaarlijk was om de man van wie ze eens had gehouden weer onder ogen te komen. Ze had geprobeerd Algernon te ontmoedigen, maar door de baan in het kantoor van de gouverneur zou zijn droom om geridderd te worden gerealiseerd worden en hij had geweigerd naar haar smeekbedes te luisteren.

Ze staarde naar het glinsterende water in de grote haven zonder het echt te zien, streek een sliert blond haar achter haar oren en depte haar ogen met een kanten zakdoekje in een poging de emoties te bedwingen die Algernon zo weerzinwekkend vond.

Haar huwelijk met de weduwnaar Algernon Pearson was gearrangeerd door haar vader, die minder van hem in leeftijd verschilde dan zij, en in eerste instantie had ze geweigerd een dergelijke match in overweging te nemen. Maar omdat ze al vijfentwintig was en niet bijzonder aantrekkelijk werd gevonden, had ze niet veel keus gehad. De man van wie zij hield was met een andere vrouw getrouwd, er waren geen andere gegadigden en haar vader was blijven aandringen.

Het was niet een liefdeshuwelijk geweest zoals dat van Eunice, maar Algernon was een attente, erudiete man gebleken en nadat hij haar maandenlang het hof had gemaakt, was ze aarzelend akkoord gegaan met een huwelijk. Hun huwelijksnacht was niet de kwelling geworden die ze had verwacht, want Algernon was een ervaren man en zijn liefdesspel was verrassend voorkomend en gepassioneerd geweest.

Dat was allemaal veranderd toen de jaren verstreken en er geen kinderen kwamen. Hij bleef steeds langer op het ministerie van Buitenlandse zaken en áls hij al thuiskwam, sliep hij in een andere kamer. Algernon straalde nu een matte acceptatie uit, maar zijn teleurstelling in haar was bijna voelbaar.

'Steek je parasol op en trek je handschoenen aan. Anders wordt je huid donker door de zon.'

Clarice schrok van de stem van haar man en omdat ze zich schuldig voelde over haar onaardige gedachten deed ze snel wat hij zei.

Algernon stond naast haar, met zijn handen op zijn rug en zijn strooien hoed scheef op zijn grijze haar. Hij keek niet bijster geïnteresseerd naar de kust en leek ongevoelig voor de afmattende hitte, ondanks het feit dat hij een wollen broek en een tweedjasje over zijn gesteven overhemd droeg.

'Er is ongetwijfeld een ontvangstcomité voor ons,' zei hij. 'Als Brits assistent van de gouverneur verwacht ik bepaalde normen, zelfs hier.'

Clarice zag zijn opengesperde neusvleugels boven de korte snor, alsof hij alleen al de geur van Australië een belediging vond. Algernons normen ten aanzien van gedrag, kleding en manieren waren ongelooflijk hoog en dat was dan ook de reden dat ze, ondanks de hitte, een strak korset droeg, dat haar lange jurk en petticoat aan haar benen plakten en haar handen smoorden in katoenen handschoenen. Eunice had haar gewaarschuwd voor de gevaren van te veel kleren en nu voelde ze het zweet langs haar ruggengraat lopen en kon ze het in haar decolleté zien parelen. Ze hoopte maar dat ze niet zou flauwvallen. Wat Algernon daarvan zou zeggen, daar durfde ze niet eens aan te denken.

Ze keek naar de vele mensen op de kade en bad stilletjes voor een officieel welkom. Als dat niet zo was, zou Algernon de hele dag chagrijnig blijven. 'Eunice schreef dat Sydney behoorlijk mondain is voor zo'n nieuwe kolonie en dat gouverneur Robinson uitziet naar je komst.'

De neusvleugels werden samengeknepen. 'Je zus kan amper weten wat de gouverneur vindt,' antwoordde hij minachtend. 'Genoeg gekeuvel, Clarice. Ik wil me concentreren zodat ik mijn toespraak voor het welkomstcomité kan onthouden.'

Clarice had die toespraak al vele keren gehoord en vond hem ongelooflijk hoogdravend, maar omdat haar mening niet telde wijdde ze haar aandacht weer aan de haven. De *Dora May* werd door een vloot bootjes de haven binnen gesleept. Nu ze dichterbij waren, kon ze de mooie huizen en tuinen zien, de statige roodstenen overheidsgebouwen en kerken, en de brede geplaveide straten. Het zag er veel beschaafder uit dan sommige havens die ze onderweg hadden bezocht.

Haar hartslag versnelde toen ze de drukke haven afzocht op zoek naar dat vertrouwde, ooit geliefde gezicht. Ze zag er tegenop dat te zien, maar kon er niets aan doen dat ze ernaar zocht. Er stonden echter veel te veel mensen en gevoelens van teleurstelling en opluchting wisselden elkaar af.

De drukte van alle passagiers die op het dek stonden werd algauw claustrofobisch en ze werd overweldigd door de combinatie van de hitte en haar bonzende hart. Ze had het gevoel dat haar hoofd met kapok was gevuld en voelde speldenprikjes licht achter haar ogen. Omdat ze bang was dat ze zou flauwvallen, baande ze zich een weg door de menigte.

'Clarice? Waar ga je naartoe?'

Als vanuit de verte hoorde ze zijn stem en toen het donker werd om haar heen, ging ze sneller lopen. Als ze zou flauwvallen, zou ze worden vertrapt. Ze moest schaduw vinden en ruimte om adem te halen.

Eindelijk was ze uit het gedrang en ze liet zich dankbaar op een van de luikdeksels vallen. Daarboven was een zeildoek gespannen om schaduw te creëren en Clarice zuchtte van opluchting toen haar hoofd eindelijk helder leek te worden en ze iets afkoelde door het briesje van een ventilator.

'Sta op,' siste Algernon en hij pakte met zijn grote hand haar pols beet. 'Je maakt spektakel.'

'Ik dacht dat ik zou flauwvallen,' antwoordde ze terwijl ze probeerde zich los te rukken. 'Laat me even bijkomen.'

'Je kunt hier niet blijven zitten als een slordige zak wasgoed,' snauwde hij. 'Ik neem je wel mee naar onze hut, dan rust je daar maar uit, zonder dat iedereen je ziet.'

Ze probeerde op te staan, maar de donkere wolken keerden terug en ze dreigde door haar benen te zakken. 'Ik kan het niet,' fluisterde ze. 'Wil je alsjeblieft wat water voor me halen?'

Algernon keek even om zich heen en toen hij zag dat er mensen naar hen keken, gedroeg hij zich meteen bezorgd. 'Zorg voor mijn vrouw,' zei hij gebiedend tegen een dienstertje, 'en snel een beetje.'

Het kon Clarice niets schelen of de hele wereld naar haar keek, maar ze boog haar hoofd en probeerde helder te worden. Het meisje depte haar voorhoofd en hals met een koele doek en gaf haar water uit een kopje te drinken. Clarice pakte de doek en depte stiekem het zweet van haar borst en gezicht, en trok de gehate handschoenen uit.

Dankzij het water, de schaduw en de verkoelende ventilator begon ze op te knappen en ze keek naar de zichtbaar misnoegde Algernon die op het dek liep te ijsberen en op zijn zakhorloge keek. 'Kun je me alsjeblieft helpen,' vroeg ze zacht, 'ik ben nog steeds een beetje onvast ter been.'

Met een kwade blik zei hij: 'Dit kan echt niet, Clarice. De gouverneur zal verwachten dat wij als eersten van boord komen, maar nu moeten we tegelijk met de meute van boord en zullen we onszelf moeten voorstellen.'

Clarice greep zijn arm, opende haar parasol en liet zich door hem naar de loopplank leiden. Haar benen trilden nog steeds, maar haar hoofd was weer helder en Algernon had nog niet gezien dat ze geen handschoenen droeg. Ze zette de glimlach op die van haar werd verwacht, stak haar neus in de lucht en bereidde zich voor op de ontmoeting met de gouverneur.

Toen ze de stenen kade bereikten, had Clarice het gevoel dat die onder haar voeten heen en weer zwaaide, en ze hield zich nog steviger vast aan Algernons arm.

'Ik zie de gouverneur nergens,' mompelde hij kwaad. Hij maakte zich los uit haar greep en trok zijn revers goed. 'Bovendien kan ik nergens een welkomstcomité ontdekken.'

'Ik ben bang dat ik de enige ben, Algie. De gouverneur is verwikkeld in een discussie over irrigatie en biedt zijn verontschuldigingen aan.'

Clarice viel bijna weer flauw. Lionel Bartholomew stond voor hen. Hij zag er schitterend uit in zijn militaire uniform, met zijn glanzend geborstelde blonde haar en prachtige snor en met een spottende blik in zijn blauwe ogen. Hij was amper veranderd in de afgelopen tien jaar en was nog altijd de charismatische, knappe Lionel die haar hart sneller deed kloppen en haar zintuigen liet zingen.

'Generaal Bartholomew.' Algernon maakte een stijve buiging, maar zei met duidelijke afkeer: 'Het valt me tegen dat de gouverneur niet een paar minuten kon vrijmaken om mij na zo'n lange reis te verwelkomen.'

'Hij is een druk man,' zei Lionel, zonder ook maar een vleugje verontschuldiging.

Clarice' hartslag sloeg op hol toen hij haar hand nam en haar aankeek. 'Welkom in Australië, Clarice,' zei hij zacht.

Toen hij haar hand kuste, ademde ze zijn bekende geur in en fluisterde trillend: 'Dank je.'

'We moeten maar gaan,' zei Algernon. 'Breng ons naar onze accommodatie, Bartholomew, en zorg ervoor dat onze koffers voor het vallen van de avond worden gebracht.'

Lionels glimlach verdween niet, maar zijn ogen verloren hun vrolijke glans. 'Mijn mannetje zal voor je bagage zorgen,' antwoordde hij, 'en omdat jullie accommodatie nog niet gereed is, heb ik geregeld dat jullie bij mij logeren.'

Hij voorkwam Algernons bezwaren door te zeggen: 'We hebben nu lang genoeg in de zon gestaan, Algie. Clarice ziet er niet goed uit.' Lionel legde haar hand onder zijn arm en begeleidde haar naar zijn rijtuig.

Ze voelde zijn warmte en kracht onder de stof van zijn mouw en kon bijna niet ademen nu hij zo dichtbij was. 'Dank je wel, Lionel,' kon ze nog net uitbrengen. Toen ze in de welkome schaduw van de bomen liepen, trok ze met tegenzin haar hand terug. 'Ik vind deze hitte inderdáád ondraaglijk.'

Zijn blik dwaalde naar de versierde jurk met zijn zachte tournure en de vele petticoats, en het strak geregen lijfje. 'Het verbaast me dat je zus je niet heeft gewaarschuwd dat je je voor dit klimaat moet kleden,' zei hij met een bezorgde blik.

Clarice bloosde en wierp een snelle blik op Algernon die nog steeds boos keek. 'Ik durfde haar raad niet op te volgen,' mompelde ze. 'Algernon zou dat nooit goedkeuren.'

Lionels snor begon krampachtig te trillen en hij kneep zijn blauwe ogen half dicht. 'Tenzij hij wil dat zijn echtgenote om de vijf minuten flauwvalt, heeft hij geen keus.' Hij hielp haar in het rijtuig, trok de met franje versierde luifel goed en haalde een fles uit een mand achter de stoel. 'Zelfgemaakte limonade,' zei hij en hij bood haar een glas aan. 'Misschien kan dat de hitte verdrijven tot we thuis zijn.'

Clarice bloosde nog meer terwijl ze elkaar even aankeken. Toen hij wegliep, nam ze slokjes van haar limonade. Haar hart bonsde zo luidruchtig dat het haar verbaasde dat Algernon het niet hoorde. De passie die ze dood had gewaand, was weer opgevlamd door Lionels vriendelijke houding, zijn glimlach en de aanraking van zijn lippen op haar hand – maar het was een gevaarlijke, angstaanjagende passie die nooit mocht worden beantwoord of toegestaan, want alleen al het feit dát die weer was opgevlamd was een daad van verraad ten opzichte van haar zus Eunice, zijn echtgenote.

Clarice sloeg haar ogen open, vastbesloten deze herinneringen te verjagen. Ze vond het spijtig dat ze niet in staat was haar diepe liefde voor Lorelei te tonen, maar in het verleden was gebleken dat emoties gevaarlijk waren als ze de vrije hand kregen. Ze ondermijnden standvastigheid en legden de ziel bloot voor pijn en verraad, en ze had geleerd zich tegen deze pijn te wapenen door afstand te houden van de mensen die beweerden van haar te houden.

Maar in de stilte van haar slaapkamer voelde ze de oude passies opleven die haar naar het verderf hadden geleid en het verdriet om alles wat ze was kwijtgeraakt.

'Joe Reilly, wat een klootzak ben je toch dat je het verleden weer hebt opgerakeld!' mompelde ze. 'Ik hoop van harte dat het hierbij blijft.'

Lulu was ontzettend zenuwachtig en had zich de hele dag niet goed gevoeld. Toen het moment dat de gasten bij Bertie's Londense galerie zouden arriveren steeds dichterbij kwam, had ze een van haar pillen moeten nemen. Haar hart had als een gek geklopt, waardoor ze buiten adem was en zich licht in het hoofd voelde, en ze vreesde al dat ze zich niet goed genoeg zou voelen om acte de présence te geven. Ze vond het doodeng om haar werk aan een publiek van kenners te tonen, en deze tentoonstelling was niet alleen het eindresultaat van een jaar werk, maar de grootste tentoonstelling die Bertie ooit voor haar had georganiseerd. Ze durfde hem niet teleur te stellen.

Clarice was bij haar gebleven tot haar hartkloppingen voorbij waren en na een lekker kopje thee was Lulu naar Bertie gegaan om hun illustere gasten te verwelkomen. Ze had zich zorgvuldig voor de gelegenheid gekleed en droeg een jurk zonder taille waarvan de glanzende pauwblauwe stof haar ogen accentueerde. Haar haren golfden over haar rug en omlijstten haar gezicht, en werden in toom gehouden door een blauwzijden sjaal die op zo'n kunstzinnige manier om haar hoofd was gewikkeld dat haar haren één kant op vielen. Haar enige sieraad was een zilveren armband.

Er hing een levendige sfeer in de Kensington Gallery door het geluid van vele stemmen, het geknal van kurken en het getinkel van champagneglazen. De rook van sigaretten en sigaren mengde zich met exotische parfums, en obers in witte jasjes gleden stilletjes tussen de groepjes mensen door die de schilderijen en beelden bespraken en de laatste roddels uitwisselden. De gasten liepen heen en weer en groepten samen; sieraden fonkelden en zijde ritselde onder veren en bont.

Lulu had nu veel zelfvertrouwen, negeerde Clarice' afkeurende blik, accepteerde een glas champagne van een passerende ober en hief haar glas om te toosten op haar weldoener die aan de andere kant van het vertrek stond te kletsen met haar beste vriendin Dolly Carteret.

Bertie Hathaway was tweeënveertig jaar oud en zag er prachtig uit in zijn fraai getailleerde smoking. Hij was lang, knap en breedgeschouderd, en had de zelfverzekerde flair die te danken is aan grote rijkdom en een verheven positie in de hogere kringen. Zijn fortuin was geërfd, zijn echtgenote de lieveling van de Londense hogere kringen en zijn familie onberispelijk. Clarice en zijn grootmoeder hadden op dezelfde school gezeten en Dolly was ter voltooiing van haar opvoeding naar dezelfde school gegaan als zijn zus. Dolly was verloofd met zijn jongere broer Freddy, en hun huwelijk zou de rijkste families in Engeland met elkaar verbinden.

Lulu schoof Clarice' witte vossenbontje over een schouder, nam een slokje van haar champagne en keek met een kritische blik naar de bronzen beelden die verspreid door het hele vertrek tentoongesteld werden. Het was interessant om ze nu met een frisse blik te bekijken en ze vond het geweldig dat ze er in deze grote, witte ruimte zo fantastisch uitzagen.

De vrouwen en de honden die ze had gebeeldhouwd, bezaten een moeiteloze elegantie in hun slanke, gestroomlijnde ledematen. Lulu was ook bijzonder tevreden met de hazewindhond. Toch was Ocean Child het beeld dat de meeste aandacht trok en ze kon wel zien waarom: hij zag er schitterend uit.

Ze keek het vertrek rond. Er was nog steeds geen teken van Maurice, ondanks het feit dat hij had beloofd te komen. Ze werd kwaad. Bertie had om haar een plezier te doen, maar met tegenzin, een paar van zijn schilderijen opgehangen, en langskomen was wel het minste wat Maurice had kunnen doen.

'Goed gedaan, Lulu. Ik zei toch al dat het een succes zou worden.'

Ze draaide zich om en glimlachte toen Bertie haar een nieuw glas gaf. 'Dank je. Het is een geweldige avond en ik ben je ontzettend dankbaar voor je steun.'

Bertie's glimlach bereikte zijn donkere ogen niet helemaal. 'Het is heel jammer dat Maurice niet is gekomen, maar dat was eigenlijk wel te verwachten, denk ik. Ik moet zeggen dat zijn kunst niet helemaal mijn smaak is, en ik snap het ook niet helemaal.'

Ze keken naar de nogal dreigende olieverfschilderijen aan een van de muren en Lulu kreeg er een ongemakkelijk gevoel bij. De kwelling in Maurice' ziel kwam heel duidelijk tot uiting in zijn kunst. Het zat in de donkere verf, de verwrongen figuren en doodsbange ogen – zelfs in de grillige, woedende vegen van zijn paletmes – maar de wereld was deze kwellingen allang vergeten. Bertie had gelijk, ze zouden moeilijk te verkopen zijn.

Ze nam een slokje van haar champagne en boog zich naar hem toe. 'Heeft iemand eigenlijk al iets van mij gekocht of zijn ze hier alleen maar voor de champagne?'

Met vragend opgetrokken wenkbrauwen zei hij: 'Lieve schat, wat een vreemde vraag.' Hij greep haar bij de arm en nam haar mee naar een rustig hoekje waar zijn assistent heen en weer drentelde met het bestellingenboek. 'Ik wil je iets laten zien.'

Lulu was perplex toen Bertie het boek doorbladerde. Van de acht beelden was een beperkte oplage van zes gemaakt. Ze wilde van elk beeld één exemplaar zelf houden, maar de rest was vrijwel allemaal al besteld. Ze zocht steun tegen een pilaar en keek hem sprakeloos aan.

Met een bijna neerbuigende glimlach streek Bertie zijn haar naar achteren. 'Na vanavond, Lulu Pearson, zul je in heel Londen gevierd zijn.' Hij hief zijn glas naar haar en dronk het leeg. 'Ik ben blij voor ons allebei,' zei hij, 'en ik heb al verschillende vragen gekregen over werk in opdracht. Ik hoop dat je niet van plan bent het komende jaar ergens naartoe te gaan?'

Het soupeetje in Bertie's herenhuis in Knightsbridge was een waanzinnig succes en toen Lulu uit de taxi stapte, zag ze dat het al bijna licht werd. Clarice was een paar uur eerder naar haar hotelkamer vertrokken, maar Lulu was gebleven, in verrukking door de opwinding en de champagne. Nu was ze moe en ze verlangde naar haar bed. Ze wist heel goed dat ze altijd moest boeten als ze te veel deed en haar hart klopte inmiddels behoorlijk pijnlijk. Ze keek naar de ramen op de bovenste verdieping, maar alles was donker. Maurice was of nog steeds weg of, wat waarschijnlijker was, hij lag te slapen.

Ze zocht steun tegen de trapleuning terwijl ze de stenen trap naar haar tuinappartement af liep en bleef even stilstaan om op adem te komen voordat ze de deur van het slot deed. Ze liet haar tas en geleende stola op de tafel in het smalle halletje vallen, schopte haar satijnen schoentjes uit en liep naar de keuken om chocolademelk te maken.

Toen ze met de beker in haar hand door de hal liep, zag ze licht onder haar slaapkamerdeur schijnen. Ze keek er verbaasd naar want ze had durven zweren dat ze voor haar vertrek alle lampen had uitgedaan. Ze deed haar slaapkamerdeur open en liet bijna de beker chocolademelk vallen toen ze Maurice op een stoel voor haar gaskachel zag zitten. 'Wat doe jíj hier in vredesnaam?'

Hij stond op uit de stoel en streek met zijn vingers door zijn verwarde bos haar. 'Ik wilde op je wachten,' mompelde hij. 'Sorry dat ik je heb laten schrikken.'

'Dat is lief van je, maar dat had niet gehoeven.' Ze had hem willen vragen haar huissleutel terug te geven, maar om de een of andere reden was ze dat steeds weer vergeten en nu was het daarvoor niet het juiste moment.

'Hoe is het gegaan?'

Ondanks haar vermoeidheid zei ze met een grijns: 'Fantastisch, en weet je, Bertie heeft een van je schilderijen verkocht.'

'Echt waar?' Maurice' gezicht vertrok opeens tot een glimlach. 'Welke?'

Lulu ging op haar bed zitten en keek verlangend naar de kussens terwijl ze zich de titel van het landschap probeerde te herinneren. '*Storm boven de Somme,*' antwoordde ze gapend. 'Het spijt me, Maurice, maar ik ben kapot. Ik moet slapen.'

'Ik weet dat het laat is, beste meid, maar je kunt onmogelijk echt willen slapen na dit goede nieuws. Dit zou een begin voor me kunnen zijn, denk je ook niet?'

Lulu dacht eigenlijk dat Bertie het schilderij zelf had gekocht, om aardig te zijn, maar dat zou ze nooit hardop tegen Maurice zeggen. Die arme man moest echt opgevrolijkt worden en de verkoop van slechts één van zijn schilderijen had daar al voor gezorgd. Toch vond ze het nogal irritant dat hij niet eens vroeg of zij ook een beeld had verkocht. 'Misschien zorgt het voor je aanwezigheid op de volgende tentoonstelling,' zei ze droog. 'Bertie vond het helemaal niet leuk dat je er niet was.'

Hij streek met zijn vingers door zijn haar en haalde zijn schouders op. 'Ik was graag gekomen, maar weet je, ik moest er gewoon niet aan denken dat ik al die mensen onder ogen zou moeten komen.'

'Dat weet ik,' zuchtte ze, 'maar als je het als kunstenaar echt wilt maken, zul je toch een manier moeten vinden om met die angst om te gaan.' Ze moest naar hem opkijken omdat hij liep te ijsberen in de kleine kamer. Hij was zichtbaar opgevrolijkt door het goede nieuws, maar ze had gewoon niet genoeg energie om hiermee om te gaan. 'Ga slapen, Maurice, en laat mij slapen, anders ben ik morgen niets waard.'

'Maar ik moet praten, Lulu. Dit...'

Nu was haar geduld helemaal op. 'Ga weg,' zei ze op scherpe toon. 'Ik heb een vermoeiende dag achter de rug en nu moet ik slapen. We praten later wel.'

'O, nou, als je zo doet...' Hij boog zijn hoofd en liep naar de deur.

Lulu liet zich tegen de kussens zakken en sloot haar ogen. Ze had spijt van haar woede-uitbarsting, maar ze was veel te moe om haar excuses aan te bieden. En nu vertrok hij tenminste.

Maurice had zijn hand al op de deurknop toen hij zich bedacht. 'Er is trouwens een brief voor je. Ik heb hem op de schoorsteenmantel gelegd.'

Lulu keek hem door haar wimpers heen aan en zag dat hij bij de deur bleef dralen, kennelijk wachtend op de een of andere reactie.

Toen ze niets zei, haalde hij zijn schouders weer op en deed de deur niet al te zachtzinnig achter zich dicht.

Ze lag te kijken naar de flakkerende schaduwen die werden opgeslokt door het licht dat door het raam begon te sijpelen. Haar hart sloeg onregelmatig en door de druk op haar borstkas had ze moeite met ademhalen. Maar toen ze zich in haar zachte bed ontspande, voelde ze dat de druk minder en haar hartslag weer normaal werd. Ze had dus echt veel te veel gedaan, en Maurice was de druppel geweest.

Ze was bijna meteen in slaap gevallen. De zon ging alweer onder, de chocolademelk was koud geworden en het was al bijna tijd voor het diner. Ze ging rechtop zitten, merkte dat ze de kleren van de vorige avond nog aanhad en besloot in bad te gaan. Clarice verwachtte haar voor het diner in het hotel.

Na haar bad voelde ze zich helemaal opgefrist en ontspannen. Toen ze haar slaapkamer weer in liep om zich aan te kleden, zag ze de envelop die Maurice op de schoorsteenmantel had gelegd. Het handschrift kwam haar bekend voor. 'Het ziet ernaar uit dat meneer Reilly zijn excuses aanbiedt voor zijn vergissing,' mompelde ze met een wrange glimlach.

Ze overwoog even de brief te negeren tot na het diner, maar ze bedacht zich. Het kon wel eens interessant zijn om te lezen hoe hij zo'n domme fout had kunnen maken en welke smoes hij had kunnen verzinnen. Maar nadat ze de brief had gelezen, realiseerde ze zich dat het helemaal geen verontschuldiging was.

*Geachte juffrouw Pearson,*

*Ik heb me verbaasd over uw antwoord en vroeg me af of ik u misschien verkeerd had geïnformeerd. Meneer Carmichael heeft me echter verzekerd dat u de eigenaar bent van Ocean Child en ik sluit de papieren bij waaruit dit blijkt.*

*Ik heb navraag gedaan naar de aankoop van Ocean Child en inlichtingen ingewonnen over de persoon meneer Carmichael, en ook daar kan ik geen onregelmatigheden vinden. Toch plaatst uw ontkenning van het eigenaarschap me in een bijzonder onplezierige positie. Bestudeer de bijgesloten documenten alstublieft zorgvuldig en als u blijft volhouden dat u niet op de hoogte bent van deze aankoop, zal ik een advocaat in de arm moeten nemen. Mijn wedstrijdvergunning staat op het spel als er ook maar de minste twijfel is ten aanzien van het eigenaarschap van Ocean Child, en hoewel hij een van de meest veelbelovende paarden is die ik ooit heb getraind, kan hij niet meedoen aan wedstrijden en ook niet worden verkocht, tot deze kwestie is opgelost.*

*Ik stel een spoedig antwoord zeer op prijs.*

*Joe Reilly*

Nadat Lulu de brief nog een keer had gelezen, bekeek ze de documenten die Reilly had meegestuurd. De verkoopakte en de eigendomspapieren zagen er belangrijk uit met zegels en stempels en vergulde letters, maar ze had nog nooit iets dergelijks gezien en wist dus niet of ze echt waren.

Ze bekeek de handtekeningen van de veilingmeester, de vertegenwoordiger van de Victoria Turf Club en de geheimzinnige meneer Carmichael. Daarna zat ze een hele tijd uit het raam te staren. Ze begreep er niets van, maar voelde zich tegelijkertijd steeds opgewondener. Een meisje kreeg niet elke dag een renpaard. Misschien had ze een geheime bewonderaar; een andere verklaring kon ze niet verzinnen. Ze bedacht de ene vage verklaring na de andere en kon ze niet allemaal terzijde schuiven, ook al wist ze dat ze aan het fantaseren was.

Terwijl Lulu zich peinzend omkleedde voor het diner kwam ze tot de conclusie dat er maar één persoon was die het antwoord zou kunnen weten, en omdat ze morgenochtend al vroeg uit Londen zou vertrekken, was er geen tijd te verliezen.

Clarice zat in de lounge van het hotel op haar te wachten en zag er prachtig uit in haar zwarte kleren en haar parels. Voor haar op het lage tafeltje stonden een glas sherry en een schaaltje nootjes. 'Wat een aangename verrassing, Lorelei. Ik had niet gedacht dat je zou komen na die lange avond.' Ze wenkte een passerende ober en bestelde een drankje voor Lulu. 'Ik hoop dat je je beter voelt. Ben je niet te lang opgebleven?'

'Ik voel me prima,' mompelde Lulu. Ze nam een slokje en probeerde niet te laten merken hoe vies ze zoete sherry vond.

'Het was een bijzonder geslaagde avond, liefje. Volgens mij kun je wel zeggen dat je nu beroemd bent in Londen en die schat van een Bertie is opgetogen. Heb je de kranten al gezien?'

Lulu's gedachten waren heel ergens anders, maar ze pakte de kranten, las gehoorzaam de recensies van de tentoonstelling en de roddelrubriek die helemaal lyrisch was over Bertie, zijn soupeetje en de mensen uit de hogere kringen die erbij aanwezig waren.

'Afschuwelijke foto's natuurlijk, maar ja, wat kun je anders verwachten van de pers?'

Lulu keek er even naar en gaf de kranten terug aan Clarice. 'Dolly ziet er even charmant uit als altijd, maar ik lijk wel een verschrikt konijntje, en bovendien veel te bleek.'

'Bertie en ik waren wel bezorgd om je, maar je hebt je hersteld, zoals ik wel had verwacht. Dat komt door je afkomst, liefje – dat is een sterke eigenschap van onze familie en gelukkig heb je die geërfd, ondanks alles.'

Lulu deed net alsof ze een slokje sherry nam, maar ze had haar gedachten helemaal niet bij de onverklaarbare meningen van Clarice over klasse en afkomst.

'Je lijkt helemaal niet blij met alle aandacht,' zei Clarice, en ze keek haar over de rand van haar glas aan. 'Eigenlijk lijkt het wel alsof je van slag bent.'

Lulu zette het nog bijna volle glas sherry neer. 'Ik heb ook iets op mijn hart,' begon ze, 'maar ik weet niet goed waar ik moet beginnen.'

'Bij het begin, liefje. Je weet dat ik me niet op kletspraatjes kan concentreren als ik wacht op het diner.' Ze haalde een poederdoos uit haar handtas, keek met een zure blik in het spiegeltje en bracht een heel klein beetje paarse lippenstift aan.

'Ik heb weer een brief van Joe Reilly gekregen.'

'Om zijn excuses aan te bieden zeker,' snoof Clarice.

'Dat dacht ik ook, maar hij blijft volhouden dat ik de eigenaar van dat paard ben en heeft daar zelfs het bewijs voor meegestuurd.'

De gesp van Clarice' handtas werd met een luide klik gesloten. 'Waarschijnlijk een vervalsing. Corruptie komt veel voor in de paardenwereld. Laat ze me eens zien.'

Lulu zag de zelfgenoegzaamheid van Clarice' gezicht verdwijnen terwijl ze elk document aandachtig las. Toen ze het laatste document had bekeken, vormden haar paarse lippen een dun lijntje. Ze fronste haar wenkbrauwen toen ze de documenten weglegde en een spiertje in haar kaak begon te trekken. Zonder iets te zeggen, de sherry was vergeten, staarde ze voor zich uit.

Lulu wist dat het geen zin had haar met vragen te bestoken, maar het was frustrerend dat ze niet wist wat Clarice dacht en ze wenste dat ze opschoot en haar mening gaf.

Clarice' antwoord kwam een paar minuten later. 'Het is wel duidelijk dat meneer Reilly ervan overtuigd is dat jij de eigenaar van het dier bent, en je moet wel een beetje medelijden met hem hebben. Maar deze meneer Carmichael... ik weet niet goed wat hij hiermee te maken heeft.' Ze zweeg weer, met een ondoorgrondelijke uitdrukking op haar gezicht.

'Maar het is allemaal best opwindend, vindt u niet?' zei Lulu. 'Ik bedoel, je krijgt niet elke dag een renpaard.'

'Het is een Trojaans paard, Lorelei,' antwoordde Clarice op kribbige toon. 'Niet te vertrouwen.'

'Maar bent u niet eens een beetje nieuwsgierig naar wie me dat paard heeft gegeven?'

'Nee,' snauwde ze. 'En dat zou jij ook niet moeten zijn.'

'Misschien is het een cadeau van een geheime bewonderaar.'

'Doe niet zo belachelijk.'

'Waarom wilt u dat niet eens in overweging nemen?'

'Omdat geheime bewonderaars alleen in romannetjes voorkomen. Dit zogenaamde cadeau kreeg je lang voordat de pers over je schreef en volgens mij is het bijna niet mogelijk dat je deze vorm van aandacht in Tasmanië hebt kunnen trekken.'

Lulu snapte haar logica wel, maar kon er niet op reageren omdat Clarice abrupt opstond en de lounge verliet. Het duurde even voordat Lulu haar spullen had gepakt en haar in de drukke lobby had ingehaald. 'U kunt toch niet van me verwachten dat ik er niet meer aan denk?'

'We gaan er hier niet over praten,' zei ze op vlakke toon. 'Eigenlijk wil ik er helemaal niet over praten.' Ze drukte op de koperen bel voor de lift.

'Maar het zal toch moeten,' drong Lulu aan.

'Niet hier.' Clarice' toon zei genoeg. Daarna stapten ze in de lift en lieten zich zwijgend naar de vijfde verdieping brengen.

Lulu maakte zich zorgen. Ze had Clarice nog maar één keer eerder zo meegemaakt en had gehoopt dat dat nooit weer zou voorkomen.

Dat was geweest op de dag waarop ze uit haar moeders huis was ge-haald en de afschuwelijke ruzie tussen de twee vrouwen kon ze zich nog goed herinneren. Ze had zich onder de keukentafel verstopt, ongezien, hulpeloos en zwijgend. De beide vrouwen hadden elkaar aangevallen met kwetsende woorden die nog erger waren doordat ze zo kalm, bijna op vlakke toon werden uitgesproken. Lulu had ontzet-tend veel moeite moeten doen om te ademen en begreep niets van de berekenende kille woorden van haar moeder.

'Ik ben niet boos op jou,' zei Clarice toen de slaapkamerdeur achter hen dichtging. 'Maar op degene die dit nare spelletje met je speelt.'

'Wel een kostbaar spelletje,' antwoordde Lulu.

Clarice liep naar het raam en keek naar de daken en kerktorens van Londen. 'Dat ben ik met je eens,' zei ze ten slotte. 'Er kan geen twijfel over bestaan dat dit paard bestaat, maar waar ik me zorgen over maak is waaróm dit allemaal gebeurt.'

'U denkt dus dat Joe Reilly echt de waarheid vertelt en dat hij dat paard echt traint?'

'De Reilly's hebben een goede naam in racekringen. Als hij ook maar een beetje op zijn grootvader lijkt, kun je ervan op aan dat Joe de waarheid vertelt.'

'Ik realiseerde me niet...'

'Waarom zou je ook? Ik kende hen al voordat je zelfs maar was geboren.' Clarice liep weg van het raam en ging op een stoel zitten, stijfjes en onbenaderbaar. 'Het ziet ernaar uit dat meneer Reilly net als jij slachtoffer is van deze walgelijke schertsvertoning.'

'En die Carmichael? Kende u hem ook?'

Clarice' blik veranderde even, maar zo kort dat Lulu het niet echt kon duiden. 'Nooit van hem gehoord.'

'Reilly schrijft in zijn brief dat hij navraag naar hem heeft gedaan. Hij moet dus bestaan.'

'Daar twijfel ik niet aan,' mompelde Clarice.

Er klonk enig sarcasme door in die opmerking, waaruit Lulu op-maakte dat Clarice veel meer wist dan ze toegaf. Het was verschrikke-lijk irritant allemaal en hoewel het verleidelijk was om haar oudtante aan de tand te voelen over deze geheimzinnige Carmichael, realiseer-de Lulu zich dat Clarice in deze stemming onvoorspelbaar was. Eén verkeerd woord en ze zou helemaal dichtklappen. 'Wat vindt u dat ik moet doen?'

'Morgenochtend zal ik mijn notaris bellen en die documenten van je op echtheid laten controleren. Als ze echt blijken te zijn, raad ik je aan Joe Reilly te bellen en hem opdracht te geven dat paard te verkopen. Als je dat doet, zijn jullie allebei eens en voor altijd van dit ellendige gedoe af.'

'Maar als ik het paard verkoop, kom ik nooit te weten wie het me cadeau heeft gedaan en waarom.'

Nadat Clarice een tijdje naar de diamanten ringen aan haar vingers had zitten staren, keek ze met een bezorgde blik op. 'Soms is het beter als je iets niet weet.'

Het besef drong met zo'n klap tot Lulu door dat ze moest gaan zitten. 'U denkt dat mijn moeder hierachter zit, of niet dan?'

Clarice snoof op een weinig damesachtige manier. 'Dat zou ik misschien denken als ik haar niet zo goed kende.' Ze stond op en rommelde in haar handtas op zoek naar haar adresboekje. 'Gwendoline's boosaardigheid is dieper dan haar zakken; ze zou nooit ergens geld aan uitgeven als ze niet zeker wist dat ze er voordeel van had.'

Ze belde haar laconieke notaris thuis op, zonder zich iets aan te trekken van het tijdstip of zich af te vragen of het hem wel gelegen kwam, en maakte een afspraak voor de volgende dag.

Lulu was diep in gedachten. De volgende vraag brandde op haar lippen, maar hoe zou Clarice erop reageren? Ze verzamelde moed en vroeg zodra haar oudtante de telefoon had neergelegd: 'Zou het mijn vader kunnen zijn, wat denkt u?'

'Ik wist wel dat je over hem zou beginnen,' zuchtte Clarice. 'Omdat Gwen zijn identiteit nooit heeft willen onthullen, is de kans klein dat hij zelfs maar van je bestaan op de hoogte is, laat staan dat hij je zo'n duur cadeau zou geven.' Clarice begon weer in haar handtas te rommelen. 'Denk er maar niet meer over na, Lorelei, en verkoop dat paard.'

Lulu was niet echt van slag door haar antwoord. Haar vaders identiteit was altijd een gesloten boek gebleven, maar in de loop der tijd was ze het verschrikkelijk gaan vinden dat ze niet wist wie hij was. Ze had vaak over hem gefantaseerd. Lulu slaakte een zucht. Clarice had zo veel dingen onverklaard gelaten en door deze ontbrekende schakels in haar leven had ze zich altijd incompleet gevoeld. Nu was er nóg een geheim bij gekomen en Clarice leek vastbesloten dit zo te laten. Het werd tijd dat ze voor zichzelf opkwam.

'Ik wil dat paard niet verkopen,' zei ze op vlakke toon. 'Ik vind het allemaal bijzonder intrigerend en kan het gewoon niet zomaar laten rusten.'

Clarice verstijfde.

'Ik heb een bijzonder lucratieve avond gehad, gisteren,' zei Lulu, 'en ik kan het me dan ook permitteren om naar Tasmanië te gaan en dit zelf uit te gaan zoeken.'

'Waag het niet!' snauwde Clarice woedend.

'Waarom niet in vredesnaam?'

'Je bent veel te ziek om te reizen. Dat zal de dokter nooit goedvinden.'

'Ik heb al eerder een reis gemaakt, weet u nog, en nu ben ik sterker, veel sterker.'

'Kijk eens naar jezelf,' zei Clarice, en ze wees woedend naar Lulu. 'Bij het minste zuchtje wind val je om en je bent veel te bleek. Ik vind het niet goed.'

Lulu hield voet bij stuk. 'Ik ben zesentwintig,' zei ze, 'dus oud genoeg om te doen wat ik wil.'

'Je leeftijd is nu helemaal niet van belang,' zei Clarice kortaf. Ze ging weer zitten en zei: 'Je gezondheid baart me zorgen en als je voogdes heb ik het recht je te verbieden dit soort risico's te nemen.'

Lulu voelde dat haar hart onregelmatig begon te kloppen, maar was vastbesloten dit uit te praten. 'Me dit verbieden is nogal wat, tante Clarice. Waarom bent u er écht zo op tegen dat ik terugga?'

'Je hebt niets te zoeken in Tasmanië.'

'Daar is een paard, en een mysterie.'

Clarice deed duidelijk haar best rustig te blijven, wat heel ongebruikelijk was. 'Daar kan niets goeds van komen, geloof me maar. Verkoop dat paard, wees dankbaar voor wat je hier hebt en bemoei je niet met dingen waar je niets van begrijpt.'

'Zo te horen begrijpt u het zelf maar al te goed,' antwoordde Lulu. 'Waarom vertelt u me niet waar u bang voor bent, zodat ik dat zelf kan beoordelen?'

Clarice keek haar strak aan. 'Er valt niets uit te leggen.'

'Ik ben geen kind meer, tante Clarice. Als u vermoedt wat dit kan zijn, zou u zo vriendelijk moeten zijn het me te vertellen.'

De blauwe ogen bleven haar strak aankijken. 'Je hebt mijn mening gevraagd en ik heb je die verteld. Misschien zou je zo vriendelijk willen zijn te accepteren dat ik even weinig weet als jij en alleen maar jouw welzijn op het oog heb.'

'Waar bent u zo bang voor, tante Clarice?'

'Ik ben nergens bang voor,' zei ze terwijl ze haar kin uitdagend in de lucht stak. 'Ik wil gewoon niet dat je opgewonden en blij wordt over iets wat waarschijnlijk alleen maar een wrede grap is.'

Lulu voelde haar borstkas verkrampen en probeerde zich te ontspannen. 'Als het een grap is, heb ik toch zeker het recht te weten wie erachter zit?' voerde ze aan, 'en de enige manier om erachter te komen, is door naar huis te gaan.'

'Dat is je huis niet. Waarom klamp je je zo koppig aan die kinderlijke onzin vast? Je bent nu een Engelse vrouw. Híér hoor je thuis.' Clarice' ademhaling ging zwaar, ze was zichtbaar woedend dat haar autoriteit ter discussie werd gesteld.

Lulu was verbijsterd door haar felheid. Dit was een totaal andere Clarice dan de bijzonder beheerste vrouw die haar had opgevoed, maar dit ongebruikelijke vertoon van emotie versterkte alleen maar Lulu's vastbeslotenheid om te zeggen wat ze voelde en om haar poot stijf te houden.

'Hier woon ik, dat is zo, en u hebt het mijn thuis gemaakt. Maar u hebt altijd geweten dat ik op een bepaald moment terug wilde gaan voor een kort bezoek.' Lulu begon te ijsberen, ze wilde Clarice' boze blik niet zien. 'Het is immers niet zo dat ik geen geld heb om te gaan...'

'Domme meid die je bent, dit gaat helemaal niet om geld! Als ik dacht dat het verstandig was, had ik je het geld voor die reis allang gegeven.' Clarice greep Lulu bij haar arm en dwong haar stil te blijven staan en haar aan te kijken. 'Vergeet deze onzin, verkoop het paard en laat de zaak rusten. Je begint ongelooflijk veel succes te krijgen met je beelden, bederf nu niet alles waar jij en Bertie zo hard voor hebben gewerkt.'

Lulu begon te twijfelen. 'Ik realiseer me heel goed dat de timing slecht is, maar ik heb nog geen enkele opdracht aangenomen. Wat die andere beelden betreft, weet ik zeker dat Bertie toezicht zal houden op de bronsgieterij en ervoor zal zorgen dat de beelden worden afgeleverd.'

'Hoe kun je zelfs maar overwégen om dit allemaal weg te gooien na alles wat ik voor je heb gedaan?'

Dat wapen had Clarice nog niet eerder in de strijd gegooid. Het betekende dat ze wanhopig begon te worden, maar waarom? 'Het is niet zo dat ik niet dankbaar ben voor alles wat u hebt gedaan; daarom hou ik ook zo veel van u. Maar ik heb er nooit een geheim van gemaakt dat ik terug wil gaan en nu heb ik een reden en het geld om dat te doen. Ik gooi helemaal niets weg, ik stel alleen maar iets uit. Maar ik heb wel uw zegen nodig. Alstublieft.'

Clarice' blik verhardde. 'Die zul je nooit krijgen.'

Lulu moest weer gaan zitten. Haar hart had het zwaar en ze kreeg bijna geen lucht. 'En als ik zonder uw zegen vertrek?'

'Dan zul je merken dat je niet meer welkom bent op Wealdon House.'

Hierop volgde een lange stilte die alleen werd onderbroken door Lulu's onregelmatige ademhaling. Zij was de eerste die de stilte verbrak. 'Waar bent u bang voor dat ik zal ontdekken?'

'Problemen,' snauwde Clarice. 'Dat is de voornaamste reden waarom ik je heb gered.'

'Maar we waren het er toch over eens dat Gwen hier waarschijnlijk niets mee te maken heeft?'

'Niets is zeker als je moeder erbij betrokken is.' Clarice leek zichzelf weer in de hand te hebben. 'Het zou tragisch zijn als je weer in haar klauwen verstrikt raakt,' voegde ze er zacht aan toe.

Lulu werd opeens overmand door een golf van liefde voor haar en pakte haar hand. 'U hoeft me niet meer te beschermen, tante Clarice,' zei ze, 'ik kan Gwen heel goed aan.'

'Dat betwijfel ik. Zij kan een sterke vijand zijn en jij bent gewoon niet sterk genoeg.' Clarice trok haar hand terug en belde de kruier.

'Ze heeft totaal geen macht over me, niet meer.' Lulu's woorden klonken vol vertrouwen, maar ze verloochenden de angstaanjagende herinneringen die ze opriepen, en terwijl ze een lok haar om haar vinger wond vroeg ze zich af of ze wel echt in staat was haar moeder weer onder ogen te komen.

'Je weet wat de consequenties zijn als je gaat.'

Met een zenuwachtig lachje vroeg Lulu: 'U bent toch zeker niet van plan me echt van Wealden House te verbannen?'

'Dat was geen loos dreigement, Lorelei.'

Lulu probeerde er een grapje van te maken. 'U doet wel érg melodramatisch, vindt u zelf ook niet?'

'In een onmogelijke situatie zijn soms alleen drastische maatregelen passend.' Clarice stopte haar laatste bezittingen in haar koffer.

Lulu realiseerde zich dat ze niet van gedachten zou veranderen, maar ze vond Clarice' wapen een veel te krachtig middel. 'Waarom wilt u hoe dan ook voorkomen dat ik ernaartoe ga?'

Clarice ontweek haar blik. 'Je hebt een zwakke gezondheid. Zo'n lange reis...'

Lulu raakte haar arm even aan. 'Dat is het niet alleen. Vertel het me, tante Clarice. Vertel me de échte reden dat u niet wilt dat ik ernaartoe ga.'

'Er is vanavond al genoeg gezegd.' Ze wendde zich van Lulu af en keek op haar horloge. 'Waar blíjft die kruier? Zo mis ik mijn trein nog.'

'Ik dacht dat u morgenochtend pas zou vertrekken? We zouden toch samen dineren?'

'Ik heb helemaal geen zin om te dineren,' zei Clarice op kille toon. 'Als je iets wilt eten, moet je roomservice maar bellen. Ik ga naar huis.' Ze zette haar hoed op, trok haar jas aan en pakte haar handschoenen.

'U kunt toch niet zomaar weglopen, tante Clarice. Dat is niet eerlijk.'

Clarice wierp haar een ijskoude blik toe. 'Waag het niet tegen mij over eerlijk zijn te beginnen, Lorelei Pearson. Ik heb je mijn naam en mijn huis geschonken. Ik heb je elke mogelijke luxe gegeven, van een uitstekende opvoeding tot een appartement in Londen, en jij beloont me daarvoor door met opzet tegen mijn wensen in te gaan.'

'Ik vraag u alleen maar om uw zegen,' antwoordde Lulu.

'Die krijg je niet.' Clarice knipte het slot van haar koffer dicht en keek Lulu aan. 'Je moet zelf weten of je wel of niet thuiskomt. Maar ik waarschuw je, Lorelei, als je besluit om naar Tasmanië te gaan, ben je niet meer welkom op Wealden House.'

Het gesprek werd abrupt afgebroken door de komst van de kruier. Lulu liep achter haar oudtante de hotelkamer uit en elke beweging van de oudere vrouw drukte haar woede en afkeuring uit. Ze was te ver gegaan en had te zeer aangedrongen op de onafhankelijkheid waar ze zo wanhopig veel behoefte aan had. Daardoor had ze een breuk tussen hen veroorzaakt die moeilijk, zo niet onmogelijk te dichten zou zijn. Maar wat echt pijn deed, was het gemak waarmee Clarice haar ultimatum had gesteld en haar gebrek aan vertrouwen in Lulu, wat al eerder was gebleken uit haar voortdurende stilzwijgen over het onderwerp Tasmanië.

Toen ze het hotel verlieten en wachtten tot de portier een taxi had aangehouden, wenste Lulu dat ze nooit van Joe Reilly of Ocean

Child had gehoord. Ze hield van Clarice en wilde haar niet van streek maken, maar ondanks alles wat haar oudtante de afgelopen jaren voor haar had gedaan, waren er vragen over haar verleden die nooit naar tevredenheid waren beantwoord. Hoewel Lulu daardoor de enige moederliefde en het veilige thuis dat ze had gehad op het spel zette, had ze het gevoel dat ze alleen maar antwoord op die vragen zou kunnen krijgen door terug te keren naar Tasmanië.

Haar kwellende vraag, wat ze het beste kon doen, was ook lang nadat Clarice was weggereden nog niet beantwoord.

De laatste trein naar Sussex maakte zich klaar om het Victoria Station te verlaten. De kruier hielp Clarice de lege eersteklascoupé in en legde haar koffer in het rek boven haar hoofd. De deuren gingen met zo'n klap dicht dat het wel een geweersalvo leek en het fluitje van de conducteur klonk schril door het spelonkachtige station. Toen Clarice haar plaats innam, begonnen de grote stalen wielen te draaien.

De rook en de stoom waaiden langs het raampje en de trein kreeg langzaam vaart. Clarice leunde achterover in haar stoel en probeerde rustig te worden. Ze had al haar eigen regels overtreden door haar scherpe reactie op Lorelei's onschuldige vragen. Ze had geen tijd gehad de antwoorden te formuleren die het meisje tevreden hadden kunnen stellen en hadden kunnen afbrengen van het destructieve pad dat ze kennelijk wilde volgen.

Wat stom dat ik niet naar mijn instinct heb geluisterd, dacht ze. Joe Reilly's brief is alleen maar het begin geweest en ik had er iets aan moeten doen. Ik heb alles alleen maar erger gemaakt door gedachteloos van alles te roepen, en bovendien heb ik de situatie nu niet meer in de hand.

Ze keek naar buiten. Het was donker en de duisternis van deze juni-avond werd af en toe alleen onderbroken door de slierten rook van de locomotief. Clarice keek naar haar spiegelbeeld en zag de schuldige blik en de bleke teint van een vrouw die werd verscheurd door spijt en besluiteloosheid. Ze had niet moeten dreigen met verbanning en zich niet door haar emoties mogen laten overmannen, maar nu was het te laat. De woorden hingen tussen hen in, en ze wist dat Lorelei van plan was uit te zoeken waarom ze dit allemaal had gezegd.

Clarice sloot haar ogen en dacht na. Reilly had geen enkele reden om over dat paard te liegen. De documenten zouden dus wel echt zijn.

Maar wist hij misschien meer dan hij schreef? Vertelde hij met opzet niet wie Lorelei dat paard cadeau had gegeven, en zo ja, waarom niet?

Met trillende handen trok ze haar handschoenen uit en ze dacht terug aan de tijd die ze in Tasmanië had doorgebracht. Die tijd had ze gebruikt om zich te verzoenen met Eunice, omdat ze had gewild dat Eunice haar zou vergeven voordat het te laat was. Clarice' verbittering werd veroorzaakt door de rol die ze had gespeeld bij het ondermijnen van Eunice' vermogen om de tragedies te boven te komen en door de schaamte die haar uiteindelijk had overmand. En als haar vermoedens over de identiteit van de geheimzinnige meneer Carmichael juist waren, was hij daar mede schuldig aan.

Ook Gwendoline zou die schuld moeten dragen. Maar Clarice kende Eunice' dochter veel te goed en betwijfelde óf Gwen wel iets voelde. Clarice zuchtte. Ze had Gwen nooit gemogen, zelfs als kind niet, en in de loop der jaren was helaas gebleken dat ze terecht een lage dunk van het meisje had. Als kind was Gwen een verwend nest geweest en als volwassen vrouw bleek ze rancuneus, inhalig en ontzettend egoïstisch.

De trein stoomde door de nacht en Clarice luisterde naar het regelmatige geratel van de wielen. Hun gefluister troostte haar niet, maar leek haar te beschimpen. Ze staarde uit het raampje, maar zag alleen de angstaanjagende scènes uit het verleden.

Ze rilde en trok haar nertsmantel steviger om zich heen. Ze móést een manier vinden om Lorelei tegen te houden en haar tegen haar moeders boosaardigheid te beschermen. Gwendoline wist veel te veel en zou er geen enkele moeite mee hebben de geheimen te onthullen die Clarice met zo veel moeite had begraven. Gwen zou zelfs genieten van de kans wraak te kunnen nemen.

Clarice keek om zich heen in de lege coupé en deed haar best haar emoties onder controle te krijgen. Lorelei zou misschien van mening zijn dat deze oude schandalen alle schaamte en verwarring niet waard waren, maar voor Clarice waren ze nog even actueel als vroeger en ze wist dat ze er nooit over zou kunnen praten. Toch zou ze een hoge prijs moeten betalen voor haar voortdurende zwijgen, een vreselijke prijs die ze nooit verwacht had te moeten betalen, maar toch zou het moeten – Lorelei móést worden tegengehouden.

# 3

Dolores Carteret woonde in een groot huis in Mayfair. Het was eigendom van haar ouders, maar omdat het het grootste deel van het jaar leegstond, had ze besloten dat het stom zou zijn er niet permanent te gaan wonen en te genieten van alle voordelen die de locatie zo dicht bij Londen bood. Op het platteland was ze altijd rusteloos geweest en na haar debuut in Londen was ze tot de ontdekking gekomen dat de stad perfect paste bij haar levendige persoonlijkheid die haar tot een lievelingetje van de hogere kringen maakte.

Lulu stond ongeduldig voor de voordeur te wachten. De dag was slecht begonnen met een felle discussie met Maurice over de vraag of het verstandig was om te gaan wroeten in het geheim van het paard. Hij was dezelfde mening toegedaan als Clarice, maar Lulu vermoedde dat zijn mening vooral voortkwam uit zijn eigen behoefte aan haar nabijheid. Uitgeput had ze het huis verlaten.

Ze belde weer aan. Waar bleef het dienstmeisje in vredesnaam?

De deur ging op een kiertje open en Dolly's bleke gezichtje kwam om de hoek. 'Hallo, liefje, kom binnen.' Ze zwaaide de deur wijd open, zonder zich er iets van aan te trekken dat de voetgangers in Mayfair door de doorzichtige peignoir heen haar zijden ondergoed konden zien. 'Je móét me vergeven dat ik nog in mijn peignoir loop, maar ik voel me niet helemaal goed en kon gewoon níét uit bed komen.'

Lulu liep snel langs haar heen de hal in zodat ze de voordeur dicht kon doen. 'Je veroorzaakt nog eens een ongeluk als je je bezoekers in die kleding ontvangt.'

Dolly's groene ogen hadden hun glans verloren, maar ze grinnikte droogjes. 'Dat hóóp ik echt, liefje, anders zou het leven ongelóóflijk saai zijn, vind je ook niet?' Ze wachtte niet op antwoord, maar sloeg haar armen om Lulu heen en omhelsde haar. 'Héérlijk je te zien, liefje, en gefeliciteerd met dat gewéldige succes. Bertie is ontzéttend blij voor je.'

Lulu trok zich terug uit de omhelzing en keek geschrokken naar de opgezwollen ogen en bleke teint van haar vriendin. 'Wat is er aan de hand, Dolly? Je ziet er helemaal niet goed uit.'

Dolly haalde haar schouders op en ontweek haar blik. 'Het is niets, écht niet. Alleen maar een vervelend probleempje dat vanzelf weer verdwijnt.'

Lulu nam haar handen in de hare en dwong Dolly stil te blijven staan. 'Je hebt gehuild, Dolly, en je huilt anders nooit. Wat is er in vredesnaam aan de hand?'

De tranen sprongen in Dolly's groene ogen en met een woedend gebaar veegde ze ze weg. 'Het is te stom voor woorden,' mompelde ze, 'niks om je zorgen over te maken.' Ze pakte Lulu's arm en sleepte haar mee naar de woonkamer. 'Maar genoeg over míj, Lulu, je lijkt hélemaal kapot. Wat heb je in vredesnaam gedáán?'

Lulu was wel gewend aan die snel afgevuurde vragen, met de klemtoon op ten minste één lettergreep per zin, en aan de enorme energie die Dolly normaal gesproken uitstraalde, maar vandaag was ze zichtbaar aangeslagen door iets. Dolly kennende was er een man bij betrokken. Ze waren al vriendinnen sinds kostschool en Dolly's leven was voortdurend min of meer een drama. En hoewel Lulu haar schandalige gedrag niet kon goedkeuren en de drama's ontzettend vermoeiend vond, had Dolly een klein hartje en was haar vriendschap genereus en onvoorwaardelijk. Het was onmogelijk haar niet aardig te vinden. 'Het is een lange dag geweest,' zei ze.

'Ik heb de bedienden een vrije dag gegeven, dus als ik me heb aangekleed zal ik een pot thee zetten. Ga maar zitten en rust wat uit, dan moet je me daarna álles vertellen.'

Lulu liet zich in de zachte leunstoel zakken en deed haar ogen dicht tegen de zonnestralen die door de ramen van de diepe erker naar binnen vielen. Ondanks haar levendigheid en geklets, was Dolly een trouwe vriendin. En hoewel sommige mensen haar misschien lichtzinnig en onbetrouwbaar zouden noemen, was ze bijzonder loyaal. Dolly was de eerste geweest die haar Lulu had genoemd, de eerste die haar had getroost toen ze heimwee had en zich op kostschool verloren voelde, en de eerste die ervoor had gezorgd dat Lulu werd betrokken bij feestjes en spelletjes. Ook was zij degene die haar had uitgenodigd voor weekends op het buitenverblijf van haar familie. Zij was de enige die Lulu een eerlijk advies zou geven.

Ze moest in slaap zijn gevallen, want toen ze haar ogen opensloeg stond de thee al op tafel en zat Dolly in de stoel tegenover haar. Ze was gekleed in een smaragdgroene zijden bloes en een broek met wijde pijpen, en rookte een sigaret.

'Sorry,' mompelde ze al gapend. 'Kennelijk was ik vermoeider dan ik dacht.'

Dolly's lieve gezichtje was niet opgemaakt, haar donkere haar glansde en omlijstte haar smalle kaken zodat ze er veel jonger uitzag dan haar zesentwintig jaar. 'We zijn al jaren vriendinnen,' mompelde ze. Ze zwaaide met het lange sigarettenpijpje en tikte wat as in een kristallen asbak. 'Ik kan altijd aan je zien wanneer je je ergens druk over maakt. Wat is er gebeurd, Lulu?'

Lulu nam een slok thee. Die was warm en troostend, precies waar ze behoefte aan had. 'Als ik je mijn verhaal vertel, vind ik het alleen maar eerlijk dat je mij jouw verhaal ook vertelt,' zei ze vastberaden. 'Kom op, Dolly, wat is er gebeurd?'

Dolly slaakte een dramatische zucht. 'Het is niets, Lulu. Je kent me, ik rol altijd van de ene ramp in de andere. Ik kom er wel overheen.' Ze blies een sliert rook de kamer in. 'Maar ik krijg het gevoel dat jouw probleem véél belangrijker is, dus kom op, vertel!'

'Het is een lang verhaal,' begon ze.

'Ik heb de héle dag én de hele avond als dat nodig is.'

Lulu keek naar de talloze uitnodigingen op de schoorsteenmantel. 'Ik zie dat je vanavond naar een galadiner in het Ritz moet, dus zal ik je niet te lang ophouden.'

'Jij bent véél belangrijker dan het een of andere saaie dineetje in het Ritz met Freddy. Je mag blijven zolang je wilt.'

'Zal Freddy dat niet erg vinden?'

Dolly serveerde haar verloofde met een elegant handgebaar af. 'Hij zal het wel begrijpen.'

Lulu had medelijden met Freddy. Dolly was veel onafhankelijker dan hij, maar hij was een aardige man die het niet verdiende op zo'n nonchalante manier te worden behandeld.

'Kijk me niet zo aan, Lulu. Freddy is heel goed in staat onze verloving te verbreken als de manier waarop ik hem behandel hem niet zint. Je hoeft dus echt niet voor hem op te komen.'

Lulu legde zich erbij neer dat zijzelf niet in staat was ondoorgrondelijke opmerkingen te maken. Ze verzamelde haar gedachten en vertelde Dolly alles over de brieven, het veulen en Clarice' reactie.

Dolly's ogen werden steeds groter terwijl Lulu het verhaal vertelde. 'Ik kom net bij de notaris van Clarice vandaan,' zei Lulu ten slotte. 'Hij bevestigt dat de documenten juridisch in orde zijn. Ocean Child is dus kennelijk echt van mij.'

'Maar liefje, wat opwíndend.' Dolly trok een grimas: 'Maar wat wálgelijk van Clarice om hier zo afschúwelijk over te doen. Wat wil je gaan dóén?'

Lulu wapperde met haar handen. 'Ik heb geen idee,' bekende ze, 'en daarom kom ik jou om raad vragen.'

Dolly drukte haar sigaret uit en speelde met het ivoren pijpje. 'Dat is een lastige,' mompelde ze. 'Clarice wil kennelijk hoe dan ook niet dat je ernaartoe gaat, wat op zichzelf al geheimzinnig is. Maar ik betwijfel of ze haar dreigement zal uitvoeren en je zal verbannen.'

'Dat weet ik niet zo zeker. Jij hebt haar gisteravond niet gezien, Dolly. Ze was echt woedend en voor een vrouw die zich normaal gesproken zo goed kan beheersen, vond ik dat behoorlijk angstaanjagend.'

'Dat kan ik me voorstellen,' antwoordde Dolly. 'Ik heb haar altijd ongelóóflijk stijf en onbenaderbaar gevonden, en hoewel ze altijd een fantástische gastvrouw is als ik op bezoek ben, heb ik het gevoel dat ze me alleen maar tolereert vanwege mijn ouders.'

Lulu grijnsde. 'Geen van mijn vrienden kan haar goedkeuring wegdragen, je bent niet de enige. Het helpt natuurlijk wel dat je ouders walgelijk rijk zijn en heel goede connecties hebben. Tante Clarice kan een afschuwelijke snob zijn.'

Dolly grijnsde. 'Gelukkig wel, anders zou ik met mijn karige toelage niet in Mayfair kunnen wonen.'

'Je toelage bedraagt honderden ponden per jaar, dat kun je amper karig noemen,' zei Lulu op vlakke toon. 'Je geeft gewoon veel te veel uit.'

Dolly haalde haar schouders op na deze opmerking en boog zich met een aandachtige blik op Lulu naar voren. 'Wat zegt je verstand je over wat je met dat paard moet doen, Lulu?'

'Hem verkopen, het goedmaken met tante Clarice en vergeten dat dit is gebeurd.'

'En je hart?'

'Dat ik naar huis zou moeten gaan, naar Tasmanië, en zou moeten gaan uitzoeken wat er aan de hand is.' Lulu zuchtte. 'Maar als ik dat doe, zal Clarice me dat nooit vergeven.'

'Heus wel,' zei Dolly troostend. 'Alle ouders vergeven hun kinderen uiteindelijk. Ze moeten wel, weet je, omdat we zozeer deel van hen uitmaken dat ze het gewoon niet kunnen verdragen ons los te laten.'

'Zei de verwende dochter,' zei Lulu droogjes.

'Dat ben ik met je eens.' Dolly schudde haar pony uit haar ogen, keek naar buiten en zei met een plotselinge verdrietige blik: 'Papa kan nooit nee zeggen als ik iets wil en hij is meestal griezelig goed als ik in een lastig parket verzeild ben geraakt en gered moet worden.'

'Clarice is totaal anders dan je vader,' zei Lulu, 'en natuurlijk is ze mijn moeder niet, maar ik moet haar dreigement wél serieus nemen.' Met een zucht voegde ze eraan toe: 'Ik weet gewoon niet wat ik moet doen.'

Dolly stak een nieuwe sigaret in het pijpje. 'Als de een of andere geheime bewonderaar míj een paard had gegeven, zou ik op het eerstvolgende schip stappen. Maar jij bent natuurlijk een véél te gevoelig typje om dat te doen zonder er eerst uitgebreid over na te denken. En, zoals je zelf al zegt, zijn jouw omstandigheden anders dan de mijne.' Ze blies een sliert rook naar het met kroonlijsten versierde plafond. 'Bovendien moet je om je gezondheid denken.'

'Ik ben al vaak genoeg herinnerd aan mijn hartkwaal,' zei Lulu terwijl ze met haar vingers door haar haar streek. 'Eerlijk gezegd heb ik zo langzamerhand geen zin meer daarnaar te luisteren.'

'Het is een feit, Lulu. Je kunt het niet negeren.'

'Dat weet ik,' bekende ze, 'maar toen Clarice me jaren geleden mee hiernaartoe nam, heb ik er ook niets aan overgehouden en de dokter zegt dat ik elke keer dat hij me ziet sterker ben geworden.'

'Dat is héérlijk nieuws.' Dolly hield haar hoofd scheef en keek Lulu strak aan: 'Heb je al met Bertie over deze raadselachtige situatie gesproken?'

'Dat heeft geen zin tot ik een beslissing heb genomen. Als ik besluit te blijven, is er niets veranderd. Dan neem ik die opdrachten aan, zet het geld op de bank en begin aan de beelden voor de tentoonstelling van volgend jaar.'

'Je klinkt niet heel erg overtúígd, liefje, en Bertie springt uit zijn vél als je hem niet vertelt wat je van plan bent. En wat vindt Maurice ervan? Ik neem aan dat je het er al met hem over hebt gehad?'

'We hebben vanochtend ontzettende ruzie gehad,' bekende ze. 'Hij zei dat ik gek was om het zelfs maar in overweging te nemen en had een waslijst met redenen waarom ik in Engeland zou moeten blijven.' Met een wrange glimlach voegde Lulu eraan toe: 'Ik kan me niet aan de indruk onttrekken dat zijn advies eerder gebaseerd was op zíjn behoeften dan op de mijne. Maar goed, zo is Maurice nu eenmaal.'

Met een harde blik zei Dolly: 'Het kon wel eens goed voor hem zijn om een keer op eigen benen te moeten staan. Als je in de buurt bent, steunt hij op je en ik heb al vaak gedacht dat die verantwoordelijkheid wel heel vermoeiend moet zijn. Alsof je een veeleisend kind hebt.'

'Ik weet wel dat je Maurice een parasiet vindt, en dat is hij op een bepaalde manier ook, maar ik weet nog hoe hij vroeger was. Daarom kan ik hem niet gewoon opzijschuiven zoals jij dat doet met Freddy.'

'Waarom maak je je opeens zo druk over Freddy?' vroeg Dolly met een felle blik in haar groene ogen. 'Speelt er soms iets tussen jullie?'

'Doe niet zo belachelijk, Dolly. Je bent duidelijk in een heel vreemde bui vandaag en als je van plan bent ruzie te maken, ga ik weg.'

'Niet weggaan.' Dolly stak haar hand naar haar uit. 'Het spijt me, liefje, het was niet mijn bedoeling zo uit te vallen.' Ze hield haar hoofd weer scheef en zei met een smekende blik: 'Vergeef je me?'

'Dat doe ik altijd,' mompelde Lulu, 'maar af en toe stel je zelfs het geduld van een heilige op de proef.'

Dolly haalde glimlachend haar schouders op. Daarna pakte ze haar handtas onder een stapel kranten vandaan en schoof ze wat brieven opzij. Ze haalde een muntje uit haar tas. 'Ik wil een experiment doen,' zei ze geheimzinnig. 'Dat doe ik vaker als ik een moeilijke beslissing moet nemen en meestal heb ik er iets aan.'

'Mijn besluit kan niet door het opgooien van een muntje worden genomen,' protesteerde Lulu.

'We zullen zien.' Ze gooide het muntje in de lucht en ving hem op de rug van haar hand op. Ze keek Lulu strak aan. 'Lulu, ik wil dat je je goed concentreert en het opgooien van dit muntje beschouwt als een besluit dat je niet kunt terugdraaien. Het resultaat is beslissend en er is geen alternatief.'

Lulu vond het onzin, maar besloot toch mee te spelen, en toen ze erover nadacht, verbaasde het haar hoezeer ze wilde dat het muntje de oplossing zou aanreiken. 'Goed dan. Bij kop vertrek ik en bij munt blijf ik hier.'

'Klaar?'

Lulu knikte met een strakke blik op de handen van haar vriendin.

'Het is munt.' Met een plechtige blik vroeg Dolly: 'Wat is je eerste reactie?'

'Teleurstelling,' bekende ze, 'verlies, spijt, een groot verdriet.'

'Dat dacht ik al, en die eerste reactie maakt het duidelijk. Je wist de hele tijd al dat je moet vertrekken. Noem het nieuwsgierigheid, heimwee, de behoefte aan onafhankelijkheid, wat dan ook, maar tot nu toe durfde je het niet toe te geven.'

'Hoe moet het dan met Clarice, Bertie en Maurice?'

'Dat is niet aan hen. Jij probeert je hele leven al het iedereen naar de zin te maken, maar nu is het tijd om je instincten te volgen en het jezelf naar de zin te maken.' Dolly stond op, ging naast Lulu zitten en nam haar handen in de hare. 'Ik kan me dat kleine meisje met dat malle accent nog heel goed herinneren. Je hele gezicht lichtte op als je praatte over kookaburra's en klokvogels, en over de geur van eucalyptus en pijnbomen. Dat maakte je juist zo bijzonder.'

Lulu had zich eigenlijk nooit echt bijzonder gevoeld – wel anders – maar het was fijn dat te horen.

Dolly opende Lulu's hand en drukte het muntje erin. 'Neem dit mee naar Tasmanië. Misschien kun je het weer eens gebruiken.'

'Denk je echt dat ik alles moet riskeren en moet gaan?'

Dolly knikte en sloot Lulu's vingers om het muntje. 'Als je het niet doet, heb je er de rest van je leven spijt van.'

Lulu realiseerde zich dat Dolly gelijk had, maar de twijfel knaagde nog steeds. 'Het is een lange reis,' mompelde ze, 'en ik zal me best wel eenzaam voelen. Stel dat ik ziek word?'

'Er zijn wel dokters op schepen, hoor, en in Australië zijn ook dokters, daar twijfel ik niet aan,' zei Dolly ongeduldig.

Lulu keek haar vriendin scherp aan. 'Wat zit je eigenlijk dwars vandaag? Kom op, ik heb je mijn problemen verteld, nu moet je mij de jouwe vertellen.' Ze leunde achterover en sloeg haar armen over elkaar. 'Ik blijf hier tot je me alles hebt verteld.'

Dolly stond op van de bank, pakte haar zilveren sigarettenpijpje en liep naar het raam. Ze stond een tijdje zwijgend te roken en ging vervolgens op de vensterbank zitten. 'Je moet me beloven dat je dit aan niemand vertelt, Lulu. Ik kan het niet riskeren dat iemand dit ontdekt.'

'Ik beloof het.'

'Het gaat om een mán,' begon ze.

'Dat is meestal zo,' zei Lulu.

'Dat weet ik wel, maar deze keer is het íéts serieuzer dan anders.'

Lulu zag de verschillende emoties op Dolly's gezicht en realiseerde zich dat haar vriendin heel verdrietig was. 'Vertel verder,' drong ze vriendelijk aan.

'Ik ga je niet vertellen wie hij is, het is voldoende als ik zeg dat het een vriend van Bertie is. Ze hebben samen op Oxford gezeten.' Ze stond op van de vensterbank en begon te ijsberen. 'Hij is natuurlijk veel ouder dan ik ben, en gríézelig ontwikkeld en écht, Lulu, ik wíst dat ik niet zo enthousiast met hem had moeten flirten, maar ik kon er gewoon niets aan doen.'

'O, Dolly,' zuchtte Lulu, 'zeg alsjeblieft dat je niet met hem naar bed bent geweest.'

Ze drukte haar sigaret uit. 'Ik was het niet van plán,' mompelde ze, 'maar je weet hoe het is nadat je de hele avond champagne hebt gedronken.' Ze slaakte een diepe zucht en liet zich in de stoel vallen. 'De volgende ochtend werd ik wakker in een smerige hotelkamer, in Fúlham nota bene, en wist amper meer wat er was gebeurd, maar hij had een briefje op het hoofdkussen achtergelaten waarin hij me bedankte voor een bijzonder amusante en bevredigende nacht.'

Lulu ging op de rand van de stoel zitten en pakte Dolly's hand. Ze kon niet veel zeggen, want het was wel duidelijk dat Dolly radeloos was, maar ze maakte zich grote zorgen om haar vriendin en wilde dat ze haar kon helpen. 'Je bent toch niet... je weet wel?'

Met een bittere lach zei Dolly: 'Nee, gelukkig niet.'

'Waarom maak je je dan zo veel zorgen? Als je niet van plan bent hem weer te ontmoeten en ik de enige ben die dit weet, dan beschouw je het toch gewoon als een nieuwe ervaring en probeer je het allemaal te vergeten?'

'Ik wilde dat het zo eenvoudig was.' Dolly beet op een nagel. 'Hij dreigt het aan Freddy en Bertie te vertellen als ik weiger hem weer te ontmoeten.' Haar prachtige ogen stonden vol tranen toen ze opkeek naar Lulu. 'Ik ben gek van angst, Lulu, wat moet ik doen?'

Lulu was verschrikkelijk geschrokken. Iets als dit had ze nog nooit meegemaakt, en ze kon niet goed nadenken. 'Is hij getrouwd? Misschien een discreet, anoniem briefje aan zijn vrouw?'

Dolly schudde haar hoofd. 'Zij is net zo erg als hij.' Haar stem brak en ze snikte: 'Hij stelde zelfs een ménage à trois voor, met haar. Dat geloof je toch niet! Ik voel me zó smerig, zó gebruikt, en ik weet gewoon niet wat ik moet doen.'

Lulu probeerde wanhopig een oplossing te bedenken en sloeg haar armen om haar huilende vriendin heen. Dolly's probleem was veel ernstiger dan het hare, maar als ze niet vertelde wat ze had gedaan, zou ze haar niet kunnen helpen.

Eindelijk hield Dolly op met huilen, maakte zich los uit Lulu's omhelzing en snoot haar neus. 'Papa regelt altijd alles voor me, maar dit kan ik hem natuurlijk niet vertellen. Hij zou het me nooit vergeven.'

'Weet je dat wel zeker? Hij heeft je al vaker dingen vergeven en hij is een invloedrijk man die hier misschien wel een einde aan kan maken.'

'Ik moet gewoon niet dénken aan de teleurstelling en de afschuw op zijn gezicht, en dat ik daar dan de rest van mijn leven mee moet leven.' Ze schudde haar hoofd. 'Nee, deze keer moet ik zélf een oplossing voor deze puinhoop bedenken.'

Lulu liep terug naar de bank en Dolly stond op om hen een sterke gin-tonic in te schenken. Ze zaten zwijgend bij elkaar terwijl de staande klok in de hal de minuten wegtikte.

'Ik heb opeens een gewéldig idee,' riep Dolly, en ze sprong op. 'Zal ik met je meegaan naar Australië?'

Lulu was sprakeloos. Ze hield veel van Dolly en koesterde haar vriendschap, maar Dolly kon heel overheersend zijn en had de neiging wilde dingen te doen, zoals deze recente escapade maar weer eens bewees. Zes weken samen op een cruiseschip zou hun vriendschap danig op de proef stellen. 'Je zou het verschrikkelijk vinden om zolang opgesloten te zijn op een schip,' zei ze snel.

Dolly's ogen fonkelden van opwinding. 'Ik ben dól op een leven aan boord,' hijgde ze, 'met al die verrúkkelijke officieren, de sterrenhemel 's nachts, het dansen op het dek.'

'Daar ben ik juist zo bang voor,' zei Lulu droogjes.

'O, liefje, doe niet zo sááí! Als je zó praat, denkt iedereen dat je even oud bent als Clarice.'

'Iemand moet zijn hoofd koel houden en hier eens goed over na-denken. We zijn misschien wel maanden weg en dan zou je het seizoen in Londen missen. En kennelijk ben je Freddy ook vergeten.'

Dolly liet zich in de stoel vallen. 'Het seizoen is juist heel saai geworden met die eindeloze ronde langs Ascot, Wimbledon, Henley en zo. En ik wil al helemaal niet de kans lopen die mán weer tegen het lijf te lopen.' Ze rilde. 'Freddy is inderdáád een beetje een probleem, denk ik, maar misschien is die scheiding juist wel góéd voor ons.'

'Zou het niet aardiger zijn als je de verloving verbreekt, Dolly? Je houdt kennelijk niet van hem.'

'Dat zou ik inderdaad moeten doen,' mompelde ze, 'maar ik vind het fijn hem in de buurt te hebben. Hij is eigenlijk wel veilig en vertrouwd, en hij maakt me aan het lachen.'

'Niet bepaald het recept voor een lang en gelukkig huwelijk.'

'We dwalen af,' zei Dolly ongeduldig. 'Ik móét uit Londen weg tot alles een beetje is afgekoeld. Jij gaat naar Australië. Ik vind het een logische gedachte om met je mee te gaan. Wat vind je ervan?'

Lulu's had talloze twijfels, maar toen ze de smekende blik van haar vriendin zag, wist ze dat ze niet kon weigeren. 'Goed dan,' zei ze met tegenzin, 'maar ik wil dat je me plechtig belooft dat je hier een les uit zult leren en dat je zult proberen je te gedragen.'

Dolly trok haar van de bank en omhelsde haar. 'Hier krijg je geen spijt van, dat beloof ik je.' Ze grijnsde als een schoolmeisje. 'Kom, we gaan de stad in om te shoppen. We moeten een totáál nieuwe tropische garderobe hebben en jij moet me advies geven over wat ik voor Tasmanië nodig heb. Jippie, ik ben al jaren niet zo opgewonden geweest. Wát een avontuur!'

Lulu liet zich terugvallen in de stoel terwijl Dolly de kamer uit rende om zich om te kleden. Ze had nu al spijt van haar beslissing en de gedachte dat ze Dolly door het mijnenveld van scheepsofficieren, medepassagiers, Tasmaanse paardentrainers en jockeys moest loodsen vervulde haar met angst. De rustige thuiskomst die ze had gepland, was al verstoord voordat die zelfs maar was begonnen.

Toen de zon onderging, werd het snel minder warm. Er hing een kilte in de lucht die voor de volgende ochtend dikke dauw beloofde. Het was donker in het drie verdiepingen hoge rijtjeshuis en Lulu slaakte een zucht van opluchting. Ze was uitgeput na de lange shoppingexpeditie met Dolly en het laatste waar ze behoefte aan had, was een nieuwe confrontatie met Maurice. Maar toen ze de voordeur van haar tuinappartement van het slot wilde doen, zwaaide de deur open.

'Waar zat je?' Maurice' haar zat in de war en hij had een verwilderde blik op zijn magere gezicht.

Ongeduldig liep Lulu langs hem heen. 'Ik was bij Dolly,' zei ze kortaf, 'maar dat gaat je eigenlijk niets aan.'

'Wat zei de notaris?' Maurice liep met haar mee de gang in.

Lulu liet haar tas en sleutels op de tafel vallen en haalde diep adem. 'Die papieren zijn echt,' antwoordde ze, en ze draaide zich om zodat ze hem in de smalle gang kon aankijken.

'Je gaat het paard dus verkopen?'

'Nee, Maurice. Dolly en ik gaan naar Tasmanië.'

'Maar dat kun je niet doen!' riep hij uit. Hij streek met zijn vingers door zijn haar waardoor het nog meer in de war raakte. 'Ik heb je hier nodig. Dit huis is veel te groot en te leeg als jij er niet bent en je weet dat ik het verschrikkelijk vind als je weg bent.'

Lulu's energie lekte snel weg. 'Deze discussie hebben we vanochtend al gevoerd,' zei ze zacht, 'en ik heb geen zin die opnieuw te voeren. Ik heb mijn besluit genomen en jij noch Clarice kan me tegenhouden.' Ze stak haar hand uit om zijn arm aan te raken, maar hij schudde haar van zich af. 'Het spijt me, Maurice,' mompelde ze, 'maar ik moet dit doen. Probeer het alsjeblieft te begrijpen.'

'Ik begrijp er helemaal niets van,' zei hij op klagende toon. 'Dat is egoïstisch van je, Lulu. Je weet dat ik zonder jou niet goed kan functioneren.'

'Natuurlijk wel,' zei ze op vlakke toon, 'en als je eens ophoudt met alleen maar aan jezelf te denken, realiseer je je misschien dat jíj degene bent die egoïstisch is en niet ik.' Ze draaide zich om en liep naar de keuken, maar was zich maar al te bewust van zijn chagrijnige aanwezigheid achter haar.

In een drukkende stilte wachtte ze tot het water kookte, maar ze was vast van plan zich er niets van aan te trekken. Ze had die dag al meer dan genoeg drama's meegemaakt en had domweg niet meer genoeg energie voor nog meer.

'Ik ga met je mee,' verklaarde hij. 'Het zou niet veilig zijn, twee meisjes in hun eentje en zonder chaperonne.'

Geschrokken verzamelde Lulu moed, vastbesloten niet nog een keer toe te geven. 'Je weet dat dat niet praktisch is, maar lief van je dat je daaraan denkt,' zei ze, kalmer dan ze zich voelde. 'We weten allebei dat je het verschrikkelijk vindt op het water en de reis duurt minstens zes weken, veel te lang voor je.'

Hij liet zijn kin op zijn borst zakken en zij reikte over de tafel heen naar zijn hand. 'Misschien kun je een andere kunstenaar vragen bij je in de studio te komen wonen in de tijd dat ik weg ben,' stelde ze voor. 'Dan zou je geld krijgen en wat gezelschap. En voor je het weet, ben ik terug.'

'Bertie zei dat ik misschien wel naar de kunstenaarskolonie in Newlyn kon gaan om een frisse kijk op de zaken te krijgen.' Hij keek haar tussen half dichtgeknepen ogen aan. 'Hij was hier vanochtend.'

Lulu werd koud. 'En jij moest hem natuurlijk over mijn plannen vertellen?'

Hij haalde zijn schouders op. 'Ik dacht niet dat ze geheim waren,' zei hij verdedigend.

Snel trok ze haar hand terug. 'Je bent echt verschrikkelijk, Maurice! Je wist dat ik het hem zelf wilde vertellen.'

'Nou, die moeite heb ik je bespaard, ja toch?' Hij ontweek haar blik. 'Hij is niet bepaald blij dat je hem in een onaangename situatie plaatst, maar ja, zo te zien kan het je helemaal niets schelen hoe wij ons allemaal voelen. Je gaat toch weg en iedereen kan de pot op.'

Ze keek hem argwanend aan. 'Je hebt Clarice hoop ik niet gebeld en het haar ook verteld?'

Hij schudde zijn hoofd.

'Dan zou ik je dankbaar zijn als je mij dát liet doen. Jij hebt hier echt niets mee te maken, Maurice, en Clarice moet voorzichtig worden aangepakt.' Hij bleef koppig voor zich uit kijken. 'Ik realiseer me dat je niet wilt luisteren naar wat ik over deze zaak te zeggen heb,' zei ze met een zucht, 'en dus zal ik me de moeite besparen. Het spijt me, Maurice, maar ik kan mijn leven niet leven als jij me op de lip zit, niet meer. Het is de hoogste tijd dat we op eigen benen gaan staan en onze eigen zaakjes regelen.'

'Dat kun jíj gemakkelijk zeggen,' mopperde hij. 'We hebben niet allemaal dezelfde voordelen als jij.'

'Doe dit niet, Maurice,' zei ze waarschuwend. 'Je bent een getalenteerde kunstenaar met een privé-inkomen en bovendien een militair pensioen. Je hebt een huis en een studio. Als je niets voelt voor mijn suggestie voor een onderhuurder, dan moet je naar Newlyn gaan en daar gaan schilderen.'

'Maar ik ken daar niemand. Ik had gehoopt dat jij met me mee zou komen.'

Lulu wist niet wat ze moest denken toen ze hem zo zag zitten, met gebogen hoofd en smalle, kromme schouders. 'O, Maurice,' verzuchtte ze, 'je weet dat ik dat niet kan doen.' Toen hij niet reageerde, stond ze op en sloeg haar armen over elkaar. 'Newlyn zou een nieuw begin voor je kunnen zijn, een kans om je talent te verbreden en in die heerlijke zeelucht en zonneschijn te herstellen. Probeer het toch gewoon, Maurice, alsjeblieft.'

Hij haalde zijn schouders op en weigerde haar aan te kijken. Kennelijk was hij vastbesloten chagrijnig te blijven. Ten slotte was Lulu's geduld helemaal op. 'Het is laat en we hebben allebei behoefte aan slaap. Ga naar bed, Maurice, misschien zie je de dingen morgen veel duidelijker.'

Hij schoof zijn stoel naar achteren en ging als een hoopje pure ellende voor haar staan. 'Ga niet, Lulu, alsjeblieft.'

Ze werd week en omhelsde hem. 'Ik moet terug naar mijn thuis, Maurice. Daar wacht ik al zo veel jaren op en nu ik de kans krijg kan ik die niet laten lopen.' Door zijn overhemd heen voelde ze zijn hart tekeergaan. Hij sloeg zijn armen stevig om haar heen, alsof hij haar nooit meer los wilde laten.

'Thuis,' mompelde hij in haar haren. 'Wat een beladen woord, vind je niet?'

Ze knikte, bijna bang dat ze door iets te zeggen de betovering zou verbreken.

'Thuis betekent rust, troost en fijne herinneringen,' mompelde hij. 'Ik kan wel begrijpen waarom je moet gaan.'

Lulu glimlachte bijna. Thuis had voor verschillende mensen een verschillende betekenis, en niet al haar herinneringen waren rustig of fijn.

Hij hield haar een eindje van zich af en had een ondoorgrondelijke blik op zijn gezicht. 'We moeten allemaal een keer naar huis,' zei hij zacht.

Lulu's hart sloeg op hol en ze keek naar hem op. 'Wil je daarmee zeggen...?'

Hij knikte, drukte een zoen op haar voorhoofd en zette een stap naar achteren. 'Je hart ligt daar kennelijk nog steeds, je moet dus wel gaan, Lulu.'

'En jij? Wat ga jij doen?'

Zijn glimlach was een echo van iets van de jongeman die hij vroeger was geweest. 'Ach, ik bedenk wel iets,' mompelde hij. Hij trok zijn door de motten aangevreten jasje aan en liep naar de voordeur. 'Welterusten, Lulu. Droom maar lekker.'

Ze deed de deur achter hem op slot, slaakte een zucht en leunde er even tegenaan. Ze had het gevoel alsof ze een emotionele krachtproef achter de rug had, maar nu leek het er in elk geval op dat Maurice haar besluit accepteerde. Onafhankelijkheid verkrijgen was veel moeilijker dan ze ooit had gedacht en ze kon alleen maar hopen dat Clarice en Bertie even begripvol zouden zijn.

Toen Lulu een uur later in bad wilde stappen, ging de telefoon. Ze klakte geïrriteerd met haar tong, sloeg een handdoek om zich heen en nam op.

'Jij en ik moeten een paar dingen bespreken,' zei Bertie op scherpe toon.

'Ik was van plan je morgen te bellen. Het spijt me dat je het van Maurice hebt gehoord...'

Haar verontschuldiging werd overstemd door zijn woedende stem die hij maar met moeite kon beheersen. 'Kom morgen naar mijn huis! Om twaalf uur precies. En kom op tijd!'

Ze wilde net antwoorden toen ze merkte dat hij de verbinding had verbroken. Haar hand trilde terwijl ze de hoorn op de telefoon neerlegde. Bertie was een man die het niet kon waarderen als hij werd tegengewerkt. Zijn krachtige aanwezigheid alleen was al intimiderend, maar als hij kwaad was, was hij pas echt angstaanjagend. Lulu stapte in bad en barstte in tranen uit. Ze was er doodziek van om gekoeioneerd te worden.

Lulu had niet goed geslapen en had last van het felle zonlicht dat door de ramen naar binnen scheen. Ze had weinig eetlust, trok een katoenen japon en gebreid vestje aan en probeerde moed te verzamelen voor de komende ontmoeting door een beetje rode lippenstift en iets van haar favoriete parfum op te doen. Ze móést haar hoofd erbij houden, bij haar besluit blijven en een compromis met Bertie zien te sluiten, anders was haar carrière al voorbij voordat die echt was begonnen.

Haynes, de butler, deed de voordeur van Bertie's herenhuis open. Met zijn gebruikelijke hooghartige blik liet hij haar in de gelambriseerde bibliotheek en deed de deur zachtjes dicht. Lulu was te rusteloos om te gaan zitten en keek steeds weer op de goudbronzen klok op de schoorsteenmantel. Het was al na twaalven. Bertie had kennelijk besloten haar te laten wachten, waardoor ze nog zenuwachtiger werd.

Ze keek naar de wanden vol boeken, het grote eikenhouten bureau en de diepe leren stoelen. Het was een echte mannenkamer, het rook er naar sigaren en whisky, de weinige schilderijen vertoonden jachttaferelen en de gipsen bustes van allang dode dichters en politici gaven het vertrek een bijna museumachtige sfeer. De zware eikenhouten deur dempte elk geluid uit de rest van het huis en het getik van de klok leek de stilte nog eens te versterken. Rusteloos en niet op haar gemak liep ze naar het raam waar ze uitkeek over de tuin. Dit was erger dan wachten op de reprimande van haar vroegere schooldirectrice.

'Je hebt me heel veel uit te leggen, Lulu.'

Ze draaide zich snel naar hem om, haar hart ging als een razende tekeer. Toen hij de deur achter zich sloot en naar zijn bureau liep, was zijn amper bedwongen woede bijna voelbaar. Met een angstige blik volgde ze zijn bewegingen. 'Het spijt me,' begon ze.

Hij keek haar met zijn donkere ogen aan, stak een sigaar op en leunde achterover in zijn stoel. 'Is dat zo?' vroeg hij op lijzige toon. 'Wat spijt je, dat je niet meteen naar mij bent gekomen of dat je bent betrapt?'

Lulu ging op het randje van de dichtstbijzijnde stoel zitten, met haar handtas op haar knieën. 'Maurice had het je niet mogen vertellen,' zei ze, 'ik was van plan...'

'Het is maar goed dat hij dat heeft gedaan, anders had ik pas echt voor gek gestaan.' Hij fronste zijn donkere wenkbrauwen en keek haar aan. 'En ik hou er niet van voor gek te staan, Lorelei.'

'Ik was helemaal niet van plan...'

'Dat is fijn om te horen. Dan ben je misschien weer verstandig geworden en heb je dat belachelijke idee om naar Australië te gaan uit je hoofd gezet en kunnen we nu de opdrachten bespreken.'

Lulu likte over haar lippen. Haar mond was zo droog dat ze amper iets kon zeggen. 'Ik heb dat idee niet uit mijn hoofd gezet,' kon ze maar net uitbrengen. 'De opdrachten zal ik doen, maar pas als ik terug ben.'

Bertie stond op uit zijn stoel en blokkeerde daardoor met zijn lange lichaam het licht dat door het raam naar binnen viel. 'Je wordt geacht een professional te zijn,' brulde hij, 'en professionals verdwijnen niet naar Australië en laten hun cliënten niet in de steek.'

'Ik weet zeker dat ze het zullen begrijpen,' zei ze snel. 'De stukken die je hebt verkocht kunnen wel door de bronsgieterij worden afgehandeld en voor mijn vertrek zal ik de voorbereidende tekeningen voor de opdrachten maken...'

'Dat is niet genoeg,' snauwde hij. 'Die opdrachten zijn in goed vertrouwen verstrekt. Ik zal níét toelaten dat je me op deze manier in de steek laat.'

Hij keek op haar neer terwijl zij op haar lip beet. 'Ik ben een beschermheer van de kunsten,' gromde hij, 'en jij, jij bent slechts één van de honderden kunstenaars die hunkeren naar succes. Je zou dankbaar moeten zijn.'

'Dat ben ik ook,' zei ze vastberaden, 'en natuurlijk realiseer ik me heel goed dat ik zonder jouw steun nooit zover zou zijn gekomen.'

'Dan moet je me maar eens uitleggen wat je bezielt, Lorelei,' snauwde hij.

Dat hij haar officiële naam gebruikte was veelzeggend genoeg. Het risico was groot dat ze alles verloor waar ze zo hard voor had gewerkt. En toch moest ze zorgen dat hij het begreep. Ze verzamelde moed en vertelde hem alles.

Hij zat in een ijzig stilzwijgen te luisteren en bleef haar met zijn donkere blik aankijken.

'Engeland is jouw thuis, daar ben jij geboren,' zei ze. 'Probeer je eens in te denken hoe het zou zijn als je gedwongen werd het te verlaten, gedwongen zou worden je aan te passen aan een ander leven, gedwongen zou worden alles te veranderen, zelfs de manier waarop je praat. Ik moet teruggaan, Bertie – niet alleen vanwege dat veulen – maar omdat ik moet ontdekken wie ik ben en waar ik vandaan kom, zodat ik de ontbrekende puzzelstukjes bij elkaar kan zoeken en eindelijk één geheel kan zijn.'

Hij drukte zijn sigaar uit, stond op en draaide zich om. Zo stond hij een tijdje met de handen in de zakken uit het raam te staren.

'Je hebt jezelf goed verdedigd,' mompelde hij, 'en ik kan begrijpen waarom je dit zo voelt.' Hij draaide zich naar haar om en legde zijn grote handen op de rugleuning van zijn stoel. De zegelring aan zijn pink fonkelde in het zonlicht. 'Maar je staat op het punt veel succes te boeken. Wil je dat allemaal op het spel zetten voor een gril?'

'Het is geen gril.' Lulu stond op en liep naar het bureau. 'Ik wil al terug naar huis vanaf dat ik hier ben.' Ze keek in zijn donkere ogen, smeekte hem zwijgend om begrip en om zijn zegen. 'Ik zal de tekeningen voor de opdrachten voor mijn vertrek maken en regelen dat de gieterij de stukken die je hebt verkocht gaat maken. Mijn werk is heel belangrijk voor me, Bertie. Ik ben niet van plan deze kans te laten lopen.'

'Mmm.' Hij haalde zijn zakhorloge tevoorschijn, knipte het klepje open en keek even naar de wijzerplaat. 'Ik neem aan dat die opdrachten wel kunnen wachten als je het voorbereidende werk voor je vertrek afmaakt,' mompelde hij. Hij keek haar aan en voegde eraan toe: 'Dit zijn rijke, invloedrijke cliënten die het niet kunnen waarderen als ze teleurgesteld worden. Net als ik.'

'Je hebt mijn woord,' zei ze op vlakke toon.

Bertie haalde diep adem, deed zijn horloge dicht en stak het weer in zijn zak. 'Heb je hier al met Clarice over gepraat?'

'Even.'

Hij trok een wenkbrauw op. 'Ik neem aan dat zij dit ook niet goedkeurt.'

Lulu schudde haar hoofd. 'Het lijkt erop dat ik niemand een plezier kan doen.'

'Misschien zou je naar onze raad moeten luisteren,' zei hij. Zijn donkere stem echode in het vertrek. 'Het wordt tijd dat je volwassen wordt, Lorelei, en je verantwoordelijkheden onder ogen ziet. Clarice noch ik verdient het op deze manier te worden behandeld na alles wat we voor je hebben gedaan.'

'Weet je wat, Bertie? Ik heb er genoeg van dankbaar te moeten zijn,' viel ze uit. 'Ik heb altijd waardering gehad voor alles wat jij en Clarice hebben gedaan, en ik realiseer me heel goed hoeveel geluk ik heb gehad, maar ik ben niet van plan de rest van mijn leven het gevoel te hebben dat iedereen me tegenhoudt. Ik ben me volkomen bewust van mijn verantwoordelijkheden én volwassen genoeg om te weten wat ik wil. De timing van mijn bezoek aan thuis is misschien slecht, maar dat is dan maar zo. Ik ga en niemand kan me tegenhouden.'

Met een geamuseerde blik in zijn donkere ogen beende hij het vertrek door en deed de deur open. 'Ik ga naar mijn club,' zei hij, 'de chauffeur kan je onderweg thuis afzetten.'

Lulu pakte haar handtas. Opgetogen dat ze zich tegen hem had durven verweren, was ze toch bang dat ze te ver was gegaan. 'Dat hoeft niet.'

'Dat hoeft wel,' zei hij lijzig. 'Als Maurice ooit iets wil maken wat de moeite waard is om verkocht te worden, moet hij naar Newlyn gaan. Het is hoog tijd dat die jongeman eens ophoudt medelijden met zichzelf te hebben en wakker wordt in de echte wereld.'

'De wereld in zijn hoofd is heel echt,' antwoordde ze. 'Wees alsjeblieft niet te streng voor hem.'

Zijn zwarte wenkbrauwen werden opgetrokken maar ontspanden weer. 'Ik vind dat je amper in de positie bent mij te vertellen hoe ik met Maurice moet praten. Je lijkt je niet te realiseren hoeveel werk het is je te steunen en als ik nog meer onzin moet accepteren, denk ik eerlijk gezegd dat ik mijn handen maar van jullie beiden moet aftrekken.'

Lulu liep achter hem aan toen hij de hal in liep en de butler opdracht gaf de auto te laten voorrijden. Ze kon niets verzinnen om de stilte te verbreken tijdens de korte rit naar haar flat, maar haar hoofd tolde. Toen de auto stopte, verzamelde ze moed. 'Ik zal je niet teleurstellen,' beloofde ze, 'en Maurice ook niet.'

Bertie's strenge blik verzachtte. 'Je bent een getalenteerde kunstenaar en ik zou wel stom zijn als ik je door iemand anders zou laten afpakken. Ga maar op vakantie naar Tasmanië, Lulu, maar zodra je terug bent, verwacht ik grootse dingen van je.'

Enorm opgelucht zei ze: 'Dank je wel. Daar zul je geen spijt van krijgen.'

'Laten we hopen van niet.' Peinzend keek hij naar het huis. 'Misschien moest ik maar even naar binnen gaan en met Maurice praten, misschien kan ik hem overhalen naar Newlyn te gaan. Dat kan cruciaal voor hem zijn, weet je.'

'Dat zou hij fijn vinden.' Ze stapte uit de auto en zocht in haar handtas naar de sleutels. Bertie kwam naast haar staan. 'Ik denk dat hij in zijn atelier is. Daar is het licht op dit moment van de dag helemaal perfect.'

Achter de voordeur bevond zich een vierkante hal belegd met diamantvormige zwarte en witte vloertegels, en de elegante wenteltrap leidde naar het zolderatelier. Het zonlicht stroomde naar binnen en reflecteerde de kleuren van het glas-in-loodraam boven de deur.

Lulu stapte naar binnen en verstijfde. De stilte was onheilspellend, alsof het huis zijn adem inhield, maar in die stilte hoorde ze een vreemd geluid. Ze zette nog een stap naar voren, werd overmand door een onbestemde vrees en kreeg kippenvel op haar armen en in haar nek.

Ze zag een lange schaduw in de hal die bijna onmerkbaar bewoog. Hij zwaaide naar voor en achter, en kraakte. Naar voor en achter. Lulu liep angstig naar de schaduw, met haar blik naar boven gericht.

Maurice hing aan de bovenste spijl van de trapleuning.

Lulu's kreten echoden in de witte ruimte.

'Bel een ambulance!' riep Bertie. Hij duwde haar opzij, rende de trap op en zocht buiten zichzelf in zijn zak naar het zakmes dat hij altijd bij zich had.

Lulu rende naar de telefoon.

De chauffeur was gealarmeerd door haar kreten en rende de hal binnen. Hij haastte zich om Maurice' gewicht op te vangen terwijl Bertie het koord van zijn kamerjas begon door te snijden.

Lulu gaf het adres op en maande het ambulancepersoneel tot spoed. Daarna rende ze de trap op. Eén blik op het kleurloze gezicht en de starende ogen was genoeg: Maurice was al een tijdje dood.

'We moeten proberen hem te reanimeren,' riep ze toen de beide mannen hem over de trapleuning tilden en op de grond legden.

'Het is te laat,' zei Bertie en hij duwde haar weg van het onbeweeglijke lichaam aan hun voeten. 'Hij is dood, Lulu.'

'Nee, dat kán niet,' snikte ze. 'We moeten toch íéts kunnen doen!'

Hij trok haar zacht maar stevig in zijn armen. 'Hij is al koud,' mompelde hij terwijl ze zich tegen hem aan liet vallen. 'Hij heeft het denk ik vanochtend al heel vroeg gedaan.'

'Ik had het moeten weten,' snikte ze. 'Waarom heb ik dit niet zien aankomen? O, mijn god, Bertie, wat heb ik gedaan?'

Bertie bleef lang zwijgen, maar daarna schraapte hij zijn keel en probeerde haar te troosten. 'Maurice is altijd al kwetsbaar geweest. Helaas was het onvermijdelijk dat dit een keer gebeurde. Ik denk dat de gedachte dat je hem in de steek liet gewoon te veel voor hem was.'

'Dit zou niet gebeurd zijn als ik meer aandacht aan hem had besteed,' mompelde ze door haar tranen heen. 'Ik had naar hem moeten luisteren, écht luisteren en niet...'

'Stil maar, Lulu. Het is jouw schuld niet.'

Maar dat was wél zo. Het was wél zo en terwijl de minuten verstreken, raakte Lulu er steeds meer van overtuigd dat haar gedrag en haar kwade woorden dit hadden veroorzaakt. In gedachten speelde ze de gebeurtenissen van de vorige dag nog eens af. De voortekenen waren er, maar ze had ze niet gezien – niet willen zien.

Haar hart had het moeilijk en ze had problemen met ademhalen, maar haar eigen ongemak was niets vergeleken met de psychische marteling die Maurice moest hebben gevoeld om dit vreselijke te doen. Ze werd overweldigd door schuldgevoelens, ze werd erdoor overspoeld tot ze dacht dat ze gek werd.

De politie arriveerde tegelijk met de arts. Lulu zat in Maurice' keuken en luisterde naar hun stemmen en het geluid van hun voetstappen. Bertie nam zoals gewoonlijk de leiding, rustig en georganiseerd. Ze was verdoofd van de shock en kon niet helder nadenken of samenhangend praten. Maurice was dood, en nu al echode het huis door de leegte die hij achterliet.

'Ik heb een verklaring afgelegd,' zei Bertie een tijdje later. 'Kom Lulu, ik neem je mee terug naar mijn huis.'

Lulu liet zich door hem de trap af en naar zijn auto leiden, maar ze liep als een slaapwandelaar, ze zag niets en voelde niets. Het enige wat ze wilde, was zich oprollen en het beeld van Maurice die aan de trapspijlen hing uit haar geheugen wissen.

Hij was Lulu en Bertie door heel Londen gevolgd, wat niet eenvoudig was geweest op zijn rammelkast van een fiets. Nu was hij een van de vele omstanders aan de overkant van de straat die toekeken terwijl de politie arriveerde en het ambulancepersoneel het afgedekte lichaam uit het huis haalde.

Hij beet op zijn lip toen Bertie Lulu de trap af hielp en haar in de auto zette. Hij kon alleen maar raden naar wat er was gebeurd en vroeg zich af of deze tragedie een einde zou maken aan de plannen van zijn werkgever. Dit was absoluut onverwacht, en iets wat hij meteen moest rapporteren.

Een week later kon Lulu zich nog maar weinig herinneren van wat er was gebeurd. De medicatie van de arts was sterker dan gebruikelijk en ze had het gevoel alsof ze elke dag in een cocon van verdrietige vermoeidheid doorbracht. Ze was zich bewust van de komst van Clarice, van Dolly's regelmatige bezoekjes en van het feit dat Bertie Maurice' lijkschouwing en begrafenis regelde. Maar ze had het gevoel alsof ze losstond van alles en iedereen, dat ze een toeschouwer was van een drama waar ze geen invloed op had.

Op de avond na de begrafenis zat Lulu op de vensterbank van Bertie's herenhuis naar het geschoren gazon te staren.

'Ik dacht al dat ik je hier zou vinden,' zei Bertie terwijl hij de deur van de woonkamer achter zich sloot. 'Dat is ook mijn favoriete uitzicht, weet je. Heel troostend.'

Lulu knikte, maar ze had helemaal niets van het uitzicht gezien.

'Ik dacht dat je dit maar moest hebben,' zei hij, en hij haalde een envelop uit zijn jaszak. 'De politie kwam hem vanochtend brengen. Hij is aan jou geadresseerd.'

Lulu's hand trilde toen ze de laatste brief die Maurice ooit zou schrijven aannam. 'Ik wil hem eigenlijk niet lezen,' bekende ze.

'Ik denk dat het een troost voor je zal zijn. Ik hoop dat het je schuldgevoelens zal wegnemen. Dat is een schuld die we allemaal dragen, weet je, je bent dus niet de enige die zich zo voelt.'

Lulu nam het velletje papier uit de envelop, haalde diep adem en begon te lezen.

*Mijn liefste Lulu,*

*Vergeef me mijn laatste, egoïstische daad alsjeblieft. Maar ook ik moet naar huis. Ik verlang naar deze ongrijpbare dood die me al zo lang kwelt, en nu heb ik de moed om deze afschuwelijke wereld te verlaten en vrede te vinden in een eindeloze slaap.*

*Huil niet om me, lieve meid, want ik ben eindelijk tevreden. En als je de kalme kusten van jouw vaderland bereikt, weet dan dat ik mijn thuis heb gevonden. Ga met mijn zegen en met mijn liefde.*

*Goedenacht, lieve Lulu, welterusten.*

*Maurice*

Terwijl de tranen over Lulu's wangen stroomden, vouwde ze de brief zorgvuldig op en drukte hem tegen haar hart. Maurice had eindelijk rust gevonden, en zij ook. Nu kon de genezing beginnen.

Acht afschuwelijke weken waren verstreken na de dood van Maurice en toen Lulu uit de trein stapte, zette ze de hoed recht die Dolly haar had gegeven om haar op te vrolijken. Ze droeg zelden een hoed, daar had ze veel te veel haar voor, vond ze, maar ze had hem aan één kant vastgezet zodat hij over haar schouder viel en ze was redelijk tevreden over het resultaat.

Dolly had aangeboden met haar mee te gaan, maar Lulu had haar daarvan af kunnen brengen. Ze moest dit gesprek met Clarice zorgvuldig aanpakken en Dolly had te veel de neiging er onnadenkend van alles uit te kramen. Maar nu ze alleen op het perron stond en de trein zag wegrijden, raakte ze even in paniek en wenste ze dat ze er nog steeds in zat.

Ze zei tegen zichzelf dat ze zich aanstelde en wachtte tot de rook was opgetrokken. Daarna stopte ze haar handtas onder haar arm en bedankte de kruier die aanbood een taxi te roepen. Ze had geen bagage, het was niet ver naar Wealden House en ze had deze laatste paar momenten nodig om haar gedachten op een rij te zetten. Ze wilde Clarice moedig en vastberaden onder ogen komen. Het moest gebeuren. Dolly had gelijk, het werd tijd dat ze haar leven in eigen hand nam en uit Clarice' schaduw trad.

Toen ze over de stoffige weg liep, passeerde ze de vertrouwde dorpswinkels en ze beantwoordde de groet van de vriendelijke mensen die ze het grootste deel van haar leven al kende. De oude kerk stond te soezen in het augustuszonnetje, de bloemperken op de dorpsweide bruisten van kleur en de rust in de vijver werd verstoord door kwakende eenden en waterhoentjes. Ze nam de taferelen, geluiden en geuren van het dorp dat zestien jaar lang haar thuis was geweest intens in zich op, want na vandaag zou ze dit misschien nooit weer zien.

Die gedachte maakte haar verdrietig. Ze ging op een bankje bij de vijver zitten en keek naar de kinderen die de eendjes brood voerden. Ze keek naar de dorpsschool waar ze een jaar naartoe was gegaan tot ze naar het internaat ging, naar het postkantoor waar mevrouw Finch hof hield, en naar de donkere, geheimzinnige smidse die alleen werd verlicht door het vuur dat nooit leek te doven. De hoofdstraat was omzoomd door met riet bedekte huisjes met keurige tuintjes vol bloemen eromheen. Achter de rieten daken rezen de glooiende toppen van de omringende heuvels op, en tussen de boomtoppen door zag ze de hoge schoorstenen en gevelspitsen van de grotere huizen die op grote goed onderhouden percelen stonden.

Lulu realiseerde zich dat ze haar tijd verspilde. Clarice zou op haar wachten en omdat ze had opgebeld om te vertellen welke trein ze zou nemen, zou het niet slim zijn haar meteen bij aankomst al te ergeren. Ze keek nog één keer naar het tafereel voor haar, streek de kreukels in haar zomerjurk glad en ging weer op pad. Even later was ze bij de ijzeren hekken en nadat ze nog eens diep adem had gehaald duwde ze ze open. Ze liep naar de voordeur, met haar sleutel deed ze de deur van het slot en ze stapte de donkere hal in. Het huis was stil en zoals altijd voelde het kil in huis na de warmte van het augustuszonnetje. Ze trok haar kanten handschoenen uit, tikte even tegen haar hoed voor geluk en liep naar de woonkamer.

Clarice zat in dezelfde stoel als altijd, met de labrador aan haar voeten en het wagentje met de middagthee naast zich. Ze keek op toen Lulu de kamer binnen kwam en zei glimlachend: 'Ik neem aan dat je honger hebt na die reis, maar je bent zo laat dat de thee nu waarschijnlijk al te sterk is en Vera is uit vanmiddag.'

Lulu aarzelde even voordat ze een licht kusje op de zachte wang drukte, onzeker hoe Clarice hierop zou reageren. 'Als dat zo is, zet ik wel even nieuwe. Sorry dat ik laat ben, maar het is zo'n heerlijke dag dat mijn wandeling naar huis wat langer heeft geduurd.' Er kwam geen enkele reactie op haar kus. Ze aaide de hond en ging zitten.

Clarice hield zichzelf bezig met de thee. 'Je hebt wat kleur op je gezicht gekregen door die wandeling. Je ziet er goed uit. Nieuwe hoed?'

'Van Dolly gekregen.' Ze legde haar hoed bij haar handtas en handschoenen.

Clarice keek er met zichtbare afkeuring naar. 'Dat had ik kunnen weten,' mompelde ze en ze gaf Lulu een bordje met daarop een broodje met tuinkers en ei. 'Hij is ongetwijfeld modieus, maar lijkt meer op iets wat de tuinman over zaailingen zou zetten.'

'Daarom heet het ook een cloche,' vertelde ze. 'Ik vind hem heel leuk.' Lulu's zenuwen waren gespannen. Het zag ernaar uit dat Clarice had besloten een streep onder hun vorige discussie te zetten en vastbesloten was het onderwerp niet weer aan te snijden. Toch was dat precies wat zij wél van plan was, de enige reden dat ze hier was. Ze nam een hapje van de sandwich, kwam tot de ontdekking dat ze geen trek had en legde hem weg.

'Ik hoop dat je van plan bent dit weekend te blijven,' zei Clarice. 'Bertie komt morgenmiddag wat drinken op de terugweg na een jachtpartij op The Grange.'

Lulu keek over haar theekopje heen naar haar oudtante en voelde zich schuldig. Ze had Bertie laten zweren niets te vertellen en had Clarice de afgelopen weken met opzet ontweken, omdat ze haar niet wilde zien voordat ze alles had geregeld. Als Clarice zelfs maar vermoedde dat Bertie al op de hoogte was van haar plannen, zou ze hem dat nooit vergeven. En of ze het hele weekend zou blijven, hing helemaal af van Clarice' reactie op haar nieuws. 'Ik weet niet of ik kan...'

'Maar natuurlijk blijf je,' viel Clarice haar in de rede. 'Ik kan Bertie onmogelijk zelf ontvangen en ik neem aan dat hij de opdrachten met je wil bespreken.' Clarice keek haar strak aan. 'Ik begrijp dat je na Maurice' begrafenis geen contact met hem hebt gehad en dat vind ik onbeleefd, vooral als je nagaat hoe goed hij met alles heeft geholpen.'

'Ik heb het druk gehad,' mompelde ze.

Clarice zette haar kop en schotel met een klap neer. 'Druk? Waarmee, als ik vragen mag? Wat kan er in vredesnaam belangrijker zijn dan beleefd zijn tegen de man die je niet alleen een klein vermogen heeft geschonken, maar bovendien die hele nare toestand met Maurice heeft afgehandeld?'

Lulu's hart ging als een razende tekeer en het kostte haar ontzettend veel moeite de kille blik van Clarice te beantwoorden en rustig te lijken. 'Ik weet dat ik laks ben geweest,' gaf ze toe, 'maar ik kon het niet opbrengen om wie dan ook te zien, dat is ook de reden dat ik hier niet ben geweest. Ik was van plan hem vanavond te bellen.'

Clarice hield haar blik vast en wachtte op een betere verklaring.

Lulu streek met haar tong over haar lippen. 'Er zijn een paar dingen die ik met u moet bespreken...'

Clarice bleef zwijgen.

Lulu besloot dat ze maar beter met de deur in huis kon vallen. Ze ademde zo diep mogelijk in en ploeterde voort. 'Nadat de documenten met betrekking tot de hengst gecontroleerd waren, moest ik een paar belangrijke beslissingen nemen en dat werd alleen maar moeilijker door Maurice' zelfmoord.'

De uitdrukking op Clarice' gezicht verhardde, haar blik werd stug en dreigend. 'Omdat je van plan was Bertie vanavond te bellen, heb je kennelijk al een besluit genomen,' zei ze, 'en ik kan wel raden wat je hebt besloten.'

'Ik móét gaan, tante Clarice. Ziet u dat dan niet, begrijpt u het dan niet? Als ik het niet doe, zal ik daar de rest van mijn leven spijt van hebben.'

'Je zult er meer spijt van hebben als je het wel doet, Lorelei, en ik ook.'

'Het spijt me dat u dit afkeurt, tante Clarice. Geloof me alstublieft dat ik nooit van plan ben geweest een breuk tussen ons te veroorzaken, maar ik heb mijn beslissing genomen.'

Clarice' gezichtsuitdrukking verzachtte en ze boog zich naar voren. 'Neem dan een andere beslissing, Lorelei. Dit is je thuis en ik heb ontzettend veel spijt van het ultimatum dat ik je een paar weken geleden heb gesteld. Jij bent de dochter geworden die ik nooit heb gehad en ik ben ontzettend trots op alles wat je hebt bereikt. Blijf, Lorelei, alsjeblieft.'

'Dat kan ik niet.' Clarice' warme woorden veroorzaakten verraderlijke tranen en ze zag bijna niets meer. 'Het is te laat.'

'Het is nooit te laat, liefje. Stuur een telegram naar meneer Reilly, geef hem opdracht de hengst te verkopen en vergeet de zaak. Dit alles is heel slecht geweest voor je gezondheid, en voor de mijne.'

Lulu keek haar in paniek aan.

Clarice knikte en bracht met een onzeker gebaar een hand naar haar borst. 'De huisarts maakt zich zorgen over mijn bloeddruk, weet je.'

'Dat hebt u me helemaal niet verteld.' Lulu boog zich naar voren in haar stoel, ongerust.

'Ik wilde je niet bezorgd maken, maar na de begrafenis heb ik een vervelende tijd gehad en ik heb een paar dagen in bed moeten blijven.' Met een zwak glimlachje voegde ze eraan toe: 'Dokter Williams wilde dat ik een paar dagen naar het plattelandsziekenhuis ging om uit te rusten, maar dat heb ik natuurlijk geweigerd. Je bent nergens zo op je gemak als thuis.'

Lulu vond het afschuwelijk. 'Wat spijt me dat. Ik heb me nooit gerealiseerd hoe zwaar dit voor u geweest moet zijn.' Ze stak haar hand uit naar die van Clarice en zocht naar tekenen van deze slechte gezondheid. Haar oudtante had wallen onder haar ogen die de poeder niet kon maskeren; die zouden het gevolg van slapeloze nachten kunnen zijn, maar ook van iets ergers. 'Het is allemaal heel erg geweest en de timing is rampzalig, maar ik ben er de oorzaak van geweest...'

'Dat weet ik, liefje, maar het was jouw schuld niet. Niet echt.' Ze trok haar hand uit Lulu's greep en vouwde haar handen in haar schoot. 'Ik heb toegelaten dat ik me opwond en me zorgen maakte over dit alles, en dat is niet bepaald verstandig op mijn leeftijd.' Ze slaakte een diepe zucht. 'Je vergeet gewoon hoe oud je bent tot je dat soort dingen overkomt, maar nu realiseer ik me dat ik kan verwachten dat er rare dingen gebeuren.' Haar manier van doen was bijzonder zorgwekkend en haar stem was zo zacht dat Lulu haar amper kon verstaan. 'Het ziet ernaar uit dat ik begin af te takelen, liefje. Verschrikkelijk onhandig natuurlijk, maar dat overkomt ons uiteindelijk allemaal.'

'Praat alstublieft niet zo. U hebt nog jaren te gaan als u het advies van uw arts opvolgt en het rustig aan doet.'

Langzaam schudde Clarice haar hoofd. 'Ik betwijfel of mijn gezondheid me nog veel jaren gunt, maar ik zal zeker proberen om zo lang mogelijk actief te blijven.'

Lulu keek haar scherp aan. Haar oudtante had altijd al goed kunnen acteren en tot nu had ze steeds een goede gezondheid gehad en was ze er trots op geweest dat ze nooit naar de dokter ging. De zuchten en haar verdrietige blik leken niet oprecht en Lulu kreeg ontzettend veel argwaan.

'Die hoge bloeddruk is wel heel plotseling ontstaan,' zei ze peinzend.

Clarice wapperde even met haar hand. 'Dat gebeurt nu eenmaal als je oud wordt,' mompelde ze, 'en ik denk dat die gruwelijke hoofdpijnen er ook bij horen.'

Als het allemaal niet zo tragisch was, zou Lulu hebben geglimlacht. Clarice had nooit hoofdpijn. 'Dit klinkt allemaal heel zorgwekkend,' zei ze met een blik op de telefoon aan de muur. 'Ik denk dat ik de huisarts maar eens bel en hem advies vraag. Hoofdpijn en hoge bloeddruk zijn ernstige kwalen.'

Clarice kwam meteen in actie toen Lulu opstond. 'Dat hoeft niet,' zei ze snel. 'Hij was hier vanochtend nog en is heel tevreden over mijn vooruitgang.'

'Toch zou ik graag even met hem willen praten. Alleen maar om zeker te weten dat u me alles hebt verteld.'

Met grote ogen zei Clarice: 'Maar liefje, beweer je soms dat ik lieg?'

'Helemaal niet, maar nu blijkt dat u me niets hebt verteld over die hoge bloeddruk en hoofdpijnen, vraag ik me af wat u me nog meer niet hebt verteld.'

'Niets, liefje. Echt niet. Stoor dokter Williams alsjeblieft niet op een vrijdagmiddag. Die arme man werkt zo hard en hij heeft toch al zo weinig tijd om bij zijn gezin te zijn.'

Lulu ging weer op de rand van haar stoel zitten en bleef Clarice strak aankijken. Ze wist nu zeker dat Clarice haar gezondheid gebruikte als wapen om haar in Engeland te houden. 'Als u zeker weet dat de dokter alles onder controle heeft,' mompelde ze.

Clarice schonk nog een kop thee in en ontweek haar blik. 'Natuurlijk, liefje. Hij heeft me een drankje en wat pillen gegeven om me op te peppen, maar ik heb ze niet echt nodig. Niet als jij er bent om me op te vrolijken terwijl ik aan het genezen ben.'

'Goed, dan blijf ik dit weekend wel, maar daarna is het misschien een goed idee een van uw vriendinnen te vragen u gezelschap te houden tot u zich beter voelt.'

'Waarom zou ik dat in vredesnaam doen als ik jou heb?' Clarice leek vergeten te zijn dat ze zwak en zielig moest doen en zat keurig rechtop. Ze leek heel gezond.

'Omdat ik eind deze maand naar Australië vertrek.'

'Dat kun je niet doen. Je hebt geen paspoort,' zei ze met een triomfantelijke blik.

'Ik had mijn oorlogsidentiteitsbewijs nog, van toen ik op de bus reed. Daarmee kon ik een paspoort aanvragen.' Lulu zag de triomfantelijke blik verdwijnen en er ging een steek van spijt door haar heen. 'De tickets zijn al betaald, tante Clarice. We vertrekken op de achtentwintigste met de *SS Ormonde*.'

'We?'

'Dolly gaat met me mee.'

Clarice leek haar vechtlust terug te vinden. 'Ik had kunnen weten dat die vrijgevochten meid hier iets mee te maken heeft. Onnozele gans, ze heeft geen idee wat ze heeft gedaan door je aan te moedigen bij dit belachelijke idee.'

'Zij heeft me veel minder aangemoedigd dan u, tante Clarice,' antwoordde Lulu, die zich vreemd kalm voelde nu ze wist dat Clarice toneel had gespeeld.

'Ik heb je nóóit aangemoedigd,' zei Clarice woedend. Haar zogenaamde slechte gezondheid was opeens helemaal verdwenen.

'En dat is dus precies de reden waarom ik moet gaan.'

'Maar waarom dan, Lorelei? Waarom ben je zo vastbesloten tegen mijn wens in te gaan en me zo te kwetsen? Was Maurice' zelfmoord dan niet voldoende om je te ontmoedigen?'

'Die opmerking was niet fair,' zei ze zacht, 'en heeft ons allebei pijn gedaan. Eerst ontkent u mijn behoefte om terug naar huis te gaan en weigert u te vertellen waarom u per se niet wilt dat ik ga. U bedreigt me met verbanning van het enige thuis dat ik ooit heb gehad en daarna probeert u me een schuldig gevoel te geven. U hebt zelfs uw gezondheid in de strijd geworpen en emotionele chantage gebruikt om uw zin door te drijven.'

'Ik probeerde je alleen maar te laten inzien hoe belangrijk het is dat je hier blijft,' mompelde Clarice verdedigend.

Zacht legde Lulu haar hand op Clarice' arm. 'U hebt te veel geprotesteerd, tante Clarice, en dat was uw ongeluk.'

'Ik wist niet wat ik anders moest doen,' bekende Clarice.

Lulu zag de paniek en de spijt in haar ogen en bedaarde. 'U had mijn vragen kunnen beantwoorden,' zei ze. 'Ik hou van u, tante Clarice, en dat zal ik altijd blijven doen, maar als u weigert met me te praten, kan ik niets anders doen dan zelf op zoek gaan naar de waarheid.'

Alle kleur was uit Clarice' gezicht getrokken. Ze trok haar arm onder Lulu's arm vandaan en stond op. 'En als die dierbare waarheid die je zo vurig wilt vinden nu eens duister en lelijk en destructief is, Lorelei? Wat dan?'

'Dan zal ik mijn eigen mening vormen en misschien begrijpen waarom u niet eerlijk tegen me kon zijn.'

In de drukkende stilte keken ze elkaar aan en Lulu zag dat het Clarice moeite kostte haar zelfbeheersing te bewaren. Ze zaten in een impasse: geen van beiden wilde ook maar iets toegeven, de laatste uitdaging was gesteld. Tenminste, dat had Lulu gedacht.

'Als je naar Tasmanië gaat, onterf ik je.'

Haar woorden waren zo verbijsterend dat Lulu haar alleen maar kon aanstaren. 'Dat mag u doen,' zei ze, en ze probeerde zich te vermannen. 'Maar zoals u al zei, dit heeft niets met geld te maken. Het heeft meer te maken met het een of andere geheim dat u al jaren bewaart. Dat kan ons beiden toch zeker niet langer kwaad doen? Het zijn vast stokoude koeien.'

Er veranderde iets in Clarice' blik, maar dat verdween weer en leek haar alleen maar vastbeslotener te maken. 'Misschien vind jij dat,' zei ze, 'maar voor mij is het nog steeds vers.' Er lag bezorgde acceptatie in de blik waarmee ze Lulu aankeek. 'De daden van het verleden kleuren en vormen elke generatie, Lorelei. En zoals je onlangs ongetwijfeld hebt ontdekt, eisen ze een hoge prijs van iedereen die erbij betrokken is.' Ze haalde diep adem. 'Ik heb geen gelukkige tijd gehad in Tasmanië, en jij ook niet als je er goed over nadenkt. Ik probeer je alleen maar te behoeden voor het verdriet dat je daar wacht.'

Lulu had het liefst haar hand naar haar uitgestoken en haar verteld dat het haar speet, maar Clarice leek dit aan te voelen en ging met opzet een eindje verderop voor het raam staan.

'Je weet wat de gevolgen zijn als je gaat,' zei ze verdrietig. 'Ik heb het laatste woord hierover gezegd.'

Lulu keek naar de stijve rug en de vastberaden houding van haar hoofd en wist dat er niets meer te zeggen viel. 'In dat geval zal ik mijn spullen inpakken en vertrekken,' zei ze zacht. 'Ik zal regelen dat de rest naar Londen wordt gestuurd en omdat ik aanneem dat de flat niet langer van mij is, zal ik bij Dolly logeren tot we vertrekken.'

'Je mag de flat houden. Ik wil niet dat je dakloos wordt.' De stem was zacht en ondraaglijk verdrietig.

'Dank u.' Lulu wachtte of Clarice nog van gedachten zou veranderen, haar tenminste nog een beetje hoop zou schenken dat de breuk nog geheeld kon worden, maar de rug bleef gespannen, het hoofd afgewend. 'Doe dit alstublieft niet, tante Clarice. Ik ben al genoeg gestraft door Maurice en nu moet ik uit Londen weg en naar de toekomst kijken, maar ik zou het fijner vinden als u me uw zegen zou kunnen geven.'

Zwijgend liep Clarice door de kamer en deed, zonder nog één keer achterom te kijken, de deur achter zich dicht.

Lulu liet zich in haar stoel vallen en staarde naar de deur. Ze werd overmand door verdriet over wat ze was kwijtgeraakt. Ze had Clarice niet zo hard moeten aanpakken. Ze had niet moeten vragen welke geheimen of schandalen Clarice verborg; kennelijk waren ze bijzonder pijnlijk. Clarice was van een andere generatie, een generatie die was opgevoed om te zwijgen en trots te zijn; ze kón niet veranderen omdat ze niet wist hoe. Maar ze maakte zich zorgen, dat was wel duidelijk, en Lulu huilde omdat ze haar zo veel pijn had berokkend.

Terwijl de staande klok de minuten wegtikte, droogden Lulu's tranen op en werd ze weer rustig. Dit was niet het einde, daar zou ze voor zorgen, maar de antwoorden op haar vragen lagen in het verleden, in Tasmanië. Misschien zou ze, nadat ze die had gevonden, Clarice' angst begrijpen en de breuk weer kunnen lijmen.

Clarice was uitgeput door de gebeurtenissen van die middag en had zichzelf in haar slaapkamer opgesloten zodat ze Lorelei niet met koffers en dozen zou zien sjouwen, maar zelfs de stevige deur kon het geluid van haar voetstappen op de overloop niet tegenhouden, het klikken van haar deur, het openen en sluiten van laden. Clarice merkte dat ze naar elke beweging luisterde, dat ze wachtte op dat afschuwelijke ogenblik waarop het huis stil zou worden en zij in de steek was gelaten.

Er was bijna een uur verstreken toen ze de lichte voetstappen de trap af hoorde gaan. Ze deed haar deur op een kiertje open om te luisteren. Lorelei bestelde een taxi, nam afscheid van de hond en haalde haar laatste spullen uit de woonkamer. Clarice had ontzettend veel spijt. Ze had niet gewild dat het zover zou komen en ze had Lulu niet willen verbannen of onterven. Ze had haar alleen maar willen beschermen.

'Jezelf willen beschermen, zul je bedoelen,' mompelde ze kwaad, 'en je trots. God verhoede dat ik die zou beschadigen.' Sinds haar geboorte was haar ingeprent dat het noodzakelijk was je trots en je reputatie te bewaren. Dat was het enige wat ze nog had en waar ze keihard voor had gevochten toen het leek alsof de hele wereld tegen haar was. Maar waren ze deze opoffering eigenlijk wel waard?

Ze haalde diep adem en drong de herinneringen weg. 'De zonden van de oudere generaties drukken zwaar op de jeugd,' mompelde ze, 'en Lorelei kan dat niet begrijpen, tenzij ze dit zelf ondervindt. Misschien heb ik haar ten onrechte te veel beschermd.'

Clarice zweeg, de waarheid van die woorden echoden om haar heen. De laatste weken had Lorelei bewezen dat ze nu sterk genoeg was om haar eigen leven te leiden en alles wat op haar pad kwam te boven te komen. Het werd tijd haar los te laten. Maar o, wat deed dat pijn. Wat zou dit oude huis eenzaam zijn zonder haar gelach en haar jeugdige gezelschap.

Clarice haalde diep adem. Tranen waren voor zwakkelingen. Die losten niets op. Ze liep zachtjes over de overloop en dwong zichzelf even in Lorelei's kamer te kijken. De toilettafel was leeggehaald, het bed afgehaald op het donzen dekbed na en in een hoek stond een stapel dozen. De kledingkast stond open zodat ze de lege hangertjes en planken kon zien. Er was niet veel tijd nodig om de geest van iemand die hier zestien jaar had gewoond uit te wissen, maar de herinnering aan haar parfum hing er nog, alsof de kamer op haar terugkeer wachtte.

Clarice deed de deur dicht en probeerde de onverzettelijke kracht te herwinnen waarop ze in dit soort situaties had leren vertrouwen. Ze móést geloven dat Lorelei zou terugkomen en zelfs als die thuiskomst door de nieuw verworven kennis van het meisje zou worden bedorven, zou Clarice haar verwelkomen en proberen het weer goed te maken.

De logeerkamer aan de voorkant van het huis zag er spookachtig uit in de toenemende duisternis, er lagen stoflakens over het meubilair, maar hij had een diepe erker van waaruit je de oprijlaan goed kon zien.

Clarice duwde de gordijnen net ver genoeg open om de taxi te zien aankomen. Het grind knarste onder de banden terwijl hij naar de voordeur reed. Ze zag dat de chauffeur de koffers in de kofferbak zette en het portier opende, en stapte snel achteruit toen Lorelei omhoogkeek. Ze wilde niet dat het meisje haar zag.

Toen de taxi de oprijlaan af reed, draaide Lorelei zich om. Ze keek door de achterruit. Haar gezicht was bleek in de halo van haar prachtige haar, haar ogen groot als van een opgeschrikt reekalfje. Clarice zou dat beeld van Lorelei onthouden tot ze terugkwam.

De tranen stroomden over Clarice' wangen toen de taxi door de hekken reed en uit het zicht verdween. Ze had vele malen in haar leven liefde gekend en verloren, en had nooit de genoegens van het moederschap gekend. Toch voelde ze nu de kwelling van het verlies van een geliefd kind en ze realiseerde zich dat dit het zwaarste verlies was dat ze ooit had ervaren.

# 4

Joe stond op de kade toen de SS *Rotamahana* de haven binnen stoomde en voor anker ging. Het schip deed Tasmanië regelmatig aan met vracht en post, en twee keer per week kwamen er via de Bass Strait enkele passagiers mee vanuit Melbourne.

'Denk je dat ze meekomt met haar paarden, Joe?'

'Denk 't wel,' mompelde hij. Hij keek naar de jonge knaap naast hem en verbeet een glimlach. Bob Fuller was zeventien en worstelde met zijn eerste verliefdheid.

Bob haalde een kam uit de achterzak van zijn leren broek en probeerde zijn wilde bos haar te temmen. Het maakte niet veel verschil, maar hij stopte de kam met een tevreden glimlach weer in zijn achterzak en zette zorgvuldig zijn breedgerande hoed weer op. 'Ze is een echte meid, geen twijfel aan,' zuchtte hij, en hij zocht haar met zijn blik tussen de passagiers die van het schip af liepen. 'Ik wed dat de kerels in Brisbane voor haar in de rij staan.'

'Inderdaad,' antwoordde Joe, 'maar een meisje als Eliza is meer dan we aankunnen, *mate*. Je kunt maar beter een leuk Tassy-meisje zoeken dat geen luxe diners en dure cadeaus verwacht.' Hij zag dat de jongen bloosde en begreep dat zijn goedaardige raad niet goed was gevallen. Bob had Eliza Frobisher heel even ontmoet tijdens haar enige bezoek aan Galway House, maar het was genoeg geweest om de jongen ervan te overtuigen dat hij verliefd was. Vandaar de schone leren broek en het overhemd en de aandacht voor zijn haar.

'Ja, misschien wel,' mompelde Bob, 'maar een man mag toch zeker wel dromen?'

'Waarom niet? We leven in een vrij land, *mate*,' antwoordde Joe. 'Kom, we moeten twee paarden ophalen.' Joe liep voor hem uit de loopplank op en de duisternis van de scheepsromp in, waar het vee tijdens de ruwe tocht was opgesloten.

'Meneer Reilly? Hier zijn we!'

Het duurde even voordat zijn ogen zich aan de duisternis hadden aangepast en hij haar zag. Hij liep met een paar stappen naar haar toe en zijn blik nam het zakelijke overhemd, de lange broek en de gepoetste rijlaarzen op. Ze droeg vandaag geen make-up en het was nogal een schok toen hij zich realiseerde dat ze niet veel ouder dan Bob kon zijn. 'Goedendag, juffrouw Frobisher.'

Ze gaf hem een hand. 'Afschuwelijke overtocht, die arme Moonbeam vond het maar niets.' Ze keurde de verliefde Bob amper een blik waardig en wijdde haar aandacht aan het gevlekte merrieveulen dat bezweet en rusteloos in de smalle box stond. 'Misschien kan die jongen van u wat met haar rondlopen om haar te kalmeren terwijl u even naar Starstruck kijkt?'

Joe knikte naar Bob die vuurrood was geworden. 'Loop maar even met haar langs het jaagpad. Dan wordt ze wel rustig,' zei hij zacht.

'Wrijf haar eerst even droog,' commandeerde Eliza. 'Ik wil niet dat ze kouvat.'

De verliefde blik verdween uit Bobs ogen toen hij de doek pakte en aan de slag ging. Het gevlekte veulen leek te genieten van zijn stevige maar zachtaardige aanpak en kalmeerde terwijl hij haar droogwreef, een kleed over haar heen legde en haar naar de oprit leidde.

'Bob gaat zijn hele leven al met paarden om,' zei Joe kortaf toen hij was verdwenen, 'en ik zou het op prijs stellen als je daar in de toekomst rekening mee houdt.'

De hand waarmee ze Starstrucks kastanjebruine hals aaide verstarde en haar bruine ogen werden groot. 'Die jongen lijkt niet goed snik,' antwoordde ze, 'en ik maakte me zorgen om mijn veulen.'

'Er mankeert niets aan Bob en hij weet precies wat hij doet,' zei Joe. 'Zal ik Starstruck inladen?'

'Prima.' Ze klopte even op de hals van de arabier en stapte achteruit toen Joe hem een halster omdeed en de box uit leidde.

De volbloed hengst was ruim een meter zestig, bruiste van energie en dreigde uit te breken nadat hij zo lang opgesloten was geweest. Joe moest zijn best doen hem gezond en wel op de oprit te krijgen. Hij hield de kinband en teugels stevig vast terwijl het dier snoof en stampte.

'Ik hoop niet dat u mijn paard daarin wilt vervoeren.' Ze wees met een hooghartig gebaar naar de gedeukte paardentrailer achter de truck.

'Hij is misschien wel oud, maar er mankeert niets aan. En omdat ik niet van plan ben te paard naar Galway House te gaan, hebben we geen keus.'

'O, jawel, echt wel,' zei ze op vastberaden toon. Ze draaide zich om en beende weer naar binnen. 'Kom op, meneer Reilly. We verspillen onze tijd.'

Joe had het nu al helemaal gehad met de bazige juffrouw Frobisher en stond op het punt haar te vertellen dat ze haar verdomde paarden kon terugbrengen naar het vasteland. Vermoeid bond hij Starstruck stevig aan de truck vast en mompelde met een klopje op zijn hals: 'Het ziet ernaar uit dat we allebei gecommandeerd worden, *mate*. Ik zou me maar niet misdragen als ik jou was.'

Starstruck keek hem met zijn goudbruine ogen begrijpend aan, zwaaide met zijn hoofd en ontblootte zijn tanden. Joe liep nog steeds glimlachend achter juffrouw Frobisher aan om te zien wat voor transportmiddel zij in gedachten had.

'Het is maar goed dat ik de vooruitziende blik had om dit mee te nemen,' zei ze en ze trok met een zwierig gebaar het zeildoek van de wagen.

Joe keek er vol bewondering naar. De wagen was, net als zijn eigenares, chic en superieur, en de enige keer dat hij iets dergelijks had gezien was tijdens de Carrick-races, en die wagen was eigendom geweest van een man uit Sydney. Hij liep eromheen, bewonderde de stevige nieuwe banden, de glanzende verf en de dikke binnenvoering die de vracht moest beschermen. Hij was breed genoeg voor twee paarden en zag er vele malen mooier uit dan zijn eigen paardentrailer.

'Je kunt er heel gemakkelijk mee manoeuvreren. Heeft een heel kleine draaicirkel,' zei Eliza. Ze sloeg haar armen over elkaar en keek hem uitdagend aan.

Hij trok aan de rand van zijn hoed. 'Dan kunnen we hem maar beter aankoppelen.' Hij greep de dissel, merkte dat de trailer inderdaad gemakkelijk te hanteren was en had hem algauw stevig achter de truck gehaakt. Hij bekeek het resultaat en hoopte dat de hengst de tussenwand niet kapot zou trappen in een poging bij het merrieveulen te komen. 'Wordt Starstruck niet vervelend als de merrie bij hem in de trailer staat?'

'Daar zijn ze allebei te jong voor en bovendien zijn ze eraan gewend om samen te reizen.'

Kennelijk had Starstruck besloten zich te gedragen. Hij liep sierlijk de loopplank op en begon aan het hooinet te trekken dat Eliza erin had gehangen. Joe bond zijn halstertouw aan de ringen die in de trailer gemonteerd waren. Toen Bob de gevlekte merrie naar binnen had gebracht, begon ze net als haar stalmaatje met haar ontbijt.

Joe keek naar zijn gedeukte oude trailer en realiseerde zich dat die er naast die glanzende nieuwe trailer echt als een wrak uitzag. Misschien had juffrouw Frobisher toch wel een beetje gelijk en moest hij overwegen een nieuwere te kopen.

'Bind je die van ons eraan vast?' Bob was al op zoek naar wat touw.

'Nee, dat gaat hij niet doen,' zei Eliza. 'Dan krast de verf en gaat hij rammelen waardoor mijn paarden onrustig worden. Jullie zullen hem hier moeten laten.'

'Toe nou, juffrouw Frobisher,' sputterde Bob tegen. 'Dan steelt iemand hem misschien wel.'

Met een vernietigende blik zei ze: 'Ik betwijfel of iemand die gammele bak zou willen hebben.'

Joe zag dat Bob ertegenin wilde gaan en zei snel: 'Ik ken de havenmeester. Hij houdt wel een oogje in het zeil tot ik terug kan komen.' Hij duwde de zware oude trailer van de oprit af, parkeerde hem in het lange gras vlak bij het huis van de havenmeester en liep naar binnen om met hem te praten en de post op te halen.

Toen hij terugkwam, zag hij dat Eliza tegen de truck geleund stond te roken. Er stond een koffertje naast haar. Bob stond met zijn rug naar haar toe en met zijn handen in zijn zakken chagrijnig naar de mannen te kijken die de *Rotamahana* aan het lossen waren. Met een spottend lachje klom Joe in de truck. Bob was gelukkig genezen van zijn liefdesverdriet door een nadere kennismaking met de lieftallige, maar lastige juffrouw Frobisher. Misschien zou hij nu eindelijk een verstandig woord uit hem kunnen krijgen.

Hoewel het winter was, hing er een verhitte sfeer in de truck en Joe vermoedde dat dit eerder kwam door de aanwezigheid van de lekker ruikende Eliza dan aan het weer. Ze zat klem tussen hem en Bob, die haar nadrukkelijk negeerde en naar buiten zat te kijken naar het uitzicht dat hij al duizenden keren eerder had gezien. Joe merkte dat de jongen zich maar al te goed bewust was van de enkele keer dat ze met haar arm of dij langs hem streek tijdens de rit over het oneffen wegdek.

Eerst reden ze over geplaveide wegen, maar hoe dichter ze bij Galway House kwamen hoe vaker ze over landweggetjes reden die de sporen droegen van landbouwwerktuigen en kuddes schapen en runderen.

'Zijn er dan helemáál geen goede wegen in Tasmanië?'

'Heeft weinig zin,' antwoordde Joe. 'Tot een paar jaar geleden waren er helemaal geen auto's op het eiland en zelfs nu nog verplaatsen de meeste mensen zich te paard.'

'God,' zuchtte ze, 'wat primitief.'

Omdat het geen zin had hier tegenin te gaan, wijdde Joe zijn aandacht weer aan de weg om zo veel mogelijk alle gaten en scheuren in het wegdek te omzeilen. Hij slaakte een zucht van opluchting toen hij door het hek naar de stalhouderij reed.

Eliza keek met een kritische blik naar de twee paarden terwijl ze via de loopplank de trailer uit werden geleid. Daarna inspecteerde ze hun stallen en verklaarde ze dat ze ermee door konden. Vervolgens liep ze met haar tas in de hand naar het huis.

Joe zei niets, nam de paarden mee naar de paddock waar ze na de lange reis konden uitrusten en leunde met zijn armen op de omheining om naar ze te kijken. Ze zagen er goed uit, vooral de arabier. Hij had stevige botten en zag eruit alsof hij heel hard kon rennen.

'Ik heb Eliza de logeerkamer gegeven,' zei Molly die naast hem was komen staan. 'Ze heeft besloten hier de rest van de week te blijven zodat ze zeker weet dat haar paarden het hier naar de zin hebben. Vrijdag stapt ze weer op de boot.'

Joe grijnsde. 'Ze is een verwend nest, nog maar net uit de kinderkamer, en nu is ze al de wreedste, bazigste vrouw die ik ooit heb ontmoet. Ze heeft Bob al van slag gemaakt door hem als een idioot te behandelen en nu moet ik ook nog eens tijd verspillen met het ophalen van onze trailer. Die stomme meid is een lastpak.'

Molly klopte op zijn arm. 'Trek je er maar niets van aan, zoon. Je komt er wel overheen.'

Hij wilde net protesteren toen hij haar geamuseerde blik zag. Hij schoot in de lach. 'Je hebt gelijk, ma, maar je moet toegeven dat ze een lastpost is.'

'Je hebt helemaal gelijk, maar dat kan ze zich veroorloven.' Molly keek naar de grazende paarden. 'Die dieren zien er goed uit,' zei ze. 'Concentreer je daar maar op in plaats van je aan haar te ergeren. Want weet je, Joe, dáár betaalt haar pappie je voor.'

Ondanks zijn bange vermoedens verliepen de volgende zes dagen verrassend goed. Omdat hij zo veel paarden had om voor te zorgen, had hij de regels iets versoepeld en het meisje toestemming gegeven mee te helpen. Als de zon opkwam, was Eliza al op en stond ze klaar om aan het werk te gaan, in praktische kleren en met een schoongeboend gezicht zonder make-up zodat de sproeten op haar neus zichtbaar waren. Ze praatte nooit over de littekens op Joe's gezicht en staarde nooit meer naar hem zoals ze eerder wel had gedaan. Bovendien bleek ze een uitmuntende paardenvrouw als ze samen met Joe en Bob de ochtend- en avondritten maakte.

Joe raakte eraan gewend dat ze steeds achter hem aan liep en eindeloos veel vragen stelde. Hij was onder de indruk van de intelligente manier waarop ze zijn trainingsprogramma voor haar jonge paarden met hem besprak. Hij kwam tot de ontdekking dat ze, ondanks haar vaak bruuske gedrag, heel charmant kon zijn en na een paar dagen had ze zelfs Bob zover gekregen dat hij boodschapjes voor haar deed.

Toch slaakte Joe een zucht van opluchting toen hij haar op de vroege vrijdagochtend op de *Rotamahana* had afgeleverd en uitzwaaide. Hij hoopte dat het lang zou duren voor ze terugkwam.

Toen hij de post van de havenmeester had opgehaald en zijn gedeukte oude trailer aan de truck haakte, glimlachte hij. Eliza Frobisher was een lastpak en door en door verwend, maar zij en haar vader wisten wat een goed paard was. Moonbeam was een natuurtalent op de hindernisbaan, haar karakter was even sterk als haar gespierde achterhand en Joe kon niet wachten tot hij kon zien hoe ze presteerde tijdens de eerstvolgende steeplechase.

Starstruck was een bijzonder goed paard. Hij was vriendelijk en had een sterk karakter, en tijdens de dagelijkse trainingsritten was gebleken dat hij inderdaad heel snel was en heel graag wilde winnen. Als het geluk aanhield en alles volgens plan verliep, zou Galway House in Starstruck wel eens een Melbourne Cup-winnaar in huis kunnen hebben. En in dat geval was hij bereid wel een dozijn Eliza Frobishers te accepteren.

Hij zat in het kantoortje de post door te nemen. De gebruikelijke catalogi en programma's van allerlei rencomités, een paar brieven voor zijn moeder en drie cheques van eigenaren in Hobart. Deze had hij weggelegd en hij wilde net vertrekken toen de havenmeester op het raam tikte.

'Sorry, Joe. Deze was er ook nog. Ik hoop dat hij geen slecht nieuws bevat.'

Hij bekeek de bruine envelop – tijdens de oorlog het symbool van slecht nieuws – het gevreesde telegram dat niemand wilde ontvangen. Hij scheurde hem open.

*Eigendom bevestigd. Arriveer op 14 oktober in Tasmanië.* Rotamahana. *Graag ontmoeting. Pearson.*

'Gaat het wel goed met je, *mate*?'

Joe keek de gepensioneerde kapitein met zijn rode gezicht hoofdschuddend aan. 'Niet echt,' zei hij. 'Ik heb net één bazige vrouw kunnen lozen en nu ziet het ernaar uit dat ik weer een nieuwe op mijn dak krijg.'

'Die mazzel moet je maar hebben, *mate*,' zei de man met een brede grijns. 'Bazig of niet, ik zou wel wat vrouwelijk gezelschap kunnen gebruiken.'

Joe lachte. 'Weet je wat, *mate*? Als deze net zo erg blijkt als de vorige, breng ik haar wel bij jou en dan zie je maar hoe je je redt.'

Tijdens de lange rit naar huis schoten er allerlei gedachten door zijn hoofd. Juffrouw Pearson had kennelijk geld, praatte waarschijnlijk alsof ze een hete aardappel in de mond had en was ongetwijfeld een ouwe vrijster van een bepaalde leeftijd die geen tegenspraak duldde. Hij dacht aan de mollige vrouwen van middelbare leeftijd die op bezoek waren gekomen bij de gewonde geallieerden in het ziekenhuis in Sussex waar hij hersteld was. Het was een bijzonder slag vrouwen, die altijd praktische kleren en schoenen droegen. Ze bedoelden het goed, waren heel aardig en namen altijd cadeautjes mee zoals zelfgemaakte jam, cake en gebreide sokken, maar hij had moeite gehad om in het mijnenveld van onbekende klanken te begrijpen wat ze zeiden. Hij dacht dat juffrouw Pearson net zo was en als dat inderdaad zo was, kon hij een paar zware weken tegemoetzien.

## De haven van Londen

'Ik hoop dat ik niets vergeten ben,' zei Dolly terwijl ze de lichtgewicht jas van haar schouders trok.

Lulu's maag was van slag door alle opwinding en ze had het gevoel dat ze al glimlachte sinds ze die ochtend vroeg was opgestaan.

'Volgens mij heb je zelfs het aanrecht bij je,' antwoordde ze. 'Je hebt genoeg kleren meegenomen voor een heel jaar.'

Ze dacht aan haar eigen hutkoffer en koffer en keek toen achterom naar de taxi die achter hen aan reed. Dolly had liefst twee hutkoffers bij zich. Die waren beide op het dak gebonden en daarnaast waren nog haar andere koffers op elkaar gestapeld. Dat betekende dat Freddy en Bertie een derde taxi hadden moeten nemen en ze in konvooi reden.

'Je weet maar nóóit wat je misschien nodig hebt,' zei Dolly. Ze stak een sigaret op en vulde de taxi met rook. 'Ik bedóél, liefje, wat dráág je in vredesnaam in Tasmanië?'

Lulu draaide het raampje open om adem te kunnen halen. 'Kleren die geschikt zijn voor het platteland, denk ik,' zei ze peinzend. 'Het is al zo lang geleden dat ik daar ben geweest en toen lette ik er niet op.' Ze keek naar de rode jurk en het klokhoedje van haar vriendin, naar de elegante kalfsleren handschoenen en schoenen en naar de slanke benen in zijden kousen. Ze kon zich misschien niet veel herinneren, maar was bang dat Dolly veel te chic gekleed was voor Tasmanië.

Ze streek met haar vingers over haar nieuwe jurk en bewonderde de manier waarop de zijdeachtige blauwe stof over haar knieën viel. De bijpassende jas die ze opgevouwen naast zich op de bank had gelegd, viel soepel vanaf de schouders zodat hij zwierde als ze liep en haar hoge pumps met hun T-bandjes waren prachtig. Lulu ervoer een nieuw, bedwelmend gevoel van vrijheid en toen de taxi langs een grote loods met een bord VERTREK erop reed, vroeg ze grijnzend aan Dolly: 'Ben je net zo opgewonden als ik?'

Dolly pakte haar hand en kneep er even in. 'Natúúrlijk, liefje. Dit wordt echt helemaal te gék en ik kan bijna niet wáchten tot we aan boord kunnen.'

'Heb je je-weet-wel al gezien of gehoord?'

Met een grimas zei Dolly: 'Ik liep hem in Harrods tegen het lijf. Behoorlijk náár, want ik was samen met Freddy.'

'Wat gebeurde er toen?'

'Gelukkig hield Freddy zijn mond over Australië en waren we allemaal griezelig belééfd tegen elkaar en slaagde ik erin niet te rillen elke keer dat hij naar me keek.' Ze nam een trek van haar sigaret en fronste haar wenkbrauwen. 'Het is zó'n opluchting dat ik nu wegga. Ik weet niet of ik hem nog veel langer had kunnen ontlopen. Tegen de tijd dat we terug zijn, is hij me hoop ik helemaal vergeten.'

'Dat hopen we maar,' mompelde Lulu toen de taxi stopte. Toen ze uit de taxi klauterden, keek Lulu gebiologeerd naar het tafereel voor haar.

Het haventerrein was gigantisch en er was overal bedrijvigheid. Gigantische schepen werden gelost door naar het leek wel honderden stuwadoors. Hun geroep mengde zich met de schorre kreten van zeemeeuwen en het geratel en getrappel van paarden, wagons en karren op de kinderkopjes. Zeelieden zwabberden dekken en ontwarden touwen, of leunden nietsdoend of rokend op de reling van hun schip om met zeelieden op andere schepen te kletsen. Kleine bootjes voerden bedrijvig heen en weer tussen de schepen en leverden vracht of passagiers af. Gigantische kranen staken af tegen de met rook bezwangerde lucht en deponeerden tonnen kolen in de ruimen van de schepen.

'Kom op, liefje, de mannen zorgen wel voor de bagage en betalen de taxi's, dan gaan wij eens kijken waar we ons moeten melden. Geef me je paspoort.'

Lulu wendde zich af van het bedrijvige tafereel, gaf Dolly haar paspoort en liep achter haar aan de donkere vertrekloods in. Ze wist eigenlijk niet wat ze had verwacht, maar zeker niet de eindeloze slingerende rij die als een kruipende slang in de richting van een rij tafels schuifelde.

'Deze kant op,' zei Dolly die zelfverzekerd naar de andere kant van de loods liep waar één tafeltje stond, bemand door een jonge man in een wit uniform. Op het bordje op zijn tafel stond: PASSAGIERS EERSTE KLAS.'

'We reizen niet eerste klas,' siste Lulu, en ze probeerde Dolly tegen te houden.

Dolly grijnsde en zwaaide met de tickets. 'Ik dacht dat we wel een cadeautje hadden verdiend.' Toen ze Lulu's geschrokken gezicht zag, voegde ze er snel aan toe: 'Ik heb ze betaald, liefje, maak je geen zorgen.'

'Maar ik kan niet...'

'Het is al gebeurd,' zei Dolly, en ze overhandigde de tickets en de paspoorten met een koket gebaar aan de jonge officier.

'Dolly,' mompelde Lulu boos, 'dat kun je niet doen. Ik ben geen arm familielid of zo. Als ik eerste klas had willen reizen, had ik dat heel goed zelf kunnen betalen.'

'Doe niet zo vervelend, liefje. Beschouw het maar als een vroeg kerstcadeautje.'

Lulu beheerste zich. Dat was echt iets voor Dolly, overdreven gul, maar zich er absoluut niet van bewust hoe vernederend haar bijna gedachteloze gulheid kon zijn. Ze zóú een manier vinden om haar dat geld voor die tickets terug te betalen.

'Daar zijn jullie,' zei Bertie. 'Het is net alsof je een naald in een hooiberg zoekt.' Hij zag het bordje en fronste. 'Ik wist niet dat jullie eerste klas zouden reizen.'

'Ik ook niet,' antwoordde Lulu droogjes.

'Ik heb besloten dat we onmógelijk tussendeks kunnen reizen,' zei Dolly. 'Te erg voor wóórden gewoon. Waar is Freddy?'

'Hier ben ik, beste meid.' Freddy kwam erbij staan. 'Ik dacht al dat jullie waren vertrokken zonder afscheid te nemen.'

'Lieve Freddy, dat zou ik nooit doen.' Dolly drukte een zoen op zijn wang en trok zachtjes aan zijn snor. 'Gekkerd.'

Bertie gromde, geïrriteerd of gegeneerd, en leidde hen door de drukte naar de kade. 'Jullie moeten een van de ferry's naar de *Ormonde* nemen,' zei hij. 'Het schip ligt daar.'

Lulu keek over het water naar het schip dat de eerstvolgende zes weken hun thuis zou zijn. Het was een indrukwekkend schip met een dubbele schoorsteen en voor en achter hoge masten. Toen ze naar het elegante vaartuig keek, bekroop haar opeens een gevoel van twijfel. Haar besluit om te vertrekken had zo veel mensen gekwetst en Clarice had het haar kennelijk nog niet vergeven, want ze was niet op de kade.

Dolly leek haar gedachten aan te voelen en pakte haar zachtjes bij de arm. 'Zullen we hier maar afscheid nemen?' mompelde ze. 'Ik weet niet hoe het met jou zit, maar ik háát langdurig afscheid nemen. Uiteindelijk weet je écht niet meer wat je moet zeggen.'

'Ik bedacht dat ik misschien met jullie mee zou kunnen gaan,' zei Freddy opeens. 'Ik weet zeker dat ik nog wel een kooi kan krijgen, zelfs nu nog.'

Dolly gruwde zichtbaar van dit voorstel. 'Het spijt me, Freddy,' sputterde ze, 'maar je kunt alles niet zomaar laten vallen na je promotie bij de bank. En voor je het weet, zijn we weer terug.'

Bertie sloeg met een broederlijk gebaar een arm om de schouder van de verdrietige Freddy. 'Freddy weet heel goed dat het waanzin zou zijn dit allemaal op te geven en ze zullen hem wel aan het werk houden in de directiekamer. Hij kan dus echt niet mee op een cruise.'

Freddy keek hulpzoekend naar Dolly en was zichtbaar verscheurd. 'Weet je zeker dat je niet wilt dat ik met je meega?'

Dolly omhelsde hem. 'Ga maar lekker met het geld van je familie spelen, lieve jongen, en maak je over ons maar geen zorgen. Als ik terugkom, verwacht ik dat je griezelig veel succes hebt geboekt.'

Lulu gaf Bertie een hand terwijl Dolly vurig afscheid nam van Freddy.

Bertie's glimlach bereikte zijn donkere ogen niet. '*Bon voyage*, Lulu. Blijf niet te lang weg en vergeet niet dat ik grootse dingen van je verwacht. Stel me niet teleur.'

Lulu en Dolly werden in de ferry geholpen die was volgeladen met bagage. Dat was niet echt gemakkelijk op hoge hakken, en Dolly's hoed werd bijna weggeblazen door de wind die over het water scheerde. Lachend en grapjes makend zochten ze een zitplaats en draaiden zich om, om naar de mannen op de kade te zwaaien.

Terwijl ze wachtten tot het bootje de haven zou verlaten, zocht Lulu in de menigte naar het ene gezicht dat ze echt wilde zien, maar natuurlijk was Clarice in geen velden of wegen te bekennen. Ze zou moeten accepteren dat haar oudtante niet van plan was haar een goede reis te wensen.

Clarice had weg willen blijven, maar na een rusteloze nacht had ze besloten haar gevoel te volgen. Nu zat ze achter in een taxi en keek naar de beide meisjes die met hun belachelijke schoenen in de ferry klauterden. Lorelei zag er gelukkig uit, maar Clarice zag wel dat ze continu de kade afkeek alsof ze iemand zocht. Clarice vroeg zich af of Lulu wist dat ze hier zou zijn om haar uitgeleide te doen.

Wat was ze toch een lafaard, dacht ze; wat slap dat ze niet uit deze taxi stapte en het meisje liet weten dat ze het haar had vergeven, dat ze van haar hield en haar nu al miste. Maar er waren anderen om haar uit te zwaaien die niet bang waren hun liefde te tonen. Lorelei zou haar waarschijnlijk niet eens missen.

Clarice bleef bij haar besluit en glimlachte toen Lorelei lachte om iets wat Dolly zei. Ze zag er prachtig uit met haar mooie haar wapperend in de wind, en haar blauwe ogen zouden worden geaccentueerd door de kleur van haar jurk en glinsteren van opwinding.

De trossen werden van de kaapstanders gehaald en netjes opgerold op het dek van de ferry gelegd. Toen het bootje vertrok in de richting van de verre kust, toeterde het een paar keer uitdagend met zijn gedrongen schoorsteen.

De meisjes zwaaiden naar hun vrienden op de kade en even kon Clarice hen niet meer zien doordat de mannen het uitzicht blokkeerden. Ze liepen een stukje door en Clarice leunde naar voren omdat ze Lorelei, die nu naar de *SS Ormonde* werd gebracht, niet uit het oog wilde verliezen.

Toen de ferry om de *Ormonde* heen voer, kon ze hem niet meer zien en ze liet zich achterovervallen en sloot haar ogen. 'Vaarwel, mijn lieve meid,' fluisterde ze. 'En God zegene je vaart.'

'Gaat het, dame?'

Ze knikte naar de Londense taxichauffeur en wuifde zijn bezorgdheid hooghartig weg. 'U mag me terugbrengen naar het hotel,' zei ze. 'Ik heb genoeg gezien.'

De afgelopen maanden, waarin hij Lulu Pearson door Londen en weer terug naar Sussex had gevolgd, waren heel interessant geweest. De krantenartikelen over haar geslaagde tentoonstelling en de lijkschouwing van haar vriend Maurice waren zorgvuldig uitgeknipt en bij het kantoor afgeleverd, samen met informatie over haar bezoek aan de notaris van haar tante en haar voorgenomen reis met de *Ormonde*. Het enige wat hij nu nog moest doen, was zijn eindverslag schrijven en dan was hij klaar.

Nog lang nadat de taxi met Clarice was weggereden en de *Ormonde* het anker had gelicht, stond hij op de kade. Hij voelde zich ongemakkelijk. Er was nooit een echte verklaring gegeven voor zijn opdracht om Lulu in de gaten te houden en jaarlijks een verslag naar het Londense notariskantoor te sturen en tot op dat moment had hij dat geen enkel probleem gevonden. Hij was blij geweest met de royale vergoeding, had geen enkele reden gehad om aan zijn instructies te twijfelen en had ze tot op de letter opgevolgd. Maar nu sloeg de twijfel toe.

De zaak had zich snel ontwikkeld na die eerste brief uit Tasmanië en zijn jarenlange ervaring als privédetective had hem voldoende over de menselijke natuur geleerd om te weten dat er iets niets klopte. Iemand manipuleerde Lulu Pearson en hij vond het onplezierig dat hij geen idee had wie dat was en waarom deze persoon dat deed.

Lulu en Dolly hadden hun hut bekeken en de mooie dekbedhoezen, het comfortabele meubilair, de slim ontworpen opbergruimtes en de enorme boeketten van hun vrienden bewonderd. Nu de zon onderging, zaten ze weggedoken in hun jas tegen de vlijmscherpe wind die over de Thames waaide en nipten ze van de champagne die Lulu bij hun steward had besteld.

Nu het tijdstip van vertrek naderbij kwam, werd het steeds drukker op het dek en de opwinding was voelbaar. Lulu leunde over de reling en zag dat de matrozen ver onder haar de trappen aan de zijkant van het schip ophaalden en met touwen vastbonden. Zij en Dolly hadden hun schoenen moeten uittrekken toen ze via die trappen naar boven klommen – een grappige onderneming, want de meeste andere vrouwen waren ook zo dom geweest om schoenen met hoge hakken te dragen. Tegen de tijd dat ze het dek hadden bereikt, hadden ze ladders in hun kousen, maar ook al veel vrienden gemaakt. Ze keek naar de havens en volgde met haar blik de rivier die naar de horizon en de open zee liep.

'Knijp me eens, Dolly, zodat ik weet dat dit echt is.'

Dolly gaf haar lachend een zacht kneepje in haar wang.

Ze schrokken van het getoeter uit de beide schoorstenen en toen de *SS Ormonde* langzaam van de kade voer, hief Lulu haar glas als een stille groet aan Clarice en beloofde dat ze zou terugkeren. Daarna draaide ze zich om naar Dolly, met een brede en opgewonden glimlach. 'Op onze vriendschap, op een probleemloze overtocht...'

'En op Australië,' riep Dolly. Ze klonken en dronken het laatste restje champagne op terwijl de haven van Londen langzaam uit het zicht verdween.

# 5

Toen augustus overging in september merkte Clarice dat de avonden waren gevuld met een drukkende duisternis die haar leek te verstikken. Ze had het zachte gekreun en gekraak van het oude familiehuis altijd heel aangenaam gevonden. Nu gaf het vertrouwde geklaag haar niet langer een gevoel van kameraadschap, maar herinnerde het haar eraan dat ze op Vera Cornish in haar zolderkamer na alleen was.

Met haar ogen wijd open lag ze slapeloos te luisteren naar het geratel van de waterleidingen, het gefluit van de nachtlucht door de schoorsteen en het gezucht van het hout. Het huis leek te ademen, alsof het ook niet kon slapen of ontspannen. Ze was niet bang in het donker want in spoken had ze nooit geloofd, en tot nu toe had ze altijd genoeg gehad aan zichzelf, maar nu ze lag te wachten tot de zachte gloed van de ochtendzon de schaduwen in de hoeken verjoeg, werd ze door herinneringen geplaagd. Sinds Lorelei's vertrek kwamen die herinneringen elke nacht: ze waren angstaanjagend en hardnekkig en eisten te worden herleefd. Clarice werd gekweld door het verdriet en de schande die ze opriepen.

Ze sloot haar ogen en gaf haar verzet eindelijk op, want Lorelei zou algauw in Australië aankomen, en daar was het allemaal begonnen.

## Sydney, Australië, december 1886

Elf maanden lang had Clarice geprobeerd Lionel te ontlopen, maar in deze kleine gemeenschap was dat vrijwel onmogelijk gebleken. Hij was attent voor haar geweest en plaagde haar soms goedmoedig, vriendelijk als een oudere broer, maar zij had zich ongelooflijk tot hem aangetrokken gevoeld. Ze was dan ook blij geweest toen hij voor een militaire opdracht een paar weken naar Sydney was vertrokken.

Elke nacht bad ze om kracht om de gepassioneerde liefde die ze nog altijd voor de echtgenoot van haar zus voelde te verdringen en ze dwong zichzelf om zich gereserveerd en koel te gedragen als hij in de buurt was. Na een paar maanden leek het alsof ze hierin was geslaagd, want niemand had iets gemerkt van de verwarring onder haar rustige uiterlijk.

Ze had altijd een oppervlakkige relatie gehad met haar zus; eigenlijk kenden ze elkaar niet goed door het leeftijdsverschil van vijf jaar en de jarenlange fysieke afstand. Maar tot Clarice' opluchting hadden ze door hun hereniging een beter begrip voor elkaar gekregen en ze hoopte dat dit zou uitgroeien tot een diepere vriendschap. Dit prettige vooruitzicht gebruikte ze als een soort schild tegen haar onberekenbare emoties.

Government House stond te midden van verschillende hectaren formele tuinen en keek uit op Farm Cove. Er was een veranda langs de hele oostmuur van het huis en aan de voorzijde was een indrukwekkende zuilengang aangebracht. Clarice stond samen met Eunice in de schaduw van een boom te genieten van de verkoelende zeewind die door de baaien en inhammen van de gigantische haven blies. Ze waren naar het verjaardagsfeest van de gouverneur gekomen en hoewel het een groot huis was, hing er door het grote aantal mensen een verstikkende atmosfeer in de salons. 'Ik moet zeggen,' zei ze met een blik op het indrukwekkende gebouw, 'dat het een bijzonder sierlijk gebouw is.'

Met een afkeurende blik op het huis zei Eunice: 'Het is veel te kasteelachtig, heeft veel te veel kantelen en is overdreven pompeus. Een onmogelijk gebouw als je het mij vraagt.'

Clarice glimlachte en depte het zweet van haar gezicht. Eunice zei altijd precies wat ze dacht en ze moest toegeven dat het huis niet leek te weten welke stijl het wilde uitstralen en bijzonder misplaatst leek in deze exotische setting. De tuinen waren echter prachtig, met perken vol kleurrijke bloemen, weelderige varens, tere eucalyptussen en hoge pijnbomen, en ze bleef het heerlijk vinden ze te bezoeken. Zelfs de vogels in alle kleuren van de regenboog voegden kleur toe en hoewel de schrille kreten van de wadende ibissen en de gulzige meeuwen pijn deden aan haar oren, konden ze de melodieuze klanken van de zangvogels toch niet helemaal overstemmen.

Clarice keek in de zon en realiseerde zich weer hoe ontzettend ver ze van huis was. Ze nam de hand van haar zus in de hare, dankbaar dat ze elkaar weer hadden gevonden.

Eunice gaf een kneepje in haar hand, kennelijk begreep ze wat Clarice dacht, en bevestigde zwijgend de nauwe band die tussen hen ontstond.

Clarice keek naar haar zus wier donkere haar en ogen werden geaccentueerd door de lila middagjapon en de paarse zijden hoed met linten eraan. Ze leek veel jonger dan ze was en zag er zoals altijd koel, beheerst en knap uit. Clarice voelde een steek van jaloezie omdat zij, in tegenstelling tot haar zus, wél last had van de afmattende hitte.

Eunice leek zich bewust van haar ongemak. 'Ik zie dat je mijn advies voor geschikte kleding in de wind blijft slaan,' zei ze droog. 'Je gezicht is vuurrood, Clarry, en dat is niet bepaald flatteus.'

Clarice greep haar parasol steviger vast. 'Ik heb last van de hitte, niet van mijn kleren,' mompelde ze uitdagend.

Eunice trok een wenkbrauw op. 'Je zou de hitte niet eens voelen als je jezelf niet zo zou insnoeren,' antwoordde ze.

'Het is niet netjes om je half gekleed te vertonen.' Clarice wendde zich af en deed net alsof ze in beslag werd genomen door wat meeuwen boven een vissersboot die naar de haven koerste. Het leek wel alsof ze niemand tevreden kon stellen en ze had het veel te warm voor alwéér een discussie over haar kleren.

'Als dat zo is, is iedere vrouw in Australië niet netjes gekleed,' zei Eunice boos, 'maar zij hebben in elk geval geen rood gezicht en hoeven niet bang te zijn voor een zonnesteek.' Ze leek zich te beheersen en zei met een zachte blik in haar ogen: 'Vroeger wist je altijd precies wat je wilde en was je altijd zo verstandig, Clarry. Waarom laat je je zo koeioneren door Algernon?'

'Hij koeioneert me niet.'

'Hij zegt wat je moet aantrekken, met wie je moet praten en naar welke feestjes en ontvangsten je moet gaan,' zei Eunice, 'en ik vermoed dat hij zelfs bepaalt welke boeken en kranten je leest.' Ze pakte Clarice' hand om haar te laten voelen dat ze het vriendelijk bedoelde. 'Ik weet dat het niet gemakkelijk zal zijn om met Algernon te leven – hij lijkt ontzettend veel op Papa – maar je moet echt voor jezelf opkomen, Clarice.'

Clarice schaamde zich ontzettend, ze wist hoe slap Eunice haar zou vinden en hoe gemakkelijk ze zich aan Algernons regels had aangepast ondanks de spanning en het ongemak die ze opriepen. 'Je begrijpt het niet,' zei ze zacht, en ze boog haar hoofd zodat de rand van haar hoed haar gezicht beschaduwde.

'Volgens mij begrijp ik je wel.' Eunice keek haar met haar bruine ogen meelevend aan. 'Je hebt het gevoel dat je hem hebt teleurgesteld door hem geen kinderen te geven, en dat is belachelijk. Zijn eerste vrouw heeft hem ook geen kinderen geschonken en waarschijnlijk is het dus zijn schuld en niet die van jou.'

Clarice voelde dat ze bloosde door dit intieme gesprek en wilde net protesteren toen Eunice snel doorpraatte.

'Hij is erg aan zijn ouderwetse manieren gehecht en kan zich maar moeilijk aanpassen aan de manier waarop we de dingen hier doen. Volgens mij voelt hij zich onzeker – als een vis op het droge, zou je kunnen zeggen – en hoewel hij zich in het openbaar autoritair blijft gedragen, is zijn enige houvast zijn zeggenschap over zijn huishouden en jou. Daarom weigert hij naar goede raad te luisteren en blijft hij jou zijn wil opleggen.'

Clarice keek naar haar zus en was zich bewust van het inzicht en gezond verstand die ze onder woorden had durven brengen. Ditzelfde had zijzelf ook meer dan eens gedacht, dus waarom had ze het dan genegeerd? 'Je hebt gelijk,' gaf ze toe. 'Maar het zal niet gemakkelijk zijn om tegen zijn wensen in te gaan. Daar moet ik het juiste moment voor zien te vinden.'

'Wacht er niet te lang mee, Clarry, anders ga je eraan onderdoor.' Toen Eunice zag dat Algernon eraan kwam, knipte ze haar parasol open en zei grimmig: 'We hebben het er nog wel eens over.'

Clarice verwelkomde haar man met een hartelijke glimlach, maar haar hart sloeg al op hol bij de gedachte dat ze tegen hem in zou gaan.

Drie dagen na dat gesprek had Clarice haar dienstmeisje vrij gegeven; ze wilde niet dat zij getuige was van haar angstige besluiteloosheid. Ze stond in haar slaapkamer en probeerde moed te verzamelen. Ze was de hele ochtend bezig geweest om zich voor te bereiden op deze lunch, en de slaapkamer lag vol kleren, schoenen en hoeden.

De lichtblauwe katoenen rok met slechts één petticoat eronder voelde licht en hoewel het bijpassende jasje gevoerd en strak was, bedekte het alleen maar een dunne onderjurk en voelde het zacht en koel aan tegen haar huid. Ze liep door de slaapkamer en genoot van het feit dat ze zonder het korset vrij kon ademen en van de manier waarop de katoenen stof langs haar blote benen streek. Het gevoel van bevrijding was gewaagd en opwindend, maar tegelijkertijd voelde ze zich naakt en kwetsbaar.

Haar blik viel op de petticoats die ze over een stoel had gegooid, op de afgezworen kousen en korsetten die ze op de grond had gegooid. Kon ze dit écht wel doen? Zou ze echt de moed hebben om Algernon zo onder ogen te komen en hem in het openbaar te trotseren?

'Ik moet wel,' mompelde ze, 'de hitte is erger dan ooit en ik ga dood als ik dit niet doe.' Ze rechtte haar schouders en keek in de grote muurspiegel die ze de hele ochtend had genegeerd.

Haar blauwe ogen keken haar aan met een schroom die overging in verbazing toen ze naar haar spiegelbeeld keek en zich realiseerde dat ze er net zo uitzag als anders, ondanks het feit dat ze zich had ontdaan van twee derde van haar garderobe.

Haar blonde haar was uit haar gezicht gekamd en in een zee van krullen boven op haar hoofd gespeld, het strooien hoedje dat haar tegen de zon moest beschermen, stond vrolijk schuin op haar hoofd. Het keurige, hooggesloten jasje accentueerde haar smalle taille, net zoals toen ze er nog een korset onder droeg, en haar schuingesneden rok viel strak over haar heupen tot hij aan de zijkant als een waterval van franjes bij elkaar kwam en de zijden zoom van haar ene petticoat liet zien. Ze giechelde van plezier. Eunice had gelijk. Ze voelde zich ontzettend koel en vrij, en zelfs Algernon zou geen idee hebben waarom.

Met een bijna roekeloze nonchalance depte ze wat parfum op haar pols en hals, deed paarlemoeren knopjes in haar oren en pakte met veel bravoure haar met franje versierde parasol. Ze haalde diep adem, deed de deur van haar slaapkamer open en stapte met een zelfverzekerd gevoel de overloop op. In de verte hoorde ze de bedienden in de keuken, maar gelukkig was Algernon nergens te bekennen. Snel liep ze de trap af, de voordeur uit en de trap af naar het pad langs het gazon.

Zich bewust van haar houding en met bonzend hart knipte ze haar parasol open en ze liep in de richting van het prieel waar ze zouden lunchen. De tuinlieden harkten het pasgemaaide gazon, en een van de dienstmeisjes kwam de keuken uit om kruiden te plukken als garnering voor de vis. Dit zou de eerste test zijn en ze wapende zich tegen hun blik en hun gegiechel, klaar om het huis weer in te rennen en fatsoenlijke kleren aan te trekken.

De tuinlieden raakten hun hoed even aan ter begroeting en gingen zonder haar nog een blik waardig te keuren door met harken. Het dienstmeisje maakte een reverence en ging door met peterselie knippen. Clarice realiseerde zich dat ze haar adem had ingehouden en toen ze het prieel had bereikt, liet ze zich dankbaar in een rieten stoel vallen en probeerde zich te ontspannen. De echte test moest nog komen.

Even later arriveerde Eunice met veel geritsel van katoen en kant. 'Je lijkt wel een plaatje zoals je hier tussen de bloemen zit,' zei ze toen ze elkaar omhelsden. Ze kneep even in Clarice' taille. 'En eindelijk zo vrij,' mompelde ze met een goedkeurende glimlach.

Paniekerig trok Clarice zich terug. 'Kun je het zien?'

'Maak je geen zorgen, Clarry,' antwoordde ze snel. 'Alleen een omhelzing kan je verraden en omdat we niet naar een bal gaan, kun je gerust zijn.'

Clarice giechelde. 'O, Eunice, je bent me er eentje!' Ze pakte haar hand. 'Bedankt dat je zo vroeg bent gekomen. Je wist natuurlijk dat ik mijn grote zus vandaag nodig had.'

'Je moet Gwendoline bedanken voor onze vroege komst,' antwoordde ze droog. 'Ze heeft haar vader de hele ochtend al aan zijn hoofd zitten zeuren omdat ze jouw renstal wilde bezoeken en was behoorlijk kwaad omdat ik zo veel tijd nodig had om me klaar te maken. Klopt het dat Algie een nieuw paard heeft gekocht?'

Clarice' hart sloeg een slag over. Ze had zich niet gerealiseerd dat Lionel alweer terug was uit Melbourne. Ze vermande zich en knikte. 'Hij heeft me verteld dat het een echt raspaard is en meneer Reilly lijkt ervan overtuigd dat hij het goed zal doen tijdens de rennen. Maar met zijn schofthoogte van ruim één meter zestig en nog niet helemaal getemd, zal Sabre wel te wild zijn voor Gwendoline.'

'Helaas zal mijn dochter het daar niet mee eens zijn en één waarschuwend woord van mij zal haar alleen maar vastbeslotener maken. Laten we maar hopen dat Lionel haar ervan af kan brengen, want hij is de enige naar wie ze luistert.'

Clarice hoorde de bittere toon in haar stem en vroeg met een scherpe blik op haar zus: 'Veroorzaakt Gwendoline veel problemen?'

Eunice beet op haar lip. 'Gwen veroorzaakt altijd problemen,' zei ze op vlakke toon. 'Ze lijkt veel te veel op haar vader en ik word doodmoe van die twee.'

'Ik wist niet...'

Eunice haalde haar schouders op en draaide haar parasol rond. 'We zijn allebei getrouwd met een man die zijn leven wijdt aan carrière en mannelijke pleziertjes. Dat heb ik al lang geleden geaccepteerd en geleerd er het beste van te maken.' Boos voegde ze eraan toe: 'Ik had gehoopt dat mijn kind vaker mijn partij zou kiezen, maar ze blijkt even koppig en egoïstisch als Lionel als het erop aankomt haar zin door te drijven.'

Clarice zag de pijn in haar ogen en zei beschaamd: 'Je hebt naar al mijn klachten geluisterd en ondertussen heb ik niet eens gemerkt hoe ongelukkig jíj bent.'

Eunice knipperde tegen de felle zon. 'Het lijkt wel alsof alle vrouwen hun gevoelens verbergen achter een masker van goede manieren. Alleen als we alleen zijn of met degenen met wie we ons verbonden voelen, durven we de waarheid onder ogen te zien.' Met tranen in haar donkere ogen keek ze Clarice aan. 'Ik heb er zo naar verlangd dat Gwen van me hield, maar het lijkt wel alsof ik als moeder heb gefaald. Nu hou ik niet meer van mijn eigen kind, ik begrijp haar zelfs niet eens meer.'

'O, Eunice,' zuchtte ze.

'Het is mijn eigen schuld,' bekende ze en ze depte haar ogen droog met een zakdoekje. 'Ik was zo blij dat Lionel betoverd werd door zijn dochter dat ik heb toegelaten dat hij haar verwende. Het kind aanbidt hem, ziet zijn fouten niet en beschouwt mij zo ongeveer als een indringer. Ze tolereert mijn aanwezigheid alleen als hij weg is, maar ik raak helemaal overstuur van haar woede-uitbarstingen.'

'Misschien helpt een harde tik op haar billen,' zei Clarice droog.

Met een beverig glimlachje zei Eunice:. 'Denk maar niet dat ik dat niet heb geprobeerd, maar dat leidt alleen maar tot dagenlang gemok. En inmiddels is ze bijna dertien, veel te oud dus voor een tik.'

Clarice was het daar niet mee eens, maar zei niets. 'Misschien zou Lionel haar moeten leren gehoorzamen,' mompelde ze.

'Ze is een en al glimlach als hij in de buurt is, zodat hij haar nooit meemaakt als ze op haar ergst is. Hij weigert te geloven dat zijn schattige dochter iets verkeerds kan doen, ondanks alles wat ik zeg,' besloot ze bitter.

'Wat jammer dat ze niet naar Londen is geweest om haar opvoeding af te ronden,' mompelde Clarice. 'Dan had ze zeker geleerd te gehoorzamen.'

'Lionel weigerde haar te laten gaan.' Eunice zat in de schaduw van het prieeltje en nam een glas gekoelde limonade. 'God,' zuchtte ze, 'ik haat het hier. Ik wilde dat ik naar huis kon.'

'Ik ook. Maar we zitten hier vast tot onze mannen moeten vertrekken, dus moeten we er maar het beste van maken.' Ze pakte haar glas limonade en nam een slokje. 'Jij bent in elk geval uit liefde getrouwd, Eunice,' zei ze weemoedig. 'Dat zal toch wel een troost voor je zijn.'

Eunice nam een slokje uit het kristallen glas, met een ondoorgrondelijke uitdrukking op haar gezicht. 'Ik neem aan van wel,' antwoordde ze.

Clarice wilde hier net op doorgaan toen Lionel achter in de tuin verscheen. Gwendoline hing aan zijn arm. Hij zag er even elegant en knap uit als anders, en haar hartslag versnelde, maar na Eunice' ontboezemingen wendde ze haar ogen van hem af en keek naar het meisje naast hem. Ze droeg een roze met witte katoenen jurk met een leuke strooien hoed op haar donkere krullen. Ze was lang en slank, en zelfs van deze afstand was goed te zien dat ze heel knap zou worden.

Clarice keek naar hen en realiseerde zich dat ze helemaal in elkaar op gingen. Lionel lachte om iets wat ze zei en Gwendoline keek hem bewonderend aan. Er ging een steek van jaloezie door haar heen. Geen wonder dat Eunice zich in hun aanwezigheid zo buitengesloten voelde.

'Goedemiddag, tante Clarice,' zei Gwendoline. Haar bruine krullen dansten terwijl ze een reverence maakte. 'Ik ben net bij Sabre geweest en pappie zegt dat ik op hem mag rijden als u dat goedvindt.' Ze knipperde en keek Clarice met grote ogen smekend aan. 'Zeg alstublieft ja, tante Clarice, u weet hoeveel uw goedkeuring voor me betekent.'

Clarice realiseerde zich dat het meisje Eunice' groet negeerde en was niet van plan zich door haar verlangen en gevlei te laten overhalen. 'Je moet oom Algernon om toestemming vragen,' zei ze op kille toon, 'Sabre is zijn paard.'

Het meisje haalde haar schouders op, bleef Eunice negeren en keek met getuite lippen naar Lionel op. 'Dat gaat u hem wel vragen, hè pappie?'

'Natuurlijk, liefje.' Lionel grijnsde en zoende de lucht boven Clarice' vingers, met een glimlach in zijn ogen. 'Ik lijk mijn dochter niets te kunnen weigeren,' zei hij, 'ook al is Sabre waarschijnlijk te veel gevraagd voor zo'n tengere kleine meid.'

Clarice hield een scherpe opmerking binnen. Gwendoline was dan misschien wel slank, haar slanke lichaam verborg wel een stalen kern die was ontstaan door vele uren op een paard. En wat die kleine meid betreft... Clarice zag dat ze een verleidelijke blik had die nogal verbijsterend was voor een meisje van nog geen dertien, zodat Clarice alleen maar problemen voorzag. Na deze absurde uitspraak trok ze een wenkbrauw op, maar een antwoord werd haar bespaard doordat Algernon samen met hun laatste gasten arriveerde.

Ze was vreemd rustig toen zijn onverschillige blik over haar heen gleed en hij haar voorstelde aan de minister van Financiën en zijn vrouw. Na Eunice' ontboezemingen en Gwendoline's vrouwelijke verleidingskunsten had ze iets veel belangrijkers om zich druk over te maken dan het ontbreken van korsetten en petticoats.

Clarice gaf haar pogingen om in slaap te vallen op en gooide de dekens van zich af. Ze glipte in haar slippers en trok de wollen ochtendjas over haar pyjama aan. Het was nog geen ochtend, zag ze toen ze de gordijnen opentrok, maar de geur van kamperfoelie dreef door het open raam naar binnen en ze snoof de geur met minder plezier op dan anders.

Die dag, zo lang geleden en aan de andere kant van de wereld, was het begin geweest van haar openlijke ongehoorzaamheid aan Algernon. Ze had nooit weer een korset of handschoenen gedragen, behalve 's avonds tijdens een receptie of een bal, en ze was elk boek en elke krant gaan lezen die ze kon vinden, maar verstopte ze wel voor Algernon in een la in haar slaapkamer.

Samen met Eunice had ze concerten, theevisites en soirees bezocht, waar dichters voorlazen uit eigen werk of de gasten door musici werden vermaakt. In feite waren het onbelangrijke daden van opstandigheid, maar er was heel veel moed voor nodig voor iemand die was opgevoed door een vader die totale gehoorzaamheid had geëist.

Met een wrange glimlach dacht Clarice dat haar verzet tegen Algernons macht in die tijd zo vermetel had geleken, maar de jonge mensen van tegenwoordig zouden het onbelangrijk vinden. Geen enkele jonge vrouw zou zich immers een dergelijke vorm van mannelijke overheersing laten welgevallen. En toch was ze niet jaloers op de onafhankelijkheid waar ze voor streden, want hoewel die enkele vrouwen de kans en de vrijheid had geschonken om hun eigen carrière na te jagen, vermoedde ze dat deze geweldige nieuwe wereld veel moeilijker te doorgronden was dan de oude en dat de toekomst van veel vrouwen door het neerhalen van deze maatschappelijke beperkingen en tradities veel onzekerder was geworden.

Ze trok haar ochtendjas strakker om zich heen en rilde ondanks de zachte ochtend. Tot dat moment al die jaren geleden had ze nooit invloed gehad op haar eigen lot, er was altijd een meester geweest die de weg had geëffend. Ze had een hoge prijs betaald voor de wetenschap dat vrijheid bedwelmend was, kon corrumperen als je er te lichtvaardig mee omging en dat, hoewel niemand van hen dat op die zomerse dag in Australië vermoedde, de donkere wolken van die corruptie zich al opstapelden.

Op die septemberdag die zo goed was begonnen, was het een drukte van belang op de renbaan van Spreyton Park in Tasmanië. De eigenaren uit Hobart hadden hun driejarige merrie de open handicap zien winnen en werden rijkelijk beloond voor hun lange reis toen hun hengstveulen verrassend als derde eindigde in de top klasse handicap. Joe liet hen alleen om dit feit te vieren en liep naar de stallen waar Bob zich voorbereidde op zijn rit met Starstruck in de maidenrace. Daar zou de jonge hengst voor het eerst meedoen en omdat Bob nog een nieuweling was, mocht hij zes pond minder gewicht dragen.

'Hij ziet er goed uit,' mompelde Joe, 'maar hij heeft vanmiddag veel concurrentie. Geef hem niet te snel de vrije teugel.' Hij keek naar de prachtige ruin die uit de stal ernaast werd geleid en knikte naar de trainer met zijn wezelachtige gezicht. 'Als Holt hier is, verwacht hij te winnen,' mompelde hij. 'Houd je grapjes dus maar voor je en kijk uit voor zijn jockey. Grote kans dat hij in iets zijn schild voert.'

Bob, die er schitterend uitzag in zijn groen-wit-oranje jockeykleren pakte de teugels en probeerde er even ontspannen uit te zien als de andere jockeys, maar Joe kon wel zien dat hij net zo hard zweette als het veulen. 'Doe maar gewoon je best, *mate*,' zei hij, 'dan doet Starstruck de rest.'

'Komt zij dan niet?' Bob keek snel naar de menigte in de ring, zichtbaar teleurgesteld dat hij Eliza niet zag.

Joe schudde zijn hoofd. 'Dit stelt niets voor vergeleken met alles wat ze van Starstruck verwachten,' zei hij, 'maar als hij dit wint, zullen Eliza en haar vader waarschijnlijk wel naar de volgende wedstrijd in Hobart komen.'

Bob ontspande zichtbaar en liet de hengst een eindje lopen. 'Tot straks,' zei hij en hij liep naar de startlijn aan de andere kant van de baan.

Joe stak zijn handen in zijn zakken en keek aandachtig naar de hengst toen Bob hem aanspoorde tot een rustige handgalop. Starstruck bewoog zich goed en maakte vandaag een echte kans als Bob niet al te enthousiast werd en alles vergat wat hem was verteld.

'Hallo, Joe.'

Hij draaide zich om, zijn hartslag versnelde toen hij haar stem hoorde. 'Penny,' bracht hij uit, 'wat doe jij hier?'

'Ik ben hier samen met papa en Alec. We hebben een jonge merrie in de volgende race.'

Joe zag dat haar haar en haar oogleden glansden in het zonlicht en dat haar ogen zelfs nog dieper groenbruin leken dan hij zich herinnerde. Hij tikte aan zijn hoed, blij dat ze de andere kant van zijn gezicht niet kon zien. 'Hoe gaat het met je?' vroeg hij aarzelend.

'Goed,' antwoordde ze, 'en jij? Red je het een beetje op Galway House?'

Met moeite wendde Joe zijn hoofd af en deed hij net alsof hij naar de renbaan keek. Het was minder gemakkelijk dan hij had verwacht om haar na zo veel tijd terug te zien. 'We hebben nu tien paarden en eind deze maand komt er nog een bij. Ik heb nog twee leerlingen moeten aannemen en een meisje dat mijn moeder helpt met koken. Het kost me heel veel tijd om de betere jockeys over te halen om voor ons te rijden.'

'Na vandaag zal je dat minder moeite kosten,' mompelde ze. 'Zo te zien heb je een paar goede renpaarden.'

'Tot nu toe heb ik geluk gehad.' Hij keek haar even aan. De ongemakkelijke stilte duurde voort.

'Ik heb gehoord dat je Lorelei Pearsons hengstveulen in training hebt. Het heeft papa en mij verbaasd dat je zaken wilde doen met die familie.'

Joe keek verbaasd op haar neer. 'Hoe ken je juffrouw Pearson? Ze woont in Engeland en voor zover ik weet heeft ze geen enkele band met Tasmanië.'

'Ik heb die vrouw nog nooit ontmoet, maar ze heeft echt wel connecties hier. Haar moeder ken ik maar al te goed,' zei ze vol afschuw.

'Woont haar moeder hier?'

'Helaas wel. Gwendoline Cole bezit een kleine twintig hectare landbouwgrond in de buurt van Poatina.'

Hij hoorde de minachtende klank in haar stem en probeerde zijn tollende gedachten onder controle te krijgen. 'Wie is die vrouw en wat heeft ze gedaan om zo veel verachting te verdienen?'

Penny zette grote ogen op en zei: 'Lieve help, Joe, je woont je hele leven al in Tasmanië! Weet je dan helemaal niets?'

Hij zag dat de renpaarden en de jockeys zich bij de startlijn verzamelden en werd ongeduldig. Hij had geen tijd voor Penny's spelletjes. 'Ik luister niet naar roddels,' zei hij gespannen. 'Ik heb wel iets beters te doen.'

'Het zijn geen roddels, Joe. Het zijn harde feiten en als ik een week de tijd had, zou ik ze voor je opschrijven.' Ze keek over zijn schouder. 'Als je het over de duivel hebt,' siste ze, 'dat is ze, daar!'

Zijn nieuwsgierigheid kreeg de overhand en hij volgde haar blik naar de vrouw die bij de reling stond. Ze was jonger dan hij had verwacht, maar onbeschaamd, met glanzend bruin haar en een slank figuur gehuld in een bontjas. Naast haar stond een man en het was overduidelijk dat ze met hem flirtte. Ze keek hem met grote ogen aan toen hij haar sigaret aanstak, hield zijn handen vast om de vlam af te schermen en lachte. Als dat juffrouw Pearsons moeder was, dan zat hij er helemaal naast met haar leeftijd. 'Weet je dat zeker?'

Ze keek even naar de andere vrouw. 'Geen twijfel mogelijk,' zei ze zuur, 'een en al bontjas en waarschijnlijk geen ondergoed als je haar reputatie mag geloven. Ik vraag me af wie die arme man is die ze nu aan de haak wil slaan?' Ze wendde zich weer tot Joe, met een grimmige uitdrukking op zijn gezicht. 'Waarschijnlijk iemands echtgenoot, haar gebruikelijke doelwit. Als de dochter ook maar iets weg heeft van de moeder, zou ik me maar snel uit de voeten maken, Joe. Gwendoline Cole is een bedriegster en een leugenaarster, en doet niets liever dan problemen veroorzaken.'

Joe's eerdere goede bui was op slag verdwenen en hij dacht terug aan de onduidelijkheden rondom het eigendomsrecht van Ocean Child en de manier waarop het veulen via de geheimzinnige meneer Carmichael bij hem op stal was beland. Als het waar was wat Penny zei, was zijn eerdere wantrouwen terecht. Iemand wilde problemen veroorzaken. 'Je lijkt heel zeker van je zaak, Penny. Misschien moet je het maar eens uitleggen.'

'Mijn zus had de pech haar tijdens een springconcours te leren kennen. Gwen stond op de tweede plaats toen ze aan de laatste ronde moest beginnen. Ze heeft Julia het kampioenschap ontnomen door haar te beschuldigen van het stelen van een gouden armband. Dat had ze natuurlijk niet gedaan, maar die armband werd tussen Julia's spullen gevonden en ze kon op geen enkele manier bewijzen dat ze het niet had gedaan.'

Ze zwaaide haar schouderlange haar naar achteren en stak haar handen in haar jaszakken. 'Mijn zus heeft daarna nooit meer een wedstrijd gereden. In een kleine plaats als deze zijn er altijd wel mensen die het ergste willen geloven.'

Joe keek weer even naar Gwendoline Cole. Ze had de man een arm gegeven en ze liepen met onzekere tred naar de biertent. Ze hadden duidelijk te veel gedronken en hoewel Joe geen preutse man was, vond hij het niet prettig als een vrouw te veel had gedronken. 'Wat erg voor Julia,' mompelde hij, 'maar ik heb geen reden te geloven dat juffrouw Pearson ook maar enigszins op haar moeder lijkt.'

'Ik zeg ook niet dat dit wel zo is,' antwoordde ze, 'maar ik heb je gewaarschuwd, Joe. Pas op je tellen.'

'Zoals jij het zegt, klinkt het allemaal ontzettend dramatisch,' zei hij met een opgewektheid die hij niet voelde. 'Niemand kan toch echt zo slecht zijn?'

'Pff. Kennelijk heb je geen idee hoe verschrikkelijk ze kan zijn.' Ze hield haar hoofd schuin en keek naar hem op. 'Vraag het maar aan je moeder als je me niet gelooft.'

'Mijn moeder?' Hij keek haar stomverbaasd aan. 'Wat heeft zij in vredesnaam met Gwendoline Cole te maken?'

Penny haalde haar schouders op. 'Ik weet het niet zeker,' bekende ze, 'het was iets wat papa een keer zei, maar het ging over het verleden en ik luisterde niet echt. Je weet hoe hij kan doorzeuren.' Ze keek op haar horloge. 'Ik moet gaan. Alec wacht op me.'

Joe zag de diamant aan haar vinger. 'Moet ik je soms feliciteren?' Zijn stem was schor van emotie, elke gedachte aan juffrouw Pearson en haar moeder was verdwenen door de wetenschap dat hij haar definitief en onherroepelijk was kwijtgeraakt.

Penny bloosde en ontweek zijn blik. 'Alec en ik trouwen in december,' zei ze zacht. Met een verzoenend gebaar legde ze haar hand op zijn arm. 'Het spijt me, Joe.'

Hij slikte, maar zijn mond was droog en het deed pijn. Alec Freeman was heelhuids teruggekomen uit Frankrijk en maakte nu naam als kampioensjockey. Joe en hij hadden ooit een schoolbankje gedeeld en tijdens een stomme weddenschap was hij zijn verzameling sigarettenplaatjes aan hem kwijtgeraakt, maar hij had nooit verwacht dat hij ook zijn meisje aan hem zou verliezen. 'Gefeliciteerd,' bracht hij met moeite uit. 'Alec is een mieterse vent. Ik hoop dat je heel gelukkig wordt.'

Ze draaide zich met een veelzeggende glimlach om en vertrok. Joe werd overmand door dezelfde onverklaarbare triestheid die hij twee jaar eerder had gevoeld, en vroeg zich af of hij ooit over haar heen zou komen.

Starstruck finishte een neuslengte achter de opvallende ruin van Holt en leek uiterst tevreden over zijn prestatie. Niemand kon de uitbundige Bob tot zwijgen brengen; tegen iedereen die misschien luisterde, herhaalde hij elk detail van de wedstrijd. Pas toen Joe dreigde hem in het toilet op te sluiten en daar achter te laten, hield hij zijn mond.

De feestelijkheden gingen door tot ver na de laatste race en het was al donker toen Joe de jonge knecht opdracht gaf de paarden in de beide wagens te laden. Ze reden achter elkaar aan naar huis, omdat de tweede trailer er misschien mee ophield en Joe iedereen nodig had om het ding weer op de weg te krijgen.

Toen ze het stalerf op reden kwam Molly hen begroeten. Afkeurend wuifde ze de wolk uitlaatgassen weg. 'Het wordt tijd dat je wat geld uitgeeft om een goede wagen te kopen,' zei ze kwaad. 'Het is echt niet zo dat je het niet kunt betalen.'

'Dat ben ik met je eens,' zei hij en hij klom uit pick-up. Hij rekte zich vervolgens uit en voegde eraan toe: 'Die ouwe rammelkar valt bijna uit elkaar.'

'Net als de aanhanger,' snoof ze. 'Hij ziet er belachelijk uit naast die van Eliza.'

Dat was inderdaad zo en Joe had al informatie ingewonnen over de aanschaf van een nieuwe. De reputatie van de stal was van het grootste belang; het was niet goed voor de zaken als je met een twijfelachtig vervoermiddel naar de races ging. Hij hielp met het uitladen van de paarden, controleerde of ze de rit ongeschonden hadden doorstaan en liet Bob achter om de stalhulpen te overstelpen met de details van de race die hij bijna had gewonnen terwijl ze de paarden klaarmaakten voor de nacht.

Hij dwaalde zoals elke avond langs de rij boxen, controleerde de paarden en gaf ze stuk voor stuk een appel of een wortel. Ocean Child zwaaide vol verwachting met zijn hoofd en Joe klopte op zijn neus toen het paard de appel uit zijn hand pakte. Over vier weken zou het hengstveulen aan zijn derde race meedoen en het leek alsof het jonge paard nog nooit zo goed in vorm was geweest. Hij had geen idee wat juffrouw Pearson van hem zou vinden, maar nadat hij die dag met Penny had gepraat en haar moeder had gezien, zag hij ontzettend op tegen haar komst.

Nadat hij tevreden had geconstateerd dat het in de renstal allemaal op rolletjes liep, ging hij naar huis. Molly was in de keuken bezig en het water liep hem in de mond toen hij de geur van gebraden varkensvlees en aardappels opsnoof. Hij had die dag nog niet veel gegeten en realiseerde zich dat hij uitgehongerd was. 'Wanneer is het eten klaar?'

'Over een halfuur ongeveer,' zei ze terwijl ze het vlees bedroop. 'Dan zijn de jongens wel klaar in de stallen en ongetwijfeld ook weer nuchter.' Ze tilde de deksels van de pannen even op, streek vochtige slierten haar uit haar gezicht en ging ten slotte zitten. 'Ik zal blij zijn als Dianne morgen komt werken, het wordt me allemaal een beetje te veel nu ik zo veel mensen moet voeden.'

Dianne woonde op een naburige ranch, was de jongste van zes kinderen en was een paar maanden eerder met heel weinig kwalificaties van school gegaan. 'Ze is een goede meid, maar niet al te slim,' mompelde Joe. 'Weet je wel zeker dat ze je niet juist voor de voeten zal lopen?'

Molly haalde haar schouders op. 'Ze betekent een extra paar handen en ik zal haar snel bijbrengen wat ze moet weten.' Ze depte haar gezicht. 'Ik heb via de radio naar de rennen geluisterd. Bob kon wel eens heel goed worden, als hij de kans krijgt.'

'Ja, dat denk ik ook, als hij zich voor die tijd tenminste niet dood-praat. Sinds hij van dat paard is gestapt, heeft hij amper zijn mond ge-houden.' Hij maakte voor hen beiden een flesje bier open. Ondanks de kilte van de winteravond was het warm in de keuken, zodat het bier er goed in ging. 'Ik heb Penny vandaag gesproken,' zei hij in de kameraadschappelijke stilte.

Molly keek hem met een scherpe blik over de geboende pijnboomhouten tafel aan. 'Is dat zo? Hoe gaat het met haar?'

'Goed. Onlangs verloofd met Alec Freeman.'

'Dat heeft ze snel gedaan,' snauwde ze met gebalde vuisten.

Hij glimlachte en legde zijn handen op de hare. 'Je moet wel redelijk blijven, ma. Het is al bijna twee jaar geleden en Alec is een goede vent.'

Molly zweeg, maar het was duidelijk te zien wat ze dacht. Ze zou nooit een goede pokerspeler worden.

Joe nam slokjes van zijn bier en vroeg zich af hoe hij het onderwerp Gwendoline Cole en haar relatie met juffrouw Pearson het beste kon aansnijden. 'Ze heeft me iets erg interessants verteld,' zei hij.

'Echt waar?' vroeg ze op vlakke toon en met een ongeïnteresseerde blik.

'Onze juffrouw Pearson schijnt hier familie te hebben.'

Molly's belangstelling was gewekt, want ze was er trots op dat ze iedereen binnen een straal van honderdvijftig kilometer kende. 'Ik ken helemaal geen Pearsons,' zei ze peinzend, 'dan komen ze hier niet vandaan.' Ze fronste haar voorhoofd terwijl ze in gedachten alle kennissen langsging. 'Dan komen ze vast uit het zuiden,' zei ze smalend.

'Eerlijk gezegd woont haar moeder iets buiten Poatina en ze heet geen Pearson, maar Cole. Gwendoline Cole.'

Molly verstijfde, haar glas bleef vlak voor haar mond hangen en haar ogen werden groot van schrik. Ze knipperde met haar ogen en zette haar glas voorzichtig op de tafel. 'Lieve god,' hijgde ze. 'Ik had nooit gedacht dat ik in dit huis die naam ooit weer zou horen.'

'Je kent haar dus? Dat zei Penny al.'

'Wat weet zij er nou van? Ze was nog niet eens geboren toen...'

Joe trok zijn wenkbrauwen op. De mond van zijn moeder was een strakke lijn geworden en ze had een ijskoude blik in haar ogen, die meestal zo vrolijk stonden. 'Toen wat, ma?'

'Laat maar.' Ze schoof haar stoel naar achteren, sloeg haar armen over elkaar en staarde nietsziend naar de overkokende pannen. 'Maar nu is alles opeens wel heel logisch,' mompelde ze bijna in zichzelf. 'Pearson, Bartholomew en Cole. Natuurlijk.'

'Wie is Bartholomew?'

'Dat was de meisjesnaam van die vrouw voor ze met Ernie Cole trouwde.' Molly stond op, deed de ovendeur open en begon fanatieker dan nodig was in het varkensvlees te prikken, waarna ze haar aandacht weer aan de pannen wijdde. 'Die arme Ernie heeft haar hoerige gedrag veel langer gepikt dan iedereen had verwacht en we hebben allemaal stilletjes gejuicht toen hij voldoende moed had verzameld om haar te verlaten.'

'Waar komt de naam Pearson dan vandaan?'

'Het meisje was een buitenechtelijke baby, ze was geadopteerd.' Met een onverbiddelijke uitdrukking op haar gezicht zei Molly: 'Het kan me niets schelen hoeveel geld juffrouw Pearson heeft of hoe goed haar veulen is, ik wil de dochter van die hoer niet in mijn huis hebben.'

Joe was verbijsterd door haar ongebruikelijke felheid.

'Weet je,' zei ze, hijgend van woede, 'eigenlijk wil ik haar helemaal niet zien. Ze zou de eerstvolgende boot terug naar Engeland moeten nemen en nette mensen met rust moeten laten.'

'Maar als ze geadopteerd is, is ze waarschijnlijk totaal anders dan haar moeder,' zei Joe met kalme logica. 'Vind je niet dat je een beetje wreed bent, je veroordeelt haar al voordat ze er zelfs maar is?'

'Het bloed kruipt waar het niet gaan kan,' snauwde Molly. 'Geadopteerd of niet, ze hoort bij Gwen Cole en ik wil niets met haar te maken hebben.'

Joe begon zich te ergeren. 'Ze komt al heel gauw aan,' zei hij op vlakke toon, 'wat wil je dat ik doe, haar de toegang tot de renstal ontzeggen?'

'Je doet maar wat je wilt,' gromde Molly, 'maar zorg alsjeblieft dat je haar bij me vandaan houdt.'

Joe wilde er net tegenin gaan toen hij de *two-way* radio in de gang tot leven hoorde komen. Hij stond in tweestrijd, want hij wilde zijn moeder in deze stemming niet alleen laten, maar tegelijkertijd ook de oproep niet missen. Op dit tijdstip was het waarschijnlijk belangrijk.

'Toe nou, gá dan. Neem dat stomme gesprek maar aan!' schreeuwde Molly en ze smeet een theedoek zijn kant op. 'Laat me met rust zodat ik deze stomme maaltijd kan klaarmaken.'

Met een bezorgde blik op zijn moeder liep hij weg. Hij had zijn moeder nog nooit zo kwaad meegemaakt en hij vond het moeilijk haar zo te zien. Het was wel duidelijk dat haar emoties ten aanzien van Gwen Cole hoog opliepen en Penny was dus niet de enige die haar haatte. Hij had echter geen idee waarom zijn moeder op deze manier reageerde.

Boven de herrie van de radio uit hoorde hij Molly luidruchtig met pannen en borden in de weer en hij vroeg zich af hoeveel keukenspullen deze avond zouden overleven. Met een diepe frons in zijn voorhoofd pakte hij de hoorn. 'Galway House.'

'Joe Reilly?' Het was een diepe stem, met een onmiskenbare Queensland-klank.

'Ja. Wie is dit?'

'Carmichael. Ik vroeg me af of u nog iets van juffrouw Pearson hebt gehoord nadat u de documenten naar Londen hebt gestuurd?'

Joe klemde de hoorn steviger vast. Het was wel een avond vol verrassingen, want dit was de eerste keer dat hij echt met Carmichael sprak. 'Dat heb ik,' zei hij. 'Ze heeft het eigendomsrecht erkend en arriveert op 14 oktober in Tasmanië.'

Het bleef heel lang stil aan de andere kant van de lijn en Joe vroeg zich af of de verbinding was verbroken. De lijn was zelfs in het gunstigste geval onbetrouwbaar, de plaatselijke telefooncentrale had de gewoonte mensen midden in een zin af te breken als ze vonden dat ze lang genoeg hadden gepraat. Hij luisterde naar de atmosferische storing. 'Hallo? Meneer Carmichael?'

Vaag hoorde hij dat iemand zijn keel schraapte. 'Is die datum zeker?'

'Ze heeft een telegram gestuurd.'

'Weet u zeker dat ze haar plannen niet heeft veranderd?'

Het statische geruis was sterker geworden, maar Joe had durven zweren dat hij een bezorgde ondertoon in de stem van de man had gehoord. 'Voor zover ik weet niet,' zei hij kortaf. 'Ik had het u wel eerder willen vertellen, maar u bent niet bepaald goed bereikbaar.'

'Ik reis veel. Moet u me nog meer dingen vertellen?'

Joe hoorde zijn moeder nog steeds luidruchtig in de keuken bezig en besloot dat hij, nu hij de ongrijpbare Carmichael aan de telefoon had, maar zo veel mogelijk over juffrouw Pearson te weten moest zien te komen. 'Meneer Carmichael, kent u een vrouw die Gwendoline Cole heet?'

Het bleef weer heel lang stil. 'Ik neem wel weer contact met u op, meneer Reilly. Vertel juffrouw Pearson alstublieft dat ik alleen háár belangen nastreef.'

'Maar het is beter als ik u zou kunnen bellen,' zei Joe. 'Kunt u me een nummer geven waarop ik u kan berei–?' Hij staarde naar de hoorn waar woedend gezoem uit kwam.

'Degene die je heeft gebeld, heeft opgehangen, Joe,' zei Doreen, die de plaatselijke telefooncentrale leidde en ervan werd verdacht dat ze elk telefoongesprek afluisterde. 'Wil je dat ik hem probeer te bereiken?'

'Ja graag, Doreen, als je wilt.'

'Geen probleem.'

Joe hoorde een aantal klikjes en gezoem en heel veel statisch geruis tot Doreen weer aan de lijn kwam. 'Hij belde vanuit een hotellobby in Brisbane, Joe. De manager kan niet bevestigen dat daar ene Carmichael logeert, zodat ik ervan uitga dat hij alleen maar even binnen is gelopen.'

Dat had Joe al gedacht, want Carmichael leek vastbesloten een mysterie te blijven. 'Bedankt, Doreen. Goedenavond.'

'Goedenavond, Joe. Wil je je moeder de groeten doen? Ik zie haar wel tijdens de picknickraces aanstaande zaterdag.'

Joe verbrak de verbinding en bleef even staan, met zijn handen in zijn zakken, starend in het niets. Hij probeerde een logische lijn te ontdekken in alles wat hij vandaag had gehoord. Het leek wel alsof hij een doos van Pandora had gekregen en hoewel hij alleen maar een glimp had kunnen opvangen van de inhoud ervan, was hij nog geen stap dichter bij de oplossing van het raadsel gekomen. Duidelijk was wel dat Carmichael alles zorgvuldig had georganiseerd en dat Gwendoline Cole en haar dochter daar op de een of andere manier het middelpunt van waren.

Hij pakte zijn hoed en verliet het huis. De hordeur klapte achter hem dicht terwijl hij de trap af rende. Er waren te veel vragen en niet genoeg antwoorden. Hij beende langs de paddocks en probeerde enige logica in het geheel te ontdekken, maar hij kwam tot de vervelende conclusie dat juffrouw Pearson de sleutel in handen had.

Hij bleef staan, stopte zijn handen in zijn zakken en keek omhoog naar de nachtelijke hemel. Boven hem glinsterde de Melkweg, een baan van miljoenen sterren tegen een inktzwarte achtergrond. Hij rilde. Als juffrouw Pearson de sleutel inderdaad in handen had, zou haar komst de doos van Pandora openen en hij verwachtte dat ze allemaal zouden worden beïnvloed door de duivels die daardoor zouden vrijkomen.

# 6

Het was een prachtige nazomer in Engeland. Clarice plukte bloemen voor in het huis en voelde het zweet op haar voorhoofd parelen. Ze werd een beetje duizelig van de hitte, pakte de mand – een ondiepe mand van houtstroken die alleen in Sussex werd gemaakt en gebruikt werd voor bloemen en klein tuingereedschap – en nam hem mee naar de schaduw van de magnolia. De bloesem was allang verdwenen, maar de bladeren en wijd uitstaande takken vormden een schaduwrijke plek. Dankbaar liet ze zich op de tuinbank zakken.

Ze depte haar gezicht met een zakdoekje en keek met een tevreden blik naar de tuin. De tuinlieden hadden goed werk geleverd deze zomer. De heggen waren gesnoeid, de gazons gemaaid, de bloemperken gewied en de vijver schoongemaakt. De tennisbaan was nog niet onder handen genomen, maar dat was niet belangrijk omdat die sinds Lorelei's vertrek toch niet meer werd gebruikt.

Dankzij de perfecte combinatie van regen en zon waren de bloemperken een overvloed van kleur geweest en hadden de zoetgeurende violieren uitbundig gebloeid. Hun geur leek de hele tuin te vullen, maar toch konden ze het verwarrende parfum van de late rozen niet overstemmen. Ze keek naar de perfecte bloedrode bloemen die het interieur van het huis nooit zouden sieren en ademde hun geur diep in, tevergeefs hopend dat tijd en afstand de overweldigende herinneringen die ze opriepen zouden wegnemen. Ooit was het haar favoriete bloem geweest, maar bepaalde gebeurtenissen in Australië hadden dat veranderd en terwijl ze in de schaduw van de magnolia zat, kwamen de geuren en beelden van het verleden met volle kracht terug.

'Ik heb geen tijd voor onzin,' verklaarde Algernon met zijn blik op de stapel papieren voor zich.

Clarice stond in de deuropening van zijn studeerkamer vol boeken en probeerde haar groeiende frustratie niet te tonen. 'Maar het is Kerstmis,' zei ze, 'je werk kan toch wel even wachten?'

Hij zette zijn bril af en smeet hem met een ongeduldige zucht op zijn bureau. Hij keek haar met een koele blik aan. 'De gouverneur heeft me belast met een bijzonder lastig probleem dat moet zijn opgelost voordat de gouvernementele raad in het nieuwe jaar weer bij elkaar komt.'

'Zelfs de gouverneur zal toch niet verwachten dat je de kerstlunch met je familie overslaat?'

'Het is jouw familie, niet de mijne, goddank.' Hij pakte zijn bril en begon hem op te poetsen. 'Mijn reputatie en carrière zijn belangrijker dan frivoliteiten,' snauwde hij. 'Beide zijn afhankelijk van het resultaat van mijn werk en als ik voor mijn pensionering waardering voor mijn diensten aan Hare Majesteit wil krijgen, moet ik mijn energie helemaal aan mijn plichten wijden.'

Clarice beantwoordde zijn koele blik. Het leek wel alsof haar kleine daden van verzet tegen hem haar in staat hadden gesteld hem te zien zoals hij werkelijk was en ze had maar weinig genegenheid of respect voor wat ze had ontdekt. Algernons ambitie om te worden geridderd als hij over twaalf maanden met pensioen ging, had een kloof tussen hen bewerkstelligd. En terwijl er voordien een soort kameraadschap tussen hen was geweest, was er nu alleen nog maar wederzijdse desinteresse. 'Dan ga ik wel alleen,' zei ze.

'Ga je gang maar,' mompelde hij en hij drukte zijn bril weer op zijn neus. 'Doe de deur achter je dicht als je vertrekt en zeg tegen de bedienden dat ik niet gestoord wil worden.'

Clarice keek naar hem, maar dat zag hij niet omdat hij zich alweer in zijn papieren had verdiept. Iets van haar vroeger zo opvliegende karakter kwam naar boven en ze had het liefst tegen hem geschreeuwd, hem met haar vuisten willen bewerken tot hij notitie van haar nam. Maar ze was al te lang met hem getrouwd en had niet langer de wil noch de energie om zijn onverschilligheid te doorbreken. Ze deed de deur met een zacht klikje achter zich dicht en liet hem achter in de drukkende stilte van een liefdeloos huis.

De korte rit met het rijtuig leidde door de bijna verlaten straten van de binnenstad van Sydney en naar de noordelijke buitenwijken waar het zeewindje voor afkoeling zorgde en verlichting schonk. Eunice' nieuwe, twee verdiepingen hoge huis stond op een heuvel die afliep naar rotsachtige kliffen en een kleine zandbaai. Het huis was zo gesitueerd dat het profiteerde van de koele wind, en de vele ramen boden een adembenemend uitzicht op de kustlijn. Beschaduwd door bomen en omringd door weelderige gazons en ontluikende bloemperken was het een prettig toevluchtsoord na de sombere atmosfeer die ze had achtergelaten.

Toen het rijtuig voor de elegante veranda stilhield, ging de voordeur open en kwam een dienstmeisje naar buiten om de vele pakjes aan te nemen die ze had meegenomen. Lionel liep achter haar aan de trap af. 'Wat zie je er vanochtend mooi uit,' mompelde hij terwijl hij Clarice hielp uitstappen. 'Gelukkig kerstfeest.'

Ze maakte een reverence en vermeed hem aan te kijken. 'Dank je wel, Lionel, jij ook prettig kerstfeest.' Ze was gewend geraakt aan zijn flirtende complimenten en behandelde hem luchthartig, maar het feit dat haar hartslag versnelde als hij haar met zijn blauwe ogen aandachtig aankeek, was verontrustend. 'Nu mag je mijn hand wel loslaten,' zei ze koeltjes.

Hij lachte en in plaats van haar hand los te laten, legde hij hem in de buiging van zijn arm. 'Ik zie dat je man heeft besloten achter zijn bureau te blijven zitten. Daarom zal ik zijn afwezigheid met plezier benutten om je een heel fijne kerstdag te bezorgen.' In de hal boog hij zich naar haar toe: 'In de woonkamer wacht je een speciaal cadeau,' mompelde hij, 'maar je zult geduldig moeten zijn. Pas na de lunch mag je het openmaken.'

Clarice genoot van zijn nabijheid en werd warm van zijn glimlach, maar die prettige gevoelens konden haar onplezierige situatie niet helemaal uitbannen. Algernon had altijd een hekel gehad aan de vrolijkheid rondom kerst en weigerde mee te doen aan de gewoonte van het geven en ontvangen van cadeaus. Ze had de cadeaus voor Eunice en haar gezin tot die ochtend moeten verstoppen en wist dat hij tijdens de maandelijkse controle van de rekeningen bezwaren zou opperen.

Lionel bleef staan en keek haar aan. Met zijn vinger tilde hij haar hoofd iets op tot ze hem aankeek. 'Waarom kijk je zo verdrietig, Clarry?'

Ze merkte dat ze gehypnotiseerd werd door zijn blik en stapte snel naar achteren. 'Ik ben helemaal niet verdrietig,' protesteerde ze.

Het was wel duidelijk dat hij dat betwijfelde, maar gelukkig drong hij niet aan. In plaats daarvan wees hij naar de kroonluchter boven hen. 'Weet je wat dat is?'

Ze keek naar de plant die daar hing. Hij had lange, dikke groene bladeren en heel veel geel-oranje bloemetjes. 'Die heb ik wel eens aan bomen zien groeien,' antwoordde ze, 'het is dus waarschijnlijk een parasiet.' Ze glimlachte om zijn verbazing. 'Algernon heeft me een boek geleend over de Australische flora om mijn opvoeding te verbeteren.'

'Wat bewonderenswaardig,' zei hij droog. Hij kwam dichter bij haar staan. 'Het is maretak,' zei hij, 'en de prijs voor eronderdoor lopen, is een kus.'

'Doe niet zo raar,' zei ze terwijl ze nerveus een stapje naar achteren deed.

'Ik doe helemaal niet raar,' antwoordde hij en hij kwam naar haar toe. 'Je moet je aan de tradities houden, zelfs in de koloniën.' Zijn intense blik maakte opeens plaats voor een jongensachtige grijns. 'Het is gewoon een lolletje, Clarry, en één kusje kan toch geen kwaad?'

Clarice vermoedde dat hij zich niet zo zou gedragen als Algernon of Eunice erbij was geweest. Snel keek ze de hal rond. Ze waren alleen en de geluiden van het feest drongen via de tuindeuren tot hen door. Toen ze hem weer aankeek, zag ze zijn plagende lachje en kon ze hem niet weerstaan. 'Eén kusje dan, Lionel, op de wang. Geen grapjes.'

'Geen grapjes,' beloofde hij en hij boog zich naar haar toe. Zijn snor trilde toen hij ondeugend glimlachte.

Clarice ging op haar tenen staan en wilde een licht kusje op zijn heerlijk ruikende wang drukken. Kennelijk verloor ze haar evenwicht, want in plaats van zijn wang raakten haar lippen zijn mond – zacht en warm, zo licht als een vlinder, maar toch vlamde het door haar heen en stookte het vuur op dat ze allang uitgedoofd waande.

Ze werd bijna duizelig van verlangen en happend naar adem duwde ze hem van zich af. 'Lionel,' hijgde ze, 'hoe dúrf je je belofte te breken?'

Zonder een spoortje spijt zei hij met een grijns: 'Maar ik hield mijn vingers gekruist, en dus telde het niet.'

Ze besloot dat de aanval de beste verdediging was en keek hem streng aan. 'Je bent onmogelijk, Lionel. Ik begrijp niet dat mijn arme zus het met je uithoudt.' Ze verzamelde haar laatste beetje trots en beende naar de achterkant van het huis op zoek naar de andere gasten. Haar hart ging echter als een razende tekeer en ze voelde nog steeds de aanraking van zijn lippen. Lionel kon onmogelijk weten hoe gevaarlijk zijn spelletje was, want zijn kus had in haar iets wakker gemaakt wat ze met alle kracht moest onderdrukken, anders zou het haar en alles wat ze belangrijk vond kunnen vernietigen.

'Natuurlijk moet je ernaartoe. Kleed je meteen aan en hou op met zeuren.'

Clarice balde haar vuisten. Het was oudjaarsavond en ze probeerde alles om het feest te ontlopen, om Lionel te ontlopen, maar deze keer leek Algernon vastbesloten met haar mee te gaan. 'Ik heb hoofdpijn,' zei ze.

'Dan neem je maar een poeder.' Hij keek naar zijn spiegelbeeld in de spiegel en trok zijn vlinderdas recht.

'Die poeders helpen me niet en maken me misselijk.'

Hij draaide zich snel om en keek haar aan. 'Kleed je áán!' brulde hij. 'De gouverneur verwacht dat we komen en ik weiger me door jou te schande te laten maken!'

Clarice kromp ineen van schrik maar gaf niet toe. 'Er is geen enkele reden om te gaan schreeuwen,' zei ze kil. 'Ik weet zeker dat half Sydney geen zin heeft naar je kwade bui te luisteren.'

Hij bleef haar aankijken en zei zacht, maar met een stem die trilde van woede: 'Doe wat ik je zeg, vrouw, en snel een beetje.'

Clarice wist dat ze geen keus had en verliet de kleedkamer. Bijna verblind door tranen van woede liep ze de overloop op en sloeg de slaapkamerdeur met zo veel kracht achter zich dicht dat het glas rammelde.

Het dienstmeisje sprong op uit haar stoel en reikte nerveus de gele jurk aan die Algernon speciaal voor het bal had gekocht.

'Ik wil de rode aan,' zei Clarice.

'Maar de meester –'

'De rode, Freda.'

Het kleine dienstmeisje hoorde de vastberadenheid in haar stem en haalde met tegenzin de jurk uit de cederhouten kist. De zijde had een dieprode kleur, was gedrapeerd in een zachte tournure die door een boeket zijden bloemen op zijn plek werd gehouden en had een gewaagd decolleté dat haar slanke schouders en nog altijd stevige boezem toonde.

Clarice stapte in de petticoat, gaf Freda opdracht het korset zo losjes mogelijk te laten en stak haar armen omhoog zodat de rode zijde langs haar lichaam naar beneden kon glijden. Ongeduldig stond ze te wachten tot Freda de kleine knoopjes aan de achterkant van de jurk had dichtgeknoopt. Daarna ging ze voor de spiegel zitten terwijl het meisje haar haar deed.

De gevolgen van haar kwade bui waren opzienbarend, want ze had meer kleur op haar wangen en haar ogen fonkelden, en voor het eerst in haar leven voelde ze zich mooi. Freda had een waterval van krullen gemaakt die ze op hun plek hield door de robijnen tiara van Algernons moeder. In haar oren en aan haar hals schitterden nog meer robijnen; ze accentueerden haar bleke huid en de uitdagende blos op haar wangen. Nadat ze een beetje parfum op haar hals en polsen had gedept, knikte ze goedkeurend

'Hij zal woedend worden,' zei Freda snuivend.

'Prima.' Clarice greep de ragfijne sjaal die Lionel haar voor kerst had gegeven, keek nog een keer naar haar spiegelbeeld en beende het vertrek uit.

Algernon liep woedend in de hal te ijsberen met zijn horloge in de hand. Toen ze naar hem toe liep, keek hij op en zei kwaad: 'Ik dacht dat ik je had gezegd de gele jurk te dragen.'

Met opgeheven kin zei Clarice: 'Ik geef de voorkeur aan de rode.'

'Rood is de kleur van hoertjes,' snauwde hij.

Algernon had onlangs het geloof ontdekt, maar zij wist dat het alleen maar een extra wapen in zijn wapenrusting was om zijn ridderorde te krijgen en weigerde zich te laten intimideren. 'Het is de kleur van rozen,' antwoordde ze, 'en omdat we al laat zijn, is er geen tijd meer me om te kleden.'

Met gefronste wenkbrauwen bekeek hij haar en liep toen, zonder nog een woord te zeggen, naar het wachtende rijtuig.

Met opgeheven hoofd liep Clarice achter hem aan. Als hij zo vastbesloten was dat zij naar het bal ging, was zij net zo vastbesloten ervan te genieten.

# Government House, diezelfde avond

Clarice had de hele avond gedanst, want nadat Algernon in een saai gesprek met een andere diplomaat gewikkeld was geraakt, had hij haar bijna helemaal genegeerd en aan haar lot overgelaten. Ze had ontdekt dat ze erg gewild was.

Warm en buiten adem pakte ze nog een glas van het dienblad van een passerende ober en dronk het gulzig leeg. Het vertrek was een wirwar van kleuren door de met juwelen versierde avondjurken en de rode uniformen, en toen het orkest enthousiast doorspeelde en het lawaai zelfs nog heviger werd, begon ze de gevolgen te voelen van de warmte en de vele glazen champagne die ze had gedronken.

Ze keek het vertrek rond. Algernon was nog steeds in gesprek, Eunice danste met Lionel en Gwendoline flirtte enthousiast met een groep jonge militairen. Het leek alsof men haar was vergeten, maar ze rilde bij de gedachte dat ze bij de douairières en ongetrouwde tantes moest gaan zitten die in een hoekje zaten te roddelen. Het duurde nog een uur tot het twaalf uur was, een goed moment dus om wat frisse lucht te halen en haar hoofd op te frissen.

Clarice pakte haar stola, baande zich onvast een weg door de menigte die zich over de ontvangstkamers en de tuinen had verspreid, stapte door de openslaande deuren de veranda op en zocht steun aan de leuning. Ze had het gevoel dat de veranda onder haar voeten bewoog en probeerde haar duizelingen te overwinnen. Met een benevelde blik keek ze naar de tuin die er prachtig uitzag. Aan de bomen hingen lantaarns en er stonden gemakkelijke stoelen zodat je kon genieten van het verfrissende windje vanaf het water. Ze wilde echter dat ze niet zo veel had gedronken, ze voelde zich heel vreemd.

Voorzichtig liep ze de trap af, beantwoordde groeten en wees uitnodigingen af om zich aan te sluiten bij verschillende groepjes die het zich op de gazons gemakkelijk hadden gemaakt. Ze moest alleen zijn, zodat haar hoofd helder kon worden en de wereld zou ophouden met ronddraaien.

De rozentuin was een oase van rust na de lawaaierige drukte van het feest. Ze werd aangetrokken door de verlaten paden en prieeltjes, die alleen door de maansikkel werden verlicht. De avondlucht was zacht en geurig, en terwijl ze over de verlaten paden liep, slaakte ze een tevreden zucht. Deze tuin herinnerde haar aan Wealden House, aan de rozen van haar moeder – de geuren van thuis.

Ze kwam bij een kruising van paden in het midden van de tuin en liet zich nogal onbevallig vallen en begon te giechelen. Als Algernon haar nu kon zien, zou hij een beroerte krijgen, maar eigenlijk kon het haar niets schelen. Het was goed om alleen te zijn, zich geen zorgen te hoeven maken over haar uiterlijk en gedrag, en alle andere onzin die hij zo belangrijk vond – om gewoon zichzelf te kunnen zijn.

Nog steeds giechelend en zich er niets van aantrekkend dat ze haar jurk ruïneerde, ging ze op haar rug op het gras liggen alsof ze weer een kind was en keek omhoog. De sterren waren zo fel en zo goed zichtbaar en de maan was zo helder dat het leek alsof zij ze zo uit de lucht kon plukken. Ze keek vol verbazing naar een vallende ster en probeerde de sterren te tellen die boven haar in de Melkweg fonkelden.

Terwijl ze daar in de geurige tuin lag, werden haar oogleden zwaar en verdwenen de geluiden van het feest steeds verder naar de achtergrond tot er alleen nog een heerlijke stilte heerste.

Haar droom was erotisch en heel echt, want ze voelde zijn lippen in haar hals die een spoor trokken over haar keel naar haar borsten. Zijn adem was warm op haar huid toen zijn plagende mond haar tepel vond en ze kromde smekend en verlangend haar rug.

Vingers volgden de lijnen van haar kuit en naar boven naar de zachtheid van haar dij. Ze had het gevoel dat haar ledematen vloeibaar waren geworden en ze stelde zich voor hem open, schonk hem de warmte en begeerte die tot een bijna ondraaglijk verlangen waren uitgegroeid. Zijn vingers gingen strelend op onderzoek uit, versterkten haar passie en toen ze werd overspoeld door golven van verlangen, hapte ze naar adem door de kracht ervan en voelde ze dat ze lag te trillen.

'Heel goed, meisje,' mompelde hij, 'nu ben ik aan de beurt.'

Haar ogen schoten open. Het wás geen droom en het euforische gevoel verdween onmiddellijk. Lionels hand smoorde haar kreet van protest en zijn gewicht drukte haar tegen het gras.

'Kom op, Clarry,' drong hij aan, 'je weet dat jij het ook wilt.'

Ze schudde haar hoofd en begon te kronkelen in een poging hem van zich af te schudden en klauwde naar zijn gezicht.

Hij ontweek haar nagels, propte snel een punt van haar ragfijne sjaal in haar mond en greep haar polsen met zijn sterke hand stevig beet. 'Hou op je tegen me te verzetten, Clarry,' siste hij, zijn gezicht vertrokken van begeerte. 'Dit wilde je al vanaf het moment dat je hier kwam. En je zult ervan genieten, dat beloof ik je.'

'Nee, alsjeblieft niet,' smeekte ze hem door haar sjaal heen, met smekende ogen en een verstijfd lichaam.

Hij trok zich niets aan van haar smeekbeden, dacht alleen aan zijn eigen behoefte en dwong haar benen met zijn knieën uit elkaar en drong bij haar naar binnen.

Clarice hapte naar adem en stikte bijna in de sjaal. Ondanks haar afschuw over wat er gebeurde, reageerde haar lichaam met verraderlijke hartstocht – ze was nog altijd opgewonden en verlangde naar hem. Hij drong bij haar naar binnen en ze voelde dat haar spieren zich spanden waardoor ze hem dieper in zich trok toen ze door een nieuwe vlaag van passie werd overmand. Ze probeerde zich ertegen te verzetten, maar het was te sterk, te veeleisend, en ze voelde dat ze verdronk in een maalstroom waaruit geen ontsnapping mogelijk was.

Ze hapte naar adem toen hij de stof uit haar mond trok en van haar af rolde. Ze had het gevoel alsof elke vierkante centimeter van haar lichaam in brand stond, haar ledematen trilden en haar hart ging als een razende tekeer. Ze had nooit eerder zo veel genot ervaren, maar toen de koele avondlucht over haar gespreide dijen en haar borsten streek, rilde ze van afschuw. Ze had zich schuldig gemaakt aan de ergste vorm van verraad.

Lionel knoopte snel zijn broek dicht. 'We kunnen maar beter teruggaan voordat iemand ons mist. Het is al bijna middernacht.'

Clarice schikte haar kleren en sprong overeind, uitgeput en kwaad op hen beiden, en verbijsterd dat er nog maar zo weinig tijd was verstreken sinds ze de balzaal had verlaten. 'Hoe dúrf je?' snikte ze door haar tranen heen.

Hij keek glimlachend en zonder berouw op haar neer. 'Je bent al jaren verliefd op me,' antwoordde hij, 'en ik vond dat het hoog tijd werd dat je eens ondervond hoe een echte man een vrouw bemint.'

Haar gezicht gloeide van vernedering waardoor ze nog bozer werd. 'Algernon is meer een echte man dan jij ooit zult zijn,' siste ze. 'Hij hoeft in elk geval niet terug te vallen op verkráchting.'

Lionel gooide zijn hoofd achterover en lachte. 'Dat was geen verkrachting, Clarry. Je hebt er té veel van genoten.'

Het geluid van de klap in zijn gezicht galmde door de stilte van de tuin.

Zijn blik verhardde en hij greep haar pols. 'Verkrachting is een lelijk woord, Clarice, en ik raad je aan dat woord niet te gebruiken. Je bent even schuldig als ik over wat er vanavond is gebeurd en het zal ons geheim blijven.' Hij keek haar strak aan. 'Denk je eens in wat je zus zou zeggen en wat een schandaal het zou veroorzaken. Algernon zal nooit geridderd worden zodra bekend wordt dat zijn vrouw ervan geniet om in de openlucht te copuleren.'

'Dat zou je niet dúrven,' hijgde ze. 'Het zou jouw eigen reputatie net zo goed bederven, en Eunice tot wanhoop drijven.'

'Eunice is heel goed op de hoogte van mijn verzetjes,' zei hij zorgeloos, 'maar ze zou het natuurlijk niet goedkeuren dat jij daarbij hoort.' Hij liet haar pols los en zei met een valse uitdrukking op zijn gezicht: 'Roddels en geruchten verspreiden zich hier als een lopend vuurtje, en één suggestie dat de lieve mevrouw Pearson een slet is, is genoeg. Het schandaal zou mij niet raken.'

Clarice keek hem vol walging aan. Hoe was het mogelijk dat ze ooit verliefd op hem was geweest? Hoe was het mogelijk dat ze zo veel jaren had verlangd naar een man met zo weinig scrupules? Ze haatte Lionel om zijn arrogantie en zijn onverschilligheid voor de pijn die hij veroorzaakte bij het najagen van zijn eigen pleziertjes, maar ze haatte vooral zichzelf voor haar zwakte en domheid, voor het feit dat ze blind was geweest voor zijn ware aard en om het gemak waarmee hij haar had kunnen verleiden.

'Misschien kunnen we maar beter apart van elkaar teruggaan,' zei hij. Hij streek met zijn vingers door zijn haar en kamde zijn snor recht. 'Ik ga wel eerst. Jij moet je haar en je jurk netjes maken voordat je weer toonbaar bent.' Hij draaide zich op zijn hakken om en was verdwenen.

Ze stond in de straal maanlicht die op het vertrapte gras scheen en probeerde haar emoties onder controle te krijgen. Het avondbriesje was afgekoeld en ze voelde de kilte, maar ze bleef als een albasten standbeeld staan terwijl de tranen over haar wangen stroomden. De hemel was nog steeds bezaaid met sterren, de maan hing nog altijd aan de hemel, maar ze rook alleen maar zijn geur, en de weeïge geur van honderden rozen.

Clarice merkte dat ze huilde maar ze beheerste zich vlug. Ze had al te veel tranen geplengd over wat er was gebeurd en Lionel was ze niet waard. Ze zette haar oude strooien hoedje recht dat ze altijd droeg als ze in de tuin was en keek met een kille blik naar de rozen. De herinnering aan de gebeurtenissen van die avond waren nog even vers als vroeger en de schaamte was nog altijd even sterk.

Ze was niet teruggegaan naar de balzaal, maar had een boodschap voor Algernon achtergelaten dat ze zich niet goed voelde en naar huis ging. Ze had zich kunnen beheersen tijdens de korte rit en wist Freda ervan te overtuigen dat ze zich ook wel zonder haar hulp kon uitkleden. Maar in de veiligheid van haar slaapkamer en met de deur stevig op slot, had ze haar jurk uitgetrokken en kapotgescheurd. Ze had nooit weer rood gedragen.

Clarice keek naar haar handen. Ze waren bruin van de zon, maar ook de handen van een oude, vermoeide vrouw. De opgezwollen aderen en de beginnende tekenen van artritis markeerden het verstrijken van de tijd duidelijker dan wat ook. Op een bepaalde manier was ze daar blij om, want met de ouderdom was de wijsheid gekomen. Voor die wijsheid had ze echter een hoge prijs moeten betalen en de opofferingen die daarmee gepaard waren gegaan echoden nog altijd na.

De avond van zo lang geleden had het einde moeten zijn, want noch zij noch Lionel had er ooit weer iets over gezegd en gelukkig was er geen kind van gekomen. Maar geen van hen wist welk afschuwelijk lot hen te wachten stond. Die avond was er namelijk nóg iemand in de tuin geweest en het was slechts een kwestie van tijd voordat diegene onthulde wat er was gebeurd.

# 7

De blokhut stond tussen de bomen in het dal, uit het zicht van het woonhuis en de stallen, maar op een paar meter van de rivier. Joe's vader had hem gebouwd als een schuilplaats waar hij voor zijn plezier aan oude machines kon prutsen, boven een kampvuurtje eten kon klaarmaken, te veel bier kon drinken of gewoon wat kon dutten in de schaduw terwijl hij wachtte tot de vis zou bijten. Na zijn dood was de hut gebruikt als opslagplaats voor rommel en was hij gaan rotten.

Zijn moeder had geaccepteerd dat iedere Australische man zijn schuur nodig had en was het prettig gaan vinden dat ze het nette huis een tijdje voor zich alleen had. Wat ze van Joe's plannen voor de toekomst van de blokhut zou vinden, was minder duidelijk.

De hut bestond uit slechts één vertrek. Joe veegde zijn handen schoon aan een doek en keek tevreden om zich heen. Hij en de staljongens hadden elke vrije minuut gebruikt om het hier weer leefbaar te maken en de oude koperen boiler buiten te repareren. Nu was het dak gerepareerd, de vloer geschuurd en gelakt, de luiken en de screens vervangen. Het oude fornuis was opgepoetst en opnieuw gezwart, de schoorsteen geveegd en de voorraad hout aangevuld. Hij had een nieuwe plee geplaatst, een nieuw zinken bad gekocht, het bed vervangen en nieuw linnengoed van huis meegenomen en zelfs een gemakkelijke stoel gevonden om op de veranda te zetten. Het enige wat hij nu nog moest doen, was zijn moeder ervan overtuigen dat dit de perfecte accommodatie voor juffrouw Pearson was.

'Hier heb je je dus verstopt. Ik neem aan dat dit betekent dat je er nu af en toe vandoor gaat, net zoals je pa vroeger deed?'

Joe stopte de doek in zijn zak en draaide zich om zodat hij haar kon aankijken. 'Het is niet voor mij,' zei hij vastberaden, 'maar voor juffrouw Pearson.'

Molly sloeg haar armen over elkaar. 'Dan heb je je tijd verspild, want ik heb een kamer voor haar gereserveerd bij de Gearings.'

'Daar gaat ze niet naartoe, ma.' Hij weigerde zich door haar blik te laten intimideren. 'De Gearings wonen veel te ver hiervandaan, ze heeft geen vervoer en deze plek is perfect.'

Molly's wangen werden rood van woede. 'Ze kan de pick-up lenen. Ik wil haar niet op mijn terrein.'

Met een gefrustreerde zucht zei Joe: 'Ze is een eigenaar, ma. Je kunt haar niet blijven ontlopen.'

Molly bleef bij haar standpunt en haar gedrongen lichaam trilde bijna van vijandigheid. 'Echt wel,' antwoordde ze. 'Ik vind het niet erg de andere eigenaren in het huis onder te brengen, maar zelfs deze hut staat te dicht bij mijn huis en ik wil haar hier niet hebben.'

'Het is niet aan jou om te beslissen, ma,' zei hij zacht. 'Pa heeft Galway House aan mij nagelaten, weet je nog? Ik kan iedereen huisvesten die ik maar wil.'

Molly beet op haar lip. 'Zelfs als dat betekent dat ik iemand onder ogen moet komen die ik het grootste deel van mijn leven heb ontlopen?' Het leek alsof ze zou gaan huilen. 'Dwing me daar niet toe, Joe. Alsjeblieft.'

'O, ma,' verzuchtte hij. 'Ik wilde dat je me vertelde waar dit verdomme over gaat.'

'Het is beter dat je het niet weet,' mompelde ze. 'Het is een oude geschiedenis en die heeft niets met jou te maken.'

'Dat is wél zo als het invloed heeft op mijn bedrijf. En wat die oude geschiedenis betreft... als ik een cent kreeg voor elke keer dat het onderwerp Gwen Cole de afgelopen maanden ter sprake is gekomen, zou ik rijk zijn. Het ziet ernaar uit dat iedereen weet dat haar dochter komt, en er wordt heftig gespeculeerd over de manier waarop jij daarop zult reageren.'

'Doreen heeft weer meegeluisterd,' mopperde Molly. Eindelijk verzachtte haar blik. 'Het spijt me, Joe. Ik weet dat je denkt dat ik onredelijk ben, maar ik kan gewoon niet het risico lopen die Colevrouw te ontmoeten.'

'De kans dat ze hier komt voor een familiereünie is heel klein,' zei hij op vlakke toon. 'Uit alle roddels begrijp ik dat die vrouw niet bepaald een liefhebbende moeder is.'

'Daar heb je gelijk in,' snauwde ze. 'Die vrouw houdt alleen maar van zichzelf en van ellende veroorzaken.' Ze beet op haar lip. 'Maar ik durf te wedden dat ze langskomt om haar dochter te zien. Het is zestien jaar geleden en ze zal wel nieuwsgierig zijn.'

Joe voelde zich ongemakkelijk onder de minachtende blik in de ogen van zijn moeder. 'Wat heeft ze gedaan dat je haar zo haat, ma?'

Molly haalde diep adem. 'Ze heeft geprobeerd je vader te ruïneren.' Ze keek hem uitdagend aan. 'Dat is het enige wat ik hierover wil zeggen, Joe, dus hou er nu maar over op.'

Hij kende zijn moeder goed genoeg om niet door te vragen. Hij stak zijn handen in zijn zakken. 'Goed dan,' zei hij, 'maar ik vind nog steeds dat je haar niet mag veroordelen voor ze hier is.'

Molly stond zwijgend naar de hut te kijken. 'Het wordt al laat,' mompelde ze, 'en Tim Lennox kan elk moment komen.'

Hij keek op zijn horloge, gefrustreerd omdat zijn moeder weigerde alles te bespreken en hij nu niet veel tijd meer had om haar over te halen het toch te doen. Tim zou langskomen om de snee op het been van The Drover te controleren, de eigenaren wachtten op een telefoontje van hem na dat bezoek en hij moest nog heel veel administratie afhandelen voor de belangrijke race aan het einde van de maand.

Hij keek naar Molly die de deur van de hut opende en even naar binnen keek. De roddels waren niet van de lucht en nu de vrijdag steeds dichterbij kwam, bereikten ze koortsachtige hoogten. Het was een onmogelijke situatie die nog werd verergerd door zijn moeders koppigheid.

Opeens kreeg hij een idee. 'Weet je, ma,' zei hij omzichtig, 'je speelt Gwen Cole heel erg in de kaart.'

Ze draaide zich vliegensvlug naar hem om. 'Hoe dan?'

'Door te weigeren haar dochter onderdak te bieden, bewijs je Gwen dat je je nog steeds gekwetst voelt door wat ze jou heeft aangedaan. Maar dat wil je toch niet?'

Molly bleef hem aankijken terwijl ze hierover nadacht. Na een lange stilte slaakte ze een zucht die leek aan te geven dat ze de strijd opgaf. 'Nee, dat wil ik niet,' bekende ze. Ze bekeek de hut en stopte haar handen in de zakken van haar schort. 'Ik denk dat dit ver genoeg van het huis is,' mompelde ze.

'Juffrouw Pearson mag hier dus logeren?'

Molly knikte met duidelijke tegenzin en liep zonder nog iets te zeggen terug naar het huis.

'Ik dacht dat het zonnig en droog was in Australië,' mopperde Dolly terwijl ze onder de druipende luifel van het hotel in Melbourne stonden te schuilen.

Lulu keek naar de dreigende wolken en het water dat als beekjes langs de trottoirs stroomde. Het regende al vanaf het moment dat ze drie dagen eerder waren aangekomen. Ze had zich Dolly's kennismaking met Australië anders voorgesteld. 'Het is nog maar oktober en het begin van de lente,' zei ze, 'maar ik vind het heel jammer dat je Melbourne niet op zijn best hebt gezien. Toen Clarice me hier mee naartoe nam voordat we op de boot naar Engeland stapten, was het zomer en ongelooflijk mooi met allemaal bloesem.'

Ze stonden op de taxi te wachten en hielden hun pas aangeschafte paraplu's gereed voor de snelle spurt over de kletsnatte straat. 'Gelukkig hebben we wel kunnen shoppen,' zei Dolly. 'Die schitterende warenhuizen in Bourke Street waren echt het éínde, en het waren er ook zo veel. Het lijkt New York wel en dát had ik niet verwacht.'

Lulu glimlachte. Dolly bleef nooit lang chagrijnig, maar haar eindeloze jacht naar pleziertjes begon wel vermoeiend te worden. Ze had de weken op zee af en toe benauwend gevonden. Dolly's energie en haar enthousiasme voor de feestjes, de dansavonden en de cocktailparty's aan boord hadden Lulu doen verlangen naar rust en vrede en naar een paar avonden vroeg naar bed. Vaak had ze zich overdag even teruggetrokken met een boek of haar tekenspullen, zodat Dolly kon flirten als ze dat wilde, in de hoop dat de gespannen sfeer tussen hen daardoor wat zou wegebben.

'Weet je,' zei Dolly met een blik naar de sierlijke victoriaanse gebouwen in de met bomen omzoomde straat, 'het is allemaal heel Engels, vind je niet? Dat had ik helemaal niet verwacht.'

Lulu glimlachte en zei op plagende toon: 'Ik durf te wedden dat je dacht dat het hier plat, droog en stoffig rood was, dat de kangoeroes hier zouden rondhuppelen en dat veedrijvers kuddes schapen en runderen de stad in zouden drijven.'

Dolly grijnsde. 'Zoiets.'

Lulu lachte. 'Ik denk dat de kuddes tegenwoordig per trein naar de stad worden gebracht en geen enkele zichzelf respecterende kangoeroe zal zich ook maar in de buurt van al dit verkeer wagen. Maar daar,' zei ze en ze wees naar het noorden, 'zijn duizenden kilometers bush, en daar vind je ze wel.'

'Erg jammer dat we hier zo weinig tijd hebben,' zei Dolly. Ze keek met een kritische blik naar een modieus geklede vrouw die snel langs hen heen liep. 'Ik zou de bush prachtig hebben gevonden.'

'Nee hoor, echt niet,' zei Lulu plagend. 'Daar zijn helemaal geen winkels en je zou die schoenen niet eens kunnen dragen.'

Dolly keek giechelend naar haar rode leren pumps. 'Misschien heb je wel gelijk.'

Even heerste er een kameraadschappelijke stilte. Lulu slaakte een tevreden zucht, want hoewel het weer afschuwelijk was geweest en Dolly's gedrag allesbehalve bezadigd, was ze nu maar mooi wél weer in Australië. Melbourne was een vage jeugdherinnering die tot leven was gekomen bij het zien van het donkere water van de rivier de Yarra, de ratelende tram en het lichtgele zandsteen en de rode baksteen van Flinders Street Station.

Zij en Dolly hadden de korte tijd die ze in Melbourne waren zo goed mogelijk benut. Ze hadden de oude galg bekeken waaraan de beruchte Ned Kelly was opgehangen, waren naar een show in het barokke Princess Theatre geweest, hadden gewinkeld in de Royal Arcade en een boottochtje gemaakt over de Yarra langs hectares met bomen bezaaid grasland en formele tuinen. Toch kon Lulu het gevoel van opwinding dat elke ochtend onbedwingbaar in haar opborrelde zodra ze wakker werd niet onderdrukken. In gedachten had ze elke dag afgestreept. Nu was het eindelijk zover, over een paar uur zouden ze naar Tasmanië varen.

Opgewonden keek ze naar de regen. 'Morgen om deze tijd ben ik thuis,' mompelde ze.

'Laten we hopen dat het daar niet ook regent,' zei Dolly met een grimas. 'Straks krijg ik nog zwemvliezen.'

Lulu besloot dat het geen goed idee was om iets over het weer in Tasmanië te zeggen, want hoewel volgens haar jeugdherinneringen de zon altijd scheen – zoals altijd het geval is in herinneringen – kon ze zich ook de hevige regenbuien herinneren of de ijskoude ochtenden waarop ze voor het vuur haar schoolkleren had aangetrokken. Clarice had een keer gezegd dat het klimaat op dat van Engeland leek en dus onberekenbaar was, waarmee het eiland alles goedmaakte. Het was haar enige compliment, en nog twijfelachtig ook.

'Weet je,' siste Dolly terwijl ze Lulu een por gaf, 'ik heb zojuist mijn eerste cowboy gezien.'

Lulu volgde haar blik. Hij kuierde hun kant op, stapte met zijn laarzen in de plassen en de regen droop van zijn breedgerande hoed. Hij droeg een zadel op zijn schouder en had een hond aan zijn voeten en leek zich niets aan te trekken van de stortregen. 'G'day, ladies,' teemde hij. Hij raakte even zijn hoed aan en keek hen tijdens het voorbijlopen goedkeurend aan.

Dolly greep Lulu bij de arm. 'Nu weet ik zeker dat ik in Australië ben,' hijgde ze, 'en als alle mannen in Tasmanië er zo uitzien, ga ik het heerlijk vinden.'

'Lieve help,' hijgde Lulu toen ze Port Philip in Melbourne binnen reden en naar het enkele dek van de *Rotamahana* keek. 'Ik weet zeker dat dit hetzelfde schip is als waar Clarice en ik zestien jaar geleden op hebben gezeten.'

'Het schip ziet er in elk geval oud uit, maar wel heel voornaam, vind je niet?'

Lulu keek naar de ene schoorsteen en de hoge masten op de voor- en achtersteven. De *Rotamahana* was ondanks zijn leeftijd een bijzonder sierlijk schip en leek absoluut niet op een van de andere vaartuigen in de haven. Om zijn unieke karakter te bewijzen, had hij zelfs een boegspriet en een boegbeeld. Voor de romantische Lulu was het zoiets als teruggaan in de tijd van zeewaardige galjoenen met aan boord piraten, ontdekkingsreizigers en pioniers.

Hun hut was klein, maar even comfortabel gemeubileerd als hun hut op de *Ormonde*. Lulu trok een warme trui aan over haar bloes en broek plus een paar zachte platte laarzen en pakte haar schetsboek en potlood. Ze had al twee schetsboeken vol met tekeningen van de interessante plaatsen en mensen die ze tijdens de lange reis naar het zuiden hadden gezien. Nu wilde ze de drukte en levendigheid van de haven vastleggen.

'Ga je mee naar het dek?' vroeg ze, en ze bond haar haren vast met een sjaaltje.

Dolly was haar make-up aan het bijwerken. 'Ik blijf hier in de warmte, verzorg mijn make-up en schrijf nog een paar brieven.' Ze glimlachte naar Lulu die niet kon wachten om weg te gaan. 'Toe maar. Je zit de hele dag al op hete kolen, het is jouw thuiskomst, niet de mijne. Ik zie je wel tijdens het diner.'

Lulu kon haar opwinding, of haar opluchting, niet verbergen en liep snel naar buiten. De regen was eindelijk opgehouden en ze leunde over de reling. Ze keek naar de stroom passagiers die de loopplank op liep, terwijl auto's, vracht en vee in het ruim werden geladen. Het lawaai van de haven en de krijsende meeuwen leken het tafereel te versterken en ze sloeg haar schetsboek open.

Haar potlood vloog over het papier, met elke lijn legde ze de activiteit op de kade vast, alsmede de grote pakhuizen die boven alles uittorenden. Het was niet zo exotisch als Port Said, Singapore of Ceylon, maar bezat een eigen magie, want dit was de laatste etappe van haar lange reis naar huis.

Haar potlood bleef onbeweeglijk boven het papier hangen toen de loopplanken met veel geratel werden binnengehaald en de zeelieden de trossen losgooiden. Met een lage stoot uit de schoorsteen begonnen de motoren van de *Rotamahana* te grommen.

Opeens viel haar blik op de man op de kade. Hij stond iets van de drukte af en hij viel op doordat hij roerloos omhoogkeek naar de *Rotamahana*. Lulu fronste haar wenkbrauwen en vroeg zich af waar ze hem eerder had gezien. Toen hun blikken elkaar even kruisten, realiseerde ze zich dat hij haar, ondanks het feit dat hij geen zadel droeg en geen hond aan zijn voeten had, deed denken aan Dolly's cowboy. 'Wat vreemd,' hijgde ze.

Hij tikte tegen zijn hoedrand en draaide zich om. Hij baande zich een weg door de menigte tot hij niet meer opviel tussen een stuk of honderd anderen die er net zo uitzagen als hij.

Lulu kwam tot de conclusie dat ze zich maar iets inbeeldde en vergat hem meteen weer toen het schip zich moeizaam van de kade losmaakte. Het wateroppervlak werd breder toen de enorme gepantserde stoomboot zuidwaarts ploegde, en Lulu's hartslag versnelde. Ze vond het heerlijk op zee, ze genoot van de geur van zout in de lucht, de steeds veranderende kleur van het water en de groepen zeemeeuwen die boven het schip vlogen zodra ze in de buurt van de vaste wal kwamen.

Het was een liefde die moeiteloos opleefde nadat ze jarenlang in het centrum van Sussex had gewoond en de zee maar zelden had gezien. Ze was de troost die ze als kind had gevonden in het geluid van de golven die tegen de kust sloegen en in de warmte van het zand onder haar voeten, nooit vergeten. En algauw, al heel gauw, zou ze dat strand weer zien, het zand voelen, de pijnbomen en acacia's ruiken en haar tenen in het koele water van de Bass Strait steken.

Ze sloot haar ogen om de tranen tegen te houden. De herinnering aan dat strand was zo levendig dat ze hoopte dat het niet was veranderd.

Door het gedrang van de mensen om haar heen voelde ze zich behoorlijk dom. Ze opende haar ogen en keek omhoog. Tussen de wolken door zag ze een stukje blauw en de belofte van zon. Dat was een voorteken, besloot ze. Een voorteken dat haar thuiskomst precies zo zou uitpakken als ze had gehoopt.

'Als je terugkomt, ben ik weg,' zei Molly. 'Er staat eten in de vliegenkast en zij kan beneden in de hut eten.'

'Waarom kan ze niet hierboven bij ons eten?'

'Ik ben ermee akkoord gegaan dat ze hier logeert,' antwoordde ze nors, 'maar ik wil haar niet in mijn huis hebben. Als ze iets nodig heeft, kan Dianne het wel naar beneden brengen.'

Joe keek naar het meisje dat net deed alsof ze tijdens de afwas niet naar dit gesprek luisterde. Dianne was veertien, klein en mager, en had een lui oog. Ze was gek op roddels en zou ongetwijfeld alles wat ze hoorde overbrieven aan haar roddelzieke familie. 'Juffrouw Pearson blijft waarschijnlijk toch niet erg lang,' zei hij op vlakke toon.

Molly haalde haar schouders op en viel met haar strijkijzer aan op het pasgewassen laken. 'Moet je niet weg?' mompelde ze.

Hij keek op zijn horloge en pakte zijn hoed. 'Hoe laat denk je dat je terug bent?'

'Laat,' antwoordde ze. Ze zette het strijkijzer met een klap op de hete kookplaat van het fornuis en pakte een nieuw laken. 'Dianne zorgt voor het avondeten, dus je zult niet verhongeren.'

Joe draaide zich om, zodat ze zijn glimlach niet zou zien en liep snel naar buiten naar de pick-up. Zijn moeder was geen gemakkelijke vrouw, maar hij zag dat ze al werd geplaagd door haar gebruikelijke nieuwsgierigheid en dat het niet lang zou duren voordat ze stiekem een kijkje bij hun bezoekster zou nemen.

Tijdens zijn rit over de smalle sintelwegen, schoten er allerlei gedachten door zijn hoofd. Zijn moeder was duidelijk ontzettend gekwetst door die Cole-dame, maar doordat ze weigerde te vertellen hoe en waarom, kon hij alleen maar het meest voor de hand liggende vermoeden. Zijn vader had zeer waarschijnlijk een relatie met haar gehad, maar was dat dan voor- of nadat hij met zijn moeder was getrouwd?

Hij vertrok zijn gezicht toen de truck over de oneffen weg stuiterde. Er deden allerlei geruchten de ronde en de herinneringen aan het verleden, de gekoesterde wrok en de overdreven fantasieën werden nog eens gevoed door Doreens afluisterpraktijken in de telefooncentrale. Dat was het probleem met Tasmaniërs: als ze het hele verhaal niet kenden, verzonnen ze de rest erbij – en het was verbazingwekkend hoe dicht ze vaak bij de waarheid kwamen. Zijn eiland was misschien even groot als Zwitserland, maar de bevolking was een kleine en hechte gemeenschap, een uitstekende plek om je met andermans zaken bezig te houden.

De sintelweg eindigde en toen de wielen van de pick-up over het asfalt zoemden, voerde hij de snelheid op. Hij had net als de rest meegedaan aan de speculaties over juffrouw Pearson, want hoewel haar komst een stortvloed van verwijten aan het adres van Gwen had veroorzaakt, scheen niemand over haar dochter te willen praten. En dat intrigeerde hem.

'Misschien omdat ze niets van haar weten,' mompelde hij toen hij de buitenwijken van Launceston bereikte en de weg naar de haven in sloeg. 'Dat verandert ongetwijfeld zodra ze haar zien.'

Hij parkeerde de pick-up op zijn vaste plek naast het huisje van de havenmeester en zette de motor af. De *Rotamahana* was nog niet in zicht en daarom liep hij naar beneden om zijn benen te strekken. Het was een perfecte lentedag, met een felle zon, een heldere lucht en een frisse wind. Als het weer de rest van de maand zo bleef en het 's nachts niet ging vriezen, zou de race in Hobart perfect zijn voor Ocean Child.

Met een wrange glimlach keek hij naar het glinsterende water en de vissende plevieren. Het weer was in elk geval gunstig, maar hij hoopte dat juffrouw Pearson ongevoelig zou zijn voor de nieuwsgierigheid en de vijandigheid waarmee ze zou worden bejegend.

Ze hadden maar weinig geslapen terwijl de *Rotamahana* rolde en stampte op de ruwe wateren van de Bass Strait. Lulu had wakker gelegen, niet door de turbulente overtocht of door Dolly's zeeziekte, maar door de opwindende wetenschap dat elke schommeling haar dichter naar de kust bracht.

Dolly was ziek geweest, maar toen ze eindelijk uitgeput in slaap viel, kleedde Lulu zich snel aan en ging aan dek. Ze genoot van de frisse lucht en haalde diep adem om de bedompte lucht van de hut te verdrijven. Het was nog vroeg en ze was de enige passagier die aan dek was, maar de zon was al opgekomen. Het beloofde een prachtige dag te worden met een blauwe hemel. Dit was precies het goede weer voor een thuiskomst.

Ze stopte haar haar onder een zachte wollen baret, trok de kraag van haar jas op tegen de kille wind en vroeg zich af of ze Dolly zou wekken. De frisse lucht zou haar goeddoen nadat ze zo ziek was geweest en de zee was nu een stuk kalmer. Toch schoof ze die gedachte snel ter zijde en ze vroeg zich af of het egoïstisch van haar was om Dolly te laten doorslapen zodat zij in haar eentje kon genieten van haar eerste blik op Tasmanië.

Egoïstisch of niet, Lulu bleef waar ze was. Dit ogenblik wilde ze niet delen, want aan de horizon zag ze duidelijk de kenmerkende vorm van het land dat ze zestien jaar lang niet had gezien. Haar hart ging tekeer en ze omklemde de reling. Ze zag bijna niets door de tranen in haar ogen toen de *Rotamahana* zuidwaarts ploegde en het land steeds beter zichtbaar werd.

Ze werd begroet door zeevogels met wervelende witte vleugels die trieste kreten slaakten die wegdreven op de wind. Ze ontdekte stroken geel zand. Lulu zag kleine inhammen en baaien, beschaduwd door hoge donkere rotswanden en beboste heuvels. Ze snoof de geur op van de acacia's, eucalyptussen en pijnbomen, en keek naar de rook van de houtvuren uit de schoorstenen van de witte houten huizen die tussen de bomen op de heuvels stonden. Met haar ogen verslond ze de opeengepakte dorpjes, de strekdammen en de werven waar de vissersboten voor anker lagen, en ze genoot van de enorme opslagplaatsen die heerlijk roken naar pasgezaagd hout. Het was allemaal zo heerlijk, zo wonderbaarlijk vertrouwd dat ze bijna niet kon geloven dat het echt was.

Maar dat was wel zo en ze haalde snikkend adem doordat de liefde die ze tot nu toe niet had durven tonen opzwol en door de weerstand van vele jaren heen brak. Ze was thuis.

Joe keek naar het schip dat zijn anker liet vallen en afmeerde. De *Rotamahana* zou over een paar weken uit de vaart worden genomen en hij realiseerde zich dat hij het schip zou missen omdat het zo uniek was. Zijn blik dwaalde over de kade en hij ontdekte veel bekende gezichten tussen de boeren, winkeliers en veeboeren die daar stonden te wachten. De oversteek twee keer per week vanaf het vasteland was een vitale verbinding voor het eiland en de belofte van een snellere, grotere boot zou meer handel in vee en bezoekers betekenen.

Hij stond tegen de motorkap van de pick-up geleund naar de drukte op de kade te kijken en realiseerde zich dat hij onverklaarbaar zenuwachtig was en wenste dat hij ergens anders was. Hij wilde net weer naar de *Rotamahana* kijken toen hij een gezicht zag dat hij niet verwacht had te zullen zien. Hij schrok. Zijn moeder had gelijk gehad: Gwen Cole had zich niet kunnen inhouden om naar haar dochter te komen kijken.

Ze zat achter het stuur van een pick-up die aan één kant van de kade geparkeerd stond. De rook van haar sigaret dreef uit het open raampje en ze keek aandachtig naar het schip. Ze had een ondoorgrondelijke uitdrukking op haar gezicht en Joe vroeg zich af wat ze dacht van de komst van haar dochter. Zouden ze elkaar huilend in de armen vallen of elkaar uitfoeteren? Of zou ze gewoon blijven zitten kijken? Dat hoopte hij van harte, want hij kon niet goed omgaan met ruziënde vrouwen en tranen.

Hij zag dat ze een nieuwe sigaret aanstak met het peukje van de vorige en de rook uitblies. Haar vingers roffelden op het stuur. Ze was zichtbaar gespannen, maar was ze zo rusteloos door de zenuwen of door iets wat dieper ging?

Hij wendde zijn blik af en realiseerde zich te laat dat hij niet de enige was die haar aanwezigheid had opgemerkt. Op de kade stonden mompelende groepjes toeschouwers die tersluiks naar haar keken en veelbetekenend grijnsden. Er hing een gespannen en onplezierige sfeer, maar Gwen leek zich dit niet te realiseren. Ze bleef naar het schip kijken.

'*G'day, mate.* Je verheugt je zeker op het vuurwerk?' De boer was een buurman, zijn vrouw was een van de ergste roddelaars van de stad.

O nee, die kon hij net gebruiken! 'Laten we hopen dat ons dat bespaard blijft,' mompelde hij.

'Ik denk dat het eerder vroeg dan laat komt, Gwen kennende,' mompelde de boer met een veelbetekenend knipoogje. 'Mijn vrouw springt compleet uit haar vel als ze hoort dat ze dit gemist heeft.'

Joe hoopte van harte dat er niets te missen wás en wijdde zijn aandacht aan de passagiers die van boord stapten. Als hij kon ontdekken wie van hen juffrouw Pearson was, zou hij haar misschien snel kunnen wegloodsen en een gênante scène kunnen voorkomen.

'Hé, een béétje voorzichtig daarmee. Die koffers zijn ontzéttend duur, weet je.'

Het scherpe accent was onmiskenbaar en Joe keek naar de jonge vrouw die de ongelukkige kruier berispte omdat hij een van haar koffers had laten vallen. Hij moest toegeven dat ze aantrekkelijk was, maar ze deed hem te veel aan Eliza denken zodat hij nog moedelozer werd.

'Wel verdorie,' gromde hij. 'Daar gaan we weer.' Hij maakte zich los van zijn truck en liep snel naar haar toe, zich maar al te bewust van het feit dat iedereen op de kade naar hem keek. 'Juffrouw Pearson?'

Met haar hand op haar heup en zichtbaar kwaad, draaide ze zich naar hem om. 'Jij bent Reilly zeker,' snauwde ze. 'Dóé eens iets aan deze vent, wil je? Hij schijnt zich niet te realiseren hoe kóstbaar deze koffers zijn en ik zou het niet overléven als er iets kapot zou gaan.'

Verbijsterd door haar gedrag, keek hij naar de grote bruine ogen, de smetteloze huid en het pruilmondje. 'Ik heet Joe,' zei hij rustig, 'en ik ben níét uw bediende.'

Ze keek hem aan, zichtbaar verbijsterd door zijn klare taal.

'Doe je mond dicht, Dolly. Zo vang je nog vliegen.'

Joe draaide zich om toen hij deze stem hoorde en was sprakeloos. Ze was de mooiste vrouw die hij ooit had gezien, met korenbloemblauwe ogen en het prachtigste haar dat in koper- en goudkleurige krullen langs haar gezicht danste.

Glimlachend stak ze haar hand naar hem uit. 'Lorelei Pearson, maar noem me alstublieft Lulu. Dit is mijn vriendin, Dolly Cartaret. Neem het haar alstublieft niet kwalijk, ze is niet in zo'n beste bui na onze ruige overtocht. Ik neem aan dat u Joe Reilly bent?'

Hij realiseerde zich dat hij als een achterlijke idioot naar haar stond te kijken onder het toeziend oog van iedereen op de kade en vermande zich. '*G'day,*' zei hij met moeite.

'*G'day,* Joe.' Haar blauwe ogen schitterden olijk. 'Mag ik mijn hand misschien terug...'

Hij liet hem los alsof hij zich eraan brandde. 'Sorry,' mompelde hij, vuurrood van schaamte en van slag door hun aanwezigheid. Hij had niet verwacht dat ze een vriendin zou meenemen en de logistiek van hun accommodatie vergrootte zijn zorgen nog eens. 'Ik zal voor de bagage zorgen en dan kunnen we gaan.' Hij tilde de koffers op en keek even naar Gwen Cole die gelukkig in de pick-up bleef zitten. Hij had een wanhopige behoefte om aan die spiedende ogen te ontsnappen en zette de koffers zo snel mogelijk op de houten bagagewagen.

Joe Reilly was veel jonger dan Lulu had verwacht en zichtbaar verlegen, waarschijnlijk veroorzaakt door de gruwelijke littekens op zijn gezicht, maar zijn handdruk was stevig geweest en ze vond de eerlijke blik in zijn bruine ogen geruststellend. Toch vroeg ze zich af waarom hij zo'n haast had met het inladen van hun bagage.

'Wat zónde van zijn gezicht,' zei Dolly. 'Reilly moet vroeger vréselijk knap zijn geweest.'

'Hou je mond, Dolly, straks hoort hij je! En noem hem geen Reilly. Ze gaan hier veel minder formeel met elkaar om en dat zal hij als een belediging opvatten.'

'Nou, sórry hoor,' mompelde Dolly strijdlustig. 'Ik heb me niet gerealiseerd dat de mannen hier zo gevóélig waren.'

'Dat zijn ze niet,' verzuchtte Lulu. 'Ze gaan hier gewoon op een andere manier met elkaar om, dat is alles.' Ze klopte even op Dolly's arm. 'Maak je maar geen zorgen, daar wen je snel genoeg aan.'

'Dat betwijfel ik,' snoof Dolly. 'Hoe moet je dat soort dingen wéten als iederéén eruitziet alsof ze bij de lagere klassen horen?' Met een hooghartig gebaar naar de mensen op de kade zei ze: 'De meesten zien eruit alsof ze rechtstreeks van de boerderij komen.'

'Dolly,' snauwde Lulu. 'Praat eens wat zachter, verdorie.' Ze trok haar buiten gehoorsafstand van de zichtbaar nieuwsgierige menigte. 'Het klassenstelsel werkt hier heel anders,' zei ze op vlakke toon, 'en met dit soort opmerkingen veroorzaak je grote problemen.'

Dolly's ogen werden groot. 'Ik wilde alleen...'

Lulu nam haar hand, ze had meteen spijt van haar uitval. 'Ik weet dat het moeilijk is, maar je begrijpt het echt snel als je je mond houdt en kijkt hoe anderen zich gedragen,' zei ze vriendelijk. 'Ik heb dat ook moeten leren toen ik naar Engeland ging en als ík het kan, kun jij het ook.'

'Ik zal het proberen,' zei Dolly met tegenzin, 'maar het ziet er allemaal ongelóóflijk ongeorganiseerd uit.' Ze liep weg om haar stukken bagage te tellen en te bevestigen dat alles er was, onbeschadigd.

Lulu maakte van deze gelegenheid gebruik om naar Joe te kijken die hun bagage in de dieplader van zijn truck laadde. De littekens waren verschrikkelijk, maar ze had veel ergere gezien. Bovendien leidden ze de aandacht niet echt af van zijn donkerbruine ogen, rechte neus en sterke kin. Zijn lange benen staken in een leren broek en zijn geruite overhemd stond net ver genoeg open om een stukje van zijn gespierde borstkas te laten zien. Ook droeg hij platte leren laarzen en de onvermijdelijke breedgerande hoed. Hij was een jaar of dertig, dacht ze, en had de pezige kracht en getaande huid van een man die eraan gewend was om in alle weersomstandigheden zwaar fysiek werk te verrichten.

Alsof hij merkte dat ze naar hem keek, keek hij achterom en kruisten hun blikken elkaar. Hij keek haar met een vaste en bijna uitdagende blik aan, voordat hij zijn hoofd boog en doorging met het inladen van Dolly's bagage.

Dolly giechelde en kneep in haar arm. 'Volgens mij vindt hij je heel aardig, Lulu, en ik móét zeggen dat hij een héle verbetering is vergeleken met de mannen in Londen.'

'Doe niet zo raar,' snauwde Lulu, verbaasd dat Dolly haar eigen gedachten verwoordde. 'Lieve help, Dolly, moet je dan naar iedere man lonken die we ontmoeten?' Ze wachtte niet op antwoord en liep naar de pick-up. Hij was echt knap en bijzonder mannelijk, totaal anders dan de slappe aftreksels van de Londense elite, maar dat zou ze nooit toegeven. En al helemaal niet tegenover Dolly.

Joe hield het portier van de pick-up open en wilde duidelijk zo snel mogelijk vertrekken, maar toen ze dichterbij kwamen leek hij afgeleid, zijn blik dwaalde steeds weer naar de andere kant van de kade.

Lulu keek achterom, nieuwsgierig naar waar hij naar keek.

De pick-up leek vanuit het niets te komen. Hij reed met grote snelheid op haar af, de banden knarsten over de steenslag.

'Pas op!'

Lulu begon te rennen toen ze Joe's kreet hoorde.

De pick-up zwenkte en schudde op zijn chassis terwijl de banden een regen van stof en gravel deden opspatten. Hij reed op haar af – zigzagde als zij zigzagde – en begon steeds sneller te rijden.

Lulu sprong opzij toen hij op haar afstormde en de bumper miste haar maar net. Ze struikelde en viel bijna, haar angstkreet werd overstemd door de grommende motor terwijl zij zich in de beschutting van een veewagen liet vallen.

De pick-up werd met geweld naar een kant gestuurd om een botsing te voorkomen. De stank van verbrand rubber en een verstikkende stofwolk vulden de lucht en de gierende banden probeerden grip op het wegdek te krijgen.

Lulu dook achter de stevige veewagen in elkaar, met bonzend hart, te bang om zelfs maar te gillen.

Met een laatste gegier van rubber verliet de pick-up de haven en verdween met een woedende stoot op de toeter.

Lulu lag in de modder. Haar hart ging als een razende tekeer en ze kon amper ademhalen.

'Wel heb je ooit,' mompelde Joe en hij rende naar haar toe. 'Gaat het? Heeft ze je geraakt? Ben je gewond?'

Lulu knipperde haar tranen weg en keek naar hem op door de langzaam oplossende stofwolk. 'Ik... Ik...'

'Wat is er? Waar ben je gewond?' Met een verrassend teder gebaar sloeg hij zijn sterke arm om haar middel.

'Help me overeind,' hijgde ze. 'Ik krijg geen adem.' Zijn sterke handen trokken haar omhoog en hielden haar vast terwijl zij controleerde of ze iets gebroken had. Ze had schaafwonden op haar knieën en haar broek was gescheurd, maar het zag ernaar uit dat ze niet ernstig gewond was geraakt. 'Ik ben in orde,' zei ze tussen haar raspende ademhaling door. Ze pakte haar handtas die tijdens de aanval uit haar handen was gestoten en vond algauw haar pillen.

Er ging een gemompel door de menigte toeschouwers toen ze bij Joe vandaan liep en op de treeplank van de truck ging zitten. 'De voorstelling is afgelopen!' riep hij. 'Ga achteruit en geef haar wat ruimte.'

Ze hoorde Dolly's hooghartige stem al voordat ze haar zelfs maar kon zien. Ze baande zich een weg door de menigte en Lulu zag dat ze een politieagent met zich mee trok. 'Ik wil geen gedoe,' zei ze op dringende toon tegen Joe. 'Haal me hier alleen maar weg.'

'Maar ze heeft met opzet geprobeerd je aan te rijden,' protesteerde hij. 'De politie moet wel worden ingelicht.'

Lulu keek hem aan en kreeg een akelig voorgevoel. 'Heb je gezien wie het was?'

Hij knikte en keek naar de menigte die duidelijk niet van plan was te vertrekken. 'Wij hebben het allemaal gezien, toch?'

Er werd instemmend gemompeld en een of twee stemmen begonnen afkeurend te roepen. 'Het wordt tijd dat die vrouw wordt opgesloten,' riep een van de omstanders. 'Ja, inderdaad. Ze is een ontzettend gevaarlijke vrouw,' riep een ander.

Lulu was zich maar vaag bewust van Dolly en de politieagent die naast haar stonden, en keek vol afschuw naar Joe. 'Zij was het, hè? Gwen?'

Zichtbaar gegeneerd knikte hij.

De politieagent opende zijn aantekenboekje en likte aan zijn potlood. 'Ik moet een verklaring hebben van iedereen die hier getuige van was,' bulderde hij, genietend van het ogenblik. Hij wendde zich tot Lorelei: 'Als u zich goed genoeg voelt, juffrouw, begin ik met u.'

Lulu aarzelde. 'Ik wil geen aanklacht indienen,' mompelde ze.

'Dat méén je toch niet?' Dolly pakte haar hand. 'Gwen probeerde je te vermoorden, Lulu. We hebben het allemaal gezien.'

Weer ging er een instemmend gemompel door de menigte die nu dichterbij kwam staan.

Lulu schudde haar hoofd. Nu ze gemakkelijker kon ademen, kon ze ook weer helder denken. 'Ze wilde me alleen maar bang maken,' zei ze, en ze schudde het stof uit haar haar. 'Nou, ik moet zeggen dat haar dat gelukt is. Gwens gevoel voor zelfbehoud is veel te groot om in het openbaar een moord te plegen.'

'We hadden nooit moeten komen,' zei Dolly. 'Wie weet of ze niet weer iets zal proberen?'

'Een gewaarschuwd man telt voor twee,' antwoordde Lulu met meer zelfvertrouwen dan ze voelde. 'Als ze het weer probeert, ben ik erop voorbereid.' Ze wendde zich tot Joe die haar geschrokken aankeek. 'Ik ben sterker dan ik eruitzie, Joe, maar ik zou het fijn vinden als je me bij dit publiek kunt weghalen.'

'Kom op, dan neem ik je mee naar huis.' De menigte week uiteen als de Rode Zee toen hij haar naar de pick-up bracht en haar hielp instappen.

Lulu schoof over de versleten leren zitting opzij zodat Dolly naast haar kon gaan zitten en kneep haar ogen even dicht toen de stof van haar broek over de schaafwonden op haar benen schuurde. De gevolgen van de gebeurtenissen van die ochtend begonnen hun tol te eisen en hoewel de pillen haar op hol geslagen hart tot rust hadden moeten brengen, ging het nog steeds als een razende tekeer. En ze had het koud.

Ze leunde tegen het gebarsten leer, sloot haar ogen en dwong haar hart te kalmeren toen Joe de motor aanzwengelde, naar binnen klom en het portier dichtsloeg. De pick-up rook naar paarden, hooi en mest, maar vooral naar natte honden. Het deed haar denken aan haar oude labrador die ze had achtergelaten en aan de stalhouderij, en dat was vreemd genoeg geruststellend.

Ze opende haar ogen, zag dat Dolly haar neus vol walging optrok en hoopte dat ze haar mond hield. Er was vandaag al genoeg ellende geweest.

'Weet je zeker dat je niet naar de dokter hoeft voordat we vertrekken?'

Lulu keek Joe aan, zag zijn bezorgde blik en glimlachte. 'Een pleister is wel voldoende, Joe. Laten we maar naar huis gaan.'

'Goed dan,' zei hij, 'als je het zeker weet?' Nadat ze had geknikt, reed hij de kade af.

Lulu zat tussen Dolly en Joe in geperst en was zich maar al te bewust van de gespierde dij die zich tegen haar been spande en ontspande, elke keer als zijn voet het gaspedaal indrukte. Gefascineerd keek ze naar de spieren en pezen onder de gebruinde huid van zijn armen die zich spanden als hij aan het stuur draaide en schakelde. Dat kwam alleen maar omdat ze beeldhouwster was natuurlijk, maar toch maakte het haar onrustig.

Joe leek zich ook ongemakkelijk te voelen, zag ze geamuseerd, want hoewel ze maar weinig ruimte hadden en nergens naartoe konden, bleef hij proberen fysiek contact te vermijden.

'Is het erg ver? Het ruikt hier namelijk alsof er iets is doodgegaan en ik ben een beetje misselijk na die wálgelijke confrontatie.' Woest draaide Dolly het raampje naar beneden.

'Het duurt ongeveer drie kwartier,' antwoordde Joe met een ondoorgrondelijke blik op zijn gezicht. 'Sorry dat de pick-up er zo uitziet. Ik was van plan hem schoon te maken, maar ik heb het druk gehad.'

Dolly snoof en wilde net iets zeggen toen Lulu haar met een por in de ribben en een boze blik het zwijgen oplegde. 'Ben je altijd al trainer geweest, Joe?' vroeg ze, in een wanhopige poging de stemming te verbeteren.

'Ja.'

'Ik neem aan dat je niet echt veel keus had, omdat het een familiebedrijf is?'

'Niet echt.'

'Mijn oudtante kan zich je grootvader nog herinneren. Haar echtgenoot liet zijn paarden door hem trainen.'

'Dat weet ik.'

Joe Reilly was dan misschien wel knap, hij ontbeerde de kunst van het converseren. Lulu probeerde hem weer aan het praten te krijgen. 'Ik neem aan dat je alle documenten hebt bewaard?'

Hij knikte gespannen, maar leek zich toen zijn goede manieren te herinneren. 'We hebben alles bewaard, vanaf de dag dat grootvader de renstal heeft geopend.' Hij keek haar even aan voordat hij weer naar de weg keek. 'Je oom had een paar goede paarden, maar volgens mij konden ze geen van alle aan Ocean Child tippen.'

'Wat is het voor paard?' vroeg ze nieuwsgierig. 'Ik kan niet wachten tot ik hem kan zien.'

Hij fronste. 'Hij is schitterend,' zei hij, 'maar dat zou je moeten weten. Jij hebt hem gekocht.'

Lulu schudde haar hoofd. 'Alle documenten lijken daarop te wijzen, maar ik zweer dat ik niets met die koop te maken heb gehad.'

'Maar Carmichael zei echt dat hij dat hengstveulen op jouw aanwijzingen heeft gekocht.'

'Dan liegt hij,' zei ze kortaf. 'Ik had nog nooit van Carmichael gehoord voordat je me die brief schreef.'

Joe nam de bocht een beetje te scherp waardoor ze tegen hem aan viel. Hij mompelde een verontschuldiging en schakelde terug om iets langzamer over de slechte landweg te rijden. 'Carmichael heeft Child dus gekocht en hem jou zomaar gegeven?'

'Hij heeft het paard inderdaad gekocht, dat blijkt uit de documenten, maar was het een cadeau van hem of van iemand die anoniem wil blijven?' Ze keek hem aandachtig aan. 'Heb je meneer Carmichael ooit ontmoet?'

'Nee,' mompelde hij. 'Die man is gewoon ongrijpbaar.'

'Dat dacht ik al,' zei Lulu, 'en daarom ben ik ook hier. Het is een mysterie, Joe, maar ik ga ervan uit dat we dat kunnen oplossen.'

'Laten we hopen dat je gelijk hebt,' mompelde Joe met weinig overtuiging. Hij reed de pick-up door het openstaande hek het stalerf op waar ze door de beide collies werden begroet. 'Welkom op Galway House,' zei hij, en hij zette de motor af.

Lulu keek naar het woonhuis terwijl hij haar de truck uit hielp. Het was een mooi bakstenen huis, waarschijnlijk aan het einde van de vorige eeuw gebouwd, en stond in de schaduw van volwassen bomen. De beide verdiepingen waren bereikbaar via de veranda's die overdekt waren met kamperfoelie en rozen. Er stonden gemakkelijke stoelen en er kringelde rook uit de schoorsteen. Het zag er gezellig en uitnodigend uit en de gedachte aan een zacht bed en koele schaduw was verleidelijk.

Terwijl zij de collies begroette, realiseerde ze zich dat ze werden bekeken. De stalknechten lummelden op het stalerf, met grote nieuwsgierige ogen, en achter een van de ramen ving ze een glimp op van het gezicht van een meisje.

'Dat is Dianne, bij het raam. Ze helpt ons,' zei Joe, 'en trek je maar niets aan van de mannen,' voegde hij er met een trage glimlach aan toe. 'Ze zien er misschien wel ruig uit, maar ze zijn ongevaarlijk.'

Lulu's grijns en Dolly's zwaai werden beloond met verlegen glimlachjes en tikjes aan de rand van hun hoed. Het leek alsof ze verdwenen in de diepe schaduwen van de stalhouderij. Ze keek naar de paarden die hun hoofd uit de vele boxen staken. 'Welke is Ocean Child?'

'Daar, in de paddock.' Hij keek naar Dolly's schoenen. 'Misschien kun je beter andere aantrekken,' zei hij ernstig, 'straks verzwik je je enkels op de kinderkopjes.'

'Wat áárdig van je, maar ik heb elke vierkante centimeter van Bond Street en Mayfair op hoge hakken belopen en deze enkels verzwikken heus niet.'

Joe trok spottend een wenkbrauw op toen zij wankelend wegliep. Lulu verbeet een glimlach. Joe zou snel genoeg tot de ontdekking komen dat niemand Dolly van haar favoriete schoenen kon scheiden.

Ze ging naast Dolly bij het hek staan. Het gras was hoog en weelderig en de bomen en groene heuvels beschaduwden de paddock. Klokvogels klingelden en een kookaburra begon luidruchtig te lachen. Het tafereel was onmiskenbaar Tasmaans – precies wat ze had gehoopt en meer – en Lulu was er meteen heftig verliefd op.

Ocean Child tilde zijn hoofd op en keek hen even aan voordat hij zich verwaardigde naar hen toe te komen. Zijn vacht glansde koperkleurig in de ochtendzon en zijn prachtig gevormde spieren bewogen soepel onder het vlees. Hij had een fraaie bles op zijn voorhoofd en met zijn staart zwaaide hij lastige vliegen van zich af.

'O, Dolly,' zuchtte ze met tranen in haar ogen, 'wat is hij mooi.' Ze stak haar hand uit en glimlachte toen hij met zijn fluwelen neus haar handpalm besnuffelde.

'Hij is op zoek naar een appel,' zei Joe, 'maar het is nog te vroeg. Misschien later.'

Lulu streelde zijn slanke hals en wikkelde haar vingers in zijn manen. 'Hij wordt schitterend als hij helemaal volgroeid is. Ik kan nu al zien hoe prachtig gespierd hij wordt.' Ze zwaaide haar haar naar achteren en keek achterom naar Joe. 'Is hij een sprinter of een steeplechaser?'

'Hij is heel snel, maar hij houdt van de uitdaging van de hindernis. Hij heeft het heel goed gedaan tijdens de paar races waar hij aan heeft meegedaan, en het zal interessant zijn om te zien hoe hij het aan het eind van deze maand zal doen.'

Haar ogen werden groot van plezier. 'Racet hij deze maand?'

Joe knikte en begon te vertellen over wedstrijdklasse en het parcours toen Dolly hem in de rede viel. 'Dit is allemaal ontzéttend interessant, lieverds, maar ik móét in bad en even gaan liggen. Ik ben hélemaal kapot.' Ze draaide zich om naar het woonhuis. 'Ik neem aan dat we daar logeren?'

Joe schraapte zijn keel en begon te blozen. 'We dachten dat jullie liever niet vlak bij de renstal wilden logeren,' zei hij met zijn blik strak op een punt in de verte gericht. 'Daar zijn minder vliegen en worden jullie niet gestoord door de knechten die bij het eerste ochtendgloren de stallen beginnen uit te mesten.' Hij zweeg, duidelijk niet op zijn gemak. 'Jullie accommodatie is iets eenvoudiger dan het woonhuis, maar jullie hebben alles wat jullie nodig hebben.'

'Eenvoudig?' vroeg Dolly wantrouwig. 'Hoe eenvoudig?'

'Wellicht was eenvoudig niet het goede woord,' zei hij snel. 'Eigenlijk is het een soort blokhut.' Zijn blik gleed naar zijn laarzen. 'Jullie zullen het misschien een beetje klein vinden. We verwachtten namelijk niet dat jullie met z'n tweeën zouden komen,' besloot hij onhandig.

'Dat klinkt intrigerend,' zei Lulu en ze waarschuwde Dolly met haar blik dat ze haar mond moest houden.

Met een broze glimlach zei Dolly: 'Ik zal mijn oordeel opschorten tot ik het heb gezien,' zei ze dreigend. 'Waar staat die hut precies?'

'Daar beneden in de bush.' Hij wees naar de dichtbeboste vallei.

Haar glimlach verdween. 'Daar wonen toch geen beren of tijgers of andere geváárlijke dieren, hoop ik?'

Joe schudde zijn hoofd, ernstig maar met een geamuseerde blik in zijn ogen. 'Alleen een enkele kangoeroe of wallaby. 's Nachts kun je de

Tasmaanse duivels horen schreeuwen en hoewel ze heel moordzuchtig klinken, zullen ze nooit bij je in de buurt komen. Jullie zijn daar echt heel veilig,' verzekerde hij haar.

'En slangen?' Lulu had levendige herinneringen aan de slangen die zich in houtstapels verstopten en in de klimop bij de achterdeur van het huis waar ze als kind had gewoond.

'Het is nog veel te koud voor slangen, maar ik heb wel gecontroleerd of er nesten zijn, gewoon voor het geval dat. Het is allemaal in orde.' Joe bracht hen terug naar de pick-up, zwengelde de motor aan en reed, met de honden in de laadbak, langs de paddock.

Lulu zag het spiertje in zijn kaak kloppen en vroeg zich af wat hem dwarszat. Hij had een paar keer 'we' gezegd en daarom dacht ze dat hij getrouwd was. Misschien hadden ze ruzie gehad, of waren ze pas getrouwd. Dat zou een verklaring kunnen zijn voor het feit dat zij en Dolly ver van het woonhuis werden ondergebracht.

Ze hield op met nadenken over Joe's thuissituatie, negeerde haar stekende schaafwonden en genoot van het uitzicht. Dit was echt een prachtige plek, met beschutte heuvels, glooiende paddocks en een snelstromende rivier door de diepe vallei. Geen wonder dat Joe de familietraditie had gevolgd en was gebleven.

De pick-up stopte en de stilte werd alleen verstoord door het getik van de afkoelende motor terwijl zij en Dolly naar hun nieuwe huis keken.

'Dát,' zei Dolly, 'is geen blokhut. Dat is een... keet, een schuur... een bouwval.'

'Het is geen bouwval,' antwoordde hij.

'Dan ga jij er maar in slapen.'

'Het is inderdaad iets eenvoudiger dan ik had verwacht,' zei Lulu. Ze keek Joe peinzend aan. 'Volgens mij kunnen we beter in het woonhuis logeren, tenzij je een hotel voor ons kunt vinden.'

'Er is nergens een hotel in de buurt,' protesteerde hij, 'en mijn moeder...'

'Je móéder wordt niet verbannen naar een bouwval in het bos,' snauwde Dolly. 'Ik kan me ámper voorstellen...'

'Dolly!' Lulu viel haar waarschuwend in de rede. 'Mevrouw Reilly houdt kennelijk niet van vreemden in haar huis en het ziet ernaar uit dat we geen keus hebben.'

'Hoe zit het met die beroemde Australische gastvrijheid waar je zo over hebt opgeschept?' Dolly sloeg haar armen over elkaar en vroeg woedend: 'Dit kun je toch geen uitnodigende plek noemen? Eerst word je bijna overreden, dan worden we geacht in een schúúr te gaan wonen en wat komt straks? Een aanval op de ploeg dwangarbeiders samen met alle andere ongewenste vreemdelingen?'

'Nu gedraag je je echt heel dwaas,' snauwde Lulu.

'Als jullie even binnen gaan kijken, zul je zien dat het echt heel comfortabel is,' zei Joe snel. 'Waarom kijken jullie niet even?'

Lulu hoorde de bijna wanhopige, smekende ondertoon in zijn stem en gaf toe. Zijn moeder moest wel een kenau zijn dat ze hun gasten hiernaartoe verbande. Ze wendde zich tot Dolly. 'Ik weet dat je niet gewend bent aan dit soort eenvoudige omstandigheden, maar ...'

'Je hebt gelijk, dat ben ik niet,' zei Dolly opstandig.

'Kom op, Dolly.' Lulu raakte haar hand even aan. 'Neem in elk geval even een kijkje voordat je het afwijst.'

Dolly haalde diep adem en stak een sigaret op. 'Goed dan,' zei ze op vlakke toon, 'maar als ik ook maar één spin zie, ben ik hier weg.'

Joe liep voor hen uit over het pasgemaaide gras en langs de hout-stapel naar de veranda waar een gemakkelijke stoel nogal verloren stond te wachten. Hij zwaaide de deur open en stapte met een on-doorgrondelijke blik in zijn ogen achteruit. 'Ik kan nog een bed halen en alles wat jullie verder nog nodig hebben,' zei hij zacht.

Lulu besloot haar mening op te schorten en stapte de duisternis in terwijl Dolly zich aan haar arm vastklampte. De hut bestond uit één vertrek en er hing de zoete geur van pasgeschaafd hout. Het was verrassend groot en smetteloos schoon, er stond een ijzeren ledikant opgemaakt met fris beddengoed, er hingen chintz gordijnen voor het ene raam en vlak bij het niet-brandende fornuis stond een geboende eettafel van pijnbomenhout. Er hingen potten en pannen aan de ha-ken boven het fornuis, er stond een ketel op de klep van de kookplaat en op een plank stonden servies en bestek. Haar enthousiasme ebde weg: zij en Dolly werden duidelijk geacht voor zichzelf te zorgen. Ze waren dus echt verbannen.

Dolly controleerde de dakspanten en elk hoekje op spinnen en slangen. Ze keek ongeïnteresseerd naar de potkachel en testte het bed. Ze streek met haar handen over het beddengoed en keek naar de gor-dijnen die duidelijk betere tijden hadden gekend. 'Voor vannacht kan het er wel mee door, denk ik,' zei ze met tegenzin.

Lulu stak haar arm door de hare. 'Ik denk dat we wel iets langer dan één nacht moeten blijven,' zei ze zacht. 'Kom op, Dolly, het is helemaal niet slecht.'

'Ik ben gewoon niet gewend aan zoiets als dit,' siste ze. 'Kun je hem niet overhalen iets anders voor ons te regelen?'

Lulu keek even naar Joe die in de deuropening stond alsof hij wilde voorkomen dat ze wegliepen. 'Dat denk ik niet, Dolly,' mompelde ze, 'we moeten het er maar mee doen tot we iets beters kunnen vinden.'

Joe schraapte zijn keel. 'Als dat zo is, haal ik jullie bagage wel even.'

'Wacht eens even,' zei Dolly. 'Waar is de badkamer?'

Lulu schrok. Ze had gehoopt dat dit onderwerp pas ter sprake zou komen nadat ze hun spullen hadden uitgepakt en zich hier hadden geïnstalleerd. Ze keek naar Joe die ongemakkelijk met zijn voeten stond te schuifelen en bijzonder gegeneerd keek. 'Buiten zal wel een boiler zijn om het water op te warmen zodat we die badkuip kunnen vullen,' zei ze en ze wees naar het grote tinnen bad bij het fornuis. 'De andere voorzieningen zullen ook wel buiten zijn.'

Dolly's ogen werden groot van afschuw. 'Bedoel je dat we naar buiten moeten om... om...'

Lulu knikte en fluisterde iets in haar oor, in de hoop dat Joe niet kon horen wat ze zei.

Dolly liet zich met een woedende blik in haar ogen op het bed zakken. 'Dat is echt de drúppel,' snauwde ze.

Lulu schoot in de lach. 'O, Dolly,' riep ze, 'je zou je gezicht eens moeten zien!'

'Dit is helemaal niet grappig,' schreeuwde Dolly. 'Ik háát kamperen – heb er nooit het nut van ingezien – en toch word ik nu gedwongen in een schúúr te slapen en in een pó te plassen!' Haar rode mond verstrakte toen Lulu bleef giechelen. 'Lulu Pearson, dit is een hele stapel gunsten en als ik dit overleef – wat ik betwijfel – zal ik ervoor zorgen dat je de rest van je leven bezig bent dit terug te betalen.'

# 8

Clarice keek door het drijfnatte raam naar de oktoberregen die de tuin geselde. De indian summer was voorbij. De bloemen waren doorweekt, ze waren in elkaar gezakt door het gewicht van de regen, hun bloemblaadjes leken vertrapt als vergeten confetti. De heuvels in de verte waren versluierd door de wolken en Clarice werd helemaal gedeprimeerd van deze sombere dag.

Ze zuchtte en keek naar de brieven die verspreid op de tafel lagen. Ze waren die ochtend gearriveerd en ze had ze gretig gelezen, hongerig naar Lorelei's nieuws. Ze had de plaatsen die ze tijdens haar reis had gezien erg treffend beschreven en zelfs schetsen meegestuurd zodat Clarice haar ervaringen kon delen. Er was nog geen enkele brief uit Australië – daar was het nog te vroeg voor – en ze kon alleen maar hopen dat Lorelei's idealistische herinneringen aan haar geboorteland niet door de realiteit zouden worden verbrijzeld.

Clarice ging in de stoel bij het raam zitten. Die dag in Sydney had het ook geregend, herinnerde ze zich, die afschuwelijke dag waarop haar wereld in elkaar stortte en ze alles wat ze belangrijk vond was kwijtgeraakt.

## Sydney, oktober 1888

Clarice was de eerste weken van het nieuwe jaar doodsbang geweest, maar toen de tijd verstreek en er niets was dat wees op de gevreesde zwangerschap, kon ze zich iets ontspannen. En toch was ze veranderd. Verdwenen was haar dappere verzet, verdwenen was haar sprankelende passie. Daarvoor in de plaats was een hooghartige terughoudendheid gekomen die ze als een soort wapenrusting om zich heen gewikkeld had.

151

Ze had nooit goed kunnen liegen en wist dat ze niet in staat zou zijn Algernons prangende vragen te ontwijken. Hij scheen echter niets te vermoeden van de gebeurtenissen van die afschuwelijke avond en leek niet te merken dat ze zich anders gedroeg. In feite leek hij zich nergens van bewust, alleen van zijn werk, en daar was ze blij om.

Clarice ging alleen naar de belangrijkste ontvangsten en gedroeg zich als een plichtsgetrouwe echtgenote. Ze nam de leiding over de bedienden op zich, zag erop toe dat Algernon regelmatig at en onderhield zijn saaie gasten met koele gratie. Ze had troost gevonden in haar metamorfose en verwelkomde deze zelfs.

De meeste moeite kostte het om Eunice te ontlopen. Het zou in die eerste weken onmogelijk zijn geweest haar onder ogen te komen, om bij haar te zijn en dat afschuwelijke geheim te moeten bewaren. Maar toen Eunice zich na een tijdje begon af te vragen waarom ze zich uit het sociale leven terugtrok en haar niet meer wilde bezoeken, had ze zich gerealiseerd dat ze haar relatie met haar zus moest voortzetten alsof er niets was gebeurd. Dat was niet gemakkelijk geweest, vooral niet omdat Lionel kennelijk altijd probeerde thuis te zijn als ze langskwam.

Er gingen geruchten dat Lionel een andere afleiding had gevonden en wel in de vorm van de jonge echtgenote van een oudere diplomaat. En of dat nu waar was of niet, hij was opeens veel minder vaak thuis. Eunice praatte er nooit over en nam haar zus nooit in vertrouwen over de continue ontrouw van haar echtgenoot. Clarice hoefde zijn infame gedrag dus nooit met haar zus te bespreken. En toch wist ze dat haar zus eronder leed en ook dat zij, Clarice, een deel van de oorzaak van haar leed was. Ze wilde dat ze iets kon doen om haar te troosten, maar dat was natuurlijk niet mogelijk, en het schuldgevoel drukte zwaar op haar elke keer dat ze bij elkaar waren.

Het was een zachte winter geweest, maar oktober bracht zware regenbuien en een kille wind. Lionel was voor een militaire opdracht in Brisbane en Eunice had haar uitgenodigd om te komen lunchen.

De verrukkelijke maaltijd was bedorven door Gwens recalcitrante stemming, maar die was nu afgelopen. Clarice ging met een kop koffie in haar favoriete stoel zitten, zodat ze vanuit de woonkamer naar het spectaculaire uitzicht kon kijken. Ze keek naar de zee die op de kust beukte en trok haar omslagdoek steviger om haar schouders. Het was nog steeds koud ondanks het felle vuur in de haard. De oostenwind deed de bomen buigen en sloeg de regen horizontaal tegen de ruiten.

'Zou je hier eens naar willen kijken en me advies kunnen geven?' vroeg Eunice terwijl ze een catalogus pakte.

'U hebt háár advies helemaal niet nodig,' zei Gwen grof. 'Ik weet zelf wel welke jurk ik wil.'

'Die jurk is ongepast, liefje,' zuchtte Eunice. 'Je bent veel te jong voor zo'n geraffineerde jurk.'

'Ik word vijftien,' snauwde ze, 'en ik ben niet van plan zó op mijn eigen verjaardagsfeestje te verschijnen.' Ze liet zich in haar stoel vallen en sloeg haar armen over elkaar.

Clarice keek haar met een koele blik aan, totaal niet onder de indruk van haar gedrag. Gwens lange bruine haar was met twee witte linten naar achteren gebonden en ze droeg een blauwe jurk met een zeemanskraag en lange manchetten. Hij reikte tot halverwege haar kuiten, zodat haar dikke zwarte kousen en de franje van haar witte petticoats te zien waren – dat was de gebruikelijke kleding van ieder meisje dat haar debuut maakte.

'Dat heb ik ook nooit gesuggereerd,' zei Eunice droog. 'Ik heb een perfecte jurk voor die avond voor je uitgezocht. Hij is heel stijlvol, maar toch eenvoudig en passend bij je leeftijd. Je zult er prachtig in uitzien.'

'Ik zal er belachelijk in uitzien,' mompelde ze. 'Al mijn vriendinnen mochten hun eigen jurk uitzoeken, waarom ik dan niet?'

'Dat decolleté is veel te gewaagd en de stijl veel te geraffineerd voor zo'n jong iemand. Dat zou een totaal verkeerde indruk wekken.' Ze keek hulpzoekend naar Clarice, zichtbaar uitgeput door deze eindeloze discussie.

Clarice keek naar de agressieve Gwen en realiseerde zich dat de zaak diplomatiek aangepakt moest worden om ruzie te voorkomen. 'Laat me het patroon eens zien,' vroeg ze. 'Misschien kunnen we dat zo aanpassen dat jullie allebei tevreden zijn.'

'Die jurk hoeft helemaal niet aangepast te worden,' zei Gwen kwaad. Ze pakte de catalogus van haar moeder af, bladerde erin en smeet hem op het lage tafeltje tussen hen in, zodat de kopjes op hun schoteltjes rinkelden. 'Dat is hem. Ziet u wel? Hij is perfect.'

Clarice keek naar de foto en was het met haar zus eens. De catalogus was van een Parijs modehuis dat beweerde dat het de beste ontwerpen waren van de huidige rage in Europa, *La Belle Epoque*.

De jurk was laag uitgesneden, de boezem van het fotomodel werd omhooggedrukt door haar korset en werd nog eens geaccentueerd door een kanten lijfje. De mouwen waren geplooid en druk versierd met nog meer kant en linten, en de rok liep vanuit de smalle taille uit in een kleine gevoerde tournure en in een gelaagde sleep die op een waterval leek door het vele kant en linten. Het was de mooiste jurk die ze ooit had gezien en Clarice kon heel goed begrijpen waarom Gwen hem wilde hebben, maar hij was ontworpen voor een vrouw, niet voor een kind.

'Het spijt me, Gwen, maar ik ben het met je moeder eens,' zei ze zacht.

Gwen graaide de catalogus met een gevaarlijke blik in haar ogen uit haar handen. 'Ik had kunnen weten dat u háár partij zou kiezen,' siste ze.

'We weten allebei wat gepast is, Gwen, liefje,' zei Eunice kalmerend, 'en wees alsjeblieft niet zo grof tegen je tante. Ze probeert alleen maar helpen.'

'Dan kan ze zich beter met haar eigen zaken bemoeien,' mopperde ze. Ze liep terug naar haar stoel en begon in de catalogus te bladeren. 'Jullie zijn allebei te oud om iets van de huidige mode te begrijpen.' Ze keek haar moeder strijdlustig aan. 'Die afschuwelijke jurken die jullie dragen, zijn allang uit de mode.'

'Gwen, gedraag je, anders zeg ik het feest af.'

Met een schampere lach zei ze: 'Pappie heeft me een feest beloofd en u hebt toch het lef niet dat achter zijn rug om te annuleren.'

'Je vader heeft me gevraagd alles te regelen,' antwoordde Eunice. 'Hij zal mijn besluit het feest te annuleren steunen als hij weet waarom ik dat doe.'

Met half dichtgeknepen ogen zei Gwen: 'Dat zou hij nooit doen en dat weet u heel goed. Pappie heeft het me beloofd en die belofte zal hij nooit breken.'

'Je vader doet wel meer beloftes,' mompelde Eunice. 'Hij komt ze zelden na.'

'Hij wil u rustig houden en zegt alleen wat u wilt horen,' zei Gwen scherp. 'Tegen mij heeft hij nog nooit gelogen en hij heeft me nog nooit teleurgesteld, en dat zal hij ook nooit doen.'

Clarice zag de blos op Eunice' wangen en de capitulatie in haar afhangende schouders. Het meisje had kennelijk even weinig respect voor haar moeder als Lionel, en dat wist Eunice. Haar handen jeukten om haar een klap in het gezicht te geven en ze wenste dat haar zus voor één keer voor zichzelf zou opkomen. Dat ze eindelijk eens ophield toe te geven aan Lionels ondermijnende beledigingen waardoor hun dochter in een verwend nest was veranderd.

Maar al Eunice' vechtlust was verdwenen en ze bleef zwijgen.

Met een sluwe uitdrukking op haar gezicht zei Gwen: 'Hij heeft de jurk al gezien en goedgekeurd, en hij heeft beloofd mij vanuit Brisbane de stof te sturen.' Ze smeet de catalogus op het lage tafeltje en leunde achterover in haar stoel, nog steeds met een kwade blik in haar ogen, en begon met het witte haarlint te spelen. 'Je kunt je energie maar beter bewaren voor iets belangrijkers dan loze dreigementen.'

'Praat niet op zo'n toon tegen je moeder,' snauwde Clarice.

'Ik praat tegen haar zoals ik wil,' teemde ze, nog steeds spelend met haar haarlint.

'Als je jezelf wereldwijs genoeg vindt om zo'n jurk te dragen, zou je op je manieren moeten letten,' antwoordde Clarice vol afschuw.

Gwen keek haar met een kille blik aan. 'Sinds wanneer bent u een expert op het gebied van etiquette?'

'Ik beweer helemaal niet dat ik een expert ben,' zei Clarice, 'maar ik heb wel geleerd dat de manier waarop iemand zich gedraagt heel belangrijk is. De maatschappij stoot degenen die zich niet aanpassen uit en het zou jammer zijn als je al wordt verbannen voordat je de kinderkamer zelfs maar ontgroeid bent.'

'Ik ben de kinderkamer allang ontgroeid en ben niet van plan me door de maatschappij te laten uitstoten. Ik weet heel goed hoe ik me in het openbaar moet gedragen.'

'Dan zou je zo beleefd moeten zijn ook op je manieren te letten als je thuis bent,' zei Clarice met een boze blik. 'Er is geen enkel excuus voor grofheid en bovendien is grofheid heel onaantrekkelijk.'

'Volgens mij bent u wel de laatste die me hierin kan adviseren. U bent immers niet bepaald hét voorbeeld van de hogere klasse in Sydney, wel?' Haar kritische blik dwaalde van Clarice' keurige laarsjes naar de effen fluwelen hoed. 'Eerder het plichtsgetrouwe huisvrouwtje met ambities voor grandeur. U en die enge Algernon passen perfect bij elkaar.'

'Zo is het genoeg,' snauwde Eunice. 'Ga naar je kamer.'

'Hmph. Dat denk ik niet.' Gwen hield op met haar lint te spelen, pakte een boek en begon erin te bladeren.

Eunice stond op, pakte de catalogus van de tafel en smeet hem in de brandende haard. 'Zo,' snauwde ze en ze ging weer zitten, 'die is weg. Net als je feest.'

Uitzinnig van woede sprong Gwen op. Ze schopte de tafel omver en de gloeiendhete koffiepot kwam in Eunice' schoot terecht. Die sprong met een kreet van pijn overeind.

Gwen hief haar arm alsof ze Eunice wilde slaan en Clarice probeerde hem te grijpen. 'Hou op!' brulde ze. 'Hou hiermee op!'

'Blijf van me af,' gilde Gwen. Ze probeerde zich los te worstelen en gaf haar een duw.

Clarice reageerde zonder nadenken en duwde terug.

'Stomme trut!' krijste Gwen. Ze struikelde over de op de grond gevallen koffiepot en landde met een plof op het vloerkleed. 'Hoe durft u!'

'Beheers je, Gwendoline.' Eunice hield de punten van haar doorweekte rok omhoog om te voorkomen dat hij tegen haar benen plakte. Ze stak met een kalmerend gebaar haar hand uit terwijl Gwen overeind krabbelde. 'Je bent helemaal overstuur, liefje. Zo doe je jezelf nog pijn.'

Gwen sloeg haar hand weg. 'Laat me met rust, slappe koe,' siste Gwen.

Eunice trok bleek weg. 'Wat zei je daar?'

'Ik noemde u een slappe koe! Wat is er, moeder? Bent u doof geworden?'

Eunice' handen trilden. 'Er mankeert niets aan mijn gehoor, maar ik ben verbijsterd dat je zulke walgelijke taal bezigt.'

'Waarom? Pappie doet niet anders.'

Ze schudde haar hoofd en stapte met grote ogen van afschuw achteruit. 'Dat doet hij niet,' hijgde ze.

'O jawel. Dat heb ik zelf gehoord. Maar dat verkiest u natuurlijk te negeren, zoals u alles wat hij doet negeert. Hij werkt keihard en probeert u een plezier te doen, maar door uw gejammer en zielige gezeur maakt u zijn leven tot een hel. Geen wonder dat hij maîtresses nodig heeft.'

Eunice liet zich op de bank zakken, lijkbleek, haar doorweekte rok vergeten. 'Hoe weet je...? Je kunt onmogelijk...'

Clarice liep snel naar Eunice toe en sloeg een arm om haar trillende schouders in een poging haar te troosten. Ze keek op naar Gwen die nog steeds van plan leek ruzie te schoppen. 'Volgens mij heb je nu meer dan genoeg gezegd,' zei ze op barse toon, 'en als dit een voorbeeld is van hoe volwassen je bent, dan heb ik medelijden met je.'

'Ik heb helemaal geen behoefte aan uw medelijden, bleke trut,' zei ze met dodelijke kalmte.

Clarice verstijfde, verbijsterd door de roofzuchtige blik in Gwens ogen.

'Hou alsjeblieft op, Gwen, hou op!' snikte Eunice.

'Waarom? Omdat ik u aan het huilen heb gemaakt? Tranen hebben geen effect op pappie en ook niet op mij. Geen wonder dat hij vaak weg is, u hebt hem weggejaagd met uw gesnotter, hem gedwongen zijn troost elders te zoeken.'

'Ik heb hem niet weggejaagd,' fluisterde Eunice, 'ik was gewoon niet genoeg voor hem.' Met een smekende blik op haar betraande gezicht zei ze: 'Ik hou van je vader, Gwen, en ik dacht dat hij, als ik hem kon laten zien hoezeer hij me deze jaren heeft gekwetst, wel zou ophouden met rokkenjagen en bij me terug zou komen.' Ze verborg haar gezicht in haar handen en snikte het uit. 'Maar dat is nooit gebeurd.'

Er was geen enkel meegevoel op Gwens gezicht te lezen toen ze op haar moeder neerkeek, alleen minachting. 'Stom mens dat je bent, natuurlijk niet! Waarom zou hij naar huis gaan naar een slappe trut die alleen maar huilt en jammert en zich als een voetveeg gedraagt? Pappie is een knappe man en de vrouwen zijn gek op hem. Het is zijn schuld niet dat ze zich aan hem opdringen.'

Hier had Eunice geen antwoord op en Clarice kreeg het koud toen Gwen haar kwaad aankeek voordat ze tegen Eunice zei: 'Het is uw schuld dat pappie zo veel weg is. U denkt alleen maar aan uzelf en aan wat u nodig hebt, u staat nooit stil bij wat ik nodig heb. Nou, ik heb hem nodig en ik wil dat hij thuisblijft.'

'Hij zit in het leger,' snikte Eunice. 'Hij móét weg voor zijn werk.' Ze greep Clarice' hand en leunde tegen haar schouder. 'Laat haar alsjeblieft ophouden, Clarry. Ik kan er niet meer tegen.'

Gwen keek hen met een boosaardige blik aan. 'U denkt zeker dat u blij mag zijn met zo'n liefhebbende, loyale zus?'

Clarice kreeg bijna geen lucht. Waar doelde ze op? Gwen kon toch niets weten over die avond in de rozentuin? Ze was nog maar een kind, dat kón toch niet?

Eunice greep Clarice' hand. 'Wat bedoel je?' fluisterde ze.

Gwen likte langs haar lippen. 'Uw dierbare zus weet precies wat ik bedoel.' Ze keek Clarice strak aan. 'Waarom legt u het niet uit? U bent immers een van de redenen dat pappie dit jaar zo vaak weg is geweest.'

Clarice trok haar hand los uit die van Eunice. Haar hart ging tekeer en haar mond was droog, maar de ijzeren zelfbeheersing die ze de afgelopen maanden had gekweekt kwam haar te hulp. 'Je boosaardigheid maakt je moeder nog kapot en je bent nu wel ver genoeg gegaan,' zei ze op ijskoude toon. 'Hou je mond, Gwen, voordat je iets zegt waar je spijt van krijgt.'

Eunice snapte er duidelijk niets van en vroeg aan haar zus: 'Waar hebben jullie het over, Clarry? Hebben jij en Lionel ruzie gehad? Ik begrijp het niet.'

Clarice kon geen woord uitbrengen en keek Gwen aan.

'Ze hebben geen ruzie gehad, integendeel zelfs,' zei Gwen op triomfantelijke toon. 'Clarice houdt van pappie en ze loopt hem al sinds ze hier is achterna.'

'Dat is niet waar.' Clarice' stem snerpte door de stilte die op deze woorden volgde.

'Natuurlijk is dat niet waar,' zei Eunice vol overtuiging. 'Ik heb altijd geweten dat ze hem bewonderde, maar dat was alleen maar meisjesachtige heldenverering.'

'O, maar het ging veel verder dan dat, ja toch, tante Clarice? U hebt pappie achternagelopen tot hij niet meer wist wat hij moest doen.'

'Dat heb ik niet gedaan.'

'Natuurlijk heeft ze dat niet gedaan,' zei Eunice vastberaden. 'Mijn zus zou me nooit op zo'n manier verraden, en je vader ook niet.'

'Echt niet? Hoe verklaart u dan wat ik op oudejaarsavond in de rozentuin van Government House heb gezien?' Haar kwaadaardige plezier was heel duidelijk toen ze uit effectbejag even zweeg. 'U hebt eindelijk gekregen wat u wilde, ja toch, tante Clarice? Ik heb u en pappie die walgelijke dingen zien doen en jullie gingen zo in elkaar op dat jullie het niet eens hadden gemerkt als half Sydney had staan toekijken.'

Clarice had het ijskoud toen ze in die triomfantelijke bruine ogen keek. En toch was dit geen kind, ondanks het onvolgroeide lichaam en de meisjesachtige haarlinten; nu al was ze een volleerde, goedgebekte en boosaardige onruststookster.

Eunice stond onzeker op. Met een lijkbleek gezicht keek ze naar haar dochter. 'Dat kan niet waar zijn,' fluisterde ze. 'Alsjeblieft Gwen, zeg dat je liegt.'

'Je hoeft maar naar haar gezicht te kijken om te weten dat ik de waarheid vertel.'

Eunice draaide zich om en keek naar Clarice, en haar ongeloof en verbijstering gingen langzaam over in afschuw.

'Het was niet wat het leek,' stamelde Clarice die ook opstond. 'Ik had te veel champagne gedronken en ging naar buiten om weer helder in mijn hoofd te worden. Daarna ben ik in slaap gevallen en heeft hij misbruik van me gemaakt.'

Met een blik vol walging vroeg Eunice: 'Je denkt toch zeker niet dat ik dat geloof?'

'Maar het is de waarheid,' protesteerde ze. 'Ik ben helemaal niet verliefd op Lionel en we hebben nooit een relatie gehad. Ik heb hem nooit achternagelopen, Eunice. Je moet me geloven.'

'Ik geloof je nooit meer,' snauwde ze.

'Maar Eunice, ze snapt er niets van. Ik heb helemaal niet...'

'Heb je seks gehad met mijn echtgenoot?' Haar gezicht was lelijk van afkeer en ze had een harde blik in haar ogen.

Clarice keek haar met sprakeloze ontzetting aan. Dat kon ze toch niet ontkennen? Ze hapte naar adem toen Eunice haar sloeg. Haar hoofd klapte naar achteren en ze proefde bloed op haar lippen.

Eunice pakte Clarice' omslagdoek en tasje van de stoel en smeet ze naar haar toe. 'Verlaat mijn huis, leugenachtige, stiekeme trút die je bent! Ik wil je nooit meer zien.'

'Maar Eunice, ik kon er niets aan doen. Ik heb hem nooit aangemoedigd.' Ze keek naar de grijnzende Gwen die zichtbaar genoot van de gevolgen van haar smerige streek. 'Zie je dan niet dat zij alleen maar problemen veroorzaakt? Alsjeblieft, Eunice, je moet naar mijn kant van het verhaal luisteren en geloven dat ik dit nooit heb gewild.'

'Als je nu niet gaat, roep ik een bediende om je mijn huis uit te smijten.'

Clarice klemde haar bezittingen tegen haar borst. Ze schrok van de kille toon van haar zus. De familiebanden waren onherstelbaar verbroken door Gwens giftige opmerkingen en ze had geen idee hoe ze ze weer kon herstellen. Terwijl de tranen zich vermengden met het bloed van haar kapotte lip strompelde ze het huis uit, de regen in.

Clarice knipperde met haar ogen en keerde weer terug in het heden. De regen was opgehouden, maar het was nog steeds bewolkt en het werd donker in de kamer. In de schemering staarde ze naar de flikkerende vlammen in de open haard.

Gwen had die dag haar wraak gekregen, maar daarvoor had iedere betrokkene een torenhoge prijs moeten betalen. Lionel kwam terug naar Sydney en Eunice moest hem wel terugnemen. Zijn ondergang vond pas een jaar later plaats na een aantal onthullingen die de society van Sydney op haar grondvesten deden schudden. Eerst werd hij betrapt met de vrouw van een andere man, daarna ontdekte het leger dat hij geld had 'geleend' wat hij niet kon terugbetalen. Het eerste schandaal werd algauw verdoezeld, maar nadat hij oneervol was ontslagen, kon de golf roddels niet worden gestopt.

Algernon was ongelooflijk kwaad geweest en ze was bang dat zijn hart het niet aan zou kunnen. Hij was ervan overtuigd dat zijn ridderschap onzeker was geworden en dat zijn carrière op het spel stond door de breuk tussen de beide gezinnen. Hij had haar natuurlijk de schuld gegeven en zij kon zich amper verdedigen tegen zijn getier. De gevolgen van zijn woedeaanvallen verbleekten echter naast haar bezorgdheid om Eunice, en hoewel al haar brieven ongeopend werden geretourneerd, bleef ze Eunice brieven schrijven waarin ze haar om vergeving smeekte en haar liefde en steun aanbood.

Clarice stak haar handen uit naar de vlammen, maar deze warmte kon de kilte van haar herinneringen niet wegnemen. Lionel was erin geslaagd een laag overheidsbaantje in Brisbane in de wacht te slepen. Het gezin had onmogelijk naar Engeland kunnen terugkeren, omdat het nieuws van zijn schande hen ook daar naartoe zou hebben achtervolgd. Eunice was echter niet met Lionel mee naar Brisbane gegaan. Ze had zich er eindelijk bij neergelegd dat hun huwelijk onverdraaglijk was en had Gwen meegenomen naar Hobart in Tasmanië. Clarice kon alleen maar vermoeden dat ze naar dat eiland was ontsnapt om ver van de claustrofobische sfeer in Sydney anonimiteit te zoeken.

Tasmanië was in die tijd dunbevolkt, maar desondanks waren de roddels niet van de lucht. Algauw waren die Bass Strait overgestoken naar het vasteland, waar ze Clarice verontrustten en van streek maakten.

Gwens haatgevoelens voor haar moeder werden versterkt door het voortdurende en pijnlijke stilzwijgen van Lionel, en haar onbetamelijke gedrag was algemeen bekend geworden. Eunice had zichzelf opgesloten in een klein huis met uitzicht op de rivier de Derwent en werd zelden gezien. Het nieuws van haar zwakheid had Clarice wel bereikt en ze had Eunice elke dag geschreven, maar ze had nooit antwoord gekregen.

Nieuws over Lionel was vanuit Brisbane naar Sydney gesijpeld en het had Clarice niet verbaasd toen ze hoorde dat hij openlijk samenwoonde met de dochter van een ex-gevangene en bekendstond als een roekeloze dronkaard die tijdens jaarmarkten meedeed aan draverijen. Niet lang daarna werd hij ontslagen.

Algernon was gedwongen geweest om twee jaar later dan gepland met pensioen te gaan, maar gelukkig was hij wel beloond met het ridderschap. Toch had hij nooit echt van die eer kunnen genieten want de stress van de voorgaande twee jaren had zijn tol geëist en een paar weken later was hij dood.

Clarice sloot haar ogen en dacht terug aan de lente van 1891. Ze had nooit van Algernon gehouden, maar zijn dood was een afschuwelijke schok en zijn begrafenis een beproeving geweest. Ze was teruggekeerd naar het stille, met lijkwaden beklede huis en dacht tussen pakkisten en stoflakens na over haar toekomst. Ze waren van plan geweest om terug te keren naar Engeland, naar het huis van haar familie in Sussex, maar de animositeit tussen haar en Eunice was nog niet verdwenen en ze had zich verscheurd gevoeld tussen haar verlangen Australië te verlaten en haar behoefte aan vergiffenis. Nu Algernon dood was, moest ze belangrijke besluiten nemen.

Het antwoord op wat ze nu moest doen, kwam in de nazomer van dat jaar vanuit Brisbane. Lionel was kort na Algernons begrafenis overleden. Hij had ladderzat meegedaan aan een draverij waarbij zijn wagen over de kop was geslagen. Weer had Clarice Eunice een brief geschreven. Ze kon nu niet vertrekken, Eunice zou haar hulp nodig hebben.

Maar er kwam geen antwoord en toen de geruchten over Gwens escalerende bandeloosheid in het jaar daarop tot haar doordrongen, begon ze te vrezen voor het welzijn van haar zus. Het gerucht ging dat de negentien jaar oude Gwen ontzettend op haar vader leek, dat ze even wellustig was als hij en zo verdrietig was om haar vaders dood dat ze vastbesloten leek zichzelf en haar moeder kapot te maken.

Clarice stond langzaam op uit haar stoel en pakte het zilveren fotolijstje van de piano. De foto in sepia was grofkorrelig en na al die jaren verbleekt, maar toen ze naar het gezicht van haar glimlachende zus keek, sprongen de tranen haar in de ogen.

Ze had nog twee jaar in Sydney gewacht in de hoop dat haar zus haar zou schrijven en was tot de verdrietige conclusie gekomen dat Eunice haar nooit zou vergeven. Clarice had geregeld dat het huis werd verkocht en was van plan terug te keren naar Engeland. Toen ze haar laatste bezittingen inpakte, werd de brief waar ze zo lang naar had uitgekeken eindelijk bezorgd.

De brief die Eunice haar had toegezonden, was kort en vormelijk geweest, meer een preek dan een poging tot verzoening. Toch was Clarice God dankbaar voor de kans die haar werd geboden om de zaak recht te zetten. Snel had ze haar plannen veranderd en passage geboekt naar Tasmanië.

Clarice zette de foto terug op de piano en zuchtte. Op dat moment had ze niet geweten hoeveel problemen en verdriet de jaren daarna zouden brengen, omdat het lot zijn laatste, verwoestende klap nog moest uitdelen.

# 9

Dolly smeet de emmer op de grond en stampvoette. 'Ik weiger nóg meer water naar binnen te brengen. Kijk eens naar mijn handen, Lulu, én ik heb een nagel gebroken,' jammerde ze.

'Als je een bad wilt, zul je toch echt water naar binnen moeten brengen,' zei Lulu, buiten adem door het vele heen en weer lopen tussen het bad en de buitenboiler.

'Ik wíl zó niet leven,' brieste Dolly.

'Het is hooguit nog een paar dagen,' zei Lulu. 'Kom op, Dolly, probeer er de grappige kant eens van in te zien.'

Dolly kneep haar groene ogen bijna dicht. 'Jíj bent misschien wel gewend aan dit soort ontberingen, maar ík niet.'

Lulu's stem was gevaarlijk kalm. 'Wat bedoel je daarmee?'

'Jij bent hier geboren en vindt het vast heel normáál om zo te leven. Maar ík ben betere leefomstandigheden gewend en...'

'Het is helemaal niet nodig zo gemeen tegen me te doen,' zei Lulu. 'We zitten allebei in dit schuitje en ik vind het net zo zwaar. Hou dus eindelijk eens op je als een verwend kind te gedragen en probeer de positieve kant ervan in te zien. Ze hadden ons ook in een tent kunnen stoppen.' Ze pakte haar schetsboek en een trui. 'Ik ga een stuk lopen en hoop dat je in een betere stemming bent als ik terugkom.'

Dolly draaide zich met een chagrijnige blik om en schopte tegen het ijzeren ledikant dat Joe voor haar had gebracht. Met een woedende kreet greep ze het eerste wat ze te pakken kon krijgen, de emmer, en smeet hem zo hard ze kon tegen de muur.

Lulu deed de deur achter zich dicht en liet haar alleen. De stress en de inspanningen van de lange reis en de gebeurtenissen die haar thuiskomst hadden bedorven, begonnen hun tol te eisen. Het was wel duidelijk dat ze niet veel langer in deze omstandigheden konden wonen, zeker niet als ze met elkaar bevriend wilden blijven.

Lulu liep de trap af, bleef in de zon staan en vroeg zich af welke kant ze op zou gaan. Na de lange zeereis had ze behoefte aan lichaamsbeweging en ze wilde even weg van Dolly's constante gevit. Omdat ze op haar eerste dag niet in de bush wilde verdwalen, besloot ze langs de rivieroever naar de renstal te wandelen. Het was erg verleidelijk om deze keer de echte Ocean Child te gaan tekenen.

Het was heel vredig onder de bomen, ze hoorde alleen maar het gezang van vogels en het geklater van de rivier. Haar laarzen vertrapten dennennaalden en eucalyptusbladeren, knakten takjes en streken langs varens die fijne herinneringen aan haar jeugd opriepen. Ze was opgegroeid met de geluiden van de kookaburra's en klokvogels, en met de geuren van acacia's, pijnbomen en paarden. Hier, in dit stille hoekje van Joe's terrein, kon ze bijna denken dat ze was teruggekeerd.

Het kleine huis vlak bij de zee was vanbinnen donker geweest en zelfs op de heetste dagen nog koel, herinnerde ze zich. Het was een rechthoekig huis, met bijgebouwen en stallen, op een groot terrein met bush en paddocks erop. Kleine beekjes, die vanaf de bergen in de verte naar de dichtbijgelegen Bass Strait stroomden, omzoomden de velden en voorzagen ze van water, en 's winters hadden het gesis en gebeuk van de zee achter de bush haar in slaap gewiegd.

Lulu bleef even staan en snoof de herinneringen opwekkende geuren op van warme aarde en pasgemaaid gras en keek om zich heen. Rondom het huis waarin ze als kind had gewoond, waren geen heuvels geweest, alleen blauwe vlekken heel in de verte, maar hier verhieven ze zich golvend vanuit het dal en hun toppen schitterden in de hitte van de middagzon. Het was verrukkelijk om hier op deze majestueuze plek te staan, om het gevoel te hebben dat ze deel uitmaakte van dit alles, ook al was ze hier nooit eerder geweest.

Ze slaakte een genietende zucht en keek van de heuvels naar de snelstromende rivier. Stroomde hij naar de zee, naar het strand waar ze zich zoveel jaar geleden zo veilig had gevoeld? Ze bond haar trui losjes om haar heupen en liep door. Onwillekeurig dwaalden haar gedachten naar minder prettige herinneringen. Het huis was klein geweest, met twee slaapkamers, een keuken en een woonkamer, te klein om te kunnen ontsnappen aan de gespannen sfeer. Ze rilde toen ze terugdacht aan de scènes waar ze getuige van was geweest.

Ze schudde haar hoofd en drukte die gedachten weg. Dit was niet het moment en ook niet de plaats om terug te denken aan die ongelukkige tijd of om lang stil te staan bij Gwens smeulende haat; nu moest ze genieten van haar thuiskomst. Toch bleef ze denken dat het geheimzinnige cadeau van het hengstveulen op de een of andere manier verband hield met die sombere tijd.

Toen ze uit de bescherming van de bush stapte, wenste ze dat ze een hoed had opgezet omdat de zon al heel sterk was. Ze werd bijna verblind door het schelle licht toen ze doelbewust over de open plek liep. Maar terwijl ze de lange glooiing op liep, begon haar hart te bonken en stroomde het zweet langs haar rug, zodat ze moest blijven staan om op adem te komen. Ze ging in het gras zitten, wuifde zichzelf koelte toe met haar schetsboek en genoot van het uitzicht.

Ze was bijna boven op de heuvel waar het woonhuis en de stalhouderij stonden te midden van een brede, platte strook land. Achter de stalhouderij en naast de paddock bij het huis, waren een trainingsbaan en nog een paddock met een paar hindernissen. Daar zou Ocean Child wel trainen. Lulu ging liggen, steunend op haar ellebogen, en sloot haar ogen. Ze genoot van de warmte van de zon op haar gezicht en van het zachte briesje door haar haren.

Toen haar hart gekalmeerd was, werd ze weer onrustig. Ze was haar tijd aan het verspillen. Ze pakte haar schetsboek, liep langzaam naar de top van de heuvel en vervolgens naar beneden naar de verlaten paddock. Er was niemand te zien en daarom klom ze over de omheining. Daarna liep ze naar het groepje bomen in het midden.

Ocean Child stond in het lange gras achter in de paddock te grazen. Hij keek haar onderzoekend aan toen ze met haar rug tegen een boom ging zitten en haar schetsboek opensloeg. Ze bekeek hem glimlachend. Hij was ouder en groter dan haar beeld in Engeland en zijn spieren waren meer geprononceerd, maar het gevoel van ingehouden kracht was hetzelfde, net als zijn intelligente blik. Haar potlood vloog over de lege bladzijde, ze had een onweerstaanbare behoefte hem vast te leggen.

Ocean Child liep langzaam naar haar toe, met zijn neus in de lucht om de geur van deze ongebruikelijke inbreuk op zijn eenzaamheid te kunnen opsnuiven.

Lulu hield hem in de gaten terwijl haar potlood over het papier vloog. Ze schetste zijn gespitste oren, de manier waarop hij zijn hoofd hield en de nieuwsgierige blik in zijn ogen. Ze giechelde opgetogen toen zijn edele neus haar gezicht onderzocht. Zijn snorharen kietelden en ze voelde zijn naar gras ruikende adem over haar haren strijken. 'Hallo, jongen,' mompelde ze. 'Bevalt het je wat je ziet? Worden we vrienden?'

Ocean Child knabbelde aan het schetsboek en probeerde er een stukje uit te bijten.

Lulu hield het boek achter haar rug en haalde een appel uit haar zak. 'Je mag het aan niemand vertellen, hoor,' waarschuwde ze zachtjes, 'anders hebben we een probleem.'

Het hengstveulen pakte de appel uit haar handpalm en at hem enthousiast kwijlend op. Daarna snuffelde hij aan haar broekzak om te controleren of ze nog een appel had.

'Ga weg,' zei ze lachend en ze duwde hem weg. 'Meer heb ik niet.'

Ocean Child schudde zijn hoofd en snoof alsof hij dat maar niets vond. Daarna draaide hij zich om en begon hij weer te grazen.

Lulu bekeek hem geïnteresseerd. Ze had haar hele leven al paarden om zich heen gehad en ook al had ze zelf nooit een paard gehad, een écht raspaard kon ze wel herkennen. Er was geen twijfel mogelijk, dacht ze: ze had een duur cadeau gekregen.

De jonge hengst bleef haar negeren en trilde met zijn schoft toen er lastige vliegen op landden. Lulu pakte haar schetsboek en probeerde zijn houding vast te leggen, de buiging van zijn hals terwijl hij stond te grazen en de fluwelen rimpeling van zijn kastanjebruine vacht over de prachtig gevormde spieren.

Ze hield op met tekenen toen Ocean Child zijn hoofd hief, snoof en naar het hek draafde. Joe kwam eraan en leek helemaal niet blij haar te zien. Zuchtend sloeg ze haar schetsboek dicht en stond op.

'Je mag hier helemaal niet zijn,' zei hij voordat ze iets kon zeggen. 'Ik vind het niet goed als eigenaren in de paddocks komen.'

Hij stond met zijn rug naar het licht, zodat zijn gezicht in de schaduw was. Lulu beschermde haar ogen tegen de zon en keek naar hem op. 'Misschien kun je me beter een lijst met je regels geven? Je schijnt er heel wat te hebben.'

Hij stopte zijn handen in zijn zakken en boog zijn hoofd, zodat ze zijn gezichtsuitdrukking niet kon zien. 'Zoveel zijn het er niet,' mompelde hij, 'maar dit is een renpaardenstal en ik kan het niet goedkeuren als eigenaren hier zomaar wat rondlopen. Daar worden de paarden onrustig van.'

'Ocean Child ziet er helemaal niet onrustig uit,' zei ze.

Joe keek naar het veulen dat in de schaduw stond te suffen. 'Misschien niet,' gaf hij toe, 'maar het is een regel waar ik wel aan wil vasthouden.'

'Lieve help,' verzuchtte ze, 'ben je echt van plan zo vermoeiend te doen? Ik wilde hem alleen maar leren kennen, weet je.'

'Als ik één eigenaar zijn gang laat gaan, komt de rest me ook voor de voeten lopen,' zei hij, in het defensief gedrongen. 'Als je hem wilt leren kennen, dan doe je dat maar aan de andere kant van het hek of in de stal.'

'Ja meneer,' zei ze terwijl ze spottend salueerde.

Hij had het fatsoen beschaamd te grijnzen en schuifelde met de punt van zijn laars in het gras. 'Toe nou, Lulu. Een renpaardenstal is niet geschikt voor onervaren eigenaren. Het kan heel gevaarlijk zijn als een volbloed het in zijn hoofd krijgt herrie te schoppen.'

'Dat weet ik,' zei ze rustig, 'ik heb in het verleden al heel wat nare ongelukken zien gebeuren.'

Met een diepe frons in zijn voorhoofd vroeg hij: 'Ben je gewend met paarden om te gaan?'

'Ik ga al met paarden om sinds ik kan lopen,' antwoordde ze, niet bereid meer te vertellen.

Hij keek haar peinzend aan terwijl ze terugliepen naar het hek. 'Dat moet natuurlijk ook wel,' mompelde hij. 'Met een moeder die springruiter is en een oom die aan de paardenrennen meedoet.'

'Je kent mijn moeder dus?' vroeg ze toen hij het hek vastmaakte.

Joe haalde zijn schouders op en ontweek haar blik. 'Alleen van gezicht.'

Hij had duidelijk geen zin over Gwen te praten en dat was nogal een verrassing na wat er die dag was gebeurd. 'Maar dit is een klein eiland en iedereen kent iedereen. Jullie moeten elkaar wel eens hebben ontmoet.'

Hij leek totaal niet op zijn gemak. 'Ik heb haar nooit ontmoet, maar ik ken haar reputatie. Ze schijnt ervan te houden problemen te veroorzaken,' zei hij.

Lulu moest dit even verwerken. Kennelijk moest ze accepteren dat er geen sprake kon zijn van de verzoening waar ze zo naar had verlangd en bovendien had ze moeten weten dat Gwen niet populair was. Opeens vroeg ze zich iets af en ze besloot hem aan de tand te voelen. 'Is het gebruikelijk dat je eigenaren beneden in het dal huisvest?'

'Er komen niet zo veel eigenaren,' zei hij, en hij weigerde haar aan te kijken. 'Ik ben nog maar net begonnen alles weer op de rails te krijgen.'

'Maar dit is al jaren een renpaardenstal,' drong ze aan. 'En in de tijd van je vader en je grootvader stonden de stallen toch zeker helemaal vol?' Ze keek naar het grote woonhuis. 'Het huis lijkt veel te groot voor jou en je moeder,' zei ze op de man af.

Hij bloosde en begon met zijn voeten te schuifelen. 'Mijn moeder houdt niet van onbekenden in huis,' mompelde hij.

Joe weigerde haar aan te kijken, maar ze wilde hem dwingen de waarheid te vertellen. 'Houdt ze niet van onbekenden of heeft ze alleen iets tegen de dochter van Gwen Cole?'

Hij keek haar vanonder de rand van zijn hoed aan. 'Dat heeft ze nooit met zo veel woorden gezegd,' zei hij ontwijkend.

'Dus Gwens gif is nog altijd werkzaam.' Er prikten tranen in haar ogen en woedend knipperde ze ze weg. 'Ik ben mijn moeder niet, Joe,' zei ze met trillende stem, 'en het is niet eerlijk me te veroordelen voordat ik de kans heb gekregen dat te bewijzen.'

Joe zag de tranen op haar wimpers glinsteren en er ging een steek van medelijden door hem heen. Hij had geprobeerd dit gesprek te vermijden, maar op de een of andere manier was dit onderwerp toch ter sprake gekomen en nu wist hij absoluut niet wat hij moest doen. Hij vond het vreselijk om te liegen en ook dat hij in deze positie werd gedwongen. Vol medeleven raakte hij haar schouder even aan. 'Het spijt me,' zei hij, 'denk alsjeblieft niet dat ik hier iets mee te maken heb.'

Ze haalde haar schouders op en duwde zijn hand weg. 'Dit is jouw renstal,' zei ze vol minachting. 'Je laat je moeder toch niet álle regels bepalen?'

'Normaal niet,' gaf hij met een beschaamde blik toe, 'maar je kent mijn moeder niet.' Hij keek haar aan en realiseerde zich dat ze niet onder de indruk was van zijn excuus. Hij ploeterde voort. 'Ik heb geprobeerd haar duidelijk te maken dat ze zich onredelijk opstelde,' mompelde hij, 'maar als mijn moeder iets in haar hoofd heeft, kan zelfs een aardbeving daar geen verandering in brengen.'

Lulu sloeg haar armen over elkaar en toonde nog steeds geen enkel medeleven.

Joe slaakte een diepe zucht. 'Binnen een straal van dertig kilometer konden jullie nergens logeren en zonder vervoer zouden jullie hier vast hebben gezeten. Het was mijn idee om jullie beneden bij de rivier in mijn vaders schuilhut onder te brengen.'

'Had ze daar dan geen bezwaar tegen?'

Met een ongemakkelijke glimlach zei hij: 'Ik zal maar zeggen dat ze er wel begrip voor had.'

Haar prachtige blauwe ogen keken hem betraand aan en deden hem pijn. 'Waarom had ze er wel begrip voor, Joe?'

Er was geen ontsnappen aan haar strakke blik. 'Er is heel veel geroddeld en gespeculeerd over je komst,' zei hij zacht, 'vooral over hoe jij en je moeder met elkaar zouden kunnen opschieten, en wat Gwen ervan zou denken.'

Kennelijk zag ze dat hij er tegenop zag nog meer te zeggen, want ze raakte zijn arm even aan en zei met een beverig glimlachje: 'Het spijt me dat ik je in deze lastige positie heb gemanoeuvreerd, Joe, maar je kunt me nu net zo goed alles vertellen. Ik houd namelijk niet op met vragen stellen tot ik alles weet.'

Daar was hij al bang voor. 'Mijn moeder is nogal koppig,' vertelde hij met tegenzin. 'Ze realiseerde zich dat ze Gwen in de kaart zou spelen als ze weigerde je hier te laten logeren en dat de roddelaars in dat geval ook nog eens gelijk zouden krijgen.'

'Op welke manier?'

Joe haalde diep adem. 'Mijn moeder en Gwen hebben jaren geleden een verschrikkelijke ruzie gehad. Ik heb geen idee waarover,' voegde hij er snel aan toe, 'maar het was zo erg dat mijn moeder nogal verbitterd is geraakt.'

'Maar ik ben Gwen niet,' zei ze op vlakke toon. 'Wat heeft dit allemaal met mij te maken?'

Joe haalde weer diep adem. 'Ze is bang dat Gwen hier zal opduiken op zoek naar jou.'

Met een bitter lachje zei ze: 'Gwen heeft al geprobeerd van me af te komen. Ik betwijfel of ze vanuit Poatina helemaal hiernaartoe zal komen om het nog eens te proberen. Je moeder hoeft zich daarover geen zorgen te maken.'

Joe stond te schuifelen. Haar gekwetste blik verloochende haar moedige woorden, en trilde haar stem nu van angst of van woede? Hij was verbijsterd geweest door Gwens gedrag van vandaag en Lulu had kennelijk nog steeds last van de gevolgen ervan. Wat verschrikkelijk dat haar moeder haar zo erg haatte dat ze bereid was haar iets aan te doen. Het liefst had hij haar hand gepakt om haar te troosten en haar te vertellen dat ze veilig was op Galway House, maar hij had geen idee hoe ze hierop zou reageren en hij hield zijn handen dan ook stevig in zijn zakken.

Alsof ze wist wat hij dacht, zei ze zacht: 'Heb alsjeblieft geen mede- lijden met me. Gwen en ik hebben de pest aan elkaar en dat zal nooit veranderen.'

Hij zag dat ze zich vermande en ook hoe moeilijk dat voor haar was. Zijn bewondering voor deze jonge vrouw nam alleen maar toe en hij wenste dat zijn moeder hier was zodat ze kon zien hoe sterk Lulu was, en hoeveel ze verschilde van Gwen.

Ze keek naar hem op en glimlachte. 'Ander onderwerp: heeft het woonhuis eigenlijk een echte badkamer?'

Hij fronste zijn wenkbrauwen en vroeg zich af waar ze op doelde. 'Dat is zo,' zei hij aarzelend.

'Denk je dat je moeder het goed zal vinden dat Dolly hem gebruikt zodat ze in een echte badkuip kan liggen? Ze is echt niet gewend aan ontberingen en we hebben al ruzie gehad.'

'Dat zou misschien een beetje raar zijn...'

Ze viel hem in de rede. 'Nee hoor, helemaal niet. Ik ben echt niet van plan ook maar één voet in je moeders huis te zetten, tenzij ze me persoonlijk uitnodigt. En ik heb er geen enkele moeite mee in een zinken badkuip te baden. Ik vraag het alleen voor Dolly.'

'Ik zal het er met mijn moeder over hebben als ze terug is. Ik denk dat het wel goed is...' zei hij, zichtbaar gegeneerd.

'Goed, dat is dan afgesproken,' zei ze glimlachend. Daarna draaide ze zich om en ze voegde eraan toe: 'Dan zal ik Dolly het goede nieuws maar eens gaan vertellen.' Opeens bleef ze staan. 'Kunnen we ergens aan vervoer komen? Er zijn mensen en plaatsen die ik wil bezoeken.'

'Je mag wel een van de pick-ups lenen. Ze zien er misschien uit als een wrak, maar ze zijn eigenlijk heel betrouwbaar.'

Ze knikte een bedankje en hij keek haar na toen ze over de open plek naar de top van de heuvel liep. Even later liep ze het dal in en kon hij haar niet meer zien. Diep in gedachten liep hij naar de stallen. Hij moest zijn moeder ervan overtuigen dat er meteen een einde moest komen aan deze pijnlijke en beschamende situatie.

Lulu wist dat hij haar nakeek. Ze stak haar neus in de lucht en bleef stug doorlopen, maar haar hart bonsde en ze was bijna verblind door haar tranen toen ze bij het zandpad kwam en het dal in liep. Zodra ze daar was liet ze zich op het gras aan de rivieroever vallen en snikte ze het uit.

Ze had dit verdriet al veel te lang weggedrukt en nu deed het meer pijn dan ooit. Het was de pijn van de wetenschap dat haar moeder nooit van haar zou houden, dat er ondanks haar hoop niets tussen hen was veranderd en dat de schande van haar geboorte nooit kon worden uitgewist omdat de vooroordelen werden gevoed door alle gefluisterde roddels. Zou er dan nooit een einde aan komen? Zou ze ooit de kans krijgen te laten zien wie zíj was of was ze al veroordeeld door Gwens reputatie en werd ze schuldig bevonden aan dezelfde ver- dorvenheid en boosaardigheid? Was ze ertoe veroordeeld levenslang een buitenstaander te blijven? Joe's moeder vond dat kennelijk wel en de vreselijke oneerlijkheid daarvan veroorzaakte een nieuwe huilbui.

Jarenlang had ze geprobeerd de schade die haar moeder had ver- oorzaakt ongedaan te maken, had ze gevochten om haar eigen weg te kunnen gaan en te bewijzen dat ze wél iets waard was, dat ze erken- ning kon krijgen voor haar eigen talenten ongeacht haar achtergrond. Dat was dus precies wat ze had gedaan toen ze naar Engeland was ontsnapt. Clarice had van haar gehouden en haar beschermd, haar geholpen de trots en het zelfvertrouwen te vinden dat ze als kind zo sterk had gemist. Maar ze had Clarice' waarschuwing in de wind ge- slagen en nu was ze hier weer – in Tasmanië – en haar moeders repu- tatie en haar haat veroorzaakten gifwolken waaruit geen ontsnapping mogelijk leek.

Langzaam maar zeker droogden Lulu's tranen op. Ze hadden haar echter niet verzwakt, maar op de een of andere manier juist gesterkt in haar besluit. Toen ze haar neus snoot en om zich heen keek, rea- liseerde ze zich dat het al laat was. De zon stond op het punt achter de heuvels te verdwijnen. Ze stond op en haalde diep adem. Dolly mocht niet weten hoe erg ze van slag was, want dan zou ze erop staan te vertrekken en dat wilde ze niet. Mevrouw Reilly zou haar ongetwij- feld graag zien vertrekken, maar weglopen was niet de oplossing.

Ze stopte de zakdoek in haar zak en liep naar de hut, met vastbera- den lange passen. Mevrouw Reilly zou algauw tot de ontdekking ko- men dat Lulu Pearson ondanks alle roddels en veronderstelde slechte karaktereigenschappen geen doetje was, en dat ze in al die jaren in Engeland onder Clarice' hoede iemand was geworden die zich tot het bittere einde tegen onrecht verzette.

Joe had het de rest van de middag druk gehad en was net de paarden aan het roskammen na hun middagrit toen hij hoorde dat zijn moeders pick-up voor het woonhuis stopte.

'Maak jij het hier maar af,' zei hij tegen Bob terwijl hij de roskam naar hem toe gooide, 'en als je daarmee klaar bent, moet je Ocean Child verzorgen. Het wordt een koude nacht en hij moet naar binnen. Zorg dat hij zich niet volvreet met haver, je bent veel te toegeeflijk voor hem.'

Bob keek hem bezorgd aan en Joe realiseerde zich dat hij te streng tegen hem was. Zijn eindeloze vragen over hun bezoekers hadden hem echter bijzonder nerveus gemaakt. Hij woelde even door het haar van de jongen en glimlachte. 'Je hebt vandaag goed werk geleverd, *mate*,' zei hij. 'Trek je maar niets van mij aan.'

Met een opgeluchte grijns zei Bob: 'Een man kan niet bij de les blijven met zo veel vrouwvolk over de vloer, denk ik.'

'Je hebt helemaal gelijk,' mompelde Joe, en hij liep naar het huis.

De honden begroetten hem kwispelend en hij aaide hen even afwezig voordat hij ze via de hordeur meenam naar de keuken.

Molly was haar boodschappenmand aan het uitpakken en zette alles in de voorraadkasten. Dianne was nergens te zien. 'Je bent vroeg,' zei ze toen ze uit de inloopkast kwam en twee blikken jam op elkaar zette. 'Is er iets?'

'Dat kun je wel zeggen,' gromde hij.

Molly zette de jam neer en sloeg haar armen over elkaar. 'Wat is er gebeurd? Het is toch niet een van de paarden?'

Joe schudde zijn hoofd. 'Nee ma, jij.'

'Ik?' Ze keek hem verbaasd aan. 'Maar hoe kan ik je zo overstuur hebben gemaakt? Ik ben de hele dag weggeweest.'

'Dat is zo,' zei hij zuur. 'Je bent ervandoor gegaan en hebt mij achtergelaten met de puinhoop die je hebt veroorzaakt.'

Haar gezicht werd rood, maar ze stak haar kin uitdagend in de lucht. 'Ik heb geen idee waar je het over hebt.'

'Je weet heel goed waar ik het over heb, dus doe maar niet zo onschuldig.' Hij praatte zacht, maar zijn frustratie had het kookpunt bereikt. 'Heb je enig idee wat voor dag ik achter de rug heb?' Hij wachtte niet op een antwoord, maar praatte snel verder. 'Ik ben naar de haven gegaan en daar was Gwen Cole, hondsbrutaal in haar pick-up.'

Molly werd bleek en liet zich in een stoel vallen.

'Iedereen zag haar en ik had het gevoel dat ik op eieren liep. Ik wist namelijk dat iedereen naar me keek. Ze wilden allemaal een glimp opvangen van de vrouw die ik kwam halen en genieten van een confrontatie tussen hen.'

'Ik kon toch niet weten dat Gwen zou komen opdagen? Dat is mijn schuld toch niet?' Haar handen bewogen onrustig in haar schoot. 'En wat al die toeschouwers betreft, dat was alleen maar te verwachten na alle roddels.'

'Dat is misschien ook zo,' gaf hij toe, 'maar Gwen maakte het nog erger door te proberen Lulu omver te rijden met haar pick-up.'

'Nee, echt waar?' vroeg Molly vol ongeloof.

'Ze heeft het bijna voor elkaar gekregen,' mopperde hij. 'Gelukkig kwam Lulu eraf met een paar blauwe plekken en schaafwonden, maar ze is zich rot geschrokken.'

Haar bezorgdheid sloeg om in woede. 'Dus nu is het al Lulu? Ik had kunnen weten dat ze niet veel tijd nodig zou hebben om je om haar pink te winden.' Ze zweeg even. 'Zo moeder, zo dochter,' mopperde ze.

Hij slikte het scherpe antwoord dat op zijn tong lag in omdat hij zich realiseerde dat dit alleen maar een averechts effect zou hebben. 'Ze is een aardige dame, en dat woord gebruik ik met opzet, omdat dat precies is wat ze is, een dame. Haar vriendin lijkt een beetje te veel op Eliza, maar ook zij lijkt heel aardig als ze ophoudt met die kouwe drukte.'

Molly kneep haar ogen tot spleetjes. 'Zijn ze met z'n tweeën?'

'Ja, en ze zitten in het dal zonder geschikte wasgelegenheid en zonder vervoer. Hoe kan ik Dolly in vredesnaam onze badkamer laten gebruiken en Lulu niet? Ze vermoedt al een beetje wat er aan de hand is en het zal niet lang meer duren voordat ze ander onderdak zullen eisen.'

'Ik begrijp het.' Molly keek naar haar gebalde vuisten. Daarna keek ze hem met een hoopvolle blik aan. 'Ze kunnen nog steeds naar de Gearings gaan.'

'Nee, dat kunnen ze niet,' snauwde hij. 'Ze hebben het recht hier te zijn. Verdomme, ma, zie je dan niet dat je me in een onmogelijke positie hebt gemanoeuvreerd?' Hij haalde een paar keer diep adem in een poging rustig te blijven. 'Lulu en Dolly zijn keurige, intelligente jonge vrouwen. We hebben hen beledigd en vernederd door hen in het dal onder te brengen en ik zal dat níét laten voortduren.'

'Wat bedoel je daar precies mee?' Haar hele houding was vijandig.

'Ze komen hier logeren,' zei hij vastberaden, 'en ze worden behandeld met respect en goede ouderwetse Tasmaanse gastvrijheid, net als onze andere eigenaren.'

'Dat vind ik niet goed.'

'Daar heb je niets over te zeggen.'

'Dan ga ik bij Doreen wonen,' zei ze uitdagend.

Hij begon te schateren. 'Doreen zou het heerlijk vinden om dat lekkere hapje binnen tien minuten over heel Tasmanië te verspreiden.' Hij zat tegenover haar en zei zacht en verzoenend: 'Er is al genoeg geroddeld, ma, maak het niet nóg erger.'

Ze sloeg haar blik neer en keek naar haar handen die nu gevouwen op tafel lagen. 'Er is niet genoeg ruimte voor ons allemaal,' zei ze zacht. 'Eliza komt binnenkort.'

'Dan haal ik alle rommel wel uit de kleinste slaapkamer. Dan kan ze daar wel slapen.'

'Ze is aan de grote kamer gewend. Dat zal ze niet leuk vinden.'

'Dan moet zij maar naar beneden, naar pa's schuilhut.'

'Je kunt haar toch niet...' Ze beet op haar lip toen ze zich realiseerde dat ze in de val was gelopen.

'Dat bedoel ik dus,' antwoordde hij. 'Als het niet goed genoeg is voor Eliza, dan is het ook niet goed genoeg voor iemand anders.'

Molly zweeg, de klok tikte, de honden lagen snurkend onder de tafel en Dianne glipte bijna ongemerkt binnen. Molly keek hem eindelijk weer aan, met een verslagen uitdrukking op haar gezicht. 'Wat vind je van haar, Joe?'

Hij dacht even na, wilde niet iets verkeerds zeggen nu het erop leek dat hij zijn moeder had overgehaald. 'Ze is lang en slank, en praat met een echt Brits accent. Volgens mij heeft ze een goede opleiding gehad en aan haar kleren te zien is ze niet arm. Maar ze heeft verstand van paarden en is al bevriend geraakt met Child.'

Ze keek hem scherp aan. 'Je vindt haar aardig, hè?'

Hij knikte. 'Ze is een echte vrouw en weet je, je zult wel merken dat ze totaal niet op Gwen lijkt.'

'Ze is wel haar dochter,' zei Molly een beetje uitdagend, 'en het bloed kruipt waar het niet gaan kan, let op mijn woorden.'

Joe slaakte een zucht en pakte haar handen. 'Geef haar in elk geval een kans, ma.'

Toen Molly bleef zwijgen, werd hij weer zenuwachtig. Maar toen kneep ze even in zijn hand. 'Ga jij ze maar halen, dan zal ik Dianne de logeerkamer laten klaarmaken,' zei ze op vlakke toon.

Dolly was veel rustiger geworden. Ze had haar karige bad genomen, warmere kleren aangetrokken en een glas champagne ingeschonken. Ze boog zich met een ongeruste uitdrukking op haar gezicht over het bed. 'Je ziet er helemaal niet goed uit, Lulu, liefje. Heb je je pillen wel ingenomen?'

'Ja,' mompelde Lulu. Ondanks de pillen beukte haar hart nog als een stormram tegen haar ribbenkast. 'Ik heb te veel gedaan, dat is alles,' kon ze met moeite uitbrengen. Ze lag tegen de kussens geleund in de hoop dat de koele, vochtige doek op haar voorhoofd de gruwelijke hoofdpijn zou wegnemen.

Dolly slaagde erin de kerosinelampen aan te steken, blies de lucifer uit en streek haar pony uit haar ogen. Het bed zakte in toen ze op de rand ging zitten. 'Het spijt me ontzettend dat ik vandaag zo kwaad werd. Dat was niet eerlijk na alles wat er vandaag is gebeurd. En ik durf te wedden dat je terug bent gegaan naar de boerderij om naar het paard te kijken.'

Lulu knikte en kromp in elkaar door de vlammende pijn achter haar ogen en in haar nek. De lange wandeling heuvelopwaarts, de confrontaties, de tranen en de hitte hadden haar uitgeput en ze voelde zich zo slap als een vaatdoek.

'Misschien heb je wel een zonnesteek. Ik kan maar beter naar het huis gaan en vragen of ze de dokter bellen.'

'Nee.' Lulu greep haar hand. 'Ik ben zo weer in orde als je me laat rusten.'

'Ik laat je helemaal niets,' mopperde Dolly. Ze stond op van het bed en liep met klikkende hakjes over de houten vloer. 'Ik heb wel wat aspirine,' zei ze. 'We zullen zien hoe het over een uur met je gaat en als je je dan niet beter voelt, ga ík een dokter bellen.'

'Doe alsjeblieft geen moeite,' fluisterde Lulu nadat ze gehoorzaam de aspirine had ingenomen. 'Het komt wel weer goed.'

'Het zou veel beter met je gaan als je niet in deze bouwval lag,' siste Dolly. 'Nu het avond is, wordt het vast heel koud.' Ze rilde en wreef over haar armen. 'God mag weten wat hier buiten allemaal rond-loopt.' Ze trok de deken op tot aan Lulu's kin en gaf haar een tikje op de wang. 'Ik zal de aspirine zijn werk laten doen. Ga maar lekker slapen, ik ben hier als je me nodig hebt.'

Lulu deed haar ogen dicht toen Dolly haar schoenen uittrapte en met al haar kleren aan op haar eigen bed ging liggen. Haar hart sloeg al regelmatiger en ze werd slaperig.

Joe zette de motor af en keek naar de flakkerende kandelaars in het raam van de hut. Hij had gerepeteerd wat hij wilde zeggen en toen hij naar de veranda liep, herhaalde hij alles in gedachten nog eens. Hij wilde net aankloppen toen Dolly de deur opende.

'Kom je ons avondeten brengen?' Dolly had zeker drie lagen kleren aan.

Joe nam zijn hoed af. 'Het diner is over ongeveer een uur,' zei hij. Door haar interruptie was hij zijn tekst helemaal vergeten.

Dolly trok een wenkbrauw op en deed de deur zachtjes achter zich dicht. 'Waarom ben je dan hier?'

Hij verzamelde de restjes van zijn toespraak en zei snel: 'Ik wil jou en Lulu meenemen naar het huis. Als jullie voor vannacht genoeg kleren en zo meenemen, haal ik morgen de rest wel op.'

Dolly sloeg haar armen over elkaar en leunde met een geamuseerde glimlach tegen de deurpost. 'We kunnen er dus eindelijk mee door volgens je mammie?'

'Dat is het niet,' mompelde hij, zijn hoed verfrommelend. 'We dachten gewoon dat het hier beneden te koud en te afgelegen zou zijn.'

'We willen op geen enkele manier inbreuk maken op haar privacy,' teemde Dolly.

'Toe nou, Dolly, mijn moeder deed alleen maar wat volgens haar het beste was. Zo is ze helemaal niet, echt niet.'

'Ik kan niet zeggen dat het geen opluchting zal zijn uit deze bouw-val weg te zijn,' antwoordde ze, 'en de gedachte aan een warm bed en een warmwaterkruik is echt verrukkelijk. Maar Lulu en ik gaan van-nacht nergens naartoe. Daar is ze nu echt te slecht voor.'

Geschrokken vroeg Joe: 'Wat is er dan met haar aan de hand?'

'Ze heeft veel te ver gelopen in die hitte,' vertelde Dolly terwijl ze een pakje sigaretten uit haar zak haalde. 'Het is haar hart, weet je.' Ze keek hem boven het vlammetje van haar aansteker aan.

'Haar hart?' Het werd met de minuut erger en hij vond de gedachte dat haar accommodatie en hun woordenwisseling van die middag er iets mee te maken konden hebben verschrikkelijk.

Dolly klapte de aansteker dicht en stak hem in zijn zak. 'Lulu heeft een aangeboren hartafwijking. Een groot deel van haar jeugd heeft ze in een ziekenhuis doorgebracht en hoewel het nu ze ouder is een beetje beter gaat, zal ze vermoedelijk de rest van haar leven medicijnen moeten blijven slikken. De gebeurtenissen van vandaag waren niet bepaald bevorderlijk.'

Joe keek naar het raam, maar hij kon niets zien door de flakkerende kerosinelantaarn. 'Ik ga de dokter halen.'

'Dat wil ze niet.' Dolly pakte zijn arm en liep met hem mee de trap af. 'Ze slaapt,' zei ze, 'en ik wil haar niet storen.'

'Maar ze zou een arts moeten zien,' drong hij aan. 'Stel dat haar toestand vannacht verslechtert?'

Dolly keek hem peinzend aan en stond tegen de pick-up geleund te roken. 'Misschien was het niet erg verstandig ons hier onder te brengen,' zei ze peinzend. 'Hebben jij en Lulu het daar vanmiddag over gehad?'

'Het is wel ter sprake gekomen,' zei hij stijfjes.

'Dat dacht ik al.' Ze liet de half opgerookte sigaret vallen en stampte hem met haar schoen in de aarde. 'Ik ken Lulu al sinds kostschool en hoewel ze haar gevoelens heel goed kan verbergen, kan ik toch altijd zien wanneer ze van slag is. Ze heeft het misschien niet laten blijken, maar ze beschouwt dit,' zei ze met een arrogant gebaar richting de hut, 'als een persoonlijke belediging.'

Joe kon haar beschuldigende blik niet ontwijken. 'Ze heeft wel zoiets gezegd,' bekende hij.

Dolly keek hem zwijgend aan. 'Ik ben blij dat je je schaamt,' zei ze kil. 'Lulu kan heel koppig zijn en haar trots is gekrenkt, zodat het wel eens heel lastig kan worden haar over te halen in het huis te komen logeren. Maar ik beloof je dat ik ervoor zal zorgen dat ze er morgenochtend helemaal klaar voor is.'

Ze trok haar vele truien strakker om haar ranke borstkast en liep de trap op naar de veranda. Bij de deur draaide ze zich glimlachend om: 'Laat het avondeten maar zitten. Lulu zal toch niet willen eten en ik heb een fles champagne en een doos chocolaatjes om me gezelschap te houden.'

Joe bleef achter in het donker en keek naar de dichte deur.

Hij sloeg de hordeur achter zich dicht en beende de rommelige keuken binnen. Molly's haar hing in vochtige slierten langs haar bezwete gezicht en ze beende van het fornuis naar de tafel en vandaar naar de linnenkast. De honden liepen haar voor de voeten en Dianne maakte de verwarring nóg groter door in de weg te lopen terwijl de stoom uit de pannen op het fornuis langs de ramen droop.

Molly had haar armen vol lakens en slopen en zag hem niet toen ze snel naar de logeerkamer liep. In de deuropening botsten ze tegen elkaar op.

'Pas even op, ma,' zei hij. Hij kon het beddengoed nog net opvangen. 'Je hoeft je niet te haasten.'

'Komen ze niet?' vroeg ze hoopvol, en ze depte haar warme gezicht droog met een theedoek.

'Morgen,' zei hij, en hij begon het uit te leggen.

Molly dumpte het beddengoed in Dianne's armen, stuurde haar naar boven naar de logeerkamer en ging met een plof op een stoel zitten. 'Nu weet ik het weer,' zei ze. 'De baby was te vroeg geboren en niemand had verwacht dat ze zou blijven leven.' Ze kreeg een harde uitdrukking op haar gezicht toen ze terugdacht aan het verleden. 'Ze zeiden dat Gwen hoopte dat ze dood zou gaan. Ze wilde geen baby, laat staan een ziek kind, want dan zou het moeilijker worden het te laten adopteren. En een baby zou haar leventje verstoren.'

Ze slaakte een zucht en streek het haar uit haar gezicht. 'Gwen is geen enkele keer naar het ziekenhuis gegaan om te kijken hoe het met haar ging. Maar dat kleine mormel was veel sterker dan iedereen had verwacht en heeft het overleefd.'

'En Gwens tante heeft haar toen geadopteerd?'

Molly schudde haar hoofd. 'Ze was niet in de buurt in het begin. Gwens moeder weigerde het arme ding aan onbekenden af te staan en zorgde voor haar, maar ze heeft haar nooit officieel geadopteerd.' Molly stond moeizaam op en begon de tafel te dekken. 'Ik wilde dat ik me dit allemaal eerder had herinnerd,' verzuchtte ze.

Joe redde de pannen die dreigden droog te koken. Hij deelde de mening van zijn moeder dat het jammer was en hoopte dat dit het einde van haar vijandige houding betekende. Toch was hij bang dat het niet alleen maar koek en ei zou zijn met die twee vrouwen in één huis. Morgen kon wel eens een bijzonder vervelende dag worden.

'U hebt een bezoeker, Mum.' Vera Cornish stond in de deuropening, flegmatiek en stoïcijns met haar hoofddoek, een gebloemde omslagschort, gebreide kousen en praktische schoenen. Zoals altijd had ze een afkeurende uitdrukking op haar gezicht.

Clarice legde haar krant neer. 'Ik ben je moeder niet, Vera. Zeg alsjeblieft Lady Pearson of madam tegen me.'

'Ja, Mum. Zal ik hem dan maar binnenlaten?'

Het was duidelijk dat Vera niet van plan was haar levenslange gewoonte aan te passen, zodat het geen zin had hier verder op door te gaan. 'Wie is die bezoeker?'

Vera keek even naar het visitekaartje. 'Majoor Bertram Hopkins,' las ze voor.

Die naam zei haar niets en omdat Vera zo snel mogelijk uit de woonkamer leek te willen ontsnappen, moest ze maar eens naar deze geheimzinnige bezoeker toe. 'Laat hem binnen, Vera,' beval ze 'en laat ons met rust tenzij ik je bel. Hij blijft waarschijnlijk niet lang.'

Vera stampte naar de hal en Clarice wachtte af.

'Lady Pearson?' De keurige, in tweedpak gehulde man verscheen nogal onverwacht in de deuropening. Vera had hem kennelijk in de hal laten wachten.

'Majoor Hopkins, kom binnen.'

Ze bekeek hem kritisch terwijl hij over het versleten Turkse tapijt liep. Hij was lang, had een fors lichaam en een smal snorretje. Hij had een aantrekkelijke schittering in zijn ogen en toen hij glimlachte zag ze een gezond gebit. Zijn pak was van een goede kwaliteit stof en goed gesneden, en hij had een bolhoed en een ingeklapte paraplu in zijn handen, die Vera op het haltafeltje had horen te leggen.

'Prettig kennis met u te maken, Lady Pearson,' zei hij, en hij gaf haar een hand.

Clarice knikte even en gebaarde zwijgend waar hij moest gaan zitten. Hij leek respectabel en had goede manieren, en toen hij zat, vroeg ze: 'Wat kan ik voor u doen, majoor?'

Hij schraapte zijn keel. 'Het is nogal een delicate kwestie, Lady Pearson, en ik hoop dat u het me niet kwalijk neemt dat ik u daarmee overval.'

Clarice slaakte een zucht. 'Als u bent gekomen om me iets te verkopen, ben ik bang dat u teleurgesteld zult worden. Er zijn veel te veel teruggekeerde militairen die de kost proberen te verdienen door colportage, en ik geef er de voorkeur aan mijn donaties rechtstreeks aan de geschikte liefdadigheidsinstellingen te schenken.'

'Ik ben jaren geleden al uit het leger gestapt en heb sindsdien een goedbetaalde baan,' antwoordde hij. 'En deze baan brengt me vandaag bij u.'

'Wat doet u dan?'

'Ik werk voor bedrijven en particulieren aan zaken die discretie en tact vereisen.' Hij streek zijn snor glad en zei trots: 'Kortom, Lady Pearson, ik ben een privédetective.'

Clarice trok haar wenkbrauwen op. 'Lieve help,' zei ze, 'ik had nooit gedacht ooit nog eens een echte Sherlock Holmes in mijn woonkamer te ontvangen.'

Hij glimlachte. 'Ik beweer niet dat ik zijn talenten bezit, Lady Pearson, en het echte leven is veel ingewikkelder dan alles wat Arthur Conan Doyle heeft opgeschreven.'

Clarice was onder de indruk, ondanks haar reserves, en belde Vera. 'Ik wil heel graag horen waarom u hier bent, majoor Hopkins.'

Toen Vera haar hoofd om de deur stak, pakte hij zijn aktetas. 'Wilt u thee, Mum?' Nadat Clarice had geknikt, klapte ze de deur dicht en hoorden ze haar met zware passen door de hal naar de keuken lopen.

Clarice wapperde met haar handen, in verlegenheid gebracht door Vera's gedrag en de verbaasde blik van de majoor. 'Mijn huishoudster is nog niet vertrouwd met de etiquette van de salon,' zei ze snel, 'maar tegenwoordig is het zo moeilijk personeel te krijgen...' Ze maakte haar zin niet af, omdat ze zich realiseerde dat ze als een kip zonder kop zat te kletsen.

'Dat is een probleem waar veel mensen mee kampen in deze moeilijke tijden,' mompelde hij, en hij haalde een stapel papieren uit zijn versleten leren aktetas. Hij legde de papieren op de stoel naast zich en vouwde zijn handen op zijn knieën. 'Zoals ik al zei, Lady Pearson, is het een delicate kwestie.'

'Wacht dan maar even,' zei ze snel toen Vera binnenkwam met het theewagentje.

Ze zaten zwijgend te wachten terwijl Vera met veel lawaai de kopjes en schoteltjes, een bord met sandwiches en pasgebakken chocoladecake op het lage tafeltje tussen hen in zette. 'Is dat alles, Mum? Ik heb namelijk een vogel in de oven en die zal niet blij zijn.'

Clarice en de majoor keken elkaar even aan en Clarice beet op haar lip. 'Dank je wel, Vera. Je mag wel gaan,' zei ze. Ze tilde de zware zilveren theepot op, ontdekte dat haar hand trilde en zette hem weer neer. 'Lieve help,' lachte ze, 'ze is me er eentje, vindt u niet?'

Glimlachend knikte hij. Hij pakte de theepot en zei: 'Volgens mij heeft Vera haar roeping gemist. Ze zou actrice moeten worden.'

Ze dronken even van hun thee. 'U zei?' drong ze een paar minuten later aan.

'In mijn functie als privédetective vraagt men mij vaak om mensen te volgen en verslag te doen van waar ze naartoe gaan en wie ze ontmoeten en zo.' Hij haalde diep adem. 'Zestien jaar geleden ben ik aangesteld om een jaarlijks bezoek aan Sussex te brengen en verslag te doen over de ontwikkeling van juffrouw Lorelei Pearson.'

Clarice' theekopje kletterde op het schoteltje toen ze het snel neerzette. Er trok een koude rilling over haar rug en ze staarde hem aan. 'U hebt Lorelei in de gaten gehouden? Zestien jaar lang?' hijgde ze. 'Maar waarom? Wie heeft daar opdracht voor gegeven?'

'Mijn opdracht kwam van een Londens notariskantoor. Dit is hun kaartje.'

Ze bekeek het rijkversierde visitekaartje, maar ook dat zei haar niets. 'Wat hebben zij met Lorelei te maken?' vroeg ze.

'Het is misschien het beste als ik terugga naar mijn eerste jaarlijkse bezoek hier.' Hij slikte zenuwachtig, ongetwijfeld ontmoedigd door Clarice' blik, maar pakte de stapel papieren. 'Dit zijn kopieën van alle verslagen die ik in de loop der jaren heb gemaakt. Ze zijn onschuldig, zoals u zult zien als u ze leest. Voornamelijk informatie over haar gezondheid, haar opleiding en welzijn, haar hobby's en talenten.'

Clarice nam de papieren van hem aan en legde ze neer. Ze was veel te verbaasd en te kwaad om iets te lezen. 'Ga door,' zei ze dreigend.

'Ik heb ook foto's gemaakt, maar daar heb ik geen kopieën van bewaard.' Hij praatte snel door, zichtbaar niet op zijn gemak door Clarice' zwijgen. 'Mijn laatste bezoek hier was in februari. Mijn opdrachtgevers hadden me verteld dat ze algauw een brief zou ontvangen en ik moest een oogje in het zeil houden en controleren of ze die beantwoordde.' Hij trok zijn boord iets losser. 'Ze antwoordde vrij snel en de tweede brief arriveerde een paar weken later, samen met de eigendomsakte van Ocean Child.'

'Hoe weet u dit allemaal?'

'Ik heb contacten bij het postkantoor, *Your Ladyship*.'

'Vertel verder,' zei ze ongeduldig.

'Het was niet moeilijk een oogje op haar te houden nadat die tweede brief was gekomen en mijn laatste opdracht was haar te volgen naar de haven van Londen.' Hij schraapte zijn keel. 'In de loop der jaren ben ik erg op Lorelei gesteld geraakt en ik keek echt uit naar mijn jaarlijkse uitstapjes. Ik vond het ontzettend fijn om te zien dat ze er zo goed uitzag na haar slechte gezondheid als kind. Ze is een bijzonder knappe en getalenteerde jonge vrouw geworden.'

'U bent gewoon een voyeur.' Clarice stond woedend op uit haar stoel.

Hij sprong op en zijn aktetas gleed op de grond waardoor er nog meer papieren en dossiers uit vielen. 'Nee, nee, Lady Pearson, ik verzeker u. Zo was het echt niet.'

'Ik denk dat u beter kunt vertrekken,' zei ze gevaarlijk kalm.

'Laat me alstublieft uitpraten, het is echt belangrijk. Volgens mij is Lorelei ergens in meegesleurd dat haar kwaad kan doen.'

Clarice liet zich in haar stoel zakken, haar benen waren slap geworden en alle kleur was uit haar gezicht getrokken. 'Wat bedoelt u?' fluisterde ze.

'Iemand speelt een gemeen spelletje met uw pupil, Lady Pearson.' Hij raapte de gevallen dossiers van de grond. 'Ik heb heel veel contacten in Londen en ben erin geslaagd dit in handen te krijgen.'

Clarice keek toe, verbijsterd en doodsbang, terwijl hij een dik dossier uit de stapel haalde.

'Dit is de briefwisseling tussen een notariskantoor in Brisbane en het Londense kantoor dat mij heeft aangesteld. Ze beginnen zestien jaar geleden en gaan door tot Lorelei naar Australië is vertrokken.'

Clarice keek naar het dossier en werd steeds ongeruster.

Hij pakte een veel dunner dossier. 'Dit zijn brieven die kennelijk van dezelfde bron afkomstig zijn en met dezelfde naam zijn ondertekend.' Hij gaf ze haar. 'Ze lijken authentiek, maar ik had twijfels.

Ik heb een vriend, die een expert is in dit soort dingen, hiernaar laten kijken en hij heeft bevestigd dat dit bijzonder goede vervalsingen zijn.'

Clarice moest moeite doen te blijven opletten. Ze dronk haar kopje leeg en probeerde alert te blijven. 'Die eerste serie brieven uit Brisbane,' zei ze schor met dichtgeknepen keel, 'wat staat daarin?'

'Instructies voor de Londense notarissen om een privédetective in te huren en regelmatig verslagen over Lorelei Pearson te sturen. Meneer Carmichael drong erop aan dat...'

'Meneer Carmichael? Dezelfde meneer Carmichael die een hengstveulen voor mijn beschermelinge blijkt te hebben gekocht?'

Hij knikte.

'En de tweede serie brieven?'

'Ogenschijnlijk ook afkomstig van meneer Carmichael, maar deze zijn veel recenter en zoals ik al zei...'

'Dat heb ik wel gehoord,' snauwde ze ongeduldig. 'Wat stond er in die brieven?'

'Instructies over de brieven uit Tasmanië, Lady Pearson. Degene die deze instructies heeft gestuurd lijkt op de hoogte van de inhoud van de brieven van Joe Reilly, en dringt erop aan dat Lorelei na haar aankomst zelfs nog beter gevolgd moet worden.'

Clarice probeerde te begrijpen wat ze had gehoord, maar haar hersenen weigerden gewoon mee te werken.

Majoor Hopkins liet zich in zijn stoel zakken en leek uitgeput. 'Zodra ik had ontdekt dat ze naar Australië vertrok, zijn er telegrammen heen en weer gestuurd, en ook daar heb ik kopieën van.' Met een wrange glimlach voegde hij eraan toe: 'Notarissen bewaren overal kopieën van, zodat het niet moeilijk was deze in handen te krijgen.'

'En hoe hebt u dat precies gedaan?'

Hij begon te blozen. 'Ik heb contacten die bepaalde... nuttige vaardigheden bezitten,' mompelde hij.

Ze begreep het en keek hem streng aan. 'Ik begrijp het. En wat stond er in die telegrammen?'

'De man die zich voordoet als Carmichael wilde weten op welke datum ze aan boord ging, de naam van het schip, de havens die het schip zou aandoen en of ze alleen reisde.'

'Goddank is dat niet zo,' hijgde Clarice.

'Hebt u na haar vertrek iets van haar gehoord?'

Ze knikte. 'Ze is veilig aangekomen, vermaakte zich goed en klonk erg gelukkig.' Clarice zweeg en dacht aan de tekst in de brieven en op de ansichtkaarten die ze bijna uit haar hoofd kende. Lorelei genoot duidelijk van haar avontuur en had niet laten doorschemeren dat er iets mis was.

Ze keek weer naar de majoor, bezorgd. 'Lorelei heeft altijd geprobeerd me te beschermen, net als ik haar. Daarom betwijfel ik of ze iets in haar brieven zou schrijven waardoor ik me zorgen zou gaan maken.'

'Hebt u enig idee wie de echte Carmichael zou kunnen zijn?'

Clarice aarzelde, niet bereid haar vermoedens uit te spreken. 'Geen enkel idee,' zei ze.

De scherpe ogen leken zich in de hare te boren. 'Ontzettend jammer, Lady Pearson, want als we konden ontdekken wie hij is, zouden we misschien begrijpen waarom iemand anders zijn naam gebruikt en tegen zijn eerdere instructies ingaat.'

Ze realiseerde zich dat de majoor veel slimmer was dan ze had gedacht en omdat hij zich even grote zorgen om Lorelei's veiligheid leek te maken als zij, besloot ze eerlijk tegen hem te zijn. 'We zouden niets hebben aan mijn vermoedens,' zei ze zacht, 'want ik heb er geen naam en geen gezicht bij.'

# 10

Lulu realiseerde zich dat ze Dolly had verrast door zonder discussie akkoord te gaan met de verhuizing naar het woonhuis. Daar had ze allerlei redenen voor, maar de belangrijkste was dat ze op deze manier de kans kreeg die vrouw te laten zien dat ze zo hoffelijk was haar uitnodiging en de impliciete verontschuldiging die daarbij hoorde te accepteren.

Ze zat op de veranda met haar tweede kopje thee van die ochtend en luisterde naar het prachtige ochtendrefrein van de vogels die in de bomen fladderden en boven de klaterende rivier vlogen om te drinken. Het vroege zonlicht deed het water schitteren, maar had de schaduw onder de bomen langs de oever nog niet verjaagd. Daarom had Lulu zich warm aangekleed. Aan het gras was nog te zien dat het vannacht had gevroren, maar ze voelde de kou niet doordat Dolly haar bijna had begraven onder een dikke laag dekens.

Dolly verscheen in de deuropening, met een kop afschuwelijk uitziende oploskoffie in haar hand. Ze zag eruit alsof ze een kater had, na te veel champagne en chocolade plus een slechte nacht. Ze knipperde tegen het felle zonlicht. 'Wat maakt dat prachtige geluid?'

'Dat zijn klauwieren en eksters,' mompelde Lulu. 'Fantastisch hè?'

Vol bewondering luisterden ze naar de volle, melodieuze klanken die werden afgewisseld door het welluidende *kar-wiek, wiek-kar* van de currawongs en het gelach van een kookaburra.

'Die stellen onze Engelse zangvogels behoorlijk in de schaduw, vind je niet?' Dolly rekte zich gapend uit. 'Ik moet zeggen dat het een gruwelijke nacht was, maar dit ochtendgezang maakt het weer goed.'

Lulu wilde net antwoorden toen het geluid van motoren het vogelgezang overstemde. De beide pick-ups schudden over de onverharde weg naar hen toe, de honden achterin renden heen en weer, kwispelend en met hun tong uit de bek.

'*G'day.*' Joe stapte met een bezorgde glimlach uit en smeet het portier dicht. 'Ik hoop dat je je beter voelt, Lulu?'

'Een goede nachtrust werkt altijd,' zei ze opgewekt.

Hij keek haar even twijfelend aan. 'Ik heb Bob meegenomen om met de bagage te helpen. Zijn jullie klaar?'

Lulu glimlachte en keek naar de sprakeloze Bob die vol bewondering naar Dolly keek. 'We moeten alles alleen nog een beetje schoonmaken,' zei ze terwijl ze opstond.

'Niet nodig,' zei Joe. 'Ik kom nog wel even terug en dan regel ik dat wel.' Hij gaf Bob een por. 'Volgens mij heb je wel genoeg gezien, help me eens een handje?'

Bob bloosde en liep achter Joe aan de hut in. De honden bleven heen en weer rennen, kennelijk wilden ze het liefst naar beneden en elk beest in de bush achternajagen, maar toen Joe zei dat ze daar moesten blijven, gingen ze hijgend zitten. Een paar minuten later stond alle bagage vastgebonden achter in Joe's pick-up.

'Is het niet gevaarlijk dat ze rondrennen terwijl je rijdt?' vroeg Lulu.

'Nee hoor, dat doen ze al sinds ze een pup zijn. Ze hoeven er maar één keer af te vallen om te weten dat ze het niet weer moeten doen.' Grijnzend opende hij het portier. 'Klim erin. Mijn moeder is met het ontbijt bezig en het zou zonde zijn als het koud werd.'

Lulu ging naast Dolly op de voorbank zitten en klemde haar tas tegen haar borst toen Joe de pick-up over het oneffen pad de steile heuvel op reed. De honden blaften en jankten en bleven op de been als zeelieden tijdens een storm. Ze genoten zichtbaar van dit onverwachte ritje. Ze zag wel dat Dolly veel minder blij was.

'Gaat het?' vroeg ze zacht.

'Dat komt wel zodra ik weer vaste grond onder mijn voeten heb,' zei Dolly grimmig. 'Beloof me één ding, Lulu, laat me nooit weer zo veel chocolade opeten.'

Lulu grijnsde, want na hoge hakken was chocolade Dolly's tweede passie en deze smeekbede had ze al eens eerder gehoord. Uit ervaring wist ze dat ze hem maar beter kon negeren.

Toen de pick-up de heuvelrug had bereikt en naar het woonhuis denderde, kreeg Lulu een ongemakkelijk gevoel bij het vooruitzicht Joe's moeder te ontmoeten. Ze keek even naar hem, zag het spiertje in zijn kaak trekken en realiseerde zich dat hij even gespannen was als zij. Het zou bijzonder interessant zijn geweest, dacht ze, als ze de vorige avond als een vlieg op de muur getuige had kunnen zijn van de gruwelijke scène met zijn moeder.

Langer kon ze niet nadenken, want ze waren op de plaats van bestemming. Joe zette de motor af, de honden sprongen van de pick-up af en de voordeur ging open.

Lulu klom achter Dolly aan de pick-up uit, klopte het stof van haar kleren en keek naar de vrouw die in de deuropening stond te wachten. Ze was kort en gedrongen en mevrouw Reilly leek met haar grijze, warrige haar en haar verweerde gezicht een typische boerenvrouw. Of ze haar wel of niet kon vertrouwen, viel nog te bezien.

Lulu haalde diep adem en liep naar haar toe. 'Goedemorgen, mevrouw Reilly,' zei ze koeltjes en ze schudde de ruwe werkhand. 'Lulu Pearson. Dit is mijn vriendin, Dolly Carteret.'

De donkere ogen keken haar nieuwsgierig aan, maar haar glimlach was aarzelend. 'Welkom op Galway House,' mompelde ze.

'Dank u wel,' antwoordde Lulu onbewogen.

'Ik laad de koffers er zo na het ontbijt wel uit,' zei Joe, waarmee hij de ongemakkelijke stilte doorbrak. 'Ga maar naar binnen. Mijn moeder zal jullie je kamer laten zien en ook waar jullie je voor het eten even kunnen opfrissen.'

Lulu was dankbaar voor zijn tussenkomst, want mevrouw Reilly's verontrustende blik was veel te lang op haar blijven rusten. Ze liepen achter haar aan de vierkante hal in en beklommen de kale trap. De lange overloop liep over de hele breedte van het huis en er waren minstens vier slaapkamers. De mededeling dat er geen plek was bleek dan ook een leugen te zijn geweest.

Molly opende een van de deuren en ze stapten een grote, zonnige kamer binnen met dubbele deuren die op de veranda uitkwamen. Er stonden twee comfortabel uitziende bedden, een toilettafel met een krukje, en op de houten vloer lag een vloerkleed. De chintz gordijnen pasten bij de beddenspreien en door het raam kon ze het dal achter de paddocks zien. Het was een paleis vergeleken met de hut in het dal.

'Prachtig,' zei Dolly met duidelijk sarcasme, 'eindelijk een comfortabel bed.'

Molly sloeg met een strak mondje haar armen over elkaar. 'Dit is het beste wat we nu kunnen doen,' zei ze grimmig. Ze keek even naar Lulu, bloosde toen ze elkaar in de ogen keken en draaide zich om. 'Ontbijt over tien minuten,' zei ze. 'De badkamer is hiernaast.'

De badkamer bleek een smalle ruimte tussen twee andere slaapkamers. De emaillen badkuip stond op klauwpoten onder het raam en de koperen kranen waren glimmend gepoetst. Het toilet moest worden doorgetrokken door aan de lange ketting te trekken die aan een aan de muur bevestigde stortbak hing en op de vloer lag felgroen linoleum. Aan haken vlak bij de tinnen wastafel hingen handdoeken met daarboven een met vliegen bedekte spiegel.

Lulu waste haar handen en staarde naar haar spiegelbeeld. De zon had haar huid een mooie glans gegeven en de sproeten op haar neus donkerder en haar ogen blauwer gemaakt, maar de hoofdpijn en hartkloppingen van de vorige avond hadden donkere wallen onder haar ogen veroorzaakt die haar sproeten niet konden verhullen. Haar haar was een wirwar van krullen en bijna onmogelijk te borstelen, zodat ze haar pogingen maar opgaf. Daarna liep ze naar beneden naar de keuken waar de verrukkelijke geur van gebakken bacon vandaan kwam.

'Dat was een heerlijk ontbijt, mevrouw Reilly. Het spijt me dat ik het niet echt eer heb kunnen aandoen.' Lulu duwde het half leeggegeten bord van zich af en pakte de dikke beker met warme thee.

'Voel je je nog steeds niet goed?' vroeg Molly zichtbaar bezorgd.

Lulu zag geen enkele reden haar met haar gemeenplaatsen al te zeer tegemoet te komen. 'Ik heb nog steeds een beetje hoofdpijn,' zei ze op kille toon, 'maar dat gaat wel weer over.'

Dolly legde haar mes en vork luidruchtig neer en leunde tevreden achterover. 'Dat was heerlijk, mevrouw Reilly,' zuchtte ze. 'Ik had geen idee dat ik zo'n honger had.'

'Ik ben blij dat je het lekker vond,' zei Molly onwillig. Ze keek hen over haar theekopje aan. 'Iedereen hier noemt me trouwens Molly,' voegde ze eraan toe.

'Echt waar?' vroeg Lulu. 'Is dat ergens een afkorting van?'

Molly ontweek Lulu's onderzoekende blik. 'Margaret,' antwoordde ze.

'Wat een zinnige naam,' zei Dolly met een broze glimlach. 'Dolores klinkt alsof ik achter de bar in een gevaarlijke, vervallen nachtclub hoor te staan.' Ze rilde van afschuw. 'Mijn ouders hebben vast niet goed nagedacht toen ze besloten me naar mijn overgrootmoeder te noemen. Ze was Argentijnse, weet u, getrouwd met een *gaucho* – héél erg romantisch natuurlijk. Ze hadden een ranch iets buiten Buenos Aires.'

Molly trok haar wenkbrauwen even op en er verscheen bijna een glimlach op haar gezicht, maar ze zei niets.

'Mijn moeder heeft het vaak gehad over hun fantastische gastvrijheid, want hoewel ze op de pampa's woonden, brachten ze hun gasten onder in prachtige kleine huisjes voorzien van alle luxe.' Dolly's zachte stem klonk kattig. 'Misschien zouden jullie ook zoiets met jullie hut kunnen doen? De locatie is perfect, maar er moet nog veel aan gebeuren.'

Molly bloosde, Dianne's ogen werden groot en Joe zat in zijn stoel heen en weer te schuiven. Lulu keek even naar Dolly die Molly uitdagend aankeek. De sfeer was gespannen.

'Wat ontzettend leuk voor je overgrootmoeder,' zei Molly. Ze keek Dolly strak aan en zei op gevaarlijk kalme toon: 'Misschien zou je beter naar Argentinië kunnen gaan? Ik weet zeker dat ik wel tickets kan regelen.'

'Daar twijfel ik niet aan,' antwoordde Dolly, 'maar dit is Lulu's thuiskomst en hoewel ze niet bepaald een warm welkom heeft gehad, is ze wel van plan te blijven.'

'Ik vind het vreselijk wat er op de kade is gebeurd,' zei Molly. Ze keek Lulu zo strak aan dat ze er onrustig van werd. 'Het is vast heel moeilijk als je zo'n moeder hebt.'

'Ik heb ermee leren leven,' antwoordde Lulu. Er hing een giftige sfeer in de keuken. Ze kon er niet meer tegen en schoof haar stoel naar achteren. 'Ik zou graag elke ochtend mee uit rijden gaan,' zei ze tegen Joe. 'Heb je een rustig paard waar ik op kan rijden?'

Joe zei met zichtbare opluchting: 'We hebben Sadie, mijn oude merrie. Dat zal ze fijn vinden.'

Lulu glimlachte en knikte als dank. 'Vandaag wil ik een paar andere dingen doen, dus morgen misschien?'

'En hoe zit het met jou, Dolly? Rijd jij ook?'

'Al vanaf dat ik kan lopen,' antwoordde ze, 'maar ik geef de voorkeur aan een iets uitdagender paard.'

Joe's mond vertrok even. 'O, ik denk dat ik wel zo'n paard voor je kan vinden.'

Lulu realiseerde zich dat Molly weer met diezelfde nieuwsgierige en aandachtige blik naar haar keek. Ze raakte haar kin even aan en vroeg: 'Zit er iets op mijn gezicht?'

'Nee,' mompelde Molly, en ze keek snel een andere kant op. Ze draaide zich om naar Dianne die met open mond en zichtbaar gefascineerd zat te kijken. 'Kom op, we moeten aan de slag.'

Lulu zag dat Molly met trillende handen de borden op elkaar stapelde en wat bestek op de grond liet vallen. Molly Reilly was even gespannen als de andere aanwezigen in de keuken. Ze had zichtbaar spijt van haar uitnodiging hen naar het huis te laten komen en Lulu begon medelijden met haar te krijgen. Dolly kon af en toe ongelooflijk scherp uit de hoek komen en hoewel ze Molly alleen maar terugpakte en voor Lulu opkwam, was dat niet altijd de beste aanpak.

Ze wendde zich weer tot Joe. 'Mogen we vandaag een pick-up lenen?'

Toen hij knikte, bedankte Lulu hem en ze verliet de keuken met een veelbetekenende blik op Dolly.

Dolly liep achter haar aan de slaapkamer in en deed de deur stevig achter zich dicht. 'Wat hééft die vrouw?' fluisterde ze. 'Ze kon haar ogen niet van je afhouden. Ik vraag me af waarom?'

Lulu pakte haar dikke trui en wollen baret van de stoel. 'Waarschijnlijk was ze op zoek naar overeenkomsten met mijn lieftallige moeder,' zei ze op vlakke toon. 'Kom op, Dolly, laten we maken dat we hier wegkomen.'

Toen ze buiten kwamen, bond Joe de honden aan een paal bij hun kennel. 'Als ik dit niet doe, krijgen jullie ongewenste passagiers,' zei hij met een verlegen glimlach. Hij pakte de slinger en keek de twee vrouwen weifelend aan. 'Jullie vinden dit ding misschien een beetje lastig.'

Lulu keek hem met een geruststellende glimlach aan en nam de slinger van hem over. 'Tijdens de oorlog reed ik met bussen door Londen,' vertelde ze. 'Ik denk dat ik een pick-up wel kan aanzwengelen.' Ze stopte de slinger in de schacht en draaide hem snel rond. De motor kwam brullend tot leven en met een triomfantelijk gebaar zwaaide ze haar haar naar achter. Ze wist niet wat ze had moeten doen als ze dit niet voor elkaar had gekregen.

'Dat is dan geen probleem,' mompelde hij met een lachje in zijn donkere ogen. 'Je bent duidelijk sterker dan je eruitziet.'

Lulu smeet de slinger op de stoel en ging naast Dolly in de pick-up zitten. 'Bedankt dat we hem mogen lenen, Joe. Tot later.'

'Waar gaan jullie naartoe?' Hij tikte even tegen zijn hoed, zich niet bewust van het feit dat zijn littekens gruwelijk door de zon werden beschenen.

'Naar het strand.' Ze draaide aan het stuur, drukte het gaspedaal in en reed naar het hek.

Joe krabde aan zijn hoofd en grijnsde. Ondanks haar slanke figuurtje en delicate uiterlijk, was ze een kranige meid. Hij zette zijn hoed op, merkte dat Bob ervandoor was gegaan en pakte de eerste koffers. Hoe langer hij Lulu Pearson kende, hoe aardiger hij haar vond. Hij wilde maar dat ze zich niet zo ongemakkelijk voelde in zijn huis. De sfeer tijdens het ontbijt was te snijden geweest.

Terwijl hij heen en weer liep met hun bagage, dacht hij na over de indruk die de beide vrouwen op hem hadden gemaakt. Dolly was me d'r eentje, ze had een scherpe tong en was heel goed in staat vuur met vuur te bestrijden. Zijn moeder had al gemerkt dat Dolly haar heel goed aankon. En Lulu, zij was in elk opzicht gewoon perfect.

Hij zette de laatste hutkoffer midden in de slaapkamer en keek op zijn horloge. Het was zeven uur geweest en al helemaal licht en inmiddels was hij al veel te lang aan het dagdromen over de adembenemende Lulu Pearson, die trouwens zo ver buiten zijn bereik lag dat hij net zo goed kon proberen naar de maan te vliegen. Hij beende de slaapkamer uit, woedend op zichzelf omdat hij net zo achterlijk bezig was als de verliefde Bob.

'Gaan we echt naar het strand?' vroeg Dolly toen ze over de inge-droogde voren van de zandweg stuiterden.

'Als ik het kan vinden,' mompelde Lulu. Ze probeerde de diepe kuilen te ontwijken die de wielas konden breken. 'Ik wilde dat ik eraan had gedacht een plattegrond te kopen, maar ik had niet ver-wacht dat we in *the middle of nowhere* zouden belanden. Ik herken helemaal niets.'

'Denk je niet dat het iets te koud is voor het strand? Ik weet wel dat Engelsen heel stoïcijns kunnen zijn, zich tegen de wind beschermen, boterhammen vol zand opeten en net doen alsof ze zich ontzettend goed vermaken, maar daar hoor ik niet bij.'

'Ik ook niet,' zei Lulu, 'maar dit is een heel bijzonder strand en het is al zo lang geleden dat ik daar ben geweest dat ik me absoluut niet druk kan maken over het weer.'

'Nu begrijp ik het,' zei Dolly die jaren geleden alles over dit strand had gehoord. Ze zweeg, greep de portierkruk beet toen de pick-up over een bijzonder hobbelig stuk van het zandpad reed. 'Kijk,' riep ze even later, 'een richtingaanwijzer.'

Lulu zette de pick-up in zijn vrij terwijl ze probeerde de woorden op de vier verweerde houten pijlen te ontcijferen. 'Het is die kant op,' zei ze, 'en dichterbij dan ik dacht.' Ze trapte het gaspedaal weer in en de pick-up reed rammelend en klagend over het laatste stuk van het pad tot ze de gladdere asfaltweg bereikten.

Ze hadden ongeveer vijfenveertig kilometer gereden toen ze bij de rand van het kuststadje kwamen. Het was niet veel veranderd en toen ze over de kronkelige kustweg reden, werd Lulu door emoties overmand. Daar was de houtfabriek en daar de spoorrails en daar de weg die van de rivier omhoog liep naar waar zij op school had gezeten. Ze besloot de school voor een andere keer te bewaren; ze had haast.

Toch stopte ze even en keek naar de lage glooiende heuvels aan de oostelijke oever van de Mersey. Vroeger was daar een veerboot geweest, herinnerde ze zich. Het was een grappige houten boot, met een vrolijke kapitein met een rood gezicht die zeemansliedjes zong als hij zijn passagiers naar de overkant van de rivier roeide. De overtocht had een halve penny gekost, een kwart van haar zakgeld, maar ze had het er altijd graag voor overgehad. Zelfs als Clarice het verschrikkelijk zou hebben gevonden als ze had geweten van dit wekelijkse avontuurtje.

'O, kijk dáár eens. Wat schattig.'

Lulu lachte blij toen ze het gedrongen veerbootje richting steiger zag varen. De kapitein aan het stuur was waarschijnlijk de kleinzoon van de vroegere kapitein en deze veerboot was een hele verbetering ten opzichte van de oude. 'Ik ben blij dat hij nog altijd vaart,' zei ze, en voordat ze doorreed vertelde ze waarom.

Met de rivier rechts en het stadje links van hen, reed Lulu over de vertrouwde smalle weg die inmiddels van steenslag was voorzien, de tunnel van oude pijnbomen binnen en er weer uit het zonlicht in. Het huis dat ze altijd zo mooi had gevonden, stond nog altijd op de hoek. Het was spierwit, de veranda's waren helemaal bedekt met een oude klimroos en de tuin onder een grote apenboom zag er nog even goed verzorgd uit als vroeger.

Haar hart begon vol verwachting te bonzen toen ze de lange bocht in de weg nam. Het stuk grasland tussen de landweg en de kust was er nog steeds, maar de dichte struiken blokkeerden het zicht op de zee.

Ze leunde naar voren en aan het einde van de flauwe bocht greep ze het stuur steviger beet. Ze kon de sportvelden zien, de paddocks, de recreatieweiden en – eindelijk – het strand.

Ze parkeerde de pick-up op het gras en zette de motor af. 'O, Dolly,' hijgde ze bijna huilend. 'Ik ben thuis, echt thuis.' Zonder op een reactie te wachten, opende ze het portier en stapte ze uit.

De wind trok aan haar haar en het zoute schuim sloeg tegen haar gezicht. Ze hoorde de eenzame kreten van de plevieren en zeemeeuwen en rook zout en pijnbomen. Het was opkomend water, de golven schoten over het donkergele zand. Als een slaapwandelaar liep ze ernaartoe.

Haar blik dwaalde langs het strand, voorbij de kleine kiosk waar Clarice tijdens de lange, hete zomers ijs en chocoladerepen had gekocht, naar de gevaarlijke, glimmende rotsen van de steile oever. De zee sloeg ertegenaan, het schuim werd hoog opgezwiept waarna het werd weggeblazen door de wind die de pijnbomen op de landtong kromde. Ze hoorde de klap waarmee het water in het trekgat aan de andere kant van de landtong stroomde. Op dat moment werd ze overspoeld door het verlangen dat ze al veel te lang had onderdrukt.

Ze huilde van blijdschap en opluchting omdat er niets was veranderd, omdat de natuur in al zijn majesteitelijke glorie haar niet in de steek had gelaten, omdat ze de herinnering aan dit strand in haar hart had bewaard als een kostbaar, geheim juweel... en nu kon ze er weer echt naar kijken en ervan genieten.

Ze ging in het gras zitten met haar rug naar de schommels waar ze als kind op had geschommeld en trok haar laarzen en sokken uit. Ze groef met haar tenen in het zachte zand dat koud aanvoelde, maar zo veel herinneringen opriep. Dit was haar echte speeltuin geweest, waar ze al dromend zandkastelen bouwde en het zand aan haar gebreide zwempak en vochtige huid kleefde en zij zich in haar verbeelding liet meenemen naar een eigen wereld.

Lulu wriemelde met haar tenen en glimlachte. Daarna liep ze naar de zee en het keiharde, natte zand waar de plevieren langs de vloedlijn trippelden. Toen ze achteromkeek, zag ze dat haar voetafdrukken weer met water werden gevuld en langzaam verdwenen. Het was alsof ze opnieuw werd geboren in een wereld die nog ontdekt moest worden en door haar eenzaamheid voelde het aan als een heel bijzonder cadeau.

De zee was zelfs nog kouder dan ze zich herinnerde en ze rilde toen hij rondom haar enkels spoelde en aan haar voeten zoog. Omdat ze tot op het bot verkleumd was, liep ze met tegenzin terug naar het gras. Met een wrange glimlach dacht ze dat ze zich – nu ze ouder was – bewust was van de kou die haar als kind niet eens was opgevallen, want ze had zowel in het voorjaar als in de zomer in die zee gezwommen. Ze droogde haar voeten met haar sokken, deed haar laarzen weer aan en trok de gebreide baret over haar oren. De steile oever lonkte en ze verlangde ernaar door te lopen.

Ze liep over het zand en keek naar de weg die langs het kleine huis liep waarin ze was opgegroeid en realiseerde zich dat ze er nog niet klaar voor was het te zien. In plaats daarvan begon ze aan de steile klim die naar het pijnbomenbos leidde.

Te midden van het vertrouwde halfduister van het bos begon ze langzamer te lopen om op adem te komen. Met haar laarzen vertrapte ze de dennennaalden en door de scherpe geur ervan dacht ze terug aan al die keren dat ze zich goed genoeg had gevoeld om hier te spelen. Ze keek om zich heen en hoorde bijna het geschater van haar en haar vriendjes als ze van de heuvel af renden, uit de bomen sprongen of over de rotsen klauterden, elkaar uitdagend om zich steeds dichter bij het trekgat te wagen. Ze sloot haar ogen, waarna de echo's uit het verleden werden overstemd door het gesuis van de wind door de bomen. Het leek wel een prachtig wiegeliedje dat ze zich nog vaag kon herinneren.

Ze deed haar ogen weer open en liep langzaam de steile heuvel op. De gouden acacia was niet meer op zijn mooist, maar in het donkere bos leken de gele bloemetjes wel bakens en hun geur was verrukkelijk en suggestief. Ze liep voorzichtig door, bijna bang om het intens tevreden gevoel dat ze alleen was in deze natuurlijke kathedraal te verstoren.

Bij de top van de landtong bleef ze staan in de schaduw van de bosrand en keek langs de vuurtoren naar de Bass Strait. Het water, dat de grijze, dreigende hemel weerspiegelde, kolkte in de natuurlijke geul die de landtong splitste en explodeerde door het trekgat. Lulu ging op de dennennaalden zitten, met haar rug tegen een robuuste boom, en dronk het uitzicht vóór haar in, intens tevreden met haar eenzame bewondering.

De tijd verloor elke betekenis terwijl ze daar zat, maar na een tijdje merkte ze dat de wolken donkerder waren geworden en dat het dreigde te gaan regenen. Ze keek op haar horloge en schrok toen ze zich realiseerde dat ze ruim twee uur was weggeweest. Dolly zou in alle staten zijn. Ze sprong overeind, draaide het uitzicht de rug toe en begon aan de steile afdaling door het verlaten bos en terug naar het strand.

Dolly liep over het pad te ijsberen, zichtbaar woedend. 'Waar wás je, verdomme?' schreeuwde ze. 'Ik was je kwijt en... en...' Ze barstte in tranen uit, sloeg haar armen om Lulu heen en klampte zich als een klit aan haar vast. 'Ik dacht dat je een óngeluk had gehad of zo, en er was niemand te zien. Echt hélemaal niemand.'

'Het spijt me ontzettend. Ik was de tijd vergeten.' Toen Dolly's tranen waren gedroogd, haalde Lulu een zakdoek uit haar zak en gaf hem aan Dolly. 'Ik heb me ontzettend egoïstisch gedragen,' mompelde ze, 'en jij hebt het ijskoud. Kom, dan gaan we naar de stad voor een lekker kopje thee.'

Dolly snoot haar neus. 'De volgende keer dat je besluit ervandoor te gaan, ga ik met je mee,' verklaarde ze. Ze stapte in de pick-up en smeet het portier zo hard dicht dat de wagen ervan schudde.

Lulu beet op haar lip; ze realiseerde zich dat ze haar beste vriendin de stuipen op het lijf had gejaagd. Ze pakte de slinger en had hem net in de opening gestoken toen ze ver weg op het strand een beweging zag.

Ze tuurde door de toenemende duisternis en zag een man uit het bos komen die bij de rotsen bleef staan. Ze wás dus niet alleen op de landtong geweest.


Majoor Hopkins was blijven dineren en ze hadden op allerlei manieren geprobeerd het geheim van meneer Carmichael en degene die zijn naam misbruikte te ontrafelen. Het was duidelijk dat degene die in eerste instantie instructies naar de Londense notarissen had gestuurd totaal andere bedoelingen had dan de oplichter. Het was ook duidelijk dat het cadeau was bedoeld om Lorelei te verleiden terug te keren naar Tasmanië. Maar waarom?

De majoor was een slimme, diepzinnige man gebleken, maar geen van beiden kon antwoorden op hun vragen verzinnen. Ten slotte had Clarice hem met de laatste trein teruggestuurd naar Londen. Ze zouden elkaar op de hoogte houden als er iets aan het licht kwam, maar ze betwijfelde of dat zou gebeuren. De rest van de nacht had ze zich zorgen gemaakt en slapeloos liggen woelen in een poging het hoe en waarom van dit alles te begrijpen.

Clarice lag in de duisternis naar het plafond te staren, haar gedachten keerden steeds weer terug naar dezelfde onprettige, maar onvermijdelijke conclusie. Ze schudde de kussens op en ging op haar zij liggen, ze weigerde die verraderlijke gedachte te accepteren. Het was onmogelijk, belachelijk; de verwarde voorstelling van een gestreste en bezorgde oude vrouw. Toch, als het om de een of andere onverklaarbare reden wel zo was, kon ze er op geen enkele manier invloed op uitoefenen en een einde maken aan deze verwrongen poppenkast. En dat joeg haar angst aan.

Het was nog niet eens licht toen Clarice het opgaf en met moeite opstond. Ze was helemaal uitgeput en ook al was ze anders altijd trots op het feit dat ze zo vief was voor haar leeftijd, voelde ze zich nu echt een vrouw van zeventig. Ze gleed met haar voeten in haar slippers en trok haar ochtendjas strakker om zich heen. Daarna liep ze naar beneden, naar de keuken. Een kop thee zou haar goeddoen en de boze geesten van die nacht hopelijk verjagen.

'Hallo, ouwe meid,' mompelde ze vriendelijk tegen de labrador die opgerold in zijn mand lag. 'Fijn te zien dat íémand goed heeft geslapen.'

Ze vulde de waterketel en zette hem op de kookplaat. Ze pakte een kopje en twee bordjes, zette ze op de tafel en rammelde met het koekblikje. Clarice en Bess vonden koekjes bij de thee lekker en dit was een van hun ochtendrituelen.

Ze dwong zichzelf niet aan haar zorgen te denken, zette een pot thee en schonk iets op een bordje. Nadat ze er melk bij had gedaan, zette ze het op de vloer. 'Bess? Je kunt onmogelijk nog steeds slapen, kom op, oudje, de thee is klaar.'

Ze keek verbaasd naar de hond toen ze zich realiseerde dat ze het vertrouwde geschuifel en gesnuif niet hoorde, of het strekken van de oude ledematen. 'Bess?'

Haar hart begon te bonken terwijl ze met een droge mond knielde en een trillende hand op de zachte kop legde. 'Bess, wakker worden, liefje. Ik heb je thee klaargezet.'

Maar de trouwe oude hond kon haar niet meer horen.

Clarice ging op de vloer zitten en legde haar wang op het bewegingsloze lichaam van de kameraad die ze zestien jaar geleden als puppy in huis had genomen. Ze had het gevoel dat haar hele wereld instortte doordat een van de stevige fundamenten waar ze altijd op had vertrouwd, eronder was weggeslagen.

De tranen stroomden over haar wangen, ze snikte het uit en werd verscheurd door haar verdriet – er was eindelijk een bres geslagen in haar muur van wanhoop.

## *Tasmanië, januari 1895*

Clarice had zich zorgen gemaakt tijdens de weken die nodig waren om alles te regelen. Ze had het huis en het meeste meubilair verkocht, net als Algernons enorme bibliotheek. De rest stond ingepakt en wel gereed om naar Tasmanië te worden verscheept. Ze had geen idee wat ze kon verwachten als ze daar aankwam, maar had geconcludeerd dat het verstandiger was vlak bij Eunice een huisje te huren dan bij haar en Gwen in te trekken. De sfeer zou in het begin wel gespannen zijn en enige afstand tussen hen zou dus goed zijn. Ze gaf een makelaar in Sydney opdracht een geschikte woning te zoeken op loopafstand van Eunice' huis.

Clarice was er eindelijk in geslaagd een overtocht te boeken op de SS *Norkoowa*. Ze was er altijd trots op geweest dat ze goed tegen varen kon, maar de Bass Strait had haar verslagen. Volkomen uitgeput bereikte ze de noordelijke kust van Tasmanië. Ze was onvast ter been en een van de mannen had een stoel voor haar gevonden en die in de schaduw gezet, zodat ze toezicht kon houden op het uitladen van haar kratten die vervolgens op een tweewielige wagen werden geladen.

De mannen waren bijna klaar toen haar zus in een rijtuig arriveerde. Clarice stond op, vertelde waar de kratten naartoe gebracht moesten worden en keek zenuwachtig naar haar zus die naar haar toe kwam lopen. Toen Eunice dichterbij kwam, maakte haar nervositeit algauw plaats voor bezorgdheid, want ze was veel te mager, haar gezicht lijkbleek en haar pas onzeker. Verdwenen was de knappe vrouw met het donkere haar en de vrolijke ogen; nu was ze een fragiele, grijzende matrone die met behulp van een stok liep.

'Fijn dat je bent gekomen,' zei Eunice stijfjes. Er was geen welkomstkus en haar donkere ogen keken met bijna koele onverschilligheid naar Clarice' keurige rok, bloes met wollen mouwen en elegante strooien hoed. 'Zo te zien heb je de jaren beter doorstaan dan ik,' mompelde ze.

'Ik zou eerder zijn gekomen als je mijn brieven had beantwoord,' zei Clarice vriendelijk. 'Waarom heb je me niet verteld dat je ziek was?'

'Is dat zo goed te zien?' Met een wrange glimlach keek ze naar haar wandelstok. 'Ja, ik neem aan van wel.' Ze keek naar Clarice en slaakte een zucht. 'Ik vond het heel erg toen ik het hoorde van Algernon en ik ben heel vaak aan een brief voor je begonnen, maar ik kon gewoon de moed niet opbrengen.'

'Waarom ben je dan van gedachten veranderd?'

'Dat zal ik je vertellen als we thuis zijn. Kom, het rijtuig staat te wachten en omdat de koetsier per halfuur rekent, zijn we geld aan het verspillen.'

Het duurde even om Eunice gemakkelijk in de vele kussens te installeren en Clarice werd steeds ongeruster. Eunice liet echter duidelijk blijken dat ze niets wilde bespreken voordat ze bij haar thuis waren en bleef broedend zitten zwijgen.

Clarice zat naast haar in het rijtuig belangstellend om zich heen te kijken. Het was iets meer dan veertig jaar geleden dat de laatste gevangene naar dit eiland was gebracht dat vroeger Van Diemen's Land heette. De beruchte tijd dat hier gevangenen woonden was algemeen bekend en de ontberingen en afschuwelijke straffen waaronder deze mannen in Port Arthur hadden geleden, waren de drijvende kracht geweest achter de afschaffing van deportatie. Toch waren hier in het noorden nog maar weinig tekenen van de onrechtvaardige begintijd, omdat alles in de zomerzon vredig en groen leek.

Ze reden door een tunnel van hoge pijnbomen over een smalle weg die parallel liep aan de rivier. Toen ze weer in het zonlicht reden en de lange bocht volgden, werden ze begroet door de schittering van water en een zandstrand dat aan een kant door een landtong van donkere rotsen en nog meer pijnbomen werd beschermd.

Het rijtuig ratelde bijna naar het einde van het strand tot de weg het binnenland in leidde. Het paard sloeg even later een zijweg in en stopte voor een kleine houten cottage. Het huisje was ooit wit geschilderd geweest, maar de elementen hadden het een verwaarloosd uiterlijk gegeven. De schoorsteen en het golfplaten dak waren vaak gerepareerd. De cottage stond een stukje van de hoofdweg af te midden van paddocks en bijgebouwen, beschaduwd door bomen. In het gras pikten verschillende kippen, er graasden een paar paarden en schapen, en aan een paal vlak bij de voordeur stond een geit. Clarice was verbijsterd.

'Het ziet er misschien niet geweldig uit,' zei Eunice verdedigend, 'maar het is goedkoop en gemakkelijk.' Ze betaalde de koetsier en maakte de voordeur open.

Clarice worstelde nog steeds met deze raadselachtige toestand terwijl ze achter Eunice aan de donkere, smalle hal in liep waar twee deuren op uit kwamen. Over de hele breedte aan de achterkant van het huis was de keuken die zelfs nog donkerder was. Clarice bleef zwijgend staan toen Eunice aanstalten maakte om thee te zetten. Dit vertrek werd duidelijk gebruikt als keuken en als woonkamer, want het stond boordevol meubels. De achterdeur was voorzien van een hor en keek uit op houten bijgebouwen, maar Clarice had geen idee waarom. Het leek in de verste verte niet op het prachtige huis in Coogee Bay en Clarice begreep absoluut niet waarom haar zus in armoede leefde.

'Ik heb een tweede bed in mijn kamer gezet. Ik hoop dat je het niet erg vindt dat we in dezelfde kamer slapen?'

'Ik wilde dat je niet zo veel moeite had gedaan,' mompelde Clarice. Ze ging op een van de ongemakkelijke keukenstoelen zitten en trok haar handschoenen uit. 'Ik heb vlakbij een huisje gehuurd. De makelaar heeft me verzekerd dat het op loopafstand is zodat ik je elke dag kan opzoeken als je dat wilt.'

Eunice zette de kopjes naast de theepot op de tafel en ging zitten. 'Dat was attent van je,' zei ze met een ondoorgrondelijk gezicht. 'Hier is niet echt genoeg ruimte voor ons allemaal en ik weet dat je aan meer ruimte bent gewend.'

'Lieve schat,' zei Clarice, 'waarom heb je besloten zo te wonen als...'

'Daar heb ik mijn redenen voor,' zei ze op vlakke toon. 'Vraag alsjeblieft niet door.'

'Maar het is helemaal niet nodig om...'

'Als je van plan bent me uit te horen, kun je maar beter gaan.'

Gegriefd door de toon van haar zus zweeg Clarice even. 'Heb je al een arts geconsulteerd?' vroeg ze, toen de stilte ondraaglijk werd.

'Natuurlijk, maar dat was tijdverspilling.' Eunice nam een slokje thee. 'Hij kan niet veel doen,' zei ze met trieste gelatenheid. 'Ik schijn aan een ongeneeslijke verlamming te lijden die langzaam maar zeker erger wordt.' Ze keek Clarice zonder een greintje zelfmedelijden aan. 'Ik heb goede en slechte dagen, maar gelukkig ben ik niet bedlegerig. Nog niet in elk geval.'

'Lieve help,' verzuchtte Clarice. Eindelijk begreep ze waarom Eunice haar had gevraagd te komen. 'Ik wilde dat je me dit eerder had verteld, dan had ik misschien een arts vanuit Sydney kunnen vragen naar je te kijken.'

'Waarom zou je geld uitgeven als het geen zin heeft?'

'In Engeland zijn ongetwijfeld specialisten. Waarom proberen we geen passage te boeken? We zouden het familiehuis in Sussex weer kunnen bewonen en...'

'Nee,' zei Eunice op scherpe toon.

'Waarom niet in vredesnaam?'

Eunice keek haar een tijdje zwijgend aan en slaakte toen een zucht. 'Daar zijn heel veel redenen voor, Clarice. Nu kan ik ermee volstaan te zeggen dat ik hier verantwoordelijkheden heb waar ik me niet aan kan onttrekken.'

Clarice trok een bedenkelijk gezicht en wilde net doorvragen toen een vrolijke stem in de hal riep: 'Hallooo! Ik ben het!' De jonge vrouw die de keuken binnen liep, bracht een vleugje frisse buitenlucht mee. Ze was keurig gekleed, maar haar haar was ontsnapt aan de haarspelden en hing in donkere krullen langs haar vrolijke, knappe gezicht. Ze had een blonde baby van ongeveer een jaar op haar heup, die Eunice ernstig aankeek voordat ze haar gezichtje tegen de schouder van de vrouw drukte.

'Dit is Primrose,' zei Eunice opgewekt, 'maar ze heeft liever dat we Primmy zeggen.'

'Aangenaam kennis te maken,' zei Primmy met een buiging.

Eunice stak haar armen uit, nam de baby op schoot, drukte een zoen op de gouden krullen en gaf haar een koekje.

'Ik kan niet blijven, mevrouw Bartholomew, mijn vader komt gauw thuis en ik ben nog niet eens aan zijn eten begonnen. Hebt u nog iets nodig voordat ik weer ga?'

'Nee hoor, dank je wel. Dan zie ik je morgen wel weer om deze tijd.'

Primmy knikte, liep snel de hal in en sloeg de voordeur achter zich dicht.

Clarice stond geschrokken op. 'Ze heeft zo'n haast dat ze haar baby is vergeten!'

'Het is haar baby niet,' zei Eunice terwijl ze zachtjes met haar vingers door de blonde krullen streek. 'Lorelei is mijn kleindochter.'

Clarice ging met een plof zitten, zag Eunice' uitdagende blik en liet niet merken dat ze geschrokken was. 'Is Gwen getrouwd?'

Eunice zoende de baby in haar hals waardoor deze begon te giechelen. 'Nee,' mompelde ze.

Clarice was duizelig van de mentale klap die Eunice haar had toegediend en moest haar uiterste best doen kalm over te komen. Ze wist natuurlijk wel dat ze niet had hoeven schrikken, want de roddels over Gwens gedrag waren niet van de lucht geweest en de gevolgen ervan lagen natuurlijk voor de hand als je er goed over nadacht. Toch kon ze de walgelijke schande die Gwen haar familie had aangedaan niet meteen verwerken. Ze keek naar de baby en vroeg rillend: 'Waarom is ze niet geadopteerd?'

'Lorelei is te vroeg geboren en haar hart was nog niet volgroeid. Gwen wilde haar afstaan, maar ik kon haar niet naar vreemden laten gaan. Daar is ze veel te lief voor.'

'Maar ze is buitenéchtelijk!' siste Clarice.

'Ze is een baby.' Eunice bleef haar strak aankijken. 'In de toekomst zal ze de waarheid wèl een keer onder ogen moeten zien, maar nu wil ik dat haar leven zo goed als ik mogelijk kan maken begint.'

'Ben je daarom van Hobart hiernaartoe verhuisd?' vroeg Clarice gespannen.

Eunice knikte. 'Gwen leek het geweldig te vinden om met haar zwangerschap te pronken en het vuurtje aan te wakkeren, maar ik vond het onacceptabel en dacht dat we aan het ergste konden ontkomen door hierheen te verhuizen.' Ze zweeg even. 'Dat was natuurlijk niet zo,' mompelde ze, 'het eiland is veel te klein, maar we konden nergens anders naartoe.'

'Jullie hadden bij mij kunnen komen,' zei Clarice.

'Dat zou niet verstandig zijn geweest,' zei ze met een verdrietige glimlach. 'Je blik heeft je verraden, Clarice. Je had zoiets nooit kunnen goedkeuren.' Ze nam de baby op schoot. 'Er zijn in Sydney al genoeg schandalen geweest rond mijn familie zonder jou ook nog eens last te bezorgen en ik ben gewoon niet sterk genoeg om nog meer schande te verdragen.'

Clarice vroeg verbijsterd: 'Waarom ben je dan niet teruggegaan naar Engeland? Je had het kunnen doen voorkomen alsof Gwen weduwe was geworden. Dat zou alles hebben verklaard.'

'Dat kon ik niet betalen, toen niet,' zei ze op vlakke toon. 'Bovendien wisten te veel mensen al hoe het echt zat. Een maand geleden kreeg ik nog een brief van een zogenaamde vriendin met vragen over Gwen en haar baby. Ik heb hem verscheurd.'

'Waar is Gwen? Waarom zorgt zij niet voor haar kind?'

Eunice gaf Lorelei nog een koekje. 'Ze wil niets met haar te maken hebben,' zei ze verdrietig. 'Ik heb geprobeerd haar van haar dochtertje te laten houden, maar ze negeert haar gewoon.' Ze drukte een zoen op het zachte wangetje toen de baby lachte en koek in haar pony smeerde. De tranen stonden Eunice in de ogen toen ze weer naar Clarice keek. 'Ik weet dat het niet gemakkelijk is om voor een ziek kind te zorgen, maar ze wordt elke dag sterker en ik begrijp gewoon niet hoe Gwen zo gevoelloos kan zijn.'

Clarice keek de kamer rond, zag de versleten meubels, het slordige schilderwerk en de verschoten gordijnen. De doktersrekeningen zouden wel een groot gat in Eunice' financiën slaan; dat was de enige verklaring voor de armoedige omgeving. 'De vader had een deel van de opvoeding van het kind op zich moeten nemen,' zei ze. 'Wie is hij en waarom is hij niet zo netjes geweest om met Gwen te trouwen?'

De smalle schouders kromden zich. 'Ik heb geen idee. Gwen weigert over hem te praten.'

Clarice verstijfde. 'Nou, dat is onacceptabel. Hij moet gevonden worden en zorgen dat hij zijn verantwoordelijkheden onder ogen ziet. Hoe heet hij?'

'Dat gaat je niets aan!'

Gwen stond in de deuropening en Clarice draaide zich naar haar om. 'Dat is wél zo, nu je mijn zus jouw zieke kind laat opvoeden,' zei ze op scherpe toon. 'Jij en de vader zouden ervoor moeten zorgen.'

Gwen liep de kamer in, schonk zich een kop thee in en liet zich op de bank vallen. Ze had rijkleren aan en rook naar de stallen. 'Ik wilde haar helemaal niet,' zei ze op kille toon. Haar ongeïnteresseerde blik gleed langs de baby. 'Moeder heeft besloten het kind te houden en daarom moet zij er maar voor zorgen.'

'Ze is nog steeds jouw kind,' zei Clarice op al even kille toon, 'en jij en de vader zijn verantwoordelijk voor haar welzijn.'

Gwen dronk haar kopje leeg en zette het op de armleuning van de bank. 'Zoals ik al eerder zei, Clarice, gaat het je niets aan.'

'Je bent nog altijd even onbeleefd en gemeen, zie ik,' snauwde Clarice.

Gwen zei met een harde uitdrukking op haar gezicht. 'En jij bent nog altijd dezelfde nieuwsgierige trut die met de man van een andere vrouw naar bed gaat en levens verwoest,' zei ze fel.

Ze zag Eunice terugdeinzen, maar Clarice kon niet langer met woorden worden gekwetst en weigerde te happen. 'Als je ook maar een greintje fatsoen had, zou je ervoor zorgen dat de vader met je zou trouwen of op zijn minst zijn deel van de opvoeding van het kind zou betalen. Het is wel duidelijk dat je moeder dit niet kan volhouden.'

'Dan had ze het niet op zich moeten nemen.' Gwen stond op van de bank en stak haar handen in de zakken van haar rijrok.

Clarice keek naar de schaamteloze vrouw die voor haar stond. Als Gwen niet zo kwaad keek, zou ze mooi zijn. 'Als je me zijn naam geeft, zal ik een discrete afspraak met hem maken en een notaris een contract laten opstellen zodat hij zijn aandeel in Lorelei's opvoeding betaalt.'

Gwen snoof. 'Dat denk ik niet,' zei ze spottend.

Clarice keek haar scherp aan. 'Is hij getrouwd? Is hij daarom niet met je getrouwd?'

Gwen snoof weer en beende naar de achterdeur. Terwijl ze hem opende, draaide ze zich om en keek naar het tafereeltje van moeder, tante en kind. 'Dat is iets wat je nooit zult weten,' zei ze vals, 'want ik zal zijn naam nooit onthullen.' Ze haalde adem, zichtbaar genietend van het dramatische moment. 'Weet je, ik neem zijn naam mee mijn graf in, alleen maar om jullie te straffen omdat jullie mijn leven hebben verwoest.' Daarna liep ze naar buiten en liet de hordeur achter zich dichtklappen.

Er hing een drukkende stilte in de wanordelijke keuken en Clarice' woede had het kookpunt bereikt, maar toen ze de pijn en de schaamte op het gezicht van haar zus zag, verdween die. 'O, Eunice,' zei ze, 'goddank heb je me gevraagd te komen.'

'Dat wilde ik echt niet,' antwoordde Eunice met haar wang op het hoofdje van de baby.

'Je hebt het me nog altijd niet vergeven,' zei Clarice op vlakke toon.

Eunice' bruine ogen keken haar over de tafel heen aan. 'Ik heb me al lang geleden gerealiseerd met wat voor man ik getrouwd was,' zei ze, 'maar ik weigerde dat te erkennen. Wat er tussen jullie is gebeurd was choquerend en hoewel het lang heeft geduurd, heb ik me erbij neergelegd.'

'Ik heb hem niet aangemoedigd, Eunice.'

Eunice keek haar strak aan. 'Niet met opzet, dat weet ik. Maar Lionel heeft nooit een knappe, verliefde jonge vrouw kunnen weerstaan, en je dacht toch écht dat je van hem hield?'

Clarice boog haar hoofd. 'Ja,' mompelde ze. 'Wat ben ik dom geweest. Het spijt me zo, Eunice. Kun je het me vergeven?'

'Er valt niets te vergeven. Niet meer.' Ze reikte over de tafel heen naar Clarice' hand. 'Mijn trots weerhield me ervan te schrijven en met elk jaar dat verstreek werd het moeilijker de juiste woorden te vinden. Maar toen Lorelei geboren was en mijn gezondheid achteruitging, wist ik dat ik je weer moest zien voordat het te laat was.'

Clarice liep om de tafel heen naar Eunice en sloeg zacht haar armen om haar heen. 'O lieve zus van me,' verzuchtte ze. 'We slaan ons hier doorheen, jij en ik, en ik beloof je dat ik je nooit weer zal kwetsen.'

Eunice glimlachte en vroeg met tranen in haar ogen: 'Wil je Lorelei even vasthouden?'

Aarzelend tilde Clarice het kleine meisje op en zette haar op haar heup. Ze had weinig ervaring met kleine kinderen en was doodsbang dat ze haar liet vallen, maar toen ze naar het kind keek, merkte ze dat de korenblauwe ogen haar ernstig aankeken. Haar hart smolt toen een heel klein handje haar gezicht even aanraakte, en toen hun blikken elkaar kruisten, werd Clarice overmand door de sterkste liefde die ze ooit had ervaren.

Clarice had haar tranen gedroogd en een deken over Bess gelegd. Vera zou algauw binnen komen stormen en zij kon de tuinman vragen Bess onder de magnolia te begraven. Op warme zomerdagen was dat Bess' favoriete plekje geweest en daar zou ze rust vinden.

Clarice zat in de stille keuken en haar gedachten gingen terug naar die andere keuken in Tasmanië. Het had haar verbaasd hoeveel ze van Lorelei had gehouden en die liefde was nooit minder geworden. Gwen had zich aan haar belofte gehouden en tot de dag van vandaag had Clarice geen idee wie Lorelei's vader was.

Joe keek naar Ocean Child en ontdekte dat hij zwaarder werd. 'Genoeg gegraasd, *mate*. Hoogste tijd dat je op stal komt te staan en op dieet wordt gezet.'

Hij leidde het hengstveulen de paddock uit en liep met hem naar het stalerf waar Bob Moonbeam stond te roskammen. 'Vanaf nu droog racevoer voor deze jongeman, Bob, anders sjokt hij als een overvoerde wombat over de renbaan van Hobart.'

'Prima.' Bob wreef nog een laatste keer over de glanzende vacht op Moonbeams achterhand en zei met een trotse grijns: 'Denk je dat ik de eerste prijs kan krijgen voor de best verzorgde jonge merrie, Joe? Dat zou Eliza leuk vinden, denk je niet?'

Joe glimlachte. 'Ik dacht dat je je hart aan Dolly had geschonken,' plaagde hij.

Bob bloosde. 'Toe nou,' gromde hij. 'Een man moet alle opties toch zeker openhouden?'

Joe schudde zijn hoofd om de grilligheid van Bobs verliefdheden en liep naar zijn kantoor. Voor het eten kon hij de administratie nog afhandelen, veevoer bestellen en ervoor zorgen dat alles klaar was voor de paardenrennen. Hij was diep in zijn paperassen verdiept toen zijn moeder binnenkwam.

'Ik kom je een kopje thee brengen,' zei ze, en ze zette het met een klap op zijn bureau.

'Bedankt,' mompelde hij. Grijnzend keek hij op. 'Normaal gesproken breng je me geen thee. Je wilt zeker iets van me.'

Molly ging zitten en begon de papieren op zijn bureau op te ruimen.

'Niet doen,' zei hij snel. 'Ik kan nooit iets terugvinden als je hier hebt opgeruimd. Laat dus maar, ma, alsjeblieft.' Hij keek haar met een liefdevolle blik aan toen ze zich weer in de stoel liet vallen en haar armen over elkaar sloeg. 'Wat is er?'

'Ik heb zitten denken,' zei ze, om vervolgens te zwijgen.

Joe liet de administratie voor wat die was en strekte zijn lange benen. 'En?' drong hij aan.

'Lorelei lijkt helemaal niet op Gwen, vind je wel?'

'Van het weinige dat ik van Gwen heb gezien, zou ik zeggen van niet,' antwoordde hij en hij vroeg zich af waar ze naartoe wilde.

'Dat dacht ik ook.' Molly slaakte een zucht en plukte aan de zoom van haar schort. 'Maar ze doet me wel aan iemand denken en ik heb me suf gepeinsd aan wie.'

Hij glimlachte en stopte zijn handen in zijn zakken. 'En, ben je tot een conclusie gekomen?'

'Mmmm.' Molly's blik versomberde. 'Het is al heel lang geleden en we waren nog maar kinderen, maar...' Haar blik verhelderde en ze keek Joe aan met een ernstige uitdrukking op haar anders zo vrolijke gezicht. 'Ik heb je nooit verteld waarom ik zo'n hekel aan die vrouw heb, wel?'

Hij schoof heen en weer in zijn stoel. 'Hebben we het nu over Gwen of over Lulu?'

'Over Gwen natuurlijk,' zei ze boos. 'Opletten, Joe.'

'Ik kan alleen maar bedenken dat jij en zij ruzie over pa hebben gehad,' antwoordde hij niet op zijn gemak.

Ze keek hem scherp aan en klakte geïrriteerd met haar tong. 'Zoiets was het helemaal niet,' snauwde ze, 'je vader was een respectabele, trouwe echtgenoot en hij keurde Gwen Bartholomew geen blik waardig.'

Ze leunde achterover in haar stoel, met haar handen diep in de zakken van haar schort. 'Maar dat voorkwam niet dat Gwen hem de schuld gaf toen zij die baby kreeg. Ze verscheen hier, ijskoud, en eiste geld. Ze zei dat ze hem zou zwartmaken en zijn bedrijf zou ruïneren als hij niet zou dokken. Ze gaf hem een week om erover na te denken.' Woedend knipperde ze haar tranen weg. 'We waren rijk toen, de stal stond vol met enkele van de beste renpaarden in het land.'

Joe bleef zwijgen en probeerde zich zijn rustige, vriendelijke vader voor te stellen tegenover die giftige kenau. Geen wonder dat zijn moeder haar haatte.

'Ik was op bezoek geweest bij een zieke vriendin en je grootvader was naar Hobart met een paar paarden. Dat was waarschijnlijk de reden dat Gwen juist op dat moment in de aanval ging. Gelukkig was je vader een eerlijke man en toen ik thuiskwam heeft hij me alles verteld.' Ze haalde diep adem. 'Gwen stond erom bekend dat ze gek was op mannen en ze had duidelijk laten merken dat ze achter je vader aanzat, ook al was hij getrouwd en hadden we jou. Ze vond het helemaal niet leuk toen hij korte metten met haar maakte en haar afwees. Om zich te wreken probeerde ze hem te chanteren en voor het kind te laten betalen.'

Joe floot lang en laag. 'Daar is pa toch zeker niet ingetrapt?'

Molly zei met een bitter lachje: 'In eerste instantie was hij helemaal van slag, omdat hij dacht dat hij niets zou kunnen bewijzen. Het zou zijn woord zijn tegen het hare en ondertussen zou hij worden zwartgemaakt en werd het bedrijf geruïneerd.'

Ze begon weer aan de zoom van haar schort te plukken. 'Gwens naam was al in verband gebracht met een stuk of tien mannen en ze hadden allemaal de vader kunnen zijn, maar ik wist zeker dat mijn Patrick daar niet bij hoorde. Ik haalde de wedstrijdverslagen tevoorschijn en keek bij de maanden waarin dat kind verwekt had kunnen worden. Ze was te vroeg geboren, zodat ik heel voorzichtige berekeningen moest maken.'

Haar gezicht lichtte op. 'Je vader was het grootste deel van augustus van dat jaar in Melbourne en daarna ging hij meteen door naar Sydney waar hij een maand is gebleven om naar een paar veelbelovende merrieveulens te kijken. Hij kwam pas vlak voor kerst terug, zodat hij kon bewijzen dat hij Lorelei's vader niet was.'

'Ik durf te wedden dat Gwen daar niet blij mee was,' mompelde Joe.

'Je vader, je grootvader en ik hebben het haar samen verteld en ze vond het niet leuk, maar ze kon de waarheid niet ontkennen. Patrick waarschuwde haar dat als ze haar valse beschuldigingen over hem of zijn gezin bleef rondstrooien, hij naar de politie zou gaan. We hebben niets meer gehoord.'

'Maar ik neem aan dat het daarmee niet afgelopen was. Als ze pa geen geld kon afpersen, moet ze naar iemand anders zijn gegaan.'

'Dat ben ik met je eens,' zei Molly peinzend, 'want hoewel ze altijd heeft gezwegen over de identiteit van de vader en niemand zich heeft gemeld, denk ik dat ze heel goed wist wie het was.'

'Waarom is ze dan niet meteen naar hem toe gegaan om te eisen dat hij haar en de baby ondersteunde?'

'Omdat hij toen geen cent had en zij dacht dat Patrick in financieel opzicht een betere kans bood.'

Joe keek haar scherp aan. 'Wat wil je daarmee zeggen, ma?'

'Ik denk dat ik weet wie Lulu's vader is.'

## 11

Lulu was inmiddels twee weken in Tasmanië en hoewel Molly iets vriendelijker tegen haar was, was de sfeer tussen haar en Dolly nog steeds gespannen. Lulu stond zwijgend in de deuropening te kijken naar Molly die twee kippen vulde. De onhandige Dianne was naar huis gegaan, Dolly nam een bad en de mannen waren buiten druk aan het werk. Dit was hét moment om te proberen vrede te sluiten.

'Kan ik je ergens mee helpen?'

Molly bond de twee kippen dicht, legde ze in een braadpan en veegde haar handen af aan haar schort. 'Bedankt, maar ik ben klaar.' Ze zette de pan met kippen in de oven en klapte de deur dicht.

'Het moet wel zwaar werk zijn om zo veel monden te vullen,' zei Lulu. 'Ik heb bewondering voor je uithoudingsvermogen.'

Molly keek haar behoedzaam aan. 'Bedankt,' mompelde ze, 'maar ik ben eraan gewend.'

'Ja, dat begrijp ik.' Lulu ging aan tafel zitten. 'Mag ik misschien een kop thee, Molly? Ik ben uitgedroogd na de avondrit.'

Molly zette de ketel op de kookplaat en ging in de weer met kopjes, thee en suiker. Er heerste een ongemakkelijke stilte. Lulu bukte zich en aaide een van de honden die de keuken was binnen geslopen en zijn kop op haar schoot had gelegd. 'Ik hou van honden, jij ook? Ze laten je nooit in de steek en zullen je nooit veroordelen.'

Molly zette twee bekers thee op tafel en ging zitten. 'Een huis is geen thuis zonder een paar honden,' zei ze, nog steeds waakzaam. 'Heb je thuis in Engeland een hond?'

Lulu knikte. 'Ze heet Bess. Clarice heeft haar aan me gegeven toen ze nog maar een puppy was, maar nu is ze oud.' Ze nam een slokje thee. 'Molly, ik weet dat we verkeerd zijn begonnen en hoewel je het duidelijk niet prettig vond mij hier te hebben, ben je een fantastische gastvrouw geweest. Ik hoop dat we onze meningsverschillen opzij kunnen zetten en vrienden worden.'

Molly perste haar lippen even op elkaar. 'Ik heb niets tegen jou,' mompelde ze, 'maar je vriendin heeft een scherpe tong en in mijn eigen huis wens ik niet op die manier te worden behandeld.'

'Dolly heeft het gevoel dat ze me moet beschermen,' antwoordde Lulu rustig. 'We zijn al jaren bevriend en hoewel ze af en toe lastig kan zijn, heeft ze een goed hart.'

'Dat kan ik wel zien.' Molly bleef haar strak en doordringend aankijken. 'Ik heb er geen problemen mee om toe te geven dat ik je hier niet wilde hebben, maar nu je hier bent, kan ik wel zien dat ik het helemaal verkeerd had. Je lijkt helemaal niet op Gwen, hè?'

'Dat hoop ik niet,' zei Lulu hartgrondig.

Molly grinsde en streek een sliert haar weg die voor haar ogen hing. 'Ik denk dat jij en ik het uitstekend met elkaar kunnen vinden,' zei ze. 'Met zo veel mannen in de buurt moeten wij vrouwen één front vormen. Ik word soms flauw van hun gepraat over paarden en paardenrennen en geld en gokken. Het is leuk om jullie tweeën over vrouwendingen te horen praten.' Ze zuchtte en trok aan de grote katoenen schort die ze over haar oude broek en trui droeg. 'Ik kan me niet meer herinneren wanneer ik voor het laatst een jurk heb gedragen of een leuke hoed op heb gehad.'

Toen Lulu Molly's verlangende blik zag, kreeg ze medelijden met haar. Het leven was niet gemakkelijk geweest voor Molly Reilly. 'Dat kun je doen als we naar Hobart gaan voor de paardenrennen,' zei ze. 'Dolly heeft genoeg hoeden bij zich om Harrods te bevoorraden en ik weet zeker dat je er eentje van haar kunt lenen.'

'Dat is aardig van je, liefje, maar ik ga niet mee naar de rennen. Iemand moet hier blijven en een oogje op de mannen en de paarden houden.' Ze glimlachte vriendelijk. 'Geen probleem, hoor, maar lief dat je eraan dacht.'

Toen ze boven iemand vals hoorden fluiten, keken ze elkaar grinzend aan. 'Waarom ga je Child zijn avondappel niet brengen, nu Dolly in bad ligt?'

'Als jij hier geen hulp nodig hebt.'

Molly gaf haar een appel en knikte vriendelijk in de richting van de deur. 'Je bent maar één keer jong,' zei ze, 'hup, naar buiten jij.'

Lulu ging naar boven om een trui te halen. Dolly zou nog zeker een uur bezig zijn en nu ze vrede met Molly had gesloten, had ze echt zin om even rustig bij Ocean Child te kunnen zijn.

Ze zat op de rieten stoel naast de voordeur haar laarzen aan te trekken en bewonderde het uitzicht waar ze van was gaan houden. De zon was al bijna onder, de wind was gaan liggen en de vogels keerden met veel geklapper van hun vleugels en een kakofonie van kreten terug naar hun slaapplaatsen. Ze snoof het parfum van de kamperfoelie op en de zoete geur van de warme, vochtige aarde. Dit was het mooiste hoekje van de wereld, concludeerde ze toen ze naar de majestueuze bomen en het weidse uitzicht keek.

Ze stopte de appel in haar zak en liep naar de stallen met de honden achter zich aan. Bob en de andere staljongens waren achter hun verblijf verdiept in het gokspel *two-up*. Dat bleek een avondritueel en ze bleef even naar hen staan kijken.

Ze legden de penny's op een vlak stuk hout, draaiden ze snel rond en hielden ze met een hoopvolle blik in de gaten als ze op de grond vielen. Kreten van vreugde en teleurstelling doorbraken de stilte van de avond, maar de paarden leken eraan gewend want ze keken niet op of om. Bob had kennelijk geluk, want hij liet haar een hand vol munten zien en knipoogde naar haar voordat hij zich in de volgende worp verdiepte.

Lulu liep door naar het stalerf en begroette de paarden die hun hoofd naar buiten staken om naar haar te kijken. Ze was altijd al gek geweest op de geur en de levendigheid van een opgeruimd stalerf en genoot van de nieuwsgierige paarden die blij leken haar te zien. Ze kende ze allemaal bij naam, nu ze elke ochtend op Joe's goedige, oude merrie meereed naar de trainingsbaan.

'Hallo jongen,' mompelde ze tegen Ocean Child. Ze streelde zijn hals en krabbelde aan zijn oren op de manier die hij prettig vond. Hij kwijlde van plezier en legde zijn kin op haar schouder terwijl haar sterke vingers hem kroelden.

'Ik ben blij dat jullie het zo goed met elkaar kunnen vinden.'

Lulu draaide zich om en glimlachte naar Joe die tegen de hoek van de stal geleund naar haar stond te kijken. 'Hij is gewoon een grote zachte pummel,' antwoordde ze, 'maar ik wilde dat hij niet zo ontzettend kwijlde. Mijn bloes is doorweekt.'

Hij grijnsde. 'Volgens mij komt dat door die appel die je in je zak hebt,' zei hij, 'maar ik zou het fijn vinden als je die niet aan hem gaf. Hij staat op dieet.'

210

Met grote ogen vroeg Lulu: 'Waarom? Hij lijkt in perfecte conditie.'

Joe duwde zich van de muur af en kwam naar haar toe. De hakken van zijn laarzen rinkelden op de keitjes. 'Dat is hij ook en dat wil ik graag zo houden. Geen vers gras meer en geen lekkere hapjes tot na die belangrijke race.' Hij keek op haar neer. 'Je kunt hem vergelijken met een menselijke atleet,' vertelde hij. 'Hij moet er dus helemaal klaar voor zijn.'

'Sorry, jongeman,' mompelde ze tegen de jonge hengst. Ze klopte op zijn hals, stapte achteruit en plukte aan haar doorweekte bloes. 'Heeft de regen het gebeuren beïnvloed, denk je?'

Hij schudde zijn hoofd. 'Hij houdt wel van een beetje zachte ondergrond en als het de komende dagen in Hobart niet te erg regent, komt het wel goed met hem.'

'Ik heb gehoord dat er morgen nog een eigenaar komt. Doen er ook paarden van haar mee?'

'Eliza heeft Moonbeam die meedoet aan de maidenrace voor merries.' Hij keek met een droge glimlach op haar neer. 'Je zult Eliza aardig vinden. Ze is een jongere versie van Dolly, maar dan zonder het bekakte accent.'

'Lieve help.' Lulu lachte. 'Arme Joe, omringd door bazige vrouwen. Geen wonder dat je het grootste deel van je tijd met paarden doorbrengt.'

'Zij veroorzaken zeker minder gedoe,' erkende hij droog. 'Met paarden weet je waar je aan toe bent, maar vrouwen...'

'... zijn een totaal andere soort,' maakte ze de zin voor hem af. Ze keek hem aan en vroeg zich af of hij ongelukkig was geweest in de liefde, of zijn littekens hem teruggetrokken en verlegen hadden gemaakt. Ze kwam tot de conclusie dat dit waarschijnlijk inderdaad het geval was en dat dit de reden was dat hij Galway House zelden verliet. Dat was ontzettend jammer, want hij was een rustige, stille man met een prettige manier van doen waardoor ze hem heel aardig was gaan vinden.

Haar blik dwaalde van zijn halfopen overhemd, waardoor een driehoekje gebruinde huid zichtbaar was, naar zijn slanke heupen, sterke armen en bedreven handen. Hij was meer dan aantrekkelijk, realiseerde ze zich, en ze keek snel een andere kant op.

Ze riep zichzelf tot de orde, stopte haar handen in haar zakken en vond de vergeten appel weer. Met een vragende blik op Joe gaf ze hem aan een van de andere paarden in de hoop dat Ocean Child het niet zou zien.

Joe zag dat de ondergaande zon haar goud-, brons- en koperkleurige haar deed glanzen en dat ze heel erg op haar plek leek op het stalerf. Voordat hij haar had aangesproken, had hij een tijdje naar haar staan kijken en zich gerealiseerd dat hij zich volkomen op zijn gemak voelde in haar aanwezigheid. Het feit dat hij zijn hoed in het kantoor had laten liggen, bevestigde dit nog eens en tot zijn aangename verrassing merkte hij dat ze hem helemaal accepteerde, hem aankeek zonder dat ze van hem walgde.

Toen hij haar zag kijken, schrok hij even, omdat hij zich afvroeg of ze zijn gedachten had gelezen. Hij schraapte zijn keel en keek naar zijn laarzen. 'Heb je al plannen voor morgen?'

'Ik zou graag zoals elke ochtend meegaan naar de trainingsbaan. Het is geweldig om te zien dat Dolly je waar voor je geld geeft.'

'Ja, ze is me er wél eentje,' gaf Joe toe. 'Ik had niet verwacht dat ze zo goed kon rijden, zelfs over hindernissen. Als ze geen vrouw was, zou ik haar morgen een baan als jockey aanbieden.'

Lulu grinnikte. 'Ze doet al sinds ze in een zadel kan zitten mee aan de vossenjacht en steeplechases. Eerlijk gezegd ben ik jaloers op haar, want als ik dat zou proberen zou ik daarna wekenlang op bed moeten liggen.'

'Dolly zei dat je een probleem hebt met je hart.'

Ze haalde haar schouders op. 'Het is meer een ongemak dan een probleem. Ik heb ermee leren leven.' Ze leek niet over haar gezondheid te willen praten, want ze begon snel over iets anders. 'Ik heb een paar berichten gekregen van meisjes met wie ik op school heb gezeten en ik zou hen en mijn oude school morgen graag willen bezoeken. Daarna loop ik nog een keer door de stad, want daar heb ik de eerste keer niet veel van gezien.'

'Je zult merken dat er niet veel is veranderd,' zei hij. 'Eigenlijk verandert daar nooit iets.'

Ze knikte en schuifelde met haar laarzen over de keitjes. 'Kunnen we een stukje gaan lopen?' vroeg ze aarzelend. 'Er zijn namelijk een paar dingen die ik met je wil bespreken.'

Hij floot, waarop de honden de stal uit renden waar ze op ratten hadden gejaagd. Ze renden voor hen uit toen hij en Lulu het stalerf verlieten en over de paddocks liepen. Hij had geen idee wat ze wilde bespreken, maar hij hield zijn hart vast. Zijn moeder was geobsedeerd door Lulu's vader en had geweigerd hem iets te vertellen tot ze kon bewijzen wie het was. Hij had geen idee hoe ze dat voor elkaar wilde krijgen, maar daarover wilde hij in geen geval met Lulu praten.

Hij liep naast haar, iets langzamer dan normaal en genoot van de vage bloemengeur van haar parfum en van het feit dat haar arm af en toe langs de zijne streek. Het enige geluid was het geruis van het gras langs hun laarzen en het gestage kloppen van zijn hart.

'We hebben nog nooit over meneer Carmichael gepraat,' zei ze even later nadat ze een tijdje kameraadschappelijk hadden gezwegen. 'Heb jij al bepaalde conclusies getrokken?'

Ze waren bij het hek van de laatste paddock gekomen. Hij leunde ertegenaan, kneep zijn ogen bijna dicht tegen de zon en keek naar de honden die langs de rivier renden. 'Hij is een geheimzinnige man,' antwoordde hij. 'Doet alleen maar zaken via de post, de *two-way* radio of de telefoon, en geeft niemand een telefoonnummer of een adres waar hij bereikbaar is.'

'Dat is toch geen normale manier van zakendoen, vind je wel?'

'Dat ben ik met je eens. Het ziet ernaar uit dat hij van plan is me te helpen het bedrijf nieuw leven in te blazen, maar waarom is me een raadsel.' Hij zag dat ze haar voorhoofd fronste en probeerde het uit te leggen. 'Niemand schijnt ooit van hem te hebben gehoord voordat hij Ocean Child naar ons toe stuurde, maar daarna heeft hij Eliza's vader geadviseerd zijn paarden hiernaartoe te sturen en drie anderen zijn indirect door hem naar me toe gestuurd.' Hij keek op haar neer. 'Behalve dat weet ik nog even weinig over hem als daarvoor, niets dus.'

Hij zag dat ze op haar lip beet en op een verrukkelijke manier denkrimpeltjes in haar voorhoofd kreeg terwijl ze hierover nadacht. 'Ocean Child kwam van een veiling. Heb je geprobeerd te ontdekken wie hem in eerste instantie heeft verkocht?'

Joe keek uit over het donker wordende dal waar de honden achter een konijn aan renden. 'Toen jij eerst ontkende dat hij van jou was, ben ik wat gaan graven. Ocean Child behoorde tot een kudde *brumbies* die door een coöperatie van grootgrondbezitters in Queensland naar de veiling is gestuurd.'

'Wat zijn *brumbies*?'

Het verbaasde hem dat ze dat niet wist gezien haar verleden, maar ze woonde natuurlijk al heel lang in Engeland. 'Dat zijn wilde paarden,' vertelde hij. Hij zocht een prettiger houding tegen het hek. 'Omdat tijdens de oorlog zo veel mannen weg waren, zijn in de buitengebieden veel paarden ontsnapt die zich vervolgens met de wilde paarden hebben gekruist. Al die paarden liepen vrij rond, volbloeds, rijpaarden en pony's, en ze vernielden oogsten en weilanden. Toen de mannen terugkwamen, besloten ze de paarden bij elkaar te drijven, de beste te houden en de rest te verkopen. Ik denk dat er ook een paar volbloeds in die kudde rondliepen, want Ocean Child is absoluut een raspaard.'

'Dan verbaast het me dat niemand dat heeft gezien en hem heeft gehouden.'

Joe haalde zijn schouders op. 'Veedrijvers willen sterke kleine pony's, geen jonge volbloedhengst, want die kan heel koppig zijn en moeilijk te temmen.'

'Meneer Carmichael zag dus wel welke mogelijkheden de hengst had,' zei ze peinzend.

'Ja, wie hij ook is, hij heeft wel verstand van paarden,' beaamde Joe.

'Wat jammer dat we geen lijst van die grootgrondbezitters hebben,' zei ze. 'Een van hen zou ons misschien aanwijzingen omtrent Carmichaels identiteit kunnen geven.'

'Die lijst ligt in mijn kantoor, maar de namen zeggen me niets. Ik betwijfel dan ook of we daar veel aan hebben.'

'Misschien klamp ik me aan elke mogelijkheid vast, maar Carmichael kwam pas boven water toen hij Ocean Child kocht, en Child heeft iets met die grootgrondbezitters te maken. Het kan toeval zijn, maar misschien kan het een aanwijzing opleveren.'

Hij knikte peinzend. 'Misschien heb je wel gelijk. Kom, dan gaan we die lijst eens bekijken. Wie weet hebben we er iets aan.' Hij floot de honden die meteen aan kwamen rennen, met hun tong uit de bek en vrolijk kwispelend.

'Pas op, straks word je weer drijfnat!' waarschuwde hij. Maar het was al te laat. De honden schudden zich heftig uit, zodat ze allebei onder de modder kwamen te zitten.

'Ze moeten deze bloes wel hebben vandaag,' zei Lulu lachend. 'Ach, geen probleem. Zo te zien hebben de honden zich uitstekend vermaakt en die bloes kan in de was.'

Joe's hart smolt toen hij haar hoorde lachen én omdat ze het helemaal niet erg leek te vinden door twee smerige honden bespat te worden. Ze was een bijzondere vrouw. De meeste vrouwen zouden woedend zijn geworden.

Ze liepen snel naar het kantoor en toen Joe naar binnen liep, keek hij er met andere ogen naar en hij realiseerde zich dat het een zwijnenstal was. Hij sloot de honden buiten, liep rechtstreeks naar de plank waar hij de lijst had neergelegd en bladerde door de stapel brieven en bonnen. Hij kon hem niet vinden, keek peinzend rond en liep alles nog een keer langzaam door. 'Hij lag hier toch echt,' mompelde hij.

'Hij kan overal wel liggen,' zei ze met een blik op alle rommel.

'Nee,' mompelde hij en hij legde de stapel papieren terug op de plank. 'Het lijkt misschien wel een puinhoop, maar ik weet precies waar alles ligt en ik heb die lijst met opzet bij de hand gehouden.' Hij ontweek haar blik en zocht tevergeefs in de paperassen op zijn bureau. Ze zou wel denken dat hij ontzettend incompetent was.

'Kan iemand hem hebben verplaatst?'

Hij wilde net zijn hoofd schudden toen hij zich herinnerde dat zijn moeder vlak voor de avondrit zijn kantoor was binnen gelopen. 'Waarschijnlijk heeft mijn moeder hier weer eens opgeruimd,' mompelde hij. 'Ik wilde dat ze daarmee ophield.'

Lulu keek grijnzend naar de rommel. 'Als dit opgeruimd is, moet ik er niet aan denken hoe het er daarvoor uitzag,' zei ze plagend.

Hij voelde dat hij rood werd. 'Ik vrees dat je gelijk hebt,' gaf hij toe, 'het is wel een beetje een rommeltje.' Gelukkig ging op dat moment de bel voor het diner, zodat hij niet verder kon zoeken. 'Het eten is klaar,' mompelde hij. 'Daarna kom ik hier wel terug en zal ik de hele boel eens even opruimen. Die lijst móét boven water komen.'

Aan tafel ging het gesprek alleen maar over paarden en de komende race in Hobart. Bob en de andere stalknechten wilden zo snel mogelijk door met hun gokspelletje, aten razendsnel en liepen vervolgens vlug weer naar buiten. Lulu en Dolly waren meteen na het eten naar hun kamer gegaan en Joe hoorde af en toe geschater van boven komen.

Hij strooide suiker in zijn thee, prettig verzadigd door de gegrilde kip, de groente en zijn moeders speciale uienjus. Straks zou hij wel weer naar zijn kantoor gaan, maar nu zat hij tevreden in de warme keuken door een nieuwe catalogus te bladeren terwijl Molly de tafel afruimde. Er stonden een paar goede trucks te koop en bovendien een paar paardenkarren, en hij zat net te berekenen wat hij zich kon permitteren toen Molly hem stoorde.

'Je moet een van de jongens extra brandhout laten hakken,' zei ze. Ze liet zich naast hem in een stoel vallen en schonk nog een kop thee in. 'Dolly's baden verbruiken al het hete water en met zo veel vrouwen in huis zal die boiler overuren moeten draaien, zeker als Eliza er is.'

'Ik zal zorgen dat Bob dat zo snel mogelijk regelt,' mompelde hij terwijl hij de catalogus opzijlegde. 'Heeft Eliza contact met je opgenomen?'

'Ze nam vanmiddag contact op via de *two-way*. Ze komt hier op eigen gelegenheid naartoe, zodat je morgen niet helemaal naar Launceston hoeft om haar op te halen. Ze heeft kennelijk een verrassing voor je en ik moet er niet aan denken wat dat is.' Molly glimlachte en nam een slok thee. 'God mag weten hoe ik het hoofd moet bieden aan haar én Dolly.'

Hij zag haar levendige blik en zei: 'Dat lukt je wel, ma. Eigenlijk denk ik dat je er zelfs zin in hebt.'

Ze zette haar kopje neer en liet haar kin op haar hand rusten. 'Dat denk ik ook,' gaf ze toe. 'Het is fijn om het huis weer vol jonge mensen te hebben.'

'Je hebt er dus geen spijt van dat ze hier zijn?'

Ze schudde haar hoofd. 'Ze zijn prima gezelschap en Lulu is een aardige meid. Rustig en goedgemanierd, charmant en aardig. Ze is een sieraad voor Lady Pearson.'

Joe proestte in zijn theekop. 'Heeft haar tante een titel?'

'Ja, haar man was diplomaat of zo in Sydney. Hij is jaren geleden geridderd.' Ze hield haar hoofd schuin en keek hem aan. 'Jij vindt Lulu dus ook heel aardig?'

Hij voelde dat hij rood werd. 'Ze is wel aardig,' antwoordde hij, en hij keek weer naar de catalogus.

Molly lachte. 'Volgens mij vind je haar meer dan gewoon aardig.' Ze legde een hand op zijn arm en keek opeens ernstig. 'Pas op, Joe. Ik heb gezien hoe je naar haar kijkt en een vrouw als zij zal je alleen maar verdriet doen.'

Hij keek naar haar verweerde hand op zijn gebruinde arm en moest verdrietig toegeven dat ze gelijk had. Nu bleek dat ze door een lady was opgevoed en ongetwijfeld van alles het beste had gehad, was ze zelfs nóg minder partij voor hem.

Hij schraapte zijn keel en begon over een ander onderwerp. 'Heb jij vanavond mijn kantoor opgeruimd?'

'Dat heb ik wel geprobeerd,' zei ze op vlakke toon, 'maar dat is onmogelijk.'

'Ik kan die lijst van grootgrondbezitters die Ocean Child hebben verkocht niet vinden. Heb jij die ergens gezien?'

'Die heb ik misschien samen met alle andere rommel weggegooid,' zei ze nonchalant. 'Je moet echt eens een goed archiefsysteem verzinnen, Joe. Jouw kantoor is een onbeschrijflijke rommel.'

Joe merkte dat ze zijn blik ontweek. 'Heb je die lijst gezien?' drong hij aan.

Ze haalde haar schouders op. 'Dat kan ik me niet herinneren.' Ze duwde haar stoel naar achteren. 'Dianne kan morgen wel afwassen,' zei ze gapend. 'Kan niet veel doen zonder warm water.' Ze drukte een kus op zijn hoofd. 'Welterusten, Joe. Slaap lekker.'

Nadat Molly was vertrokken, bleef Joe nog lang zitten. Hij zat na te denken over alles wat er deze twee weken was gebeurd en gezegd. Uiteindelijk kwam hij tot de conclusie dat hij die lijst niet zou vinden, hoe goed hij ook zocht. Om redenen die hij onmogelijk kon bevroeden, had zijn moeder die weggenomen.

Lulu en Dolly genoten intens van de ochtendritten en hoewel Lulu het rustig aan moest doen en dus vanaf de zijlijn moest toekijken, was Joe's prettige gezelschap een bonus. Onder de jonge knechten die het tegen Dolly opnamen, heerste een kameraadschappelijke sfeer en ze was blij toen ze de trotse en hoopvolle blik op Joe's gezicht zag. Lulu had zich nog nooit ergens zo thuis gevoeld en inmiddels had ze zich nóg meer gehecht aan Galway House en aan de rustige, verlegen man die er woonde.

Ze hadden zich na de ochtendrit gewassen en omgekleed en waren nu onderweg naar Lulu's oude school, waar ze enthousiast werd verwelkomd door iedereen die nog wist wie ze was. Nadat ze een uur door alle klaslokalen waren rondgeleid en bij de directrice koffie hadden gedronken, kocht Lulu wat bloemen die ze liefdevol op het graf van haar grootmoeder legde. Ze had maar vage herinneringen aan haar, maar de oude vrouw had haar verzorgd en beschermd, en

ze was blij toen ze zag dat de kleine begraafplaats heel goed werd onderhouden.

Nadat ze de begraafplaats had verlaten, bezocht Lulu de drie jonge
vrouwen die naast haar in de klas hadden gezeten en haar beste jeugd-
vriendinnen waren geweest. Ze woonden nog altijd in de stad. Het
was wel duidelijk dat ze een totaal ander leven hadden geleid dan
zij. Lulu merkte dat ze met een verontwaardigde blik naar haar dure
kleren keken. Dat ongemakkelijke gevoel verdween echter snel toen
ze zich realiseerden dat Lulu hen niet vergeten was en niet echt was
veranderd. De jaren en de onderlinge verschillen verdwenen naar de
achtergrond terwijl ze herinneringen ophaalden aan hun docenten en
kattenkwaad. Na een tijdje waren ze vertrokken met de afspraak dat
ze elkaar gauw weer zouden ontmoeten.

De stad zelf was amper veranderd en toen ze over het trottoir liepen, werden ze begroet door mensen die Lulu nog als klein meisje
hadden gekend. De wandeling die maar een paar minuten had moeten duren, nam meer dan een uur in beslag en duurde zelfs nog langer
toen Lulu de winkel van de poppenmaker ontdekte.

Nadat ze Dolly mee naar binnen had gesleept, werd ze begroet
door de vertrouwde geur van houtschaafsel, lijm en tabak. Ze werden
hartelijk verwelkomd door de oude man die achter zijn werkbank
een pijp rookte en liefdevol een pop repareerde. Als kind had ze hier
samen met Primmy urenlang naar hem zitten kijken, naar zijn verhalen geluisterd en gekeken naar zijn knoestige handen die liefdevol
kapotte poppen repareerden. Het was net alsof de tijd had stilgestaan
en Lulu was helemaal verrukt geweest.

Nu liepen ze langs het strand. Omdat de zee nog steeds te koud
was om pootje te baden, liepen ze over het rulle zand langs het gras
naar de rotsen toe. Zeemeeuwen zweefden als vliegers in de lucht en
plevieren renden naar voor en achter door de ribbels op zoek naar
voedsel.

Toen ze het eind van het strand hadden bereikt, bleef Lulu staan.
De wind kwam van achteren, blies haar haar in haar gezicht en nam
de warmte weg van het hartelijke welkom waar ze zo van had genoten. 'Ik weet niet of ik dit wel kan,' zei ze, en ze keek omhoog naar de
smalle weg die het binnenland in leidde.

'Dan moet je het niet doen,' zei Dolly vastberaden. 'Waarom zou
je jezelf dwingen iets te doen wat je verschrikkelijk veel pijn zal doen?'

Lulu was het zwijgend eens met haar wijze woorden, maar wist dat ze ze zou negeren. De herinneringen waren te sterk, de aantrekkingskracht van het verleden te onweerstaanbaar. 'Ik móét wel, als ik die spoken wil verjagen,' zei ze ademloos.

Dolly nam haar hand in de hare. 'Dan moeten we het maar doen.' Ze kneep even in Lulu's vingers. 'Je bent nu geen klein meisje meer, Lulu, je hoeft niet meer bang te zijn.'

Met een gespannen glimlach zette Lulu de eerste stap op de weg die naar het huis in de bush leidde. Haar hart ging tekeer, haar mond was droog en toen ze bij de afslag kwamen, moest ze zichzelf dwingen omhoog te kijken.

Het huis was veel kleiner dan in haar herinnering, het leek wel een poppenhuis in het bos. Kortgeleden had iemand de houten buitenmuren wit geverfd en de horren blauw. De schoorsteen en het dak waren vervangen en het gazon aan weerszijden van het sintelpad dat naar de voordeur leidde was gemaaid.

Haar blik dwaalde angstig langs het huis naar de bijgebouwen. De oude stallen stonden er nog, net als de schuur en de hokken, en hoewel een deel van de bush was verwijderd om de paddocks te kunnen uitbreiden, wierpen de bomen lange, dreigende schaduwen.

Lulu rilde en werd weer kind. De terugkerende nachtmerrie leek maar al te realistisch.

Ze was weer klein, weerloos en amper vijf jaar oud. Ze herkende de bekende figuur die de slaapkamer was binnen geslopen en het donzen kussen vasthield, ze herkende haar stem toen ze tegen Clarice loog over haar bedoelingen.

Maar er waren nog andere beelden, andere geluiden die allang begraven angsten opriepen die ze zo wanhopig had geprobeerd te vergeten. Ze kon de krakende takken op het zinken dak horen tikken en het gekreun van de wind. Ze was alleen. Opgesloten in het donker zonder te begrijpen waarom ze werd gestraft. Schreeuwen had geen zin, want er zou niemand komen; huilen had geen zin, want haar tranen zouden haar straf alleen maar verlengen.

Ze zag zichzelf in een hoekje zitten, gehurkt, met haar gezicht tegen haar knieën gedrukt om haar snikken te smoren. Ze was omringd door de ritselende bewegingen van spinnen en insecten, ze luisterde naar het gezoem van vliegen en ze probeerde in de duisternis overwinterende slangen te ontdekken. Haar keel was dichtgeknepen van angst en haar lichaam koelde af door het opdrogende zweet. Ze kromp nog meer in elkaar, probeerde wanhopig onzichtbaar te worden.

En toen, na een heel mensenleven, hoorde ze het meest angstaanjagende geluid dat ze kende. Het geknars van de grendel die werd teruggeschoven.

Ze deinsde achteruit, weg van de figuur die daar stond, en kroop angstig in een hoekje, wachtend op de klap, op vingers die aan haar haren trokken, op de trap van een laars. 'Doe me geen pijn, mama,' snikte ze. 'Doe me alsjeblieft geen pijn.'

Wrede vingers grepen haar haren en trokken haar overeind, zodat ze het uitschreeuwde van pijn. 'Ik heb je toch gezegd dat je me nooit zo mocht noemen,' snauwde Gwen.

Haar hoofd duizelde van de keiharde klap waardoor haar zwoegende hart een slag oversloeg. 'Het spijt me,' jammerde ze. Maar de straf was nog niet voorbij en ze verstijfde van angst, niet in staat te schreeuwen, te snikken of zelfs maar te denken toen Gwen haar vastgreep en door de verlaten tuin naar de schuur sleurde.

'Je vindt jezelf toch zo lief? Het favoriete kleine meisje van oma's en tantes met je grote blauwe ogen en blonde krullen? Hun kleine lammetje?' Gwen trok hardhandig aan haar haren toen ze bij de haak aan de wand van de schuur stonden en pakte de schaar. 'Laten we maar eens kijken hoe dit lammetje eruitziet als ze is geschoren.'

'Lulu! Lulu, wat is er? Je bent lijkbleek!'

Ze verdrong die afschuwelijke herinneringen, gesterkt door de wetenschap dat ze eroverheen was. 'Ze knipte mijn haar af,' zei ze op vlakke toon. 'Ze knipte en knipte en knipte, en trok zich er niets van aan als ze mijn hoofdhuid of mijn oor raakte.'

Er stonden geen tranen in haar ogen toen ze haar vriendin aankeek, want ze had in de loop der jaren al te vaak gehuild en tranen losten niets op. 'Ik was nog maar negen, maar ik kan me de geur van die roestige schaar nog goed herinneren en de manier waarop hij over mijn hoofd kraste en gleed. Ik was zó bang dat ze me zou vermoorden dat ik bijna geen adem kon halen.'

Zonder iets te zeggen sloeg Dolly haar armen stevig om Lulu heen.

Lulu voelde dat Dolly met haar zachte vingers door haar haren en over haar hoofd streek, als een genezende balsem. Ze legde haar hoofd tegen Dolly's schouder. 'Sinds die tijd heb ik mijn haar nooit meer geknipt,' vertelde ze toen ze zich eindelijk uit hun omhelzing losmaakte.

'Gek, ik weet het, maar ik kan dat knippende geluid gewoon niet verdragen.'

'Maar waarom doe je een kind zoiets aan? Dat is barbaars!'

Lulu verkilde bij de herinnering aan het gemene geknijp, de klappen en de kwetsende woorden die haar broze zelfvertrouwen in haar jeugd hadden verwoest. Dat alles op zich was al voldoende straf geweest, maar het afhakken van haar haren had haar bijna kapotgemaakt. 'Ze was jaloers.'

'Op een weerloos kind?'

Lulu voelde geen enkele emotie toen ze met haar rug naar het huis ging staan. 'Toen wist ik dat niet, maar de afgelopen jaren heb ik begrepen waarom Gwen zich zo gedroeg.' Ze haalde diep adem. 'Ze wilde me niet, maar omdat oma Eunice me per se wilde houden, zag ze me elke dag. Ik herinnerde haar aan haar schande, ik was het bewijs dat mijn vader – wie hij ook was – niet genoeg van haar hield om met haar te trouwen. Bovendien was ik een belemmering voor haar kans om wél een goed huwelijk te sluiten. Wat alles nog erger maakte, was dat zij dacht dat haar moeder nu alleen nog maar van mij hield en daarom heeft ze geprobeerd mijn leven tot een hel te maken.'

'Wat een ongelooflijke trut,' zei Dolly woedend. Ze knuffelde Lulu even. 'Het verbaast me dat Clarice en je grootmoeder haar haar gang hebben laten gaan.'

'Het gebeurde alleen als zij niet thuis waren.' Lulu stopte haar handen in haar jaszakken en keek omhoog. 'Grootmoeder was niet gezond en heeft vaak in het ziekenhuis gelegen. Clarice liet me altijd thuis als ze op bezoek ging, want ze vond het ziekenhuis geen goede plek voor kleine meisjes, tenzij ze zelf patiënt waren en dat was ik al vaak genoeg geweest. Ze heeft nooit geweten wat er echt gebeurde, omdat Gwen altijd een geloofwaardige verklaring had voor mijn blauwe plekken en ik te bang was om tegen haar in te gaan.'

'Hoe heeft ze dan verklaard waarom je haar was afgeknipt?'

'Dat heeft ze nooit gedaan,' zei Lulu met een grimmige uitdrukking op haar gezicht. 'Dat is gebeurd op de dag voordat grootmoeder overleed. En omdat Gwen weer eens was verdwenen en Clarice kapot was van verdriet, is dat onderwerp nooit echt ter sprake gekomen.'

'Het zou me verbazen als Clarice haar niet de les had gelezen.'

'Ze hadden een verschrikkelijke ruzie een paar dagen na oma's begrafenis en daarna begon Clarice er pas over. Ik was in dezelfde kamer als zij, maar ze zagen me niet en ik begreep nog niet de helft van wat ze allemaal zeiden. Maar dat was wel de laatste keer dat ik Gwen heb gezien.'

'Geen wonder dat je zo vaak mogelijk naar het strand ontsnapte. Het klinkt alsof je leven een hel was.'

Lulu glimlachte en stak haar arm door die van haar vriendin. 'Maar ik ontsnapte wel, Dolly, en daar gaat het om. Sinds ik een baby was, heeft Clarice onvoorwaardelijk van me gehouden en zij heeft me een leven geschonken dat ik nooit zou hebben gehad als ik daar was gebleven.' Ze lachte. 'Grappig, vind je niet? Ik moest helemaal naar de andere kant van de aarde gaan om in te zien hoe goed ik het heb gehad.'

Dolly kneep even in haar arm en keek op haar horloge. 'We kunnen maar beter gauw teruggaan. Molly wil dat we op tijd terug zijn om kennis te maken met Eliza.'

Lulu voelde dat de emotionele terugkeer naar het huis haar had uitgeput, maar toen ze omhoogkeek naar het pad, was ze opgelucht. Herinneringen konden heel sterk zijn en vergeten pijnen en angsten oproepen, maar de jaren hadden ze afgezwakt en toen ze de kans had, was ze ze moedig tegemoet getreden zodat ze ze had kunnen verjagen.

'Ik zou ook nog heel graag bij Primmy langsgaan, als ze nog leeft,' zei ze. 'Ze was ook een soort moeder voor me en ik kan niet vertrekken zonder haar op te zoeken.'

Ze liepen de smalle weg op en bleven staan voor een rij kleine houten bungalows. 'Misschien woont ze hier helemaal niet meer,' zei Lulu toen ze het hek in het witte palenhek opende. 'Maar misschien weet iemand wat er van haar is geworden.'

Een paar seconden nadat Lulu had aangeklopt, vloog de deur open. 'Ik wist wel dat je me vroeg of laat zou komen opzoeken.' Primmy stond voor hen, gedrongen en klein, met haar grijze haar in een vlecht om haar hoofd. Ze spreidde haar armen en Lulu stapte in de vertrouwde, warme omhelzing.

'O, Primmy,' zuchtte ze. 'Wat is het lang geleden.'

'Kom binnen, dan zet ik een pot thee. We hebben elkaar heel veel te vertellen.' Ze keek lachend naar Dolly. 'En wie is dit?'

Lulu stelde hen aan elkaar voor en ze liepen achter Primmy aan naar een kleine opgeruimde kamer die fungeerde als zitkamer en keuken. Primmy begon thee te zetten; ondertussen kletste ze maar door en nam ze amper de tijd om adem te halen. Ze had drie volwassen kinderen en twee kleinkinderen en er was een achterkleinkind op komst. Ze had een druk leven, haar echtgenoot was met pensioen na een baan op het postkantoor en alles bij elkaar was ze heel tevreden met haar leven.

'Maar hoe zit het met jou?' vroeg ze toen. 'Ik heb me altijd zorgen om je gemaakt, weet je, vooral met die moeder van je.'

Lulu gaf haar een beknopte versie van haar leven nadat ze Tasmanië had verlaten en eindigde met een dramatische, bijna komische beschrijving van de manier waarop Gwen haar in de haven had geprobeerd te overrijden.

Primmy snoof. 'Zover ik weet, is ze niet veel veranderd, maar ik neem aan dat je gezien de omstandigheden medelijden met haar zou moeten hebben.'

Lulu zette haar theekopje neer. 'Welke omstandigheden?'

Primmy ging er eens gemakkelijk voor zitten en sloeg haar armen over elkaar. 'Ik denk dat je nog te jong was om alles over haar vader te weten en ik betwijfel of je tante je iets heeft verteld. Ze is een trotse oude dame en niet iemand die de familieschandalen zal oprakelen.'

Lulu keek even naar Dolly waarna ze Primmy gebaarde om verder te vertellen.

'Het is allemaal al heel lang geleden, maar ik kan me alle roddels nog heel goed herinneren,' zei Primmy. 'Je grootvader, generaal Bartholomew, hield ontzettend veel van de vrouwen en hij vond het geen enkel probleem dat zijn vrouw op de hoogte was van zijn affaires. Hij had er echter een te veel en werd betrapt door de echtgenoot van de dame.' Haar ogen glansden van plezier en ze likte om haar mond. 'Dat zou nog niet zo erg zijn geweest als hij daarna niet werd betrapt op het stelen van militaire gelden en oneervol werd ontslagen.'

'Daar heeft Clarice me nooit iets van verteld. Ga door, Primmy, ik vind het fascinerend.'

'Tja,' zei ze opgewonden, 'ik heb gehoord dat hij naar Brisbane is gegaan en een relatie kreeg met de een of andere del. Hij begon te veel te drinken en deed mee aan draverijen, en aan die combinatie is hij ten slotte doodgegaan.' Ze schudde haar hoofd. 'Het was een verschrikkelijk schandaal,' zei ze, 'en in die tijd dacht men dat dit de oorzaak was van de fatale hartaanval van Sir Algernon Pearson, maar dat zijn waarschijnlijk alleen maar speculaties.'

Lulu dacht dat dit heel goed mogelijk was. 'Maar oma Eunice had hem allang daarvoor verlaten om naar Tasmanië te gaan?'

Primmy knikte. 'Toen begonnen al die problemen met Gwen. Ze aanbad die nietsnut, haatte haar moeder omdat ze hem had verlaten en was diepbedroefd omdat hij haar gewoon negeerde.' Ze steunde met haar ellebogen op haar knieën en slaakte een zucht. 'Hij heeft haar nooit geschreven, weet je. Die arme meid was wanhopig toen ze hoorde dat hij dood was.'

'Dat is allemaal geen enkel excuus voor haar gedrag,' zei Lulu op vlakke toon.

'Dat ben ik met je eens en het spijt me als je van slag bent door al mijn verhalen.'

Lulu voelde zich verrassend rustig. 'Ik neem aan dat je niets weet over mijn vader?'

'Sorry, liefje, maar dat heeft Gwen altijd voor zich gehouden. Niemand van ons wist wie hij was, maar er werd natuurlijk druk over gespeculeerd omdat er zo veel kandidaten waren.' Ze gaf een klopje op Lulu's knie. 'Ik zou me er maar niet druk over maken, het is verleden tijd. En kijk jou toch eens, een keurige, knappe jonge vrouw met de wereld aan haar voeten. Ik heb altijd geweten dat het ondanks Gwen wel goed met je zou komen.'

Een halfuur later namen Lulu en Dolly afscheid en nadat ze hadden beloofd nog eens langs te komen liepen ze terug naar de pick-up.

'Lieve help,' zei Dolly ademloos. 'Geen wonder dat Clarice heeft geprobeerd te voorkomen dat je hiernaartoe ging. In die tijd moet het een verschrikkelijk schandaal zijn geweest.'

'Maar daar had zij toch niets mee te maken? Het was toch de man van haar zus en Gwen die alle problemen veroorzaakten?'

'In die tijd lagen dit soort zaken anders. Clarice schaamde zich waarschijnlijk even diep als haar zus voor dat familieschandaal.'

Lulu was niet helemaal overtuigd, maar omdat ze het ook niet wist, hield ze haar mond.

Toen ze wegreden, zagen ze geen van beiden de man die achter de gesloten kiosk vandaan stapte om hen na te kijken. Hij bleef nog lang in de schaduw staan en toen hij eindelijk wegliep, was het met de trage tred van een man die diep in gedachten was.

Voor Clarice leek het een dag van bezinning, een dag waarop het verleden haar kwelde en de toekomst haar met kille vingers wenkte. Ze zat op de harde houten kerkbank, probeerde haar onregelmatige hartslag te negeren en keek naar de banen zonlicht die door de ramen van gebrandschilderd glas naar binnen vielen. Ze beschenen het witte altaarkleed met een zee van kleuren en deden het gouden kruisbeeld en de kandelaars met een bijna verblindende intensiteit gloeien.

Haar blik dwaalde van het koor van de kerk naar de donkere houten preekstoel, en daarna naar de gedenkplaten aan de muur en de gegraveerde marmeren vloerplaten die de laatste rustplaats aanduidden van de plaatselijke lagere adel. Ze was gedoopt in het stenen doopvont met het sierlijk gebeeldhouwde deksel en ze zou worden begraven op de begraafplaats naast haar ouders. Het leek alsof haar leven nu voltooid was.

De kerk was door de Saksen gebouwd en binnen deze vredige, stille muren hoopte ze de troost te vinden die het verleden haar had onthouden. Ze sloot haar ogen en ademde de geur in van kaarsvet, vochtige stenen, bloemen en wierook, en liet haar gedachten de vrije loop.

De kerkgang was altijd een plicht geweest, werd al sinds haar geboorte van haar verwacht en werd met tegenzin gedaan. Ze had er de zin eigenlijk nooit van ingezien omdat God zo zichtbaar was in de schoonheid van de natuur, en daarom had ze nooit zoals Algernon dezelfde troost geput uit de rituelen en de ietwat belachelijke ijdelheid van de hypocriete geestelijkheid. Maar vandaag was het anders en terwijl ze daar zo zat, kon ze bijna voelen dat de rust in haar botten kroop en haar ervan verzekerde dat er na de dood een leven was waarin ze zou worden herenigd met degenen die ze had liefgehad en was kwijtgeraakt.

Ze moest zijn ingedut, want toen ze haar ogen weer opende, realiseerde ze zich tot haar schrik dat de zonnestralen zich hadden verplaatst en nu de antieke schilderijen van de veertien kruiswegstaties beschenen. Ze pakte haar handtas en handschoenen, stond stijf op van de ongemakkelijke kerkbank en liep langzaam over het middenpad waar ze ooit als bruid overheen had geschreden. Waar was ze gebleven, die jonge vrouw die zo hoopvol had uitgekeken naar de toekomst? Wat was de tijd snel verstreken en wat hadden die verstrijkende jaren een stempel gedrukt!

Toen Clarice het zonlicht in stapte, schudde ze geïrriteerd haar gedachten van zich af. De dood zou snel genoeg komen, dit soort sentimentele gedachtespinsels hadden dus helemaal geen zin.

Het gras op het kerkhof was kortgeleden gemaaid en ze snoof de geur op terwijl ze langs het sintelpad in de schaduw van de overhangende taxusbomen liep. De meeste grafstenen in het oudere gedeelte van de begraafplaats waren zo verweerd dat ze onleesbaar waren, en de ijzeren spijlen van de gedenkplaten waren zo verroest dat ze uit elkaar waren gevallen. Ze werd depressief van al die engelen met hun lege ogen en de met korstmos bespikkelde engelenkopjes, en zonder zelfs maar naar het familiegraf te kijken duwde ze het overdekte hek open en sloeg ze het pad in.

Het was al ongebruikelijk warm voor de tijd van het jaar en toen ze het zijhek bereikte dat op haar tuin uitkwam, kreeg ze spijt van haar korte uitstapje. Haar hart sloeg veel te snel, haar hoofd tolde en haar opgezwollen enkels deden pijn. Ze liep wankelend over het gazon, liet zich op de bank onder de magnolia vallen en depte haar gezicht droog.

Ze had heel graag een kop thee gehad, maar omdat Vera Cornish nergens te bekennen was en ze niet genoeg energie had om haar te gaan zoeken, schoof ze die gedachte terzijde. Te veel slapeloze nachten en te veel herinneringen hadden hun tol geëist, en ze glimlachte toen ze eraan dacht hoe ironisch het was dat dokter Williams haar had verteld dat haar bloeddruk veel te hoog was.

Toen ze naar het verse graf en het nette houten kruis dat Bess' laatste rustplaats markeerde keek, dwaalden haar gedachten naar de kleine begraafplaats in Tasmanië en naar een andere dode. Die dag was het ook zo verschrikkelijk warm geweest, bedacht ze.

Het was februari 1903 en Clarice had de huur van de cottage al lang geleden opgezegd en was bij Eunice ingetrokken, zodat ze haar kon helpen met de schattige Lorelei. De verslechterende gezondheidstoestand van haar zus betekende dat ze bijna altijd aan bed was gekluisterd, maar zelfs op haar slechtste dagen stond ze erop tijd met het kind door te brengen en het was wel duidelijk dat ze allebei profijt hadden van deze korte bezoekjes. Ze hadden een nauwe band gekregen en Clarice was dankbaar dat Lorelei Eunice zo veel vreugde schonk en haar plezier in het kleine meisje haar de wil gaf te blijven leven.

Ondanks haar liefde voor Lorelei had Clarice algauw ontdekt dat het niet gemakkelijk was met Gwen in één huis te wonen. Gwen gedroeg zich alsof ze in een hotel woonde en toonde geen enkele belangstelling voor de gezondheid van haar moeder of het welzijn van haar dochter. Ze vond haar paarden veel belangrijker en gelukkig was ze vaak weg omdat ze meedeed aan de springwedstrijden.

Haar langdurige uitstapjes leidden echter tot onsmakelijke affaires en Clarice moest haar afkeer inslikken als ze openlijk werd vergast op verhalen over de laatste verovering die meestal een rondtrekkende cowboy of stalknecht bleek te zijn. Gwen zou nooit veranderen en zolang haar zus Eunice nog leefde, zou ze haar mening voor zich houden en haar best doen Lorelei een goede opvoeding te geven.

Lorelei's negende verjaardag was een paar weken eerder gevierd met een kleine theevisite voor haar schoolvriendinnetjes. Haar hartkwaal leek minder erg te worden en Clarice weet dat aan een gezond dieet, voldoende zonneschijn en verstandige lichaamsbeweging. Daarnaast gebeurden er zorgwekkender dingen die nooit naar tevredenheid waren verklaard.

Het kind was te stil en als Gwen thuis was, verdween ze vaak urenlang naar het strand of verstopte ze zich in een van de stallen. En dan waren er de blauwe plekken die volgens Lorelei het gevolg waren van een val of van ruwe spelletjes. Clarice was nooit overtuigd geweest, want die blauwe plekken ontstonden uitsluitend als ze alleen met Gwen was geweest.

Ze had geprobeerd de waarheid te ontdekken, maar werd geconfronteerd met een muur van stilzwijgen. Het enige wat ze dus kon doen was Lorelei beter in de gaten houden. Ook dat bleek bijna onmogelijk toen Eunice in het ziekenhuis opgenomen moest worden en hoewel Primmy zo veel mogelijk had geholpen, was Gwen vaak de enige die op haar kon passen.

Op een dag keerde Clarice terug naar het huis in de bush, vermoeid na een lange dag naast het ziekbed van haar zus. Eunice ging snel achteruit en voordat ze uitgeput in slaap was gevallen, had ze gezegd dat ze Lorelei en Gwen wilde zien. Maar toen Clarice de keuken binnen kwam, zag ze geen van beiden. Ze vond alleen een briefje naast de waterketel waarop stond dat Gwen de komende vijf dagen weg zou zijn. Ze nam aan dat Lorelei in de tuin was en begon een pot thee te zetten.

Haar hand bleef midden in een beweging steken toen ze het hartverscheurende gesnik hoorde. Clarice zag dat het kleine meisje zich als een klein hoopje ellende onder de tafel had verstopt en moest haar eronder vandaan lokken. Lorelei kwam snikkend, rillend en moeizaam ademend tevoorschijn.

Clarice keek vol afschuw naar de plukken haar op haar kale schedel en werd woedend toen ze de donkere plekken ontdekte op Lorelei's tengere polsen en het opdrogende bloed op wonden die duidelijk door een scherp mes waren veroorzaakt. Huilend nam ze Lorelei in haar armen. Ze huilde om de wreedheid van een moeder die zoiets had kunnen doen, ze plengde hete tranen voor haar zus die al aan haar laatste reis begonnen was en ze voelde een hartverscheurende pijn om de pijn en het leed van het kleine meisje dat ze niet had beschermd. Ze had haar nooit bij Gwen mogen achterlaten.

Het had lange tijd geduurd voordat ze het kind had getroost zodat het weer rustig ademde en ze de wonden had schoongemaakt en de schade aan haar prachtige haar een beetje had kunnen herstellen. Eunice mocht haar zo niet zien, dat zou te verschrikkelijk zijn, en daarom bracht ze Lorelei naar Primmy's huis een eindje verderop. Primmy zong voor het kind en vertroetelde haar, zocht een mooie sjaal om onder haar muts te dragen. Daarna was Clarice vertrokken, met tegenzin, maar in de wetenschap dat Lorelei veilig was.

Eunice was niet meer wakker geworden en overleed toen de dageraad de hemel verlichtte. De jaren van verdriet en schande hadden ten slotte hun tol geëist.

Clarice regelde de begrafenis en keerde terug naar het huis om te zorgen voor de radeloze Lorelei, te treuren om haar geliefde zus en om te wachten op Gwen.

Op de dag van de begrafenis was Gwen nog altijd niet teruggekomen. Clarice werd nog verdrietiger toen bleek dat Eunice tijdens haar jaren in Tasmanië maar heel weinig vrienden had gemaakt, want de enige treurende aanwezigen tijdens de korte dienst waren haar arts, haar notaris en Primmy.

Lorelei had gesmeekt erbij aanwezig te mogen zijn en Clarice had het goedgevonden als ze in het rijtuig bleef zitten bij het hek van de kerk. Het was niet goed voor zo'n jong kind om de begrafenis van haar oma bij te wonen en het kind was nog altijd te getraumatiseerd door alles wat er was gebeurd om zoiets vreselijks mee te mogen maken.

Twee dagen later kondigde de klap van de hordeur Gwens thuiskomst aan en Clarice, zich niet bewust van het feit dat Lorelei onder de tafel met haar pop speelde, vermande zich voor wat komen ging. 'Waar heb je gezeten?' vroeg ze op koele toon.

'Gaat je niks aan.' Gwen schonk zichzelf een kop thee in en begon een boterham klaar te maken.

'Hou daarmee op,' snauwde Clarice, 'en ga zitten.'

Gwen hoorde kennelijk een bijzondere klank in haar stem, want ze liet zich op een keukenstoel vallen en sloeg als een prikkelbaar kind haar armen over elkaar.

'Er is geen gemakkelijke manier om dit te zeggen, Gwen. Je moeder is dood.'

Clarice zag even iets oplichten in haar ogen.

'Dat was te verwachten.' Gwen haalde haar schouders op. 'Wanneer is de begrafenis?'

'Twee dagen geleden.'

Terwijl Gwen dit verwerkte, bleef ze Clarice strak aankijken. 'Dat was snel,' mompelde ze. 'Ik ben maar een week weggeweest.'

'Tien dagen,' zei Clarice op scherpe toon 'Ze is overleden op de dag van je vertrek en ik heb alles in mijn eentje moeten regelen.'

'Arme jij,' zei Gwen op schaamteloze toon, waarna ze opstond om haar boterham verder klaar te maken. 'Wanneer wordt haar testament voorgelezen?'

'Dat is gisteren gebeurd.' Clarice vouwde haar handen op de tafel en bereidde zich voor op de storm die nu zou losbarsten.

Gwen nam een hap van haar boterham, kauwde er even op en keek Clarice met een berekenende blik aan. 'Ze kan niet veel hebben nagelaten. We hebben niet bepaald in luxe geleefd sinds pappie ons verliet. Maar ze had wel wat mooie sieraden, misschien zijn die iets waard.'

Clarice haalde diep adem. 'Je moeder heeft haar sieraden aan mij nagelaten,' zei ze. 'Die maakten deel uit van mijn grootmoeders collectie en zullen na mijn dood overgaan naar de volgende generatie. Er waren ook een paar kleine legaten, voor Primmy en een weeshuis.' Ze bleef Gwen strak aankijken. 'Dit huis en alles wat erin staat is van jou, inclusief de paarden en het vee, en ze heeft een kapitaal voor je vastgezet waaruit je een jaarlijks inkomen zult krijgen. Het grootste deel van haar vermogen is echter vastgezet voor Lorelei.'

Gwen was zichtbaar geschokt. 'Wat bedoel je met het grootste deel van haar vermogen? Wat voor vermogen? Ik dacht dat we arm waren en dat dit een huurhuis was!'

'Eunice wilde niet dat je wist hoeveel geld er was, omdat ze wist dat je het of zou versnipperen of onverkwikkelijke fortuinzoekers zou aantrekken. Ze heeft dit huis gekocht van wat er overbleef van de opbrengst van de verkoop van het huis in Coogee minus je vaders schulden.'

Gwen kneep haar ogen tot spleetjes en ze vroeg met een gevaarlijk lage stem: 'Hoeveel geld had ze dan precies?'

Clarice trok de la in de keukentafel open en haalde het testament eruit. 'Lees zelf maar. Het staat er allemaal heel duidelijk in.'

Gwen griste het testament uit haar hand. Ze had niet veel tijd nodig om alles te lezen, maar toen ze klaar was, was ze lijkbleek. 'Ze is al die tijd steenrijk geweest en heeft me dat nooit verteld,' siste ze. Haar vingers knepen het document bijna samen. 'Ze heeft alles nagelaten aan die... die... griende snotaap.' Ze liep rood aan en haar ogen schoten vuur. 'En ík dan? Ik was haar dochter en ik heb dus recht op alles.'

'Ze heeft je misschien wel gebaard, maar jij hebt je al die jaren nooit als haar dochter gedragen.' Clarice bleef heel rustig toen ze Gwens woedende gezicht zag. 'Zoals duidelijk in het testament staat, mag je in dit huis wonen en krijg je een jaarlijkse toelage uit een lijfrente.'

'Dat is een druppel op een gloeiende plaat vergeleken met wat die trut heeft gekregen.'

Clarice klemde haar kaken op elkaar. 'Lorelei heeft niet alle voordelen die jij in het leven hebt gehad. Het geld zal haar verzekeren van een goede opvoeding en haar beschermen tegen de schande van het feit dat ze een buitenechtelijk kind is.'

'Dit heb jíj allemaal bekokstoofd,' snauwde ze. 'Jij hebt haar overgehaald haar testament te veranderen. Ze was niet goed bij haar hoofd toen ze dit ondertekende en dat zal ik bewijzen ook! Ik zal jou, de notaris en die snotaap voor de rechter slepen om te krijgen waar ik recht op heb.' Ze torende hoog boven Clarice uit, met gebalde vuisten en woedend happend naar adem. 'Dat is míjn geld en dat geef ik níét op zonder ervoor te vechten.'

Clarice stond op en keek haar strak aan. 'Eunice heeft dat testament een paar maanden na Lorelei's geboorte opgesteld. Ze was geestelijk gezond en heeft haar arts zelfs laten bevestigen dat ze precies wist wat ze deed.' Ze bleef de jonge vrouw strak aankijken. 'Ze wist dat je dit testament zou aanvechten en alles zou doen om Lorelei haar erfenis te ontnemen. Daarom heeft ze de juiste stappen gezet om dit te voorkomen.'

Gwen liet haar schouders zakken en ze ging weer zitten terwijl tranen van teleurstelling en frustratie over haar wangen stroomden. 'Maar hoe komt ze aan al dat geld?' jammerde ze. 'Pappie was failliet en we leefden alsof we straatarm waren.'

Clarice keek Gwen zonder enig medelijden aan. 'Onze moeder was al jarenlang weduwe en is overleden omstreeks de tijd dat Lorelei werd geboren. Ze was een rijke vrouw en haar fortuin is tussen mij en Eunice verdeeld.'

'Het is niet eerlijk.'

Clarice haalde haar schouders op. 'Het leven is nooit eerlijk. Je zult ermee moeten leren leven.' Ze ging met haar rug naar Gwen staan en schonk nog een kop thee voor zichzelf in. 'Maar je zult er in je eentje mee moeten leren leven,' voegde ze eraan toe, 'want ik neem Lorelei mee naar Engeland.'

Gwen snoof haar tranen weg en stond op. 'Je neemt haar helemaal nergens mee naartoe,' gromde ze.

Clarice draaide zich naar haar om. 'Ik denk dat je zult merken dat ik dat wel kan.'

'Nee, dat kun je niet. Ze is mijn dochter, niet de jouwe.'

'Beledig me niet met dat argument,' snauwde Clarice. 'Je hebt haar hele leven nog geen vriendelijk woord tegen dat arme kind gezegd. Je bént geen moeder, je bent een rancuneus, vals kreng die een weerloos kind als boksbal gebruikt. Probeer dat maar niet te ontkennen. Ik heb haar blauwe plekken gezien en ook wat je met haar haar hebt gedaan.'

'Ze liegt.'

'Ze heeft nooit een kwaad woord over je gezegd,' siste Clarice, 'en dát vind ik pas echt erg. Het arme kind is doodsbang voor je, maar ze houdt nog wel van je, verlangt nog altijd naar je goedkeuring en wil zelfs mama tegen je zeggen.'

Gwen grinnikte spottend. 'Dan is ze zelfs nog stommer dan ik dacht.' Met een woeste blik in haar ogen voegde ze eraan toe: 'Maar ze is van mij en daar kun je niets aan doen. Ze blijft hier.'

Clarice snapte er niets van. Ze had verwacht dat Gwen dolblij zou zijn dat ze van Lorelei af was, maar ze leek vastbesloten haar hier te houden. Ze keek Gwen peinzend aan. Dat kwam niet doordat ze zo veel van haar dochter hield. 'Als je denkt dat je door Lorelei bij je te houden met je vingers aan die lijfrente kunt komen, heb je het echt mis,' zei ze kil. 'De bank is er verantwoordelijk voor en heeft opdracht gekregen dat tot mijn dood zo te laten.'

Gwen kookte van woede en toen ze weer ging zitten, bleef haar hatelijke blik op Clarice gericht.

'Onze familie heeft al genoeg vuile was buiten gehangen, maar ik ben bereid naar de rechter te stappen om voor dat kind te vechten. En als ik dat doe, zal ik een lijst maken van alle wrede dingen die je haar hebt aangedaan. Ik zal bewijzen dat je niet geschikt bent om voor haar te zorgen en de mores hebt van een straatmeid. De afgelopen jaren heb je ontelbare mannen gehad en ik weet wel zeker dat de getrouwde mannen niet willen dat hun naam bekend wordt.'

'Dat zou je niet durven.'

'Wacht maar af.' Clarice gaf geen duimbreed toe, ze was vastbesloten deze strijd te winnen.

Gwen sloeg haar armen over elkaar en dacht na. Met een berekenende blik begon ze vals te grijnzen. 'Ik ga ermee akkoord, maar dat gaat je geld kosten.'

'Dat dacht ik al. Ik zal afspraken maken met de bank. Tot Lorelei eenentwintig wordt, krijg je honderd pond per jaar.'

'Dat is niet genoeg.'

'Honderd pond, anders stap ik naar de rechter.'

De blauwe ogen keken haar strak en berekenend aan, maar Clarice bleef rustig.

'Goed dan,' zei Gwen. 'Wanneer krijg ik de eerste betaling?'

'Nadat je de documenten hebt ondertekend waarin je mij de voogdij over haar geeft. Ik zal voor komende maandag een afspraak met de notaris maken.'

Clarice' tassen en kisten stonden al bijna een week klaar en ze verliet het huis een paar uur na die onplezierige woordenwisseling. Zij en Lorelei verhuisden naar een klein hotel tot de papieren waren ondertekend en verzegeld. Daarna vertrokken ze naar Melbourne.

Het duurde lang tot Clarice passage naar Engeland kon boeken, pas acht maanden later voeren ze hun nieuwe leven tegemoet. Gwen kreeg haar eerste betaling, maar Clarice had eindelijk een dochter van wie ze kon houden.

# 12

Het was een heldere en zonnige oktoberdag geweest, maar in de loop van de middag werd het kil. Bob was klaar met de training van Ocean Child en Moonbeam, en Joe was tevreden over beide paarden. Met een beetje geluk en als alles meezat, zouden ze het heel goed doen in Hobart.

Na de training wilde Joe Ocean Child droogwrijven, maar de jonge hengst was dartel. Hij was een beetje té tevreden met zichzelf en moest eraan worden herinnerd dat hij nog steeds geen kampioen was. Joe trok de kinband aan. 'Sta eens stil, ouwe rukker,' gromde hij. 'Je gaat nergens naartoe tot ik dat zweet van je af heb gewreven.'

Ocean Child zwaaide zijn hoofd heen en weer, snoof en danste op de keitjes terwijl hij Joe met zijn achterhand opzij duwde.

'Zal ik je even helpen?'

Joe keek naar Lulu en sprong snel weg van de kletterende hoeven. 'Hij is behoorlijk lastig,' mompelde hij, 'pas dus maar op je tenen.'

Ze legde haar hand op de zijne die de kinband vasthield en hij had het gevoel dat de warmte tot in zijn laarzen drong. 'Hou hem dan maar goed vast,' zei hij terwijl hij de teugel greep. 'Als hij uitbreekt, krijgen we hem nooit meer te pakken.'

Lulu mompelde iets tegen Child en streelde zijn oren. 'Je bent gewoon een ondeugend jongetje,' mompelde ze. 'Rustig, jongen, rustig.'

Joe zag tot zijn verbazing dat de hengst ophield met steigeren, zijn kin op Lulu's schouder legde en genietend met zijn ogen knipperde. 'Allemachtig,' mompelde hij vol afschuw, 'ongelooflijk!'

Lulu keek met een ondeugende glimlach naar hem op. 'Zoals de meeste mannen, laat hij zich gewoon inpakken door een vrouw.'

Daar kon hij niets tegenin brengen. Hij voelde zich warm worden toen hun blikken elkaar kruisten en ze elkaar bleven aankijken. 'Ik moet hem maar snel droogwrijven en naar zijn box brengen,' mompelde hij.

'Ik help je wel.' Ze pakte de doek en begon er stevig mee over de kastanjebruine vacht te wrijven. Ondertussen bleef ze tegen Ocean Child praten, zodat hij kalmeerde en rustig werd.

Joe pakte de borstel en roskam. Ze werkten verder in een stilte die opwindend was doordat ze zo dicht bij elkaar stonden en elkaar af en toe glimlachend aankeken. Ze waren veel te snel klaar, waarna Lulu Child naar zijn box bracht waar hij zijn hooi uit het net kon trekken.

'Je weet wél hoe je met hem om moet gaan,' mompelde Joe, niet in staat zijn ogen van haar af te houden nu ze maar een paar centimeter van hem af stond.

'Jij ook.' Haar ogen waren diepblauw, haar gezicht straalde, haar lippen weken iets uiteen en vroegen erom te worden gekust. Hij boog zich naar haar toe, gehypnotiseerd.

Het moment werd verstoord door een kreet vanuit het woonhuis. 'Ze zijn er, Joe. Kom eens kijken!'

'Wel verdorie,' zuchtte Joe.

Lulu giechelde blozend. 'Ik denk dat we beter even kunnen kijken wat er aan de hand is.'

Hij knikte met tegenzin, maar zijn hart bonsde van hoop en geluk. Ze had gewild dat hij haar kuste.

Hij greep zijn hoed en samen liepen ze naar de voorkant van het woonhuis. Hij hoorde gelach en verrukte kreten en hij vroeg zich af wat er in vredesnaam aan de hand was. Toen ze de hoek om liepen, bleef hij verbaasd staan.

'*G'day*, Joe. 'Kijk eens wat ik voor je heb meegebracht.' Eliza kwam in een wirwar van citroengele zijde glimlachend naar hem toe gerend en gaf hem een arm. 'Deze beide paardentrailers zijn voor jou én een van de pick-ups, maar er is meer, Joe. Veel meer.'

Hij voelde haar hand op zijn arm, maar stond als aan de grond genageld naar de rij voertuigen te kijken en durfde het amper te geloven. De paardentrailers waren de modernste en duurste die hij in de catalogi had gezien en de pick-up was veel steviger dan de oude modellen die hij al had. 'Dat soort dingen kun je echt niet voor me kopen,' protesteerde hij.

'Ik wist wel dat je moeilijk zou gaan doen,' zei ze met een pruillipje en veel geknipper met haar wimpers. 'Maar weet je, het is belangrijk dat je die paardentrailers hebt en dat geldt ook voor de pick-up, want vanaf nu zul je ze nodig hebben.' Ze riep tegen de chauffeurs: 'Laat hem eens zien wat we hebben meegenomen!'

Iedereen slaakte bewonderende kreten toen vier volbloeds sierlijk uit de trailers trippelden. De knechten dromden samen, Dianne gie-chelde en Molly stond met een hand voor haar mond en met grote ogen te kijken, alsof ze haar ogen niet kon geloven.

'Ik moet wél zeggen,' zei Dolly, 'dat zelfs mijn vader niet zulke goede volbloeds heeft en hij doet mee aan Beaufort Hunt.'

'Wat vind je ervan, Joe?' Eliza hing aan zijn arm en keek hem met glanzende ogen aan. 'Ze zijn niet van mij en ze zijn niet echt een ca-deau, maar toen ik mijn vriendin over je vertelde, stond ze erop dat ik ze naar je toe zou brengen zodat jij ze kon trainen.'

Hij maakte zich van haar los en streek met zijn hand over hun gespierde borstkas en achterhand, keek in de intelligente ogen en be-keek hun mond, benen en hoeven. 'Schitterend,' zei hij ademloos.

Eliza klapte blij in haar handen. 'Ik vind het zó leuk om mensen te verrassen!'

Joe's glimlach verdween. 'Dat is allemaal goed en wel, maar nu moet ik op zoek naar staljongens om ze te verzorgen.'

'Daar heb ik ook aan gedacht,' antwoordde ze. 'Davy en Clem ver-zorgen deze vier paarden namelijk al sinds ze terug zijn uit Gallipoli en ze willen graag bij ze blijven.' Ze boog zich naar hem toe, zodat hij haar muskusachtige parfum rook. 'Thuis waren ze allebei ziek,' fluisterde ze, 'maar nu zijn ze fit en ze zullen je niet teleurstellen.'

Joe bekeek de beide mannen kritisch en was tevreden met wat hij zag. Hij schudde hun ruwe werkhanden en zei: 'Ik betaal een stan-daardloon, maar kost en inwoning zit erbij.' Hij grijnsde. 'Mijn moe-der kookt, dus dat zit wel goed.'

Lulu realiseerde zich dat zij was vergeten door alle drukte van Eliza's komst en er ging een steek van iets wat op jaloezie leek door haar heen. Het meisje bleef zijn arm vasthouden en keek flirtziek naar hem op. Ze droeg een gele zijden jurk en jasje, met bijpassende pumps, zodat het leek alsof ze naar een tuinfeest aan het hof ging. Haar make-up was perfect, misschien iets te dik opgebracht, en haar korte haar werd in bedwang gehouden met een glinsterende vlinder-speld.

Lulu wendde haar blik af en ontdekte dat Molly nu naast haar stond. De vreemde uitdrukking op haar gezicht werd verklaard door haar gemompelde woorden. 'Ik hoop dat het wat wordt tussen die twee,' bekende ze. 'Eliza past goed bij Joe en ze hebben veel met elkaar gemeen. Bovendien zou het goed zijn voor de renstal als ze in de familie kwam.' Ze keek Lulu niet onvriendelijk, maar strak en veelbetekenend aan.

'Laten we dan maar hopen dat Joe dat ook vindt,' antwoordde Lulu op dezelfde vertrouwelijke toon. 'Maar ik ben bang dat ze een beetje te rijk voor hem is.' Omdat ze geen zin had om dit gesprek voort te zetten en ook niet wilde dat Molly zag hoe erg ze gekwetst was, stopte Lulu haar handen in haar broekzakken en liep weg.

De volbloeds werden losgelaten in de paddock en de paardenboxen werden gestald onder het afdak van de schuur. Ze hoorde Joe en Eliza kletsend en lachend over het stalerf lopen.

Ze was heel knap, dat moest ze toegeven, maar Lulu schatte dat ze net achttien was en ze kwam niet helemaal natuurlijk over. Het meisjesachtige enthousiasme paste niet bij haar mondaine kleren en zware make-up, bovendien verhulde het de kokette blik waarmee ze steeds naar Joe keek niet. Het was wel duidelijk dat iedereen in de stal haar aardig vond en dat ze genoot van alle aandacht, maar Lulu, die de jeugd normaal gesproken niet snel veroordeelde, kon haar toch niet echt aardig vinden.

'Ze is griezelig áárdig, vind je niet?' vroeg Dolly die voorzichtig op haar pumps over de keitjes had gelopen en nu tegen de stalmuur leunde.

'Ik heb geen idee,' zei Lulu. 'Ik heb nog geen kans gehad met haar te praten.'

Dolly keek haar aan, fronste haar voorhoofd en besloot haar scherpe antwoord te negeren. 'Ze doet me aan iemand denken, maar ik weet niet aan wie.'

'Kijk dan eens in de spiegel, Dolly, ze zou je zusje kunnen zijn.'

'Dat is misschien wel zo. Ze heeft inderdaad mijn gevoel voor kleur en stijl, en ik vind haar haarspeld heel mooi.' Ze schudde de pony uit haar ogen, keek naar het groepje dat zich om het meisje had verzameld en stak een sigaret op. 'Ze is natuurlijk nog griezelig jong, maar ik heb gezien hoe ze naar Joe kijkt. Hij mag van geluk spreken. Niet veel meisjes komen met dat soort cadeaus.'

Lulu haalde haar schouders op alsof het niet belangrijk was. Ze draaide zich om en begon Ocean Child te aaien.

'Lieve help. Heb ik je gekwetst?' Dolly legde een hand op Lulu's schouder. 'Het spijt me, liefje, ik wist niet dat jij hem ook leuk vond.'

'Doe niet zo raar,' mompelde Lulu terwijl ze wegliep. 'Hij is gewoon een erg aardige man en ik geniet van zijn gezelschap. Buiten Ocean Child hebben we niet veel met elkaar gemeen.'

Dolly nam een trek van haar sigaret. 'Mmm. Volgens mij protesteert ze iets te heftig...' mompelde ze. Even was het stil. 'Pas wél op, liefje,' zei ze zacht. 'Je bent hier maar heel even en het zou niet eerlijk zijn hem te benadelen door hem te verleiden.'

'Ik verleid helemaal niemand nergens,' snauwde Lulu. 'Hou je mond, Dolly. Je kraamt onzin uit.' Ondanks haar nijdige reactie realiseerde Lulu zich dat Dolly's goede raad terecht was. Ze hád gewild dat Joe haar kuste, ook al zou dat een verschrikkelijke vergissing zijn geweest.

Dolly deed juist haar mond open om ertegenin te gaan toen ze gestoord werden. '*G'day*, jullie zijn zeker Lulu en Dolly. Leuk jullie te ontmoeten.'

'Hoe maak je het?' Koeltjes schudde Lulu de uitgestoken hand. Bij nadere beschouwing werden haar vermoedens bevestigd: Eliza's glimlach had iets hards, waardoor Lulu haar niet vertrouwde.

Eliza negeerde Lulu verder en wendde zich tot Dolly. 'Zullen we de mannen hun gang laten gaan en een kop thee drinken? Ik wil álle roddels uit Engeland horen, hoe de mode is en of je echt wordt voorgesteld aan de koninklijke familie.' Ze keek naar Dolly's voeten voordat ze haar een arm gaf. 'Waar heb je die schitterende schoenen gekocht? Ik ben gék op schoenen, jij niet? Ze staan op de tweede plaats, na chocolade, en van beide kan ik maar geen genoeg krijgen.'

Lulu zag hen druk kletsend arm in arm naar het woonhuis lopen. Het leek alsof ze vergeten was, alsof Dolly net als iedereen door Eliza was betoverd.

Ze keek om zich heen en zag dat Joe naar haar keek. Ze sloeg haar blik neer, bezorgd door de boodschap in zijn donkere ogen. De aantrekkingskracht tussen hen was in deze twee weken gegroeid en vandaag was die bijna uitgemond in iets wat veel serieuzer was. Dat soort gevoelens waren gevaarlijk. Ze hield niet van avontuurtjes en wist instinctief dat dit ook voor hem gold. Haar leven speelde zich af in Engeland en zijn leven hier, waarschijnlijk samen met de artistieke, gulle Eliza die de zegen van zijn moeder had. Als ze eerlijk was, moest ze helaas erkennen dat ze jaloers was.

De reis naar Hobart zou alles bij elkaar drie dagen in beslag nemen en ondertussen zouden Molly en één nieuwe knecht alleen thuisblijven, zodat de veiligheid van de kostbare paarden die achterbleven gegarandeerd was. Daarom was Joe heel blij dat Eliza extra mannen had meegenomen.

Hij had zich al afgevraagd of er wel zo veel extra mensen aan zijn moeders keukentafel konden zitten en daarom controleerde hij de toestand van het oude kookhuis. Dat was gebouwd in de tijd van zijn grootvader en tientallen jaren gebruikt om de mannen die hier werkten te voeden. Toen de zaken slechter gingen, was het kookhuis vervallen geraakt. Hij gaf de mannen opdracht de boel leeg te halen, terwijl hij de banken en de tafel repareerde en de watertoevoer herstelde.

Nu stond hij in de deuropening en keek glimlachend naar de mannen die zich te goed deden aan de volgeladen schalen eten die Dianne daar vanuit het huis naartoe had gebracht. Het geluid van de luide stemmen onder de balken van het grote dak bracht gelukkige herinneringen naar boven en hoewel er nog steeds heel veel aan het gebouw gedaan moest worden, was het goed genoeg voor vanavond.

Vermoeid maar vrolijk na alle gebeurtenissen van die dag liep hij terug naar het woonhuis, schopte zijn smerige laarzen uit en stond in zijn al even smerige sokken op de veranda naar de sterren te kijken. Het was een heldere nacht, die vorst maar geen regen beloofde. Zolang de grond maar niet te hard werd, kon hij in Hobart nog steeds genoeg prijzengeld winnen om Eliza terug te betalen. Haar gulheid had hem verbaasd, maar hij vond het niet prettig dat soort dure cadeaus te moeten aannemen, hoe goedbedoeld ook. Eliza was jong en indrukwekkend, en deelde met kinderlijk genoegen cadeaus uit. Ze genoot als ze alle aandacht op zich gericht voelde, had waarschijnlijk last van een aanval van heldenverering – hoewel hij geen idee had waarom – en hij wilde elk misverstand voorkomen.

Hij dacht aan Lulu en aan de kus die ze niet hadden uitgewisseld. Hij sloot zijn ogen en dacht aan zijn lippen op die verrukkelijke mond, zijn handen om haar gezicht en zijn vingers begraven in haar prachtige haar terwijl zij smachtend in zijn armen lag.

De schorre kreet van een kerkuil bracht hem terug naar de realiteit. Hij glimlachte wrang toen hij de spookachtige vogel door de zwarte nacht zag vliegen. Dat een vrouw als Lulu van hem zou houden, was net zo'n fantasie als de overtuiging van de Aboriginals dat de uil met zijn witte gezicht een magische vogel was die als er iets belangrijks te gebeuren stond boodschappen overbracht van de geesten van hun voorouders. Lulu had hem misschien wel willen kussen, maar dat was waarschijnlijk alleen uit nieuwsgierigheid geweest, of eerder een moment van gekte waar ze meteen spijt van zou hebben.

Hij slaakte een zucht, draaide zich om, duwde de onlangs geoliede hordeur open en liep de hal in. Hij hoorde Dolly en Lulu boven lopen, ongetwijfeld aan het pakken omdat ze morgen al vroeg moesten vertrekken, maar toen hij vlak bij de keuken was hoorde hij Eliza iets zeggen waardoor hij bleef staan.

'Ze lijkt sprekend op hem, Molly. Ik zweer het je, ik was er helemaal ondersteboven van toen ik haar voor het eerst zag.'

'Ik had dus gelijk,' zei Molly ademloos. 'Maar wat moet ik nu doen?'

'Tja, dat weet ik ook niet. Je kunt het niet overal rondbazuinen.'

'Wat rondbazuinen?' Joe stapte de keuken binnen.

Molly graaide een vel papier van de tafel en propte het in de zak van haar schort. 'Niets,' zei ze blozend, en ze deed haar best zijn blik te ontwijken.

'Jullie voelen je dus allebei ontzettend schuldig over niets,' zei hij zacht, 'en wat probeer je nu te verstoppen? Dat is toch zeker niet de lijst met namen van eigenaren waar ik naar op zoek was?'

Eliza keek Molly aan. 'Je kunt het maar beter vertellen, Molly. Joe laat het er toch niet bij zitten.'

Molly beet op haar lip en slaakte met een bezorgde blik een zucht. 'Doe de deur dicht, Joe. Ik wil niet dat Lulu dit hoort.' Ze wachtte tot hij was gaan zitten, haalde het vel papier uit haar zak, legde het op tafel en streek het glad. 'Als ik het je vertel, moet je me beloven dat je het niet verder vertelt.'

Joe bleef zijn moeder peinzend aankijken, hij wilde niets beloven voor hij meer wist. 'Als dit iets met Lulu te maken heeft, heeft zij er toch zeker recht op het te weten?'

Molly schudde haar hoofd. 'Zo eenvoudig is het niet,' zei ze, nog steeds met haar hand over het verkreukelde papier strijkend. 'Weet je, ik vroeg me al af of meneer Carmichael en Lulu's vader een en dezelfde persoon waren, want dat was de enige logische verklaring.' Ze keek naar Eliza die haar bemoedigend toeknikte. 'Ik had al zo'n vermoeden, maar toen ik die lijst vond en met Eliza had gepraat, wist ik het zeker.'

Joe keek naar de lijst. 'Wie van hen is het?'

Molly wees naar de vierde naam. 'Dat is hem. Geen twijfel mogelijk.'

De naam kwam veel voor en zei hem niet veel. 'Wat is het probleem dan? Dan vertel je het toch aan Lulu en help je haar om contact met hem op te nemen?'

'Omdat ik niet zeker weet of hij haar dat paard heeft gegeven,' mompelde ze. 'Misschien weet hij helemaal niets van haar of vindt hij haar niet belangrijk. Bovendien heeft die arme meid al genoeg meegemaakt, ze hoeft niet weer gekwetst te worden.'

'Maar je zei toch dat hij en Carmichael een en dezelfde persoon waren?' merkte hij op.

'Dat dacht ik, tot vandaag.' Molly vouwde de lijst zorgvuldig op en stak hem weer in haar zak. 'Maar toen jij buiten was, nam Carmichael contact op via de *two-way* en wist ik zeker dat hij onmogelijk Lulu's vader kan zijn.'

'Hoe wéét je dat dan zo zeker?'

'Omdat de man met wie ik heb gesproken een heel jonge stem had en belde vanuit een wegrestaurant in Deloraine.'

'Stemmen op de *two-way* kunnen heel bedrieglijk zijn, met al die atmosferische storingen en Doreens zware ademhaling. Je trekt voorbarige conclusies, ma.'

Ze schudde haar hoofd. 'De man die Lulu heeft verwekt, heeft anderhalf jaar geleden een beroerte gehad. Eliza vertelde me dat zijn spraakvermogen is aangetast en dat hij, toen ze hem de laatste keer zag, niet kon reizen en al helemaal niet vanuit de binnenlanden van Queensland naar Deloraine.'

Joe dacht hier even over na. 'Waarom belde Carmichael?'

'Hij wilde weten of Ocean Child zaterdag nog steeds meedeed.'

Joe haalde diep adem en probeerde de zorgwekkende informatie van zijn moeder weg te drukken. 'Dan zal hij wel een agent zijn die door Lulu's vader is aangesteld om de vorderingen van de hengst te volgen. Als dat zo is, zal hij wel in Hobart zijn om het paard te zien rennen.' Hij fronste zijn voorhoofd en probeerde het allemaal te begrijpen. 'Maar dat zou betekenen dat haar váder het dier voor haar heeft gekocht en Carmichael heeft aangenomen om ook haar in de gaten te houden.'

'Als hij wist dat Lulu bestond en contact met haar wilde opnemen, waarom heeft hij haar dan niet gewoon geschreven?' Molly plukte aan haar schort. 'De man die ik jaren geleden kende, was heel openhartig en volgens Eliza is hij absoluut niet veranderd.'

Er ging een steek van angst door Joe heen. 'Carmichael vormt het middelpunt van dit alles en tot we weten wie hij is, kunnen we hem niet vertrouwen. Vanaf nu moeten we Lulu goed in de gaten houden en tot we hem hebben opgespoord, mogen jullie haar niets vertellen.'

Hij zag iets in Eliza's blik wat hem niet aanstond, maar niet helemaal begreep. 'Kan ik ervan op aan dat jullie dit voor je houden?' vroeg hij kalm.

'Als jij dat wilt,' zei Molly, 'maar ik houd niet van geheimen, nooit gedaan ook.'

De man die zichzelf Carmichael noemde, had de hele dag gereisd. Hij had de pick-up meegenomen vanaf het vasteland en dat was een verstandige beslissing gebleken, want nu kon hij Lulu Pearson beter in de gaten houden en leerde hij haar beter kennen. Hij had haar op de steile rotswand gezien en was haar gevolgd naar het huis in de bush. Gedurende de weken dat ze in Tasmanië was, had hij steeds meer het gevoel gekregen dat het goed was wat hij van plan was.

Het was een lange reis terug naar Hobart en de Elwick Racecourse, maar hij had alle tijd en het zou niet slecht zijn als hij zijn gewonde knie een tijdje ontzag. Hij maakte een omweg naar Poatina om Gwen Cole's huis te bekijken. Niet omdat hij haar wilde ontmoeten, maar uit nieuwsgierigheid: hij wilde de vrouw wel eens zien die hij alleen kende als een naam op een vel papier.

Hij parkeerde de pick-up onder een overhangende boom, liep stram over het smalle pad naar beneden en stond even naar haar te kijken terwijl zij met de paarden bezig was. De kleine boerderij had ongeveer vierentwintig hectare land dat bestond uit een prachtig dal met goede weiden voor de prima uitziende paarden die daar graasden. Maar het huis en de tuin zagen er onverzorgd en verwaarloosd uit, de hondenhokken waren verlaten en het kippenhok werd met touwen bij elkaar gehouden. Er was duidelijk geen man hier en als hij er wel was, was het een luie klootzak.

Terwijl hij door het gebladerte naar haar keek, kwam hij tot de conclusie dat haar enige goede eigenschap haar onmiskenbare passie voor paarden was – verder deed ze hem niets. Daarna liep hij terug naar de pick-up.

Hij had Poatina ver achter zich gelaten en was via de slechte weg langs de oostoever van het Great Lake gereden. Hij reed nu in zuidelijke richting en was al bijna bij Bothwell. Daar wilde hij vannacht kamperen en morgenochtend weer vroeg op weg gaan.

Peinzend over het plan waar hij zo lang aan had gewerkt, reed hij door de duisternis. Tot nu toe functioneerde het goed, beter dan hij had durven hopen, maar er was altijd kans op onverwachte valkuilen. Bovendien had hij het gevoel dat Lorelei Pearson niet zou willen meewerken. Hij moest vóór haar in Hobart zijn, zodat alles klaar was en hij zich had ingedekt tegen alle eventualiteiten.

# *13*

Het konvooi nieuwe vrachtwagens en paardentrailers was al voor zonsopgang naar het zuiden vertrokken en had gestaag doorgereden. Joe zat naast Lulu en ondanks haar besluit van de vorige avond om haar gevoelens voor hem te negeren, was ze zich maar al te bewust van zijn aanwezigheid.

Bob en een andere stalknecht zaten op de laadklep, met hun rug tegen het achterraam te midden van zadels, tassen, tuig en extra hoefijzers. Dolly had besloten haar nieuwe vriendin Eliza gezelschap te houden die achter het stuur zat van de tweede pick-up die op dezelfde manier was beladen met mannen en bagage. Ocean Child en Moonbeam reisden in stijl samen met de paarden van de eigenaren uit Hobart, Danny Boy en Friar's Lass, in de beide paardentrailers. Joe had geregeld dat ze allemaal bij de eigenaren uit Hobart konden logeren en dat ook de vier paarden daar na de reis konden worden gestald zodat ze zaterdag fris zouden zijn voor hun wedstrijden.

Lulu draaide het raampje naar beneden en bewonderde het landschap. Ze was opgegroeid voordat auto's en vrachtwagens gemeengoed waren geworden, toen plezierritjes een uitzondering waren en het paard het enige vervoermiddel was. Voor haar vertrek naar het vasteland en Engeland was ze daarom nooit verder gekomen dan de buitenwijken van het kuststadje en ze had dan ook geen idee wat ze daar kon verwachten. Deze reis naar het zuiden was een openbaring en ze was het liefst even gestopt om haar ezel en schilderspullen tevoorschijn te halen. De kleuren waren zacht en bijna sensueel, de weidse lucht adembenemend.

Ze reden al bijna een uur door het enorme dal en toch was het einde nog niet in zicht. De schijnbaar eindeloze rij bergen om hen heen leek vaalblauw in het schemerlicht van deze nieuwe dag, en de vredige weiden en boerderijtjes waar ze langsreden leken op iets uit een boek. 'Dit doet me denken aan foto's van Schotland,' mompelde ze. 'Het enige wat ontbreekt is de heide.'

'Wie heeft behoefte aan heidevelden als we hier bergheide, bruidsbloemen en olearia hebben?' Hij keek naar haar en glimlachte. 'Als je hier tussen november en februari komt, zul je zien dat alles ermee bedekt is.'

'Wat jammer dat ik dan weer in Engeland ben.' Ze sloeg haar ogen neer toen ze zijn teleurgestelde blik zag.

Zijn zwijgen was veelzeggend en hij hield zijn blik op de weg gericht. 'Ik dacht dat je misschien iets langer kon blijven,' zei hij ten slotte. 'We zijn net begonnen aan het echt drukke deel van het raceseizoen en ik hoop dat ik Ocean Child aan een paar belangrijke races op het vasteland kan laten meedoen.'

'Onze retourtickets zijn geboekt voor eind november,' zei ze spijtig.

'Dat kun je toch veranderen?'

Lulu schudde haar hoofd. 'Ik heb verantwoordelijkheden in Engeland,' zei ze zacht. 'Clarice wordt al oud en ik vind het niet prettig haar te lang alleen te laten.' Ze tilde haar haren omhoog en genoot van het zachte briesje langs haar hals. 'Bovendien moet ik aan mijn werk denken en ik mag Bertie niet teleurstellen nadat hij zo veel geduld met me heeft gehad.'

'Bertie? Wie is Bertie?' vroeg hij met een grimmige blik.

Ze verbeet een glimlach. 'Hij is mijn weldoener en beschermheer,' zei ze. 'Ik heb opdrachten aangenomen en als ik wil dat mijn carrière een succes wordt, zal ik echt terug moeten naar Engeland.'

'Er is dus niet een speciaal iemand die op je wacht?'

'Vroeger wel, maar hij is gesneuveld in Frankrijk.'

Hij raakte zijn littekens even aan alsof hij zichzelf eraan wilde herinneren dat die de prijs waren voor het feit dat hij een van de gelukkigen was geweest die het hadden overleefd.

Lulu keek hem peinzend aan en vroeg toen: 'Wil je me vertellen wat er is gebeurd, of is dat nog steeds te pijnlijk?'

'Meestal denk ik niet aan de puinhoop op mijn gezicht,' zei hij met een spijtige glimlach. 'Daar ben ik me alleen van bewust als ik nieuwe mensen moet ontmoeten.' Hij ontspande zijn schouders en schoof heen en weer op zijn stoel. 'Het stoot sommige mensen af en het fascineert andere, maar ik heb me neergelegd bij het feit dat ik er niets aan kan doen.'

Ze zweeg omdat ze wilde afwachten of hij zich bij haar voldoende op zijn gemak voelde om te praten. Even later wilde ze net over iets anders beginnen, toen hij begon te vertellen.

'Ik heb aan Gallipoli alleen een kleine verwonding aan mijn been overgehouden. Daarna brachten ze me naar het ziekenhuisschip om te herstellen. Ik dacht dat Frankrijk een eitje zou zijn na de hel die we hadden doorgemaakt, maar toen werden we naar een plaats gestuurd die Fromelles heette.'

Lulu trok haar wenkbrauwen op. 'Ik kan me niet herinneren dat daar een veldslag heeft plaatsgevonden,' zei ze, 'en ik heb het nieuws heel aandachtig gevolgd.'

'Dat verbaast me niet,' zei hij kortaf. 'Haig en zijn generaals hebben de naam minstens drie keer veranderd om hun gebrek aan leiderschap te camoufleren. We hadden daar nooit mogen zijn, maar zij wilden dat de ANZAC's een afleidingsmanoeuvre uitvoerden om het vijandelijk vuur af te leiden van een grote slag verder naar het zuiden.'

Met een woedende blik keek hij naar de weg. 'Haig had zijn hoofd te zeer bij die zuidelijke slag om aandacht te schenken aan de verslagen over de enorme aantallen vijanden die zich bij Fromelles hadden ingegraven. We zijn als lammeren naar de slachtbank geleid. De veldslag heeft nog geen dag geduurd, maar in die paar uur hebben we meer mannen verloren dan in de negen maanden in Gallipoli.'

Lulu wist niet wat ze moest zeggen, er waren immers geen woorden voor zo'n vreselijk verdriet. Maurice had verteld over de incompetentie van de generaals en over hun nonchalante instelling waardoor ze duizenden slecht opgeleide jongens uit de stinkende, van ratten vergeven loopgraven hadden gejaagd, het prikkeldraad en de kogelregens tegemoet. Hij was nog lang gekweld door die herinneringen en ze nam aan dat dit ook voor Joe gold. Toch leek het alsof Joe met zijn oorlog had leren leven, in tegenstelling tot de arme Maurice die zijn herinneringen uiteindelijk té ondraaglijk had gevonden.

Haar gedachten werden onderbroken toen Joe verder vertelde.

'Fromelles is zo plat als een pannenkoek. We zaten gevangen in een niemandsland en werden van alle kanten door vijandelijk vuur beschoten. We konden nergens naartoe. Onze commandant was een knul uit Queensland. Hij was ergens in de twintig, maar ontzettend moedig. Hij wilde zijn peloton aanvoeren in plaats van kilometers van de frontlinie vandaan te schuilen.'

Lulu zag de verschillende emoties op zijn gezicht elkaar afwisselen en realiseerde zich dat die uren voor altijd in zijn geheugen gegrift waren. Maar ze wist ook dat het een opluchting voor hem was om erover te kunnen praten.

'Het regende en we zaten klem. De helft van de mannen was al dood en de rest schreeuwde in de stinkende modder om hulp. We werden beschoten door mortiervuur dat enorme kraters maakte die algauw vol water liepen en ze maaiden ons met machinegeweervuur omver alsof we kegels waren. De commandant en ik werden ongeveer tegelijk geraakt. Ik pakte hem bij zijn been en sleurde hem een van de kraters in.'

Hij haalde trillend adem en omklemde het stuur zodat zijn knokkels wit werden. 'Ik wist dat de helft van mijn gezicht verdwenen was, maar vreemd genoeg deed het geen pijn. Toen niet in elk geval. Maar ik wist ook dat ik ons daar vandaan moest zien te krijgen omdat we anders doodgeschoten zouden worden.'

Met een wrange glimlach voegde hij eraan toe: 'Ik ben nog nooit zo bang geweest, dat geef ik toe, maar de angst gaf me de kracht hem op mijn rug te tillen en naar het veldziekenhuis achter onze linies te brengen.'

'Dat was ongelooflijk moedig van je,' zei Lulu ademloos.

Met een grimmige blik haalde hij zijn schouders op. 'Duizenden mannen zouden hetzelfde hebben gedaan. Die dag hebben talloze mannen veel moediger dingen gedaan, maar ik was doodsbang en deed het zonder er echt bij stil te staan.'

'Heeft de commandant het overleefd?'

'Ze vertelden me dat hij al dood was toen ik die loopgraaf in gleed en voor hun voeten bewusteloos raakte.' Hij slaakte een diepe zucht. 'Dat betekende voor ons allebei het einde van de oorlog, maar vergeleken met die arme knaap ben ik er nog goed van afgekomen.'

'Arme Joe,' mompelde ze en ze streelde even over zijn wang.

Hij kromp ineen, pakte haar hand en leidde hem van zijn wang naar haar schoot. 'Doe maar niet. Ik heb helemaal geen behoefte aan je medelijden.'

Instinctief drukte ze een kus op zijn warme litteken. 'Dat is geen medelijden, Joe,' fluisterde ze, 'maar trots, dankbaarheid en liefde voor wat je hebt gedaan en voor wie je bent.' Ze deinsde achteruit toen ze zich realiseerde dat haar woorden recht uit haar hart waren gekomen en het te laat was ze terug te nemen. 'Het spijt me,' zei ze, 'ik wilde je niet in verlegenheid brengen.'

Hij keek haar met een verlegen glimlach aan. 'Volgens mij heb je jezelf in verlegenheid gebracht,' zei hij plagend. 'Ik vond het wel leuk.'

Blozend sloeg Lulu haar blik neer. Zijn gebruinde, vereelte hand lag nog steeds op de hare, hun vingers lagen in elkaar gestrengeld op haar schoot en de warmte en de kracht van zijn handen stroomden als vuur door haar heen. Het zou zo gemakkelijk zijn van hem te houden, zo gemakkelijk om toe te geven aan haar emoties. Maar liefde en compassie waren verraderlijk en niet gemakkelijk uit elkaar te houden. En ze wilde met Joe niet dezelfde fout maken als met Maurice.

Ze kneep even in Joe's vingers en legde zijn hand voorzichtig op het stuur. 'Je kunt je maar beter concentreren,' zei ze met dichtgeknepen keel, 'anders belanden we nog in de sloot.'


Aan het einde van die middag kon Lulu voor het eerst een blik werpen op Mount Wellington. De berg domineerde de skyline boven Hobart, zijn donkere, rotsachtige hellingen leken dreigend onder een dik wolkendek.

Vanaf de hoofdweg reed Joe de Girrabong Road in naar het hart van de buitenwijk Merton. 'We zijn nu ongeveer halverwege Glenorchy en de Lenah Valley,' zei hij. 'De Elwick Racecourse ligt in Glenorchy, een andere buitenwijk van Hobart, en als we er morgen naartoe moeten, hoeven we maar een paar minuten te rijden.'

Het statige oude huis uit de vorige eeuw stond op een grondstuk dat elk Engels landhuis zou hebben gesierd. Het had elegante veranda's versierd met wit smeedijzeren hekwerk dat bijna werd gewurgd door wisteria en bougainville. Schoorstenen, spitsen en torentjes staken uit het rode pannendak en in het zonlicht hadden de okerkleurige bakstenen een warme kleur. Aan de ene kant van het huis waren boomgaarden die doorliepen tot aan de voet van de berg, en vanuit de nabije bush kwamen de kreten van rosékaketoes en het melodieuze geluid van de klokvogels.

Joe leidde het konvooi over een brede onverharde weg met aan weerszijden hagen van felblauwe hortensia's, die naar een enorm stalerf leidde. Vlakbij waren een paar met witte hekken omheinde paddocks waar merries met hun veulens stonden te grazen.

'Ongelooflijk,' zei Lulu ademloos, betoverd door de veulens en het schitterende berglandschap.

'Ja, dit is een geweldig bedrijf. Dave en Julia fokken een paar van de beste volbloeds in Australië.' Hij bracht de pick-up tot staan en zwaaide toen naar een echtpaar van middelbare leeftijd dat uit een nabijgelegen schuur kwam.

David en Julia White bleken een gulle en gastvrije gastheer en gastvrouw en zodra de paarden waren verzorgd en de mannen wisten waar ze konden slapen, werden Lulu en de anderen naar het huis gebracht. Daar werden hun kamers getoond.

'Zo,' zei Dolly ademloos toen ze naar hun luxueus ingerichte slaapkamer keek, 'dit is net als thuis.' Ze knielde op de vensterbank en keek over de boomgaard heen naar de berg. 'Ook een prachtig uitzicht, maar ik vraag me af hoe dicht we bij Hobart en de winkels zijn.'

Lulu pakte haar schetsboek. 'Waarschijnlijk te ver om te lopen,' zei ze lachend. 'Ik ga naar buiten nu het nog licht is. Hier móét ik gebruik van maken en ik heb de hele dag al zin om te tekenen.'

'Zal ik met je meekomen?'

Dolly leek niet echt veel zin te hebben de luxueuze slaapkamer te verlaten en Lulu wilde even alleen zijn, dus schudde ze haar hoofd. 'Blijf maar hier en neem een bad. Ik ben op tijd terug voor het diner,' zei ze.

Algauw was Lulu alle besef van tijd kwijt. Ze tekende de merries en de veulens, en had vooral aandacht voor een van de veulens dat bij zijn moeder stond te drinken. Het veulen zwaaide blij met zijn staartje, stond met zijn voorbenen uit elkaar en zijn achterhand omhoog. Dat zou een prachtig beeld zijn. Ze concentreerde zich op de tevreden merrie die haar hals boog om het kleine wezentje te besnuffelen. Als ze die emoties nu kon vangen, zou dat van onschatbare waarde zijn zodra ze met de klei aan het werk ging.

Eindelijk hield ze op en ze bekeek haar werk met een kritische blik. Als ze nog iets veranderde, zou ze de tekening bederven. Bovendien was het al een beetje donker geworden.

'Volgens mij is dat bijna perfect.'

Ze schrok van zijn stem en draaide zich met een vragende glimlach om. 'Hoelang sta je al naar me te kijken?'

'Lang genoeg.' Hij bekeek haar tekening. 'Wat kun jij goed tekenen, zeg!'

'Ach, ik begin het te leren,' zei ze zacht terwijl ze het schetsboek dichtsloeg. 'Als ik terug ben in Engeland, gebruik ik deze tekeningen bij het vormgeven van een beeld.' Ze keek nog eens naar het tafereeltje en naar de bloesems in de boomgaard, de donkere paarstinten van de beschaduwde berg en het diepgroene van de ongetemde bush. 'Op dit soort momenten zou ik willen dat ik dat allemaal kon vastleggen,' verzuchtte ze. 'Maar daar is geen schildersdoek groot genoeg voor.'

Ze zag zo veel verdriet achter zijn glimlach dat haar hart er pijn van deed. Hij stak zijn hand uit. 'Als je langer bleef, zou je een heel eind kunnen komen.'

'Dat kan ik niet doen, dat weet je.' Ze keek hem aan toen hij haar overeind trok. Zijn aanraking en zijn nabijheid wonden haar op en toen ze samen in de lengende schaduwen stonden was het net alsof de wereld slechts hen beiden omvatte.

Zijn grote hand vouwde zich om haar vingers en op dat moment voelde ze zich levendiger dan ooit. Ze keek naar hem op, wilde dat hij haar kuste.

Zijn lippen raakten de hare en met een scheut van genot en verlangen leunde ze tegen hem aan.

'Het spijt me,' zei hij. Hij stapte snel naar achteren en liet haar hand los. 'Dat had ik niet moeten doen.'

'Ik vond het wel prettig,' zei ze ademloos. Ze drukte zich weer tegen hem aan, voelde nog steeds de warmte en het verlangen.

Zijn adem streek over haar haar en haar wimpers, zijn borstkas ging snel op en neer.

Lulu verlangde ernaar zijn sterke armen om haar heen te voelen, zijn vingers in haar haar, zijn kus op haar mond. Ze wilde dat hij haar fijnkneep, wilde zijn hart tegen haar hart voelen kloppen, wilde weten of zijn verlangen even groot was als het hare. Ze wilde met haar vingers over zijn rug glijden en de warmte van zijn huid tegen de hare voelen. Ze drukte zich tegen hem aan.

Hij stapte weer achteruit en hield haar met zijn sterke handen van zich af. 'Dit moeten we niet doen, Lulu,' zei hij, schor van emotie.

'Waarom niet?' vroeg ze, opeens wanhopig en verlegen.

'Het zou niet goed zijn iets te beginnen waar we niet mee door kunnen gaan,' zei hij schor. Hij keek achterom. 'En ik denk niet dat je dat publiek prettig vindt.'

Ze zag dat een paar geïnteresseerde stalknechten op de binnenplaats stonden te kijken en bloosde heftig.

Hij pakte haar hand en drukte een kus op haar handpalm. Zijn ogen waren zo donker als gesmolten chocolade. 'Ik denk dat we naar binnen moeten voor het avondeten. De bel is zeker een halfuur geleden gegaan.'

## Vrijdag, Hobart

Glenorchy was een andere buitenwijk in het noorden van Hobart. Daar lag de Elwick Racecourse met het evenemententerrein. In het oosten stroomde de rivier de Derwent en lag de Meehan Range en in het westen stak de schitterende, door wolken bedekte Mount Wellington de lucht in.

Het was vroeg in de ochtend, de paarden hadden al gelopen en waren verzorgd, en Joe wilde voor de wedstrijd de volgende dag met Bob en Eliza over de renbaan lopen. De stalknechten zaten achterin, want een uitje naar Elwick was een zeldzaam pleziertje dat je niet moest missen.

Terwijl hij door de hekken langs het drukke evenemententerrein naar de bijna verlaten parkeerplaats van de renbaan reed, probeerde hij Lulu uit zijn hoofd te zetten. Hij moest aan het werk en zich concentreren, maar dat vond hij moeilijk in de wetenschap dat ze vlakbij was. De herinnering aan hun vluchtige kus was nog vers en achtervolgde hem.

Hij stapte uit de pick-up toen Eliza naast hem stopte. Hij wachtte tot de drie vrouwen waren uitgestapt en kreeg een trots gevoel toen ze om zich heen keken. 'Wat vinden jullie ervan?'

Lulu's ogen glansden. 'Ik vind het prachtig en wat ik vooral mooi vind, is de grote tribune. Hij is heel... groot.'

Hij schoot in de lach. 'Daar is Hobart bijzonder trots op. Hij is eind vorige eeuw gebouwd, toen de renbaan pas was geopend. Men heeft het erover hem te slopen en een nieuwe te bouwen, maar volgens mij blijft dat oude ding nog wel honderd jaar staan.'

Ze keek naar het stenen gebouw met aan het ene uiteinde smeed-ijzeren verandahekken en een bijzondere toren. 'In de victoriaanse tijd wisten ze wel hoe ze duurzaam moesten bouwen, maar ik vind de stijl een beetje te fantasievol.' Ze grijnsde. 'Maar hij is heel mooi, geen wonder dat Hobert er trots op is.'

'Ik moet met de administrateur van de renbaan gaan praten en nog een paar dingen checken voordat we over de baan kunnen lopen. Eliza wil de stal van Moonbeam controleren, dus moeten jullie je even zelf vermaken. Gaat dat lukken tot ik terug ben?'

'Natuurlijk,' antwoordde ze, opgelucht omdat Eliza elders bezig was en blij dat ze niet bij Joe was. 'Dolly en ik zijn nieuwsgierig naar wat dáár gebeurt.' Ze wees naar het grote terrein achter de renbaan waar allemaal vlaggen wapperden.

'Dat is het evenemententerrein,' zei Joe. 'Er zal wel een sportwed-strijd of zo aan de gang zijn. 'Zal ik een van de stalknechten met jullie meesturen?'

'We hebben geen babysitter nodig, hoor,' zei Lulu, 'het is toch geen barre reis naar Buiten-Mongolië!'

'Toch vind ik het niet prettig als jullie alleen zijn,' zei hij vastbesloten en hij gebaarde naar een van de mannen die tegen de pick-up stond te niksen. 'Charlie hier gaat wel met jullie mee.' Hij tikte tegen zijn hoed en voordat ze iets konden zeggen, was hij al weggelopen met Eliza.

'Nou zeg!' brieste Lulu.

'Ik denk dat hij alleen maar zeker wil weten dat jullie dames niet verdwalen,' zei Charlie, een breedgeschouderde man van middelbare leeftijd met het gezicht van een bokser die één gevecht te veel achter de rug had. Hij stak een sigaret op.

'Ik kan me niet voorstellen dat we tussen hier en daar zullen ver-dwalen,' mopperde Dolly.

Charlie keek naar haar hoge hakjes en glimlachte. 'Maar met die mooie schoentjes hebt u misschien wel hulp nodig,' zei hij. 'Maak u maar geen zorgen, juffrouw, ik draag u wel over de modderige stuk-ken heen zodat u niet vast komt te zitten.'

Lulu onderdrukte een lachbui. 'Kom op, Dolly. Je weet maar nooit, misschien vind je het wel leuk.'

'Dat betwijfel ik,' mompelde ze. Ze gaven elkaar een arm en liepen over het gras. 'Hij lijkt meer op Lon Chaney dan op Douglas Fair-banks.'

Lulu giechelde. 'Sst, straks hoort hij je nog.'

'Het verbaast me dát hij iets kan horen met die bloemkooloren,' giechelde Dolly.

Ze liepen voorzichtig over het lange gras en de paden met diepe geulen erin naar het evenemententerrein. Toen ze dichterbij kwamen, hoorden ze een fanfarekorps spelen en de vervormde stem van iemand die door een megafoon praatte. Auto's, rijtuigjes, paardentrailers en vrachtwagens stonden geparkeerd achter het grote springparcours, met ernaast de dressuurbaan.

Lulu greep Dolly's arm. 'Lieve help,' zei ze, 'het is jaren geleden dat ik naar zoiets ben geweest.' Ze keek om zich heen naar de bedrijvigheid bij het terrein, waar paarden en springruiters zich voorbereidden op de wedstrijd. 'Laten we gaan zitten en even kijken. Ik heb dressuur altijd al leuk gevonden.'

Hij had een ideaal plekje gevonden waarvandaan hij naar haar kon kijken. Hij stond in de schaduw van de tribune waarop zij samen met haar vriendin op de eerste rij zat en wist dat ze hém niet kon zien. Hij trok de rand van zijn hoed naar beneden, stopte zijn handen in zijn zakken en ontspande zich. Het was irritant dat Joe Reilly die krachtpatser had meegestuurd om op haar te passen en dat ze nooit alleen was, maar dat zou de komende twee dagen heus wel een keer gebeuren. Het enige wat hij hoefde te doen was dus geduldig afwachten.

Dolly was verdiept in het dagprogramma en Lulu zat onder haar Japanse parasol in de zon. Ze genoot van de goedgetrainde, slanke paarden in de ring; ze leken wel dansers.

De prettige geur riep aangename herinneringen op aan de keren dat zij en Clarice in het noorden naar dressuurwedstrijden waren geweest. Lulu had vooral genoten van de geluiden, kleuren en drukte buiten de baan. Nu rook ze de suikerspinnen en de met karamel overgoten appels op een stokje van de kraampjes vlakbij, zag de kiosken in de buurt van de tribune, hoorde het fanfarekorps spelen en zag de boeren luidruchtig handelen in wat zelfgemaakte cider en bier leek. Sinds zij nog een kind was, was dit tafereel niet veel veranderd en ze dacht dat dit ook nooit zou gebeuren omdat de Tasmaniërs dol waren op hun paarden en op een leuk dagje uit.

Ze keek naar de continue stroom mensen die over het pad voor de tribune liepen. De vrouwen droegen een mooie hoed en een leuke jurk, de mannen een pak of een meer praktische leren broek met overhemd, en een breedgerande hoed. Wat jammer dat Molly niet was meegekomen, ze zou het heerlijk hebben gevonden zich mooi te kleden. Maar Dianne kon niet overal voor zorgen en daarom had Molly haar niet alleen willen laten.

Lulu's blik dwaalde naar de steeds in beweging zijnde paarden en ruiters en verstijfde. Alles om haar heen vervaagde tot ze alleen Gwen nog maar zag. Ze liep met een paard over het pad en had haar niet gezien, maar Lulu's hart bonsde en ze kreeg een droge mond. Eerder had ze de duivelse herinneringen onder ogen gezien, maar nu zou ze de duivel zelf onder ogen moeten komen.

Gwen begon langzamer te lopen toen hun blikken elkaar kruisten. Haar lippen werden smal en ze keek openlijk vijandig.

Lulu zat gevangen.

Gwen keek haar kil en onverschillig aan, en haar mond vertrok minachtend toen haar ijzige blik weer op Lulu's gezicht rustte. Ze ging zelfs nog langzamer lopen, alsof ze heel goed wist welk effect ze op Lulu had en dat langer wilde laten duren.

Lulu dwong zichzelf om met een kritische blik terug te kijken. Ze wist heel goed dat ze Gwen alleen maar een verwrongen plezier zou doen als ze haar ogen neersloeg. Ze keek naar het haar dat duidelijk geverfd was, de overdreven make-up en de kleren die een veel jongere vrouw goed zouden hebben gestaan. Het felle zonlicht accentueerde de rimpels rondom haar ogen en de zelfgenoegzame mond, en versterkte de slapper wordende kaaklijn. Gwen was nog geen vijftig, maar zag er veel ouder uit.

Gwens zelfgenoegzame lachje verstierf toen Lulu bleef terugkijken. Ze versnelde haar pas toen ze bij het einde van de tribune was gekomen en liep naar de paardenboxen aan de achterkant van de baan.

Lulu's hart klopte verrassend rustig toen ze Gwen in de menigte zag verdwijnen. Ze had zich in dat korte ogenblik gerealiseerd dat ze niets te vrezen had van die ouder wordende, bittere vrouw. Ze had geen medelijden met haar zichtbare pogingen het ouder worden te verhullen en voelde zeker geen liefde. Hun korte en zwijgende treffen had eigenlijk alleen maar hun wederzijdse afkeer versterkt en hernieuwd.

Hij had nieuwsgierig en geïnteresseerd naar hen gekeken. Het was wel duidelijk dat ze helemaal niet van elkaar hielden. Dat was natuurlijk geen verrassing, maar Gwen had Lorelei uitdagend aangekeken en de jonge vrouw had haar blik vol zelfvertrouwen getrotseerd. Aan Gwens gezichtsuitdrukking had hij niet kunnen zien of ze dit erg vond.

Hij keek weer naar Lorelei die rustig op de tribune zat alsof er niets was gebeurd. Ook al leek ze verder totaal niet op haar moeder, toch bezat ze hetzelfde vermogen een ondoorgrondelijke uitdrukking op haar gezicht te toveren, dacht hij.

Gwen had haar pas versneld en hij trok zich terug in de schaduw toen ze langs hem heen liep. Hij kon niet riskeren dat ze hem zag, omdat ze hem onmiddellijk zou herkennen en voordat hij al zijn plannen had uitgevoerd, wilde hij niet worden ontmaskerd.

'Wat ben je stil,' zei Joe toen ze de renbaan verlieten en teruggingen naar het huis. 'Zit je iets dwars?'

'Ik heb mijn moeder vandaag gezien.'

Joe schrok en keek haar bezorgd aan. 'Dan zul je wel geschrokken zijn na wat er twee weken geleden is gebeurd.'

'Eerst wel,' antwoordde ze, 'omdat ik er niet op bedacht was.'

'Wat zei ze?'

'We hebben niets gezegd. De blik waarmee we elkaar aankeken, was veelzeggend genoeg.'

Hij reed even zwijgend door en vroeg zich af wat hij kon antwoorden.

'Maak je over mij maar geen zorgen, Joe,' zei ze alsof ze wist wat hij dacht. 'Ik heb vandaag een waardevolle les geleerd.'

'Wat dan?'

Lulu leunde naar achteren en haar elleboog stak uit het geopende raam. 'Dat er veel dingen zijn waar ik Gwen dankbaar voor moet zijn,' zei ze. Toen ze hem verbaasd zag kijken, schoot ze in de lach. 'Ik ben dankbaar dat ze me niet wilde, want Clarice was de beste moeder die je maar kunt bedenken. Ik ben dankbaar dat haar minachting en weigering me te accepteren me hebben doen besluiten te slagen in alles wat ik doe. Als mijn leven niet op die manier was begonnen, zou ik nooit de vrouw zijn geworden die ik nu ben.'

Hij floot even. 'Dat was me het lesje wel!'

Ze glimlachte. 'Ja, vind je ook niet? Maar alle kunstenaars, of ze nu schrijver, dichter of beeldhouwer zijn, moeten een emotionele schok doormaken. Juist daardoor worden ze zo goed en kunnen ze zo veel bereiken. Ze zeggen dat alleen het ik een belemmering vormt voor ambitie en fantasie. Succes leidt tot onbevangenheid en zelfvertrouwen, die op hun beurt die belemmering neerhalen en ons vrijmaken.'

Toen Joe de hartstochtelijke blik in haar ogen en de kleur op haar wangen zag, zonk de moed hem in de schoenen. Lulu was duidelijk een ambitieuze en getalenteerde kunstenaar die op het punt stond grote successen te boeken. Ze hoorde thuis in een veel grotere wereld dan hij haar kon bieden. Zijn hart brak bij die gedachte, maar hij besloot zijn liefde voor haar geheim te houden zodat ze haar vleugels kon uitslaan en de vlucht kon maken waar ze zo naar verlangde.

# 14

'Het haalt het natuurlijk niet bij Ascot,' zei Dolly. 'Weet je wel zeker dat dit niet té is?'

'Echt niet,' zei Eliza. Ze keek een beetje jaloers naar de scharlakenrode jurk en bijpassende schoenen. 'Ik wilde dat ik zoiets moois had meegenomen.'

Dolly pakte de zwarte vilten hoed, zette hem voorzichtig op haar hoofd en stapte achteruit om het resultaat te bewonderen. De zijden rozen aan de zijkant van haar clochehoed pasten bij haar jurk en streelden haar wang.

'Je ziet er mieters uit,' zei Eliza ademloos met een bewonderende blik.

'Dank je, liefje. Ik hoop maar dat dit een compliment was,' zei ze droog en ze trok haar zwarte korte jas aan met de witte kraag van vossenbont.

'Echt wel,' zei Eliza. 'Komt die uit Londen?'

Lulu strikte zwijgend haar veters en probeerde de wederzijdse bewondering van de high society aan de andere kant van de kamer te negeren. Eliza had die ochtend per se naar hun kamer willen komen en Dolly leek zo geboeid te zijn door het meisje dat ze na het ontbijt amper een woord tegen Lulu had gezegd. Dat stak haar, maar ze probeerde dat niet te laten blijken.

Ze stond op en keek naar haar spiegelbeeld in de penantspiegel. Het bovenstukje van haar turkooizen jurk van zijde en kant viel als een koker van haar schouders en de rok viel soepel van onder haar heupen tot aan haar kuiten. Haar schoenen waren donkerblauw, net als het fluwelen lint dat ze om haar hoofd had gebonden en vastgespeld met een turkooizen zijden roos en een vrolijke veer. Achter dit lint vielen haar haren als een waterval van krullen naar beneden en de kleur op haar wangen versterkte de kleur van haar ogen.

'Heel aantrekkelijk,' zei Eliza, 'maar het verbaast me dat je geen modieuzer kapsel neemt, dat lange haar is zo ouderwets.'

'Ik hou van lang haar,' zei Lulu scherp.

Eliza keek haar vernietigend aan, waarna ze tegen Dolly zei: 'Je ziet er zo prachtig uit, je wint vast de schoonheidswedstrijd.'

'De wat?' Dolly keek haar vol afschuw aan.

Eliza giechelde. 'Je hoeft niet mee te doen, ook al word je gevraagd,' zei ze, 'maar ik heb al een paar keer meegedaan aan een schoonheidswedstrijd. Dat is ontzettend leuk.'

Lulu pakte haar lippenstift. Ze kon zich de schoonheidswedstrijden wel herinneren en haar schaamte als Gwen heen en weer paradeerde en fanatiek met iedere man liep te flirten.

'We kunnen maar beter gaan,' zei Eliza met tegenzin.

'Wacht nog even.' Dolly doorzocht de kledingkast. Ten slotte vond ze wat ze zocht en haalde het met een zelfvoldane glimlach tevoorschijn. 'Kijk eens, Eliza. Deze past prachtig bij je teint.'

Lulu keek verbijsterd naar de schitterende jurk die Dolly in Singapore had laten maken. Dolly was gek op die jurk en was meestal heel bezitterig als het om haar kleren ging. Toch leek ze hem met liefde af te staan.

Eliza kleedde zich snel tot op haar ondergoed uit. De abrikooskleurige zijde gleed fluisterend over haar hoofd en langs haar slanke lichaam en opgetogen draaide ze rondjes voor de spiegel. Geborduurde vlinders en bloemen dansten diagonaal vanaf de schouder naar de smalle heup en de rok viel tot vlak onder de knie. Hij paste perfect.

Dolly knikte tevreden. 'Nu nog een hoed. Deze denk ik. O, en schoenen! Welke maat heb je?'

'Zes,' zei Eliza ademloos.

'Goed, dan moeten deze je passen.'

Lulu zat op het bed terwijl Dolly een eenvoudige strohoed pakte met een perzikkleurig lint rondom de bol. Terwijl het meisje voor de spiegel heen en weer draaide, realiseerde Lulu zich met een schok dat ze weliswaar nog maar achttien was, maar al vrouw genoeg om Joe's hart te stelen.

Ze werden naar de renbaan gebracht in Davids Model T-Ford, zijn trotse bezit, maar dat betekende wel dat ze zich aan hun stoel moesten vasthouden terwijl hij over de weg scheurde met de gevaarlijke snelheid van vijftig kilometer per uur.

Het was de tweede dag van de sportwedstrijd, maar vandaag zag de renbaan er totaal anders uit. Er wapperden vaandels, aan de tribune waren palen bevestigd waar vlaggen aan hingen, er speelde een orkest en op de parkeerplaats stonden auto's, vrachtwagens en paardentrailers. De kleurrijke menigte die zich op de tribune en langs de witte hekken verdrong, straalde een en al opwinding uit.

Er ging een schok door Lulu heen toen er nog meer herinneringen naar boven kwamen door de kleuren, de geluiden en de uitbundigheid van het publiek. Ze kreeg echter amper de tijd om alles in zich op te nemen, want hun gastheer leidde hen langs de hoofdtribune naar de afgescheiden ruimte voor eigenaren, trainers en jockeys.

Ze keek naar de stampende en snuivende paarden, de vloekende jockeys en de eigenaren en trainers die discussieerden over de te volgen tactiek. Ze keek naar de gekleurde kleding van de jockeys, de pracht van deze perfecte paarden die speciaal voor deze dag mooi waren gemaakt, en naar de mooie hoeden en jurken van de vrouwen. Ze hadden helemaal niet bang hoeven zijn dat ze te chic gekleed waren, dacht ze laconiek. Ze zag een vrouw op hoge hakken, in felgele kleren, een hoed boordevol limoengroene zijden bloemen en een bijpassende parasol.

De zon brandde waardoor het drukkend was op het stalterrein. Ze trok haar jas uit en opende haar parasol. Hij was van dik papier, rijkelijk beschilderd met paradijsvogels in de kleur van haar jurk. Dolly had een rode en had Eliza een oranje parasol geleend. Lulu glimlachte wrang: ze zouden er wel uitzien als iets uit de opera *Gilbert and Sullivan*.

Joe was diep in gesprek met Eliza en David. Ze hadden het natuurlijk over de komende races. Hij had haar kennelijk niet gezien, want hij keek helemaal niet naar haar en had zelfs nog niet eens dag gezegd.

'Wat verschrikkelijk saai allemaal,' mopperde Dolly. Ze draaide haar parasol in het rond. 'Toen we binnenkwamen, heb ik een champagnetent gezien. Laten we ernaartoe gaan en wat drinken.'

'Het is nog een beetje vroeg,' zei Lulu. Ze keek naar Joe die nog steeds druk in gesprek was met Eliza. 'Maar waarom ook niet?' Ze draaide hem haar rug toe en liep achter Dolly aan door de menigte.

'Ho even. Waar gaan jullie naartoe?'

'Op zoek naar champagne,' zei Lulu, en ze liep door.

'Neem Charlie dan mee.'

'Waaróm in vredesnaam?' Ze bleef staan.

'Het is beter als iemand met jullie meegaat,' tierde Joe, 'er komen heel ruige types naar dit soort evenementen.'

Lulu keek hem met toegeknepen ogen aan. 'Je lijkt vast van plan ons te beschermen,' zei ze koel, 'en daar zijn we je heel dankbaar voor. Maar Dolly en ik zijn van de andere kant van de wereld naar hier gekomen zonder dat ons iets is overkomen. Ik kan me niet voorstellen dat de Elwick Racecourse gevaarlijker is dan Port Said.'

'Maar...'

'Nee, Joe,' zei ze kortaf. 'We zijn van plan van deze dag te genieten en willen niet dat Charlie de hele tijd achter ons aan loopt. Ga maar naar je paarden, dan zien we je wel als je het minder druk hebt.' Ze draaide zich om, gaf Dolly en arm en liep weg.

'Zo, daar kan hij het mee doen,' lachte Dolly. 'Wat heeft die arme man gedaan om zo'n uitbrander te verdienen?'

Ze verbaasde zich over zijn gedrag. Kennelijk had hij wél de hele tijd geweten dat ze er was en had hij haar bewust genegeerd, tot ze wegliep. Vervolgens had hij haar niet eens begroet of gecomplimenteerd met haar outfit, maar was hij meteen de baas over hen gaan spelen. En het feit dat hij erop stond dat Charlie hen begeleidde...

'Niets,' loog ze.

Dolly keek haar met een veelbetekenende blik aan toen ze de champagnetent binnen liepen.

Hij klom uit de pick-up en sloeg het portier dicht. Hij had een woelige nacht achter de rug, maar hij was niet moe doordat hij steeds opgewondener werd. Hij zag haar en haar vriendin samen met enkele andere eigenaren champagne drinken en vervolgens lachend naar de paradering lopen. Ze zag er heel mooi uit in dat blauw en in de zon waren haar haren een glanzende massa geelbruin en goud die haar vrouwelijkheid accentueerde.

Hij liep achter hen aan naar de ring waar de renpaarden en jockeys voor de eerste race paradeerden. Ocean Child was ongeveer een uur later aan de beurt, zodat hij genoeg tijd had om naar haar te kijken. Hij stond ongeveer een meter van haar af tegen de reling geleund en kon de jonge vrouw die hij had gevolgd nu voor het eerst goed bekijken. Ze had een vreemd vertrouwd gezicht en toen haar ogen oplichtten door alle bedrijvigheid om haar heen, vroeg hij zich af wat ze zou denken als ze wist dat ze zo geïnteresseerd en nieuwsgierig werd bekeken.

'Daar ben je. Je had best op me kunnen wachten, Dolly, ik ben gek op champagne.'

Hij verstijfde toen hij die stem hoorde. Eliza Frobisher was een onverwacht obstakel voor zijn plannen. Hij boog zijn hoofd, draaide zich snel om en liep weg. Als hij nu ook Gwen Cole maar niet tegenkwam.

Lulu had geld op Eliza's Moonbeam en op Friar's Lass gezet en gewonnen. Dat was ze samen met de eigenaren in de champagnetent aan het vieren. Ze zette stiekem haar glas weg, want ze had er al drie op en begon licht in het hoofd te worden. 'Ik moet Bob even geluk gaan wensen,' zei ze. 'Ocean Child loopt hierna en ik heb al mijn winst op hem ingezet.'

Ze zwaaiden met hun wedbriefjes als teken dat ook zij op Lulu's paard hadden gewed. Glimlachend verliet Lulu de tent, maar haar glimlach verdween toen ze zag dat Charlie naast de tent had gestaan en achter haar aan liep. Joe had kennelijk haar verzoek om met rust te worden gelaten genegeerd en ze vroeg zich af waarom hij het nodig vond haar te laten chaperonneren. Hij dacht toch niet echt dat ze gevaar liep?

Haar ergernis verdween toen ze Ocean Child zag. Hij zag er schitterend uit, zijn vacht glansde en hij hield zijn hals gebogen alsof hij wist dat hij er prachtig uitzag. Bob, die de stalkleuren van Galway House – de Ierse driekleur – droeg, stond trots naast Ocean Child terwijl Joe hem de allerlaatste instructies gaf.

Lulu streelde Ocean Childs hals en hij snuffelde aan haar wang en knabbelde aan de veer in haar hoedband. Ze stapte naar achteren. 'Volgens mij is dat geen goed idee,' giechelde ze. Ze krabbelde aan zijn oren en zei: 'Je mag helemaal niet eten vlak voor een race.'

'Blijf van zijn oren af,' zei Joe scherp. 'Hij moet alles geven en het eerstvolgende halfuur alert blijven.'

Lulu negeerde hem en zei tegen Bob: 'Je ziet er heel goed uit. Heel veel succes.'

'Bob weet wat hij moet doen,' zei Joe erg gespannen.

'Dat denk ik ook,' antwoordde ze kil.

Joe gaf Bob een steuntje. 'We moeten gaan. Charlie loopt wel met je mee terug naar de tribune.'

Hoofdschuddend liep ze terug naar de hoofdtribune, zich bewust van het feit dat Charlie haar volgde. Vlak voordat ze de hoek omsloeg en naar boven liep, bleef ze staan en draaide ze zich snel om. 'Waarom heeft Joe je opdracht gegeven me te volgen?'

Met een ondoorgrondelijke blik haalde hij zijn brede schouders op. 'De baas heeft daar z'n redenen voor. Het is niet aan mij te vragen welke dat zijn.'

'Volgens mij weet je het best,' zei ze kwaad. 'Kom op, Charlie, vertel.'

'Ik weet het echt niet,' zei hij zonder haar aan te kijken. 'Hij zei alleen maar dat ik een oogje op u moest houden.'

'Waarom?' Haar nekharen gingen overeind staan en ze keek ongerust achterom, hoewel ze geen idee had waar ze naar moest zoeken.

Charlie stond met zijn laarzen te schuifelen. 'Volgens mij is hij bang dat die Carmichael opduikt.'

Lulu zag zijn uitgestreken gezicht en vroeg: 'Carmichael vormt geen bedreiging, waarom zou Joe daar anders over denken?'

'Hij vertrouwt hem niet.' Zijn blik gleed over haar heen en daarna weer naar zijn laarzen. 'Ik zou het fijn vinden als u het hem niet vertelt,' mompelde hij. 'Hij zou me de huid vol schelden en me ontslaan.'

Lulu slaakte een diepe zucht. Die arme Charlie verdiende het niet zijn baan kwijt te raken voor zoiets onbelangrijks. Joe was overbezorgd en Charlie deed alleen maar wat hem opgedragen was. Ze keek glimlachend naar hem op. 'Geen probleem, Charlie. Ik hou mijn mond.'

'Goed van u, juffrouw. Ik wist meteen al dat u een toffe vrouw was.'

'Dat is fijn,' mompelde ze. Daarna liep ze de trap op naar de anderen.

De twaalf hengstveulens krioelden aan de andere kant van de racebaan door elkaar heen. De acht hindernissen stonden een stukje van de twee mijlen lange baan af en Lulu vond dat ze er nogal griezelig uitzagen voor zulke jonge paarden. Haar mond werd droog en haar hartslag versnelde terwijl ze door Davids verrekijker keek en wachtte tot de startvlag naar beneden ging.

De jonge hengsten werden in een onregelmatige lijn geduwd en getrokken. De vlag ging naar beneden. De race kon beginnen.

Lulu verloor Ocean Child uit het oog en raakte in paniek. Toen zag ze de flits van groene, witte en oranje stalkleuren en ontspande ze zich. Hij bevond zich in het midden van de groep en rende op de eerste hindernis af.

Ze waren er allemaal veilig overheen gesprongen en renden naar de volgende, een bijzonder lastige hindernis met een bak water ervoor. Ocean Child vloog eroverheen en miste op een haar na het paard naast hem dat struikelde en bijna viel. Hij bevond zich in een goede positie en stormde over de baan.

Twee paarden vielen bij de volgende hindernis en eentje weigerde bij de vierde. Een losgebroken paard rende helemaal vooraan toen ze bij de vijfde hindernis kwamen en het publiek hapte naar adem toen hij de favoriet ten val bracht. Er waren nog zes paarden over en Ocean Child rende naar de binnenkant om het tegen de voorste op te nemen.

De zes veulens denderden over de volgende twee hindernissen, maar meer verspreid nu, en toen ze zich klaarmaakten om de laatste hindernis te nemen, strekte Ocean Child zijn hals en kwam hij naast Firefly, de leider. Ze landden tegelijk en het publiek brulde aanmoedigingen.

Ocean Child struikelde even toen Bob de controle leek te verliezen en sloeg bijna over de kop. Lulu greep de verrekijker en stelde hem scherp. De jockey op Firefly trapte naar Bobs stijgbeugels en probeerde hem uit het zadel te duwen.

De menigte ging staan, schreeuwend van opwinding.

Ocean Child herstelde zich en Bob hing plat boven het zadel, met één voet uit de stijgbeugel.

Het was een lastige klim naar het laatste rechte stuk en de finish, en een paar andere paarden gingen langzamer lopen. De beide voorste paarden leken nog voldoende energie te hebben ondanks de capriolen van hun berijders, en ze finishten tegelijkertijd.

Zodra de paarden stilstonden, sprong Bob eraf, sleurde Firefly's jockey uit het zadel en gaf hem een stomp. Firefly's jockey sloeg terug en even later sloegen ze elkaar verrot.

Het publiek brulde aanmoedigingen en zwaaide met programmaboekjes. De andere jockeys liepen onzeker rond en wisten kennelijk niet wat ze moesten doen. Ocean Child en Firefly renden naar de andere kant van de baan en begonnen te eten van het lange gras langs de baan.

Lulu schrok toen de andere jockey Bob neersloeg en begon te schoppen. 'Waarom houdt niemand hem tegen?' riep ze boven het lawaai van de menigte uit. 'Bob raakt nog zwaargewond.'

'Joe gaat erheen om ze uit elkaar te halen,' zei David grimmig.

Lulu zag dat Joe over de baan stormde en de beide jockeys bij de kraag greep. Hij hield de wriemelende, schoppende man een eindje van zich af tot de stewards hem wegsleurden. Joe's gezicht was rood van woede toen hij Firefly's trainer ter verantwoording riep. De beide mannen voerden een verhitte discussie, met hun neuzen bijna tegen elkaar gedrukt en met woedende gebaren. De menigte zweeg en iedereen kon hun luide stemmen horen.

Het publiek genoot. Dit was precies de reden dat ze het zo leuk vonden om naar de races te gaan.

'Ik ga kijken of Ocean Child in orde is,' mompelde Lulu en ze gaf David zijn verrekijker terug.

'Je kunt maar beter uit de buurt blijven, liefje,' antwoordde David. 'Child is in orde, kijk maar.'

Lulu keek weer naar de baan en slaakte een zucht van opluchting toen ze zag dat haar hengstveulen naar de stallen werd geleid. 'Wat gaat er nu gebeuren, David? Zullen ze hem diskwalificeren?'

David haalde zijn schouders op. 'Waarschijnlijk wel, maar het was niet echt Bobs schuld. Als die stomkop niet kwaad was geworden en die andere jockey niet had geslagen, had hij zeker gewonnen.' Hij zuchtte. 'Maar nu... is het aan de stewards.'

Het geklets om hen heen werd luider toen iedereen begon te speculeren en het gevecht uitgebreid besprak.

Lulu zag dat Joe met een grimmig gezicht naar het kantoor van de stewards beende. 'Wanneer weten we dat?'

David haalde zijn schouders op. 'Kan wel even duren. De gemoederen zijn al verhit en voor de avond zal er zeker nog een vechtpartij ontstaan.'

Lulu wipte gefrustreerd van haar ene voet op de andere en hield de gesloten deur van het kantoor van de stewards in het oog. Bob en de andere jockey verschenen op het stalerf, beiden met een blauw oog en een bloedneus. Ze hadden hun meningsverschil nog steeds niet bijgelegd, want ze keken elkaar woedend aan en beenden naar binnen.

Dolly greep Lulu's hand. 'Ik heb nog nooit zo veel opwinding mee-gemaakt,' zei ze opgetogen. 'Dit soort dingen gebeuren nooit op Ascot. Jullie Tasmaniërs weten wél hoe je een show moet opvoeren.'

'Dat kan wel zijn,' zei Lulu, 'maar ik wilde dat ze opschoten en een beslissing namen. Die onzekerheid is verschrikkelijk.'

Een hele tijd later kwam Joe het kantoor van de steward uit. Met een grimmige blik in zijn ogen duwde hij Bob uit het zicht van de stallen en Lulu vreesde dat de jongen nog een pak slaag kreeg.

De stem uit de luidspreker echode boven de stille, verwachtings-volle menigte. 'Firefly en Ocean Child zijn gediskwalificeerd. Beide jockeys zijn voor acht weken geschorst. De winnaar is...'

Lulu wachtte de rest van de aankondiging niet af. 'Ik moet naar beneden, naar Ocean Child, en kijken of Joe Bob niet tot moes heeft geslagen.' Ze rende de trap af en baande zich een weg door de menigte naar de stallen.

'Stomme gek die je bent!' Joe's stem drong door de staldeur heen. 'Je gooide die verdomde race weg toen je die klootzak begon te slaan. En ook al verdiende hij het, het heeft dat paard zijn eerste echt be-langrijke race gekost.'

Lulu bleef staan. Het leek wel alsof iedereen midden in zijn bewe-ging was gestopt om te luisteren naar de uitbrander die Bob kreeg.

'Hij probeerde me eraf te slaan,' protesteerde Bob, 'en op de blinde zijde van de baan sloeg hij me met zijn zweep. Als die klootzak ooit weer bij me in de buurt komt, neem ik hem te grazen.'

'Je bent geschorst, Bob, acht verdomde weken lang. Je komt bij niemand in de buurt, en al helemaal niet in de buurt van een ver-domde renbaan. En waar moet ik ondertussen een jockey vandaan halen, hè?'

'Het spijt me, Joe. Ik dacht er niet bij na, zo kwaad was ik.'

'Je mag verdomme wel blij zijn dat ik je niet nóg een blauw oog sla.'

Iedereen schrok toen de staldeur openklapte en Joe naar buiten beende. 'Wat staan jullie te niksen? Er is verdomme werk te doen. Aan de slag jullie.' Zijn woedende blik viel op Lulu. 'Je hoort hier niet,' gromde hij. 'Ga terug naar de tribune.'

'Ik wil kijken of Ocean Child in orde is.'

'Hij is in orde,' zei hij kortaf. 'Ga weg, Lulu.'

Lulu wilde zich niet gekwetst voelen door zijn bruuske afwijzing, maar na zijn vluchtige kus en hun intieme contact op het stalerf en de trainingsbaan van Galway House was dat wel zo. Ze slikte en draaide zich om, verdrietig maar opgelucht omdat ze aan het einde van die maand zou vertrekken. Joe had vandaag een heel andere kant van zichzelf laten zien en ze dacht niet dat ze daar blij mee was. Toch maakte het geen einde aan haar verlangen naar wat had kunnen zijn.

Ze baande zich een weg door de dichte menigte rondom de winnaarsring en gokkraampjes, en langs de tenten. Dat was moeilijk, alsof ze tegen de stroom in liep.

Een hand greep haar bij de arm en ze bleef staan. 'Mijn deelneming, juffrouw Pearson. Ocean Child had die race gewonnen als uw jockey niet zo kwaad was geworden.'

'Dank u,' zei ze zonder hem aan te kijken. 'Heel aardig van u, maar ik moet terug naar mijn vrienden.' Hij hield haar nog steviger vast, waardoor Lulu bang werd.

'Ik zou het op prijs stellen als u me een minuutje te woord wilt staan, juffrouw Pearson, want ik heb een paar belangrijke zaken met u te bespreken.'

Ze keek hem aan en schrok. Dit was Dolly's knappe cowboy uit Melbourne! 'Wie bent u en waarom volgt u me?'

'Daar wil ik dus met u over praten.'

'Laat me dan los,' eiste ze.

Zijn greep verslapte, maar bleef stevig genoeg om haar vast te houden. Ze werd nóg banger. 'Wat wilt u van me?'

'Alleen maar een paar minuten van uw tijd.'

Lulu realiseerde zich dat hij haar tijdens hun woordenwisseling vanuit de drukte naar het stille deel achter de goktenten had geleid. 'Laat me los,' snauwde ze. Ze was bang maar was sterk genoeg om zich los te wringen. 'Ik ga gillen, hoor,' waarschuwde ze.

'Wees alsjeblieft niet bang, Lorelei. Ik zal je geen kwaad doen,' zei hij zacht.

'Hoe weet je mijn naam?' Ze werd koud van angst en haar blik dwaalde langs hem heen in een wanhopige zoektocht naar een bekend gezicht in de menigte.

Hij liet haar los, maar bleef dicht genoeg bij haar staan zodat ze niet kon ontsnappen. 'Al bijna twee jaar weet ik hoe je heet en wie je bent,' zei hij. 'Het spijt me als ik je bang heb gemaakt, maar ik moest je alleen te pakken krijgen zodat we konden praten.'

Ze wreef over haar arm en stapte achteruit terwijl ze hem angstig aankeek. Hij was ongeveer even oud als zij, had dik krullend haar, donkerblauwe ogen en een prettige glimlach, maar ze vertrouwde hem voor geen cent. 'Je hebt precies zestig seconden om me te vertellen wie je bent en waarom je het nodig vond me ruw vast te pakken. Daarna vertrek ik. Als je me weer aanraakt, ga ik gillen.'

Hij nam zijn hoed af. 'Mijn naam is Peter White,' zei hij, 'maar jij kent me beter als Carmichael.'

Joe had Ocean Child goed drooggewreven en liet hem los in het omheinde weiland. Het hengstveulen had het goed gedaan vandaag, maar Joe was nog steeds boos over Bobs gebrek aan zelfbeheersing die hem de overwinning had gekost.

Hij leunde tegen de reling en zijn woede ebde weg. Lulu was natuurlijk woedend op hem en hij kon het haar amper kwalijk nemen. Hij had zich saai en slechtgehumeurd gedragen en dat had ze niet verdiend. Hij had er spijt van. Vanaf nu zou ze wel op afstand blijven, want hij had een kant van zichzelf laten zien waar hij zich diep voor schaamde. Deze uitbarstingen kwamen zelden voor, en waren even snel voorbij als een zomerstorm, maar meestal kon hij zich inhouden. Nu zou Lulu hem wel een lomperik vinden en terecht niets meer met hem te maken willen hebben.

Hij slaakte een zucht en duwde zich van de reling af. Misschien was het maar goed ook. Ze zou eind november vertrekken en hij wist eigenlijk wel zeker dat ze hem zou vergeten zodra ze weer in Engeland was.

Hij besprak de tactiek met de de jockey die hij op het laatste moment had moeten inhuren om op Danny Boy te rijden, toen Dolly hem aansprak.

'Heb je Lulu gezien? Ik kan haar nergens vinden.'

Hij kreeg een naar voorgevoel. 'Ik dacht dat ze bij jou was?'

'Ze zei dat ze hiernaartoe wilde.'

'Dat was ook zo.' Hij bloosde. 'Ik heb haar teruggestuurd.' Het voorgevoel werd sterker. 'Waar heb je haar voor het laatst gezien?'

'Op de tribune,' zeiden Dolly en Eliza tegelijk.

'Ik heb je gezegd dat je een oogje op haar moest houden, Eliza,' snauwde hij. 'Waarom heb je haar verdomme weg laten gaan?'

'Ik kon er niets aan doen,' zei ze scherp. 'Als je het zo belangrijk vond, had je haar niet terug moeten sturen.'

267

'Hou op jullie.' Dolly stampvoette. 'Lulu is weg en we moeten haar zoeken. Ik weet niet waarom je haar de hele dag hebt laten volgen, maar het wordt tijd dat je me dat eens uitlegt. Misschien hebben we dan een idee waar ze naartoe is.'

'Later,' zei hij grimmig. 'Laten we maar teruggaan naar de tribune. Ze kan niet ver zijn.'

Juist toen ze wilden vertrekken, kwam Charlie naar hen toe rennen. Buiten adem en zwetend riep hij: 'Ze is weg, Joe. Ik ben haar kwijtgeraakt in de menigte. Maar ik meende te zien dat een vent haar aansprak.'

'Waar?'

'Daar. Maar ik kan haar niet vinden en ik heb overal gekeken.'

'Kom met ons mee,' gromde Joe, 'als we bij de omheining zijn verspreiden we ons. Geef een gil als je haar ziet.'

Lulu's hart ging tekeer en de combinatie van schrik, warmte en champagne begon haar tol te eisen. Ze moest gaan zitten, maar dan zou ze nóg kwetsbaarder zijn. Ze probeerde kalm te blijven en snel een manier te verzinnen om te ontsnappen als hij haar weer beetgreep. 'Carmichael,' zei ze op vlakke toon. 'Dus eindelijk laat je jezelf zien.'

'Het spijt me als ik je heb laten schrikken,' begon hij.

'Je hebt heel veel uit te leggen,' zei ze tussen twee moeizame ademteugen door. 'Begin dus maar.'

Hij keek haar bezorgd aan. 'Voel je je niet goed?'

'Goed genoeg,' zei ze kortaf. 'Het enige wat ik van jou wil hebben, is een verklaring.'

Hij leek niet overtuigd, maar toen ze naar hem opkeek, leek hij zich te realiseren dat ze geen verder uitstel duldde. 'Ik heb de naam Carmichael niet gekozen,' begon hij, 'die was al in gebruik. Ik heb hem alleen maar geleend.'

Ze stond te schuifelen, vertrouwde hem niet, en stond klaar om weg te rennen als hij haar weer vastgreep. 'Waarom moest je eigenlijk een andere naam gebruiken? Wat voor rotstreek had je in gedachten?'

'Ik weet dat je mijn gedrag als achterbaks zult beschouwen, maar ik had er heel goede redenen voor.'

Ze bleef zwijgen en keek hem met een strakke en cynische blik aan terwijl hij een sigaret opstak.

'Dat was de naam op de instructies aan de Londense notarissen,' zei hij rustig. 'Zij hebben een privédetective gehuurd om je in de gaten te houden en verslag over je te doen.'

Haar hart sloeg een slag over en ze klemde haar parasol stevig vast. 'Houdt iemand me in de gaten? Wie, en hoelang al?'

'Volgens mij is hij een gepensioneerde majoor. Hij houdt je al in de gaten sinds je in Engeland bent gaan wonen.'

'Was Clarice hiervan op de hoogte?'

Hij schudde zijn hoofd. 'Dat betwijfel ik. Hij was heel discreet.'

Ze was in de war, bang en bijna in tranen. 'Ik begrijp hier niets van,' zei ze snakkend naar adem. 'Waarom zou iemand me in de gaten laten houden, en waarom zouden ze hun identiteit geheimhouden, de identiteit die jij hebt gebruikt om verwrongen spelletjes met me te spelen?'

'In jouw ogen is het misschien verwrongen, Lorelei, maar het was de enige manier waarop ik je naar Tasmanië kon krijgen. Ocean Child was een geheimzinnig cadeau, en ik wist dat je dat niet kon weerstaan.'

'Maar wie ben je dan?' vroeg ze hijgend.

Hij keek haar strak aan. 'Ik ben je halfbroer.'


Joe liep om de tent heen en nam het tafereel met een snelle blik in zich op. Hij beende ernaartoe en greep de man bij zijn kraag, trok hem bijna omver. 'Oké, klootzak, vertel wat je van plan bent, anders sla ik je verrot.'

'Nee.' Lulu viel bijna toen ze hem wilde tegenhouden. 'Laat hem praten, Joe. Dit is Carmichael.' Ze ademde onregelmatig en viel tegen hem aan. 'Hij zegt... hij zegt dat hij mijn broer is.'

'Ja hoor, en ik ben de Kerstman.' Hij verstevigde zijn greep om Peters kraag en bekeek hem van top tot teen. 'Je kunt maar beter geen grapjes met haar uithalen, *mate*, anders krijg je met mij te maken,' gromde hij, 'en geloof me, ik heb toevallig net zin om te vechten.'

'Alsjeblieft, Joe, er is vandaag al genoeg gevochten.'

Zijn greep verslapte toen hij op Lulu neerkeek. Ze was lijkbleek en duidelijk van slag. Hij liet Carmichael los en duwde hem weg. 'Als je ook maar íéts doet, ben je dood,' gromde hij, en hij wendde zich tot Lulu. 'Ga zitten,' zei hij zacht terwijl hij een baal hooi van een stapel trok. 'Rustig maar, ik laat je heus niet alleen met hem, maar ik moet de anderen laten weten dat ik je heb gevonden.'

Ze opende haar parasol, haalde een pil uit haar tasje en slikte hem door. Ze had echter een opgejaagde blik in haar ogen en had zichtbaar moeite met ademhalen.

Joe slaakte een luide kreet en zwaaide met zijn hoed toen hij Dolly zag.

Dolly rende meteen bezorgd naar Lulu en Eliza hield zich wat op de achtergrond. Bob en Charlie stonden naast Joe, met gebalde vuisten, klaar om in te grijpen.

'Begin maar te praten,' snauwde Joe tegen Carmichael, 'want mijn geduld is verdomme zo op.'

Lulu's hele wezen concentreerde zich op Peter White toen hij vertelde wie hij was en waarom hij haar had aangesproken. Ze voelde zich ontspannener nu Joe erbij was, maar was nog steeds alert. 'Ik was Gwens enige kind,' zei ze toen hij zweeg. 'Je kúnt mijn broer dus niet zijn.'

'We hebben dezelfde vader.'

Lulu keek naar zijn diepblauwe ogen en de manier waarop zijn haar in zijn nek en over zijn voorhoofd krulde, en herkende iets van zichzelf in hem. Toch bleef ze twijfelen. 'Ik geloof je niet,' zei ze.

'Hij is hier in Hobart. Als ik je meenam zodat je hem kon zien, zou je het dan geloven?'

Ze kreeg hoop die echter snel plaatsmaakte voor angst. 'Dat kan toch niet?' vroeg ze. 'Ik heb hem nog nooit ontmoet en weet niet eens hoe hij heet. Hij kan iedereen wel zijn.'

Peter keek naar de andere mannen, trok een tweede baal hooi naar zich toe en ging zitten. 'Ik kan denk ik maar beter bij het begin beginnen,' zei hij. 'Het is behoorlijk ingewikkeld.'

Lulu greep Dolly's hand. Hij leek heel zeker van zichzelf, maar misschien was hij een doortrapte leugenaar en bedrieger. Toch wilde ze hem heel graag geloven. Haar gemengde gevoelens putten haar uit en ze leunde tegen Dolly's schouder.

Peter gooide zijn sigaret weg en drukte hem met de hak van zijn laars in het gras. 'Mijn vader – onze vader – heeft ongeveer anderhalf jaar geleden een beroerte gehad, waarna ik de leiding heb overgenomen van onze bezittingen in Queensland. Ik was in zijn bureau op zoek naar een rekening en toen ik een afgesloten la openmaakte, vond ik een dossier.'

Hij keek haar strak aan. 'Dat dossier zat vol brieven aan ene meneer Carmichael, geadresseerd aan een postbusnummer in Brisbane. Pa verliet ons terrein zelden, hij had ze kennelijk laten doorsturen.'

'Waren die brieven afkomstig van notarissen uit Londen?'

'Ze gingen terug tot het jaar waarin je Tasmanië verliet. Er zat een jaarlijks verslag bij van je ontwikkeling en gezondheid, meestal vergezeld van foto's.' Hij keek haar met een warme glimlach aan. 'Het was duidelijk dat pa de omstandigheden van je geboorte betreurde, maar genoeg om je gaf om je in het oog te houden.'

'Maar waarom schreef hij me dan niet en liet hij me in de gaten houden?'

'Ik neem aan dat dit iets te maken had met de bankafschriften waaruit bleek dat hij regelmatig geld aan Gwen overmaakte.'

Lulu kreeg het koud. Dit klonk wel erg waarschijnlijk. 'Gwen chanteerde hem.' Haar toon was vlak.

'Vanaf je geboorte tot mijn moeder twee jaar geleden overleed.' Hij zuchtte. 'Pa besloot kennelijk dat Gwen maar moest doen wat ze wilde nadat ma was overleden. Het kon hem niets meer schelen, omdat ma niet langer gekwetst kon worden.'

Lulu zag het verdriet in zijn ogen en ontspande. 'Hoe voelde jij je toen je dit allemaal ontdekte?'

'Eerst was ik geschokt,' gaf hij toe. 'Ik dacht dat mijn vader mijn moeder altijd trouw was geweest, ook al was hun relatie niet bepaald gemakkelijk. Maar schijnbaar was dat niet zo. Mijn broer was vier toen jij werd geboren, misschien hadden hij en mijn moeder weer eens ruzie waarna hij haar bedroog. Ik weet het niet.'

'Gwen is een ongelooflijke leugenaar,' zei Lulu. De gedachten tolden door haar hoofd. 'Hoe weten we zeker dát ik zijn dochter ben?'

Peter grijnsde. 'Geen twijfel mogelijk,' zei hij. 'Je lijkt sprekend op de zus van mijn vader, Sybilla. Ik schrok echt toen ik je de eerste keer zag, maar het feit dat zij ook kunstenares is bewijst het ook wel een beetje.'

'Molly en ik kunnen dat ook bevestigen,' zei Eliza opeens. 'We wisten dat jullie familie moesten zijn.'

'Wist jij het dan?' Lulu keek Eliza woedend aan. 'Je wist de hele tijd wie mijn vader was en hebt dat met Molly besproken zonder iets tegen mij te zeggen? Hoe dúrf je?'

Eliza zei met een harde uitdrukking op haar gezicht: 'We wisten niet wat we moesten doen. Misschien wilde je vader je niet ontmoeten – Carmichael was nog steeds een mysterie – en we wisten nog steeds niet wie jou die hengst had gegeven.'

'Wist jij hiervan, Dolly?'

'Dit is helemaal nieuw voor me,' antwoordde ze met een ijzige blik op Eliza.

'En jij, Joe? Heeft Molly jou ook in vertrouwen genomen?'

'Ik maakte me meer zorgen over Carmichaels aandeel in alles,' zei hij.

'Zelfs jij hebt dit dus voor je gehouden,' zei ze zacht. Ze keek naar de grond. Ze kon het allemaal nog niet verwerken, maar ze realiseerde zich dat ze in een onmogelijke positie was geplaatst en niet wist wat ze moest doen. Of ze hem ooit zou kunnen vergeven, wist ze ook niet.

Ze wendde zich tot Peter. 'Je had het over je ouders,' drong ze aan.

Peter stak een nieuwe sigaret aan en keek naar de rook die omhoogkringelde. 'Ze hielden van elkaar en konden niet lang zonder elkaar, ook al maakten ze altijd ruzie.' Hij zuchtte. 'Ik ben een jaar na jou geboren, dus wat er ook tussen hen is gebeurd, het is kennelijk bijgelegd.'

Ze kon niet ontkennen dat hij eerlijk overkwam en eindelijk durfde ze te geloven dat hij haar broer was. 'Jij hebt dus nog een broer?'

'Andy is gesneuveld bij Fromelles,' antwoordde Peter verdrietig.

Lulu hoorde Joe naar adem snakken en zag de schrik op zijn gezicht. Hij staarde Peter aandachtig aan. 'Was Andy commandant bij Fromelles? Heeft ene Joe Reilly hem onder vijandelijk vuur door niemandsland gesleept?'

Peter keek op naar Joe. 'Ja,' zei hij kortaf. 'Daarom wilde ik je belonen en heb ik je die paarden gestuurd.'

Joe schuifelde zichtbaar in verlegenheid gebracht heen en weer. 'Dat was niet nodig geweest, *mate*,' mompelde hij, 'maar ik waardeer het wel.'

Peter keek weg, met een doffe blik in zijn ogen. 'Pa is nooit over Andy's dood heen gekomen. Hij was de favoriete oudste zoon, de gouden jongen met een gouden toekomst,' zei hij zonder enige bitterheid. 'Hij was geen onvriendelijke vader, maar had oogkleppen voor als het om Andy ging. En hoewel ik bijna zonder een schrammetje uit

Frankrijk was teruggekeerd, kon hij niet accepteren dat Andy nooit zou thuiskomen. Mijn moeder en broer waren dood, mijn vader leefde in zijn eigen wereldje en ik was mijn familie kwijt en had me nog nooit zo eenzaam gevoeld – tot ik dat dossier vond.'

Hij keek bijna beschaamd en ontweek haar blik. 'Ik ontdekte dat ik een zus had, iemand die misschien wél begreep hoe alleen ik me voelde, iemand die ook van haar familie was gescheiden. Ik móést je vinden, om je mee naar huis te kunnen nemen.'

De tranen sprongen haar in de ogen en haar hart ging naar hem uit, maar ze bleef zwijgen omdat ze de betovering niet wilde verbreken.

'Omdat pa zo ziek was, kon ik de boerderij niet verlaten om je in Engeland op te zoeken. Daarom regelde ik een vergunning op naam van Carmichael als handelaar in volbloeds. Ocean Child zat tussen de *brumbies*, maar ik zag meteen dat hij veel mogelijkheden had. Ik kocht hem op de veiling, zette jouw naam op de documenten en stuurde hem naar Joe. In de maanden daarna begon ik rond te vertellen dat Joe's renstal weer open was en ik haalde mensen zoals de Frobishers over om hun paarden naar hem toe te sturen.'

Hij keek naar Joe. 'Dat was de enige praktische manier die ik kon verzinnen om je voor je moedige gedrag te bedanken.'

'*No worries, mate*,' zei Joe bars. 'Dat zou iedereen hebben gedaan. Andy was een kei van een vent en een goede kameraad.'

Peter knikte en wendde zich tot Lulu. 'Een jaarling cadeau krijgen is heel bijzonder en uit de verslagen van die detective wist ik dat je van paardrijden hield. Je hebt zelfs een beeld van een hengstveulen gemaakt die je Ocean Child noemde. Waarschijnlijk nadat je Joe's brief had ontvangen.' Hij grijnsde toen ze knikte. 'Ik wist dat hij je over Ocean Childs vorderingen zou schrijven, dus hoefde ik alleen maar mijn vaders handtekening te kopiëren op de brieven aan de Londense notarissen en afwachten wat er zou gebeuren.' Met een plagende blik zei hij: 'Het heeft niet lang geduurd, hè?'

Ze glimlachte terug. 'Ik was echt geïntrigeerd,' gaf ze toe, 'en natuurlijk gaf het me een excuus om naar huis te gaan.' Ze keek ernstig toen ze aan de arme Maurice dacht, haar ruzie met Bertie en het feit dat ze Clarice had gekwetst. 'Maar niet iedereen was blij dat ik naar huis ging,' zei ze verdrietig. 'Clarice heeft me zelfs uit haar testament geschrapt.'

'Misschien was ze bang dat je in de problemen zou komen,' zei hij. 'Als de verhalen over haar tijd in Australië waar zijn, wilde ze waarschijnlijk voorkomen dat jij ze te horen kreeg en minder positief over haar zou gaan denken.'

'Volgens mij heeft ze dat niet gedaan.'

Iedereen draaide zich om toen ze Gwens stem hoorden. Ze hing aan de arm van een man met een rood gezicht, een opzichtige brede stropdas en een felgeruit overhemd. 'Een familiereünie. Wat gezellig,' zei ze spottend. Ze keek met amper verhulde minachting naar Peter. 'Jij moet Franks zoon zijn, je lijkt precies op hem.'

'Je bent niet welkom, Gwen. Ga weg.' Lulu schudde Dolly's hand van zich af en stond op.

'Ik ga als ik wil gaan,' zei ze, en ze hield zich vast aan de man die zwijgend naast haar stond. Ze praatte onduidelijk en had kennelijk gedronken. 'Laat me je iets over Clarice vertellen en waarom ze niet wilde dat je naar Tasmanië ging.'

'Ik denk dat we het hier maar bij moeten laten, Gwen,' mompelde de man. Zijn bezorgde blik dwaalde van Joe naar Charlie en terug naar Peter.

'Niet tot ik heb gezegd wat ik wilde,' snauwde ze. Ze maakte zich van hem los en liep langs de geschrokken Eliza naar Lulu. 'Clarice had een affaire met mijn vader,' zei ze triomfantelijk. 'In feite wilde ze hem zo wanhopig in haar klauwen krijgen dat ze in de rozentuin van de gouverneur met hem neukte.'

Lulu voelde dat ze rood aanliep. 'Wat een walgelijke leugen,' snauwde ze. 'Clarice is een dame, zoiets zou ze nooit doen.'

Gwen snoof spottend. 'O, echt niet?' Ze grijnsde. 'Die avond gedroeg ze zich niet bepaald damesachtig,' teemde ze, 'verre van dat, met haar blote borsten en haar benen om mijn vaders middel geslagen.'

'Je liegt,' snauwde Lulu.

Gwen zei met een valse grijns: 'Is dat zo? Waarom vraag je het Clarice niet? Ze zal het niet kunnen ontkennen.'

'Ik zou haar nooit vernederen met zo'n beledigende vraag.'

Gwen zwaaide haar haar naar achteren en zei spottend: 'De heilige Clarice was een slet en een echtbreker die haar zus bedroog en ons gezin uit elkaar dreef.' Ze kwam vlak voor Lulu staan, haar adem stond naar drank en verschaalde tabaksrook. 'Clarice heeft alles van me afgepikt, zelfs jou.'

Lulu hield stand. 'Gelukkig maar,' snauwde ze. 'Jij was een intens gemene moeder en ik ben blij dat ik aan je kon ontsnappen.'

'O, het kleine muisje piept.' Ze stond onvast op haar benen naar hen te kijken. 'Wat bén je moedig, zeg, nu je niet alleen bent.'

Lulu voelde zich rustiger dan ooit toen ze naar Gwens weerzinwekkende gezicht keek. 'Geloof me, Gwen, je zou het niet prettig vinden als je alleen met me was,' zei ze. 'Ik ben geen klein meisje meer, niet klein en weerloos zodat je me als boksbal kunt gebruiken. Zie je deze handen? Die zijn sterk van het jarenlange werken met klei en zouden je schriele hals probleemloos kunnen omdraaien.' Ze knipte met haar vingers onder Gwens neus.

Even flitste er angst in Gwens ogen en ze deinsde achteruit. 'Daar zul je voor boeten,' zei ze onduidelijk, 'en meer. Ik ben echt niet vergeten dat je mijn erfenis hebt gestolen, en mijn moeder.'

Lulu draaide zich om en ging rustig zitten. 'Je kunt maar beter vertrekken nu je nog kunt lopen,' zei ze kil. 'De biertent is daar.'

'O, maar ik ben nog niet klaar,' gromde ze. Ze liet haar metgezel los en zwaaiend op haar benen brulde ze tegen Peter: 'Je vader is me het geld van twee jaar schuldig!'

'Hij is je helemaal niets schuldig.'

'Echt wel,' gilde ze, 'en als ik mijn geld niet krijg, zal ik ervoor zorgen dat iedereen te weten komt wat voor klootzak hij echt is.'

De man met het lelijke geruite overhemd greep haar arm. 'Je hebt wel genoeg gezegd, Gwen. We gaan.'

Ze zwaaide met haar vuist en toen ze struikelde, miste ze op een haar na zijn kin. 'Ik ben nog niet klaar,' snauwde ze, 'ik wil mijn geld.'

Zijn paarsbruine gezicht vloekte met het pak en de opzichtige stropdas. 'Je moet hoognodig nuchter worden,' snauwde hij. Hij greep haar stevig beet en sleurde haar mee.

'Wel heb je ooit,' riep Eliza ademloos uit. 'Is dat écht je móéder?'

'Helaas wel,' antwoordde Lulu kil, 'maar daar ben ik niet trots op.'

Ze duwde Eliza die zich stond te verkneukelen opzij en hield een oogje op de man die Gwen naar de parkeerplaats duwde. Gwen verzette zich hevig en gilde obsceniteiten terwijl hij haar met zich mee sleurde tussen de geamuseerde en gefascineerde menigte door. Hun luide stemmen waren duidelijk hoorbaar en de omstanders lachten en gniffelden toen hij haar in de pick-up duwde, het portier dichtsmeet en snel wegreed.

'Volgens mij hebben we na dit alles wel een glas champagne verdiend,' zei Dolly, 'en ik trakteer. Het is jaren geleden dat ik op één dag zo veel amusement heb gehad.'

Eliza legde haar hand op Dolly's arm. 'Dat is een geweldig idee,' zei ze, en ze keek op naar Joe. 'Kom je ook mee?'

Hij keek naar Lulu. 'Ik moet een helder hoofd houden,' mompelde hij, 'er komt nóg een race.'

Eliza zette een pruilmondje op en knipperde bevallig. 'Ik bewaar wel een glas voor je,' zei ze, 'dus blijf niet te lang weg.'

'En jij, Lulu?' Dolly maakte Eliza's vingers voorzichtig los en stak haar hand uit naar haar vriendin.

'Champagne en pillen zijn geen goede combinatie,' zei ze met een dankbare glimlach. 'Ga jij maar. Peter en ik moeten praten.'

Dolly knikte begrijpend en leidde Eliza weg. Toen iedereen vertrokken was, zelfs de onwillige Joe, wendde Lulu zich tot Peter. 'Laten we naar de rivier lopen,' zei ze. 'Misschien is het daar koeler.'

Ze wandelden naar de Derwent, ontdekten een bankje onder een boom en gingen zitten. Lulu staarde naar het glinsterende water en probeerde alles wat ze had gehoord te rangschikken. Ze was uitgeput, maar opgetogen, verward en ontzettend blij dat ze eindelijk wist wie haar vader was.

'Ik heb me mijn leven lang geprobeerd voor te stellen wat voor iemand mijn vader was. Toen ik klein was, was hij de prins op het witte paard,' zei ze glimlachend, 'maar toen ik ouder was, werd hij iets realistischer. Vertel eens wat over hem, Peter.'

'Hij heet Franklin John White, iedereen noemt hem Frank. Vijfenzestig jaar geleden werd hij niet ver hiervandaan geboren, op een kleine veefokkerij in Collinsvale. De familie was toen niet rijk, verdiende net genoeg geld. De zus van pa, Sybilla, trouwde met een man uit Brisbane en verhuisde naar het vasteland. Pa en ma namen de boerderij over toen zijn ouders het niet meer aankonden. Pa is altijd heel ambitieus geweest. Toen zijn ouders in Snug in een huisje bij de zee gingen wonen, volgde hij zijn zus naar Queensland en stopte hij al zijn geld in een boerderij in Augathella.'

'Waar ligt dat in vredesnaam?'

Hij glimlachte. 'Dat is een gehuchtje in wat de Aboriginals *never-never* noemen.'

'Wat klinkt dat romantisch,' zuchtte ze.

Hij schoot in de lach. 'Er is niets romantisch aan drieduizend stuks vee die een stofwolk teweegbrengen als we ze van de ene drooggevallen waterpoel naar de andere drijven. Je zit dagenlang op een paard, wordt opgevreten door de vliegen en slap van de hitte. Droogteperiodes kunnen jaren aanhouden, overstromingen spoelen schuren en huizen weg en zorgen ervoor dat het vee op een verhoging gevangenzit of verdrinkt. Zwermen sprinkhanen en kuddes kangoeroes eten alles wat ze zien en we moeten de kudde als haviken in de gaten houden als de koeien kalveren. Dingo's en adelaars zijn dol op een lekker jong kalfje. Het is een zwaar leven, vooral voor de vrouwen, maar ik zou het niet anders willen.'

Lulu keek naar zijn levendige gezicht en wist dat hij nergens gelukkiger zou zijn dan in dat stoffige bruine land ver van de beschaving. Toch hadden zijn woorden beelden opgeroepen van een eenzaam, onzeker bestaan. 'Je moeder moet wel een heel bijzondere vrouw zijn geweest,' mompelde ze.

'Ze was even onbuigzaam en koppig als pa en vond niets leuker dan de jaarlijkse rit naar de markten in Brisbane.' Hij zuchtte en leunde naar achteren. 'Ik mis haar,' zei hij eerlijk.

'Je zei dat jouw... onze vader een beroerte heeft gehad. Hoe erg was dat?'

'Het heeft even geduurd, maar hij begint eindelijk op te knappen. De dokter heeft hem gezegd dat hij het nu rustig aan moet doen, maar hij is altijd een energieke man geweest en vindt nietsdoen verschrikkelijk frustrerend.' Hij glimlachte en keek haar aandachtig aan. 'Zou je hem willen ontmoeten?'

Haar hartslag versnelde. 'Natuurlijk,' zei ze ademloos.

'Er is hier een bijzonder goed ziekenhuis dat mensen die een beroerte hebben gehad kan helpen. De behandeling is heel modern en omvat fysiotherapie en spraakles, maar hij wil zo graag weer op een paard zitten, dat hij een uitmuntende leerling is.' Hij grinnikte. 'Ik heb moeten praten als Brugman om hem over te halen mee te komen naar Tassy, maar volgens mij is hij nu blij dat hij dat heeft gedaan.'

Lulu keek hem peinzend aan. 'Weet hij dat je dat dossier hebt gevonden en dat ik hier in Hobart ben?'

Peter schudde zijn hoofd. 'Ik heb hem nog niets verteld. Ik wilde eerst weten hoe jij op dit alles zou reageren en wilde hem geen valse hoop geven voor het geval jij hem niet zou willen ontmoeten.'

'Volgens mij moet je hem wel voorbereiden,' zei ze zacht. 'Zoiets als dit kan hem een grote schok bezorgen.' Opeens kreeg ze een verschrikkelijke gedachte. 'Stel dat hij me niet wil ontmoeten?'

'Daar heb ik nog niet aan gedacht.' Hij staarde peinzend naar de rivier. 'Maar waarom zou hij je niet willen ontmoeten? Hij heeft je hele leven al over je gewaakt en dat zou een man die het niet belangrijk vindt nooit hebben gedaan.'

Ze stond op, opende haar Japanse parasol en keek naar de renbaan. 'Dat was me het dagje wel,' zei ze en ze keek naar hem op terwijl ze terugliepen naar de renbaan. 'Hoe kwam je aan die prachtige naam voor die hengst?'

'Dat was gemakkelijk,' zei hij, en hij bleef staan. 'Er zaten heel veel foto's in dat dossier. Alle foto's van jou als klein kind waren gemaakt op het strand in het noorden. Op de achterkant van elke foto had pa geschreven: *Mijn kleine water-baby*, plus je leeftijd.'

Lulu voelde de tranen in haar ogen springen. Hij had dus van haar gehouden en zij had dat nooit geweten. 'Ga vanavond met hem praten, Peter,' zei ze. Haar stem was schor van emotie. 'Ik wil hem zó graag ontmoeten.'

# 15

Joe's gedachten werden zo in beslag genomen door Lulu dat hij niet in staat bleek een zinvol gesprek met zijn eigenaren te voeren en tegelijkertijd een oogje op haar en Peter te houden. Hij slaagde er eindelijk in te ontsnappen en stond aan de rand van het terrein naar de beide figuurtjes in de verte te kijken.

Hij keek naar de man die naast Lulu liep. Peter White was groter en breder dan Andy was geweest en hij liep een beetje kreupel, maar hij leek zeker op hem, net als Lulu. Hij stak zijn handen in zijn zakken toen ze zijn kant op kwamen, in gedachten verzonken.

Het was bijna zeker dat Peter Lulu's halfbroer was en dat hij veel moeite had gedaan haar hier te krijgen, maar ondanks zijn genereuze hulp om Galway Racing Stables nieuw leven in te blazen, voelde Joe zich niet op zijn gemak. Hij hield niet van geheimzinnigheid, hield er zeker niet van gemanipuleerd te worden en vroeg zich bezorgd af of Lulu niet te snel ergens in was gesleurd waar ze niet zo gemakkelijk meer uit zou kunnen komen.

Hij kneep zijn ogen halfdicht tegen de zon toen ze elkaar omhelsden en hun wegen zich scheidden. Lulu was zichtbaar opgetogen toen ze hem zag en zwaaide, en hoewel hij zijn gevoelens onder controle wilde houden, kon hij niet voorkomen dat zijn hart een slag oversloeg toen ze dichterbij kwam.

'Hou je me nog steeds in de gaten, Joe?' Ze keek glimlachend naar hem op, haar prachtige ogen glansden van geluk.

'Ik wilde alleen maar voorkomen dat je me moest zoeken in al die drukte,' zei hij. 'We moeten morgen al op tijd beginnen en we kunnen dus maar beter gauw vertrekken.'

Ze beet op haar lip en zei aarzelend: 'Het spijt me, Joe, maar Dolly en ik gaan morgen niet met je terug. Peter reserveert een kamer voor ons in een hotel en we blijven hier tot ik met mijn vader heb kunnen praten.'

Joe voelde zijn ongerustheid toenemen toen ze zijn arm greep en met een blij gezicht zei: 'O, Joe, je hebt geen idee wat dit voor me betekent. Ik verlang er al zo lang naar hem te leren kennen. Vind je het ook niet geweldig dat ik daar nu eindelijk de kans voor krijg?'

Hij keek naar haar. Ze was zo opgewonden en hoopvol dat hij haar enthousiasme het liefst niet wilde temperen, maar hij moest zeggen wat hij op zijn hart had. 'Ik kan heel goed begrijpen hoe opwindend dit voor je is,' zei hij voorzichtig, 'maar denk je niet dat alles veel te snel gaat?'

Ze fronste haar wenkbrauwen. 'Peter is bijna twee jaar bezig geweest om dit te plannen en ik heb hier mijn hele leven al op gewacht. Ik vind niet...'

'Je weet niets over hem, Lulu. Of over je vader. En hoewel het verleidelijk is je hier in te storten, denk ik echt niet dat je...'

Het licht in haar ogen doofde. 'Ben je van plan deze tot nu toe fantastische dag te verpesten?'

'Natuurlijk niet,' zei hij zacht. 'Ik wil alleen niet dat je gekwetst wordt.'

'Hoe zou een ontmoeting met mijn vader me kunnen kwetsen?' vroeg ze koppig.

De waarheid was onaangenaam, maar hij moest het zeggen. 'Stel dat hij weigert je te ontmoeten?'

'Dat zou hij nooit doen,' zei ze boos.

'Hij is je leven lang op afstand gebleven. Er is geen enkele garantie dat hij je echt wil leren kennen.' Hij nam haar hand in de zijne en schrok toen hij voelde dat die koud was en trilde. 'O, Lulu,' mompelde hij, 'het spijt me dat ik alles voor je heb bedorven.'

Er glinsterde een traan in haar wimpers. Lulu knipperde hem weg en weigerde Joe aan te kijken. 'Je hebt gelijk,' mompelde ze, 'natuurlijk heb je gelijk.' Met een aarzelende glimlach keek ze naar hem op. 'Bedankt voor je bezorgdheid, Joe.'

Hij zou altijd bezorgd om haar zijn, maar ze zou nooit weten hoezeer. Wat wás het moeilijk zich te beheersen. Het liefste wilde hij haar mooie gezichtje aanraken en haar lieve mond kussen.

'Vertrouw er maar op dat ik dit zelf kan afhandelen,' zei ze zacht. 'Er zijn al té veel jaren verspild en ik moet weten wie ik ben en waar ik thuishoor. Als dit allemaal op tranen uitloopt, dan is dat maar zo, maar ik moet het weten.'

Hij begreep dat hij niets kon zeggen waardoor ze van gedachten zou veranderen. 'Ik vind het niet fijn je alleen te laten,' zei hij, 'maar ik begrijp dat ik geen keus heb. Ik vertrek morgen bij het eerste ochtendgloren, maar als je me nodig hebt laat je het maar weten via de radio. Dan kom ik meteen terug.'

'Je bent een goede man, Joe Reilly,' mompelde ze, en ze gleed met haar hand in de zijne.

Joe keek glimlachend op haar neer, verlangde ernaar haar in zijn armen te trekken en haar tegen zich aan te drukken. Maar hij moest zich tevredenstellen met haar vriendschap en vertrouwen. Zijn hart deed pijn in de wetenschap dat dit alleen maar hun eerste afscheid was.

Clarice voelde zich de laatste tijd niet goed en hoewel de huisarts pillen tegen haar hoge bloeddruk had voorgeschreven, waren haar enkels nog steeds opgezwollen en was ze 's ochtends nog even moe als toen ze naar bed ging.

Ze was later opgestaan dan anders en zat met kleine hapjes te ontbijten toen Vera Cornish haar liet schrikken door de eetkamer binnen te vallen.

'Hij is 'er weer, Mum,' zei ze, en ze sloeg haar mollige armen onder haar boezem over elkaar. 'Maar waarom hij nette mensen op dit vroege uur durft te storen, snap ik niet.'

Clarice keek haar strak aan. 'Ik wilde dat je even klopte voordat je binnen komt stormen,' snauwde ze. 'Wie is hier?'

'Die majoor Hopkins.' Ze snoof.

'Nou, laat hem dan maar binnen en breng een verse pot thee en nog een kopje. En Vera, noem me geen Mum.'

'Nee, Mum,' mompelde ze. Ze draaide zich op haar hakken om en verdween door de deur.

Clarice slaakte een zucht toen ze hoorde hoe Vera de majoor kortaf vertelde waar hij naartoe moest. Haar gedrag was echt té erg, dacht ze wanhopig. Ze verlangde terug naar de tijd toen bedienden hun plaats kenden en wisten hoe ze zich moesten gedragen.

'Goedemorgen, Lady Pearson.' Majoor Hopkins stond onzeker in de deuropening. 'Het spijt me dat ik u zo vroeg al stoor.'

Ze begroette hem en gebaarde dat hij kon plaatsnemen op een stoel aan de andere kant van de tafel.

Hij ging zitten en schraapte zijn keel. 'De reden dat ik op dit vroege uur langskom, is dat ik iets heb ontdekt wat u wel interessant zult vinden.'

'Ik heb Vera gevraagd een verse pot thee te zetten. Misschien is het beter als u even wacht.'

Ze praatten even over het weer, zijn reis vanuit Londen en hun gezondheid tot Vera de theepot samen met een kop en schotel op tafel had gedumpt en de deur achter zich had dichtgeslagen. 'Lieve help,' zei de majoor met trillende snor, 'het ziet ernaar uit dat de betrouwbare Vera ontstemd over me is.'

'Het is Vera's karakter om ontstemd te zijn,' antwoordde Clarice terwijl ze de thee inschonk, 'en volgens mij geniet ze ervan. Wat wilde u me vertellen?'

'Na ons vorige gesprek ben ik wat gaan graven.' Hij haalde een envelop uit de zak van zijn colbert. 'Dit ontving ik gisterochtend. Het is een lijst van de boeren die Ocean Child naar de veiling hebben gestuurd en een korte samenvatting van de achtergrond van iedere man. Ik hoop dat ten minste één van de namen u iets zegt en ons naar Carmichael kan leiden.'

'Dat betwijfel ik. Ik ben maar een paar jaar in dat afschuwelijke land geweest en heb geen contact gehad met boeren.'

Zijn snor vertrok weer en Clarice keek hem argwanend over haar leesbril heen aan. Daarna wijdde ze haar aandacht weer aan de lijst. De naam viel meteen op en nadat ze de korte biografie had gelezen, liet ze het vel papier op tafel vallen. 'Wat bijzonder,' mompelde ze.

Hij boog nieuwsgierig naar voren. 'Hebt u iemand herkend?'

'O ja,' mompelde ze, 'en nu is het opeens heel logisch.'

'Vormt hij een gevaar voor Lorelei?' vroeg hij op scherpe toon.

Glimlachend schudde Clarice haar hoofd. 'Integendeel,' zei ze. 'Frank White is Lorelei's vader.' Ze nam een slokje thee, een beetje blij om zijn geschrokken reactie. 'Natuurlijk heb ik me dat toen niet gerealiseerd, niemand wist wie haar vader was, maar zijn naam op die lijst verklaart alles.'

'Ik snap er niets van, Lady Pearson.'

Ze hoorde hem amper terwijl ze haar versnipperde herinneringen tot een geheel voegde. Het paste allemaal precies. 'Ik heb hem één keer ontmoet, heel lang geleden. Hij kwam me een melkkoe brengen.' Clarice leunde achterover in haar stoel en vergat haar bezoeker totaal toen zij terugdacht aan die ontmoeting.

Het was mei 1896 en Eunice deed haar gebruikelijke middagslaapje. Gwen was weg en Lorelei speelde met een kleurboek en vetkrijt op het kleed dat Clarice op het gazon van de voortuin had uitgespreid. Het was een frisse herfstdag. Ze had de tweejarige peuter warme kleren aangetrokken en zelf zat ze te borduren toen een paard de oprit in sloeg. Ze legde haar borduurwerk aan de kant, nieuwsgierig omdat er maar weinig mensen op bezoek kwamen.

Het was een man op een kar met een vlezige, goed verzorgde koe erachter. '*G'day*. Bent u Lady Pearson?' riep hij.

Ze gebaarde dat hij van de kar moest komen, omdat ze niet gewend was op zo'n weinig damesachtige manier te converseren. Toen hij de kar tot stilstand had gebracht en eraf was geklommen, viel het haar op hoe lang en knap hij was. Goddank was Gwen niet thuis, want hij had het knappe uiterlijk waar zij dol op was: donkerblauwe ogen, lang krullend haar en de gebruinde huid van een zigeuner. Ze zag echter dat hij een vriendelijke glimlach had en manieren leek te hebben want hij nam zijn hoed af om haar te begroeten.

'Frank White,' zei hij op de lijzige toon van alle Tasmaniërs. 'Ik kom de koe brengen die u op de markt van mijn vriend hebt gekocht.' Zijn blik dwaalde naar het meisje op het kleed en weer terug naar de koe. 'Sal hier is een beste meid,' zei hij. 'Ze zal u ruim voldoende melk voor dat kleintje geven.'

'Daarom heb ik dat beest ook gekocht,' zei ze koel. 'Lorelei is niet erg sterk en ik dacht dat ze met wat verse melk elke dag wel wat vlees op haar botten zou krijgen.'

'Inderdaad,' zei hij. Hij keek weer naar het kind, met een brede glimlach op zijn gezicht. 'Ze is een prachtmeid, is het niet?'

Clarice vond het heerlijk dat iemand Lorelei complimentjes gaf en glimlachte hartelijk terug. 'Ze is een schatje, meneer White, een engeltje.'

Lorelei realiseerde zich kennelijk dat ze in de belangstelling stond, want ze krabbelde overeind en waggelde naar hen toe. Tot Clarice' verbazing verstopte ze zich niet achter haar rokken zoals anders, maar greep ze meneer White's stevige been vast en keek met grote blauwe ogen naar hem op.

Clarice' eerste impuls was haar optillen. Ze kende deze man niet, hij kon iedereen wel zijn. Maar toen hurkte hij tot hij Lorelei in de ogen kon kijken, waarna ze elkaar gebiologeerd aankeken. Het blauw van hun ogen was bijna griezelig identiek, dacht ze afwezig, en het leek alsof ze helemaal in elkaar opgingen, wat bijzonder vreemd was.

Verbaasd zag ze dat meneer White zachtjes met een vinger in haar buikje prikte en haar aan het giechelen maakte. Daarna tilde hij haar op en zwaaide hij haar in het rond. De stille kleine Lorelei gierde van het lachen, met haar hoofd achterover en trappelend van plezier.

'Doe alstublieft voorzichtig,' zei ze gemelijk. 'Ze heeft een hart-kwaal en is heel zwak.'

'Volgens mij is ze sterker dan u denkt, juffrouw,' antwoordde hij en hij zette Lorelei voorzichtig op de grond. Haar vingertjes klemden zich stevig om zijn grote hand. 'Met zo'n lach ligt de wereld aan haar voeten.'

Clarice schonk hem een aarzelend glimlachje. 'Hebt u kinderen, meneer White? U lijkt erg op uw gemak met Lorelei.'

Hij trok aan de rand van zijn hoed. 'Ik heb twee zonen,' zei hij nors. Voorzichtig maakte hij zijn hand los uit Lorelei's vingers en duwde haar naar Clarice. Zijn blik volgde het kind toen ze haar han-den naar Clarice uitstak om opgetild te worden. Hij schraapte zijn keel, gedroeg zich opeens heel zakelijk en maakte de koe los. 'We kunnen Sal maar beter verzorgen en dan ga ik ervandoor. Het is een lange reis terug naar Hobart.'

'Lady Pearson? Lady Pearson, voelt u zich niet goed?'

Clarice keerde terug in het heden. 'Ik voel me uitstekend, dank u,' antwoordde ze onvriendelijk. 'Ik dacht even terug aan de enige keer dat ik Frank White heb ontmoet. Ik had een koe gekocht op de boe-renmarkt en hij kwam hem brengen. Hij kwam kennelijk twee keer per jaar vanuit Hobart, wat een hele reis was in die tijd, en deed zijn vriend de boer een plezier.'

De majoor scande de biografieën. 'De connectie met Tasmanië had me op moeten vallen,' zei hij. 'Ik verleer het zeker.' Hij leunde achterover en keek haar aandachtig aan. 'Bent u van plan Lorelei een brief te schrijven over meneer White?'

'Dat ga ik zeker doen,' antwoordde ze, 'maar ik het het idee dat ze het al weet. Als Frank White nog dezelfde man is die ik me herinner, zal hij het haar zo gauw mogelijk zelf vertellen.'

'Ik vraag me af waarom hij tot nu heeft gewacht om contact op te nemen?' mompelde de majoor. 'En dat mysterie van die vervalste instructies hebben we ook nog niet opgelost.'

'Ik denk dat zijn aarzeling verband houdt met Lorelei's moeder. Maar dat mysterie zal zonder twijfel snel genoeg worden ontrafeld.' Met een vriendelijke glimlach vroeg ze: 'Meer thee, majoor?'

Lulu had een onrustige nacht achter de rug, haar dromen waren verwarrend en verontrustend geweest, en als ze wakker was sloeg de twijfel toe. Ze was vroeg opgestaan en op zoek gegaan naar Joe, maar ze kon hem nergens vinden. Hij was kennelijk al onderweg naar Galway House.

Ze had in het omheinde weiland naar de merries met hun veulens staan kijken, omdat ze geen zin had weer naar binnen te gaan en de dag te beginnen. Joe's raad was verstandig geweest en had haar aan het denken gezet, maar hoewel ze ongerust was, wist ze dat ze haar vader moest spreken, wat de consequenties ook waren.

Het was bijna middag, en Lulu en Dolly hadden ruim drie uur geleden op de trap van het hotel afscheid genomen van hun gastheer en gastvrouw. Het weer was die nacht omgeslagen en hoewel de zon scheen, waaide er een kille wind vanaf de Tasmanzee.

'Wat gaan we nu doen?' Lulu stopte haar handen in haar jaszakken en begroef haar neus in de kraag tegen de kou toen ze het hotel aan de kade verlieten. 'Dit wachten is onverdraaglijk.' De halve dag is al voorbij en ik heb nog steeds niets van Peter gehoord.'

'Je wordt nog gek als je hier blijft hangen. Laten we naar Sullivan's Cove gaan en kijken of we ergens kunnen lunchen of wat shoppen.'

'Daar ben ik echt niet voor in de stemming,' mompelde Lulu, 'en Peter belt dan misschien als we weg zijn. Dan denkt hij dat ik me heb bedacht.' Hoe langer Peters stilzwijgen duurde, hoe meer ze begon te twijfelen. 'Stel dat hij helemaal niet komt? Stel dat...'

'Hou op.' Dolly sloeg haar arm om haar heen. 'Kom op, liefje, maak je geen zorgen. Als hij komt terwijl we weg zijn, neemt het hotel wel een boodschap aan. Hij is vast te laat doordat het meer tijd kost om alles op te biechten en de gevolgen ervan onder ogen te zien. Zijn vader zal wel geschokt zijn – ik bedoel, het gebeurt niet elke dag dat je zoon ontdekt dat je een affaire hebt gehad – en je dan wil confronteren met de dochter die je zesentwintig jaar geheim hebt gehouden.'

'Je zult wel gelijk hebben,' zuchtte Lulu. Ze keek over het marktplein naar de douanekantoren, regeringsgebouwen en pakhuizen uit de tijd van koning Edward, maar ze zag Peter nog steeds niet en ze begon steeds meer te twijfelen. 'Stel dat Joe gelijk had?' Ze keek Dolly aan, hoopte dat zij haar gerust zou stellen en advies zou geven. 'Stel dat hij me niet wil zien of Peter verbiedt contact met me te hebben. Wat dan?'

'Dat zien we dan wel,' antwoordde Dolly, 'maar als je zo doorgaat, word je nog ziek.'

Lulu haalde diep adem en probeerde zich te beheersen. Dolly had gelijk, ze moest haar rijke fantasie bedwingen. 'Kom dan maar mee,' zei ze vastbesloten, 'maar ik wil niet te lang wegblijven.'

Peter was de vorige avond te laat van de renbaan vertrokken om zijn vader nog op te zoeken. Hij was van plan geweest vroeg naar de kliniek te gaan zodat hij nog met hem kon praten voordat zijn vaders behandeling begon, maar na een onrustige nacht had hij zich verslapen en was hij bij aankomst tot de ontdekking gekomen dat zijn vader al bij de fysiotherapeut was.

Terwijl de ochtend zich voortsleepte, raakte hij steeds meer gefrustreerd. Frank had geweigerd hem te ontvangen voordat het spelletje domino was afgelopen en daarna had hij erop gestaan dat Peter hem en zijn nieuwe vrienden gezelschap hield tijdens een langdurige lunch in de eetzaal. Het leek alsof hij nooit onder vier ogen met de oude man zou kunnen praten. Op een bepaald moment hield hij het niet meer uit en hij liep de tuin in om een sigaret te roken.

Hij zat in het prieel en keek op zijn horloge. Lorelei zou net als hij op hete kolen zitten, maar hij kon haar niets nieuws vertellen en hij wilde haar geen hoop geven door het hotel op te bellen met een teleurstellende mededeling. Hij zat onrustig in de rieten stoel en probeerde zijn aandacht bij zijn krant te houden, merkte dat dit niet lukte en gaf het op.

'Dáár ben je. Ik heb je overal gezocht.' Frank White steunde zwaar op de wandelstok terwijl hij de stenen trap naar het grasveld en het prieel af liep. 'Niet doen,' zei hij toen Peter opsprong van zijn stoel om hem te helpen. 'Ik ben geen invalide, ik kan best een paar treetjes naar beneden lopen.'

Gehoorzaam, maar ontzettend zenuwachtig door de achteloze manier waarop zijn vader de trap af liep, stond Peter klaar om de stomme ouwe zak op te vangen, mocht hij vallen. 'Zo breekt u nog een verdomde heup,' waarschuwde hij.

Frank liet zich in een stoel vallen en hing zijn wandelstok aan de armleuning. 'Sterk als ouwe laarzen, deze heupen,' verklaarde hij, inmiddels weer heel goed verstaanbaar. 'Ze doen het nog prima, *no worries*.'

De prikkelbaarheid van de oude man was na zijn beroerte erger geworden en hoewel hij wist dat dit kwam door zijn frustraties, kon Peter er niet goed tegen, vooral vandaag niet. Met het zweet in zijn handen en een droge mond wachtte hij tot zijn vader goed zat. Hij had geoefend wat hij wilde zeggen, maar nu het zover was, kon hij de woorden niet vinden.

'Wat heb je op je lever, zoon?'

Peter keek naar de ogen die nog niets van hun kleur waren kwijtgeraakt en nog altijd een even intelligente uitstraling hadden. Hij likte langs zijn lippen. 'Pa, ik heb iets gedaan wat u misschien niet kunt goedkeuren, maar wat ik met de beste bedoelingen heb gedaan.'

Hij fronste zijn dikke witte wenkbrauwen. 'De weg naar de hel is geplaveid met goede bedoelingen, jongen,' gromde hij. 'Toe maar, vertel op.'

Peter haalde diep adem en begon te vertellen. Hij zag dat zijn vader aandachtig naar hem luisterde, maar had geen idee wat hij dacht. Hij vertelde hem alles en wachtte in een beklemmende stilte op zijn vaders reactie.

Frank zat in een straal bleek zonlicht, met gebogen hoofd en met zijn handen in zijn schoot. Het waren de handen van iemand die in de buitenlucht had gewerkt, die sinds hij kon lopen met paarden en koeien had gewerkt. Dit was zijn vader, de man die hij respecteerde en van wie hij hield, de man wiens geheim niet langer zijn geheim was. Peter keek naar hem, bang opeens. Hij had het gedaan, hij had het bekend, maar had zijn gedrag hun relatie verslechterd?

'Je had het recht niet mijn spullen te doorzoeken,' zei Frank grimmig, 'maar ik neem aan dat het nu niets meer uitmaakt.' Hij tilde zijn hoofd op en keek zijn zoon aan. 'Als je moeder het had geweten, zou ze het niet hebben overleefd. Daarom ben ik blijven betalen.'

'Dat dacht ik al.' Peter wilde zijn hand pakken, maar wist dat zijn vader deze blijken van liefde niet op prijs stelde. Daarom leunde hij achteruit in zijn stoel, met zijn handen gevouwen in zijn schoot en de knokkels wit van spanning.

'Het stomme was dat ik niet eens wist óf dat kind wel van mij was.' Frank keek over de tuin heen naar de prachtige stad in het dal. 'Veel later hoorde ik dat ik niet Gwens eerste doelwit voor chantage was,' zei hij met een grimmige blik. 'Ze had het bij verschillende anderen geprobeerd, mannen die toen rijker waren dan ik. Ik neem aan dat ze dacht dat zij een verstandiger keus waren. Het probleem was dat ik wél met haar had geslapen, en ik schaamde me, was doodsbang dat je moeder het zou ontdekken en daarom betaalde ik. Alleen een idioot zou Gwen kwaad maken, want ze kon meer problemen veroorzaken dan een koeskoes in een kippenhok.' Frank vertrok zijn gezicht. 'Maar ik geloofde haar niet zomaar. Ik heb zelf een beetje speurwerk verricht.'

'Hoe dan? U woonde hier en Clarice aan de noordkust.'

Frank tikte tegen de zijkant van zijn neus. 'Ik hoorde dat een vriend van me een koe aan Clarice Pearson had verkocht. Ik ging ernaartoe en leverde het beest af. Zodra ik dat kind zag, wist ik dat ze van mij was.' Hij zweeg, misschien omdat hij terugdacht aan die dag. 'Ze was een prachtig meisje,' mompelde hij, 'en ze leek precies op mijn zus op die leeftijd.'

Peter bedwong zijn ongeduld toen Frank weer zweeg. De minuten verstreken en Lorelei wachtte op nieuws.

'Wat je voor Joe hebt gedaan was heel lovenswaardig,' zei Frank ten slotte, 'en ik wilde dat ik die brief van zijn bevelvoerend officier had gelezen. Dan had ik misschien zelf iets voor hem kunnen doen.' Met een spijtige blik voegde hij eraan toe: 'Maar ik kon het niet opbrengen die brief helemaal te lezen, dat kon ik niet. Mijn zoon was dood en ik wilde niet weten hoe dat was gebeurd.'

'Dat kan ik begrijpen,' zei Peter zacht. 'Ik mis hem ook, pa, en er gaat zelden een dag voorbij waarop ik niet aan hem denk.'

'Zijn dood heeft een verschrikkelijke leegte in ons leven gebracht,' mompelde Frank.

'Ik heb wel eens gewenst dat ik nooit thuis was gekomen en dat Andy in leven was gebleven,' bekende Peter zacht, 'want dan had u uw favoriete zoon niet hoeven missen.'

De heldere blauwe ogen keek hem met geschokte afkeuring aan. 'Wat een rare opmerking!' snauwde Frank. 'Waar zie je me voor aan dat ik een van mijn zonen dood zou wensen, dat ik aan een van beiden de voorkeur zou geven? Je moeder en ik waren gelukkig omdat je thuiskwam met alleen een kogelwond en sinds die dag heb ik God elke dag gedankt dat jij nog leefde.'

'Waarom hebt u dat dan nooit laten merken?'

Frank keek verbaasd. 'Ik hou niet van die sentimentele onzin,' gromde hij, 'dat weet je, zoon.'

Peter haalde diep adem. 'Alles wat ik doe wordt overschaduwd door Andy. Alles wat ik doe wordt met hem vergeleken. Ik heb altijd geweten dat hij uw favoriet was, maar dat vond ik geen probleem omdat ik ook van hem hield en hem bewonderde. Hij was mijn grote broer, de avontuurlijke, de jongen die het altijd aan de stok kreeg met iemand en dat ene stapje meer durfde te zetten, degene die onkwetsbaar leek. Ik vond het prima om achter hem aan te lopen, me in zijn lange schaduw te koesteren, maar ik had ook behoefte aan uw liefde en goedkeuring. Maar die schijnt u niet te kunnen geven.'

Hij boog zijn hoofd, bijna te beschaamd om zijn vader aan te kijken. 'Ik hou van je en respecteer je, pa, maar ik weet dat ik Andy's plaats nooit kan innemen. Dat zou ik ook niet willen. Ik ben wie ik ben. Ik verloor mijn familie toen ma en Andy dood waren. Ik hoopte dat je míj eindelijk zou zien en je zou realiseren dat ik je evenzeer nodig heb als Andy deed, maar je begroef jezelf in je eigen wereld.'

Hij stond op en leunde tegen de deurpost, met zijn rug naar zijn vader gekeerd, verblind door tranen. 'Toen Andy in 1914 thuiskwam uit Brisbane en ons vertelde dat hij dienst had genomen in het leger, wilde ik je laten zien dat ik net zo moedig was als hij, maar doordat ik bij de RAAF ging, was ik niet bij Andy toen hij doodging, en dat schuldgevoel zal me altijd blijven achtervolgen.' Hij slaakte een diepe zucht. 'Dat ik Lorelei vond leek een wonder. Ik had een zus die misschien begreep hoe het voelde om niet te worden gezien en afgedankt te zijn, en ik was vastbesloten haar naar huis te brengen.'

'Ik heb nooit geweten dat je dit zo voelde,' zei Frank met een vermoeide zucht. 'Het was niet mijn bedoeling je buiten te sluiten, zoon, maar toen ik je broer en daarna je moeder kwijtraakte...' Hij knipperde met zijn ogen en haalde een zakdoek uit zijn zak. 'Dat was te veel en ik kon niet voorbij mijn eigen verdriet kijken.' Hij depte zijn ogen. 'Het spijt me, Peter.'

Zijn vader was oprecht en Peter slikte de brok in zijn keel weg. Zijn vader had wel van hem gehouden en deed dat nog steeds, hij wist alleen niet hoe hij dat moest tonen. Hij legde een hand op zijn vaders schouder en schrok toen hij voelde hoe tenger het vroeger zo sterke lichaam aanvoelde. 'U hoeft u niet te verontschuldigen, pa,' zei hij zacht, 'en nu ik Lorelei heb gevonden, gaat u misschien weer van het leven genieten en kunnen we een echt gezin vormen.'

Frank verstijfde en bleef naar een punt in de verte kijken. 'Zij heeft haar eigen leven. Zij heeft me niet nodig.'

'Maar dat is wél zo, pa, dat is het punt juist. Ieder kind heeft het recht te weten wie zijn vader is en moet de kans krijgen hem te leren kennen. Gwen heeft nooit iemand over u verteld, dus Lorelei heeft al zesentwintig jaar geleefd zonder die kans te hebben. U kunt toch zeker niet weigeren haar te ontmoeten?'

Het bleef lang stil en Peter vroeg zich af of zijn vader terugdacht aan die dag lang geleden waarop hij Lorelei als klein meisje had gezien, of dacht hij aan de affaire die hij had gehad met de vrouw die hem had gechanteerd?

'Weet Gwen dat ze hier is?'

'Ja.'

De blauwe ogen keken hem recht en doordringend aan. 'Heb je haar gezien?'

'Tijdens de rennen, gisteren. Ze was dronken en schopte een scène. De slonzige vent die bij haar was, was duidelijk doodziek van haar en sleepte haar weg.'

Frank vertrok zijn gezicht. 'Klinkt alsof ze niet veel is veranderd,' mompelde hij. 'Ik neem aan dat ze geld eiste?'

Peter knikte. 'Ik heb haar op haar nummer gezet,' antwoordde hij. 'Zij valt ons niet meer lastig.'

'Daar zou ik niet op rekenen. Die trut is net een terriër met een rat, en dit verdomde kleine eiland kan geen enkel geheim bewaren. Ze ontdekt snel genoeg waar ik ben, daar kun je donder op zeggen.'

'Laten we niet over haar praten,' zei Peter, 'ze is niet belangrijk. Lorelei wacht hier in de buurt, ze wil u dolgraag zien. Mag ik haar hier mee naartoe nemen?'

Frank keek weer naar het uitzicht. 'Daar wil ik een nachtje over slapen. Het is een lange dag geweest en dit is allemaal nogal verrassend.'

Peter hielp hem opstaan en gaf hem zijn wandelstok. 'Morgen dan?'

Frank bleef staan en keek hem aan. 'Ik weet alles van dat meisje,' zei hij nors, 'en Clarice heeft haar goed opgevoed. Ik ben maar een oude veeboer die zich meer thuis voelt op een paard dan in een fraaie salon. We hebben niets met elkaar gemeen, Peter, wat is dan het punt?'

Peter keek hem ongelovig aan. 'Ze is uw dochter, dát is het punt.'

'Een bloedband is niet genoeg, niet na zo'n lange tijd.' Hij schuifelde naar voren, zichtbaar uitgeput door alles wat er was gebeurd. 'Ik heb uit nieuwsgierigheid een oogje op haar gehouden, meer niet. Ik ben nooit van plan geweest haar te ontmoeten.'

Peter vermoedde dat de oude man veel meer voor Lorelei voelde dan hij wilde laten blijken en dat het alleen zijn koppige trots was waardoor hij zich liet weerhouden. 'Bent u niet een klein beetje nieuwsgierig naar hoe ze echt is?'

Frank haalde zijn schouders op. 'Een beetje,' bekende hij, 'maar wie wil nou zo'n ouwe vent als ik als vader? Laat maar zitten, zoon.'

'Geef haar in elk geval de kans zelf te beslissen,' zei Peter, een beetje onvriendelijk. 'Ze heeft er haar hele leven al naar verlangd u te ontmoeten. Stel haar niet teleur. Alstublieft.'

Frank keek hem strak aan, koppig. 'Het zou beter zijn geweest haar in Engeland en in onwetendheid te laten,' kraste hij. 'Je hebt haar hoop gegeven en beloftes gedaan die je niet kunt waarmaken.' Zijn stem stierf weg en hij liet zijn schouders zakken. 'Ik weet niet of ik het aandurf haar na al die tijd onder ogen te komen en me door haar te laten veroordelen.'

'Als u haar nu teleurstelt, kwetst u haar veel meer dan toen u al die jaren geleden bent weggelopen.' Hij greep Franks arm, wilde dat hij van gedachten veranderde. 'Als u dit nu niet doet, hebt u er de rest van uw leven spijt van.'

De blauwe ogen keken hem vragend aan. 'Dit is echt belangrijk voor je, hè?'

'Natuurlijk! Ze is mijn halfzus, ik vind haar aardig en ik wil dat ze bij dit gezin gaat horen.'

Frank knikte nadenkend en liep het trapje op. Toen hij op het terras stond, leunde hij zwaar op zijn wandelstok. 'Neem haar morgen maar mee, rond drieën.' Hij bleef Peter strak aankijken. 'Maar vertel haar dit pas op het laatste moment, want misschien heb ik me morgenochtend bedacht.'

Lulu was uitgeput, op van de zenuwen, helemaal van slag. De dag had zich voortgesleept, ze had niets van Peter gehoord en daarom moest ze wel aannemen dat haar vader Peters bekentenis niet had kunnen waarderen. Ze zat samen met Dolly in de foyer van het hotel, probeerde niet al te teleurgesteld te zijn en was dankbaar dat Dolly haar behoefte aan rust en stilzwijgen begreep.

'Bezoek voor je,' zei Dolly zacht.

Lulu wachtte niet tot hij zat en overstelpte hem met vragen. 'Wat zei hij? Wat vond hij ervan? Kan ik hem vanavond ontmoeten? Of wordt het morgen?' Zijn zwijgen en ernstige blik maakten uiteindelijk een einde aan haar opwinding en ze liet zich terugvallen op de bank. 'Hij wil me niet zien, hè?'

'Ik ben er nog mee bezig, Lorelei.' Hij en pakte haar hand en zei: 'Hij is een oude man met vastgeroeste gewoontes, en dit is allemaal als een schok voor hem gekomen.' Met een matte glimlach voegde hij er vleiend aan toe: 'Geef hem de tijd. Hij draait wel bij, dat weet ik zeker.'

Lulu zag zijn onzekere blik en realiseerde zich dat hij het haar zo gemakkelijk mogelijk wilde maken. 'Dit is allemaal niet gemakkelijk voor je geweest en ik vind het geweldig wat je allemaal hebt gedaan.' Ze knipperde haar tranen weg en vermande zich. 'Het was niet fair van ons om zo veel van hem te verwachten.'

'Morgen is er weer een dag,' zei hij, 'wie weet bedenkt hij zich.'

'Misschien.' Lulu klampte zich vast aan het restje hoop dat er nog was en zei met een matte glimlach: 'Tot het einde van de week zal ik in Hobart blijven, maar als er dan...' Ze haalde haar schouders op. 'We zullen zien.'

Ze was zo teleurgesteld dat ze niet kon slapen. Uiteindelijk gaf ze het op. Ze ging in de vensterbank zitten om naar de maan boven Mount Wellington te kijken. Haar vader bevond zich ergens op de hellingen van die berg. Zou hij ook niet kunnen slapen, zou hij aan haar denken, misschien spijt hebben van zijn besluit haar niet te zien? Ze moest hoop houden dat hij van gedachten zou veranderen, want wat hij ook zou besluiten, ze zou niet uit Hobart vertrekken voordat ze hem had gezien.

# De volgende dag

Peter had een kamer in een klein vertegenwoordigershotel bij de haven. Hij had met tegenzin tegen Lorelei gelogen, maar hij had geen keus gehad en daardoor kon hij niet slapen.

Bij zonsopgang was hij al op en aangekleed. Het was nog veel te vroeg voor het ontbijt en omdat hij bloednerveus was, maakte hij een stevige wandeling. Zijn kapotte knie deed pijn, maar daardoor dacht hij tenminste aan iets anders.

De hele ochtend schrok hij elke keer als de telefoon ging en de receptioniste leek zich steeds ongemakkelijker te voelen door zijn onrustige aanwezigheid.

Het telefoontje kwam om twee uur.

'Het spijt me, zoon,' zei Frank over de krakende lijn, 'ik kan haar niet ontmoeten. Zeg maar dat ik haar het beste wens.'

Toen de verbinding abrupt verbroken werd, stond Peter verbaasd naar de zoemende hoorn te kijken. Hij ving de blik op van het meisje achter de balie, hing de hoorn terug en stormde het hotel uit. Hij was woedend en had het liefst iets kapotgemaakt – wat dan ook – om die kwijt te raken. Goddank had hij Lorelei niets verteld over die afspraak om drie uur en goddank was hij nu niet bij zijn vader, want hij had niet geweten wat hij dan zou hebben gezegd of gedaan.

'Ouwe rotzak,' gromde hij, en hij sloeg het portier van de pick-up zo hard dicht dat de wagen ervan schommelde. 'Ik dacht dat u lef had, pa, maar dat is dus niet zo! Lafaard! Verdomde lafbek!'

Hij keek kwaad naar buiten, rookte de ene sigaret na de andere en probeerde te bedenken wat hij nu moest doen. Hij zou het Lulu moeten vertellen en daar zag hij ontzettend tegenop. Maar nu had het geen zin meer langer in Hobart te blijven, niet nu de oude man zijn besluit had genomen.

'Wel verdomme!' Hij smeet het portier open, stak de slinger in de opening en begon hem hardhandig rond te zwengelen. De motor kwam brullend tot leven en hij klom naar binnen, smeet het portier dicht en ramde de pook in de versnelling. Hij had geen idee wat hij tegen Lulu moest zeggen en zag ontzettend op tegen deze dag. Hij had nooit verwacht dat het enige struikelblok voor zijn plannen zijn vader zou zijn, en hij hoopte maar dat Lulu sterk genoeg was om het besluit van die koppige oude stomkop te accepteren.

Lulu had zich vastgeklampt aan het restje hoop en zich dienover-eenkomstig gekleed. Het zachte blauw van haar trui accentueerde de kleur van haar ogen, de eenvoudige lange broek was praktisch, gezien het weer in Hobart en de zwierige gebreide baret beurde haar op. Ze was er klaar voor hem te ontmoeten als hij van gedachten veranderde.

Het was winderig, de wolken scheerden langs de grijze, dreigende lucht. De boten in de haven wiegden op het opkomende tij, hun tuigage rammelde en de zeemeeuwen vlogen krijsend rond. Ondanks haar besluit opgewekt te blijven, sleepte de ochtend zich voort terwijl zij en Dolly om de haven heen liepen en de winkels in de hoofdstraat bewonderden. Ze hadden vroeg geluncht in een restaurant dat zich specialiseerde in kreeft en Nieuw-Zeelandse mosselen, maar ze had niet veel zin in het verrukkelijke eten en liet het meeste op haar bord liggen.

'Hij zal niet van gedachten veranderen, hè?' vroeg ze toen Dolly de rekening controleerde.

'Niemand die het weet,' zei Dolly vastberaden. Ze betaalde de ser-veerster en nam Lulu mee naar buiten. 'Geef hem tijd. Hij is een oude man die is ingehaald door zijn zonden. Ik neem aan dat hij even verbijsterd is als jij over dit alles.'

Lulu trok een grimas. 'Misschien. Maar ik dacht...'

'Je hebt veel te veel gedacht de afgelopen dagen. Kom mee, we gaan terug naar het hotel. Je moet rusten, je lijkt helemaal op.'

Lulu zag de pick-up keihard voorbijrijden en met piepende rem-men voor hen tot stilstand komen. Haar hart sloeg een slag over. Het was Peter.

'We moeten praten,' zei hij. Hij greep haar bij de arm en duwde haar de trap op de foyer in.

Peter straalde ingehouden woede uit en Lulu vroeg niets tot ze in een rustig hoekje van de foyer waren. 'Wat is er gebeurd? Hij is toch niet achteruitgegaan?'

'Zo eenvoudig ligt het niet,' mompelde hij. Hij nam haar hand. 'Het spijt me Lulu, ik heb de boel verknald. Ik hoop dat je me kunt vergeven.'

'Hij wil me niet ontmoeten, hè?'

Hij streek door zijn haar en weigerde haar aan te kijken. 'Ik dacht van wel,' zei hij, 'maar hij belde me op en vertelde me dat hij je niet onder ogen durft te komen.'

Lulu leunde achterover in haar stoel en keek Peter aan. Die arme man was zichtbaar van slag en dat kon ze hem niet kwalijk nemen. Toch was ze ontzettend teleurgesteld.

Ze zwegen. De minuten verstreken en Lulu bleef bij haar besluit. 'Ik heb hier te lang op gewacht,' zei ze ten slotte, 'en ik verlaat Hobart niet zonder dat ik hem heb gezien.' Ze keek Peter strak aan. 'Uit wat je me hebt verteld, leid ik af dat hij normaal een confrontatie niet uit de weg gaat.'

'Hij gaat altijd recht op zijn doel af. Altijd gedaan ook.'

'Tot nu,' zei Lulu zacht. 'Hij schaamt zich waarschijnlijk omdat hij me in de steek heeft gelaten en is misschien bang dat ik hem veroordeel.' Ze haalde diep adem. 'Maar ik wíl hem zien. Hij moet begrijpen dat hij niet bang voor me hoeft te zijn.'

'Hij zal woedend zijn,' waarschuwde Peter. 'Pa is gewend zijn zin te krijgen.'

'Hij is mijn vader. Daar komt hij wel overheen.'

'En als dat niet zo is?'

Lulu drukte haar angstige vermoedens weg en pakte haar jas en handtas. 'Dat zien we dan wel,' zei ze kalmer dan ze zich voelde. Ze keek neer op Peter die nog steeds in zijn stoel hing. 'Breng je me of moet ik een taxi nemen?'

Peter stond op, zichtbaar niet op zijn gemak. 'Ik kan je maar beter brengen,' mompelde hij, 'maar je moet je voorbereiden op wat wel eens een vervelende ontmoeting zou kunnen worden.'

'Als hij zich zo naar gedraagt, vertrek ik en dat is het dan,' zei ze, en ze stak haar kin in de lucht.

'Wil je dat ik met je meega?' Dolly pakte haar spullen al bij elkaar.

Lulu schudde haar hoofd. 'Ik moet dit alleen doen, Dolly.'

Dolly omhelsde haar en drukte een zoen op haar wang. 'Veel succes, liefje, en als die ouwe naarling je last bezorgt, zál ik hem.'

Lulu glimlachte dankbaar om Dolly's steun en liep achter Peter aan naar de pick-up. Ze was dankbaar dat hij zwijgend Sullivan's Cove uit reed en vervolgens over de kronkelende, steile heuvel naar de berg. Er schoten allerlei gedachten door haar hoofd en met elke kilometer die ze overbrugden, ebden haar trots en moed een heel klein beetje weg.

De smalle weg was omzoomd met bomen en struiken die de kleine houten huizen aan de voet van de hoge berg aan het zicht onttrokken. Tijdens hun rit omhoog keek ze achterom. Ze zag Hobart onder hen liggen en de glinstering van de zee en de rivier, maar de top van de berg was gehuld in een grijze wolk. Misschien was dit een voorteken, dacht ze, en ze rilde.

Peter reed door de brede ijzeren hekken en stopte op de oprit. Hij hielp haar uitstappen en vroeg ongerust: 'Weet je zeker dat je dit wilt doen?'

'Absoluut.'

Peter glimlachte. 'Ik zie dat je zenuwachtig bent, ondanks je moedige houding, en ik heb bewondering voor je, Lulu, en pa ook, dat weet ik zeker. Vergeet niet dat zijn gegrom erger is dan zijn beten, en laat je niet door hem koeioneren.'

'Ik weet hoe ik bullebakken moet aanpakken,' mompelde ze. 'Kom op.'

Hij leidde haar langs een met hortensia's omzoomd pad in het grote gazon. Het huis stond tegen de heuvel, de berg torende erbovenuit, Hobart lag eronder. Er hingen groene luiken voor de ramen en glazen deuren leidden naar een breed terras waar tafels en stoelen wachtten tot het weer aangenamer werd.

Haar hart bonkte toen ze achter Peter aan de trap op liep, een grote hal binnen waar mannen en vrouwen bordspellen speelden of theedrinkend zaten te kletsen. Ze keek naar elk gezicht, wachtte op een reactie, vroeg zich af wie haar vader was, bijna bang dat ze hem zou zien.

'Hij zal wel in zijn kamer naar de radio zitten luisteren omdat het te koud is om naar buiten te gaan,' mompelde Peter. Hij nam haar mee door een lange gang en bleef voor een gesloten deur staan.

Lulu's knieën leken het te begeven en ze greep zijn arm. 'Ik weet niet of ik dit wel kan,' zei ze, opeens in paniek.

'Dan gaan we weer.'

Lulu was zo onzeker dat ze geen stap kon verzetten. Ze was al zo ver gekomen, het was nog maar een paar stappen naar de man die ze haar hele leven al wilde ontmoeten. Ze móést dit doen, want anders zou ze er altijd spijt van hebben. Ze keek naar Peter en zag dat hij even nerveus en onzeker was als zij. 'Beloof je dat je bij me blijft?'

Peter knikte.

Ze vermande zich en opende de deur.

Frank White zat in een stoel met hoge leuning voor het raam. Zijn hoed lag op de tafel naast hem. Hij luisterde zo geconcentreerd naar de radio dat hij niet merkte dat hij bezoek had.

Lulu stond in de deuropening nieuwsgierig naar hem te kijken. Dit was de vader die ze nooit had gekend, de man wiens gezicht ze nooit had gezien, zelfs niet in haar dromen. Hij had een bos zilvergrijs haar dat bijna tot op zijn kraag hing, en zijn leerachtige huid wees op leven en werken in de zon. Maar de lijnen en rimpels in zijn gezicht accentueerden zijn woeste verschijning alleen maar. Frank White was vroeger een knappe man geweest.

Ze liep de kamer in, niet meer bang, blakend van zelfvertrouwen.

Frank draaide zich om en zijn heldere blauwe ogen werden groot toen hij haar zag. 'Wat doe je hier?' kraste hij terwijl hij zijn wandelstok greep. 'Ik heb Peter gezegd dat je niet moest komen.'

'Ik ga weg als u dat wilt,' antwoordde ze rustig, 'maar dat zou wel jammer zijn, want dan kunnen we elkaar niet leren kennen.'

Frank krabbelde overeind en zette de radio uit. 'Je hebt wel lef, meisje, dat moet ik toegeven,' gromde hij.

'Het leek dwaas elkaar niet te ontmoeten nu we in dezelfde stad zijn,' zei ze, en ze liep naar hem toe. 'Ik wilde mijn nieuwsgierigheid bevredigen.'

Frank keek grijnzend naar Peter. 'Ze is een echte Britse dame, hè? Praat als iemand op de BBC.'

'Clarice heeft me spraakles laten nemen. Maar dat vond ik vreselijk,' zei ze op vlakke toon.

Zijn glimlach verdween toen zijn blik van haar gezicht naar haar praktische laarzen dwaalde. 'De laatste keer dat ik je zag was je een peuter,' zei hij kortaf, 'maar lieve help, wat bén je gegroeid.'

Haar hartslag versnelde. 'Hebben we elkaar al eens gezien?'

'Heel, heel lang geleden,' zei hij zacht.

'Waarom hebt u me dan niet weer willen zien?'

Hij liet zich terugzakken in zijn stoel en ontweek haar blik. 'Schrok ervoor terug, denk ik,' bekende hij. 'Dit is allemaal nogal plotseling en dat is niet zo best op mijn leeftijd.' Hij keek haar ondeugend aan. 'Maar zo'n knap snoetje kan een ouwe vent als ik wel weer opvrolijken. Ga zitten, Lorelei,' hij klopte op de stoel naast hem, 'ik krijg kramp in mijn nek als ik omhoog moet kijken.'

Ze hoorde dat zijn stem iets onduidelijker werd en toen ze ging zitten, zag ze dat er een beetje kwijl uit een mondhoek liep en zijn hand op de knop van zijn wandelstok trilde. Zijn beroerte had hem verzwakt, maar het was wel duidelijk dat zijn gevoel voor humor en zijn scherpe verstand intact waren gebleven. 'U zei dat we elkaar al eens hadden gezien, maar als dat zo was, zou ik het echt nog wel weten.'

'Je was nog maar twee. Een schattig, klein slim ding was je toen.' De tranen sprongen hem in de ogen. 'Je greep mijn been en keek met die grote ogen naar me op, ik was verloren.' Hij depte zijn ogen. 'Je kleine vingertjes hielden de mijne zo stevig vast, het was alsof je me nooit wilde loslaten. Jou achterlaten was ongelooflijk moeilijk.'

Lulu was onverwacht niet onder de indruk van zijn emoties. 'Waarom hebt u dat dan wel gedaan?'

'Ik had een vrouw en twee zonen. Ik kon hen geen pijn doen.'

Ze werd woedend. 'Maar u vond het niet erg míj pijn te doen,' zei ze op vlakke toon. 'En u dacht ook niet aan uw vrouw en zonen toen u met mijn moeder naar bed ging.'

'Ik was jong, dom en hartstochtelijk,' snauwde hij. 'Ik was van huis gegaan na een ruzie met Peters moeder en Gwen...' Hij zuchtte, zijn woede ebde weg. 'Ik kon haar niet weerstaan, maar ik heb altijd spijt gehad van mijn stomme gedrag,' zei hij ten slotte.

'Omdat u zo veel leed hebt veroorzaakt of omdat Gwen geld eiste?'

Hij keek haar vanonder zijn warrige wenkbrauwen aan. 'Beide,' kraste hij. 'Het is niet gemakkelijk geweest.'

Haar minachtende grom bleef tussen hen in hangen. 'Probeer u eens in mijn situatie te verplaatsen,' zei ze kortaf. 'Ik ben opgegroeid zonder vader, heb nooit geweten wie u was en waarom u me aan Gwens genade had overgeleverd.' Ze werd steeds kwader en haalde diep adem. 'Kunt u zich voorstellen hoe het is om als buitenechtelijk kind op te groeien?'

Hij kreeg een harde uitdrukking op zijn gezicht en zei tegen Peter: 'Dit is de reden dat ik haar niet wilde zien.' Hij gromde: 'Ik wist dat dit een vergissing was.'

'Vergissingen schijnen uw sterke kant te zijn,' zei Lulu op vlakke toon. 'Maar ik heb er mijn hele leven mee moeten leven. Daardoor was ik anders dan iedereen, niet alleen door mijn accent en mijn stomme hartkwaal, maar door mijn familieomstandigheden. Ik had geen vader, ik had niet eens een moeder, en ben opgevoed door een vrouw die oud genoeg was om mijn grootmoeder te zijn. Dat is heel moeilijk, vooral op een particuliere meisjesschool in Engeland waar veel snobisme voorkomt en je afkomst het belangrijkste is.'

'Je bent kwaad,' mompelde hij, 'en dat neem ik je niet kwalijk.'

'Natuurlijk ben ik kwaad, verdomme,' brieste ze. Ze trok haar baret af en schudde haar haar los.

'Het spijt me.'

'Het is een beetje te laat voor excuses,' snauwde ze. Ze schrok van haar eigen woede. Ze was helemaal niet van plan geweest zich tijdens deze ontmoeting zo te gedragen, maar het was net alsof deze woede zesentwintig jaar lang was opgekropt en nu tot uitbarsting kwam. 'Het kwaad is jaren geleden al geschied toen u met Gwen sliep. Het ettert door in de roddels en vooroordelen hier in Tasmanië, en zal me ongetwijfeld tot in mijn graf achtervolgen.' Ze haalde diep adem. 'Excuses zullen dat niet voorkomen.'

Hij keek op en zijn blauwe ogen keken haar strak aan. 'De omstandigheden rondom je geboorte waren schandelijk, dat geef ik toe. En dat spijt me echt. Jij was de onschuldige die een hoge prijs moest betalen voor wat ik en je moeder jaren geleden hebben gedaan. Maar ik ben je nooit vergeten en heb altijd geprobeerd een oogje op je te houden.'

'Door me te laten bespioneren?'

Hij keek haar scherp aan. 'Je hebt een scherpe tong, juffie.'

'Dat komt door bittere herinneringen.' Ze greep haar baret en handtas. 'Dit was een vergissing,' zei ze tegen Peter. 'Wil je me alsjeblieft terugbrengen naar mijn hotel?

'Ik dacht dat je flinker zou zijn,' brulde Frank toen ze bij de deur stonden. 'Gwen zou zijn gebleven en het hebben uitgevochten. Zij zou niet zijn weggelopen.'

'U weet helemaal niets over mij,' snauwde ze. 'En waag het niet me óóit met Gwen te vergelijken.'

'Je komt wel terug,' kraste hij.

'Reken daar maar niet op.'

Ze liep snel de kamer uit en de trap af naar de pick-up. Ze smeet het portier dicht en wachtte, verblind door haar tranen, op Peter. Ze had zo veel van deze ontmoeting verwacht en ze had het verpest. Ze had de jarenlange vernedering en wrok opgekropt, ze was te emotioneel.

Peter ging naast haar zitten. 'Wil je echt gaan?' vroeg hij zacht.

Ze knikte en knipperde haar tranen weg.

'Ik begrijp heel goed hoe kwaad en gekwetst je moet zijn,' zei hij, 'maar verzoening zal tijd kosten, voor jullie allebei. Geef hem nog een kans, Lulu.'

Ze keek naar de kliniek. Ze had er verkeerd aan gedaan zomaar naar buiten te stormen, zo weinig zelfbeheersing te tonen, maar de gedachte dat ze vandaag weer naar binnen zou gaan en hem haar excuses te moeten aanbieden, was te vernederend.

'Ik zal erover denken,' mompelde ze.

Drie dagen later zat Lulu in de lounge van het hotel te wachten tot Dolly terugkwam van de kapper toen Peter binnenkwam.

'Hij belde me vanochtend weer en vroeg of je langs wilde komen,' zei hij. 'Volgens mij spijt het hem heel erg dat jullie ontmoeting niet goed ging en wil hij het goedmaken.'

Toen Lulu zijn smekende blik zag, realiseerde ze zich dat ze zich niet eerlijk en koppig gedroeg. Peter was elke dag langsgekomen, had haar gesmeekt van gedachten te veranderen en had haar Franks vele telefonische berichten doorgegeven. Het zou ongemanierd zijn te weigeren hem te zien, een gemiste kans die ze altijd zou betreuren. Ze pakte haar jas en handtas en zei: 'Laten we maar gaan voordat ik me bedenk.'

Ze liet een boodschap voor Dolly achter bij de receptie, waarna ze weer via de kronkelende, steile bergweg naar de kliniek reden.

Lulu's hart sloeg regelmatig en ze had haar emoties onder controle toen ze de laatste lange bocht namen en de kliniek tussen de bomen konden zien liggen.

De pick-up kwam vanuit het niets. Hij reed recht op hen af, aan de verkeerde kant van de weg, en reed veel te snel.

'Hou je vast,' schreeuwde Peter en hij gooide het stuur om. De banden gierden toen hij op de rem trapte en op een haar na een grote boom miste.

De andere pick-up schommelde heen en weer toen hij weer op zijn eigen weghelft terechtkwam en reed keihard weg.

'Wel verdorie,' riep Peter, 'dat was op het nippertje.' Hij keek naar Lulu. 'Ben je gewond? Je ziet lijkbleek.'

Afwezig schudde ze haar hoofd. 'Zag je wie achter het stuur zat?'

'Daar had ik het te druk voor.'

'Het was Gwen.'

Hij werd lijkbleek. 'Denk je dat ze...'

'We kunnen maar beter naar boven gaan,' zei Lulu. 'Misschien is er iets met Frank.'

Peter zette de pick-up in de versnelling en nam de rest van de bocht veel te snel. Hij reed de ijzeren hekken door en trapte onder aan de trap keihard op de rem.

Lulu was de pick-up al uit voordat Peter de motor had afgezet. Ze rende de trap af, de hal in en hoorde Peters zwaardere voetstappen vlak achter zich. Ze smeet de deur naar Franks kamer open en bleef abrupt staan.

Frank zat in zijn stoel en een verpleegster drukte een zak ijs tegen zijn wang. Ze draaide zich om en snauwde: 'Ga weg! Frank heeft vandaag al genoeg bezoek gehad.'

Frank duwde de ijszak weg. 'Doe niet zo moeilijk, mens,' gromde hij. 'Dit zijn mijn zoon en dochter en ik wil hen zien.'

'Maar...'

'Niets te maren. Ga weg en laat me met rust.'

Ze liet de ijszak in zijn schoot vallen en vertrok beledigd en met veel geruis van haar gesteven uniform.

Lulu rende de kamer door, met Peter op haar hielen. Ze keek vol afschuw naar de rode krassen op zijn gezicht en de zwelling boven zijn oog. 'Heeft Gwen dat gedaan?'

Frank keek hen beschaamd aan. 'Ik heb het niet zien aankomen,' bekende hij. 'Het ene moment stond ze tegen me te schreeuwen en het volgende – klabam!' Knipogend drukte hij de ijszak weer tegen zijn gezicht. 'Dat mens heeft een vuistslag als Jack Dempsey,' mompelde hij.

'Wat wilde ze?'

Zijn blauwe ogen glommen. 'Geld. Dat wil ze altijd.' Zijn trots kwam terug en hij stak zijn kin in de lucht. 'Ik zei dat ze de pot op kon en dreigde de politie te bellen.' Hij grinnikte. 'De uitdrukking op haar gezicht was bijna een blauw oog waard.'

'U moet wel erg geschrokken zijn,' zei Peter. Hij bekeek de schade. 'Ik zal zorgen dat de dokter u onderzoekt.'

'Ik word misschien wel oud, maar ik ben nog niet zo aftands dat ik de stomp van een verdomde vrouw niet meer kan incasseren.' Frank keek kwaad. 'Ga zitten, jullie, en hou op zo veel drukte te schoppen.'

Lulu ging in dezelfde stoel zitten als een paar dagen eerder en keek hem bezorgd aan. Hij was duidelijk gewend zijn zin te krijgen en wond zich snel op als hij werd gedwarsboomd. Het zou niet gemakkelijk zijn met hem in één huis te wonen.

'Kijk niet zo naar me, Lorelei. Ik eet je niet op,' gromde hij. Hij keek haar even zwijgend aan. 'Het spijt me dat we laatst verkeerd zijn begonnen. Bedankt voor je komst.'

'Het spijt mij ook,' zei ze. 'Toen we Gwen zo roekeloos zagen wegrijden, realiseerde ik me hoe belangrijk het is dat we het goedmaken. Ik ben wel blij dat ze je niet echt heeft verwond.'

Met een wrange glimlach zei hij: 'Alleen mijn trots is gekrenkt, meisje, alleen mijn trots.' Hij knipoogde. 'Ik heb altijd geweten dat je een schoonheid zou worden,' zei hij kortaf.

Ze voelde zich belachelijk gevleid en bloosde. 'Dat kan ik me niet voorstellen,' zei ze. 'De laatste keer dat u me zag was ik nog maar een baby.'

'Als ik in het noorden was, ging ik vaak naar het strand om naar je te kijken. Je was daar bijna elke dag, wat voor weer het ook was.' Hij stak zijn hand uit en raakte haar haren even aan. 'Jij was mijn geheime kleine kind van de oceaan. Peter heeft dat veulen dus een goede naam gegeven.'

Lulu slikte de brok in haar keel weg. 'Waarom heb je me niet laten weten dat je er was, en wie je was? Ik had zo graag een vader willen hebben.'

'Je weet waarom en ik geef toe dat het laf van me was.' Hij keek naar zijn handen. 'Ik had je maar weinig te bieden, vooral in het begin, en ik wist dat Clarice van je hield en je het beste van alles zou geven nadat jullie uit Gwens klauwen waren ontsnapt en in Engeland waren gaan wonen.'

Hij legde de ijszak op tafel en hield zijn blik afgewend. 'Ik ben nooit van plan geweest je te ontmoeten,' zei hij schor van emotie. 'Het was genoeg voor me om te weten dat het goed met je ging.' Hij keek haar aan. 'Nu besef ik pas hoe verkeerd dat was. Vergeef je me dat?'

Lulu voelde de oude pijn en afwijzing verdwijnen en pakte zijn hand. 'Natuurlijk,' zei ze ademloos.

'Ik dacht dat ik alles van je wist, maar nu je hier bent, realiseer ik me dat ik helemaal niets weet. Vertel me eens over jezelf, Lorelei.'

'Mijn vrienden noemen me Lulu,' zei ze, 'hoewel Clarice weigert me zo te noemen.' Ze grijnsde. 'Zij vindt het ordinair om een naam af te korten.'

Hij keek haar doordringend aan. 'Zal ik een vriend van je worden?'

'Dat hoop ik wel,' zei ze eerlijk, 'maar dat kan wel even duren.'

Het was een week later en Joe zag haar in gedachten op een krukje in de telefooncel van het hotel zitten, met de hoorn tegen haar oor gedrukt en haar lieve gezichtje omlijst door haar haren. 'Ik had de hele week niets van je gehoord, daarom werd ik ongerust,' zei hij en hij trapte fanatiek op de *two-way* om stroom van de generator te blijven krijgen. 'Hoe gaat het?'

'Gwen kwam naar de kliniek om problemen te veroorzaken, maar ze hebben de beveiliging aangescherpt zodat ze hem niet weer lastig kan vallen.'

Er ging een steek van angst door Joe heen. 'Pas maar goed op, Lulu,' zei hij dringend. 'Misschien ben jij haar volgende doelwit.'

Ze schoot in de lach. 'Ik ben heel veilig, hoor,' stelde ze hem gerust. 'Het hotel wordt 's nachts afgesloten en ik zit op de vijfde verdieping.'

Hij was niet overtuigd, maar besloot niet aan te dringen. Het had geen zin haar bang te maken. 'Ma heeft me over Frank verteld. Als kind kenden ze elkaar. Hoe gaat het met hem?'

'Hij is niet bepaald gemakkelijk en eerst was het moeilijk, maar langzaam maar zeker leren we elkaar kennen.' Haar stem klonk helder boven de atmosferische storingen uit, het was alsof ze in de kamer naast hem was in plaats van honderden kilometers verderop. 'Hij is heel anders dan ik dacht,' bekende ze, 'en nu begrijp ik ook waarom hij en Peter niet met elkaar kunnen opschieten. Hij wil te graag zijn zin doordrijven en heeft de neiging mensen af te blaffen.'

'Maar heb je er geen spijt van dat je contact met hem hebt opgenomen?'

'Nee, natuurlijk niet. Hij is mijn vader.' Ze zweeg en heel even vroeg hij zich af of Doreen de verbinding had verbroken. 'Weet je,' zei ze, 'zijn zus, Sybilla Henderson, is een bekende landschapsschilder en volgend jaar stelt ze haar werk tentoon in Londen. Wat vind je daarvan?'

Hij hoorde de lach in haar stem en wenste dat hij haar kon zien. 'Kan niet zeggen dat ik ooit van haar heb gehoord,' zei hij, 'maar ja, ik vrees dat ik geen enkele kunstenaar ken.'

'Ik heb werk van haar gezien in een galerie in Melbourne en vond de schilderijen van de bush heel mooi. Je kon de eucalyptus bijna ruiken en ik had het gevoel dat je de bladeren op de grond kon aanraken. Ze is erg getalenteerd.'

Hij glimlachte, hij genoot van haar enthousiasme. 'En waar hebben jij en Frank het over?'

'Van alles,' zei ze eenvoudig. 'We moeten nog heel veel inhalen.'

'Ik ben blij dat het zo goed uitpakt,' zei hij oprecht. 'Wanneer kom je hier terug, denk je?'

'Dat weet ik niet zeker. Frank is nog steeds herstellende en ik wil zo veel mogelijk tijd met hem doorbrengen.' Ze zweeg even. 'Hoe gaat het met Ocean Child?'

'Hij is fit en klaar voor zijn volgende race, maar volgens mij mist hij je.'

'Ik mis hem ook. Krabbel maar even aan zijn oren. Dat vrolijkt hem wel op.' De lijn zoemde en klikte. 'Hoe gaat het met Molly... en Eliza?'

'Met ma gaat het goed nu Dianne het meeste zware werk doet. Eliza is teruggegaan naar het vasteland, maar ze komt gauw weer hier omdat haar vader een huis in de buurt van Railton heeft gekocht. Hoe gaat het met Dolly?'

'Prima, maar volgens mij begint ze zich een beetje te vervelen. Ze heeft alle winkels al gezien.'

'Eliza vroeg me haar groeten over te brengen en dat ik Dolly eraan moest herinneren dat ze heeft beloofd haar een hoed van Harrods te geven.'

Lulu zei op zakelijke toon: 'Ik moet ophangen. Peter staat te wachten tot hij me naar de kliniek kan brengen. Het was heerlijk met je te praten. Ik bel terug zodra ik meer weet.'

'Tot gauw, Lulu.' Joe hield op met fietsen en bleef even stilzitten om na te genieten van de klank van haar stem.

Zijn mijmeringen werden onderbroken door Molly die de hal binnenkwam. 'Wat was dat met Gwen?' Ze had meegeluisterd zoals hij haar had gezegd en fronste. 'Dat klinkt niet goed, vind ik,' mompelde ze. 'Die vrouw is gevaarlijk. Je denkt toch niet dat ze hiernaartoe komt om iets uit te halen?'

'Dat denk ik niet,' stelde hij haar gerust. 'Ze woont bijna honderdvijftig kilometer hiervandaan en op dit moment wil ze zich op Frank wreken.'

'Mmm. Ik hoop dat je gelijk hebt. Met zoveel kwetsbare dieren op stal, kunnen we het ons niet permitteren zelfgenoegzaam te zijn.'

'Als het je geruststelt, zal ik de boel elke avond grondig controleren en Charlie en de anderen opdracht geven uit te kijken naar mensen die hier rondhangen.'

'Dat lijkt me een bijzonder goed idee,' zei ze.

Ze zaten in het lentezonnetje te kletsen met op de achtergrond het geluid van vele vogels. Nu ze zo veel tijd in elkaars gezelschap hadden doorgebracht, voelde Lulu zich meer op haar gemak in zijn gezelschap en was ze eerder geneigd hem in vertrouwen te nemen. Ze praatten over Gwen.

'Ik hoopte dat ze van me zou gaan houden. Maar nadat ze op de kade heeft geprobeerd me te overrijden, heb ik geaccepteerd dat ze dit nooit zal doen. En uit onze andere ontmoetingen bleek dat dit klopt.'

'Hoe voelt dat?' De blauwe ogen keken haar strak aan.

'Bevrijd,' antwoordde ze. Ze glimlachte toen hij vragend een wenkbrauw optrok. 'De afkeer is wederzijds, ik ben niet meer bang voor haar én ik wil niets meer met haar te maken hebben. Ik ben sterk, ik kan mezelf zijn én ik ben trots op wie ik ben en wat ik ben geworden.'

'Ha!' Hij gaf een klap op zijn knie en keek naar Peter. 'Een echte White, hè? Goed gedaan, meisje. Dát is de juiste instelling.'

Ze lachte. 'Volgens mij komt dat eerder doordat Clarice me heeft opgevoed,' zei ze droog. 'Zij houdt strak vast aan haar principes en neemt zelden een blad voor de mond.'

'Ik denk dat je gelijk hebt,' beaamde hij grinnikend. 'Die vrouw heeft een blik waarmee ze de vloed kan tegenhouden.'

'We hebben nu lang genoeg over mij gepraat. Ik wil graag meer over u weten.'

'Mijn leven is niet interessant,' zei hij.

'Vertel het me toch maar.'

Zijn gezicht betrok en hij begon met tegenzin aan zijn levensverhaal. 'Ik ben bijna zestig,' zei hij ten slotte, 'en toen Andy en Caroline stierven, is een deel van mij ook gestorven.' Hij keek naar Peter die bleef zwijgen. 'Ik ben geen goede vader geweest en het spijt me dat ik jullie beiden heb teleurgesteld.'

'Het is al goed hoor, pa,' zei Peter kortaf.

'Natuurlijk,' zei Lulu, 'en ik ben jullie beiden dankbaar dat ik nu de schade kan inhalen.'

Frank trok de deken van zijn knieën en riep: 'Weet je wat? Ik ga hiervandaan en neem jullie mee naar Queensland.'

Verbaasd zei Lulu: 'Maar over minder dan drie weken vertrek ik alweer naar Engeland.'

'Annuleer je reservering,' commandeerde hij. 'We hebben al te veel jaren verspild en ik wil je echt leren kennen. De enige plek waar we dat kunnen doen is in de outback, met alleen het vee om ons heen en de weidse blauwe hemel boven ons. Wat vind je ervan?'

Lulu keek Peter hulpeloos aan. 'Ik weet het niet, hoor. Dat overvalt me een beetje en ik heb bepaalde verantwoordelijkheden in Engeland.'

'Pa, u kunt Lulu haar plannen niet zomaar laten veranderen. Bovendien is het volgens mij niet verstandig zo snel al zo'n lange reis te maken,' mopperde Peter.

'Onzin,' antwoordde Frank kortaf. Daarna zei hij tegen Lulu: 'Kom op, meisje, je houdt toch wel van een avontuur?'

'Zeker wel,' antwoordde ze, 'maar Peter heeft gelijk. Ik kan niet zomaar naar Queensland vertrekken. Hoe moet het dan met Clarice? Zij verwacht me thuis.'

Hij wuifde haar bezwaren terzijde. 'Ze begrijpt het wel,' zei hij.

'Er ligt werk op me te wachten, dingen die ik moet doen als ik niet wil dat mijn carrière krakend tot stilstand komt. En Dolly, ik kan niet van haar verwachten dat ze zich hierin schikt.'

'Nu ik haar een paar keer heb meegemaakt, verwacht ik niet dat ze zal weigeren,' zei hij op onverbiddelijke toon. 'Queensland is Gods eigen land, zoiets vind je nergens anders. Ik neem aan dat ze kan paardrijden?'

'Ja, maar...'

'Dan zal ze zich daar thuis voelen.'

Lulu vond het niet prettig dat er over haar heen werd gewalst, maar ze vond het een verleidelijke gedachte om naar Queensland te gaan. 'Als Dolly het goedvindt, denk ik dat we onze reservering wel kunnen veranderen en een paar weken langer kunnen blijven,' zei ze omzichtig, 'maar Clarice is niet zo sterk als ze denkt en ik wil haar niet te lang alleen laten.'

'Dat is dan afgesproken,' zei hij, en hij gaf een klap op zijn knie. 'Help me overeind, Peter, ik moet me uitschrijven en de stof van deze plek van mijn laarzen schudden.'

# *16*

De volgende twee dagen hadden ze het heel druk. Lulu had er nog steeds moeite mee dat ze zich door haar vaders enthousiasme liet meesleuren. Vanuit Hobart had ze Joe opgebeld om hem te vertellen dat ze naar hem toe kwamen, een nacht bleven slapen en de volgende dag met de boot naar het vasteland zouden vertrekken. Dolly had verrassend veel zin gehad in de reis naar Queensland, maar Lulu bleef twijfels houden.

'Ik ben er nog niet van overtuigd dat het goed is wat we doen,' zei ze toen ze op hun laatste ochtend in Hobart aan het pakken waren. 'Clarice verwacht dat ik thuiskom en ik vind het niet prettig haar teleur te stellen.'

'Frank weet heel goed hoe hij mensen moet overhalen,' beaamde Dolly, 'maar een paar extra weken zullen voor Clarice toch niet zo veel verschil maken?'

Lulu slaakte een zucht en ging op het bed zitten. 'Ik vind het zó frustrerend dat ik niet met haar kan praten. Het duurt eeuwen voordat brieven aankomen en het is onmogelijk om haar hiervandaan op te bellen.' Ze maakte haar tas dicht. 'Bertie zal niet blij zijn,' mompelde ze. 'Ik heb hem beloofd dat ik in december terug zou zijn.'

Dolly ging naast haar zitten. 'Als je je zo veel zorgen maakt, gaan we niet,' zei ze. 'Ik weet zeker dat ik de tickets weer kan omruilen.'

'Ik voel me verscheurd,' bekende Lulu. 'Ik wil Queensland heel graag zien, maar ik vind het ook heel erg dat ik Clarice en Bertie in de steek laat. Aan de andere kant wil ik mijn vader niet teleurstellen. Hij is zo vrolijk nu hij van alles kan plannen.' Ze keek naar Dolly. 'Wat vind jij dat ik moet doen?'

'Heb je die penny nog die ik je in Londen heb gegeven?' Toen Lulu knikte, grijnsde ze. 'Geef hem eens, dan zien we wel wat er gebeurt.'

Dolly wierp het muntje de lucht in en Lulu mompelde: 'Kop voor Londen, munt voor Queensland.'

'Het is munt.'

Lulu glimlachte toen ze merkte dat ze opgelucht was. 'Queensland, we komen eraan!' zei ze, 'maar eerst stuur ik Clarice en Bertie een telegram en daarna schrijf ik hen allebei een lange brief waarin ik alles uitgebreid uitleg.'

'Ga je haar vertellen wat Gwen zei?'

Lulu schudde haar hoofd. 'Ik denk dat ze er al van uitging dat Gwen dat lekkere hapje niet voor zichzelf kon houden. Dat was waarschijnlijk de reden dat ze niet wilde dat ik deze reis maakte.' Ze dacht even na. 'Wie zou dat gedacht hebben?' zei ze peinzend. 'Clarice en de man van haar zus. Ik vraag me af of hij de reden is dat ze nooit is hertrouwd?'

Dolly liet zich achterover in de kussens vallen. 'De oudere generaties noemen ons vrijgevochten vrouwen en steken hun handen vol afschuw in de lucht, maar ondertussen waren ze even erg. Ik denk dat ze nooit over de schande heen is gekomen, wat ik heel erg vind. Geen wonder dat Gwen zo geworden is.'

'Mmm. Ik heb bijna medelijden met haar,' zei Lulu.

'Met wie, Gwen?' Dolly snoof. 'Ik heb geen centje medelijden met haar na de manier waarop ze jou behandeld heeft.'

Lulu ging door met inpakken en deed eindelijk haar koffer op slot. 'Schiet op, Dolly, ik ben uitgehongerd en straks is het ontbijt afgelopen.'

'Peter is heel aardig, vind je niet?' Dolly draalde bij het bed, de inhoud van haar koffer lag nog steeds op de sprei.

Lulu trok een wenkbrauw op. 'Ja,' zei ze, 'en ik heb wel gezien hoe je naar hem keek. Ik hoop dat je niet...'

'Echt niet,' zei Dolly terwijl ze haar haar naar achteren zwaaide. 'Hij is héél knap, maar natúúrlijk zou ik hooguit flírten in een situatie waarin hélemaal geen toekomst zit.'

Lulu draaide haar rug naar Dolly toe en keek naar buiten. Ze wilde niet dat Dolly haar verdrietige blik zou zien. De herinneringen aan Joe's gezicht, zijn lach en diepe trage stem waren sterk en scherp. Ze zouden elkaar vanavond nog één keer zien en met zo veel mensen in huis zou ze zelfs niet een paar minuutjes alleen met hem kunnen zijn. Ze boog haar hoofd en sloeg haar armen om haar middel. Misschien was het maar beter zo. Dolly was verstandig om zich zo ver van huis niet te laten strikken; dat zou alleen maar tot hartzeer leiden.

'Ga je nog een keer terug naar Tasmanië?'

Met tegenzin schoof ze haar gedachten terzijde. 'Dat weet ik niet,' zei ze naar waarheid, 'maar ik vind het fijn te denken dat ik dat misschien wel ooit zal doen.'

'Naar Tasmanië of naar Joe?' Met een ondeugende glimlach wierp Dolly het muntje in de lucht.

Lulu keek glimlachend naar haar vriendin. 'Dat is een belangrijke vraag, Dolly, die niet met de worp van een muntje kan worden beantwoord.'

## Galway Racing Stables

Lulu en Dolly reden om en om. Toen bleek dat ze niet allemaal bij Peter in de pick-up pasten, was een tweede pick-up nodig. Hij was geleend van een oude vriend van Frank en Joe zou hem terugbrengen als hij in december naar de rennen ging. Net toen de zon achter de heuvels zakte, kwamen ze op Galway House aan.

Er scheen licht door de ramen van het woonhuis, waardoor het er na de lange rit warm en verwelkomend uitzag. De honden renden blaffend heen en weer en kwispelden heftig.

Toen Lulu de motor uitschakelde en de kramp in haar rug en nek masseerde, werd de deur opengegooid. Joe kuierde naar buiten en bleef op de trap staan, Dianne keek om het hoekje en Molly liep snel naar Peters pick-up.

'Wel heb je ooit,' riep ze. 'Frank White. Hoe gaat het met je, Frank? Fijn je weer te zien.'

Lulu stapte uit de pick-up en keek naar Peter die Frank hielp uitstappen. Ze glimlachte toen Molly hem omhelsde.

'Pas toch op, mens,' gromde Frank, 'je duwt me verdomme nog omver.'

'Je bent geen cent veranderd, ouwe rakker,' zei ze teder, maar ze liet hem wel los. 'Nog altijd ruzieachtig en geen idee hoe je een dame behandelt.'

'Als ik een dame tegenkom, weet ik heel goed hoe ik haar moet behandelen,' zei hij met pretlichtjes in zijn ogen. Hij legde zijn hand op haar mollige taille en kneep er even in. 'Je bent nog steeds een lekker ding, Molly. Heb ik altijd leuk aan je gevonden.'

Ze lachte en gaf een speels tikje op zijn hand. 'Afblijven als je het je niet kunt permitteren, Frank White,' zei ze waarschuwend. Ze wendde zich tot Peter en gaf hem een hand. 'Jij bent even knap als je vader vroeger,' zei ze. 'Maar ik hoop dat je zijn opvliegende karakter niet heb geërfd. Nu allemaal naar binnen jullie. Het eten wordt koud.'

'Ik heb wel zin in een biertje,' zei Frank, en hij pakte zijn gehate wandelstok van Peter aan.

'De dokter zei geen bier tot je van de pillen af bent.'

'Pff,' zei hij vol walging. 'Als een man af en toe geen biertje mag, is het leven niet de moeite waard,' gromde hij. 'Ga ons voor, Molly, ik proef hem nu al.'

Lulu's blik dwaalde langs hen heen naar de deuropening en Joe. Hij stond nog steeds nonchalant met zijn handen in de zakken en keek met een geamuseerde blik naar het weerzien van Molly en Frank. Het was net alsof hij haar komst onbelangrijk vond. Ze draaide zich om en tilde het doek van de laadbak omhoog om haar koffers te pakken.

'Dat doe ik wel,' mompelde hij.

Ze draaide zich om en zag dat hij heel dicht bij haar stond. Ze keek naar hem op en hield zijn blik vast, bijna bang om de betovering te verbreken.

'Ocean Child zal blij zijn dat je terug bent,' zei hij. 'Hij eet heel slecht.'

Hij liet niets blijken en ze had geen idee of hij blij was haar te zien, haar had gemist of zelfs maar aan haar had gedacht tijdens haar afwezigheid. Ze volgde zijn voorbeeld en bleef zakelijk. 'Dan ga ik wel even naar hem toe,' zei ze op vlakke toon. 'Bedankt voor je hulp met de koffers.'

Ze liep in het donker naar de stallen en keek niet achterom. Als hij niet naar haar keek, zou ze alleen maar nóg teleurgestelder zijn. Ze liep snel naar de voederschuur en pakte een paar appels uit de bak.

Ocean Childs hoofd stak uit zijn box. Hij hinnikte verwelkomend, besnuffelde haar gezicht met zijn zachte neus en streek met zijn naar hooi ruikende adem over haar haar.

'Jij bent tenminste blij me te zien,' mompelde ze terwijl ze zijn oren streelde. 'Heb je me gemist, jongen? Eet je daarom zo slecht?'

Hij pakte een van de appels en kauwde er genietend op. De tweede appel verdween op dezelfde manier en toen haar sterke vingers hun magische trucje met zijn oren uithaalde, knipperde hij vol extase met zijn wimpers en kwijlde op haar schouder.

Ze legde haar wang tegen de zijne, vocht tegen de tranen. Ze zou hem of Joe na vanavond misschien nooit terugzien, en ze zouden haar allebei vergeten.


Joe had er spijt van dat hij haar niet had verteld wat hij voelde toen ze terugkwam. Hij had echter geen idee of ze blij was hem te zien, hem had gemist of zelfs maar aan hem had gedacht. Daarom gedroeg hij zich als de trainer van haar hengstveulen en bleef hij onpersoonlijk. Maar toen hij haar terugzag en haar stem en haar lach hoorde, werd hij warm vanbinnen en tegelijkertijd verdrietig. Dit zou de laatste nacht zijn en steeds als hij die avond naar haar keek, probeerde hij de herinnering aan haar in zijn hart te branden.

Ze had meer kleur op haar gezicht en haar ogen waren paarsachtig blauw. Ze lachte gemakkelijk en praatte expressief met haar handen. Ze voelde zich kennelijk herboren nu ze Frank en Peter had ontmoet en ook al wist hij dat ze haar bij hem weg zouden halen, moest hij toegeven dat hij hen aardig vond.

Hij keek naar zijn moeder en schaamde zich een beetje voor de meisjesachtige blos op haar wangen en de flirterige manier waarop ze op Franks geplaag reageerde. Ze waren vlak bij elkaar geboren, hadden op dezelfde school en volksdansles gezeten en hadden veel gemeenschappelijke herinneringen. Het was jaren geleden dat hij zijn moeder zo geanimeerd had meegemaakt en hij dacht opeens dat zij en Frank misschien wel iets met elkaar hadden gehad voordat ze met zijn vader was getrouwd. Hij zag ook hoe Peter naar hen keek en realiseerde zich dat hij zich hetzelfde afvroeg.

Joe leunde achterover in zijn stoel en liet het gesprek langs zich heen gaan. Lulu luisterde enthousiast naar Frank die Molly vergastte op grote verhalen over zijn avonturen op de boerderij. Dolly viel Peter lastig met vragen over de outback en Joe vroeg zich verbaasd af hoe zij het zou redden zover van de beschaving. Toch vermoedde hij dat ze vindingrijk genoeg was om een manier te vinden en er speelde duidelijk iets tussen haar en Peter wat zou helpen.

Hij voelde zich verloren en vergeten, schoof zijn stoel naar achteren en liep de keuken uit. Hij trok zijn dikke regenjas aan tegen de kou en liep naar het stalerf voor de avondronde. Met een wrange glimlach liep hij langs het slaapverblijf van de knechten en hij controleerde de grendels van de voederschuur en de tuigkamer. Er hing liefde in de lucht, maar niet voor hem. Lulu had zijn hart beroerd, waardoor hij verlangde naar iets wat hij nooit kon hebben. Na morgen zou ze niet eens meer aan hem denken.

Het was stil op het erf, op het geritsel van een koeskoes op het dak van de stal en het slaperige gesjirp van een vogel na. Hij liep over de keitjes, controleerde elke stal tot hij bij Ocean Child kwam. 'Nu zijn alleen jij en ik nog over, *mate*,' mompelde hij terwijl hij het edele hoofd streelde. 'Volgens mij zijn we binnenkort vergeten.'

'Ik zal jullie nooit vergeten.'

Hij draaide zich om toen hij haar stem hoorde; zijn hart bonsde. Het maanlicht ving haar haar, veranderde het in gesponnen goud en de gloed raakte haar lieve gezicht aan. 'Je zult je veel te goed amuseren in Queensland om aan mij en Ocean Child te denken,' zei hij.

'Bespeur ik iets van jaloezie?' vroeg ze met een plagende glimlach. 'Doe niet zo dom, Joe. Ik blijf niet voor altijd weg, niet nu ik hier familie heb.'

Hij moest zich beheersen om haar niet te zoenen. 'Je komt dus terug?' vroeg hij gespannen.

Ze keek hem treurig aan. 'Ooit,' zei ze, 'maar misschien duurt dat nog heel lang. Als ik terugkom, beloof ik dat ik langskom om te kijken hoe het met je gaat.' Ze aarzelde, stopte haar handen in de zakken van haar broek en keek naar Ocean Child. 'Je moet me op de hoogte houden van zijn vorderingen,' zei ze, 'en ik zal je schrijven en laten weten hoe het met mij gaat.'

Hij keek naar haar zoals ze daar in het maanlicht stond, hoorde haar woorden en begreep de onderliggende betekenis. Hij voelde zich bedrukt, alle hoop verdween. Ze bood hem vriendschap aan, geen liefde en de belofte van een leven samen.

'Ik hou je op de hoogte over Ocean Child,' zei hij bijna formeel, 'en ik kijk uit naar al je brieven. Ik hoop dat Bertie niet al te boos is omdat je langer wegblijft.'

'Lief van je,' zei ze, en ze streek met haar zachte hand over zijn wang. 'Maak je maar niet druk over Bertie. ik kan hem wel aan.'

Joe zag de tranen op haar wangen en zijn verzet verdween. Hij drukte haar tegen zich aan, begroef zijn vingers in haar haar, ving haar zoete lippen en snoof haar geur op. 'O, Lulu,' gromde hij tegen haar trillende lippen, 'ik wilde...'

'Ik weet het,' mompelde ze. Haar vingers gleden langs zijn gezicht en over zijn lippen voordat ze zich met een spijtige blik van hem losmaakte. 'Maar het is gewoon niet voorbestemd.' Ze wendde zich van hem af, streelde Ocean Childs oren en legde haar vochtige wang tegen zijn voorhoofd. 'Ik zal jullie heel erg missen,' snikte ze voordat ze de duisternis in rende.

Joe wilde haar volgen, haar zeggen dat ze zich vergiste, dat het wél voorbestemd was en dat hij haar overal naartoe zou volgen en altijd van haar zou houden, maar praktische zaken en gezond verstand waren kil en snel, verlamden zijn voeten en zijn stem. Alleen het lot zou bepalen wat er zou gebeuren.

'Het duurt ongeveer twee uur voordat we bij Warrego Station zijn,' riep Peter naar achteren. 'Ontspan je en geniet van de vlucht.'

'Wat een bijzóndere reis!' gilde Dolly terwijl het vliegtuigje over de onverharde startbaan in Queensland hobbelde en opsteeg. 'Ik had nooit gedacht dat ik ooit in zo'n ding zou zitten. Dit is toch gewéldig?'

Lulu vond het helemaal niet geweldig. Ze deed haar ogen dicht, kromp in elkaar en greep zich vast aan haar stoel. Het was een heel klein vliegtuigje, zo te zien bij elkaar gehouden door touwen en zegelwas. Ze zaten op elkaar gepropt achter Peter op een stoel die bestemd was voor één enkele schutter. Er was geen dak en de motor maakte een oorverdovend lawaai.

Ondanks de vliegbril kreeg ze tranen in haar ogen toen ze kilometers boven de aardbodem vlogen. Peter had tijdens de oorlog zonder problemen gevlogen, de wond aan zijn knie was veroorzaakt door een verdwaalde kogel tijdens een luchtgevecht, maar niemand had haar ervan kunnen overtuigen dat dit gerenoveerde gevechtsvliegtuigje een veilig modern transportmiddel was.

Lulu kreunde en kromp nog meer in elkaar. Ze was gek geweest om hierin toe te stemmen. Waarom was ze in vredesnaam niet bij Frank in de pick-up gestapt? De reis zou inderdaad langer hebben geduurd, maar was veel minder eng geweest.

Dolly kneep haar en hield haar een zilveren cognacflesje voor.

Lulu hijgde terwijl ze de cognac doorslikte. Ze nam nog een slokje en gaf het flesje met een beverig glimlachje terug. Ze sloot haar ogen weer en dwong zichzelf aan iets anders te denken dan aan waar ze was.

Ze had het moeilijker gevonden dan ze had verwacht om Galway House en Joe te verlaten. Ze kon zich de laatste paar woorden die ze de avond voor haar vertrek hadden gesproken nog goed herinneren, net als zijn warme omhelzing en zijn hartstochtelijke kus. Daarna had ze elke dag aan hem gedacht en ze lag 's nachts vaak wakker. Dan dacht ze aan hun ontspannen samenzijn bij de stallen en de opwindende emoties van die laatste met maanlicht overgoten avond. Het waren kostbare herinneringen, maar het verdriet om wat had kunnen zijn was pijnlijk.

Ze dook in elkaar tegen de keiharde, ijskoude wind en dwong haar gedachten van het heden naar het verleden. Ze waren al dagen op reis. Frank werd snel moe en het was noodzakelijk gebleken in Melbourne te blijven tot hij was hersteld van de zeereis. Daarna waren ze over land naar Sydney gereden, waar ze Peters pick-up op de trein hadden gezet die hen naar het noorden naar Brisbane zou brengen.

Dat deel van de reis had ze heerlijk gevonden, want daardoor kon ze veel zien van het majestueuze land en de dramatische oostkust. Het was leuk geweest om 's nachts in de kleine, met gordijnen afgescheiden treincoupés te slapen en interessant om te zien hoeveel de Australiërs verschilden van de Britten als ze op reis waren. Er werd levendig gepraat, eten en drinken met elkaar gedeeld en hun Britse accent had verhalen opgeroepen over familieleden en herinneringen aan 'thuis', ook al waren de meesten nog nooit in Engeland geweest.

Ze hadden in een comfortabel hotel in Brisbane gelogeerd, zodat Frank kon uitrusten en op de voerman kon wachten die een kudde koeien naar de markt zou brengen. Deze arriveerde bijna een week later en reed Frank nu in de pick-up naar huis. De kliniek had hem nog zeker een jaar verboden te vliegen en ook al was Frank het hier helemaal niet mee eens, Peter had hem uiteindelijk gedwongen hier de logica van in te zien.

Het lawaai van de motor werd iets minder toen ze op kruishoogte vlogen en daarna viel ze in slaap door de combinatie van het continue gedreun, haar uitputtende angst en twee grote slokken cognac.

'O, kijk eens, Lulu. Kangoeroes, en struisvogels, en koeien. Heel veel koeien.'

Lulu bewoog even toen Dolly met haar elleboog in haar ribben porde en keek opzij. 'Dat zijn emoes,' zei ze slaperig. 'Struisvogels leven in Afrika.'

Peter vloog nu veel lager, de wind was warm en ze vergat haar angst terwijl ze vol bewondering naar het tafereel onder hen keek.

Het land strekte zich uit van horizon tot horizon in een amberkleurige baan. Ze zag onherbergzame bruinrode bergen, stoffige bruine dalen en met struikgewas bedekte vlaktes, waar eenzame mannen te paard omhoogkeken en met hun hoed zwaaiden waarna ze verdergingen met hun eenzame wake over het vee; de schittering van waterpoelen onder de groepen tengere gombomen en een rivier die meanderde door torenhoge canyons en hectares lichtgeel gras. Kuddes koeien dwaalden door het struikgewas, kangoeroes sprongen verrassend snel weg toen de schaduw van het vliegtuigje hen over het uitgestrekte land achtervolgde, en emoes zwaaiden met hun staartveren terwijl ze wegrenden voor het lawaai.

Deze outback was helemaal niet verlaten maar bruiste van leven, en Lulu voelde iets van liefde toen ze zich realiseerde dat dit land waarschijnlijk niet was veranderd sinds de eerste man eroverheen had gelopen. Met tranen in haar ogen omhelsde ze dit land, want het was een oud land, een land van gevaarlijke schoonheid, háár land.

'Hou je vast,' riep Peter even later, 'we gaan landen.'

Lulu klemde zich vast aan haar stoel en sloot haar ogen toen ze naar de aarde doken en stuiterend landden. Angstig deed ze één oog open, maar ze zag niets terwijl ze over de grond raceten, want ze bevonden zich te midden van een rode stofwolk.

'*Right'oh*,' zei Peter toen het stof was neergedaald en hij de motor had afgezet. 'Welkom op Warrego Station.'

Lulu en Dolly waren stijf na de lange zit op de koude, smalle stoel en Peter moest hen op de grond tillen. De verzengende hitte sloeg hen tegemoet en ze moesten hun ogen tegen het verblindende licht beschermen.

Ze waren geland op een strook aarde die was ontdaan van het omringende taaie, gele gras. Achter het hek stond het houten woonhuis met een pannendak dat aan de oost- en westzijde tegen de zon werd beschermd door hoge bomen, waardoor de veranda achter het horrengaas er koel en gastvrij uitzag. Op de open plek naast het huis stonden schuren en bijgebouwen, en een aantal veekralen en hokken.

Vlak bij deze hokken stonden verschillende pick-ups en landbouw-werktuigen, en Lulu zag mannen en paarden rondrijden en stof op-werpen. Een metalen windmolen pompte krakend water uit de traag stromende rivier en in de bomen zat een groepje witte kaketoes te krijsen. En toch heerste er ondanks al deze geluiden een indrukwekkende stilte die haar een vredig gevoel gaf.

'Ik hoop dat je het mooi vindt,' zei Peter die naast haar kwam staan. 'Het is vrij eenvoudig, maar het is thuis.'

Lulu nam het allemaal in zich op en dacht al aan de tekeningen die ze wilde maken. De hemel leek zo groot, verbleekt door de hitte die de outback als een grote bleke koepel leek te omhullen. 'Thuis,' zei ze ademloos. 'Ja, dat klinkt goed.'

'Het is héél bijzonder,' zei Dolly, 'en héél erg Australisch.' Ze keek Peter opgewonden aan. 'Mag ik een keer een stierkalf opdrijven of samen met echte cowboys vee bij elkaar drijven?'

Hij tikte zijn hoed naar achteren en krabde lachend op zijn hoofd. 'Dit is Amerika niet,' corrigeerde hij haar zacht, 'maar ik denk dat we voor je vertrekt wel een Jillaroo van je zullen maken, *no worries.*'

'Eindelijk, ik dacht dat je nooit kwam!' De hordeur ging open en er verscheen een visioen in roze en oranje chiffon op de veranda. 'Waar bleef je, Peter, en hoe gaat het met Frank?'

'Hij is onderweg,' zei Peter. Hij zette zijn vlieghelm af en schudde het stof eraf. 'Wat doet u hier, tante Sybilla?'

'Het stikt van de toeristen in Brisbane,' zei ze smalend, 'daar kun je onmogelijk rustig werken.' Met haar handen die onder de verfspatten zaten, streek ze haar haar uit haar gezicht, zodat haar oorbellen heen en weer slingerden en haar talloze armbanden rinkelden. Achter een van haar oren had ze een verfkwast gestoken en op haar wang zat een veeg vermiljoen. Haar voeten staken in gouden met juwelen versierde sandalen. Eindelijk ontdekte ze Lulu en Dolly, maar ze leek niet blij met hun komst.

Lulu wist dat ze stond te staren, maar kon er niets aan doen. Behalve het leeftijdsverschil en de grijze haren, was het net alsof ze in een spiegel van de toekomst keek. 'Ik ben Lulu,' zei ze ademloos. 'Ik vind het zo fijn u te ontmoeten, want ik heb zo veel bewondering...'

'Ik weet wie je bent.' Franks zus keek haar koel aan. 'Misschien moeten jullie maar even binnenkomen.'

'Toe nou, tante Sybilla. Kunt u zelfs niet even dóén alsof u beleefd bent?'

'Waarom zou ik?' snauwde ze. 'Ik praat zoals ik wil. Dan weet iedereen waar hij aan toe is.'

Even later stonden ze ongemakkelijk in de donkere hal. 'Geef haar een kans, tante Syb,' zei hij, 'ze is een van ons.'

Sybilla stak haar neus in de lucht, kneep haar ogen bijna dicht en zwaaide haar haren naar achteren. Daarna keek ze naar Lulu. 'Dat is misschien wel zo, maar ze is Gwens dochter. Wat wil ze? Een aandeel in de boerderij, of een omkoopsom?'

'Ik wil helemaal niets van u,' zei Lulu, gegeneerd en trillend van woede door de onaardige woorden van de vrouw. 'Peter heeft deze reünie geïnitieerd, ik niet, en ik wil helemaal geen geld of een aandeel in dit bedrijf. Ik bén Gwen niet en als u niets beleefds kunt zeggen, kunt u uw mond maar beter houden.'

Even heerste er een geschokte stilte.

Er flitste iets in Sybilla's ogen. 'Ik neem aan dat ik erom heb gevraagd,' zei ze stijfjes, 'maar je windt er tenminste geen doekjes om en ik neem aan dat we dankbaar moeten zijn dat je ondanks je accent geen zielige Engelse kakmadam bent.' Tegen Peter zei ze: 'De rest van de dag ben ik in de studio.' Ze knikte even en liep weg. Het opzichtige chiffon wapperde om haar heen en de gouden sandaaltjes klakten op de houten vloer.

'Sorry hoor,' zei Peter snel, 'maar tante Syb heeft nog nooit een blad voor de mond genomen en als ik had geweten dat ze hier was, had ik je wel gewaarschuwd. Als ze je heeft leren kennen, doet ze wel normaal.'

'Dat hoop ik maar,' mompelde Lulu, 'want als ze zo blijft doen, blijf ik hier niet.'

Clarice had kou gevat en die was helaas op haar borst geslagen. Gekleed in een paar truien en met een sjaal omgeslagen, zat ze in de woonkamer bij de haard en had medelijden met zichzelf op deze sombere decemberdag.

Ze had Lorelei's brieven al vele malen verslonden en kende ze bijna vanbuiten, maar ze opende het kistje waar ze ze in bewaarde en nestelde zich met een glas sherry in haar stoel om ze nog een keer te lezen.

Frank White was een opvliegende man gebleken, lichtgeraakt doordat hij nu niet te paard met de kudde koeien mee kon en snel geïrriteerd als hij niet meteen werd gehoorzaamd. Lulu had het eerst niet zo goed met hem kunnen vinden, maar na een paar weken had ze zich erbij neergelegd dat hij nooit zou veranderen. Nu groeide er een diepe vriendschap tussen hen.

Peter was een hardwerkende, geduldige man van weinig woorden, die de boerderij zelden verliet nu zijn vader uitgeschakeld was. Hij was nog vrijgezel, want romantiek was niet gemakkelijk te vinden als de bevolking verspreid woonde in een gebied van duizenden vierkante kilometers. Maar hij en Dolly vonden elkaar erg aardig en konden het heel goed met elkaar vinden.

Lorelei had vellen volgeschreven over Dolly, want haar vriendin was veranderd sinds hun verblijf in Tasmanië. Ze was volwassener geworden, rustiger en bedachtzamer, nadat ze gewend was geraakt aan de routine van Joe's renstal en getuige was geweest van de gevolgen van Lorelei's verleden. Nadat ze op Warrego Station waren gearriveerd, had ze zich enthousiast op het leven in de outback gestort: de hoge hakjes en de make-up hadden plaatsgemaakt voor laarzen, overhemd en rijbroek. Ze droeg een oude bushhoed van Peter, reed samen met hem uit om het vee te controleren, hielp met het brandmerken, en klaagde zelfs niet eens dat het water een vreemde groene kleur had en er soms dode insecten, bladeren en zelfs kleine kikkers in zaten.

Clarice had erom gelachen en glimlachte nu terwijl ze zat te lezen. Franks zus, Sybilla, was een beetje ontdooid toen ze had gemerkt dat Lulu weigerde onzin van haar te pikken en zelf ook een getalenteerd kunstenaar was. En hoewel ze nog steeds onnadenkende opmerkingen maakte, even veeleisend en opvliegend was als haar broer Frank en bovendien een harde leermeester, had ze erop gestaan Lorelei les te geven in het maken van olieverfschilderijen. Ze waren elke dag bij zonsopgang uitgereden om waterpoelen, bomen en rotsplateaus te schilderen, en dankzij hun kunst hadden ze elkaar leren respecteren.

Er zaten houtskool- en potloodtekeningen bij de brieven en Clarice bekeek ze weer vol bewondering. Lorelei had het huis, de veekralen en de hokken getekend, zelfs de weidse sfeer van de boerderij in de outback, zodat Clarice het gevoel had dat ze er zelf was geweest.

Ze voelde de hitte en ervoer de enorme stilte die zo veel indruk op het meisje hadden gemaakt.

Ze stopte een lange hoestbui met een slokje sherry en legde de brieven en tekeningen terug op hun plek. Ze was behoorlijk uitgeput. Toen Lorelei haar terugkeer tot het nieuwe jaar had uitgesteld, was ze behoorlijk teleurgesteld geweest, maar het was wel duidelijk dat het meisje ontzettend genoot. Het verbaasde haar dus niet echt. Dankzij de brieven en tekeningen bleef ze op de hoogte van haar doen en laten, en had ze het gevoel dat ze mee was op avontuur. Ze herinnerde zich de afmattende hitte en het stof en de vliegen van een zomer in Sydney en benijdde haar bijna terwijl ze luisterde naar de wind die de regen tegen het raam blies.

Met het kostbare kistje in haar hand stond ze langzaam op. Haar gewrichten deden pijn van de kou waar ze niet meer van af leek te komen. Toen ze zich omdraaide om naar haar bureau te lopen, bleef haar voet haken achter de hoek van het Turkse tapijt zodat ze struikelde. Ze greep naar haar stoel, miste en viel boven op het tafeltje dat ernaast stond. Het tafeltje viel om en de sherryfles spatte in duizend stukjes uiteen op de vloer.

Clarice viel languit op de piano en klapte met haar wang tegen een scherpe hoek. Ze verdraaide haar been en kwam met haar magere heup op de keiharde houten vloer terecht.

Ze lag stomverbaasd en ademloos op de grond, te midden van Lulu's brieven en versplinterd glas.

'Wat deed u nou?' Vera rende naar binnen en hurkte bij haar neer. 'Het is al goed, Mum, ik ben d'r. Doet 't ergens pijn?'

'Mijn heup,' kreunde Clarice. 'Die doet ontzettend pijn.'

'Niet bewegen,' zei Vera bazig. Ze rende naar de bank en legde met oneindige tederheid een kussen onder haar hoofd en een deken over haar lichaam. 'Ik ga de dokter bellen,' zei ze. 'Stil blijven liggen, hoor, zolang ik weg ben.'

Clarice kreeg een nieuwe hoestbui waardoor haar heup nog meer pijn deed. Ze sloot haar ogen. Haar hart ging tekeer, ze was duizelig en ondanks het felle vuur en de deken had ze het ijskoud.

'Goed,' zei Vera toen ze terugkwam, 'ik heb hem gesproken en hij komt eraan.' Ze gaf een klopje op Clarice' hand. 'Geen zorgen, Mum, ik ruim de sherry wel op voordat hij d'r is. We willen niet dat hij denkt dat u aangeschoten was, toch?'

Clarice' protesten werden afgebroken toen de pijn in haar heup onverdraaglijk werd. Hoe had ze zo onhandig kunnen doen? Wat een stomme actie! Haar wimpers trilden toen alles zwart werd en ze bewusteloos raakte.

Ze kwam bij door de prik van een naald in haar arm en toen ze haar ogen opende, keek ze verbaasd naar het felle licht en de witte muren.

'U bent in het plattelandsziekenhuis, Lady Pearson,' zei dokter Williams. 'We hebben uw heup terug op zijn plek kunnen duwen, maar helaas is er ook sprake van een fractuur in de acetabulum.' Hij glimlachte geruststellend. 'Dat is de gewrichtskom waarin uw dijbeen past. Het is maar een haarscheurtje en ik zie geen enkele reden waarom u niet helemaal zou herstellen zodra we uw longontsteking en koorts onder de duim hebben gekregen.'

'Hoelang moet ik hier blijven?' Ze kon bijna niet wakker blijven.

'U moet minstens acht weken volstrekte bedrust houden,' antwoordde hij. 'Door het verdovingsmiddel zult u nog een tijdje slaperig blijven en zodra dat uitgewerkt is, zal ik u sterkere pijnstillers voorschrijven.'

Clarice deed haar ogen weer dicht en toen ze ze weer opsloeg, zat Vera in de stoel naast haar bed te breien. Ze keek naar de praktische hoed en overjas, en de stugge blik en fluisterde met een vermoeide glimlach: 'Dank je wel, Vera.'

'U hoeft me niet te bedanken, Mum,' zei ze kortaf. Ze propte haar breiwerk in een tas. 'Ik ben me doodgeschrokken toen u daar zomaar op de grond lag, dat kan ik u wel vertellen.' Ze snoof en keek met een minachtende blik de privékamer rond. 'Deze kamer mag wel eens goed schoongemaakt worden, geloof me maar!'

Clarice had niet de energie om ertegenin te gaan en liet haar maar praten. Het voelde alsof er iets zwaars op haar borst drukte, zodat ze moeite had met ademen. Bovendien had ze het warm. Gelukkig verdoofden de pijnstillers de pijn in haar heup, maar ze voelde zich vreemd, alsof ze zweefde.

'Zal ik Lulu een telegram sturen?' vroeg Vera, 'ik vind dat ze moet weten wat er is gebeurd.'

'Nee. Dat verbied ik,' hoestte Clarice. De hoestaanval putte haar uit en ze liet zich terugvallen in de kussens.

Vera's gezicht vertrok. 'Als u het zegt, Mum. Maar als u doodgaat, zal ze woedend zijn dat ik haar niets heb verteld.'

Clarice deed haar ogen dicht. Ze wilde slapen. Vera bekeek alles altijd van de sombere kant, maar omdat ze niet van plan was al dood te gaan, wilde ze niet dat Lulu zich zorgen zou maken om haar stomme ongelukje.

De hitte zinderde aan de horizon in een waterige luchtspiegeling, zo intens dat de aarde zoemde. De lucht was zuiver blauw, met één enkele wolk boven de nabije heuvels en hier, in de schaduw van de gombomen, hoorde Lulu het gesis van talloze insecten. Ze vond het helemaal geen vreemd idee dat het algauw Kerstmis zou zijn, en ze verlangde ernaar dit voor het eerst sinds veel te veel jaren weer in de zon te vieren.

Ze bekeek de tekening die ze net had afgemaakt en legde hem weg. De boom was een interessant object geweest, de schors bladderde af als papier waardoor rode groeven zichtbaar werden, de takken kromden zich als smekende, reumatische handen naar de verblindende hemel. 'Het is te heet,' zei ze zuchtend, 'het zweet staat in mijn handen en laat vegen op het papier achter. Zelfs het potlood smelt.'

'Heerlijk, vind je niet?' verzuchtte Dolly. 'Stel je voor, in Londen vriest het waarschijnlijk.' Ze lag languit op de plaid, met haar handen achter haar hoofd, en keek omhoog naar het bladerdak. Ze droeg net als Lulu laarzen, een broek en overhemd en haar geleende hoed had ze naast zich op de plaid laten vallen. 'Ik zou alles overhebben voor ons zwembad thuis. Ik zou er tot aan mijn kin in gaan zitten en er wekenlang in blijven.'

'Je zou helemaal rimpelig worden,' lachte Lulu die naast haar was gaan liggen en op een sandwich kauwde. Ze hadden een picknick meegenomen en de twee paarden stonden vlakbij vastgebonden. 'Het is vreemd,' zei ze, 'maar ik mis de wisselvalligheid van het Engelse weer bijna.'

'Ik ook,' mompelde Dolly. 'Maar 's nachts wordt het hier erg koud en dat compenseert het een beetje.' Ze deed één oog open en keek naar Lulu. 'Je wilt me toch niet vertellen dat je heimwee hebt naar Engeland?'

Lulu rolde op haar elleboog en steunde haar hoofd in haar hand. 'Op een bepaalde manier wel,' gaf ze toe, 'maar ik mis Tasmanië meer.'

Ze keek naar het uitzicht door de bomen. 'Dit is een ongelooflijke ervaring geweest en ik had het voor geen goud willen missen.' Ze zweeg even. 'Hoewel deze plek me heeft geïnspireerd en ik het land koester, weet ik dat ik hier niet thuishoor.'

Dolly ging rechtop zitten. 'Maar ik dacht...'

'Ik zeg niet dat ik niet in Australië thuishoor,' zei Lulu snel, 'ik zeg alleen maar dat ik hier niet pas, in de outback.' Ze glimlachte en haalde haar schouders op. 'Dat had ik wel verwacht, mijn familie woont hier immers, maar dit is niet mijn wereld en ik zou me hier algauw gevangen voelen.'

'In al deze ruimte?' vroeg Dolly met grote ogen.

Lulu lachte. 'Dat klinkt gek, hè? Het isolement is een soort gevangenis, je kunt er bijna niet uit ontsnappen en doordat de mannen de hele dag weg zijn, soms wekenlang, zou een vrouw zich hier heel eenzaam voelen.'

'Misschien wel, maar als ik hier woonde, zou ik er met de mannen op uittrekken. Dat is veel opwindender en leuker dan het huishouden.'

'Het huishouden? Je hebt je hele leven niets huishoudelijks gedaan,' sputterde ze. Ze keek haar vriendin belangstellend aan. 'Je bent echt van dit leven gaan houden, hè?'

Dolly knikte, kreeg een tevreden en dromerige blik. 'Voor het eerst in mijn leven voel ik me nuttig,' antwoordde ze. 'Het is heel bevredigend om overdag hard te werken en te weten dat je spierpijn hebt omdat je echt iets hebt bereikt.' Ze liet zich terugvallen op de plaid. 'Nu zie ik in hoe leeg mijn leven is geweest, en hoe zinloos. Ik rende van het ene feestje naar het andere, volgde de laatste mode en flirtte met iedere man die ik tegenkwam alleen maar omdat dat van me werd verwacht.'

'Je bedenkt je vast als je terug bent in Londen.'

'Eigenlijk,' zei Dolly, 'denk ik dat niet. Na dit alles zal Londen ongelooflijk onecht en overgewaardeerd lijken.'

'Zijn jij en Peter verliefd op elkaar?'

'We vinden elkaar aardig en kunnen ontzettend goed met elkaar opschieten, maar daar blijft het bij en dat heb ik hem ook duidelijk gemaakt.' Ze rolde op haar buik en plukte aan een losse draad van de plaid. 'Ik vind het hier heerlijk,' zei ze, 'maar net als jij hoor ik hier niet thuis. Dit verbazingwekkende, oude land is niet mijn land. Ik ben te Engels, gewend aan regen, mistige ochtenden en zachte zomers.' Ze steunde met haar kin op haar handen. 'Ik zal Australië en Peter missen, maar ik zal ze nooit vergeten.'

'Je doet erg diepzinnig,' plaagde Lulu.

Dolly ging rechtop zitten en sloeg haar armen om haar knieen. 'Ja, misschien wel,' bekende ze. 'Maar deze reis heeft een soort overgang voor me betekend. Ik heb het gevoel dat ik eindelijk volwassen ben geworden en nu weet ik wat ik de rest van mijn leven wil doen.'

'En dat is?' drong Lulu aan, geïntrigeerd door deze ernstige, volwassen Dolly.

'Ik zal Freddy behoedzaam vrijlaten, zodat hij de kans krijgt een meisje te zoeken dat echt van hem houdt.' Ze zuchtte en raapte haar hoed op. 'Onze families verwachtten dat we zouden trouwen en daar zijn we min of meer in meegegaan omdat het leek alsof dat zo hoorde, maar volgens mij hielden we echt niet van elkaar.'

'O, Dolly, dat spijt me.'

Dolly haalde haar schouders op. '*C'est la vie.* Ik kan dit maar beter afhandelen voor het te laat is, waarna we er de rest van ons leven spijt van hebben.'

'En hoe zit het met die man die dreigde je te chanteren?'

'Ik neem aan dat hij me inmiddels wel is vergeten,' mompelde ze, 'maar zo niet, dan neem ik de uitdaging aan en ontken ik alles zodra Freddy uit beeld is.'

'En wat zijn je andere ambities voor dit nieuwe leven?'

'We hebben een heel grote kudde op ons landgoed en ik wil dat de bedrijfsleider me alles leert wat hij weet. Nu ik hier heb gewerkt en Peter heb horen praten, weet ik dat ik heel veel moet leren, maar ik wil van onze kudde de beste van Engeland maken.'

Lulu keek haar verbaasd aan. 'Je bent van plan de rest van je leven koeien te verzorgen?'

'Ja.' Ze pakte de picknickmand en zei: 'Ik ben ook van plan naar jachtfeesten, boerenmarkten en fokkerijen te gaan. Misschien reis ik zelfs naar Schotland om de koeien op de Highlands eens te bekijken.' Haar groene ogen schitterden. 'Ik kan bijna niet wachten om papa's gezicht te zien als ik hem dit vertel.'

'Zal hij het goedvinden, denk je?'

Dolly grijnsde. 'Hij zal niet veel keus hebben. Papa heeft het altijd jammer gevonden dat hij geen zoon had om het bedrijf te leiden, en nu ga ik hem laten zien dat een dochter dat net zo goed kan, zo niet beter.' Ze maakte de leren riem om de mand vast. 'En jij, Lulu? Wat zijn jouw toekomstplannen? Ga je terug naar Tasmanië om het te proberen?'

'Ik mis Joe verschrikkelijk,' bekende ze, 'en ik kijk echt uit naar onze dagelijkse gesprekjes op de *two-way*, nadat Frank is gestopt met zijn geflirt met Molly, maar ze zijn bijna onpersoonlijk. Ik heb eigenlijk geen idee wat hij voor me voelt. Het kan wel jaren duren voordat ik kan terugkomen en tegen die tijd kunnen mijn gevoelens wel veranderd zijn, ben ik getrouwd met een effectenmakelaar en heb ik een stel kinderen.'

'Je zou het verschrikkelijk vinden om met zo iemand getrouwd te zijn, ze zijn griezelig pompeus.' Dolly klopte de plaid uit en stopte hem in de zadeltas. 'Het verbaast me niet dat jullie geen romantische opmerkingen maken via de *two-way*,' zei ze peinzend. 'Er schijnen altijd wel honderd mensen mee te luisteren, en nog eens honderd om alles aan door te vertellen. Iedereen weet alles van elkaar. Volgens mij kun je hier onmogelijk een geheim bewaren.'

'Dat is precies mijn bezwaar tegen deze afzondering,' zei Lulu terwijl ze in het zadel klom. 'Dat is zo ongeveer het enige verzetje hier.'

Ze reden in een kameraadschappelijk zwijgen terug naar het woonhuis. Lulu was prettig moe na de lange rit en wilde zich wassen en schone kleren aantrekken. De stof bleef overal aan plakken, haar huid voelde zanderig en haar haar was een warboel.

Nadat ze de paarden hadden drooggewreven en water hadden gegeven, lieten ze ze los in het omheinde weiland en liepen ze naar het huis. Toen ze de trap naar de veranda op liepen, werd de hordeur geopend door Sybilla die voor de verandering heel opgewonden leek.

'Er kwam een boodschap voor je via de *two-way*. Ze wilden me niet vertellen wat het was, je zult ze dus terug moeten bellen.'

'Als het Joe is, bel ik hem wel terug als ik me heb gewassen.'

Sybilla keek ernstig. 'Het was het politiebureau van Augathella.'

Lulu's hart ging tekeer toen ze achter Sybilla aan de keuken in liep waar de radio het grootste deel van een hoek in beslag nam. Ze ging ervoor zitten en begon te trappen om hem op te starten. Met trillende handen pakte ze de telefoonhoorn. 'Dit is Warrego Station. Lulu Pearson hier. Ik moet de politie van Augathella spreken.'

De lijn zoemde en kraakte. 'Sergeant Roberts hier, juffrouw Pearson. Is er iemand bij u?'

'Ja,' schreeuwde Lulu boven het gekraak uit. 'Wat is er, wat is er gebeurd?'

'Ik heb hier een telegram van ene Vera Cornish in Engeland.'

Lulu's hartslag versnelde en ze kreeg het koud. 'Wat staat erin?'

'Lady Pearson in ziekenhuis. Dokter bezorgd. Kom snel naar huis.'

'Lieve god, wat is er met haar gebeurd?'

'Geen idee, juffrouw Pearson. Meer staat er niet.'

Sybilla legde de hoorn terug. 'Moet je een pil hebben?' vroeg ze zacht. Toen Lulu knikte, gebaarde ze naar Dolly die naar hun kamer rende. 'Probeer zo rustig mogelijk adem te halen, ze is zo terug.'

Terwijl ze wachtte tot de pil ging werken duizelde het Lulu bij de gedachte aan Clarice. 'Ik moet naar haar toe,' hijgde ze, 'maar we zijn zover weg en de reis zal weken duren en dan kan ze wel dood zijn.' De tranen stroomden over haar wangen en spatten op haar vieze overhemd.

'Hou daarmee op,' zei Sybilla kortaf. 'Tranen brengen je niet sneller naar Engeland, maar Frank misschien wel.' Ze pakte Lulu's arm en hielp haar opstaan. 'Kom, we gaan hem zoeken.'

Hij was in zijn kantoor met de administratie bezig, maar legde alles meteen opzij en luisterde aandachtig naar Sybilla. 'Ga je maar wassen en omkleden terwijl ik iets regel,' zei hij vriendelijk. Toen hij nieuwe tranen zag, klopte hij op haar arm. 'Probeer je geen zorgen te maken, liefje. Die ouwe meid is taaier dan je denkt, ze overleeft het wel.'

'Dat weet ik, maar toch...'

'Ga nu,' zei hij, kortaf nu. 'Dan ga ik iets regelen.'

Lulu had zich binnen een paar minuten gewassen en omgekleed, maar er verstreek nog een martelend uur voordat Frank haar kwam zoeken. 'Peter zal je naar Darwin vliegen,' zei hij. 'Mijn vriend heeft daar een groot stuk land en zal je via Timor naar Java vliegen en daarna naar het noorden van Sumatra. Hij regelt passage voor je op een vrachtschip naar Ceylon en in Colombo stap je op de SS *Clarion* die je naar Londen zal brengen.'

Lulu's hart was gekalmeerd, maar ze had een beklemd gevoel op haar borst en maakte zich grote zorgen. 'Dank u,' zei ze trillend. Ze greep zijn ruwe werkhand en zei: 'Heel erg bedankt.'

Hij wees haar bedankje af. 'Trek maar dikke kleren aan en pak een kleine tas in. De rest van je spullen stuur ik wel naar Londen.' Hij glimlachte. 'Maak je niet dik, meisje, die ouwe dame is zo sterk als een os. Het komt wel goed met haar.'

Hij wendde zich tot Sybilla. 'Laat die luie Chinees in de keuken wat eten klaarmaken dat ze kunnen meenemen,' beval hij. 'Het is een lange reis.'

Het volgende halfuur verstreek in een waas terwijl ze haastig alleen de allernoodzakelijkste spullen in een tas stopten en zich dik inpakten met een hoed, handschoenen, een sjaal en een dikke jas.

Lulu kuste Frank en omhelsde hem. 'Bedankt,' zei ze weer, 'en ik beloof dat ik contact zal houden. Ik wil u nooit meer kwijtraken.'

'Maak dat je hier wegkomt, meisje. Je verspilt tijd,' zei hij, niet in staat zijn emoties te verbergen.

Sybilla gaf haar een klopje op de schouder. 'Ik doe niet aan zoenen,' zei ze kortaf, 'maar ik zie je wel weer in Londen volgend jaar. Dan kun je me mijn jas teruggeven. Ik hoop dat het goed komt met Clarice.'

Ze renden in het donker in de richting van het geluid van de propellers van het vliegtuig. Ze zwaaiden nog een laatste keer waarna Peter gas gaf en het vliegtuig over de startbaan begon te hobbelen.

In metalen bakken langs de hele startbaan waren bakens geplaatst en toen het vliegtuigje snelheid kreeg, konden ze door het stof het woonhuis en de mensen op de veranda niet meer zien.

Lulu zette haar vliegbril op, leunde achterover in de stoel, duwde haar kin in de bontkraag van Sybilla's jas en bad dat ze in Sussex zou zijn voordat het te laat was.

# *17*

Ze stopten om bij te tanken op afgelegen boerderijen in Winton, Normanton en Katherine, waar ze hartelijk werden begroet, het primitieve toilet mochten gebruiken en verrukkelijk eten en warme thee kregen.

Inmiddels waren ze al meer dan zesendertig uur onderweg. Ze waren uitgeput. Nu lag Darwin onder hen, slaperig in de zachte gloed van een nieuwe zonsopgang.

Terwijl Peter over het stadje vloog, ving Lulu een glimp op van zinken daken, palmen en tropische bloemen. Ze landden in een uithoek en wierpen een rode stofwolk op terwijl het vliegtuigje vaart minderde op de geïmproviseerde landingsbaan.

De hitte benam hen bijna de adem toen ze naar beneden klommen en snel de dikke laag kleren uittrokken. Een eindje verderop stonden twee eenzame houten schuren. Een ervan bleek een toilet, maar er was geen drink- of waswater aanwezig. Ze voelden zich uitgeput en verlangden wanhopig naar een goede nachtrust. In de hitte wachtten ze op het begin van de volgende etappe van hun reis.

Lulu voelde dat haar bloes aan haar rug plakte en het zweet prikte in haar ogen. Ze moest er niet aan denken hoe het rond de middag zou zijn en vroeg zich af hoe iemand in vredesnaam zo ver noordelijk kon wonen.

'Ik hoop dat dit geen definitief afscheid is en dat je zult proberen terug te komen,' zei Peter.

Ze omhelsde hem. 'Dat zal ik doen,' beloofde ze, 'maar ik weet niet wanneer dat zal zijn. Dat hangt er ook van af of Clarice opknapt en zelfs dan kan ik haar niet alleen laten.' Ze kuste hem op de wang en stapte achteruit. 'Dank je wel, Peter, voor alles wat je hebt gedaan en ik schrijf je zodra ik terug ben in Engeland. Ik wil absoluut contact houden.'

'Nu we je gevonden hebben, laten we je niet meer gaan,' zei hij grijnzend. 'En misschien reizen we zelf wel een keer naar Engeland, je weet maar nooit.'

Ze kuste hem weer, pakte haar tas en liep naar een van de golfplaten schuren. Dolly en Peter moesten even alleen afscheid kunnen nemen en ze voelde zich opgelaten, verdrietig omdat ze niet de kans had gekregen echt afscheid van Joe te nemen. Het leek maar al te gemakkelijk om verliefd te worden op deze taaie, sterke Australische mannen die zich nooit thuis zouden voelen in een Londense salon of in een voorstad. Ze waren geboren voor dit ruwe, prachtige land en voelden zich thuis in deze ontzagwekkende stilte en weidse luchten. Geen wonder dat hun romances al vanaf het begin gedoemd waren geweest te mislukken.

De schuur zat op slot, maar waarom was niet duidelijk omdat er kilometers in de omtrek niets was. Hij zorgde in elk geval wel voor een beetje schaduw en daarom ging ze op een schommelstoel onder het uitstekende dak zitten om naar de omgeving te kijken. Ze waren geland op een uitgestrekte akker van verrassend rode aarde met plukjes geel gras erop. Het was doodstil en de zon gaf alles een extra dimensie. De gerafelde windzak hing roerloos aan een vlaggenstok. Het was een eenzame, verlaten plek en ze vroeg zich af hoelang ze zouden moeten wachten.

Precies op dat moment hoorde ze het geluid van een motor. Ze stond op. Een paar minuten later landde het vliegtuig op de landingsbaan en veroorzaakte een enorme verstikkende, verblindende stofwolk.

Lulu pakte haar tas en liep naar de anderen toen een lange man uitstapte en hen een hand gaf. '*G'day*. Mijn naam is Finlay McFearson. Ik hoor dat jullie dames naar Sumatra willen.'

Hij was in elk opzicht een grote man, met een verweerd gezicht en een handdruk waarmee hij een koe kon wurgen. Ondanks zijn naam had hij helemaal geen Schots accent, maar hij glimlachte vriendelijk en straalde een bepaalde capabele autoriteit uit die Lulu geruststelde.

'Jullie zullen mijn kist iets comfortabeler vinden dat die ouwe van Pete,' zei hij grijnzend. 'En mijn vrouw heeft voor wat eten en een paar flessen thee gezorgd. Kom mee, we kunnen maar beter gaan.'

'Dit is ontzettend aardig van u,' zei Lulu. Ze zwaaide ten afscheid naar Peter en klom aan boord.

'*No worries*,' riep hij boven het lawaai van de propellers uit, 'Frank is een *mate* en ik was hem nog wat schuldig.'

Ze vertrokken en vlogen algauw boven de oceaan. Het zou een paar uur duren voor ze op Timor waren.

Finlay bleek een kletskous, maar het was onmogelijk ook maar iets te horen boven het lawaai van de motoren en de brullende wind uit. Op Timor werd het vliegtuigje snel bijgetankt. Finlay stuurde Lulu en Dolly naar een schuurtje waar ze een gat in de grond ontdekten, en kommen water, handdoeken en zeep. Het gonsde er van de vliegen en het stonk. De hitte was gruwelijk onder het blikken dak, maar het water friste hen in elk geval een beetje op.

Tijdens hun vertrek werden ze uitgezwaaid door de inlanders. Toen ze bij de zee kwamen, vlogen ze algauw te midden van donkere, dreigende wolken.

'Vasthouden en riemen omdoen, dames,' riep Finlay. 'Dit wordt een onrustige vlucht.'

'Waarom? Wat is er aan de hand?' Lulu frunnikte aan de versleten leren riemen met haar keel dichtgeknepen van angst.

'De storm voor ons ziet er niet erg vriendelijk uit.' Waarschijnlijk zag hij haar angstige blik, want hij glimlachte geruststellend. '*No worries, girls*. Ik heb de hele oorlog met deze kist gevlogen en heb wel erger meegemaakt.'

De wolken werden nog donkerder en joegen langs hen heen. Grillig gevorkte bliksemflitsen knetterden en sisten. Finlay had er moeite mee het schokkende en trillende vliegtuigje door de storm heen te loodsen.

Lulu en Dolly klampten zich aan elkaar vast toen het vliegtuigje een misselijkmakende duik maakte voordat de neus weer omhoog kwam. Even later vloog het moeizaam tussen de donder en bliksem door.

'We gaan dood!' schreeuwde Dolly. 'Ik wil nog niet dood!'

'Je gaat helemaal nergens naartoe, dame,' riep Finlay, worstelend met de stuurstang. 'Niet als het verdomme aan mij ligt.'

Lulu kneep haar ogen dicht toen een bliksemflits het duister verlichtte. Ze werd misselijk toen het vliegtuigje bokte, dook en steigerde als een rodeopaard. Ze gilde het uit tijdens een knetterende bliksemflits, kneep haar ogen stijf dicht en bad dat deze gruwelijke reis snel voorbij zou zijn. Ze moest aan Clarice denken, alleen aan Clarice!

De motor brulde toen Finlay het vliegtuigje een duik liet maken om onder de storm te komen. Daarna vlogen ze boven een woeste, zwarte zee zonder enig land in zicht, gedwongen de reis voort te zetten.

Vervolgens begon het te regenen, harde, dikke en genadeloze druppels. Ze raakten doorweekt, de ijskoude naalden geselden hun naakte huid en zorgden ervoor dat ze niets meer konden zien door hun vliegbril. Lulu en Dolly klampten zich aan elkaar vast en hun gemompelde gebeden en angstige snikken werden gesmoord in de kakofonie van de woedende natuurgeluiden.

Uren later leek het wel vlogen ze eindelijk een onbewolkte hemel binnen met fonkelende sterren. 'Zien jullie wel, dames?' riep Finlay. '*No worries*. We landen over een uurtje of zo, dus waarom proberen jullie niet even een tukkie te doen?' Hij keek grijnzend achterom waarna hij zijn aandacht weer op de wijzerplaten en schakelaars richtte.

Ze waren doorweekt en rilden van kou en angst, dronken de laatste druppels cognac op, maar konden geen van beiden slapen.

Het vliegtuigje denderde door de nacht en bereikte vroeg in de ochtend Medan aan de noordkust van Sumatra. 'Hou je vast, dames,' gilde Finlay. 'Deze landing is altijd een beetje lastig!'

Lulu keek opzij en de moed zakte haar nog meer in de schoenen. Ze zag een smalle, onverharde landingsbaan met aan weerszijden palmbomen en hutjes die abrupt eindigde vlak voor een steile klif bij de Straat van Malakka.

Ze kneep haar ogen dicht en greep Dolly's hand toen het vliegtuigje met een keiharde knal uit de lucht leek te vallen. Ze werden door de snelheid in hun stoel gedrukt en snikten van opluchting toen ze slippend tot stilstand kwamen.

'Dat was helemaal niet slecht, hè?' merkte Finlay met een brede grijns op. 'Ik zei toch dat het goed kwam?'

Lulu en Dolly knikten zwijgend, probeerden op adem te komen en de kracht te vinden uit hun gevangenis te klauteren.

'Opschieten, dames. Het schip vertrekt over een halfuur.' Hij tilde hen op en zette hen voorzichtig op de grond. 'Jullie zijn zo weer droog,' zei hij met een blik op hun doorweekte kleren.

In de afmattende vochtigheid van een tropisch regenwoud trokken ze hun dampende, doorweekte jassen uit, maar ze hadden geen tijd om te kijken naar de glimlachende Sumatranen in hun felgekleurde sarongs of naar hun vertederende, naakte kinderen die om hen heen dromden, want Finlay duwde ze al weg.

'Lieve help,' mompelde Dolly en ze wees naar het verroeste vracht-schip dat hen naar Colombo zou brengen. 'Je denkt toch niet écht dat we ons dáárop durven inschepen?'

'Je hebt geen keus, liefje,' zei Finlay, krabbend aan zijn baardstop-pels. 'Het is misschien geen mooi schip, maar het is wel het enige schip dat deze week vanuit deze godvergeten plek vertrekt. Je hebt geluk dát je mee kon.' Hij gaf hen een knipoogje. 'Kom op, anders zitten jullie hier vast tot volgende week donderdag.'

Lulu had moeite met ademhalen in de vochtige lucht toen ze ach-ter Finlay en Dolly aan de steile heuvel af liep. De reis had haar uit-geput, ze rilde van de kou en maakte zich zorgen omdat haar hart onregelmatig leek te slaan. Finlay gaf haar echter geen tijd om haar pillen uit haar tas te pakken en ze zwoegde manmoedig verder, bid-dend dat ze niet in elkaar zou zakken voordat ze bij het schip was.

De trossen werden al losgemaakt van de kaapstanders en de ma-trozen trokken de loopplanken al op toen ze de chaotische kade be-reikten. Finlay begon te rennen, zwaaide met zijn armen en brulde: 'Wacht even, *mate*! Wacht even!'

Dolly greep de tas, keek naar Lulu en nam haar hand. 'We kunnen maar beter gaan rennen,' zei ze, 'anders vertrekken ze nog zonder ons.'

'Ik weet niet of ik dat nog kan,' hijgde Lulu. 'Ga jij maar, ik kom wel achter je aan.'

Met een donkere blik in haar groene ogen zei Dolly: 'Ik laat je niet achter, hoor. Kom op, geef me een arm.'

Lulu vocht om adem en leunde op Dolly terwijl ze over de kade strompelde. Haar hoofd leek boordevol stormwolken, de kade leek onder haar voeten te bewegen, de matrozen en nieuwsgierige toe-schouwers leken af en toe onscherp te worden. Met haar laatste krach-ten, en denkend aan Clarice, liep ze door.

De kapitein leunde over de brug en schreeuwde iets tegen Finlay die steeds roder werd omdat hij heel weinig Maleis sprak. Nieuwsgie-rige dekknechten op blote voeten groepten samen om te kijken en ten slotte werd met tegenzin één loopplank neergelaten.

Lulu kon bijna geen woord uitbrengen toen ze Finlay wilde bedanken.

'Ben je wel in orde, liefje?' vroeg hij met een bezorgde blik op zijn zonverbrande gezicht.

'Als we aan boord zijn, wel weer,' zei Dolly kortaf. 'Dank je wel, Finlay. Dit was een bijzonder leerzame reis.'

Lulu leunde zwaar op Dolly toen ze de steile loopplank op liep. Daarna zakte ze op het smerige dek in elkaar. Ze grabbelde in haar handtas, vond haar pillen, slikte er eentje droog door en probeerde zich te ontspannen. Ze kon het zich niet permitteren om ziek te zijn op deze roestige hulk, want ze betwijfelde of zich te midden van deze inlandse bemanning die amper Engels sprak een dokter bevond.

Meteen werd de loopplank weer ingetrokken en kwam het vrachtschip los van de kade. Met een zwaai van zijn hoed draaide Finlay zich om en hij liep omringd door een hele stoet kinderen de heuvel weer op. De vaart naar Colombo zou drie of vier dagen in beslag nemen en daarna zou het nog twee weken duren voor ze in Londen waren.

Lulu leunde tegen het schot, haar hart was nog steeds van slag door de idiote vlucht naar de haven en ze was weer duizelig. Ze had het nooit zover moeten laten komen, ze had Clarice nooit zo lang alleen mogen laten. Hoeveel tijd ze ook hadden bespaard door deze hectische manier van reizen, de reis zou nog steeds te lang duren. Ze zou het zichzelf nooit vergeven als er iets met Clarice gebeurde voordat ze bij haar was.

Joe schopte zijn laarzen uit en liep met de honden mee de keuken in. Molly had ter gelegenheid van kerst overal papieren slingers opgehangen en er stond een kleine dennenboom in de hal die ze nog moest versieren met goud- en zilverkleurige ballen die ze al had sinds hij klein was.

Hij pakte een biertje uit de gaskoelkast en nam dankbaar een grote slok. Het was een hete dag geweest en hij vond dat hij dit wel had verdiend. Hij leunde tegen het aanrecht, keek naar buiten en vroeg zich af of Lulu de hitte in Queensland wel kon verdragen. Daar was de hitte veel erger, droger dan in Tasmanië, zonder het verkoelende zeebriesje.

Met het bierflesje in de hand liep hij naar de *two-way* in de hal. Hij had haar al een paar dagen niet gesproken en miste het geluid van haar stem. Hij moest haar ook iets vertellen – een verrassing die hij had gepland – en hij hoopte dat ze het leuk zou vinden.

'Als je met Lulu wilt praten, kun je je de moeite besparen,' zei Molly die binnenkwam. 'Frank belde me net. Ze is op weg naar Engeland.'

'Maar ze zou pas eind januari vertrekken!'

'Clarice ligt in het ziekenhuis en het ziet er niet goed uit.'

Joe was ontzettend teleurgesteld. 'Ik was van plan haar in Melbourne op te zoeken voordat ze vertrok,' zei hij. 'De data pasten precies en ik had haar mee willen nemen naar de Australia Day-festiviteiten.'

Molly haalde haar schouders op en liep langs hem heen naar de keuken. 'Misschien is het maar beter zo,' zei ze. Ze stak haar armen in haar gebloemde schort en bond hem vast. Ze keek Joe direct maar niet onvriendelijk aan. 'Ik weet dat je iets voor haar voelde, Joe,' zei ze zacht, 'maar het zou niet hebben gewerkt. Niet als je allebei aan een andere kant van de wereld woont.'

Hij wist dat ze gelijk had, maar kon het nog niet accepteren. Lulu was vertrokken en nu al leek de wereld veel leger.

Toen het schip voor anker ging, hing er een dikke mist boven Londen en na een haastig afscheid van Dolly stapte Lulu in de wachtende taxi en reed naar Sussex. Ze was uitgeput en ziek van bezorgdheid, maar er was niets waardoor ze de taxi sneller kon laten rijden. Zoals altijd leek het wel alsof de laatste paar kilometers van een reis het langste duurden.

Ze leunde achterover in de leren stoel en sloot haar ogen. Franks organisatievermogen was indrukwekkend geweest. De reis naar Colombo was niet comfortabel geweest en zij en Dolly waren het grootste deel van de reis ziek geweest, maar ze waren op tijd bij het schip geweest. Ze hadden geen van beiden zin gehad om mee te doen met de kerst- en nieuwjaarsfeesten aan boord. In plaats daarvan hadden ze regelmatig een wandeling over het dek gemaakt en tijdschriften en boeken gelezen. Frank had zelfs deze taxi geregeld – en betaald – om haar naar huis te brengen. Ze had geen idee hoe ze hem moest terugbetalen.

Vier uur later was ze bij het ziekenhuis. Clarice lag diep te slapen, had moeite met ademhalen en zag er ongelooflijk klein en broos uit in het grote ijzeren bed. Lulu ging op de stoel naast haar bed zitten en begon bezorgd en wanhopig te huilen. Ze had er zo lang over gedaan om hier te komen, zou ze nu te laat zijn? Zou ze Clarice ooit kunnen vertellen hoeveel ze van haar hield?

De dokter kwam met een ernstig gezicht de kamer binnen. 'Ik ben blij dat je op tijd kon komen,' mompelde hij.

'Wat is er gebeurd? Ze gaat toch niet dood, hoop ik?'

Hij keek naar Clarice en keek Lulu niet aan toen hij haar vertelde dat ze was gevallen. 'De wond op haar gezicht ziet er erger uit dan het is en geneest al mooi,' zei hij. 'De botbreuk is goed genezen en ze herstelde goed toen de kou op haar borst verergerde.' Hij keek nu nog ernstiger. 'Ze heeft nu longontsteking, vrees ik en haar hart functioneert niet goed. Ze is heel zwak, ik ben bang dat u met het ergste rekening moet houden.'

Lulu werd verblind door haar tranen. 'Hoelang?' fluisterde ze.

'Hoogstens een paar dagen,' antwoordde hij zacht. Hij keek naar haar vieze reiskleding, de tas aan haar voeten en de wallen onder haar ogen. Hij was haar huisarts geweest vanaf het moment dat ze als kind in Engeland was gekomen. 'We hebben haar kalmerende middelen gegeven. Waarom ga je niet even naar huis om te rusten? Ik bel je wel als er iets verandert.'

Lulu schudde haar hoofd. 'Ik ga nergens naartoe,' zei ze vastbesloten.

'Heb je je medicijnen wel bij je, Lulu? Jij ziet er ook niet goed uit.'

'Met mij gaat het goed.' Ze pakte de kleine, tere hand die zo roerloos op het gesteven laken lag en drukte hem tegen haar wang. 'Kan ik nog met haar praten, denkt u?'

'Ze is de afgelopen twee weken af en toe bij bewustzijn geweest, maar dan is ze niet altijd helder. Ik zou maar niet te veel hoop koesteren, Lulu.'

In de loop van de dag en de nacht kwamen en gingen verpleegkundigen en artsen. Lulu bleef naast het bed zitten, met Clarice' hand in de hare en vertelde haar zacht over de avontuurlijke reis hiernaartoe. Lulu wist niet of ze haar kon horen, maar haar monoloog maakte een einde aan de kalme, bijna verwachtingsvolle stilte in de ziekenhuiskamer.

De volgende ochtend kwam Vera Cornish zachtjes binnen. 'Ik hoorde dat je terug was,' zei ze luid fluisterend. 'Ik heb dit meegenomen, dacht dat dit haar kon opvrolijken.' Ze legde de narcissen op het nachtkastje en keek naar Clarice. 'Geen verandering, neem ik aan?'

Lulu had die nacht heel even geslapen en was uitgeput. Toen ze de heerlijk vertrouwde Vera zag, werd het haar te veel en ze viel haar snikkend om de hals. 'Ze gaat dood, Vera. Ik had nooit weg mogen gaan.'

Vera gaf haar een zakdoek en duwde haar zachtjes naar de deur. 'Droog je ogen en ga je wassen,' zei ze bruusk. 'Madam zal je niet in deze verschrikkelijke staat willen zien.' Ze grabbelde in haar grote boodschappentas en haalde er een paar in vetvrij papier gewikkelde pakjes uit die ze op het nachtkastje legde. 'Als je jezelf hebt opgefrist, kun je eten. Ik heb een hartige taart, net uit de oven, een fles thee en een stuk cake meegenomen.' Ze keek afkeurend naar Lulu's tengere lichaam en klakte als een moederkip met haar tong.

Lulu voelde zich iets beter nadat ze zich had gewassen, maar ze merkte dat ze helemaal geen trek had ook al rook Vera's eten heerlijk. Ze dwong zichzelf iets te eten om Vera, die druk in de weer was, te-vreden te stellen. Vervolgens vertrok Vera met de belofte later terug te komen. Lulu bleef achter en opende de brieven die Vera had meegenomen.

De meeste waren aan Clarice gericht en wensten haar beterschap. Er was geen brief van Joe, het was te snel en hij wist misschien niet eens dat ze in Engeland was.

'Lorelei?'

Ze liet de brieven vallen en liep snel naar het bed. 'Goddank, o goddank,' snikte ze. Ze pakte de tengere hand en drukte hem tegen haar wang.

'Wat doe je hier?' vroeg Clarice met een ijle en verwarde stem.

'Ik ben naar huis gekomen,' zei ze, en ze streek voorzichtig het grijze haar van het bleke voorhoofd. 'Ik ben hier, moedertje, en ik laat u nooit weer alleen.'

Clarice verschoof met haar hoofd en zei met tranen in haar ogen: 'Moedertje, wat heerlijk.'

'Het spijt me zo dat ik dat nooit eerder heb gezegd.' Lulu boog zich over het bed, met haar gezicht vlak bij dat van Clarice. 'U bent de enige moeder die ik ooit heb gehad, de beste moeder in de wereld en ik hou ontzettend veel van u.'

'Ik hou ook van jou,' mompelde ze.

Lulu bleef haar hand vasthouden toen Clarice weer in slaap viel. Ze wist niet wat ze moest denken. Durfde ze te geloven dat Clarice zou herstellen? 'U moet beter worden,' fluisterde ze. 'Ik heb u nodig, tante Clarice.'

Maar Clarice werd de drie dagen daarna niet meer wakker.

Terwijl het buiten zachtjes sneeuwde, zat Lulu vlak bij de radiator een oude brief van Joe te lezen. De toon was een beetje vormelijk, maar de brief stond vol wetenswaardigheden over de dagelijkse gang van zaken op Galway House, de races en de successen en mislukkingen van zijn paarden. Bob was terug in het zadel en hij en Ocean Child hadden een paar races gewonnen en een handicap verdiend. Daarom mocht hij in het nieuwe jaar meedoen aan een belangrijke wedstrijd in Melbourne. Molly en Franks dagelijkse gesprek via de *two-way* had roddels op gang gebracht, en Eliza en haar vader woonden inmiddels buiten Railton dat maar een paar kilometer verderop lag. Ze was nu een vertrouwde verschijning op het stalerf, wat Molly geweldig vond, maar Joe was bang dat ze de stalknechten afleidde.

Lulu probeerde haar jaloezie te onderdrukken. Ze had geen enkel recht dit te voelen, maar door deze brief verlangde ze er weer naar hem te zien.

Dolly's haastig geschreven briefje was verstuurd vanaf het landgoed van de familie, waar ze zich tevreden had teruggetrokken en nu al leerde hoe ze de stamboom van hun vee kon verbeteren. Haar vader was geschrokken van haar besluit, maar begon al aan het idee te wennen nu hij zag dat het geen bevlieging van haar was. Haar relatie met Freddy was een zachte dood gestorven zonder spijtige gevoelens aan beide kanten, ze had niets meer gehoord van haar chanteur en ze had zin in het plaatselijke jachtfeest waar ze naartoe zou gaan aan de arm van een jongeman die op een groot naburig landgoed Brahma-stieren fokte.

Bertie's brief was kort en to the point. Hij was heel blij dat ze terug was, het speet hem dat Clarice ziek was en hij vond het bijzonder dat Lulu familie was van Sybilla Henderson. Hij sloot zijn brief af met de vraag wanneer hij de in opdracht gemaakte beelden kon verwachten.

Lulu hoorde geritsel van beddengoed en liep snel naar Clarice' bed. 'Hallo, moedertje,' zei ze zacht. Ze drukte een kus op het bleke voorhoofd.

Clarice' greep op haar vingers was zwak. 'Ik ben blij... hem gevonden,' zei ze, moeizaam ademend. 'Frank is... goede man.'

Deze korte toespraak scheen haar uit te putten en ze zweeg. Ze haalde moeizaam adem en had duidelijk pijn.

'Zal ik de dokter halen? Heeft u meer medicijnen nodig?'

Clarice sloot haar ogen en verschoof haar hoofd op het kussen. 'Nee,' kraste ze. 'Heb je... Gwen gezien?'

Lulu beet op haar lip. 'Even,' antwoordde ze, 'maar we hadden elkaar niet veel te zeggen.'

De fletse blauwe ogen keken haar strak aan en ze haalde reutelend adem. 'En,' hijgde Clarice, 'vertelde ze... over mij en... vader?'

'Ze zei iets,' zei Lulu omzichtig, 'maar ze is altijd zo'n leugenaar geweest, ik geloofde haar niet.'

'Het was waar,' hijgde ze. 'Dacht... van hem hield... wat gebeurde... niet mijn schuld.'

'U hoeft het niet uit te leggen, moeder. Vermoei uzelf alsjeblieft niet zo.'

Clarice pakte haar vingers steviger vast, wilde duidelijk vertellen, uitleggen voor het te laat was. 'Maakte misbruik... domme jonge vrouw.' Ze zweeg, had een blos op haar wangen, haar borstkas ging heftig op en neer.

'Uiteindelijk heeft hij jullie allemaal slecht behandeld,' zei Lulu. 'Dat vertelde Primmy me. Ik heb bijna medelijden met Gwen,' bekende ze, 'omdat ze hem bewonderde en hij haar verliet.' Ze boog zich naar Clarice toe. 'Maar ik heb een lange reis moeten maken om te kunnen begrijpen waarom Gwen zich gedroeg zoals ze zich gedroeg, en om me te realiseren dat ik gezegend ben met u, moeder. Bedankt dat u me hebt gered en van me houdt.'

Er rolde een enkele traan over de perkamenten huid, die op het kussen terechtkwam. Haar greep verslapte. 'Moe,' hijgde ze. 'Zo ontzettend moe.'

'Ga dan maar slapen, moedertje. Ik ben hier als u weer wakker wordt.'

Clarice' oogleden vielen dicht en Lulu haalde Joe's brief weer tevoorschijn zodat ze hem nog een keer kon lezen.

'Is... van Joe?' vroeg Clarice met een slaperige stem.

'Wilt u dat ik hem voorlees?'

'Nee,' zuchtte ze. 'Persoonlijk... privé.'

Haar stem stierf weg en ze leek in de kussens te verdwijnen.

'Nee hoor, niet echt, en ik weet zeker dat Joe het niet erg zou vinden,' zei Lulu. Ze streek het dunne papier glad.

'Ga... je... terug?'

Lulu's tranen bleven steken achter de brok in haar keel. 'Waarschijnlijk niet,' bekende ze. 'Ik vind het fijn hier met jou in Sussex.'

'Hou je van Joe Reilly?' Clarice' stem klonk verrassend sterk, haar ademhaling ging opeens veel minder moeizaam toen ze haar ogen opende en Lulu strak aankeek.

Lulu bloosde en knikte, hoopte dat het nu beter ging met Clarice. 'Dat denk ik wel,' gaf ze toe, 'maar...'

Voor zo'n frêle dame pakte Clarice haar vingers verrassend stevig vast. 'Ga dan naar hem toe, lieve meid. Zeg het tegen hem. Verspil je leven niet.'

'Ik verlaat u niet nog eens, moeder.'

De greep verslapte, haar hand viel op de sprei en haar ogen gingen dicht. 'Je hart heeft altijd in Tasmanië gelegen,' zei ze zacht, 'en nu is de man van wie je houdt daar ook. Wacht niet te lang, liefje. Hij zal niet eeuwig op je wachten.'

Lulu knipperde haar tranen weg. 'Dat verwacht ik ook niet van hem,' zei ze met trillende stem.

'Ik wilde dat ik hem had gekend,' zuchtte Clarice. 'Je zult een knappe bruid zijn.'

'U zult hem ook leren kennen,' snikte Lulu. Ze werd bang doordat Clarice' stem zo moe klonk, zo ver weg, alsof ze wegleed, stukje bij beetje bij haar wegging. 'En natuurlijk ziet u me nog als bruid. U klinkt en ziet er al zo veel beter uit. Het duurt niet lang meer...'

Clarice' perkamenten huid werd transparant in het winterse licht dat naar binnen viel, en haar oogleden trilden.

Lulu greep haar hand. 'Niet gaan slapen, moeder. Alsjeblieft niet. Ik heb u nog zo veel te vertellen.'

'Ik moet gaan,' mompelde ze. 'Eunice roept me.' Haar stem stierf weg en met een laatste zucht liet Clarice haar alleen.

Lulu ging op het bed liggen en nam haar in haar armen. Ze omhelsde haar zacht en streelde het grijze haar. Haar hart brak, haar moeder was overleden en ze had zich nog nooit zo alleen gevoeld.

Joe zat in zijn rommelige kantoor, Lulu's brief lag voor hem op het bureau. Het speet hem dat Clarice was overleden en de gedachte dat Lulu in diepe rouw was vond hij verschrikkelijk. Gefrustreerd doordat hij haar op geen enkele manier kon helpen, schoof hij zijn stoel achteruit. Hij ging in de deuropening staan, met zijn handen in zijn zakken, zijn schouder tegen de deurpost. Kon hij maar vrij nemen en naar haar toe gaan, maar Engeland was zo ver weg en hij had hier verantwoordelijkheden die hij niet kon negeren. Het was een onmogelijke situatie.

Hij dacht weer aan haar brief. Ze was gelukkig niet alleen, want Sybilla was eerder uit Brisbane vertrokken dan gepland. Zij regelde alles tot Lulu weer in staat was het te doen. Lulu schreef dat ze troost vond in haar werk en een groot deel van haar inkomsten uit de opdrachten opmaakte, maar ze schreef niet dat ze naar Tasmanië zou terugkeren nu ze vrij was, en dat vond hij nog het moeilijkst.

'Joe?' Eliza kwam eraan gelopen. 'Volgens mij moet je hier even naar kijken.'

'Wat is er dan, Eliza?'

'Dat zie je snel genoeg,' zei ze grimmig. 'Kom mee.'

Hij liep achter haar aan over het omheinde weiland naar het lommerrijke hoekje dat jaren geleden was omheind toen zijn grootvader nog leefde. Alle huisdieren van het gezin waren hier begraven, elk plekje was gemarkeerd met een kruis en hun naam.

'Waarom heb je me hiernaartoe gebracht?'

'Kijk,' zei ze met trillende stem en ze wees.

Toen zag hij de nieuwe kruisen en hij kreeg het ijskoud. Er stonden drie kruisen, elk getooid met een poppenhoofd zonder ogen. De namen op elk kruis waren slordig geschreven, maar zeer goed leesbaar: MOLLY FRANK LORELEI.

Joe kreeg de kriebels toen hij die lege ogen zag. Gwen Cole wilde nog steeds wraak nemen en niemand kon voorspellen wat haar waanzinnige geest nu weer zou verzinnen.


Inmiddels was het maart en Sybilla was de afgelopen drie maanden een geweldige hulp gebleken. Hoewel ze cynisch bleef en behoorlijk bazig was, vroeg Lulu haar steeds vaker om advies.

Het huis leek veel minder leeg als Sybilla er was en doordat ze vaak samen in het zomerhuis werkten en lange wandelingen maakten, verdiepte hun vriendschap zich. Echte troost vond Lulu echter in haar werk. De stukken die ze in opdracht moest maken, konden bijna naar de gieterij en ze was al begonnen aan een paar eigen ontwerpen op basis van de schetsen die ze in Australië had gemaakt.

'Wat denk jij dat ik zou moeten doen, Sybilla?' Ze waren in het zomerhuis en er scheen een waterig zonnetje naar binnen. 'Ik krijg alles écht niet af voor de tentoonstelling en ik wil Bertie niet nog een keer teleurstellen.'

'Die laatste drie stukken kun je gemakkelijk afkrijgen voor juli,' zei ze, 'en Bertie verwacht echt niet zo veel van jou dit jaar. Ik zou me er maar niet druk over maken.' Sybilla keek haar peinzend aan, legde haar paletmes neer en streek met haar vingers door haar warrige haar. 'Het wordt tijd dat je mij niet meer overal advies over vraagt, weet je. Ik heb een man en een huis in Brisbane en ik zal een keer terug moeten.'

Lulu glimlachte, totaal niet onder de indruk van haar toon. 'Vindt hij het niet erg dat je zo vaak weg bent?'

'Alf redt zich uitstekend zonder mij,' zei ze kortaf. 'Hij gaat zee-vissen en wandelen in de bush en is uren aan het knoeien met zijn motoren. Volgens mij weet hij de helft van de tijd niet eens dát ik weg ben.'

'Hebben jullie kinderen?'

'Kinderen worden overgewaardeerd, als je het mij vraagt,' zei ze snuivend. 'Ze vernietigen je leven door al je energie op te eisen en uiteindelijk kwetsen ze je. Je bent beter af zonder.'

Lulu zweeg toen Sybilla haar paletmes weer pakte en fanatiek klod-ders omber op het doek smeerde. Ze vermoedde dat Sybilla ondanks haar norse uiterlijk heel graag kinderen had gehad en een man die aandacht aan haar schonk, maar die vermoedens zou ze nooit uit-spreken. Als Sybilla haar ooit in vertrouwen wilde nemen, zou ze aan-dachtig luisteren.

'Ik bedenk opeens iets,' zei Sybilla even later. 'Als je erin slaagt iets voor Londen te maken, kan ik de galerie in New York misschien wel overhalen die ook te nemen. Daar heb ik in september een tentoon-stelling en als ze dat goedvinden, zou dat een fantastische opsteker voor je carrière zijn.'

'Denk je echt dat ze dat zouden doen?' vroeg Lulu opgewonden. Ze kreeg opeens nieuwe energie.

'Alleen als je doorwerkt en iets maakt wat ze kunnen laten zien,' zei ze droog, 'en dat lukt je niet als je zo dom blijft zitten grijnzen.'

Lulu schoot in de lach en wijdde haar aandacht weer aan haar tekeningen. Haar verbeelding sloeg op hol. Sybilla had gelijk. Het zou haar heus wel lukken om op tijd nog een paar stukken te maken. Ze hoefde ze niet in brons te laten gieten, ze konden ook in de oven worden gedaan, waardoor ze het rustieke uiterlijk kregen dat ze wilde.

'Ze is verdwenen,' zei Molly met haar armen stevig over elkaar alsof ze daarmee de angst die hij in haar ogen zag kon beteugelen. 'De politie zegt dat ze niet thuis is en dat het ernaar uitziet dat haar huis al weken verlaten is. Ze zijn erin geslaagd die vent te vinden met wie ze samenwoonde, maar hij zegt dat ze hem eruit heeft geschopt en de paarden een paar maanden geleden heeft verkocht. Sinds die tijd heeft hij haar niet meer gezien of gesproken.'

Joe duwde haar naar de stoel in zijn kantoor en liet haar plaatsnemen. 'Ik heb de bewaking 's nachts verdubbeld,' stelde hij haar gerust, 'en iedere man heeft een geweer. Ze durft heus niet terug te komen, niet nu ze weet dat we haar verwachten.'

'Dat met die poppen was al vreselijk,' zei ze rillend, 'en de vervanging van die kapotgesneden banden was heel duur, maar om een dode rat op mijn keukentafel te leggen en al mijn foto's van Patrick kapot te knippen is ziek. Ze is gek, Joe, knettergek en ik moet er niet aan denken wat ze hierna zal doen.'

Joe legde zijn hand op haar schouder, maar wist niet wat hij moest zeggen. Gwen Cole's terreurcampagne had hen allemaal in de greep. De stalknechten bewaakten 's nachts het huis en de renstal, de politie controleerde regelmatig de omgeving en de buren hielden ook een oogje in het zeil. De eigenaren begonnen zenuwachtig te worden, mompelden al over het terughalen van hun paarden. Als dit nog lang doorging, zou ze zijn bedrijf om zeep helpen. Hij was wel blij dat Lulu veilig in Engeland zat.

'We overleven dit wel,' probeerde hij haar gerust te stellen. 'Als ze waanzinnig is, wordt ze slordig en dan duurt het niet lang meer voor ze wordt opgepakt en voorgoed opgesloten.'

Het was juli en omdat het huis in Londen allang was verkocht, hadden Sybilla en Lulu vlak bij de galerie een hotel genomen. Bertie kende de eigenaar van de galerie heel goed en had met hem afgesproken dat Lulu daar mocht exposeren. Nu was het avond, het publiek verspreidde zich lachend en pratend van de galerie naar buiten, de goed verzorgde tuinen in. Binnen liepen obers met champagne en kaviaar van het ene groepje naar het andere, sigarettenrook kringelde omhoog naar de kroonluchters en het rook er sterk naar allerlei parfums.

Lulu zei met een grijns tegen Sybilla: 'Zo te zien vinden ze het allemaal mooi.'

Sybilla glimlachte en zwaaide haar haar naar achteren. 'Volgens mij kunnen we wel zeggen dat wij erin zijn geslaagd om Australië onder de aandacht te brengen van de Londenaars,' zei ze met haar Queensland-accent. 'En als we in september in New York exposeren, zul je zien dat ze daar ook van ons houden.'

Lulu's ogen werden groot van opwinding. 'Zijn ze akkoord gegaan?'

'Natuurlijk,' zei Sybilla hooghartig. 'Ik heb wel een béétje invloed, weet je, en Bertie kan heel goed aan allerlei touwtjes trekken.' Ze zwaaide naar iemand aan de andere kant van de galerie en zweefde weg, in een wolk van rode en paarse zijde.

Lulu kon niet ophouden met glimlachen. New York. Wie zou dat hebben gedacht? Ze keek naar Sybilla's schilderijen aan de witte muren. Met hun verschroeide kleuren en woeste schoonheid brachten de doeken de outback tot leven, en ze kon de eucalyptus bijna ruiken. De zus van haar vader was een getalenteerde kunstenares, ze kon een perfecte kopie maken van de rotsbodem van de bush, van een waterval die over de steile rode rotsen naar beneden denderde en de regenboog die daardoor ontstond. Met haar delicate toets kon ze de gretige blik in het oog van een winterkoninkje vangen en de dreigende kracht van de wigstaartarend die boven zijn prooi cirkelde.

Lulu was blij dat ze een momentje voor zichzelf had en liep tussen de bezoekers van de galerie door naar haar eigen werk te kijken. Dit was totaal anders dan haar vorige tentoonstelling; er waren minder stukken, ze waren veel minder gestileerd en er waren geen grote bronzen beelden bij.

De naakten waren zestig centimeter hoog en stonden verspreid in de ruimte op dunne glasplaten. Er stond een beeld van Joe met zijn breedgerande hoed op, zadel over zijn schouder, hond aan zijn voeten. En een beeld van Peter die vanonder zijn bushhoed in de zon tuurde met zijn lange jas bijna tot aan de hakken van zijn laarzen. Het grootste beeld was bijna een meter hoog. Het was een boomstam waarvan de afbladderende schors op papier leek en aan de voet van de stam zat een kleine rotswallaby met alert gespitste oren zijn neus te poetsen.

Lulu liep door tot ze bij het kind was. Ze zat naast een emmer en een schepje, en drukte met haar kleine, stervormige handje een schelp tegen haar oor. Ze luisterde met grote ogen verbaasd en nieuwsgierig naar de ruisende oceaan. Haar favoriete stuk was het veulen dat ze had gemaakt met behulp van de tekeningen die ze in Hobart had geschetst op de avond waarop Joe haar voor het eerst had gekust.

Dat stuk had haar de meeste moeite gekost en ze had het pas de vorige dag afgemaakt, maar het riep zulke verdrietige herinneringen op dat de tranen haar in de ogen sprongen. Zonder Clarice en Joe leek alles nogal zinloos.

'Ik vind dat kind met die schelp heel mooi. Ben jij dat?'

Lulu draaide zich verbaasd en blij om. 'Dolly,' riep ze uit. 'Je hebt me helemaal niet verteld dat je zou komen!'

'Ik had dit voor geen goud willen missen, liefje,' mompelde Dolly terwijl ze elkaar omhelsden. Ze droeg een waanzinnige creatie van zijde en kant die weinig aan de verbeelding overliet, maar haar ogen stonden helder en haar gezicht glom van gezondheid. 'Práchtige tentoonstelling. Ik herken Joe en Peter, je bent zó knap, en ik vind dat veulen gewoon schítterend. Ik wil je voorstellen aan Jasper Harding.'

Lulu gaf hem glimlachend een hand. Jasper was op een boerse manier knap, maar zijn accent was privéschool, zijn formele kleding van Saville Row. Ze vond dat hij er leuk uitzag en aan de glinstering in Dolly's ogen te zien vond zij dat ook. Ze kletsten even met elkaar, waarna Jasper wegliep om met Bertie en Sybilla te gaan praten.

'En?' vroeg Dolly ademloos. 'Hij heeft me ten huwelijk gevraagd en daar ben ik serieus over aan het nadenken.'

'Gefeliciteerd,' zei Lulu, 'maar vind je niet dat dit een beetje te overhaast is?'

Dolly glimlachte verlegen en bloosde. 'Je weet wanneer het de ware is,' zei ze, 'vanaf het eerste begin.'

Lulu grijnsde van plezier. 'Als jij het zegt.'

'Oh, maar het is écht zo, liefje.' Met grote ogen voegde ze eraan toe: 'En daarom móét je terug naar Joe. Ik kan zien dat je van hem houdt. Waarom blijf je híér rondhangen?'

'Omdat ik een tentoonstelling heb, of had je dat niet door?'

Dolly zei afwijzend: 'Je hóéft hier niet te zijn en Joe wacht niet ééuwig op je, Lulu.'

Dolly zei hetzelfde als Clarice had gedaan en Lulu voelde een steek van verdriet.

'Luister, liefje,' zei Dolly en ze greep Lulu's pols, 'ik weet dat het een afschúwelijk jaar is geweest, met Clarice en zo, maar ben je écht van plan om jezelf de rést van je leven in je werk en in dat enórme huis te begráven?'

Ze zweeg even en nam snel een trekje van haar sigaret. 'Je kunt overál werken, en nu Sybilla en Bertie je onder hun hoede hebben genomen, kan je carrière zich ontwikkelen wáár je ook woont.' Ze trok haar stola van marterbont over een slanke schouder en zwaaide met haar ivoren sigarettenpijpje om haar woorden kracht bij te zetten. 'Sybilla woont in Brisbane, liefje – hoe ver is dát wel niet van de beschaving – en dat heeft geen énkele belemmering gevormd voor háár carrière, wel? Tasmanië ligt dan misschien wel aan de andere kant van de wereld, maar kunst is móndiaal,' zei ze met een zwierig gebaar.

Lulu had na Clarice' overlijden nog niet echt over haar toekomst nagedacht en ze had zich inderdaad in haar werk begraven omdat ze de afgelopen maanden geen belangrijke beslissingen had kunnen nemen. Het huis was inderdaad veel te groot voor haar, maar ze vond het een vreselijke gedachte het te verlaten omdat het haar nog te veel aan Clarice deed denken, het al generaties lang in de familie was en ze zich daar veilig voelde.

Maar veiligheid en knusse vertrouwdheid vormden ook een gevaar. Sybilla zou na de tentoonstelling in New York naar Brisbane teruggaan en Lulu wist niet hoe het zou zijn als ze er alleen met Vera Cornish zou wonen. Haar enige familie woonde aan de andere kant van de wereld, net als de man van wie ze hield.

Dolly's woorden hadden iets in haar wakker geschud. Ze had al eerder iets avontuurlijks ondernomen, dus waarom niet weer? 'Weet je, Dolly,' zei ze, vol liefde voor haar vriendin, 'af en toe zegt zelfs jíj iets zinnigs.'

Een week later kwam Sybilla met de oplossing van het probleem wat ze met Wealden House moest doen. 'Als je echt terug wilt naar Tasmanië, moet je dit huis zeker niet verkopen,' zei ze toen ze in de tuin genoten van de zomeravond. 'Je moet de familiebanden niet doorsnijden en daarom lijkt het me een goed idee als je er een kunstenaarsenclave van maakt. Schrijvers, dichters, schilders en beeldhouwers zouden hiernaartoe kunnen komen om cursussen te volgen of om rustig te werken. Dan zou het huis van jou blijven en als het in Tasmanië toch niet loopt zoals je hoopt, heb je een thuis om naar terug te keren.'

'Wat een geweldig idee,' zei Lulu, 'waarom heb ik dat zelf niet bedacht?'

Sybilla snoof. 'Te druk met aan Joe denken, neem ik aan,' zei ze wijs. 'Ik stel voor dat je hem in een brief op de hoogte brengt van je plannen, maar op een vriendelijke en niet emotionele manier. Je weet niet wat hij voor jou voelt en het heeft geen zin hem in een hoek te drijven.' Ze glimlachte en stak de eerste sigaret op van de twee die ze zichzelf elke dag toestond. 'Ocean Child is een uitstekend excuus om elkaar beter te leren kennen, wat er daarna gebeurt is ongewis.'

Lulu knikte en dacht na over dit advies. 'Hoe zou ik van dit huis een kunstenaarsenclave moeten maken?' vroeg ze. 'Wie zou alles regelen, voor het huis zorgen en voorkomen dat het wordt uitgewoond? Je weet hoe kunstenaars zijn, die kunnen heel nonchalant zijn.'

'Bertie kent vast wel een arme kunstenaar die de kans ervoor te zorgen met beide handen zal aangrijpen, en bovendien is Vera er nog. Zij kan nergens anders naartoe en is net zo verknocht aan deze plek als jij. Zij zal hier vast graag willen blijven.' Ze blies een sliert rook uit. 'Hoewel ik me afvraag hoe ze het zal vinden met een stelletje onvoorspelbare kunstenaars.'

Lulu lachte. 'Dat zal ze heerlijk vinden. Ze doet niets liever dan ontevreden zijn.'

'Dat is dan geregeld. Zullen we iets drinken om het te vieren? Dan kunnen we Vera meteen vertellen wat we voor haar in petto hebben.'

Vera keek hen aan alsof ze gek waren geworden. 'Dat weet ik niet, hoor,' snoof ze terwijl ze haar armen onder haar boezem over elkaar sloeg. 'Kunstzinnige types kunnen behoorlijk getikt zijn.' Ze keek Sybilla met haar gebruikelijke afkeuring aan.

'Ik beloof je dat jij uiteindelijk mag bepalen wie de beheerder wordt,' zei Lulu. 'Denk er alsjeblieft over na. Clarice zou willen dat je bleef.'

'Ik zal erover nadenken,' mompelde ze. 'Maar als jullie het niet erg vinden, vanavond is mijn kienavond in het raadhuis en de dominee vindt het niet prettig als ik te laat kom.'

345

De volgende paar weken waren opwindend, maar emotioneel uitputtend. Lulu regelde alles en kreeg nieuwe energie door de gedachte dat ze terugging naar Tasmanië en Joe. Vera ging akkoord met de beheerster, Phoebe Lowe, een vriendin van Lulu van de kunstacademie die een moeilijke periode doormaakte, maar die zou samenwerken met Bertie die de financiële kant zou regelen. Een klein deel van Lulu's grote erfenis zou worden besteed aan een jaarlijkse beurs voor arme kunstenaars die het zich anders niet zouden kunnen permitteren om te komen, en heel veel potentiële cliënten hadden al inlichtingen ingewonnen.

Het moeilijkste vond ze het inpakken van Clarice' bezittingen, maar samen met Vera ging ze aan de slag met kisten en koffers, die zouden worden opgeslagen tot Lulu had besloten wat ze ermee wilde doen. Wealden House begon aan een nieuw leven, alle slaapkamers werden opgeknapt voor de gasten, de eetkamer werd ingericht voor lezingen en voordrachten, en in de salon zetten ze comfortabele banken en stoelen neer. Lulu's werk was uit het zomerhuis gehaald, de kleinere stukken waren in kratten gestopt om naar Tasmanië te worden verscheept en de grotere zouden in Bertie's galerie worden opgeslagen tot ze zich had gevestigd.

Een week voordat zij en Sybilla naar New York voeren, gingen ze naar de bruiloft van Dolly en Jasper. Die vond plaats op de laatste dag van augustus in de pracht en praal van een kapel die al eeuwenlang op het landgoed van de Carterets stond. Freddy had een knap meisje meegenomen dat heel erg op Dolly leek, maar veel minder opvallend was. Lulu nam aan dat Dolly het bruidsboeket expres haar kant op had gegooid.

Op de laatste dag dwaalde Lulu door Wealden House en dacht terug aan alle jaren dat ze hier zo gelukkig was geweest. Er hing een verwachtingsvolle sfeer in het oude huis, alsof het opnieuw ontwaakte en ze begreep dat dit het begin was van een nieuw leven. Ze hoefde niet te huilen, want hoewel elk vertrek herinneringen in haar opriep, wist ze dat ze die altijd bij zich zou dragen.

Sybilla bleek een goed geïnformeerde en ervaren reizigster tijdens de overtocht over de Atlantische Oceaan en tijdens hun drieweekse verblijf liet zij Lulu kennismaken met New York.

Lulu genoot van de opwindende, bruisende stad, bewonderde de torenhoge gebouwen en de snelle, toeterende gele taxi's, en was ver rukt over de vele theaterproducties en de grote parken, de luisterrijke winkels en galeries. Maar ondanks het gastvrije New York en haar opwinding over het feit dat haar werk tentoon werd gesteld, dacht ze vooral aan Tasmanië, en aan Joe.

De tentoonstelling was een succes en Lulu vertrok samen met Sybilla uit New York in de wetenschap dat ze in haar werk meer had bereikt dan ze ooit had durven dromen, maar ze bleef zich afvragen of Joe van haar hield. Toen het schip steeds dichter bij Australië kwam, onderdrukte Lulu deze twijfels door hem een lange brief te schrijven waarin ze hem vertelde over de kunstenaarsenclave, New York en haar besluit om in Tasmanië te gaan wonen. Ze vertelde hem niet wanneer ze zou aankomen en niets over haar plannen voor de toekomst. Tijd en afstand konden alles intenser doen lijken dan ze waren en daarom hield ze haar toon opgewekt en vriendelijk, en ze liet niets doorschemeren over haar gevoelens of verwachtingen.

Ze postte de brief in Brisbane en nadat ze een paar weken op Warrego Station had gelogeerd, reisde ze naar Melbourne, stapte aan boord van de *Loongana* en vertrok naar Tasmanië.

# 18

Het was een zachte lenteavond en toen de zon langzaam achter de heuvel verdween, werden de schaduwen langer. Joe zat bij Molly en Eliza op de veranda met een biertje, terwijl Dianne het avondeten klaarmaakte en zoals gewoonlijk kwam het gesprek op Gwen en de problemen die ze de laatste maanden had veroorzaakt.

'Ze is teruggestuurd naar Poatina en wordt meteen gearresteerd zodra ze zich op minder dan dertig kilometer van Galway House begeeft,' zei Joe grimmig, 'en omdat haar laatste aanval op ons al ruim een maand geleden is, ga ik ervan uit dat het voorbij is.'

'Je zou toch denken dat Arnie Miles iets had kunnen doen om haar achter de tralies te houden,' zei Molly boos. 'Die verdomde vrouw is een gevaar.'

'Hij is maar een plaatselijke politieagent die zijn werk probeert te doen. Ze heeft alles ontkend en zonder bewijzen konden ze haar nergens op vasthouden.'

'Hij zag toch wel dat ze loog?' zei Eliza.

'Ik neem aan dat Arnie weet hoe het zit,' zei Joe. Hij nam een grote slok bier. 'Hij zal de politieagent in Poatina wel hebben gezegd haar in de gaten te houden.'

Molly snoof minachtend. 'Ze is erin geslaagd hier binnen te komen zonder dat iemand haar zag. Wie zegt dat ze het niet weer doet?' Ze sloeg haar armen strijdlustig over elkaar. 'Als ik haar binnen een straal van honderd meter van hier zie, schiet ik haar neer, reken daar maar op.'

Joe had hetzelfde gevoel. Hij keek naar de honden die onder aan de trap van de veranda lagen te hijgen. Het waren goede waakhonden, maar Gwen was erin geslaagd hier binnen te komen zonder dat ze alarm sloegen. Hij moest er dus van uitgaan dat ze zich in de buurt had verstopt waar ze kon wachten tot de kust veilig was. Een angstaanjagende gedachte.

'Ik neem aan dat we blij mogen zijn dat ze de beesten niets heeft aangedaan,' zei Molly, 'maar toch hebben twee eigenaren hun dieren hier weggehaald. Zo langzamerhand weet iedereen het, Joe. Vandaag kreeg ik alweer een telefoontje van het vasteland met de vraag of de geruchten waar waren. Volgens mij heb ik hen ervan kunnen overtuigen dat de paarden veilig zijn, maar stel dat het niet zo is?'

'Laat de eigenaren maar aan mij over,' zei Joe bruusk. 'Je moet ophouden je hier zorgen over te maken, ma. Je wordt er knettergek van.' Hij keek haar aan, zag de donkere wallen onder haar ogen en vervloekte Gwen inwendig voor de problemen die ze had veroorzaakt.

'Ik wou dat Lulu hier nooit was gekomen,' zei ze opeens. 'Ik zei je toch dat het een vergissing was.'

'Dat is niet eerlijk,' zei hij fel.

'Ik ben het met Molly eens,' zei Eliza kil. 'Als Lulu haar hengstveulen hier niet had gestald en hier niet had gelogeerd, zou Gwen hier nooit naartoe zijn gekomen.' Ze keek hem peinzend aan. 'Misschien moet je overwegen Ocean Child naar een andere renstal te sturen?'

Joe fronste zijn wenkbrauwen. 'Ik dacht dat je Lulu aardig vond?'

'We konden goed met elkaar opschieten,' zei Eliza met een pruilmondje, 'maar ik vond haar eerlijk gezegd een beetje verwaand. Dolly was veel toegankelijker.'

'Nou, we vonden haar écht aardig,' zei Molly. 'Zij kan er niets aan doen dat ze zo'n moeder heeft.' Ze zuchtte. 'Maar je kunt niet ontkennen dat Eliza misschien gelijk heeft. We zouden een andere renstal voor Child moeten zoeken, dan is het misschien voorbij.'

'Ocean Child blijft waar hij is,' zei Joe scherp. Hij keek weer naar zijn moeder. 'De problemen die wij met Gwen hebben gehad, komen misschien eerder doordat ze jaren geleden door jou en pa is tegengewerkt,' zei hij. 'Nu Frank en Lulu weg zijn, zijn we het dichtstbijzijnde doelwit voor haar verwrongen wraak.'

Molly zei peinzend: 'Misschien heb je gelijk, maar ik denk van niet. Ik ben wel blij dat Lulu en Frank buiten gevaar zijn, maar ik wilde dat we wisten of Gwen definitief met haar wraakacties is gestopt of dat ze alleen maar wacht tot we er niet meer op rekenen.'

'We zullen er altijd rekening mee moeten houden,' zei Joe vastbesloten. 'We zullen op onze hoede blijven. Ik ben al bezig met het opzetten van een bewakingssysteem.'

Hij zweeg even, omdat hij wist hoe er op zijn volgende nieuwtje zou worden gereageerd en zette zich schrap. 'Vanochtend kreeg ik een brief uit Brisbane,' zei hij. 'Lulu is in Queensland bij Frank en Peter.'

'Wat doet ze daar in vredesnaam?' Eliza kneep haar ogen tot spleetjes.

Hij zag de geschokte blik van zijn moeder en zwoegde door. 'Ze komt terug naar Tasmanië en gaat in het oude huis van Kirkman bij het strand wonen.'

Tijdens de protesten en de tegenwerpingen die hierop volgden, zag niemand de katachtige gedaante in de donkere schaduwen van het woonhuis. Maar als ze die wel hadden gezien, zouden ze haar meteen hebben herkend.

Toen de *Loongana* in Launceston aanmeerde, snoof Lulu de vertrouwde geuren op van een warme lentedag in november en ze wist dat ze de juiste beslissing had genomen. Ze was eindelijk thuis en ze zou hier blijven, ongeacht wat er tussen haar en Joe zou gebeuren, want hier hoorde ze thuis, en ze was vastbesloten hier een goed leven te gaan leiden.

Ze pakte haar tas en jas op, en liep achter de andere passagiers over de loopplank naar de kade. Omdat ze haar aankomstdatum geheim had gehouden, stond niemand haar op te wachten. Toch zocht ze tussen de mensen op de kade naar een bekend gezicht. Hij was er natuurlijk niet, maar toen ze de paardentrailers en vrachtwagens langs de haven zag staan, verlangde ze ernaar hem te zien.

Ze weerstond de verleiding om meteen naar Galway House te rijden, maar regelde dat haar kisten en koffers in de bestelwagen werden geladen en vertelde waar ze moesten worden afgeleverd. Zodra de auto die ze in Melbourne had gekocht van boord was, smeet ze haar weekendtas in de kofferbak en begon ze in westelijke richting te rijden.

Ze stopte even in de stad om de sleutels te halen en boodschappen te doen. Daarna zette ze haar reis met een tevreden gevoel voort. De felle zon en blauwe lucht van deze perfecte lentedag verwelkomden haar; het troostende en warme gevoel dat ze sinds Clarice' dood had gemist kwam terug toen ze af en toe een verleidelijke glimp van de glinsterende zee opving.

Tijdens haar afwezigheid was de kustweg verhard, maar de bomen vormden nog steeds een prachtige, gevlekte overwelfde laan. Toen ze voor het huis dat ze al sinds haar jeugd bewonderde stopte, stapte ze uit. Ze leunde tegen de motorkap. Het oudere echtpaar dat River View in bezit had gehad was allang dood en de nieuwe eigenaren hadden het aan allerlei mensen verhuurd. Maar iemand had voor het huis gezorgd, want de verf glansde in de zon, de tuinen waren vol kleur en zowel de gazons als de apenboom waren prachtig groen.

Opgewonden duwde ze het hek open. Ze liep langzaam het pad op en stak de sleutel die ze had opgehaald in het slot. Ze duwde de deur open, stapte naar binnen en had het gevoel dat het huis haar omhelsde. 'Hallo, huis,' zei ze ademloos. 'Ken je me nog? Weet je nog dat ik elke dag langskwam van en naar school?'

Ze glimlachte om haar eigen malle gedrag en begon het huis te verkennen. Ze kende het huis weliswaar heel goed, maar was nog nooit binnen geweest. De begane grond bestond uit een ontvangstkamer aan weerszijden van de voordeur, met een erker die uitkeek over de rivier, en een keuken die uitkwam op de ommuurde achtertuin. Boven waren drie slaapkamers en een badkamer. Binnen was alles ouderwets en jammer genoeg verwaarloosd, ondanks de verzorgde voortuin.

Ze liep naar de grootste slaapkamer, deed de ramen en luiken open en liep de veranda op. Ze had nooit gedacht dat ze ooit in dit huis zou wonen, maar nu was ze hier. Ze keek over de snelstromende rivier heen naar de oostkust en zag zeemeeuwen en een paardentrailer tegen de hemelsblauwe lucht.

'Dank je wel, moedertje,' fluisterde ze, 'je hebt me zo veel gegeven.' Ze knipperde haar tranen weg en sloeg haar armen stevig om haar taille. Nu was het niet het juiste moment voor tranen of spijt, maar het moment om te erkennen dat Clarice altijd bij haar zou zijn en altijd over haar zou waken zoals ze haar hele leven had gedaan.

Ze draaide zich om en keek de kamer rond. Het meubilair was gedateerd, te donker en zwaar naar haar zin, maar voorlopig kon het ermee door. De muren hadden een ongezond groenige waas die zou moeten verdwijnen en de gordijnen waren aangevreten door de motten, maar ze had alle tijd om het gezellig te maken. En als alles goed ging en ze de eigenaar kon overhalen het huis aan haar te verkopen, zou ze misschien ooit eigenaar van River View zijn. Blij liep ze naar beneden naar de auto en bracht haar weekendtas naar binnen.

De ochtend ging snel voorbij nadat de mannen haar kisten en koffers hadden afgeleverd. Haar beelden en meer kostbare bezittingen zouden pas na kerst vanaf het vasteland worden bezorgd, allemaal zorgvuldig ingepakt om ze te beschermen tijdens de ruwe overtocht, maar ze wist al waar ze ze wilde neerzetten. Toen ze tussen alle kisten, koffers en dozen stond, besloot ze dat ze nu alleen de noodzakelijkste dingen zou uitpakken en het met de rest rustig aan zou doen.

Om drie uur 's middags was ze moe, vies en warm, en had ze zin in een stevig drankje. Ze had het bed opgemaakt met schoon beddengoed, vloerkleden en gordijnen uitgeklopt, foto's en boeken op planken gezet en wat kleren in de kledingkast opgehangen. Er was nog heel veel te doen, maar dat zou moeten wachten.

De keuken en badkamer waren ouderwets, en het water gutste met onregelmatige, roestige stralen uit de kranen tot de leidingen schoon waren. Nadat ze zich had gewassen en omgekleed haalde ze uit de doos met levensmiddelen de flessen met gin en tonic. Ze hief haar glas in een stille toost op het huis, en op de toekomst, en na een verrukkelijke eerste slok nam ze haar drankje mee naar de achtertuin.

Hij was heel groot, maar zo ingericht dat ze geen tuinman nodig had. Verstopt achter een weelderige wirwar van klimop, rozen en kamperfoelie vond ze iets wat alles perfect maakte. Het zomerhuisje was verwaarloosd, met een verzakkend glazen dak, opgezwollen planken en kapotte ruiten, maar met liefde en zorg zou ze er een perfect atelier van kunnen maken.

Lulu greep de deurknop, die eraf viel, en trok aan de verweerde deur die protesterend in zijn roestende scharnieren openging. Binnen stond allemaal troep en het krioelde er waarschijnlijk van het ongedierte, maar het formaat was precies goed en zodra de vegetatie was weggehaald en het glazen dak hersteld, zou het licht naar binnen stromen. Ze stond even te kijken en te plannen waar ze alles zou neerzetten en maakte in gedachten een lijst van de ambachtslieden die ze nodig zou hebben om alles in orde te maken.

Tevreden en gelukkig liep ze het huis weer in. Ze pakte een lichte jas want de wind was fris en het was bewolkt. Het Tasmaanse weer had een reputatie op te houden, en waarschijnlijk zou het voor het donker werd al gaan regenen. Ze stopte de sleutel in de zak van haar jas, trok de deur achter zich dicht en reed terug naar de stad. Ze had zich lang genoeg verzet. Het was tijd om Joe op te zoeken.

Galway House leek heerlijk vertrouwd, maar ze was vreemd zenuwachtig toen ze op de deur klopte.

'Hallo, Lulu,' zei Molly. 'Ik had al gehoord dat je terug was.'

'Maar ik ben vanochtend pas aangekomen. Hoe –?'

'Dit is Tasmanië, liefje.'

Ze gebaarde dat ze binnen moest komen en liep voor haar uit
naar de keuken waar Dianne groente stond te snijden. Het meisje
keek haar vanonder haar pony aan en knikte toen Lulu haar begroette.

Lulu ging aan tafel zitten. Ze voelde zich niet heel erg welkom en
Molly leek zich net zo ongemakkelijk te voelen als zij.

'Ze zijn weg voor de avondrit,' zei Molly. Ze schonk een kop thee
in en schoof hem over de tafel naar haar toe. 'Maar ze zullen zo wel
terugkomen. Ocean Child heeft echt vorderingen gemaakt de afgelopen paar maanden, maar Joe vroeg zich af...' Ze zweeg en ontweek
Lulu's blik.

'Wat vroeg hij zich af?'

Molly speelde met een theelepeltje. 'De belangrijkste wedstrijden
vinden allemaal op het vasteland plaats, en Joe vroeg zich af of het
niet beter was dat hij daar werd getraind.' Ze keek op naar Lulu en
sloeg haar blik neer.

'Maar Eliza's paarden zijn hier toch ook nog, en die vier paarden die kwamen toen ik hier was?' Lulu keek naar de vrouw die
tegenover haar zat en wist niet wat ze ervan moest denken. 'Op een
bepaald moment zullen ze allemaal wel eens op het vasteland racen,'
zei ze op vlakke toon, 'dus waarom zou het voor mijn hengstveulen
anders zijn?'

'We hebben een paar problemen gehad,' gaf Molly toe, 'en het
zou beter zijn als jouw paard werd verplaatst.' Ze keek op. 'Len
Simpson heeft ruimte in zijn renstal op het vasteland en zou hem
graag nemen.'

Lulu voelde een rilling over haar rug gaan. 'Wat voor problemen?'

Molly beet op haar lip, bleef lang stil, maar vertelde toen over
Gwen. 'Ze heeft al een paar maanden niets meer gedaan, maar we
zouden ons allemaal meer op ons gemak voelen als Child weg was,'
zei ze ten slotte.

Lulu wreef over haar gezicht en langzaam maar zeker drongen
Molly's woorden echt tot haar door. Als Gwen wraak nam op Joe, dan

zou haar komst iets kunnen opwekken wat nog veel gevaarlijker was. 'Het spijt me zo, Molly. Ik wist niet... Joe heeft me nooit iets verteld.'

'Hij wilde je niet bezorgd maken,' antwoordde ze, 'en omdat je zo ver weg was, kon je toch niets doen.'

Lulu pakte haar hand en produceerde een glimlachje. Die arme Molly leek uitgeput en keek erg bezorgd. 'Nu ben ik er wel,' zei ze zacht. Ze stond op en knoopte haar jas dicht. 'Ik hoor dat ze terug zijn van de trainingsbaan. Ik ga wel even naar Joe toe en dan proberen we wel iets te regelen.'

'Hij is in Hobart met Eliza,' zei Molly snel.

Lulu kon zich die renbaan nog goed herinneren, én alles wat er in november was gebeurd. De gedachte dat hij daar nu met Eliza was, had haar niets moeten doen, maar dat was wel het geval. 'Wanneer komen ze terug?'

'Komende dinsdag,' zei Molly, 'maar vrijdag vertrekt hij samen met haar naar Melbourne om te zien hoe Starstruck het doet in zijn grote race.' Ze glimlachte en kreeg weer kleur op haar gezicht. 'Joe wil hem volgend jaar inschrijven voor de Melbourne Cup, als hij zich kwalificeert,' zei ze, 'en volgens mij hebben we dan nog meer te vieren.'

Lulu begreep er niet veel van.

Molly boog zich naar haar toe. 'Joe en Eliza zijn de afgelopen maanden naar elkaar toe gegroeid,' vertrouwde ze Lulu toe. 'Volgens mij is het nog maar een kwestie van tijd voor hij haar een aanzoek doet.' Ze hield haar hoofd schuin en keek Lulu met een heldere blik aan. 'Zou het niet heerlijk zijn als we in een en hetzelfde jaar een Cup-winnaar en een bruiloft hadden?'

De schok en de pijn waren Lulu bijna te veel. Ze ontsnapte zo snel ze kon de keuken uit naar het stalerf. Joe en Eliza zouden gaan trouwen. Ze was te laat. Te laat. Te laat.

Ze merkte amper dat Charlie haar groette en kreeg niets mee van de vrolijke groet van Bob en de andere stalknecht, maar liep naar Ocean Childs stal.

De jonge hengst hinnikte toen hij haar herkende en hij besnuffelde haar toen ze zijn hals streelde en aan zijn oren friemelde. De tranen stroomden over haar wangen. Een teleurstelling als deze was moeilijk te verwerken, en tot ze Joe sprak moest ze zich maar vastklampen aan de hoop dat Molly zich had vergist, dat ze alleen maar had gezegd wat ze hoopte.

Maar als Ocean Child naar het vasteland zou gaan en Joe met Eliza trouwde, zou haar nieuwe leven in Tasmanië al voordat het begonnen was onherstelbaar zijn vernield.

Lulu moest de meeste kisten en dozen nog steeds uitpakken. Ze had geen zin meer om een thuis van haar huis te maken en ze wist dat ze dat niet kon doen voor ze met Joe had gepraat en wist hoe de zaken er voor stonden.

Omdat ze zo rusteloos was, was ze rond het middaguur van huis gegaan. Ze maakte haar dagelijkse wandeling over het strand. De zeemeeuwen krijsten boven haar hoofd en de bomen ritselden in de harde wind, de golven klotsten over het zand en braken tegen de steile oever. Het gebulder van het knalgat werd vergezeld door enorme hoeveelheden water die omhoogspoten, en het strand liep snel leeg toen de badgasten hun kinderen, picknickmanden en dekens bij elkaar graaiden en snel naar huis gingen.

Het haar werd uit haar gezicht geblazen en ze proefde het zoute schuim op haar lippen. Ze genoot van deze woestheid.

Ze stond op het zand en keek naar het water van de oceaan dat steeds hoger kwam. Het water bulderde en ze voelde zich als herboren en heel sterk, klaar om Joe en de toekomst onder ogen te zien. Ze draaide zich om, liep terug naar haar auto en reed weer naar Galway House.

Ze parkeerde de auto achter een enorme vrachtwagen die ze niet herkende, vermeed het woonhuis en liep rechtstreeks naar het stalerf. Ze hoorde stemmen en het geluid van hoeven op keitjes, en vermande zich voor als ze Joe weer zou zien.

Ze verstijfde toen ze bij de hoek van de stallen kwam. Joe liep weg van het stalerf naar de paddocks en de steile heuvel die afliep naar de rivier. Hij was niet alleen. Zijn arm was om Eliza's schouder geslagen en de hare om zijn middel. Hij trok haar naar zich toe, zo dicht dat haar hoofd tegen zijn lichaam rustte, en het was wel duidelijk dat ze de wereld om hen heen niet zagen.

Lulu wilde hen niet bespieden, maar op de een of andere manier kon ze zich niet verroeren.

Op de heuveltop bleven ze staan. Eliza gleed in zijn armen, haar hoofd tegen zijn hart. Hij legde zijn wang op haar haren, trok haar dichter tegen zich aan en hield haar vast alsof hij haar nooit meer wilde laten gaan.

Lulu sloeg op de vlucht. Ze rende, verblind door haar tranen, naar de auto en haar handen trilden zo hevig dat ze hem amper kon starten. Ze sloeg het portier dicht, zette hem ruw in de versnelling en hobbelde de oprit af naar het zandpad. Het kon haar niets schelen dat ze te snel reed of dat de gaten en kuilen haar nieuwe auto konden beschadigen. Ze móést ontsnappen, naar huis rijden, de voordeur achter zich op slot doen, onder de dekens kruipen en dat beeld van hen samen uit haar geheugen wissen.

Na het eten maakte Joe zijn avondronde door de stallen en controleerde of alles achter slot en grendel zat en of de paarden in orde waren, toen Bob de hoek om kwam en hem bijna omverliep. 'Wacht even, *mate*, wat is er aan de hand?'

'Niets hoor,' mompelde Bob duidelijk niet op zijn gemak.

Joe hield hem bij zijn kraag vast, vertrouwde het niet. 'Wat is er met je?'

'Niets,' antwoordde hij, en hij probeerde zich los te wringen. 'Ik moet ervandoor,' piepte hij. 'Dianne wil dat ik haar help met afwassen.'

'De afwas kan wel wachten,' zei Joe gespannen. 'Kom op, mate, je bent ergens bang voor en ik wil weten wat het is.'

'Het is uw moeder,' mompelde hij met tegenzin.

Joe keek verbaasd en liet Bob los. 'Wat is er met haar?'

'Ze vermoordt me als ik het u vertel,' mompelde de jongen.

'Ik vermoord je als je dat níét doet,' gromde Joe. 'Vertel op, jongen, voordat mijn geduld op is.'

'Uw moeder gaf me net een uitbrander, alleen omdat ik haar vertelde dat ik Lulu vorige week heb gezien,' zei hij zielig, 'en dat ze er vandaag weer was. Molly pakte me bij mijn oor en zei dat ik mijn mond moest houden en het u niet mocht vertellen.'

'Je liegt,' zei Joe. 'Ma zou dat nooit doen.'

'Kijk dan,' zei Bob terwijl hij hem zijn rode oor liet zien.

'Maar als Lulu hier was geweest, had ze me wel opgezocht.' Hij keek de jongen aan. 'Je liegt tegen mij, Bob, en ik wil weten waarom.'

'Ik bén verdomme geen leugenaar,' schreeuwde Bob. 'Ze wás hier vandaag, dat zwéér ik.'

'Wanneer?'

Bob haalde zijn schouders op. 'Ik weet niet hoe laat het was, maar ze is maar heel even gebleven.'

Joe draaide zich om en stormde zonder nog iets tegen de ongelukkige Bob te zeggen naar het woonhuis. 'Ma? Waar ben je?' brulde hij.

'Waarom maak je zo veel herrie?' Molly kwam de keuken uit, met haar handen in de zij.

'Waarom heb je me niet verteld dat Lulu terug was?'

'Ik heb niet bepaald tijd gehad me met haar bezig te houden,' zei Molly bewust heel rustig. 'Wat maakt het uit als het inderdaad zo is?'

'Wat heb je tegen haar gezegd toen ze hier vorige week was?'

'Misschien heb ik haar wel iets verteld over de problemen die we hebben gehad,' mompelde ze, 'maar ze was het met me eens dat het beter zou zijn het veulen naar Simpsons renstal te verplaatsen.'

'En vandaag? Heb je vandaag nog met haar gesproken?' Joe deed zijn uiterste best rustig te blijven.

'Ik zag haar uit de auto stappen, maar ze liep meteen door naar de stallen.' Ze keek hem strak aan. 'Ze heeft alleen maar gezien wat wij de afgelopen maanden allemaal hebben gezien. Ik neem aan dat ze daarom niet lang is gebleven,' zei Molly defensief.

'Wat bedoel je dáár verdomme mee, ma?'

'Jij en Eliza,' zei ze, niet meer zo zelfverzekerd. 'Iedereen kan zien dat jullie voor elkaar gemaakt zijn. Jullie hebben zo veel met elkaar gemeen en ik dacht dat het alleen maar een kwestie van tijd was voordat jij en zij...' Ze zweeg.

'En ik neem aan dat je Lulu al deze... onzin hebt verteld?' siste hij.

Molly haalde haar schouders op en draaide zich om naar de keuken. 'Kijk niet zo, meisje,' snauwde ze tegen Dianne, 'en ga door met de afwas.'

'Heb je Lulu verteld dat Gwen het nog steeds op haar gemunt kan hebben?' vroeg hij zacht.

'Daar zag ik het nut niet van in,' antwoordde Molly. 'Gwen weet waarschijnlijk niet eens dat ze terug is en ik betwijfel of ze alles zal riskeren door hiernaartoe te komen, nu de politie haar in de gaten houdt.'

Joe wilde net iets zeggen toen hij aan de andere kant van de keuken een vreemd geluid hoorde. Hij keek op en zag Dianne in een hoekje kruipen. Haar ogen stonden vol tranen en ze snikte het uit. 'Wat is er in vredesnaam met jóú aan de hand?'

'Het was mijn bedoeling niet,' snikte ze. 'Het spijt me.'

Joe liep naar haar toe, stak zijn grote handen naar haar uit en begon zacht en vleiend tegen haar te praten alsof hij een geschrokken veulen wilde kalmeren, maar hij was doodsbang. 'Wat was niet je bedoeling, Dianne?'

'Ze zei dat ze me twee dollar zou betalen als ik mijn oren openhield en het haar zou vertellen als Lulu er was.' Het gesnik ging over in gejammer. 'Ze zei dat ze een journalist was en dat mijn foto in de krant zou komen,' gierde ze. 'Maar zij was het, hè? Die Gwen?' Ze klampte zich aan hem vast, haar gezicht vertrokken van angst en spijt. 'O, mijn god,' piepte ze, 'ik bedoelde het niet kwaad, Joe, echt niet. Ik wist niet dat ze al die andere dingen had gedaan, want anders zou ik nooit...'

Joe probeerde zijn ongeduld te bedwingen. 'Was ze hier vandaag?'

Dianne begon opnieuw te jammeren, knikte en legde de verfrommelde dollarbiljetten op de tafel. 'Ik zou het niet hebben aangenomen als ik het had geweten,' snikte ze.

Joe drukte haar zacht in een stoel en klopte haar op de schouder. 'Zorg voor haar,' zei hij tegen Molly die met grote ogen stond te kijken. 'Ik ga naar Lulu.'

Lulu had alle ramen en deuren afgesloten en alle gordijnen dichtgedaan voordat ze de trap op rende en in bed kroop. Het verdriet om het verlies van Joe was bijna ondraaglijk. Ze had gehuild en was uitgeput in slaap gevallen.

De droom was verwarrend en angstaanjagend. Ze was op Ascot, maar daar vond de Melbourne Cup plaats. Ocean Child liep vooraan en Molly bereed hem. Toen ze over de finish kwamen, werden ze begroet door Dolly die met haar ivoren sigarettenpijpje zwaaide en hen in de echt verbond. Molly was veranderd in Eliza en Joe schoof een ring aan haar vinger. Hij tilde haar sluier op om haar te kussen, Dolly zwaaide weer met haar sigaret en opeens rook Lulu rook en hoorde ze een afschuwelijke gil.

Lulu zat meteen rechtop, was klaarwakker en haar hartslag versnelde. Ze zag niets. Ze kon de rook nog steeds ruiken en beneden hoorde ze een zacht knetterend geluid. Opeens wist ze wat het was en ze vloog haar bed uit. Het huis stond in brand. Ze moest naar buiten.

Ze graaide haar kamerjas van het voeteneind van het bed, maar kon haar slippers niet vinden. Het was zo donker dat ze niets kon zien. En de rook werd steeds dikker, zodat ze bijna geen zuurstof meer kreeg. Ze kende de weg niet in deze onbekende kamer, liep op de tast naar de muur op zoek naar de deur en snikte van angst. Ze kon hem niet vinden. Waar was hij? Ze moest een manier vinden om hier weg te komen!

De kamer hing vol rook zodat ze nauwelijks kon ademen. Ze begon te hoesten en liet zich op de grond vallen. Ze kroop heen en weer op zoek naar een raam, maar haar longen zaten vol rook en ze had het gevoel dat haar hart uit haar lichaam knalde. Ze viel languit op de houten vloer en vlak voordat ze het bewustzijn verloor, realiseerde ze zich dat de vloer al heet was.

Toen Joe de rookpluim zag, trapte hij het gaspedaal diep in. Hij hoopte maar dat het Lulu's huis niet zou zijn en dat zij veilig was. Maar toen hij met gillende banden de hoek omsloeg en met de pick-up bijna op de andere weghelft terechtkwam, zag hij de vlammen tegen de zijmuur omhoogkruipen. Ziek van angst bracht hij de pick-up met gierende remmen tot staan en hij sprong eruit.

Hij nam alles in één oogopslag in zich op: de oudere buren in hun pyjama die zich verward en bang aan elkaar vastklampten aan de andere kant van de weg. Het geluid van de bellen van de brandweer in de verte, de oranje gloed veroorzaakt door de vlammen die aan het houten huis likten en woedend brulden toen ze door het gebarsten glas naar binnen kropen en de binnenkant van het huis in bezit namen. 'Waar is Lulu?' schreeuwde hij tegen het oudere echtpaar.

Ze keken hem met grote ogen aan en schudden hun hoofd. De brandweerbellen kwamen dichterbij en er kwamen meer mensen kijken.

Joe keek naar de vlammen en werd steeds banger en gefrustreerder. Eén kant van het huis was een inferno, de vlammen klommen allesverslindend naar het dak en de overhangende bomen. De gordijnen zaten dicht en er was geen licht te zien. Lulu kon al dood zijn, hij kon niet op de brandweerlieden wachten.

Hij rende naar de rivier, trok zijn jas uit, dompelde hem in het water en trok hem over zijn hoofd. De voordeur was een vlammenzee, het vuur likte knetterend aan de verf waardoor het nog feller ging branden. Joe rende door het hek en ontweek de vingers van vuur die hem probeerden te grijpen. De erker brandde nog niet, dat was dus de enige manier waarop hij naar binnen kon.

Joe klom op de brede dorpel en trapte de ruit in. Hij haalde diep adem, klom naar binnen en rende naar de deur. Die stond open en de rook hing al in de hal en kroop naar boven. Hij pakte de zoom van zijn doorweekte jas en drukte die tegen zijn neus en mond. Hij zag bijna niets, de rook was zó dik, en zijn keel en longen brandden van de enorme hitte van de vlammen die al langs het plafond kropen.

Ergens vlak bij hem kraakte een plank en hij hoorde de explosie van brekend glas. Hij was nu bij de trap, rende met twee treden tegelijk naar boven en stond op de overloop. 'Lulu,' schreeuwde hij. 'Waar ben je?'

Geen reactie. Door de rook zag hij vaag een aantal deuren. De eerste was een badkamer, de tweede en derde een lege slaapkamer. Hij duwde de laatste deur open en de rook golfde over hem heen.

Lulu lag bij het bed, omringd door vlammentongen die door de houten vloerplanken heen likten.

Hoestend en hijgend, met een stekende pijn in zijn ogen en keel en barstende longen, tilde hij haar op. Ze lag zo roerloos en slap in zijn armen, hij drukte haar tegen zich aan en wikkelde haar in zijn natte jas. Nu moest hij buiten zien te komen.

Terwijl hij terugliep naar de deur naar de overloop zag hij in een vonkenregen een balk vallen waardoor de woedende vlammen die nu zijn kant op kwamen nieuw voedsel kregen. Hij deinsde achteruit. Ze zaten in de val.

Hij liep terug naar de slaapkamer, sloeg de deur dicht en legde Lulu op het bed, nog steeds in de natte jas gewikkeld. Hij verzamelde alle kussens en dekens, rolde ze op en legde ze langs de onderkant van de deur. Elke seconde was nu belangrijk.

Hij rende naar de ramen, opende ze en keek naar beneden. De brandweer was er. 'Hierboven!' riep hij, maar ze konden hem niet boven het lawaai uit horen, want op dat moment braken de balken en stortte het dak aan de andere kant van het huis in.

Joe trok de door de motten aangevreten gordijnen van hun koperen rails, trok de lakens van het bed en bond ze aan elkaar. Hij testte de knopen en hield de deur in de gaten. De vlammen likten er al omheen, de kussens en dekens smeulden al. Hij rende terug naar het raam en sprong op de veranda om het geïmproviseerde touw aan de ijzeren reling vast te maken.

Hij keek weer naar beneden, en toen omhoog. Het vuur was overal om hen heen. Ze hadden bijna geen tijd meer.

Hij tilde Lulu op, legde haar op zijn schouder, zwaaide een been over de reling van de veranda en hoopte maar dat de knopen het zouden houden. Hij gleed langs de gordijnen en lakens naar beneden, hoorde ze scheuren en zag dat de knopen losschoten terwijl het vuur aan de reling boven hem begon te likken. Toen zijn voeten de grond raakten, brak het geïmproviseerde touw en viel het als een brandende slang boven op hem.

Handen sloegen de vlammen uit, namen Lulu van hem over en hielpen hem weg te strompelen. Hij negeerde de complimenten van de brandweerlieden en het applaus van de menigte die zich had verzameld en rende naar Lulu toe. 'Leeft ze nog?' vroeg hij aan de brandweerman.

'Ze ademt wel,' zei hij, 'maar ze ziet er niet goed uit. De ambulance is al gebeld.'

'Daar is geen tijd voor.' Joe tilde haar op en legde haar in de pickup waarvan de motor nog altijd aanstond. Hij ging achter het stuur zitten, trapte het gaspedaal in en toeterde om de toeschouwers weg te jagen. Het ziekenhuis was hier vlakbij en hij hoopte maar dat hij op tijd was.

Lulu werd wakker, gedesoriënteerd door het felle licht en de witte muren. De geur van ontsmettingsmiddel kwam haar bekend voor en toen ze de dokter in zijn witte jas zag, wist ze waar ze was. 'De brand,' zei ze, en meteen begon ze te hoesten. 'Ik kon niet naar buiten.'

'Niet praten,' zei Joe terwijl hij de dokter opzij duwde. 'Je hebt heel veel rook ingeademd en je moet rusten.'

Ze keek hem verbaasd aan. Zijn haar was verschroeid, zijn gezicht zat vol roetvegen en zijn kleren waren gedeeltelijk verkoold. 'Wat doe jij hier? Wat is er gebeurd?' De hoestbui duurde nu langer en haar longen en keel voelden rauw aan.

'Je bent veilig, dat is het enige wat telt,' zei hij zacht. 'Ik zal je alleen laten, dan kun je rusten.'

'Nee.' Lulu probeerde rechtop te gaan zitten. 'Ik wil terug naar River View.'

'Je moet hier blijven en uitrusten,' zei de dokter. 'We weten niet hoe je hart zich onder dit alles heeft gehouden.'

'Mijn hart is in orde,' zei ze tussen twee hoestbuien door. Ze klom uit bed. 'Joe, wil jij me ernaartoe brengen of moet ik een taxi bellen?'

'Er is niets meer van over.' Zijn donkere ogen keken haar vol medelijden aan. 'Ga er niet naartoe, Lulu, daar word je alleen maar verdrietig van.'

'Ik moet.' Ze keek naar haar pyjama en maakte de ceintuur van haar ochtendjas dicht, waarna ze naar de gang strompelde. 'Waar is de uitgang?'

'Ik adviseer u echt om hier te blijven, juffrouw,' stamelde de arts.

'Ik ben een volwassen vrouw en ik ben vrij om te doen wat ik wil,' hijgde ze terwijl ze bijna dubbelsloeg door een nieuwe hoestbui.

'Alstublieft, juffrouw Pearson. U moet rusten, in elk geval vannacht.'

'Joe?' Ze keek naar hem op, met een bezorgde en verdrietige blik in haar lieve ogen. 'Joe, help me alsjeblieft.'

Joe keek de arts met een veelbetekenende blik aan en haalde zijn schouders op. 'Volgens mij weet de dame heel goed wat ze wil, *mate*.'

'U moet wel een ontslagformulier tekenen.'

'Ik teken alles wat u wilt,' hijgde ze. 'Maar ik moet hier weg.'

Nadat ze het formulier had ondertekend, wankelde ze naar de entree en ze zou zijn gevallen als Joe haar niet bij de arm had gepakt en haar meenam naar buiten. Het was kil buiten. Nadat hij haar op de passagiersstoel had gezet, legde hij een paardendeken over haar heen en gaf haar een fles water. 'Of je wilt of niet,' zei hij kortaf, 'morgen ga je terug voor een grondige controle.'

'Rij nu maar, Joe. Ik moet zien wat er van River View is overgebleven.'

Lulu's ademhaling ging nog steeds schokkerig toen ze uitstapte en op het pad naar de verkoolde, rokende restanten keek. De schoorsteen was intact en stond als een eenzame wachtpost te midden van de brokstukken, maar verder was alles verdwenen.

'Ik hoorde van de brand op de *two-way*,' zei Molly die naast haar kwam staan. 'Ik ben zo blij dat je veilig bent, Lulu. Ik weet niet wat ik had moeten doen als Joe je niet op tijd had gered.'

Lulu keek naar haar, probeerde te begrijpen waarom Molly hier was. 'Heeft Joe me gered? Maar hoe wist hij dan dat ik in gevaar verkeerde?'

'Daar hebben we het wel over als je weer opgeknapt bent,' zei Joe met een grimmige blik naar zijn moeder. 'Maar nu stel ik voor dat je met ons meekomt naar Galway House.'

Lulu keek op naar Joe en keek vervolgens naar de pick-up die verderop op de weg stond. 'Die herken ik,' mompelde ze. Opeens trok er een koude rilling over haar rug. 'Heeft Gwen de brand aangestoken? Is ze hier nog?'

Molly pakte haar hand. 'Ik heb met een brandweerman gepraat,' zei ze zacht. 'Ze hebben een lichaam en een jerrycan gevonden op de plek waar de brand is begonnen. Hij denkt dat ze in de val kwam te zitten nadat ze het vuur had aangestoken.'

'Die gil,' mompelde Lulu. 'Ik heb een gruwelijke gil gehoord. Daar werd ik wakker van.' Tranen van vermoeidheid en verdriet stroomden over haar wangen. 'Wat een afschuwelijke manier om dood te gaan.'

'Kom op, Lulu, kom mee naar huis.'

Lulu voelde de kracht van zijn arm om haar schouders, de greep van zijn vingers door haar ochtendjas en wist dat ze Galway House nooit weer wilde zien. 'Bedankt dat je me hebt gered, Joe,' zei ze en ze maakte zich los uit zijn greep. 'Maar ik denk dat ik maar een paar dagen in een hotel ga slapen voordat ik terugga naar Engeland.'

'Engeland? Maar ik dacht dat je hier definitief wilde blijven?'

Haar hart brak toen ze zijn verbaasde blik zag. 'Ik ben het huis kwijtgeraakt waar ik als kind al van hield en de man met wie ik de rest van mijn leven had willen doorbrengen,' zei ze verdrietig. 'Er is hier niets meer voor me overgebleven.'

Joe keek verbaasd op haar neer en pakte haar zacht bij haar schouders. 'Je spreekt in raadsels, Lulu. Je bent dat huis misschien wel kwijtgeraakt, maar als ik de man ben die je kwijt denkt te zijn, dan heb je het helemaal mis.'

Ze kreeg weer hoop toen ze de eerlijke uitdrukking op zijn gezicht zag. 'Maar jij en Eliza...'

'Er is niets tussen mij en Eliza,' zei hij zacht. 'Wat jij gisteren hebt gezien was Eliza die treurde om Moonbeam. Die merrie had haar been gebroken en moest worden afgemaakt.'

'Die grote vrachtwagen buiten,' vroeg ze ademloos, 'was die van de veearts?'

Hij knikte en trok haar naar zich toe. 'Ik hou al van je, Lulu Pearson, sinds ik je voor het eerst zag, maar tot dit moment heb ik nooit durven hopen dat jij van mij kon houden. Hou je van me, Lulu? Hou je echt van me?' Zijn bruine ogen keken haar warm en intens aan.

'Ik denk alleen maar aan jou sinds ik ben vertrokken,' mompelde ze. Even raakte ze zijn wang aan, zag zijn hoopvolle blik en werd overmand door haar liefde voor hem. 'Natuurlijk hou ik van je, Joe, maar we komen uit een totaal andere wereld en hebben tegenstrijdige ambities. Denk je dat we bij elkaar passen?'

Hij sloeg zijn armen om haar heen en zijn glimlach verzachtte de lijnen in zijn gezicht. 'Als jij die uitdaging aandurft, durf ik het ook aan,' zei hij zacht.

'We hebben de rest van ons leven de tijd om te kijken wat we ervan kunnen maken. En zolang we van elkaar blijven houden zoals we nu van elkaar houden, dan ja, dan durf ik die uitdaging wel aan.' Lulu nestelde zich in zijn armen, leunde tegen hem aan en toen hij haar kuste, voelde ze het kloppen van zijn hart.

De aanraking van zijn lippen was oneindig heerlijk en beloofde alles wat ze ooit kon wensen. Eindelijk voelde ze zich compleet en was ze waar ze echt hoorde: ze was thuis.

# Dankwoord

Allereerst wil ik al mijn uitgevers en lezers hartelijk bedanken voor hun aanmoediging in de afgelopen jaren. Bovendien wil ik alle illustratoren en redacteuren in de hele wereld bedanken voor de prachtige omslagen en voor de perfecte interpunctie in mijn boeken!

Mijn buitenlandse agent Jan Michael bedank ik voor haar jarenlange oprechte steun en aanmoediging. Ook mijn agent in Londen, Teresa Chris, is een godsgeschenk; zonder haar zou ik niet zijn waar ik nu ben.

Mijn familie heeft altijd al een band met paarden gehad. Mijn grootmoeder trouwde met een Amerikaanse cowboy en bereed Brahmastieren in de rodeoring van hun vakantieboerderij in New Mexico. Mijn vroegste jeugd heb ik doorgebracht te midden van de geluiden en de geuren van stalerven, trainingsbanen en renbanen. Maar ondanks al die kennis heb ik tijdens het schrijven van dit boek toch veel hulp nodig gehad. Mijn dank gaat uit naar Tracey Wyllie, Beryl Stevenson, Martha Ivory, Jim Osborne en Mark en Alyson Flower. Zonder hun deskundige hulp had ik dit boek niet kunnen schrijven.

Als laatste maar niet onbelangrijkste wil ik jou bedanken, mijn lieve echtgenoot. Je hebt alle trauma's overleefd die gepaard gaan met het samenleven met een auteur en staat als het nodig is altijd klaar met een glas wijn. Ik hou van je!

Beste lezer(es),

Heeft u genoten van *Kind van de oceaan* en wilt u graag op de hoogte blijven van het boekennieuws rondom Tamara McKinley?
Stuurt u dan een e-mail met uw naam naar info@defonteintirion.nl onder vermelding van 'Nieuwsbrief Tamara McKinley' (uw gegevens worden uiteraard uitsluitend voor deze mailinglijst gebruikt).
Als abonnee op deze nieuwsbrief maakt u bovendien regelmatig kans op een gratis boek!

Met vriendelijke groet,
Uitgeverij De Kern